照见

两如初

【卷上】

《散文》编辑部　编

天津出版传媒集团
百花文艺出版社

图书在版编目（CIP）数据

照见两如初：《散文》四十年百人百篇 /《散文》编辑部编. -- 天津：百花文艺出版社，2020.9(2024.9 重印)
ISBN 978-7-5306-7895-4

Ⅰ. ①照… Ⅱ. ①散… Ⅲ. ①散文集-中国-当代
Ⅳ. ①I267

中国版本图书馆 CIP 数据核字(2020)第 155896 号

照见两如初：《散文》四十年百人百篇
ZHAO-JIAN LIANG RU CHU
SANWEN SISHI NIAN BAI REN BAI PIAN
《散文》编辑部编

出 版 人：薛印胜
选题策划：汪惠仁　张森　**责任编辑**：沙爽　田静
装帧设计：蔡露滋
出版发行：百花文艺出版社
地址：天津市和平区西康路 35 号　**邮编**：300051
电话传真：+86-22-23332651（发行部）
+86-22-23332656（总编室）
+86-22-23332478（邮购部）
网址：http://www.baihuawenyi.com
印刷：山东临沂新华印刷物流集团有限责任公司
开本：787 毫米×1092 毫米　1/16
字数：546.7 千字
印张：49
版次：2020 年 9 月第 1 版
印次：2024 年 9 月第 3 次印刷
定价：120.00元（全二卷）

如有印装质量问题，请与山东临沂新华印刷物流集团有限责任公司联系调换
地址：山东省临沂市高新技术产业开发区新华路 1 号
电话：(0539)2925886
邮编：276017

嘉禾

——为《小说月报》《散文》四十岁而写

我时常到南京路与赤峰道交口一带转悠,那是百花文艺出版社的旧址所在,我想找到一些四十年前的气息。其实,对每个中国人而言,四十年前的一些瞬间,是关键瞬间啊。之前是一种生活,之后是另一种生活。在百花社旧址的对面,当年属于新蕾出版社的一幢小楼还在,而百花社的旧址上,早已矗立着摩天大楼。

百花文艺出版社拥有六本文学期刊,其中创刊最早的两本是《小说月报》与《散文》,它们都创刊于 1980 年 1 月,至今行销四十年。

在中国,完全不知道这两本刊物的写作者不多。一个是中国第一本文选式文学期刊,另一个则是中国第一本专业散文期刊。一个隔代沿用了文学研究会会刊的名字,另一个则直接以一种文学体裁来为自己命名。

当初讨论两本刊物的用名,是颇有故事的。争论是自然而必然的:以地方文化的根性为着眼点,总是想把天津文化与地理元素注入进来;以写作及出版优先的原则来考量,美学价值及市场意识又总是想摆脱地域文化的苑囿。后者占了上风。于是取名的思路便在天津概念之外展开。我想告诉大家的是,刊龄小于四十年的文学杂志,你们现在安享的名字,好些是我们考虑过的。特别惊险的情形发生在 1979 年的隆冬时节,需要下一个决心了,两个刊物的名字不能久拖不决——五十年代就已经是天津出版领路人的林呐先生再次被起用,他需要做出抉择了:在“小说月刊”与“小说月报”当中他得选一个,在“美文”与“散文”当中他也得选一个。

后来的故事, 便是大家都知道的,1980 年的 1 月,《小说月报》《散文》走进了中国人的文学生活。当时我十岁,随父母住在安徽潜山的野寨中学。野寨中学的阅览室是了不起的,几乎订阅了所有当时中国最新的文学艺术杂志——我从十岁开始接触中国当代文学艺术,其中就有《小说月报》和《散文》。

我很幸运,与《小说月报》《散文》有这么深的缘分。五年前,我们为这两本刊物的创刊号做了复刻本。发黄的老刊翻着翻着,眼里就涌出泪来。基因如此强大啊,相貌、骨骼、气息以及基于市场收益而萌动的那一点点小心思,当初的它们已经长在了我们身上。

我入职百花后,就在《散文》,跟随贾宝泉先生学做期刊编辑。在张自忠路 189 号,九楼 930 房间,下班后,关于文学,我与贾先生有过无数次长谈。办公室巨大的窗户外,和平区闪烁着万家灯火的时候,我们还在交谈。刘铁柯先生是《散文》的资深编辑,是他在一个内部刊物上首先发现并极力推荐《许茂和他的女儿们》出版的。到《散文》的第一天,铁柯先生就对我说,我马上退休,我把桌子收拾出来你就坐过来,还有一辆自行车我也留给你。同一时期,主持月报的是马津海先生,虽然与我隔着编辑内部细分的行当,但一样是可以交心的师友。津海先生的编辑思想是明快明朗明确的,也许你要在黑暗中摸索很多年才知道他的口头禅的分量:为读者办刊。

好作家把心交给读者，好编辑也是这样。

那天，有朋友问，是四十年吗？怎么可能才创刊四十年啊。

1980 年到今天，是四十年。但时间不仅仅是一个矢量刻度，在人的情理储存上，某些四十年，是有超额的体积、面积与重量的，以至于连此刻的我也怀疑，《小说月报》《散文》是不是诞生在更早的年代？或者因为它们的出现，回应了中国人一个深远而长久的期盼——在这层意义上，它们从来就有，并不必刻意强调它们诞生在某个具体时刻。

1980 年，我十岁。那年春节，我在外公家度过。外公家的大门上贴着我写的春联，是那一年全中国流行的春联：凯歌声中辞旧岁，长征路上迎新春。

四十年后，又一个新的春天。中国是农业大国，茁壮的禾苗隐喻着多少美好的期盼。多少徽章上缠绕着它——嘉禾。

《小说月报》《散文》，是百花的嘉禾，也是中国的嘉禾。

汪惠仁

2020 年 1 月 1 日

目录

[卷上]

本书收录作品均发表于1980至2020年《散文》(月刊),编选时据作者出生时间排次。

“大雪”这天下了大雪

冰心

我永远喜欢下雪的天！

大约三四岁吧，我记得我的奶娘把我抱到窗台上，望外看下雪的天，说：“莹官呀，你看这雪多大！俗话说‘大雪纷纷下，柴米油盐都落价’。”那时我还不懂“柴米油盐”对一个人的生活有什么意义，“落价”了又有什么好处，只觉得下了大雪，天上地下都铿亮铿亮地晃眼。

我们出去，又听见路旁金钩寨的农民们，都喜笑颜开地说：“‘大雪兆丰年’，明年不怕吃不饱了！”原来大雪和吃饱饭还有这么大的关系！

从我会认字起，母亲就教给我说：一年四季，就有二十四个“节气”，如：立春、立冬、雨水、芒种，等等。但是雨水那天就不一定下雨，因此我也常去注意它。

今年 12 月 7 日早起，只看见窗外一切都白了！四周的楼瓦上都覆盖着一层厚厚的雪，地上和人们停放在门口的许多辆自行车上，也蒙上厚厚的一层雪被。而我周围的空间里还是下着千千万万朵柳花似的漫天匝地的大雪！我又想起几句古诗，一是一位寒士抒发他的郁抑心情之作：

填平世上崎岖路，冷到人间富贵家。

还有一首忘了是哪位古代名诗人写的：

雪后溪山照眼明，出门一笑大江横。
龙蟠虎踞三分地，留与先生拄杖行。

看这位老诗人的心境是多么喜悦，多么超逸，多么豪迈！

而我在“照眼明”的光景里，眼前既没有“溪山”，门前也没有“横”着一条大江，我的住处也不是“龙蟠虎踞三分地”，而且我除了用“助步器”之外，连“拄杖”也不能行走的！

但是我低头看了书桌上的日历的“今日大雪”字样，还是高兴地想：我们五千年古国讲的节气，还是真灵！

甘苦寸心知

臧克家

六机匠，我为他写过一篇散文。

六机匠，我为他写过一篇长诗。

事情就是那些，感情却是抽不断的丝……

六机匠，一提起这个名字，我的心窝便滚烫。

六机匠，一想到他的形象，我的思潮便滚滚倒流。

六机匠，像一块磁石，吸引着我们这些孩子的心。我七八岁的童年时代，已经进入私塾，读孔子曰“学而时习之，不亦说乎”，可是我们并不“说”，一放学，跑到他的那两小间低矮简陋的土屋里去，心里才真是“不亦乐乎”。他口里的“瞎话”（故事）真迷人，它给予我快乐，也在我稚嫩的心田里撒下了文艺的种子。他说“聊斋”故事，一个个善良而又有点可怕的女鬼，趁无月的深宵，从一座古庙漫草的小径上走出来，那咯咚咯咚的木屐声，至今还响在我的耳中，既清脆又惊心。他讲“说岳”，讲“杨家将”，讲“呼家大上坟”。“八个儿子八只虎，两个女儿两条龙”的佘太君的形象令人尊敬；杨排风，一个婢女，看她那份威风！

六机匠有才华，记忆力强。他的心就是个瞎话篓子，但它有它的来源。五天一个“吕标集”，他一定去听高手娄小委说书，虽然极穷，从不吝惜那几个铜元。

六机匠，名字叫王善，和我家有点瓜蔓远亲，我叫他六爷爷。他和大机匠、五机匠、四机匠连屋而居。叫“机匠”是名副其实。我小时候，他们弟兄几个，一个人一张织布机，一进那个“门对南山”却没有门的土院子就先听到哒哒的织布声。冬天，他们身上没一点棉花，在太阳底下“牵机”，白线缕像一条银河，又白又亮。他从这头跑到那头，冷风吹着他的单裤子，像要把人浮起，两点清鼻涕摇摇欲坠。他经常在织布，我也经常站在他身旁，听有节奏的机杼声，希望他工作完毕，说个新的故事。白天，晚上，恋着他的家，恋着他的人。

一张织布机，终年不停手，但养活不了他和他分家时分到的一个七十岁的老娘。外国的洋布，潮水似的涌来，土布不行时了。无法子，他从一个机匠变成了一个农民，种着二三亩地，做了佃户。种地，他也是能手。他们门前有块菜地，弟兄四个各有一块。春夏之季，你可以不问，就知道哪一块是六机匠的，上面的菜长得特别茂盛。清明节前后，我们一群孩子在菜地一边，争着放各式各样的风筝，手里的线越放越长，风筝在天上越飞越高，我们奔跑，我们呼喊，我们看六机匠正在地里劳动，他有时抬起头来仰望我们的风筝在天空得意飞翔，一片欢欣，充满了田野，充满了人心。

夏天到了，六机匠到几里路以外的“西河”去锄地，我缀在他身后做一条小尾巴。他在高粱地里流汗，我在河水里洗澡。夕阳西下时，我们一道回程，他肩上一张锄，锄杆搭一领蓑衣，还有一个小牛眼罐。这时候，红霞在西天，清风一阵阵从高粱地里吹来，带着唰唰的声响。好爽快啊，多舒心啊。一面悠悠地慢步走着，我也没忘记缠着六爷爷讲狐狸摇身变成一个美女的故事，虽然已经听过不少遍了。好故事动人心，万遍不俗呀。当我们回到家时，一钩新月已在窥视他的茅檐了。

我家和六爷爷家，当中是一个光亮的“场”，收获季节，打粮食用的。夏晚，谁肯待在屋子里闷热？大家前前后后地聚集到这广场上来。明月当空，清风徐来，各人择一个位子，席地而坐。大家谈古论今，蒲扇轻摇。六机匠一开口，万籁无声，孩子们侧起耳朵听他说鬼说怪，真吸引人又叫人害怕。时间不知不觉飞快地过去，孩子的母亲们，一个又一个地走来，用亲切而又责备的声音道：“什么时候了，还不滚回去。”我们慢慢地、恋恋不舍地离开这恋人的场园，离开六机匠，拍一拍屁股上的土，偷眼望一望远处的鬼火，像一个又一个小红灯笼。怯怯地，扯住妈妈的衣襟，回家了。

一年又一年，我们从儿童到少年，从少年到了青年时期了。六机匠也变了，老母亲去世了，他三十多岁，孤零零光棍一条，守着他那两间破屋子。我虽然已经十几岁了，但六爷爷口里的瞎话对我依然有着魅力。我已经多少懂得人间冷暖了，也知道六爷爷的可怜景况了。有时，看他咂着小旱烟袋，流着口水，眼睛向上瞪一下，口里发出一声轻微喟叹。他是乐观的，虽然极穷，从来少见愁容。他的房门上贴一副对联：“勤俭黄金本，诗书丹桂根”，门档是“老实人家”。

“勤俭”，难道他“勤苦”得还不够?！难道他“俭约”得还不彻底?！而“黄金”何在?

说什么“诗书”，简直是对他一个天大的讽刺！他绝顶聪明，但封建社会关闭了他读书的大门，他满口文句，满腹故事，但大字不识一个！“老实人家”倒是真的。他太老实了，他守着“冻死了迎风站，饿死了不下腰”的道德，在荒乱之年，他的侄子有的胆敢去参加抢富户的群众队伍，而他呢，却“老老实实”地受苦受难，无仇无怨。

他越来越穷困，生路越来越窄。田地，越种越少，没法，他卖起酒来了，但又不赚钱。他进城背酒回来，不掺一滴水，他的酒和他的人一样清醇。

秋雨霖霖的日子，外面很清冷，而他的这小土房里却热气腾腾，大人孩子一个接一个进门来，蓑衣上的水滴把地皮都弄湿了。孩子们来听故事，大人来赌钱——摸纸牌。十几岁的时候，我就是一个小赌徒，多少夜晚在他的炕头上，小灯下，四人对坐，摸纸牌，小洋灯的黑烟子把鼻孔都熏黑了。

冬天，北风怒吼，天阴地冻，只见寒鸦乱飞，声声凄惨，青眼媚人的马耳山，也裹一身素。而六机匠呢，一身单衣出不了门，守着个冷炕头，打牙巴骨。

酒只能醉别人，六机匠的肚子是空空的。他把一条光棍身子雇给人家做“把头”，他身强力大，一肩能扛四斗布袋。没过几年，他听说关东是个宝地，他大哥王海就在沈阳，他也去了。每天挑两个破筐去贩卖青菜，宝地里他是个没福的人。不多久，两手空空又转回了老家。这时候，他的两间小土房子漏了天，后墙裂了大缝子，拒绝了他。实在没办法，年纪已经大了，他只好到家后三哥王江家中寄居，王江也是当把头，自己仅仅养活自己一家。这时，我已经成了大学生了，每次回家，总要去和六爷爷热乎热乎。他的乐观情绪已不似当年了，噗咂着小旱烟袋，偶尔眼神向上一瞥，虽没诉说什么，我仍深深体会到他的酸辛味儿。

我二三十岁的时候，便像只雄鹰漫天飞翔了，而六机匠呢，却像折了翅膀的秃鸡，可怜得连个窝也没有。

“七七”事变后不久，我从临清中学回到故乡。回故乡，就是向故乡、向故乡的亲友辞别。临走之前，我去看六爷爷王善。他真是善良啊，从小提携我，说故事给我听，启发了我的文艺兴趣，使我从儿童到少年时代，充满了快乐，留下了永远活鲜的记忆，好似一道彩虹。明明知道，此去离多会少，怕终生难再会面了。无限留恋，无限深情，只留在心头，相对默默然。

一阵抗战的风暴，把我吹向战火纷飞的疆场，吹到了万里之外的山城重庆。我住在歌乐山大天池一户贫农家中，此景此情更容易使我想到故乡，想到亲爱的六爷爷。看见人家收割庄稼的时候，就自然地忆起儿时故乡秋收时的动人景象。人忙，驴子也忙得呱呱叫，街上铺满了半干的高粱叶子，踏上去唰唰地响，发出一阵又一阵的香气。六机匠扬场是能手，手里的锨一扬，粒子金豆子似的落地，满村尘土飞扬，笑声朗朗。秋天，多美丽、多欢乐的黄金季节啊！

在异乡的这黄金季节里，我的心却像铅块。心中充满了美好的回忆。我想六爷爷。我想故乡在战火中怎样了，六爷爷命运又是如何。我想，又怕想。越怕越想，越想就越怕。

我想，想个人，想六爷爷，也想人生的问题。像六机匠这样一个人，他劳动是好手但没有寸土；文艺才能很高，可不识一个字；他名字叫王善，“善”真是“善”了，可是旧社会给了他的又是什么？

在穷困的山村，我穷苦，我悲愤。为了六爷爷，也为了我个人。这时，我想到六机匠的一切，想到他的那两间小土屋，想到土屋里那种气氛。还想到他西墙根下那株小桃树，春天一到，她的花开得多美丽，好似天下没有一种花能与她媲美。

我也想到，他炕头的墙上贴着的几张小“模画”（廉价的通俗年画），画着沈万三打鱼，还有一张画着一个美女，美丽又善良。六爷爷说她白天在画上，夜里走下来找她喜欢的人。听的虽是“瞎话”，又好像是真的。

忆往事，怀故人。我的感情像一条永远抽不断的丝。

我难过，我怅惘，我心里也存着一个希望。希望六爷爷经过战火的锻炼，能挺立起来，希望所有与他同命运的人，觉醒起来，挺立起来，去战斗——和日本侵略者以及一切压迫人的、残害人的、吃人的斗争！

我把一切往事，把我对六机匠的回忆，写成了一篇散文、一篇长诗，题目是同样的：《六机匠》。现在我把这篇长诗里的一节抄在下面，因为我喜欢它，觉得它极沉痛：

你的四壁上贴满了小模画，
画着“招财童子”“财神进门”，
画着摇钱树，聚宝盆，
画一个打鱼的沈万三
一网打到了万两黄金。
你常说“吉人自有天相，勤俭是黄金本”，
但为什么，为什么上天从没睁开过眼睛，
看顾一下你要命的贫困？
你也说过，画上的仙女
夜里走下来私恋凡人，
可是为什么，为什么四壁黄金
不曾走下来一次，
走下来救济一个像你这样的好人？

《六机匠》这首诗，写了六机匠，也写了所有的农民的命运。同时也写了我自己和旧社会、旧农村的贫困、破敝和美丽但带着悲惨色彩的大自然。

在歌乐山中听到了抗战胜利的消息，真是高兴而又悲伤。故乡在万里之外，何时再回去？六机匠、亦迈四叔还能得到叙一叙别后各自遭遇的机会吗？

1949年我回到了故乡。这两个我心上的人都不在了。连他们的墓地我也不知道在何处。

乙夜偶谈

施蛰存

题目

去年我写过一段随笔，对于专凭画题来评价一幅画的主题思想的人,讥讽了一下。今天,却在文学批评上也找到了一个例子。

周邦彦有一首著名的词,调名“兰陵王”,题曰“咏柳”。清初人贺黄公在他的《皱水轩词筌》中对这首词评论道:“酷尽别离之惨,而题作咏柳,不书其事,则意趣索然,不见其妙矣。”不错,周邦彦这首词是描写自己在作客他乡时送客远行的情绪。从柳到别离,中间有一个折柳赠别的风俗习惯在作为联系。唐宋人诗词中讲到柳,很多是联系别离的。刘禹锡诗云:“城外春风吹酒旗，行人挥袂日西时,长安陌上无穷树,唯有垂扬管别离。”李商隐有诗云:“暂凭樽酒送无憀,莫损愁眉与细腰。人世死前唯有别,春风争拟惜长条。”它们的题目都是《杨柳枝》。咏别离,常常提到柳枝;咏杨柳,常常联系到别离。这是稍稍熟悉一点诗词比兴手法的人都能了解的。周邦彦这首词先是描写柳,接着就转到折柳送别,以下就描写了离别时主客双方的情绪。

贺黄公不是一个没有文学修养的人，但他这一段评论却使人吃惊。他怪周邦彦写错了题目，或是没有在《咏柳》之下再加几句说明。因此，他以为词题与内容不符合，使读者“意趣索然，不见其妙”。既然如此，贺黄公自己怎么能知道这首词写得“酷尽别离之惨”呢？他怎么能体会到这首词的“意趣”而“见其妙”呢？

问题是“题目”观念在作怪。贺黄公是作八股文出身的文人，而八股文都是先有题目，然后对准题目作文章。文章尽在题目周围绕圈子，可一步也离开不得。一篇八股文，涂掉了题目，就不知它在说些什么。贺黄公用读八股文的心眼来读宋词，读来读去，尽管他已掌握到词的意趣，可是总觉题目与词不对口径，于是写出了这一段谬论。可惜他没有想一想，《古诗十九首》都是没有题目来说明内容的，可是从来没有人感到“意趣索然”而“不见其妙”。

百花齐放

三年来，文学艺术界的现象，大家都承认已展开了百花齐放的美景。在目迷五色的视野中，确实令人感到像是百花齐放了。但是，你如果仔细研究研究这些花，可能会发现花的品种还不够“百”。打一个比喻：有人种菊花，培植出新奇的品种，轰动一时。许多人受其影响，大家去种菊花，各自造出了新品种。开一个盛大的菊花展览会，能说是百花齐放吗？我说不能，这只是百菊齐放，还不是百花齐放。因为花还只有一种——菊花而已。

唐代诗人有一千多，我们所看到的唐诗研究论文，涉及的总不过李白、杜甫、刘禹锡、李贺等十来家。宋元以来词家也不算少，我们所看到的词学论文，总不过辛弃疾、陈龙川、李清照、纳兰成德等十来家。前几年论词注意爱国主义的思想性，几乎人人都研究辛稼轩；近来又转而注意艺术性了，好像又是人人都研究周邦彦了。姚雪垠在写《李自成》，李自成的专家立刻多起来。有人提出了《红楼梦》作者的问题，向来不研究《红楼梦》的人忽然都考证起曹雪芹来了。等等。

有人写了一篇反映十年浩劫的小说，一下子“伤痕”文学排山倒海而来。有人编了一个讽刺老干部的剧本，一年之间，不少老干部被隐隐约约地挖苦得够受了。看来这种作品正在“方兴未艾”。自从大门敞开，西风吹进以后，科幻、惊险文学顿时席卷文坛，于是我们立刻产生了不少 SF 作家，连科技出版社也以 SF 小说为出版任务了。

一窝蜂，赶热闹，是我们的文史研究工作者和文艺创作者的老毛病。是的，说它是老毛病，一点也不夸张，自古已然，于今为烈。当然，一个社会、一个时代，文化倾向确有一股流行的时尚性，而且这股流行的时尚性，恰好反映了时代与社会的现实，也造成了学派或创作流派。我并不是反对这些，这个时尚性是反对不掉的，也不必反对，因为它是自然兴起、自然亡失的。我所担忧的，或者说是感到不愉快的，是所有种花的人都走出自己的花房去种菊花，结果就成为只有百菊齐放，而并不是百花齐放。

贺年片

今年收到十来张贺年片。这个一年一度的社交文件，我满以为一定是美国制品最是现代化，岂知竟估计错误了。美国寄来的两张，无论图画、文字，全是五六十年来的老规格。照例是画着一位穿红大氅的圣诞老人，挟着礼物，坐在雪橇里，向远处一座积雪的小茅屋奔去。祝词也仍然是英国桂冠诗人的诗句。如果我还有年轻时用剩的贺年片，今年拿出来寄给美国朋友，大约也不算古老背时。

新加坡寄来一张，印刷是现代化了，上了油的。图画却是平常见惯的风景：丛林、茅屋、湖水、浣女，四周加了一圈边框，好像是一个镜架。给你的印象，仍然是老式的风景邮片。

香港寄来三四张，有市容，有风景，有怪里怪气的超现实主义图案，而且一律印在塑料膜上，底下垫一张洁白卡纸，看上去有透明的感觉，摸上去有立体的感觉。哦，真是想不到，倒是香港最为现代化，无怪乎有许多人想往香港跑。

有一位青年朋友，寄来了一张很“考究”的贺年片，我才有机会欣赏我们的国产品。一经欣赏，问题就出现了。这张贺年片上画的是一个老人。从上身看，额角突起，一把白胡须拖到胸前，是个男性老公公。从下身看，没有脚，好像踏在泥淖里。然而有裙有裳，分明是个女性的老婆婆。老人腰间挂了一个葫芦，拐杖上生出两朵灵芝，这表示他或她是个卖药的。拐杖上还搁着两轴贡卷，这就使我想起了我们同乡人郭友松秀才的故事。郭友松的丈人七十大寿，郭友松画了一幅寿星图送去。画上的寿星公公一手拿着一支尺，一手拄着龙头拐杖。拐杖上挂了两轴贡卷。老丈人收了这幅画挂在中堂，贺客都不免要恭维一番，只有一个客人忽然大笑不止。大家问他有什么可笑。他说：“这就叫作尺贡老寿星。”于是老丈人恍然大悟，赶紧吩咐把这幅画摘下来。原来这是我们松江的土话，凡是什么事情做坏了，什么东西损坏了，或是人死了，都说是“尺贡老寿星”。“尺贡”是吴语，即“完蛋”的意思。现在，这张贺年片上的老人拐杖上也有两轴贡卷，却没有尺，便不知是什么意义了。

再欣赏老人旁边的一行题字：“瑶池赴会”，下面是画师的署名。“瑶池”是神话传说中西王母所住的地方。在旧社会里，老太太死了，亲友们送一个挽幛，常常用“驾返瑶池”四个字。

再欣赏画的四周，用凸版印出五只鹿、五只蝙蝠、五个寿字图案，还有几个古钱和如意，这一切，是“福禄寿”和“招财进宝”的象征语。

欣赏的结果，是大惑不解。这到底是贺寿片还是贺年片？是挽幛还是寿幛？是以老公公为对象的呢，还是以老婆婆为对象的？这三个疑问，我无法解决，怀疑那位青年朋友买错了东西，于是翻开来欣赏第二页。没有一个中国字，只有三行英文，译作中文，是：

愉快的圣诞节

及

快乐的新年

没有一个字表示祝愿的意思，到底是什么意义呢？我不是基督徒，向来不过圣诞节。快乐的新年，和我有什么关系？是要我快乐呢，还是寄件人自己在快乐？都摸不清楚。

这一张“考究”的贺年片，使我又一次很不愉快，因为它反映了我们的文具商及美术设计师和文化水平的低落，同时也反映了庸俗思想的复活。

投考军校的回忆

谢冰莹

写在前面

去年旅美黄埔校友会成立时,校友们谈起出版校刊的事情。

“到时候,大姐,你一定要写篇文章。”有位校友说。

“当然,没有问题。”我回答。

不过关于女兵生活,在五十三年前,写过一部分,像《从军日记》《女兵自传》《我的回忆》中都写过,我不能做文抄公,把写过的文章再炒冷饭,只好写一点投考军校的回忆,向校友们交卷,还请多多指教。

一个惊人的招生广告

1926 年的秋天,一个气候温暖的早晨,我正在想要不要去看二哥,敲他的竹杠,让我打一次好牙祭,忽然听到工友叫我的名字,我连忙跑出来问:“什么事?”

“电话!电话!快去!快去!”

“冈猛子,赶快来!我有好消息告诉你。”

真高兴,从电话里传来二哥的声音。

“什么好消息？先告诉我嘛，好二哥。”

“不要噜嘛，赶快坐洋车来，我付钱。”

一听说好消息，二哥又答应替我开车钱，太高兴了，于是真的马上叫了洋车向明德中学跑去。

“你看了今天的《大公报》没有？”

一进门，二哥就这样问我。

“车钱，车钱，先给我车钱再说。”

我故意逗他，其实我早已打发车子走了。

一看他递给我的《大公报》上的广告，原来是军事政治学校（原黄埔军校）第六期招收女生启事。

“二哥，我要去当兵！”

“有这勇气？”

“有！有！”

“不怕死吗？”

“不怕！不怕！”

口里答应着，眼睛在看广告上的考试科目：英文、国文、数学、政治常识、地理、历史……名额两百名。报考资格：高中或大学毕业，或肄业学生，勇敢、爱国……可惜我没有把当时的报纸留下，记得广告的大意是如此，文字可能有出入。

“我的天，就去报名。”

“不要性急，让我先考考你的思想和常识，这是你在报名的时候，他们就要问的。”

二哥一本正经地说：“你为什么来当兵？”

“第一，为了国家民族，献身国民革命；第二，为了求男女平等……”

“哈哈，你原来是为自己打算，还有第三吗？”

“有，有，我不说了。”

正在这时，三哥进门来了。

“今天星期天，我特地早点出门，想邀冈猛子（也不知什么缘故，从什么时候开始，三位哥哥都叫我‘猛子’，大概是因为我的个性强，说话鲁莽的关系）来你这里集会，请你们去吃早点；打电话说她不在学校，我正在怀疑：这么早，她到哪里去了呢？”

“三哥，我要从军去了。”

我把手里的报纸广告指给他看。

“我也正为这件事而来，冈猛子很容易冲动，凡事不仔细考虑。你想当兵，父母会答应吗？”

“不答应也要去。”我坚决地说。

“二哥，你和她谈过了吗？”

“谈过了，她去志已决。”

“我反对，冈猛子如果真的去当兵，性情一定会变得很坏，将来不能做贤妻良母。”

“我和你的看法不同，我觉得她假如考取了军校，对她只有好处，她这么爱好文艺，正开始学习写文章投稿，她去从军，一定有不少新鲜的有意义的材料，可以充实她的生活，还可以锻炼她的身体……”

“二哥，你要知道，她学的是师范，明年暑假就要毕业去实习，当小学老师了，你赞成她去当兵，等于毁了她的前途。”

“不，不，我想这大好机会，正是帮助她创造美好前途。她在军队里，一定会搜集不少可歌可泣的材料，对于她将来从事写作，是大有帮助的。”

“我始终反对，如果爸爸和妈妈知道，还了得！”

三哥气呼呼地说。

“爸爸不会反对，他曾教我读《木兰辞》，说她代父从军，是个孝女，又会打仗。”

因为有了二哥撑腰，我的胆子大起来了，敢和三哥辩论。

“好，我们现在先去吃饭，回头再讨论这个问题。”

二哥一面说，一面站起来准备走。

这天早晨，吃的烧饼油条、油豆腐、粉丝、豆浆，是什么味道，我一点感觉不出来，充满在脑中和心里的，只是明天去报名，投考军校的问题。

报名

真没有想到第二天朝会的时候，有“外婆校长”之称的徐特立先生，突然训话了，他说：

“你们在师范学校读书，不但养得你们有吃有喝，书籍、笔记本，都是公家发的，每年还有两套制服，冬天灰色，夏天白色，每月还有两块钱零用，你们比在家里吃得要好，国家为什么要这样优待你们？完全是为了要你们毕业之后终身献给教育，培养幼苗出来，如果你们因为好奇要去当兵，谁来做幼稚生、小学生的老师呢？”

校长在台上训话时，下面有两位同学悄悄地说：又不是全体去从军，有什么关系，难道革命不比教育更重要吗？

“我并不反对你们去投考报名，但是我要警告你们，考不取的，是绝对不准再回学校的，那时候，就得你们自己找出路。”

——当然啰！我几乎要大声说出来。

朝会完了，大家议论纷纷，胆子小的就开始动摇了，我和翔霄侄，还有四位同学，决定第二天去报名。

“考不取,我们去当勤务兵总可以吧?万一不行,我们去投考普通中学!至于钱的问题,到时再说,走一步,算一步,天无绝人之路,我们要勇敢奋斗才行!”

我好像在讲演似的,她们五个人都不住地点头说:

“好,明天我们一块儿去报名。”

真没想到我们六个人都考上了,有一位大家叫她“铁大姐”的(原名周铁忠)真出乎我们意料之外。她的文化程度很低,一笔歪歪斜斜的字,一进学校,就当了学生会的主席,说起话来声音很粗,像男人,开口打倒军阀,消灭帝国主义,闭口完成国民革命,实现世界大同。几年之后,才知道她是徐特立保送进来的,原来他们很早就是共产党同志了。

天下有多少事情不可预料,我考取了军校,正在万分高兴的时候,不料还没有进学校,就被开除了。

事情经过是这样的:

在长沙投考的人数,共有三千多人,他们本来规定只录取男生一百名,女生二十名,后来经全体考生请求增加名额,取了男生二百名,女生五十名;不料到了武汉要举行复试,淘汰一百五十名。大家听了这个消息,一致反对,因为我们都是下了最大决心,牺牲家庭,牺牲学业,甚至要牺牲生命,来投考军校的;如今考取了,嫌我们湖南人太多,要想法淘汰,真是岂有此理!革命是全国男女老幼的事,参加的人越多越好,于是大家起来反对。立刻推举十个代表出来,向校方请愿。起初有人提议男女各半;后来很多人反对,因为男生比女生多好几倍,改为男生八人,女生两人为代表。不知什么人提议铁大姐和我两人代表女生，我极力反对，没有人听我的话，全体鼓掌，一致通过。

唉！谁知道噩运来到，十个倒霉鬼去请愿，统统被开除。

这时候，幸亏二哥来武昌接洽政治部工作，我去找他，见面先流泪，他连忙安慰我：

“冈猛子，不要难过，你还有一个机会参加考试的；不过你要改名字、改籍贯去考。我相信你一定会录取。”

“我改个什么名字呢？”

我擦干了眼泪问。

“冰莹。你前次报名是鸣冈，是用的学名，现在用笔名，他不会知道是一个人。”

“籍贯呢？”

“北平。”

“可是我不会说北平话。”

“傻瓜，你不会说你生在湖南吗？”

“啊，不可以！不可以！他们要对相片的。”

“前次你的相片如果是正面，这次用侧面；前次是侧面，这次就用正面；不要穿同样的衣服，就看不出来了。”

没想到这么老实的二哥，会教给他的妹妹说谎，我一面讽刺他，一面暗地里高兴。第二天，我真的去照了一张侧面像，去报了“谢冰莹，北平人，女师大附中肄业”。报名时要对相片，那个中年人左看右看，他很怀疑，首先问我：

“你该不是冒称北平吧？为什么说的完全是长沙话？”

“我爸爸在长沙做事二十多年了，我们兄妹都只会说长沙话，我是在长沙出生的。”

“我好像看见过从长沙来的一个女孩子被开除了，你很像她，是不是你又化名来考？”

“那怎么会？世界上长得相像的人很多。她既然被开除，还敢化名来考吗？难道她不怕第二次开除？”

我口里虽然这样说着，其实心里早就在发抖了。

好像做梦似的，发榜那天，我从最后一个看起，顺着向前看，还有二三十个名字，我懒得看了，只听得谭浩郁在叫我：

“鸣姊，鸣姊，恭喜你，考了一个状元，第一名！第一名！”

“不要胡说，开什么玩笑嘛！”

我很生气地走开，她把我拖回来看榜。

果然是第一名，我真有点不相信自己的眼睛。

过了半个月，由阅卷的先生们传出来许多笑话：

问：何谓施政三时期？

答：春、夏、秋。

问：何谓五胡乱华？

答：酒壶、茶壶、便壶……

还有几个有趣的问答，我记不起来了。

一点感想

前年我去台湾，曾参加军校六期同学的理监事联谊会和聚餐会，谈到女同学的问题，感慨很多。我们当时两百多人，如今已烟消云散，不知还有多少活在人间。最令我们伤心的是：《黄埔》月刊，连“女生队”三个字，也从没有人提及过。半个世纪，就忘记得干干净净，也许百年以后，该没有人知道什么叫“北伐”了。

窗

张中行

人由穴居野处起就有个避外来侵扰之地。外来侵扰有有生命的,由人到虎豹、蛇蝎都是;有无生命的,风雨、寒热之类是也。与有巢氏的构木为巢相比,穴居是改善。只要人种不灭、人心不死,还要改善,中间变化很多,由茅茨不剪而府第,而宫殿,直到仰面不能见其顶的高楼,皆是也。茅屋也好,高楼也好,住于其内,就有了个自成一统的小天地。这小天地寓有封闭之意,却不能完全封闭,因为人要活就不能离开住屋之外的世界,例无限。轻,碧螺春不能入就不能泡茶;重,双文不能入就不能唱佳期了。所以要辟门,要安窗。门所以便出入(包括阻止出入),窗所以通气通光。小文难得兼顾,决定舍去门而只说窗。

窗是能兼顾的,气方面是吐故纳新,光方面是室内之物由不可见变为可见,由不清晰变为清晰。这兼顾的两方面有没有高下之分?理,难讲;只看事实则是千百年来久矣夫,都是对光热而对气冷。我见闻不多,记忆更差,关于窗通气的功德,搜索枯肠,只搜到一桩,是立在窗外偷听室内的秘语。且夫秘,多与政场或情场有关,有道之士所不愿闻或不忍闻者也,我又何必沾染这淤泥?所以这里说窗，也就安于片面，泄了气而只欣赏光。

有光，能办无光不能办的许多事。走正人君子一条路，要把“学而时习之”的“学”放在最上位。常说十年寒窗，且不管学的是五经还是八股，标举十年，总是意在强调有成，也许中间还要加上多情小姐花园赠金，之后就真是金榜题名、光宗耀祖云云，所有这一切，没有窗是必不成的。由十年寒窗还会想到同窗，我的经验，这所同之窗最好是早年的，现身说法，是儿童时期的，因为心最纯，情最亲。我有幸，这样的同窗颇有几位，只是可惜都作古了，所剩只是一些亲和的影像，这影像，寻根溯源，也是无窗就不能有的。

儿童时期与小伴侣所同之窗是学校的教室之窗，前檐下的上部大半都是，成为全面的，所以很大。我也见过很小的窗，那是在凤阳乡村，“文革”时期，我奉命到干校去接受改造，在干校附近看到的，都是茅草屋顶，四面土墙，前面门旁偏上方开个方形小孔，每边约一尺多。这样小的窗，通光的能力有限，所以妇女做针线活，都是搬个坐具，坐在门外，如京剧花旦之演《拾玉镯》。人的生活经历容易孕育偏见，我多年的住屋，窗大多是中间型的，既不像凤阳那样小，又不像教室那样大。窗过小的缺点用不着说——也无妨说说，如宗少文，想卧游就不成，如柳三变，想写“执手相看泪眼”就没有根据，因为都是视而不能见。过大呢，通光没有问题，只是违背了墙上开个洞以求明的本性，至少是我，反而感到有所失。

单说我惯于相伴的中间型的，前后两个时期有别。前期是在家乡，瓦屋纸窗，窗之下都是几乎占住屋之半的土坯炕，上铺苇席，下有交叉的空洞可以通炊烟。这样的窗没有可以居内见外的优越性，因为想见，先要脱鞋上炕，然后开窗，很麻烦。但是有另一种优越性，是早春晚秋，老朽一流，腹内装了稀粥还没有暖意的时候，可以斜卧在窗前接受阳光透过纸窗送来的温暖，这是一种高级享受，所谓“负曝奇温胜若裘”也。我有时甚至想，陶渊明说“北窗下卧，遇凉风暂至，自谓是羲皇上人”，像是移到“南窗下卧”更为合适，因为其所得就不是“暂”而是“久”。

而立之年以后，我离开瓦屋纸窗的故乡，住屋之窗变为玻璃的。许多现代化的事物使诗意大减或小减，而玻璃窗却像是例外。当然，红花也要有绿叶扶持，这是说，最好是平房，窗前有个小院，目光穿过小院可以望见街门。小院可以利用，听才子的，窗前种竹可以，听佳人的，窗前种海棠也可以。走懒散一条路，任它“三径就荒”也无不可。总之，这样，坐在窗明几净的窗前就可以看到窗外，甚至心飞往天外。何以心会飞到天外？是可能看到旧燕衔泥，心就会联想到旧人或远人。

由物而转到人，系心的情况就必致变为更加复杂。杜甫在《秋述》中慨叹：“寻常车马之客，旧雨来，今雨不来。”比如不管是旧日的雨天还是今日的雨天，友人来了，敲住室之门而入就远不如由窗内望见走过小院而入。男本位，“凌波不过横塘路，但目送芳尘去”，算做梦也好，如果这逐芳尘的人去而复返，也走入小院，则由窗内望见，心情该是怎么样？在这种地方，就是限于歌颂窗，语言也就无能为力了。语云，痴人说梦，而由梦回到现实，就不能不想到失去很久的前有小院的窗，没有这样的窗，即使几位故交仍健在，肯策杖来蜗居，擎杯共度周末，隔窗望见身影时的欢娱也不再有了。

窗的大用还有入夜之时，或更大的用是在入夜之时。李白诗有云：“床前明月光，疑是地上霜。举头望明月，低头思故乡。”诗不高明，因为用“霜”字只是为凑韵，月光入户，只是亮而并不白。“思故乡”所写也许是真情意，因为“隔千里兮共明月”。姑且算作因月光而想到故乡吧,这月光之能够到床前,也是借了窗的助力。入夜,对于窗的处理也有党派之分:有的人窗内加帘,入夜阖帘,阻止星月之光侵入;有的人相反,纵使窗内有帘,入夜也不阖,甚至欢迎星月之光升堂入室。想来李白是主张开放的,所以月明之夜,光就越过窗而走到床前。推想佳人都是属于封闭派的,因为所住之处或为金屋,或为玉楼,封闭且有不少人想窥视,况开放乎?至于我,多年来属于李白一派,入夜,室中烛灭,梦周公或梦为蝴蝶之前以及之余,目微启,就愿意看见窗外的朗月和星辰。理由呢,自己也说不清楚,勉强说,形而下是明晰比漆黑一片有意思,形而上,见天不变就仍可以坚信道不变。

其实,道不变并不是毫无缺点,缺点之一种,或很重大的一种,是写实成分过多,以致《聊斋志异》式的“异”就不再有存身之地。可怜的补救之道是自己制造幻想,求境由心造,比如身在北国的斗室之中,心则可以飞到南国的小艇之上。近取诸身,我自己制造的幻想备式备样,其中一种曾用韵语的形式写出,曰“何当一整钗头凤,共倚屏山对月明”,这月明,如果能见,显然也是借助窗的通路才能办到的。窗之为用真是大矣哉。

只是可惜,已经有二十年以上,我不再有窗外能种点什么的小院。连升几级入楼,仍旧有窗,所能见则除楼以外,只是天的一小块。“对月明”是很难了。也好,那就把瓦屋纸窗的窗,平房小院的窗,以及幻想的散乱的钗头之凤,都埋葬在记忆中吧。

新年抒怀

季羡林

除夕之夜，半夜醒来，一看表，是一点半钟，心里轻轻地一颤：又过去一年了。

小的时候，总希望时光快快流逝，盼过节，盼过年，盼迅速长大成人。然而，时光却偏偏好像停滞不前，小小的心灵里溢满了愤愤不平之气。

但是，一过中年，人生之车好像是从高坡上滑下，时光流逝得像电光一般。它不饶人，不了解人的心情，愣是狂奔不已。一转眼间，“两岸猿声啼不住，轻舟已过万重山”，滑过了花甲，滑过了古稀，少数幸运者或者什么者，滑到了耄耋之年。人到了这个境界，对时光的流逝更加敏感。年轻的时候考虑问题是以年计、以月计，到了此时，是以日计、以小时计了。

我是一个幸运者或者什么者，眼前正处在耄耋之年。我的心情不同于青年，也不同于中年，纷纭万端，绝不是三两句就能说清楚的。我自己也理不出一个头绪来。

过去的一年，可以说是我一生最辉煌的年份之一。求全之毁根本没有，不虞之誉却多得不得了，压到我身上，使我无法消化，使我感到沉重。有一些称号，初戴到头上时，自己都感到吃惊，感到很不习惯。就在除夕的前一天，也就是前天，在第一次全国性的国家图书奖会议上，在改革开放以来十几年的，包括文理法农工医以及军事等等方面的五十一万多种图书中，经过全国七十多位专家的认真细致的评审，共评出国家图书奖四十五种。只要看一看这个比例数字，就能够了解获奖之困难。我自始至终参加了评选工作。至于自己同获奖有份，一开始时，我连做梦都没有梦到。然而结果我却有两部书获奖。在小组会上，我曾要求撤出我那一本书，评委不同意。我只能以不投自己的票的办法来处理此事。对这个结果，要说自己不高兴，那是矫情，那是虚伪，为我所不取。我更多地感觉到的是惶恐不安，感觉到惭愧。许多非常有价值的图书，由于种种原因没能评上，自己却一再滥竽。这也算是一种机遇，也是一种幸运吧。我在这里还要补上一句：在旧年的最后一天的《光明日报》上，我读到老友邓广铭教授对我的评价，也是既感且愧。

我过去曾多次说到，自己向无大志，我的志是一步步提高的，有如水涨船高。自己绝非什么天才，我自己评估是一个中人之才。如果自己身上还有什么可取之处的话，那就是，自己是勤奋的，这一点差堪自慰。我是一个富于感情的人，是一个自知之明超过需要的人，是一个思维不懒惰、脑筋永远不停地转动的人。我得利之处，恐怕也在这里。过去一年中，在我走的道路上，撒满了玫瑰花；到处是笑脸，到处是赞誉。我成为一个“很可接触者”。要了解我过去一年的心情，必须把我的处境同我的性格，同我内心的感情联系在一起。

现在写“新年抒怀”，我的“怀”，也就是我的心情，在过去一年，我的心情是什么样子的呢？

首先是,我并没有被鲜花和赞誉冲昏了头脑,我的头脑是颇为清醒的。一位年轻的朋友说,我似乎忘记了自己的年龄。这只是一个表面现象。尽管从表面上来看,我似乎是朝气蓬勃,在学术上野心勃勃,我揽的工作远远超过一个耄耋老人所能承担的,我每天的工作量在同辈人中恐怕也居上乘。但是我没有忘乎所以,我并没有忘记自己的年龄。在友朋欢笑之中,在家庭聚乐之中,在灯红酒绿之时,在奖誉纷至沓来之时,我满面含笑,心旷神怡,却蓦地会在心灵中一闪念:“这一出戏快结束了!”像“撞客”的人一样,这一闪念紧紧跟随着我,我摆脱不掉。

是我怕死吗?不,不,绝不是的。我曾多次讲过:我的性命本应该在十年浩劫中结束的。在比一根头发丝还细的偶然性中,我侥幸活了下来。从那以后,我所有的寿命都是白捡来的;多活一天,也算是赚了。而且对于死,我近来也已形成了一套完整的看法:“应尽便须尽,无复独多虑。”死是自然规律,谁也违抗不得。用不着自己操心,操心也无用。

那么我那种快煞戏的想法是怎样来的呢?记得在大学读书时,读过俞平伯先生的一篇散文:《重过西园码头》,时隔六十余年,至今记忆犹新。其中有一句话:“从现在起,我们要仔仔细细地过日子了。”这就说明,过去日子过得不仔细,甚至太马虎。俞平伯先生这样,别的人也是这样,我当然也不例外。日子当前,总过得马虎。时间一过,回忆又复甜蜜。宋词中有一句话,“当时只道是寻常”,真是千古名句,道出了人们的这种心情。我希望,现在能够把当前的日子过得仔细一点,认为不寻常一点。特别是在走上了人生最后一段路程时,更应该这样。因此,我的快煞戏的感觉,完全是积极的,没有消极的东西,更与怕死没有牵连。

在这样的心情的指导下，我想得很多很多，我想到了很多的人。首先是想到了老朋友。清华时代的老朋友胡乔木，最近几年曾几次对我说，他想要看一看年轻时候的老朋友。他说："见一面少一面了！"初听时，我还觉得他过于感伤，后来逐渐品味出他这一句话的分量。可惜他前年就离开了我们，走了。去年我用实际行动响应了他的话，我邀请了六七位有五六十年友谊的老友聚了一次。大家都白发苍苍了，但都兴会淋漓。我认为自己干了一件好事。我哪里会想到，参加聚会的吴组缃现已病卧医院中。我听了心中一阵颤动。今年元旦，我潜心默祷，祝他早日康复，参加我今年准备的聚会。没有参加聚会的老友还有几位。我都一一想到了，我在这里也为他们的健康长寿祷祝。

我想到的不只有老年朋友，年轻的朋友，包括我的第一代、第二代、第三代的学生，无论是在国内，还是在国外，我也都一一想到了。我最近颇接触了一些青年学生，我认为他们是我的小友。不知道为什么，我对这一群小友的感情越来越深，几乎可以同我的年龄成正比。他们朝气蓬勃，前程似锦。我发现他们是动脑筋的一代，他们思考着许许多多的问题，淳朴，直爽，处处感动着我。俗话说："长江后浪推前浪，世上新人换旧人。"我们祖国的希望和前途就寄托在他们身上，全人类的希望和前途也寄托在他们身上。对待这一批青年，唯一正确的做法是理解与爱护、诱导与教育，同时还要向他们学习。这是就公而言。在私的方面，我同这些生龙活虎般的青年们在一起，他们身上那一股朝气，充盈洋溢，仿佛能冲刷掉我身上这一股暮气，我顿时觉得自己年轻了若干年。同青年们接触真能延长我的寿命。古诗说："服食求神仙，多为药所误。"我一不服食，二不求神。青年学生就是我的药石，就是我的神仙。我企图延长寿命，并不是为了想多吃人间几千顿饭。我现在吃的饭并不特别好吃，多吃若干顿饭是毫无意义的。我现在计划要做的学术工作还很多，好像一个人在日落西山的时分，前面还有颇长的路要走。我现在只希望多活上几年，再多走几程路，在学术上再多做点工作，如此而已。

在家庭中，我这种煞戏的感觉更加浓烈。原因也很简单，必然是因为我认为这一出戏很有看头，才不希望它立刻就煞住，因而才有这种浓烈的感觉。如果我认为这一出戏不值一看，它煞不煞与己无干，淡然处之，这种感觉从何而来？过去几年，我们家屡遭大故。老祖离开我们，走了。女儿也先我而去。这在我的感情上留下了永远无法弥补的伤痕。尽管如此，我仍然有一个温馨的家。我的老伴、儿子和外孙媳妇仍然在我的周围。我们和睦相处，相亲相敬。每一个人都是一个最可爱的人。除了人以外，家庭成员还有两只波斯猫，一只顽皮，一只温顺，也都是最可爱的猫。家庭的空气怡然，盎然。可是，前不久，老伴突患脑溢血，住进医院。在她没病的时候，她已经不良于行，整天坐在床上。我们平常没有多少话好说。可是我每天从大图书馆走回家来，好像总嫌路长，希望早一点到家。到了家里，在破藤椅上一坐，两只波斯猫立即跳到我的怀里，让我搂她们睡觉。我也眯上眼睛，小憩一会儿。睁眼就看到从窗外流进来的阳光，在地毯上流成一条光带，慢慢地移动。在百静中，万念俱息，怡然自得。此乐实不足为外人道也。然而老伴却突然病倒了。在那些严重的日子里，我再从大图书馆走回家来，在下意识中，总嫌路太短，我希望它长，更长，让我永远走不到家。家里缺少一个虽然坐在床上不说话却散发着光与热的人。我感到冷清，我感到寂寞，我不想进这个家门。在这样的情况下，我心里就更加频繁地出现那一句话："这一出戏快煞戏了！"但是，就目前的情况来看，老伴虽然仍然住在医院里,病情已经有了好转。我在盼望着,她能很快回到家来,家里再有一个虽然不说话但却能发光发热的人,使我再能静悄悄地享受沉静之美，让这一出早晚要煞戏的戏再继续下去演上几幕。

按世俗的算法，从今天起，我已经达到八十三岁的高龄了,几乎快到一个世纪了。我虽然不爱出游,但也到过三十个国家,应该说是见多识广。在国内将近半个世纪,经历过峰回路转,经历过柳暗花明,快乐与苦难并列,顺利与打击杂陈。我脑袋里的回忆太多了,过于多了。眼前的工作又是头绪万端,谁也说不清我究竟有多少名誉职称,说是打破纪录,也不见得是夸大。但是,在精神上和身体上的负担太重了，我真有点承受不住了。尽管正如我上面所说的,我一不悲观,二不厌世,可是我真想休息了。古人说:“大丈夫劳我以生,息我以死。”德国伟大诗人歌德晚年有一首脍炙人口的诗,最后一句是“你也休息”,仿佛也表达了我的心情,我真想休息一下了。

心情是心情，活还是要活下去的。自己身后的道路越来越长,眼前的道路越来越短，因此前面剩下的这短短的道路，更弥加珍贵。我现在过日子是以天计,以小时计。每一天每一个小时都是可贵的。我希望真正能够仔仔细细地过,认认真真地过,细细品味每一分钟每一秒钟,我认为每一分每一秒都不“寻常”。我希望千万不要等到以后再感到“当时只道是寻常”,空吃后悔药,徒唤奈何。对待自己是这样。对待别人,也是这样。我希望尽上自己最大的努力,使我的老朋友,我的小朋友,我的年轻的学生,当然也有我的家人,都能得到愉快。我也绝不会忘掉自己的祖国。只要我能为她做到的事情,不管多么微末,我一定竭尽全力去做。只有这样,我心里才能获得宁静，才能获得安慰。“这一出戏就要煞戏了”，它愿意什么时候煞，就什么时候煞吧。

现在正是严冬。室内春意融融，窗外万里冰封。正对着窗子的那一棵玉兰花，现在枝干光秃秃的一点生气都没有。但是枯枝上长出的骨朵儿却象征着生命，蕴含着希望。花朵正蜷缩在骨朵儿内心里，春天一到，东风一吹，会立即能绽开白玉似的花。池塘里，眼前只有残留的枯叶在寒风中在冰层上摇曳。但是，我也知道，只等春天一到，坚冰立即化为粼粼的春水。现在蜷缩在黑泥中的叶子和花朵，在春天和夏天里都会蹿出水面。在春天里，“莲叶何田田”。到了夏天，“接天莲叶无穷碧，映日荷花别样红”，那将是何等光华烂漫的景色啊。“冬天到了，春天还会远吗？”我现在一方面脑筋里仍然会不时闪过一个念头，“这一出戏快煞戏了”，这丝毫也不含糊；但是，另一方面我又觉得这一出戏的高潮还没有到，恐怕在煞戏前的那一刹那才是真正的高潮，这一点，也绝不含糊。

乡里旧闻

孙犁

度春荒

我的家乡,邻近一条大河,树木很少,经常旱涝不收。在我幼年时,每年春季粮食很缺,普通人家都要吃野菜树叶。春天,最早出土的,是一种名叫老刮锦的野菜,孩子们带着一把小刀,提着小篮,成群结队到野外去,寻觅剜取像铜钱大小的这种野菜的幼苗。

这种野菜,回家用开水一泼,掺上糠面蒸食,很有韧性。

与此同时出土的是锯锯菜,就是那种有很白嫩的根,带一点苦味的野菜。但是这种菜,不能当粮食吃。

以后,田野里的生机多了,野菜的品种也就多了。有黄须菜,有扫帚苗,都可以吃。春天的麦苗,也可以救急,这是要到人家地里去偷来。

到树叶发芽,孩子们就脱光了脚,在手心吐些唾沫,上到树上去。榆叶和榆钱是最好的菜。柳芽也很好。在大荒之年,我吃过杨花,就是大叶杨春天抽出的那种穗子一样的花。这种东西,是不得已而吃之,并且很费事,要用水浸好几遍,再上锅蒸,味道是很难闻的。

在春天，田野里跑着无数的孩子们，是为饥饿驱使，也为新的生机驱使，他们漫天漫野地跑着，寻视着，欢笑并打闹，追赶和竞争。

春风吹来，大地苏醒，河水解冻，万物孳生，土地是松软的，把孩子们的脚埋进去，他们仍然欢乐地跑着，并不感到跋涉。

清晨，还有露水，还有霜雪，小手冻得通红，但不久，太阳出来，就感到很暖和，男孩子们都脱去了上衣。

为衣食奔波，而不大感到愁苦，只有童年。

我的童年，虽然也常有兵荒马乱，究竟还没有遇见大灾荒，像我后来从历史书上知道的那样。这一带地方，在历史上，特别是新旧五代史上记载，人民的遭遇是异常悲惨的。因为战争，因为异族的侵略，因为灾荒，一连很多年，在书本上写着：人相食；析骨而焚；易子而食。

战争是大灾荒、大瘟疫的根源。饥饿可以使人疯狂，可以使人死亡，可以使人恢复兽性。曾国藩的日记里，有一页记的是太平天国战争时安徽一带的人肉价目表。我们的民族，经历了比噩梦还可怕的年月！

日本帝国主义的侵略，以战养战，三光政策，是很野蛮很残酷的。但是因为共产党记取历史经验，重视农业生产，村里虽然有那么多青年人出去抗日，每年粮食的收成，还是能得到保证。党在这一时期，在农村实行合理负担的政策。地主富农，占有大部分土地，虽然对这种政策，心里有些不满，他们还是积极经营的。抗日期间，我曾住在一家地主家里，他家的大儿子对我说：“你们在前方努力抗日，我们在后方努力碾米。”

在抗日战争中，我们成功地避免了“大兵之后，必有凶年”的可怕遭遇，保证了抗日战争的胜利。

村长

这个村庄本来很小,交通也不方便,离保定一百二十里,离县城十八里。它有一个村长,是一家富农。我不记得这村长是民选的,还是委派的。但他家的正房里,悬挂着本县县长颁发的一个奖状,说他对维持地方治安有成绩,用镜框装饰着。平日也看不见他有什么职务,他照样管理农事家务,赶集卖粮食。村里小学他是校董,县里督学来了,中午在他家吃饭。他手下另有一个“地方”,这个职务倒很明显,每逢征收钱粮,由他在街上敲锣呼喊。

这个村长个子很小,脸也很黑,还有些麻子。他的穿着比较讲究,在冬天,他有一领羊皮袄,在街上走路的时候,他的右手总是提起皮袄右面的开襟地方,步子也迈得细碎些,这样,他以为势派。

他原来和地方的老婆姘靠着。地方出外很多年,回到家后,村长就给他一面铜锣,派他当了地方。

在村子的最东头,有一家人卖油炸果子,有好几代历史了。这种行业,好像并不成全人,每天天不亮,就站在油锅旁,男人们都得了痨病,很早就死去了。但女人就没事,因此,这一家有好几个寡妇。村长又爱上了其中一个高个子的寡妇,就不大到地方家去了。

可是,这个寡妇,在村里还有别的相好,因为村长有钱有势,其他人就不能再登上她家的门边。

1937 年,“七七”事变,国民党政权南逃。这年秋季,地方大乱。一到夜晚,远近枪声如度岁。有绑票的,有自卫的。

一天晚上,村长又到东头寡妇家去,夜深了才出来,寡妇不放心,叫她的儿子送村长回家。走到东街土地庙那里,从庙里出来几个人,用撅枪把村长打死在地,把寡妇的儿子也打死了。寡妇就这一个儿子,还是她丈夫的遗腹子。把他打死,显然是怕他走漏风声。

村长头部中了数弹，但他并没有死，因为撅枪和土造的子弹，都没有准头和力量。第二天早上苏醒了过来。儿子把他送到县城医治枪伤，并指名告了村里和他家有宿怨的几个农民。当时的政权是维持会，土豪劣绅管事，当即把几个农民抓到县里，并带了镣。八路军到了，才释放出来。

村长回到村里，五官破坏，面目全非。深居简出，常常把一柄大铡刀放在门边，以防不测。1939 年，日本人占据县城，地方又大乱。一个夜晚，村长终于被绑架到村南坟地，割去生殖器，大卸八块。村长之死，从政治上说，是打击封建恶霸势力。这是村庄开展阶级斗争的序幕。

那个寡妇，脸上虽有几点浅白麻子，长得却有几分人才，高高的个儿，可以说是亭亭玉立。后来，村妇救会成立，她是第一任的主任，现在还活着。死去的儿子，也有一个遗腹子，现在也长大成人了。

村长的孙子孙女，也先后参加了八路军，后来都是干部。

凤池叔

凤池叔就住我家的前邻。在我幼年时，他盖了三间新的砖房。他有一个叔父，名叫老亭。在本地有名的联庄会和英法联军交战时，他伤了一只眼，从前线退了下来，小队英国兵追了下来，使全村遭了一场浩劫，有一名没有来得及逃走的妇女，被鬼子轮奸致死。这位妇女，死后留下了不太好的名声，村中的妇女们说：她本来可以跑出去，可是她想发洋人的财，结果送了命。其实，并不一定是如此的。

老亭受了伤，也没有留下什么英雄的称号，只是从此名字上加了一个字，人们都叫他瞎老亭。

瞎老亭有一处宅院，和凤池叔紧挨着，还有三间土甓北房。他为人很是孤独，从来也不和人们来往。我们住得这样近，我也不记得在幼年时到他院里玩耍过，更不用说到他的屋子里去了。我对他那三间住房，没有丝毫的印象。

但是，每逢从他那低矮颓破的土院墙旁边走过时，总能看到，他那不小的院子里，原是很吸引儿童们的注意的。他的院里有几棵红枣树，种着几畦瓜菜，有几只鸡跑着，其中那只大红公鸡，特别雄壮而美丽，不住声趾高气扬地啼叫。

瞎老亭总是一个人坐在他的北屋门口。他呆呆地直直地坐着，坏了的一只眼睛紧紧闭着，面容愁惨，好像总在回忆着什么不愉快的事。这种形态，儿童们一见，总是有点害怕的，不敢去接近他。

我特别记得，他的身旁，有一盆夹竹桃，据说这是他最爱惜的东西。这是稀有植物，整个村庄，就他这院里有一棵，也正因为有这一棵，使我很早就认识了这种花树。

村里的人，也很少有人到他那里去。只有他前邻的一个寡妇，常到他那里，并且半公开的，在夜间和他做伴。

这位老年寡妇，毫不隐讳地对妇女们说：

“神仙还救苦救难哩，我就是这样，才和他好的。”

瞎老亭死了以后，凤池叔以亲侄子的资格，继承了他的财产。拆了那三间土甓北房，又添上些钱，在自己的房基上，盖了三间新的砖房。那时，他的母亲还活着。

凤池叔是独生子，他的父亲是怎样一个人，我完全不记得，可能死得很早。凤池叔长得身材高大，仪表非凡，他总是穿着整整齐齐的长袍，步履庄严地走着。我时常想，如果他的运气好，在军队上混事，一定可以带一旅人或一师人。如果是个演员，扮相一定不亚于武生泰斗杨小楼那样威武。

可是他的命运不济。他一直在外村当长工。行行出状元，他是远近知名的长工：不只力气大，农活精，赶车尤其拿手。他赶几套的骡马，总是有条不紊，他从来也不像那些粗劣的驭手，随便鸣鞭、吆喝，以至虐待折磨牲畜。他总是若无其事地把鞭子抱在袖筒里，慢条斯理地抽着烟，不动声色，就完成了驾驭的任务。这一点，是很得地主们的赏识的。

但是，他在哪一家也待不长久，最多二年。这并不是说他犯有那种毛病：一年勤，二年懒，三年就把当家的管。主要是他太傲慢，从不低声下气。另外，车马不讲究他不干，哪一个牲口不出色，不依他换掉，他也不干。另外，活当然干得出色，但也只是大秋大麦之时，其余时间，他好参与赌博，交结妇女。

因此，他常常失业家居。有一年冬天，他在家里闲着，年景又不好，村里的人都知道他没有吃的了，有些本院的长辈，出于怜悯，问他：

"凤池，你吃过饭了吗？"

"吃了！"他大声地回答。

"吃的什么？"

"吃的饺子！"

他从来也不向别人乞求一口饭，并绝对不露出挨饥受饿的样子。也从不偷盗，穿着也从不减退。

到过他的房间的人，知道他是家徒四壁，什么东西也卖光了的。

不知从哪里来了一个女的，藏在他的屋里，最初谁也不知道。

一天夜间,这个妇女的本夫带领一些乡人,找到这里,破门而入。凤池叔从炕上跃起,用顶门大棍,把那个本夫,打了个头破血流,一群人慑于威势,大败而归,沿途留下不少血迹。那个妇女也待不住,从此不知下落。

凤池叔不久就卖掉了他那三间北房。土改时,贫民团又把这房分给了他。在他死以前,他又把它卖掉了,才为自己出了一个体面的、虽属光棍但谁都乐于帮忙的殡,了此一生。

干巴

在这个小小的村庄里, 干巴要算是最穷最苦的人了。他的老婆,前几年,因为产后没吃的死去了,留下了一个小孩。最初,人们都说是个女孩,并说她命硬,一下生就把母亲克死了。过了两三年,干巴对人们说,他的孩子不是女孩,是个男孩,并给他起了个名字,叫小变儿。

干巴好不容易按照男孩子把他养大, 这孩子也渐渐能帮助父亲做些事情了。他长得矮弱瘦小,可也能背上一个小筐,到野地里去拾些柴火和庄稼了。其实, 他应该和女孩子们一块儿去玩耍、工作。他在各方面,都更像一个女孩子。但是,干巴一定叫他到男孩子群里去。男孩子是很淘气的,他们常常跟小变儿起哄,欺侮他:

“来,小变儿,叫我们看看,又变了没有? ”

有时就把这孩子逗哭了。这样,他的性情、脾气,在很小的时候,就发生了变态:孤僻、易怒。他总是一个人去玩,到其他孩子不乐意去的地方拾柴、捡庄稼。

这个村庄,每年夏天好发大水,水撤了,村边一些沟里、坑里,水还满满的。每天中午,孩子们好聚到那里凫水,那是非常高兴和热闹的场面。

每逢小变儿走近那些沟坑，在其中游泳的孩子们，就喊：

“小变儿，脱了裤子下水吧！来，你不敢脱裤子！”

小变儿就默默地离开了那里。但天气实在热，他也实在愿意到水里去洗洗玩玩。有一天，人们都回家吃午饭了，他走到很少有人去的村东窑坑那里，看看四处没有人，脱了衣服跳进去。这个坑的水很深，一下就灭了顶，他喊叫了两声，没有人听见，这个孩子就淹死了。

这样，干巴就剩下孤身一人，没有了儿子。

他现在什么也没有了，他没有田地，也可以说没有房屋，他那间小屋，是很难叫作房屋的。他怎样生活？他有什么职业呢？

冬天，他就卖豆腐，在农村，这几乎可以不要什么本钱。秋天，他到地里拾些黑豆、黄豆，即使他在地头地脑偷一些，人们都知道他寒苦，也都睁一个眼、闭一个眼，不忍去说他。

他把这些豆子做成豆腐，每天早晨挑到街上，敲着梆子，顾客都是拿豆子来换，很快就卖光了。自己吃些豆腐渣，这个冬天，也就过去了。

在村里，他还从事一种副业，也可以说是业余的工作。那时代，农村的小孩子死亡率很高。有的人家，连生五六个，一个也养不活。不用说那些大病症，比如说天花、麻疹、伤寒，可以死人；就是这些病症，比如抽风、盲肠炎、痢疾、百日咳，小孩子得上了，也难逃个活命。

母亲们看着孩子死去了，掉下两点眼泪，就去找干巴，叫他帮忙把孩子埋了去。干巴赶紧放下活计，背上铁铲，来到这家，用一片破炕席或一个破席锅盖，把孩子裹好，挟在腋下，安慰母亲一句：

"他婶子,不要难过。我把他埋得深深的,你放心吧!"

就走到村外去了。

其实,在那些年月,母亲们对死去一个不成年的孩子,也不很伤心,视若平常。因为她们在生活上遇到的苦难太多,孩子们累得她们也够受了。

事情完毕,她们就给干巴送些粮食或破烂衣服去,酬谢他的帮忙。

这种工作,一直到干巴离开人间,成了他的专利。

菜虎

东头有一个老汉,个儿不高,膀乍腰圆,卖菜为生。人们都叫他菜虎,真名字倒被人忘记了。这个虎字,并没有什么恶意,不过是说他以菜为衣食之道罢了。他从小就干这一行,头一天推车到滹沱河北种菜园的村庄趸菜,第二天一早,又推上车子到南边的集市上去卖。因为南边都是旱地种大田,青菜很缺。

那时用的都是独木轮高脊手推车,车两旁捆上菜,青枝绿叶,远远望去,就像一个活的菜畦。

一车水菜分量很重,天暖季节他总是脱掉上衣,露着油黑的身子,把绊带套在肩上。遇见沙土道路或是上坡,他两条腿叉开,弓着身子,用全力往前推,立时就是一身汗水。但如果前面是硬整的平路,他推得就很轻松愉快了,空行的人没法赶过他去。也不知道他怎么弄的,那车子发出连续的有节奏的悠扬悦耳的声音,——吱扭——吱扭——吱扭扭——吱扭扭。他的臀部也左右有节奏地摆动着。这种手推车的歌,在我幼年的记忆中,留下了深刻的印象。这是田野里的音乐,是道路上的歌,是充满希望的歌。有时这种声音,从几里地以外就能听到。他的老伴,坐在家里,这种声音从离村很远的路上传来。有人说,菜虎一过河,离家还有八里路,他的老伴就能听见他推车的声音,下炕给他做饭,等他到家,饭也就熟了。在黄昏炊烟四起的时候,人们一听到这声音,就说:“菜虎回来了。”

民国六年七月初,滹沱河决口,这一带发了一场空前的洪水,庄稼全都完了,就是半生半熟的高粱,也都冲倒在地里,被泥水浸泡着。直到九十月间,已经下过霜,地里的水还没有撤完,什么晚庄稼也种不上,种冬麦都有困难。这一年的秋天,颗粒不收,人们开始吃村边树上的残叶,剥下榆树的皮,到泥里水里捞泥高粱穗来充饥,有很多小孩到撤过水的地方去挖地梨,还挖一种泥块,叫作“胶泥沉儿”,是比胶泥硬,颜色较白的小东西,放在嘴里吃。这原是营养植物的,现在用来营养人。

人们很快就干黄干瘦了,年老有病的不断死亡,也买不到棺木,都用席子裹起来,找干地方暂时埋葬。

那年我七岁,刚上小学,小学也因为水灾放假了,我也整天和孩子们到野地里去捞小鱼小虾,捕捉蚂蚱、蝉和它的原虫,寻找野菜,寻找所有绿色的、可以吃的东西。常在一起的,就有菜虎家的一个小闺女,叫作盼儿的。因为她母亲有痨病,常年喘嗽,这个小姑娘长得很瘦小,可是她很能干活,手脚利索,眼快,在这种生活竞争的场所,她常常大显身手,得到较多较大的收获,这样就会有争夺,比如一个蚂蚱、一棵野菜,是谁先看见的。

孩子们不懂事,有时问她:

“你爹叫菜虎,你们家还没有菜吃?还挖野菜?”

她手脚不停地挖着土地,回答:

“你看这道儿,能走人吗?更不用说推车了,到哪里去趸菜呀?

一家人都快饿死了！”

孩子们听了，一下子就感到确实饿极了，都一屁股坐在泥地上，不说话了。

忽然在远处高坡上，出现了几个外国人，有男有女，男的穿着中国式的长袍马褂，留着大胡子，女的穿着裙子，披着金黄色的长发。

“鬼子来了。”孩子们站起来。

作为庚子年这一带义和团抗击洋人失败的报偿，外国人在往南八里地的义里村，建立了一座教堂，但这个村庄没有一家在教。现在这些洋人是来视察水灾的。他们走了以后，不久在义里村就设立了一座粥厂。村里就有不少人到那里去喝粥了。

又过了不久，传说菜虎一家在了教。又有一天，母亲回到家来对我说：

“菜虎家把闺女送给了教堂，立时换上了洋布衣裳，也不愁饿死了。”

我当时听了很难过，问母亲：

“还能回来吗？”

“人家说，就要带到天津去呢，长大了也可以回家。”母亲回答。

可是直到我离开家乡，也没见这个小姑娘回来过。我也不知道外国人一共收了多少小姑娘，但我们这个村庄确实就只有她一个人。

菜虎和他多病的老伴早死了。

现在农村已经看不到菜虎用的那种小车，当然也就听不到它那种特有的悠扬悦耳的声音了。现在的手推车都换成了胶皮轱辘，推动起来，是没有多少声音的。

《瓦尔登湖》译本序

徐迟

你能把你的心安静下来吗？如果你的心并没有安静下来，我说，你也许最好是先把你的心安静下来，然后你再打开这本书，否则你也许会读不下去，认为它太浓缩，难读，艰深，甚至会觉得它莫名其妙，莫知所云。

《瓦尔登湖》是本静静的书，极静极静的书，并不是热热闹闹的书。它是一本寂寞的书，一本孤独的书。它只是一本一个人的书。如果你的心没有安静下来，恐怕你很难进入到这本书里去。我要告诉你的是，在你的心静下来以后，你就会思考一些什么。在你思考一些什么问题时，你才有可能和这位亨利·戴维·梭罗先生一起，思考一下自己，更思考一下更高的原则。

这位梭罗先生是与孤独结伴的。他常常只是一个人。他认为没有比孤独这个伴儿更好的伴儿了。他的生平十分简单，十分安静。1817 年 7 月 12 日梭罗生于康科德城；就学并毕业于哈佛大学（1833—1837 年）；回到家乡，执教两年（1838—1840 年）。然后他住到了大作家、思想家拉尔夫·沃尔多·爱默生家里（1841—1843 年），当门徒，又当助手，并开始尝试写作。到 1845 年，他就单身只影，拿了一柄斧头，跑进了无人居住的瓦尔登湖边的山林中，独居到 1847 年才回到康城。1848 年他又住在爱默生家里；1849 年，他完成了一本叫作《康科德河和梅里麦克河上的一星期》的书。差不多同时，他发表了一篇名为《消极反抗》的极为著名的、很有影响的论文。到了 1854 年，我们的这本文学名著《瓦尔登湖》出版了。后来他患了肺病，医治无效，于 1862 年病逝于康城，终年仅四十四岁。

他的一生是如此之简单而馥郁，又如此之孤独而芬芳。也可以说，他的一生十分不简单，也毫不孤独。他的读者将会发现，他的精神生活十分丰富，而且是精美绝伦，世上罕见。和他交往的人不多，而神交的人可就多得多了。

他对自己的出生地，即麻省的康城，深感自豪。康城是爆发了美国独立战争的首义之城。他说过，永远使他惊喜的是他“出生于全世界最可尊敬的地点”之一，而且“时间也正好合适”，适逢美国知识界应运而生的、最活跃的年代。在美洲大陆上，最早的欧洲移民曾居住的“新英格兰”六州，正是美国文化的发祥之地。而正是在麻省的康城，点燃起来了美国精神生活的辉耀火炬。小小的康城，风光如画。一下子，那里出现了四位大作家：爱默生、霍桑、阿尔考特，和他，梭罗。1834 年，爱默生定居于康城，曾到哈佛大学作了以《美国学者》为题的演讲。爱默生演讲，撰文，出书，宣扬有典型性的先知先觉的卓越的人，出过一本《卓越的人》，是他的代表作。他以先驱者身份所发出的号召，给了梭罗以深刻的影响。

梭罗大学毕业后回到康城，正好是他二十岁之时。1837 年 10 月 22 日，他记下了他的第一篇日记：

“你现在在干什么？”他问。“你记日记吗？”好吧，我今天开始，记下了这第一条。

如果要孤独，我必须要逃避现在——我要我自己当心。在罗马皇帝的明镜大殿里我怎么能孤独得起来呢？我宁可找一个阁楼。在那里是连蜘蛛也不受干扰的，更不用打扫地板了，也用不到一堆一堆地堆放柴火。

那个条文里面的“他”，那个发问的人就是爱默生。这真是一槌定了音的。此后，梭罗一直用日记或日志的形式来记录思想。日记持续了二十五年不断。正像卢梭写的《一个孤独的散步者的遐想》一样，他写的也是一个孤独者的日记。而他之要孤独，是因为他要思想。他爱思想。

稍后，在1838年2月7日，他又记下了这样一条：

这个斯多噶主义者（禁欲主义者）的芝诺（希腊哲人）跟他的世界的关系，和我今天的情况差不多。说起来，他出身于一个商人之家——有好多这样的人家啊！——会做生意，会讲价钱，也许还会吵吵嚷嚷，然而他也遇到过风浪，翻了船，船破了，他漂流到了皮拉乌斯海岸，就像什么约翰，什么汤麦斯之类的平常人中间的一个人似的。

他走进了一家店铺子，而被色诺芬（希腊军人兼作家）的一本书（《长征记》）迷住了。从此以后他就成了一个哲学家。一个新生的日子在他的面前升了起来……尽管芝诺的血肉之躯还是要去航海啊，去翻船啊，去受风吹浪打的苦啊，然而芝诺这个真正的人，却从此以后，永远航行在一个安安静静的海洋上了。

这里梭罗是以芝诺来比拟他自己的，并也把爱默生比方为色诺芬了。梭罗虽不是出生于一个商人之家,他却是出身于一个商人的时代,至少他也得适应于当时美国的商业化精神,梭罗的血肉之躯也是要去航海的,他的船也是要翻的,他的一生中也要遇到风吹和浪打的经历的，然而真正的梭罗却已在一个安安静静的海洋上，他向往于那些更高的原则和卓越的人，他是向往于哲学家和哲学了。

就在这篇日记之后的第四天，爱默生在他自己的日记上也记着:“我非常喜欢这个年轻的朋友了。仿佛他已具有一种自由的和正直的心智,是我从来还未遇到过的。”过了几天,爱默生又在自己的日记里写:“我的亨利·梭罗可好呢,以他的单纯和明晰的智力使又一个孤独的下午温煦而充满了阳光。”4 月中,爱默生还记着:“昨天下午我和亨利·梭罗去爬山，雾蒙蒙的气候温暖而且愉快，仿佛这大山如一座半圆形的大剧场,欢饮下了美酒一样。”

本来梭罗的家境比较困难,但还是给他上了大学,并念完了大学。然后他家里的人认为他应该出去闯天下了。可是他却宁可回家乡,在康城的一所私立中学教教书。之后不久,只大他一岁的哥哥约翰也跑来了。两人一起教书。哥哥教英语和数学,弟弟教古典名著、科学和自然史。学生们很爱戴他们俩。亨利还带学生到河上旅行,在户外上课、野餐,让学生受到以大自然为课堂、以万物为教材的生活教育。一位朋友曾称梭罗为“诗人和博物学家”,并非过誉。他的生活知识是丰富而渊博的。当他孤独时,整个大自然成了他的伴侣。

1839 年 7 月,一个十七岁的少女艾伦·西华尔来到康城,并且访问了梭罗这一家子。她到来的当天，亨利就写了一首诗。五天后的日记中还有了这么一句："爱情是没有法子治疗的，唯有爱之弥甚之一法耳。"这大约就是为了艾伦的缘故写的。不料约翰也一样爱上了她，这就使事情复杂化了。三人经常在一起散步，在河上划船，登山观看风景，进入森林探险，他们还在树上刻下了他们的姓氏的首字。谈话是几乎没完没了的，但是这个幸福的时间并不长久。

这年春天，哥儿俩曾造起了一条船。8 月底，他们乘船沿着康科德河和梅里麦克河上做了一次航行。在旅途上，一切都很好，只是两人之间已有着一些微妙的裂纹，彼此都未言明，实际上他们已成了情敌。后来约翰曾向艾伦求婚而被她拒绝了。再后来，亨利也给过她一封热情的信，而她回了他一封冷淡的信。不久后，艾伦就嫁给了一个牧师。这段插曲在亨利心头留下了创伤。但接着发生了一件绝对意想不到的事。1842 年的元旦，约翰在一条皮子上磨利他的剃刀片刀刃时，不小心划破了他的左手中指。他用布条包扎，没有想到两三天后化脓了，全身疼痛不堪。赶紧就医，已来不及，他得了牙关紧闭症，败血病中之一种。他很快进入了弥留状态。十天之后，约翰竟溘然长逝了。突然的事变给了亨利一个最沉重的打击。他虽然竭力保持平静，回到家中却不言不语。一星期后，他也病倒了，似乎也是得了牙关紧闭症。幸而他只是得了由于心理痛苦引起来的心身病状态。整整三个月，他都在这个病中，到 4 月中他又出现在园子里，才渐渐地恢复过来。

那年亨利写了好些悼念约翰的诗。在《哥哥，你在哪里》这首诗中，他问道："我应当到哪里去 / 寻找你的身影？ / 沿着邻近的那条小河，我还能否听到你的声音？"答复是：他的兄长兼友人，约翰，已经和大自然融为一体了。他们结了绸缪，他已以大自然的容颜为他自己的容颜了，以大自然的表情表达了他自己的意念……大自然已取走了他的哥哥，约翰已成为大自然的一部分：从这里开始，亨利才恢复了信心和欢乐。他在日记中写着：

> 眼前的痛苦之沉重也说明过去的经历的甘美。悲伤的时候，多么的容易想起快乐！冬天，蜜蜂不能酿蜜，它就消耗已酿好的蜜。

这一段时间里，他是在养病，又养伤；在蛰居之中，为未来做准备，在蓄势，蓄水以待开闸之时，便可以灌溉大地。

在另一篇日记中，他说：

> 我必须承认，若问我对于社会我有了什么作为，对于人类我已致送了什么佳音，我实在寒酸得很。无疑我的寒酸不是没有原因的，我的无所建树也并非没有理由的。我就在向往着把我的生命的财富献给人们，真正地给他们最珍贵的礼物。我要在贝壳中培养出珍珠来，为他们酿制生命之蜜。我要阳光转射到公共福利上来。我没有财富要隐藏。我没有私人的东西。我的特异功能就是要为公众服务。唯有这个功能是我的私有财产。任何人都是可以天真的，因而是富有的。我含蕴着，并养育着珍珠，直到它的完美之时。

恢复健康以后的梭罗又住到爱默生家里。稍后，他到了纽约，住在市里的斯丹顿岛上，在爱默生弟弟的家里。他希望能开始建立起他的文学生涯。恰恰因为他那种独特的风格，并不是能被世俗社会所喜欢的，想靠写作来维持生活也很不容易，不久之后，他又回到了家乡。有一段时间，他帮助他父亲制造铅笔，但很快他又放弃了这种尚能营利的营生。

1844年的秋天，爱默生在瓦尔登湖上买了一块地。当这年过去了之后，梭罗得到了这块土地的主人的允许，可以“居住在湖边”。终于他跨出了勇敢的一步，用他自己的话来说就是：

> 1845年3月尾，我借来一柄斧头，走到瓦尔登湖边的森林里，到达我预备造房子的地方，开始砍伐一些箭矢似的、高耸入云而还年幼的白松，来做我的建筑材料……那是愉快的春日，人们感到难过的冬天正跟冻土一样地消融，而蛰居的生命开始舒伸了。

7月4日，恰好那一天是独立日，美国的国庆，他住进了自己盖起来的湖边的木屋。在这木屋里，这湖滨的山林里，观察着、倾听着、感受着、沉思着，并且梦想着，他独立地生活了两年又多一点时间。他记录了他的观察体会，分析研究了他从自然界里得来的音讯、阅历和经验。绝不能把他的独居湖畔看作是什么隐士生涯。他是有目的地探索人生、批判人生、振奋人生、阐述人生的更高规律。并不是消极的，他是积极的。并不是逃避人生，他是走向人生，并且就在这中间，他也曾用他自己的独特方式，投身于当时的政治斗争。

一个晚上，当他进城到一个鞋匠家中，要补一双鞋时，忽然被捕，并被监禁在康城监狱中。原因是他拒绝缴付人头税。他拒付此种税款已经有六年之久。他在狱中住了一夜，毫不在意。第二天，因有人给他付清了人头税,就被释放。出来之后,他还是去到鞋匠家里,补好了他的鞋,然后穿上它,又和一群朋友跑到几里外的一座高山上,漫游在什么州政府也看不到的越橘丛中——这便是他的有名的入狱事件。

在 1849 年出版的《美学》杂志第一期上,他发表了一篇论文,用的题目是《对市政府的抵抗》。在 1866 年(他去世已四年)出版的《一个在加拿大的美国人,及其反对奴隶制和改革的论文集》收入这篇文章时,题目改为《论公民的不服从权利》。此文题目究竟应该用哪一个,读书界颇有争论,并有人专门研究这问题。我国一般惯用这个《消极反抗》的题名,今承其旧,不再改变。文中,梭罗并没有发出什么政治行动的号召,这毋宁说正是他一贯倡导的所谓"更高的原则"中之一项。他认为,政府自然要做有利于人民的事,它不应该去干扰人民,但是所有的政府都没有做到这一点,更不用说这个保存了奴隶制度的美国政府了,因此他要抗议和抵抗这一个政府,不服从这一个政府。他认为,如果政府要强迫人民去做违背良心的事,人民就应当有消极抵抗的权利,以抵制它和抵抗它。这篇《消极反抗》的论文,首先是给了英国工党和费边主义者以影响,后来又对以绝食方式反对英帝国主义的印度圣雄甘地的"不合作运动"与"非暴力主义"产生了很大的作用,对于 1960 年马丁·路德·金,在非洲争取民权运动也有很大的作用,对托尔斯泰的"勿以暴抗暴"的思想也有影响,以及对罗曼·罗兰也有一些影响。

梭罗是一生都反对蓄奴制度的,不止一次帮助南方的黑奴逃亡到自由的北方。在 1849 年的《消极反抗》之后,他还写过《麻省的奴隶制》(1854 年)一文,他和爱默生一起支持过约翰·布朗。1859 年 10 月,布朗企图袭击哈泼斯渡口失败而被捕,11 月刑庭判处布朗绞刑，梭罗在市会堂里发表了《为约翰·布朗请愿》的演说。布朗死后，当地不允许给布朗开追悼会时，他到市会堂敲响大钟，召集群众举行了追悼会。梭罗关于布朗的一系列文章和行动都是强烈的政治言行。

这期间，梭罗患上了肺结核症，健康明显地变坏。虽然去明尼苏达做了一次医疗性的旅行，但病情并无好转。他自知已不久于人世了。在最后的两年里，他平静地整理日记手稿，从中选出一些段落来写成文章，发表在《大西洋月刊》上。他平静安详地结束了他的一生，死于 1862 年 5 月 6 日，未满四十五岁。

梭罗生前只出版了两本书。1849 年自费出版了《康科德河和梅里麦克河上的一星期》，这书是他在瓦尔登湖边的木屋里著写的，内容是兄弟俩在两条河上旅行的一星期中，大段大段议论文史哲和宗教等等。虽精雕细刻，却晦涩难懂，没有引起什么反响。印行一千册，只售出一百多册，送掉七十五册，存下七百多册，在书店仓库里放到 1853 年，全部退给了作者。梭罗曾诙谐地说，我家里大约藏书九百册，自己著的书七百多册。

他的第二本书就是《瓦尔登湖》了，于 1854 年出版。也没有受到应有的注意，甚至还受到詹姆斯·洛厄尔以及罗勃特·路易斯·斯蒂文生的讥讽和批评。但乔治·艾略特在 1856 年元月，却在《西敏寺周报》上给他以“深沉而敏感的抒情”和“超凡入圣”的好评。那些自以为是的、只知道要按照他们的规范来规规矩矩地生活的人，往往受不了他们毫不理解的事物，自然要把梭罗的那种有历史意义的行为，看作不切实际的幻梦虚妄了。

随着时光的流逝，这本书的影响是越来越大，业已成为美国文学中的一本独特的、卓越的名著。他一生所写的三十九卷手稿，是他的日记或日志，其中记录着他的观察、思维、理想和信念。他在世时在报刊上发表过的文章，他去世后已收集、整理好并出版了的计有《旅行散记》(1865 年)、《缅因森林》(1864 年)、《科德角》(1865 年)三种。他的全集出版有《梭罗文集》，有 1906 年的和 1971 年的两种版本。此外是他的日记，有《梭罗：一个作家的日记》《梭罗日记》两卷本、《梭罗日记之心》的精选本等。

对于《瓦尔登湖》，不须多说什么，只是还要重复一下，这是一本寂寞、恬静、智慧的书。其分析生活，批判习俗，有独到处。

自然，也颇有一些难懂的地方，作者自己也说过："请原谅我说话晦涩。"例如那失去的猎犬，栗色马和斑鸠的寓言，爱默生的弟弟爱德华问过他是什么意思。他反问："你没有失去吗？"却再也没有回答了。有的评论家说，梭罗失去过一个艾伦(斑鸠)，一个约翰(猎犬)，可能还失去了一个拉尔夫(栗色马)。但谁又能不失却什么呢？

本书内也有许多篇页是形象描绘，优美细致，像湖水的纯洁透明，像山林的茂密翠绿；有一些篇页说理透彻，十分精辟，有启发性。这是一百多年以前的书，至今还未失去它的意义。在白昼的繁忙生活中，我有时读它还读不进去，似乎我异常喜欢的这本书忽然又不那么可爱可喜了，似乎觉得它什么好处也没有，甚至弄得将信将疑起来。可是黄昏以后，心情渐渐地寂寞和恬静下来，再读此书，忽然又颇有味，而看的就是白天看不出好处辨不出味道的章节，语语惊人，字字闪光，沁人心肺，动我衷肠。到了夜深人静、万籁无声之时，这《瓦尔登湖》毫不晦涩，清澄见底，吟诵之下，不禁为之神往了。

人们常说，作家应当找一个僻静幽雅的所在，去进行创作；信然，然而未必尽然。我反而认为，读书确乎需要在一个幽静良好的环境，尤其读好书，需要的是能高度集中精神的条件。读者最需要有一个朴素淡泊的心地。读《瓦尔登湖》如果能引起读者跑到一个山明水秀的、未受污染的地方去的兴趣，就在那样的地方读它，就更是相宜了。

梭罗的这本书近年在西方世界更获得重视。严重的污染使人们向往瓦尔登湖和山林澄净的清新空气。梭罗从食物、住宅、衣服和燃料，这些生活之必需出发，以经济作为本书的开篇，可见他注重实践，含有朴素的唯物思想。

节序

周汝昌

什么原因,使我从很小就对节序种下了深厚感情的种子,自己也说不清。大约感情本来是一种复杂的事,而自己又没有养成“分析家”的习惯和能力。

我喜欢节序。佳节啊,加上的这个“佳”字就使我高兴,它带着喜气,吉祥气。佳节总是喜气洋洋的,所以这本来就吉祥。为了维护自己的“论点”(实在是感情),可以假设辩论如下——

我的“对立者”:中元节,七月十五,老时候也叫“鬼节”,作盂兰盆会,“超度亡魂”;十月(初)一,叫“寒衣节”,家家烧纸,或者上坟——这喜气吗?吉祥吗?

我:哟,可说呢!不过你加上清明扫墓,也无非一年就这三个例外,别的节是压倒多数。况且追怀逝者,悼念亡人,总不是为了“同归于尽”,正是不忘先河,开来继往,要更好地活下去。

辩论嘛,有点儿官腔盛气,夺理强词,也在所难免,情有可原。总之是假设辩论结束,自己的论点宣告胜利了。

真的,我以为每一个节序都是美的,可喜的,吉祥的。

二十四节气,那恐怕是天文历法家(后来还有农业家)的事。光有科学家不行。使节序带上了美好色彩和浓厚意趣的，是诗人、艺术家。

这诗人、艺术家是谁？就是我们中华民族的最广大的人民大众。

每一个节序，都是一篇诗，一种综合艺术的杰作。

这种诗和艺术，不是能靠几个“专业”诗人、艺术家就创造出来的，只有最广大的人民大众才能创造得出。我们中国的节序，当然只有中华民族的人民大众才创造得这样美好，这样民族化。

当然，诗人、艺术家也绝不是毫无功绩，没有他们，会使节序减色，但他们只是在人民创造的基础上增添美好的程度。比方正月十五元宵佳节，没有心灵手巧的艺术家，那花灯一定还不够精巧奇丽。至于诗人，他们创造的文学语言实在和节序本身一样可喜可爱，也许更美妙更理想。比方“腊鼓”“饧箫”，我看见这些语言就好像听见了它的声音韵味——这是一片节序的气氛、境界，你或者叫作诗情画意吧，均无不可，总之它是如此可喜。它们有特殊的魅力。曹雪芹写端午，只八个字，道是“蒲艾簪门，虎符系臂”（附带一句闲话：臂，一本作背，红学版本家又有得争论了），你看多好！姜白石的《暗香》《疏影》咏梅词，享有大名，我却同意王国维：那太“隔”了。白石词，我最喜欢的倒是那几首专写节序的《鹧鸪天》，有情有味，篇篇可诵。他写新年元旦，开头说“柏绿椒红事事新，隔篱灯影贺年人”，已是极好；收句更云“娇儿学作人间字，郁垒神荼写未真”（这是指春联门对），尤有别趣。要问为什么，我也并无高明的“文艺理论”，只觉真实亲切，一片中华民族老百姓的生活气息。过新年，百般点缀，富采多姿，总括为一个字，就是“新”！我们民族的几千年创造积累的这种过年的精神和面貌，都集中在一个重要的“新”字上，要讲意义嘛，我想也是十分深刻的。就是在封建时代吧，只要治道仁明，民力富足，那最朴素的老百姓也要换上一件新衣，哪怕那只是粗布疏棉；有些家常用具，比如最普通的杯勺碗筷、炊帚笊篱，也要添换一二新买的，寒家小户也各有一点“家珍”，未必是宝贝，但“敝帚”“青毡”，如有节序价值，也是一年一度地拿出来摆设一回，这看来“卑琐不足道”，可是却给节序平添了无限的意境。扫房净舍，换上崭新的春联门对，朱红的颜色喜气迎人，春风扑面。新哪，真是万象更新哪！万象更新是人民的最大的心愿，这怎么表达表现呀？人民有办法，上述的那些(以及很多别的方式)就完全是人民创造出来的最美好的表达和表现——最艺术的表现方式。所以词人说是“事事新”，真实不虚，他头一句就抓住了新年新岁的“精神实质”。

过新年，除旧迎新，家家都要守岁，力所能及地欢度这个除夕，灯火辉煌，往往彻夜不眠，天还未亮，就开始拜年了，父老居邻，提着灯烛，见面拜揖，互贺新正——“隔篱灯影贺年人”，好一个“灯影”，你看写得多么传神，令人如见如闻，真是画境所难到，而人民之间敦厚亲切的风土人情又是如此地令人感动——我这里不是作“姜白石词论”，是借此说明我上面的那个意思：由于我喜爱节序，所以连写节序的诗词文学，也就是字面上的、纸上的节序我都特别喜爱。

节序本是天时岁历的事，过节当然离不开自然景物的映衬生情，比方中秋节的皓月呀，中元节的红莲呀，清明节的绿柳呀，这“不待智者而自明”了。但是，人民的艺术创造有时候是很不寻常的，比如正月十五上元佳节，那岂不也是月圆之夜，何不也闹一番玉兔嫦娥、广寒桂树的故事？不，人民大众是不会那么低能单调的，他们创造了另一个人间仙境——元宵灯节!到了这一夜,虽说是“灯月交辉”,但天上的冰轮,实际上是黯然失色,人间的光彩,已然是取而代之,胜而过之:万家灯火,倾巷出游,无数的火树银花,照耀出一个美妙的境界,绚丽的乾坤!夜里要光亮,和黑暗战斗,这是人类的生活常识,也是文明的开头,但是运用灯火而创造出一个佳节、一个奇境,我以为,这只有我们中华民族的艺术天才才能设想、设计,并且使之实现在人民的生活之中。

绛蜡红灯,彩纱画壁,潇洒的流苏,风标的丝穗,一步一境,一境一奇,仙境是人造的,于此留下了最好的证明。

这一夜,封建禁闭下的妇女也得到“解放”,她们可以呼姊邀妹,联袂出游,走州桥,踏明月,听鼓乐,看龙灯,她们的节日梳妆,被灯辉烛彩加上了一层奇妙的美化,个个都成了仙姝。她们这一夜是快乐的、兴奋的,姜白石(我又回到他这个词人身上来了)写道:“巷陌风光纵赏时,笼纱未出马先嘶”,连马都显得特别高兴呢!“花满市,月侵衣”“芙蓉影暗三更后,卧听邻娃笑语归”,他写下的这些笑语欢游的少女,好像一直还在活着,为她们获得了无限的艺术生命。

伟大的文艺作品,恐怕有很多是和节序紧紧关联的,曹雪芹写《红楼梦》就是一个。在他的书里,每一个节序都写到了,而且写得那样的好,而上元、中秋这两个节序,更是他情节构局里的重要关目,如果雪芹对节序是“无情”的,我想他不会那样落笔。

人遇到节序,并非是一味游赏玩乐,也会“感慨系之”的,因为节序本身就是时光的流逝之长河中的纪里碑碣。正如诗人陶渊明说的“日月推迁,已复九夏”,词人苏东坡说的“但屈指西风几时来,却不道流年暗中偷换”,深婉的感怀慨叹,流露在大艺术家的笔端。女词人朱淑贞说:“今年元夜时,月与灯依旧;不见去年人,泪湿春衫袖。”姜白石说:“春未绿,鬓先丝,人间别久不成悲;谁教岁岁红莲夜,两处沉吟各自知。”时光是不肯停留的,而节序正是人们对时光的宝爱和警醒,在行进中停顿一下,休整休整,总结总结,有值得欢庆的,有值得留恋的,有值得爱赏享受的,有值得深思玩味的,有令人惆怅的,有令人感叹的,有令人激励的。自然,一番小结之后,重新奔向更好的生活的愿望和理想,也就含在其中。

所以,我喜欢节序,它的内容是丰富的。它富于诗意,而诗本身也是内容丰富的。

节序也随着时代的变化而变化。原先的很多盛行的节日,后世已不再举行。上巳修禊、寒食禁烟,都成了“典故”,古人十分重视的习俗,只有辞章家们还在“想象中存在”着;“冬至大如年”的大节,也只闻其语,不睹其礼了。人民大众又在创造新时代的节序。我的“哲学”是,只要是节序,都是喜气的、吉祥的,这应该是不成为问题的。

诗人范石湖说过两句话:“今人不好事,佳节弃如土”。每一诵此,便觉怅然。

人民自己以独特的艺术天才,创造了美妙的节序风俗,这是人民生活中的一个组成部分,他们如非无可如何,绝不会自己不愿再去举行自己的节序活动。记得鲁迅先生说过一段话,大意是,迎神赛会,一年一度的盛会狂欢,是老百姓终岁辛劳的一个唯一的娱乐形式和机会,你把它当迷信反掉了,他们就连这仅有的一点欢意也被剥夺了。所以,迎神可以免除,赛会并不可弃。范石湖是南宋人,他那时候国势阽危,民无乐业,佳节如土,这绝不是盛世明时的气象。由此而言,节序的“时义”也可谓大矣哉。

我爱节序,因为我爱我们的民族文化传统、我们老百姓自发创造的生活诗篇、人民的才华智慧的艺术表现。照我看,端午实质上是庆祝麦秋的节序，却又和大诗人屈原联系起来，创造出角黍、龙舟(挂葫芦,制五毒,其实又是我们祖先的“夏季卫生运动”的良好措施)；中秋实质上是庆祝大秋的节序，都是和岁稔丰登紧紧联在一起的,却又和月宫的美丽神话结合起来;七夕,虽说是牛郎织女的佳话,而穿针乞巧,实在是我们民族的“少女节”——为了证明这一点,我可以举天津的一桩地方风俗:每逢七夕,有热心好事的妇女,要“敛七月七”的盛举。敛是邀聚的意思,也含着醵资会餐的意思,到这一天，“敛百家女”,举办“织女会”,青年姊妹,或旧识,或新交,欢聚一处,共度七夕佳节。我想,谁都举不出“重大”理由来反对少女们的这种自发的节序生活。

想了解我们民族的历史文化、精神世界、艺术感情,如果不知道需要研究一下我们的美好的多彩的节序,我看那也是不行的。

早市

吴冠中

童年,住农村,第一次跟父亲上街赶早市。街只是一条极小的街,店铺十余家,卖杂货、猪肉、中草药,理发,豆腐店及小面馆之类。蔬菜都是家家自己种,很少买卖。那赶什么早市呢?是赶鱼市。小街紧邻渔村,渔民们夜里下湖打鱼,黎明上街赶早市卖鱼。鱼行用木头和竹子构架,半露天,不避风雨。江南多雨,赶早市时大都穿蓑衣,只少数撑伞的,父亲给我撑着伞。满地都是湿漉漉的鲜活的鱼,有盛在篮里的,有养在盆里、水桶里的,有扁的、长的、浑圆的,颜色发青、银白、嫩黄,但大都是小鱼,除了蟹与虾,我当时叫不上它们的名称,但感到十分好看。至今,这些家乡的小鱼仍在我眼前活蹦乱跳。

学美术以后,我特别喜欢赶早市,说得确切些,是看早市,画早市。城镇的早市蔬菜多,成片成堆的鲜嫩碧绿,衬托出绯红的牛羊肉、雪白的活鹅鸭,花花衣衫的妇女们往返穿梭,令画笔应接不暇,永远难于尽兴。除非真的为了采购,我不进陈列得整整齐齐的东单、西单及崇文门等大菜场,而是遇机会便寻找钟楼附近、城门一带及桥堍等处的早市。露天的菜棚,棚内阴暗,远看便成一大块黑色，正是镇压彩色斑斓画面的主力，若再有钟楼、城门、石桥之类的硕大背景，便很易构成一幅幅热热闹闹、雅俗共赏的画图。

江南江北、山东山西，从海南岛到拉萨街头，我赶过的早市不少。1990年在曼谷，水上集市的旅游宣传很吸引我。我偕新加坡摄影师蔡斯民先生晨四时起床，驱车到离曼谷两个多小时车程的县里去赶早市。六点半赶到，那里河道纵横，朝雾未散，小船已从四面八方向小镇麇集，歪歪斜斜的线条在河里交错，荡漾着鲜明的色块，所见的形与色都不稳定，是人、是伞、是菜……很易混淆，更何况远远近近，小船里又冒起炊烟，正现煮现卖活鱼虾。房舍临河，河上多桥，一派江南景色，无异苏州、绍兴风光，虽来异国，吸引我的似乎仍是童年审美情结。1989年到巴黎写生，缘于怀旧情结吧，想画留学时代常去的大菜场。记得那菜场甚庞大，室内亦似室外，劈开的鲜红的整牛高悬空中，仿佛是伦勃朗所绘，买菜的洋人妇女的衣裙更是多姿多彩。但凭记忆已找不到那大菜场了，查地图也查不见，原来早已拆除，就在其旧址上建立了蓬皮杜文化中心。

随着艺术道路的递变，我早已少画、不画菜市之类的题材，但仍爱看早市。老伴大病初愈，尚未完全恢复，清晨也去赶早市，亦作为一种锻炼，有时拉我同去，帮她提菜。早市设在丁字马路两侧，熙熙攘攘，十分热闹。蔬菜、水果、盆花、服饰、什物，品种繁多，我们喜爱的青玉米至少有七八个摊位，任挑选。买菜的大都是奶奶们，亦有骑车来的妈妈们吧，匆匆买了菜匆匆骑车而去，只有奶奶们才一摊一摊比价钱、评质量。高龄的奶奶们大都发胖了，酷暑天，穿裤子的比穿裙子的多，她们慢慢蹲下去，用手触摸茄子、西红柿、苦瓜，挑剔又严格。卖菜的大都是青年农民夫妇，他们手里捏着秤，耐心地站着等老太太细细选，一面诉说菜如何新鲜，是今晨刚从地里拉来的。人群里不时遇到邻居，互相打个招呼，颇有他乡遇故知的愉快感。一位八十岁的邻居很瘦，平时少见，但她行动轻捷，真是有钱难买老来瘦。她买了两尾活鱼，急急忙忙往回走，说她孙子最爱吃鱼，天热怕鱼死，赶紧回去剖杀，所以今天没工夫买别的菜了。老伴选菜，我唯看买菜的人，各式各样的人们，从买卖中表现出各自的性格、作风及人生态度。人之景，时令之景，其实远比早市之景丰富多彩，从前看菜市往往见物不见人，今老矣，不爱物，才发现了人。一口袋菜有好几斤吧，老人们中途坐下歇脚。就在路边一个大草坪的铁栏杆上，满满坐了一排奶奶们，有长脸、圆脸、白发、秃头、戴眼镜的、带手杖的，她们在休憩中相遇，虽南腔北调，却像老朋友一般亲切相叙，她们在度过了七八十个春秋后的人生旅途相遇，能不是亲密的同路人吗？空中电线上往往栖止着一排排燕子，叽叽喳喳，霎时又飞散，它们路途正遥，并不留恋瞬间的相聚。我提着菜，扶着老伴，该回家做早点了。

人间草木

汪曾祺

山丹丹

我在大青山挖到一棵山丹丹。这棵山丹丹的花真多。招待我们的老堡垒户看了看,说:“这棵山丹丹有十三年了。”

“十三年了？咋知道？”

“山丹丹长一年,多开一朵花。你看,十三朵。”

山丹丹记得自己的岁数。

我本想把这棵山丹丹带回呼和浩特，想了想，找了把铁锹,在老堡垒户的开满了蓝色党参花的土台上刨了个坑,把这棵山丹丹种上了。问老堡垒户：

“能活？”

“能活。这东西,皮实。”

大青山到处是山丹丹,开七朵花、八朵花的,多的是。

山丹丹开花花又落，

一年又一年……

这支流行歌曲的作者未必知道,山丹丹过一年多开一朵花。唱歌的歌星就更不会知道了。

枸杞

枸杞到处都有。枸杞头是春天的野菜。采摘枸杞的嫩头,略焯过,切碎,与香干丁同拌,浇酱油醋香油;或入油锅爆炒,皆极清香。夏末秋初,开淡紫色小花,谁也不注意。随即结出小小的红色的卵形浆果,即枸杞子。我的家乡叫作狗奶子。

我在玉渊潭散步,在一个山包下的草丛里看见一对老夫妻弯着腰在找什么。他们一边走,一边搜索。走几步,停一停,弯腰。

"您二位找什么?"

"枸杞子。"

"有吗?"

老同志把手里一个罐头玻璃瓶举起来给我看,已经有半瓶了。

"不少!"

"不少!"

他解嘲似的哈哈笑了几声。

"您慢慢捡着!"

"慢慢捡着!"

看样子这对老夫妻是离休干部,穿得很整齐干净,气色很好。

他们捡枸杞子干什么?是配药?泡酒?看来都不完全是。真要是需要,可以托熟人从宁夏捎一点或寄一点来——听口音,老同志是西北人,那边肯定会有熟人。

他们捡枸杞子其实只是玩!一边走着,一边捡枸杞子,这比单纯的散步要有意思。这是两个童心未泯的老人,两个老孩子!

人老了，是得学会这样的生活。看来，这二位中年时也是很会生活，会从生活中寻找乐趣的。他们为人一定很好，很厚道。他们还一定不贪权势，甘于淡泊。夫妻间一定不会为柴米油盐、儿女婚嫁而吵嘴。

从钓鱼台到甘家口商场的路上，路西，有一家的门头上种了很大的一丛枸杞，秋天结了很多枸杞子，通红通红的，礼花似的，喷泉似的垂挂下来，一个珊瑚珠穿成的华盖，好看极了。这丛枸杞可以拿到花会上去展览。这家怎么会想起在门头上种一丛枸杞？

槐花

玉渊潭洋槐花盛开，像下了一场大雪，白得耀眼。来了放蜂的人。蜂箱都放好了，他的“家”也安顿了。一个刷了涂料的很厚的黑色的帆布篷子。里面打了两道土堰，上面架起几块木板，是床。床上一卷铺盖。地上排着油瓶、酱油瓶、醋瓶。一个白铁桶里已经有多半桶蜜。外面一个蜂窝煤炉子上坐着锅。一个女人在案板上切青蒜。锅开了，她往锅里下了一把干切面。不大会儿，面熟了，她把面捞在碗里，加了作料、撒上青蒜，在一个碗里舀了半勺豆瓣。一人一碗。她吃的是加了豆瓣的。

蜜蜂忙着采蜜，进进出出，飞满一天。

我跟养蜂人买过两次蜜，绕玉渊潭散步回来，经过他的棚子，大都要在他门前的树墩上坐一坐，抽一支烟，看他收蜜，刮蜡，跟他聊两句，彼此都熟了。

这是一个五十岁上下的中年人，高高瘦瘦的，身体像是不太好，他做事总是那么从容不迫，慢条斯理的。样子不像个农民，倒有点像一个农村小学校长。听口音，是石家庄一带的。他到过很多省，哪里有鲜花，就到哪里去。菜花开的地方，玫瑰花开的地方，苹果花开的地方，枣花开的地方。每年都到南方去过冬，广西，贵州。到了春暖，再往北返。我问他是不是枣花蜜最好，他说是荆条花的蜜最好。这很出乎我的意料。荆条是个不起眼的东西，而且我从来没有见过荆条开花，想不到荆条花蜜却是最好的蜜。我想他每年收入应当不错，他说比一般农民要好一些，但是也落不下多少：蜂具，路费；而且每年要赔几十斤白糖——蜜蜂冬天不采蜜，得喂它糖。

女人显然是他的老婆。不过他们岁数相差太大了。他五十了，女人也就是三十出头。而且，她是四川人，说四川话。我问他：你们是怎么认识的？他说：她是新繁县人。那年他到新繁放蜂，认识了。她说北方的大米好吃，就跟来了。

有那么简单？也许她看中了他的脾气好，喜欢这样安静平和的性格？也许她觉得这种放蜂生活，东南西北到处跑，好耍？这是一种农村式的浪漫主义。四川女孩子做事往往很洒脱，想咋个就咋个，不像北方女孩子有那么多考虑。他们结婚已经几年了。丈夫对她好，她对丈夫也很体贴。她觉得她的选择没有错，很满意，不后悔。我问养蜂人：她回去过没有？他说：回去过一次，一个人。他让她带了两千块钱，她买了好些礼物送人，风风光光地回了一趟新繁。

一天，我没有看见女人，问养蜂人，她到哪里去了。养蜂人说：到我那大儿子家去了，去接我那大儿子的孩子。他有个大儿子，在北京工作，在汽车修配厂当工人。

她抱回来一个四岁多的男孩，带着他在棚子里住了几天。她带他到甘家口商场买衣服，买鞋，买饼干，买冰糖葫芦。男孩子在床上玩鸡啄米，她靠着被窝用钩针给他钩一顶大红的毛线帽子。她很爱这个孩子。这种爱是完全非功利的，既不是讨丈夫的欢心，也不是为了和丈夫的儿子一家搞好关系。这是一颗很善良、很美的心。孩子叫她奶奶,奶奶笑了。

过了几天,她把孩子又送了回去。

过了两天,我去玉渊潭散步,养蜂人的棚子拆了,蜂箱集中在一起。等我散步回来,养蜂人的大儿子开来一辆卡车,把棚柱、木板、煤炉、锅碗和蜂箱装好,养蜂人两口子坐上车,卡车开走了。

玉渊潭的槐花落了。

灵感速记

王鼎钧

一

流年并非偷换,它走过来,走过去,不断大声吆喝。那一个一个节气,一个月一个月账单,一波一波纪念日。对了,单说纪念日吧,2月有个湿地节,注意啊,现在水鸟没有家,将来你我也没有家。又有一个情人节,修补人和人的关系啊,它最禁不起损耗。3月有个爱耳节,又到了检查听力的时候。月底有个水节,知道吗,几十年后我们也许无水可用……直到年底,这一天提出警告,吸烟的人又增加了多少,也就是说,心肺疾病的患者又将增加多少;那一天又提出警告,森林的面积又缩小了多少,也就是说,水灾旱灾又将增加多少。

当然,岁月并不都是这样暗淡。新年来了,一片恭喜之声,二十四番花信风吹过来了,万紫千红,又是一年浮瓜沉李,又是一年绿蚁新醅酒红泥小火炉。还有你的六十七十大寿呢,还有你家的弄璋弄瓦之喜呢,还有新屋落成,檐前燕燕于飞呢,还有你中过奖、和过满贯、看你的情敌落发为僧呢。年华似水流过的时候,你还和它握手,拥抱,几乎要随它同行呢。你也送过旧,迎过新,放过鞭炮呢。

流年并非脱掉鞋子,蹑手蹑脚,像一行小老鼠走过;它是前呼后拥,人喊马嘶,像火灾一样出现。有一个人受不了那一波一波夺神丧魄的噪音,干脆把自己弄成聋子,有一个人不能发现这个场景,最后变成呆子。

二

“东坡肉”是一道文人的私房菜,从苏东坡的性格和当时的环境推断,它的做法应该很简单,后来落入专业厨师之手,工序和作料就复杂了。如果东坡先生今日复活,他会吃到他从未吃过的东坡肉,他怎么想?

他喜欢吃肉,下放黄州那些年,尤其爱吃猪肉。他享寿六十六岁,或者六十四岁,后世惋惜他死得早。倘若东坡今日复活,有血压、胆固醇之类的常识,出席今日诗人的欢宴,重逢当年百吃不厌的红肉,他举起筷子,会怎样想?

秦始皇虽然并未把阿房宫盖好,但他确实建造了一些规模比较小的宫殿,也很奢侈华丽,后世数落他的罪状,用阿房宫的工程概括代表他大兴土木劳民伤财。如果秦始皇也能在今日重游西安咸阳,他当然重游阿房宫的旧址,他当然看见今人已经在那里建造了一座阿房宫,他做梦也没想到,阿房宫可以如此宏伟壮丽!除了阿房之外,西安市还有许多高楼大厦、园林亭台,种种奇形怪状、奇技淫巧、奇思妙想,尤其到了夜间,霓虹灯打开,人间恍如天上,秦朝那些良工巧匠,不过把各色油漆涂在木材上而已。他会怎样想?

三

北岛有一首诗,题目是《生活》,整首诗只有一个字:“网”,人称一字诗。我觉得这首诗并非一个字，而是三个字，单是一个“网”字不能成诗，必须连题目“生活”也加进来。

陶渊明称世俗为“尘网”，北岛描述现实生活为“网”，两大诗人所见略同。“网”字字形由小篆移来。书法家写小篆，基于艺术上的理由，有时在里面写四个×，更是宛如张网以待的图画。

古人受道家影响，认为“网”是束缚，是陷害，这个网是网罗；今人另有看法，“网”是联结，是交通，这个网是网络。

道家之网可以脱离，只要北窗高卧东篱采菊就可以了；现代社会学家的网无法脱离，我们终身都在其中，陶渊明生了病也得进城求医，由乡到城这一段路就是网上的一段“线”，他和医生会面就是网上的一个“结”。由此类推，上班出差旅行搬家无非线也，开会赴宴接电话写八行无非结也。

现代人天天忙着结网，把别人结进自己的网，又将自己融入别人的网，有网有我，无网无我。退休的人为什么得忧郁症？他忽然发现自己没有网了！如此，可以有另一首诗。

四

时下人情冷暖，“义犬”的故事却很多，令人称道不已。可是宠物只对饲主有情有义，转过头来对路人、邻人、探访的人，往往不分青红皂白，穷凶极恶。主人饥肠辘辘，外卖郎送来上等客饭，衣上也留下它的爪痕；主人思乡情切，邮差送来万金家书，腿上也留下它的牙印。（据邮局发布的纪录，有一次恶犬咬中了邮差的命根子！）狗咬人照样是大新闻，旧金山，一只牛头犬竟把一个十二岁的男童活活咬死！

成语说“桀犬吠尧”，坏人养的“义犬”咬好人，因为好人是敌人。莫要批评它愚忠，忠者必愚，完全依从主人的判断。人脑善变，桀犬岂能完全体会桀的心思？“义犬”的困窘并不在它咬了邮差，而在主人暗中把敌人当作朋友，它仍然切齿怒目扑上去；或者主人昭告天下朋友已变成敌人，它仍然摇着尾巴欢迎。

“走狗烹”，并非因为“狡兔死”，主人偌大家业，何在乎你吃一碗闲饭？“义犬”永远不会知道，主人已把兔子当作宠物，它还以捉兔子为志业，破坏了主人的布局。厨房里已在生火磨刀，待决之犬犹在幻想奔驰原野立功受赏，悲夫！有一位小说家到处寻找题材，我提醒他，这不是很好的题材嘛！

五

活到九十岁，税局不再例行抽查你的所得税，他认为你没有大笔收入可以隐瞒了。

活到九十岁，警察局不再把你列为“虞犯”。虞犯，有犯罪之虞者，涉案的可能性最大，警察局照例有个名单，管区发生重大刑案，先过滤这些人。

活到九十岁，亲友家中办丧事，不再发讣闻给你。九十多岁的老翁突然在殡仪馆的大厅里出现，吊客吓一跳：这人应该躺着，怎么忽然站起来了？

活到九十岁，牧师不再上门传教，他认为你的信仰已经固定了，没有时间再改变了。

以前在闹市行走，沿途不断有人塞传单给你，推销房地产，介绍美女按摩，鼓吹世界旅行，劝你算命，劝你补习英文，劝你周末到赌城消遣。整天站在路旁派发广告文宣也是一种职业，他们关怀你，希望你什么都不缺少，使你不胜其烦。

而今九十岁的生日过去了，你扶着拐杖摇摆过市，这些人再也不来伸手拦路，他们也最了解你，这些都与你不相干了：买房子布置新家，环游世界炫耀见闻，赌城杀时间，算命批流年拼前程（尤其是算命，你的命还需要再算吗？）。

于是，走在街上，清心寡欲，一尘不染，仿佛飘飘欲仙。

六

作品，有小而美，有大而富。

小船小桥小渡头，细雨临风岸，大舰大船长虹长堤，云霞出海曙。

小饭店可口小菜，好邻居小村小镇，美好回忆小河旁边小花小草一只小手。

有人需要嗅窗前一盆兰，有人需要看窗外水泥森林。

有人需要拳头，有人需要指头。有人需要华山，有人需要太湖石。

出版社有小而美：幅度小，密度高；数量少，质量高；财力小，智力高；读者少，兴致高。

小而美的作家，小而美的出版社，为了小而美的读者。小众，分众，山羊绵羊自成一类，同声相应，同气相求，人之相知，贵相知心。天上一滴泪，地上一个湖，人间一口气，天上一片云。小而美追求高度，大而富追求广度，各取所需，各有因缘。

七

来到书法联展的会场，满眼都是老头儿，出门在外跑码头不兴留胡子，可是斩草不能除根，那唇上一把青，唇下一把青，分明俱在。

未看墙上的点撇捺，先看脸上精气神，书法家都长寿，平均寿命比高僧多七年，比皇帝多一倍。写字也是运动，四肢百骸都用力，写字也是养气，五脏六腑都受用。写字也是修行，清心寡欲，脱离红尘烦恼。

再看四壁琳琅，每一笔一画，都是灵芝仙草，每一个字都是长寿的密码，每一幅字都是长寿的宣言，每一位书法家都如日之升，如月之恒。这些对联、条幅、横批、斗方，互相呼应，来一次长寿大合唱。

座中年纪最大的前辈一百零三岁，他的夫人也是书法家，一百岁。应该有人为他们写一副对联：西望瑶池降王母，东来紫气满涵关。同门同好加上弟子，都是长寿的人，这真草隶篆、颜柳欧赵，都是你们的长城，都是你们的宫殿，一步踏进你们的领土，我觉得伐毛洗髓，飘飘欲仙。

长寿有秘诀，百家争鸣：要长寿，吃羊肉；要长寿，多看秀；要长寿，来念咒；要长寿，走透透。来到书法联展的会场一看，要长寿，别管合辙押韵，去买几支毛笔。

海外看大书家写字，看五千年来家国，十万里地山河；看上通天心，下接地脉；看前有古人，后有来者；看同座知音见知音，同本同源同气同声；看中国的人，中国的心，真正的中国人。

我在五七干校时

黄宗英

下干校的具体时间记不清,也是天冷下来了的时候。我回作家协会——叫四连,几排忘了。来干校的第一印象就是在阴湿的泥土地上为女舍铺稻草,因作协已分成对立的两派,我才调进才回来,身份也不明,哪一派也不是,只能把茅棚地上两边的稻草公公平平不分薄厚铺摊开。铺得我浑身汗透,膝盖压草压肿了,手也裂口子了。这没什么。"文革"中,我还有一条大罪状:"下生活是假的。"真的假的干起来看嘛。

文化干校在奉贤县塘外。塘外,就说明是在围海以防海潮侵袭的堤塘外边,一片荒芜。我们才去时,什么也不长,光秃秃白花花一片盐碱土,只寥寥几片芦苇。群众私下流传一个笑话:"工宣队老师傅讲卫生,来选校址,选中了这片最干净的地方。"当时大家动手扩搭茅棚,房架是粗毛竹,用芦席围一围,房上铺油毛毡,然后再铺扎好的稻草把。大家又悄悄说:"咱们连工宣队还知道稻草根冲上,有一个连队的工宣队让稻草根冲下,把雨水全存在房顶上了,漏个没完了。"二十世纪六十年代中期的工人,城里生城里长的可不少。

起初,我们睡地铺,铺下铺旁全钻出芦苇芽,掐了还长。后来打了双层木床，我睡上铺，戴厚英也睡上铺，没几个女的能睡上铺。我的下铺是二十年代的女作家罗洪，瘦弱文雅娴静的老太太永远干干净净利利落落。她的作品被收入杂志还是文集《第一流》，是当年著名作家。为了批判罗洪，就让看罗洪的作品。我一看进去就忘了批判，人家写得挺好的，写南方工人呀，有萧红写东北工人之风。我床位下斜面也是一位女作家欧阳翠。我不理解，天热了她为什么还要铺狗皮褥子，现在体会了，她腰怕寒，她还有青光眼，大近视，下雨时不搀着她为她打伞她寸步难行。茹志鹃年纪不大，可有高血压，她的眼睛看书看多了会爆出血来。我床下左面是女作家、评论家李子云，她的罪名是曾任夏衍秘书，这可了不得。她每每发病，疼得站也站不起来，我只好去医务室找医生给她打针止痛，又从食堂为她买回饭菜，她一口吃不下，只好把饭菜拌了喂猫。把一只野猫养家了，天天夜里在我们排男女宿舍里捉老鼠，捉着一只不咬死，放了再捉，捉了再放，玩够才把老鼠咬死，并叫个不停，直到听到人声说“晓得哉”，它才表功完毕吃将起来。真是的，它跟谁学的呢？还有名五七战士叫怀锦，我从小就跟她一起演过戏，她后来做事务工作了，才算没犯罪吧。她嘴唇总是青紫的，有心脏病。一天深夜，毗邻文化干校的一座干校（大概是财经干校）来通知怀锦说，她弟弟心脏病突发，不行了。我忙陪她去了一整夜，还从另一座干校急送来肾上腺素，财经干校整座校园亮着灯，医生轮番体外按摩，还是没救回来。我攥着怀锦的手真担心怀锦也会突然死去……我们连真是一群老弱病残。我成了壮劳力，四十出头，又走过山村小道，蹚过黑泥白水的紫花路。许多会议不准许我参加，劳动活儿、跑腿事儿不支使我也找不出闲着的别人了。于是工宣队派我管种菜的事，说：“考验考验侬。”

要命！以前我种过稻、麦、棉、玉米……却没种过一棵菜。俗话说

“十亩田，一亩园”。对菜，是讲“侍弄”。蔬菜劳改队里有吴强、孔罗荪、王西彦、王元化、杜宣、姚奔……巴金是后来到干校的。起初是在市里个别隔离的。每天都由我给他们派活儿。派工时我严词厉句，以示划清界限区别于牛鬼蛇神。可革命群众派工不归我，说明我还是区别于革命群众。革命群众的劳动队长是革命小将，叫什么，忘了，后来“四个面向”还是怎么的去当教师了。戴厚英、闻捷、茹志鹃，也都当过队长、副队长。我没种过菜，众作家——革命的、逍遥的、反革命的，谁都没种过菜。工、军宣队也不会种菜。到了指定的菜园——荒地，抡镐、鹤嘴锄、铁搭，好容易起好菜畦，扒拉开土疙瘩，买来菜种、菜籽，革命的就讲，我听我爷爷说种菜如何如何。又一个说，上学放暑假回老家我见我舅种菜如何如何。还相互斗嘴，争执不下，互不服帖。我没光荣种菜家史，牛鬼更不言声，只默默种着。经过几个春夏秋冬居然“种出花儿”来了，远近干校都先后到我们菜园分秧，此是后话。

干校宿舍是一排又一排，我们排男女宿舍隔着薄薄的芦席墙，当然不隔音。我在上铺，从屋檐下围墙遮不到的空白处看过去，见巴金睡下铺，闻捷上铺。巴金的枕头边有西班牙文的小红书，是工宣队突击搜查他的床铺搜出来的。有人揭发他半夜用手电看黑书，这才真相毕露。这使我记起1965年以前，曾组织专家谈规划。记得当时我讲的是三年规划，黄佐临是三十年规划，当时他有六十岁了吧，他的题目就引起笑声和掌声。巴金也是做的余年的大规划，要写好几本书，要翻译赫尔岑，要……已经被打翻在地踏上一只脚的巴金，还在千方百计夺回无端流失的光阴。

这些“反动权威”本性难移，认真读“洋、名、古”，认真写“大毒草”，认真种菜。给他们示意可以马虎点，慢着点，都“不接领子”。我想象不出从来文质彬彬的杜宣、王元化……居然能赤膊抡镐，挑粪桶。书生王元化晒得又黑又壮，像奥赛罗，只不知他可怜的好妻子，莎士比亚研究专家张可病得怎样了。张可是当年我们剧团里最美丽、最有才学的女演员。这对夫妇历尽煎熬。张可是满涛的妹妹，从反胡风起就受株连了。受惯株连的元化，在抓"五一六"分子时突然精神失常，非说自己是"五一六"分子，我那时候被指定为卫生员，在轮流值班看住他时，对他轻轻说："元化（省去'大哥'二字），那是革命小将的事，轮不上咱们，你也从来没可能给他们摇鹅毛扇，你醒醒，想想张可，没事儿。"精神创伤是难以痊愈的，夜间，偶然可以听到巴金睡梦中的惊叫呻吟，仿佛 1950 年 10 月，我们同去波兰，在参观奥斯维辛集中营后，巴金也曾夜间惊叫呻吟。可白天，巴金戴着旧遮阳帽，赤脚穿着洗得泛白的鞋，行在塘外田野，使我想起北欧小说钢笔画插图里的叔伯爷舅，他若能扬帆打鱼去，小舟从此逝，多好。他的爱妻生了癌症，还不准他去探视，他太苦了。

我们的菜一畦一畦认认真真种，一茬一茬认认真真收上来，卖给干校食堂，称斤计价上账。原本卖一分半一斤的鸡毛菜，有一回只给记一分钱一斤（记账也不见给四连半分钱）。吴强、孔罗荪跟买的人讲理，认真得像探讨什么重大的文艺理论问题。巴金在旁发呆，难过。其实卖贵卖贱和我们这些牛鬼蛇神半专政的人有什么关系？不过毕竟也是血汗、时间和生命的代价啊！

我至今保存着一个巴掌大的种菜的本子，是每天放在围裙小袋里下地记事的。我这人一生不经意保存什么，尤其居然成为全国毁灭性大抄家的五家人家之一以后，连张带字的纸条和任何照片都没给留下，就更懒得保存什么了，但这小记事本竟然留了下来，以证明中国作家曾这样活过。

不太想活的时候，我常常望着沉默的巴金，他已经晒得黝黑，但双目依然睿智、慈祥。我十五岁起演戏就演过、读过他的《家》《春》《秋》;读过《灭亡》《雾》《雨》《电》《春天里的秋天》……我才到上海那年秋冬之际,大哥宗江带我去霞飞坊看望他的中学英文老师李尧林(巴金的二哥)以及巴金。我至今记得李老师的潇洒、巴金的热情、萧珊的温柔。我饰演过梅、淑华、鸣凤,我在台上为巴金笔下的女子的命运哭过、笑过、爱过、抗争过。每回演到梅表妹长别高家时,当我微笑说过:“大表哥大表嫂,我去了,你们保重了。”转身出门(下台),憋一口气奔一段路,想象自己是上了小轿,起轿了,我才哭出声来,已经到了后台出口处。人说:“早下台了,天天演、天天这么哭,不要累死。”我哽咽:“不哭出来我要吐血的。”有一次演鸣凤跪求大太太不要把她嫁给冯乐山,我哭得脸上妆全没了。我如此认真演巴金的反封建的进步的戏,如今巴金和我又演的是哪一出?

夏天放暑假时,我把最小的儿子小黑带到干校,他已不便住女宿舍,先是放在大堤上看水房里,交给以前在杂技团驯养野兽的易果大叔。有一晚,四更时分,我被喊妈妈声惊醒,忙从上铺溜下来往大堤上水房跑。大堤左右前后上上下下没有一个人影,我轻轻掀开帐子看见小黑一个人瞪着大黑眼珠滴里骨碌。易果到大田放水去了。我倚在小黑身旁搂着他,轻轻拍着他,他又睡去了。后来,我就和闻捷商量请求他带着小黑睡猪圈,闻捷友善地答应了。小黑成了闻捷的小尾巴,也成了闻捷和戴厚英的恋爱见证人。此是后话。

外行种菜闹了不少笑话。有一回我们到一道围堤外边收割掩埋盐碱地先锋作物田青。那田青一人多高,砍下铡短,挖坑埋下,浇足水沤肥。这活儿特累,秋风乍起,奇冷。我就和几个老头说:“你们在家收花生吧。”等我回来,不见挖好的花生晒在那儿,就问:“花生呢？”有人答：“我们没见地里有花生。”我赶快抿嘴不问了，怕这事情传到工宣队耳里又开批判会——“高贵者最愚蠢”。第二天悄悄去到地里收了来。为种菜，我们真闹不少笑话：好一阵子卷心菜不卷，黄芽菜不包，西红柿像珊瑚珠。真有点像马克·吐温短篇小说《农业报》，什么西瓜树、萝卜藤的。附近农民说：“你们种的菜比金子贵。”

闹不清为了什么，闻捷也成了重点批判对象。有一次闻捷摇橹驾船去镇上送东西，在镇上买了副大饼油条吃，回到干校竟然就“买大饼油条”开大会批判闻捷是“资产阶级生活方式总也扔不掉”。并宣布纪律：任何人不能在干校之外买东西吃。最后一次开大会批判闻捷是批他“资产阶级向革命队伍猖狂进攻”，原因是和戴厚英相爱了。大家传着戴厚英变温柔了，去闻捷家，看到戴厚英为闻捷洗被子，给闻捷女儿张罗毛衣。经历过不幸的离婚之后，戴厚英没少哭过。如今要结婚，这是四连尽人皆知的事，吃饭时，大家围桌站着（没座位，有几张桌已经够好了），还向他们讨喜糖哩。也有人不赞成。可这是人家两人之间的事呀，怎么闻捷就成了资产阶级进攻了呢？实出我意料。开完批判大会后，我们被工宣队领着拉练去上海，大约步行几十公里，到徐家汇教堂门口解散。

次日，在上海，市里开宣传部门的大会做什么大报告，闻捷坐在我后边，我还回头问他笔记上的一个字，只不过找个茬跟他说句话而已。闻捷一切都很正常，晚上就自杀了。据说，他自杀前很冷静，用碎布条把厨房门缝全堵严实，使煤气不致熏着小女儿，也不致泄漏家门外。死后，又开闻捷批判大会，批他死有余辜。一个人如此冷静死去，实在是心死了，死前没半点迹象，真是很惨的。戴厚英哭得死去活来，工、军宣队还严厉批评：“有的人在腐蚀与反腐蚀的斗争中缴械投降，还庸俗地起哄。”并号召写大字报肃清流毒。为了想摆脱自己曾透露赞同他们的恋情，我赶忙写了“戴厚英竟写了‘闻捷之死，重于泰山’”，幸亏后来没贴出，但我不能原谅自己到这时候还紧跟，还抢着表态。她写了《诗人之死》，在很久很久之后。

当时，在干校把一个个老作家的作品都批了，且不说斗；一般斗争会我只能听，有的讨论会我不能参加，可作品批判要我发言。我这辈子看书不多，大半是在后台候场、车站码头候车船时零零碎碎看的。我以前不知道王西彦半辈子写了几十本书，批他之前，交给我他写的“毒草”一大堆。我有机会夜夜看到熄灯时刻，真大饱眼福。许多写浙南农村的，大有沈从文写湘西之风。轮到我发言。我大批王西彦在作品中写“买了一张毛主席像，而不写请了毛主席像。是可忍孰不可忍”。谁都知道，“文革”前没有这个“请”字。店里、集上不都一角八、二角四一张张卖吗？两三天的全劳力工分哩！唉，演的是哪一出？我为自己在苟且偷安而羞惭。

当时，生活是很清苦的，巴金从来没拿过任何单位的工资，可他一生的稿费收入还是全部被冻结了。王西彦、孔罗荪、吴强……无一例外都被扣了工资，仅发最低生活费。我家的最低生活费是十五元一人。可赵丹在狱中须交二十五元一月，不足的十元，从家里我和四个孩子身上各扣两元。虽然保姆没工资也需生活，平均 $5\times13\div6\approx10.8$ 元，再除去学杂费、水电费、针头线脑，用在果腹上的钱每人绝不能超过九元。房租只好硬欠着。拉到房管所去斗，也只好欠着。干校食堂里，要是有机会烧大排骨，就会在下面风传开来，小黑不在身边，我只有听听。有一天挑了一上午担子，饿得腿打软，我一狠心一顿吃下六两面，还买了馒头揣着，我平生以前和以后都不曾有偌大胃口。又因为总要被勒令写那些写不完的检查交待、挖思想根源、挖“私”字一闪念……却没钱买纸，这也是我这书生世家头一回碰到的拮据。我就在徐家汇转呀转，找到交通大学附近的一间小店面里卖纸下脚，都是印刷厂切下来的纸边，论斤卖的，我就买些宽的纸下脚打草稿。草稿是不敢不打的，万一把前后左右排错了，又该惹祸了。赵丹的一些底稿，字也极小，有时还写在生产牌烟盒里。而交上去的交待材料必须用三毛二分的一种本子。现在，我一见到这种格式的本子，就有生理反应，避之唯恐不及。赵丹当时写的材料，足有一米多高的两大堆。

在劳动中，我一直学不会偷懒。老想不必那么积极，可一上阵，就收不住弦了，拿自己没办法。我可以挑长担——江南水田长路挑运相互换肩接担，这是农村全劳力的活儿。不过农民干活儿不像城里人下乡乱搞突击胡加分量，一般挑长担是限于厩肥、稻捆、麦捆，重量轻于水粪肥。我也可以耘稻连续四天不腰疼。当时，仗着自己年轻，筛麦子时，我站在鼓风机旁的短梯上边摇筛子。革命群众轮番在边上给我往筛子里倒麦子，我筛得很快，任鼓风机把麸皮杂质吹向一边，我顺手把筛净的麦子倒到另一边，动作很干净，节奏很利落，下边供应不上了，直叫："黄宗英你慢点，你慢点！"我直起身，一手扶筛子，一手叉腰休息。到干校后这是我唯一的机会站直了腰，不再低头，还居然站在了高高的地方。由于劳动不怕苦，我还居然受过一次"表扬"。工宣队老师傅说："黄宗英侬有点改造，同《乌鸦与麻雀》的辰光比，有所改造。"

有一年，战备。卫生员集中练包扎、练抬担架。我这个演员学动作特慢，也找不到合适的脑袋、手、脚来练习包扎。心想，伤员落在我手里就倒霉了。正紧张进行夜里紧急集合及各种战备演习，发生了"黄泥螺事件"。夜里，急救车奔来驰去送走了越剧团十八名吃黄泥螺中毒呕泻不止的病号。黄泥螺是从浙江嵊县来的船运到奉贤，又挑担子到干校来卖的。越剧团碰到家乡美味就买来吃了，顾不得违章不违章了。闹腾了一夜，一大早，开始现场消毒。收缴全部买来的黄泥螺，挖地两尺半，埋下去，上敷石灰，盖上踏严。所有厕所都消毒、停用河水。先是干校让大家交待，都还有谁吃了黄泥螺。因为工、军宣队，造反派不让吃零食，没人敢承认吃过黄泥螺。后来，医院发来通知，并发到医务室大量红霉素片，叫各连卫生员去领登记表的药品。凡登记吃过黄泥螺的人一律现场服用红霉素，不得遗漏。夜里送去的十八个人还都没脱离危险哩！结果，我这四连的工、军宣队都登记上了，我眼睛也不抬的，把红霉素一一分给他们，嘱他们多喝开水，有异常情况要说出来。干校生活太清苦，他们也是人呀，城乡生活、工农生活彼时差距还是很大的。

当时，牛鬼蛇神是最苦的，精神上不说，生活上也不敢买好点的菜（有胆子也没钱买），也不敢从家里带食物。至多带一点爆腌菜、炒辣酱、酱豆腐，能带半饭盒油质绿豆糕润润肠子已是上佳之品了。嘴里淡得咽不下饭，就把交菜剩下的米苋梗找来，一根一根剥去皮，腌起来吃，剥梗一丝一丝极费时间，干校后期的许多日子就是如此这般消磨的。待得人火气好旺，我终于跟管全校生产的花脸老于吵起来，因为他一夜之间把我们连的红辣椒全都收走了，说要留籽，我找到他的办公室说："别的籽你怎么不留呢？"他却滑头滑脑地说："要侬轧顶真做啥？"唉，也是的。

在干校，我学会了一种本领：无表情。由于自己的特殊身份——两边不沾，路上老远看到熟人，担心他不敢理我，我马上瞳孔散开，目光呆滞，径直而过。遇事，既不能哭，更不能笑。一个笑容就会构成罪状。这种表情，作为一个演员也是很难练的。练成后也是会留有后遗症的。

但在赤裸裸的人际关系里，也隐伏着日后择友的契机，干校是知人知面也见心的地方。

又一年，黄瓜、夜开花、刀豆、扁豆都落了架，茄子结得食堂再不肯收了，我想明年不等开春就在菜地里播些草籽(绿苜蓿)，既可在嫩时吃炒草头，又可候老来肥地改善土壤，而我排老弱摘起草头来就不会被调去送冻鱼了。于是在每个月四天回城休假时，我就卖了几捆不惹眼的旧书报，换来十元钱，去到嘉定县长征公社五四大队我的房东贫农姚爱娣家，托她给我买些草籽，还讨些许香葱种子。有一年住她家，老草头秆子菜饭吃得我们看见草籽肚子就刳得慌。当晚我没能赶回市区，也就不可能第二天乘大篷大卡车班车回塘外，我奔到五四大队队部打了电话，托人第二天为我请两三小时假。次日凌晨我从嘉定辗转换车到达奉贤南桥镇，在南桥候车时去新华书店买了《怎样种蔬菜》《怎样种西红柿》《怎样种甘蓝》三本廉价书。从南桥乘车到文化干校下车还得走一大段小路。我扛着一口袋草籽兴冲冲回四连女宿舍，还来不及伸伸腰，被一位当过头头的工宣队女师傅大训一通："黄宗英侬胆子越来越大了！纪律管不牢你啦，居然敢迟到，侬翻了天了，侬想那能(怎么样)？侬想想侬是啥人？……"她劈头盖脸堵在我床前骂将开来，我根本不想解释，我没话可说，觉得自己简直是"十三点""二百五"，我忽然约束不住自己，面对她咧开大嘴哭起来，并哭个没完没了。女师傅被人拉走了，我哭够了，就咽了一口放过四天的自己热水瓶里的剩水，掖着三本书去菜地。我熟练地抢救四天来被钻了心的卷心菜、花椰菜。菜叶儿菜心儿抢着跟我说话，我忘了一切。待翻开《怎样种蔬菜》一看，我又不会种菜了。书上写道：左手持菜秧，要松；右手持铲刀，要紧。双腿平均叉开，立于一畦之中间，弯腰半蹲，倒向行车……

有人跟我说:“宗英,你后半生就种种菜吧,也好。”我答:“怎么可能?不定哪一天又要调动一切可以调动的力量,利用一切可以利用的积极因素了,到时候动员你写,不写又是对抗运动了。”相对无言。

春夏秋冬循环不已,干校的气候却捉摸不定。往往空气如冰胶雪冻。又是哪个连哪个人冲着火车头去撞死自尽,哪个人跳河了,哪个人被捕时砸了热水瓶被宣布为“现行反革命”(后知受赵丹案株连,可并不认识赵丹),还有那个戴眼镜的苍白青年被禁闭在四连菜地那头独一的小屋里(各连皆有禁闭室),宣布谁也不得近前,是“防扩散”罪行的“现行反革命”。一年又一年,四连我们排多次集合送战友,唱“一路上多保重,山高水险……”眼看画画的、舞蹈的、乐团的渐渐回团了,仿佛真的不再需要作家了。中国有一个作家、两个写作班子就够了,临时成立个三结合创作组什么不能干?作家这行当成了多余的了,作家们成了社会的累赘。我们一众作家除“战高温”走了一些人之外,成了干校的留守部队。最初还有人猜测什么时候会让我们离开干校,几度失望,也就不再猜测了,只把塌棵菜种得像精细的棋盘形图案画,迎着严霜。

人经过这些,还能相信这个世界,相信人群,相信自己,不容易,真不容易。

人与动物不同之处,在于知道计划明天,知道明天去干什么,去争取什么。可是在干校里,我不知道明天会发生什么,我无法把握自己的命运,也无法去计划明天,甚至怀疑自己是否还有未来。在干校,一睁开眼睛,就感到一种无法言传的悲哀和无奈:我干吗又醒了?我为什么不这么永远地睡下去,永远不醒,永远不再看到、感到自己身处在这样的一个世界,这样一种境地?

不愿醒,就躲得了吗?

犬子莫达

洛夫

莫家犬子有二，一曰莫凡，一曰莫达。今年生肖属狗，且先谈谈莫达。

莫达之所以能成为我们家族的一员，确属有缘。三年前，有一天我路过信义路与新生南路交叉的那几家狗店，一时兴起便跨进了其中的一家，只见铁笼中关着各种各型的小狗，除了极少数如北京狗、狐狸狗、博美、秋田之类，其余都叫不出品种来。有的冲着我龇牙咧嘴，嘘嘘而吠；有的神情冷漠，目中无人；有一只正在午睡，鼾声隐微，旁边一只则三脚朝天，另一条腿搁在栏杆上，其状丑陋，愈显得相当悠闲自在。这时我突闻嗯嗯之声，发现另一只笼子里正趴着一条长相极丑而性情又极温驯的小狗，当时老板告诉我这类狗的学名叫“巴哥”。它给我的第一印象极佳，见到我即大摇其尾，好像遇到了亲人。我把手伸进笼子去摸它，它立刻反过脸来轻轻舔我的手背，痒痒的，暖暖的，顿时人畜心电之感两相契合，我二话不说，立刻以高价把它买下，搭计程车带回家豢养。

巴哥犬为西藏名产，矮小微胖，毛色米黄，鼻短，脸黑，皱成一团，尾巴朝上卷一圈半，性温驯，憨厚可爱，又活泼好动，纯粹是一种宠物，据说清朝王公大臣和宫内的太监最喜欢养。但这种狗由于缺乏斗性，脾气好得不得了，不但不能负起“看家”的重责大任，说不定还有被小偷顺手抱走的可能。

为小狗取名字颇费思量，杰克洛可太洋，阿财阿旺又太土，由于它的脸形结构奇诡，故最后决定叫莫达，正式归宗莫家。莫达的美德很多，缺点也不少，它最好的德行有二：一是沉默寡言，非必要时绝不乱叫，起先我们还以为是一只哑巴狗，后来才发现它并不是不会叫，而是有目的有节制地叫。譬如说，偶然它嗅到了沙发底下有块肉骨头而它的爪子又够不着时，便蹲在那里嘤嘤而鸣，却不汪汪大叫。它的耐性极好，一蹲就是一两个小时，及到家人把沙发移开，它兴奋地把骨头叼走为止。莫达另一项德行是“塞奶”（撒娇），依人性很强，平时在家中紧紧跟着我一步一趋，如影随形，你骂它跟屁虫，它还是紧跟不舍。每当我一坐上书桌，它便趴在脚边呼呼大睡，或偶尔舔着我的脚趾，一阵搔痒，灵感泉涌，写作非常顺手，但有时它老兄鼾声大作，刚抓到的一点灵感也给吵跑了，一气之下，我便把它赶出书房。

其实莫达撒娇的手法最能博得我太太的欢心。太太坐在沙发上看报，它经常冷不防地往她怀里跳去，然后以湿湿的小舌头舔她的脸，舔得老妻乐不可支。我太太最喜欢给小狗抓跳蚤，一抓就是一个小时，而莫达也真懂得享受，四肢趴拉地朝天仰卧，任你摆布。我太太也是它的避难所，每次我写书法时，都要先将写好的字搁在地板上使其阴干，莫达偶尔跑进书房来遛一圈，略一疏神便让它在宣纸上留下四个脚印，待我上去要揍它时，它已躲到太太的脚下去寻求庇护了。有一回，它又在一幅写好赠人的字上踩上几个浅浅的脚印，问题不大，同时我也没有时间重写，只好在字的后面题了一个跋："纸上略有污损，此乃犬子莫达之杰作，无心之过，尚祈谅察。"

提起莫达的缺点，有三项可称天下之最：最丑、最馋、最臭。先说最丑，莫达的长相非常奇特，骤看很像美国电影中的外星人ET、够"酷"的了，塌鼻、阔嘴、招风耳，额头皱得乱七八糟，但又颇有章法。许多比它大的狗都有点怕它，见它就躲，其实它是面恶心善，每次带它去公园或爬山，路人对它莫不指指点点，议论纷纷。我暗忖，也许这时它心里在想："我虽很丑，但我很温柔！"

再谈它的馋。贪吃乃狗的天性，可说无狗不馋，但莫达的馋却不是普通的馋，除了每天一顿正餐外，我们家人吃任何东西它都吵着要分享。它不挑食，除了酒之外，其他有吃无类，包括米饭、面包、面条（用手抓起悬空一根根喂）、牛奶、巧克力糖、水果，奇怪的是，凡我喜欢吃的它也都爱吃，譬如板栗，它不但爱吃，而且还会吐壳。当然，莫达也未能免俗，最爱还是骨头，家人吃饭时，它蹲在桌子底下，仰着脖子，两眼痴痴地瞪着你，这时你又怎能忍心不扔给它一块肉骨头？

莫达的第三个缺点是最臭。这种狗会分泌出一种特殊的，类似狐臭的体味。初次带它回家，家人简直无法忍受，开始以为多洗澡也许可以减轻异味，事实上不然。有时家中有客人来访，我太太会给它洒点香水，不料香水与臭两极气味的混合，结果形成了另一种十分暧昧令人更加难以忍受的怪味。所谓"如入鲍鱼之肆，久而不觉其臭"，我们全家已渐渐习惯了莫达的体味。

尽管莫达一身毛病，但它某些可爱和惹人怜惜之处，足可抵消这些缺憾。譬如每次我和太太出游，一离家它便失魂落魄似的蹲在大门口，双目怔忡，不吃不动，家人哄了很久才得恢复正常。一旦我们回来了，它起先对我稍作打量，很快便认出它的主人，立刻跳上身来,又亲又咬,嘴里还发出唧唧哼哼的嗲声,直使人消受不了。狗性很痴,只要最初跟定了你,绝不再事二主。莫达虽与我太太和家人相处都很和谐,但仍只认我是它唯一的主人,时时看我的眼色行事,只要我一动,它便跟上,弃他人于不顾。有时我太太故意戏弄它说:“爸爸回来了!”它便立刻跑到门口等着,直到回头发现我正坐在客厅看电视,这才怏怏地跑回我的脚边蹲下。莫达的智商不算很高,买回家来后也曾训练它取物什么的,不料它老兄把拖鞋袜子衔去四处乱丢,报纸则咬得粉碎,看来不是块料,也就作罢。不过它另有一项本事,就是每天早晨叫我和太太起床,而且非常准时。

莫达至今还是一只“在室”犬,尚无交配的机缘。它在这方面颇为低能,每当狗子们发情的时候,它却只发乎情止乎礼地绕着母狗嗅一嗅,转几个圈子便敷衍了事,而别的公狗却都一副急色相。一天早晨,我带莫达到楼下的公园遛遛腿,一只公狗盯上了它,莫达恶作剧,结果使得那只公狗好不尴尬,讪讪而退。

狗子们都有一项通病:见树就尿。莫达也不例外,街边如果没有树,便朝着汽车轮胎或电线杆撒,有时即使无尿可撒,也会习惯地跷跷腿。最妙的是大便,它通常会找一些树枝或墙角等隐秘的地方解决,但总是头朝内,面孔藏在树枝下,却让屁股对着全世界。这是典型的掩耳盗铃,自欺欺人。其实今天这世上要脸不要屁股的人所在多有,也不比狗少。

近年来,我接受电视记者访问的机会不多,倒是莫凡,经常有电视台找他录影,于是莫达便无可避免地被迫充当配角。其实它老兄蛮上镜头的,只是有点紧张兮兮,好奇地绕着录影机乱转,尤其在访谈时不时发出一些怪声。今年是狗年,电视台为莫凡的“凡人二重唱”做春节节目,把莫达也带去录影,据说它一到录影棚,便紧张得两腿发软，别人带去的小狗又跳又跑，还会表演取物跳绳等节目，而它却趴在那里干瞪眼，啥也不会。好没面子，莫凡说。

萤火

宗璞

点点银白的、灵动的光，在草丛中飘浮。草丛中有各色的野花：黄的野菊、浅紫的二月兰、淡蓝的"毋忘我"，还有一种高茎的白花，每一朵都由许多极小的花朵组成，简直看不清花瓣。它的名字恰和"毋忘我"相反，据说是叫作"不要记得我"，或可译作"毋念我"吧。在迷茫的夜中，一切彩色都失去了，有的只是黑黝黝一片。亮光飘忽地穿来穿去，一个亮点儿熄灭了，又有一个飞了过来。

若在淡淡的月光下，草丛中就会闪出一道明净的溪水，潺潺地、不慌不忙地流着。溪上有两块石板搭成的极古拙的小桥，小桥流水不远处的人家，便是我儿时的居处了。记得萤火虫很少飞近我们的家，只在溪上草间，把亮点投向反射出微光的水，水中便也闪动着小小的亮点，牵动着两岸草莽的倒影。现在看到童话片中要开始幻景时闪动的光芒，总会想起那条溪水，那片草丛，那散发着夏夜的芳香，飞翔着萤火虫的一小块地方。

幼小的我，经常在那一带玩耍。小桥那边，有一个土坡，也算是山吧。小路上了山，不见了。晚间站在溪畔，总觉得山那边是极遥远的地方，隐约在树丛中的女生宿舍楼，也是虚无缥缈的。其实白天常和游伴跑过去玩，大学生们有时拉住我们的手，说：“你这黑眼睛的女孩子！你的眼睛好黑啊。”

大概是两三岁时，一天母亲进城去了，天黑了许久，还不回来。我不耐烦，哭个不停。老嬷嬷抱我在桥头站着，指给我看桥那边的小道。“回来啦，回来啦——”她唱着。其实这全不是母亲回来的路。夜未深，天色却黑得浓重，好像蒙着布，让人透不过气。小桥下忽然飞出一盏小灯，把黑夜挑开一道缝。接着又飞出一盏，又飞出一盏。花草亮了，溪水闪了。黑夜活跃起来，多好玩啊！我大声叫了：“灯！飞的灯！”回头看家里，已经到处亮着灯了，而且一片声在叫我。我挣下地来，向灯火通明的家跑去，却又屡次回头，看那使黑夜发光的飞灯。

照说幼儿时期的事，我不该记得。也许我记得的，其实是后来母亲的叙述，或自己更人事后的心境吧。但那一晚我在桥头的景象，总是反复地、清晰地出现在我眼前，那黑夜，那划破了黑夜的萤火，以及后来的灯光……

长大了，又回到这所房屋时，我在自己的房间里便可以看到起伏明灭的萤火了。我的窗正对着那小溪。溪水比以前窄了，草丛比以前矮了，只有萤火，那银白的、有时是浅绿色的光，还是依旧。有时抛书独坐，在黑暗中看着那些飞舞的亮点，那么活泼，那么充满了灵气，不禁想到仲夏夜之梦里那些会吵闹的小仙子；又不禁奇怪这发光的虫怎么未能在《聊斋志异》里占一席重要的地位。它们引起多么远、多么奇的想象。那一片萤光后的小山那边，像是有什么仙境在等待着我。但是我最多只是走出房来，在溪边徘徊片刻，看看墨色涂染的天、树，看看闪烁的溪水和萤火。仙境么，最好是留在想象和期待中的。

日子一天天热闹起来。几乎每个人都觉得自己在发光。我们是1949年后第三届大学生。毕业前夕，一个星光灿烂的夜晚，我和几个好友，曾久久地坐在这溪边山坡上，望着星光和萤光。我们看准一棵树，又看准一个萤，看它是否能飞到那棵树，来卜自己的未来。几乎每一个萤都能飞到目的地。因为没有飞到的就不算数。那时，我们的表格里无一不填着“坚决服从分配，到祖国最需要的地方去”，无论分到哪里，我们都会怀着对美好未来的向往扑过去的。星空中忽然闪了一下，是一颗流星划过了天空。据说流星闪亮时，心中闪过的希望是会如愿的。但我们谁也没有再想要什么。有了祖国，有了党，不就有了一切吗？我觉得重任在肩，而且相信任何重任我都担得起。难道还有比这种信心更使人兴奋、欢喜，使人感到无可比拟的幸福吗？当然，我知道自己很小，小得像萤火虫那样。萤却是会发光的，使得就连黑夜也璀璨美丽，使得就连黑夜也充满了幻想。

奇怪的是，自从离开清华园，再也不曾见到萤火虫。可能因为再也没有住在水边了。后来从书上知道，隋炀帝在江都一带经营过“萤苑”，征集“萤火数斛”，为夜晚游山之用。这皇帝连萤都不放过，都要征来服役，人民的苦难，更可想见了。但那“萤苑”风光，一定是好看的。因为那种活泼的光，每一点都呈现着生命的力量。以后无意中又得知萤能捕食害虫，于农作物有益，不觉十分高兴。便想，何不在公园中布置个“萤苑”，为夏夜增光，让曾被皇帝拘来当劳工的萤，有机会为人民服务呢。但在那十年浩劫中，连公园都几乎查封，那“萤苑”的构思，早也逃之夭夭了。

前几天偶得机缘，和弟弟这个从小的同学同往清华走了一遭。图书馆看去一次比一次小，早不是小时心目中的巍峨了。那肃穆的、勤奋的读书气氛依然，书库中的玻璃地板也还在；底层的报刊阅览室也还是许多人站着看报。弟弟说他常做一个同样的梦——到这里来借报纸。底层增加了检索图书用的计算机，弟弟兴致勃勃地和机上人员攀谈，也许他以后的梦，要改变途径了。我的萤火虫却在梦中也从未出现。行向小河那边时，因为在白天，本不指望看见萤火，但以为草坡上的“毋忘我”和“毋念我”总会显出了颜色。不料看见的，是一条干涸的沟，两岸干黄的土坡，春雨轻轻地飘洒，还没有一点绿意。那明净的、潺潺地、不慌不忙流着的溪水，已不知何时流往何处了。我们旧日的家添盖了房屋，现在是幼儿园了。虽是假日，还有不少孩子，一个个转动着点漆般的眼睛看着我们。“你们这些黑眼睛的孩子！好黑的眼睛啊！”我不由得想。

事物总是在变迁，中心总要转移的。现在清华主楼的堂皇远非工字厅可比了。而那近代物理实验室中的元素光谱，使人感到科学的光辉，也是萤火虫们望尘莫及的。我们骑着车，淋着雨，高兴地到处留下校友的签名。从世纪初到七十年代排过来的长桌前，那如同戴着雪帽般的白发，那敦实可靠的中年的肩膀，那发亮的、润泽的皮肤和眼睛，俨然画出了人生的旅程。我以为，在这条漫长而又短促的道路上，那淡蓝和纯白的花朵，“毋忘我”和“毋念我”，是必不可少的。因为人世间，有许多事应该永远记得，又有许多事是早该忘却了。

但总要尽力地发光，尤其在困境中。草丛中飘浮的、灵动的、活泼的萤火，常在我心头闪亮。

另一段城南旧事

余光中

林海音的小说名著《城南旧事》写英子七岁到十三岁的故事，所谓城南，是指北京的南城。那故事温馨而亲切，令人生怀古的清愁，广受读者喜爱。但英子长大后回到台湾，另有一段“城南旧事”，林海音自己未写，只好由女儿夏祖丽来写了。这第二段旧事的城南，却在台北。

初识海音，不记得究竟何时了。只记得来往渐密是在二十世纪六十年代之初。我在“联副”经常发表诗文，应该始于 1961 年，已经是她十年主编的末期了。我们的关系始于编者与作者，渐渐成为朋友，进而两家来往，熟到可以带孩子上她家去玩。

这一段因缘一半由地理促成。夏家住在重庆南路三段十四巷一号，余家住在厦门街一一三巷八号，都在城南，甚至同属古亭区。从我家步行去她家，越过江州街的小火车铁轨，沿街穿巷，不用十五分钟就到了。

当时除了单篇的诗文，我还在“联副”刊登了长篇的译文，包括毛姆颇长的短篇小说《书袋》和“生活”杂志上报道拜伦与雪莱在意大利交往的长文《缪思在意大利》，所以常在晚间把续稿送去她家。

记得夏天的晚上，海音常会打电话邀我们全家去夏府喝绿豆汤。珊珊姐妹一听说要去夏妈妈家，都会欣然跟去，因为不但夏妈妈笑语可亲，夏家的几位大姐姐也喜欢这些小客人，有时还会带她们去街边“捞金鱼”。

海音长我十岁，这差距不上不下。她虽然出道很早，在文坛上比我先进，但是爽朗率真，显得年轻，令我下不了决心以长辈对待。但径称海音，仍觉失礼。另一方面，要我像当时人多话杂的那些女作家昵呼“海音姐”或“林大姐”，又觉得有点俗气。同样地，我也不喜欢叫什么“夏菁兄”或“望尧兄”。叫“海音女士”吧，又太做作了。最后我决定称她“夏太太”，因为我早已把何凡叫定了“夏先生”，似乎以此类推，倒也顺理成章。不过我一直深感这称呼太淡漠，不够交情。

夏家的女儿比余家的女儿平均要大十二三岁，所以祖美、祖丽、祖葳领着我们的四个小珊转来转去，倒真像一群大姐姐。她们玩得很高兴，不但因为大姐姐会带，也因为我家的四珊，不瞒你说，实在很乖。祖焯比我家的孩子大得太多，又是男生，当然远避了这一大群姐妹淘。

不过在夏家做客，亲切与热闹之中仍感到一点，什么呢，不是陌生，而是奇异。何凡与海音是不折不扣的北京人，他们不但说京片子，更办“国语日报”，而且在“国语推行委员会”工作。他们家高朋满座，多的是卷舌善道的北京人。在这些人面前，我们才发现自己是多么口钝的南方人，ㄓㄔ不卷，ㄕㄙ不分，一口含混的普通话简直张口便错。用语当然也不道地，海音就常笑我把“什么玩意儿”说成了“什么玩意”。有一次我不服气，说你们北方人“花儿鸟儿鱼儿虫儿”，我们南方人听来只觉得“肉麻儿”。众人大笑。

那时候台北的文人大半住在城南。单说我们厦门街这条小巷子吧，曾经住过或是经常走过的作家，至少就包括潘垒、黄用、王文兴与“蓝星”的众多诗人。巷腰曾经有《新生报》的宿舍，所以彭歌也常见出没。巷底通到同安街，所以《文学杂志》的刘守宜、吴鲁芹、夏济安也履印交叠。所以海音也不时会走过这条巷子，甚至就停步在我家门口，来按电铃。

就像旧小说常说的，“光阴荏苒”，这另一段“城南旧事”随着古老的木屐踢踏，终于消逝在那一带的巷尾弄底了。夏家和余家同一年搬了家。从1974年起，我们带了四个女儿就定居在香港。十一年后我们再回台湾，却来了高雄，常住在岛南，不再是城南了。厦门街早已无家可归。

夏府也已从城南迁去城北，日式古屋换了新式的公寓大厦，而且高栖在六楼的拼花地板，不再是单层的榻榻米草席。每次从香港回来，几乎都会去夏府做客。众多文友久别重聚，气氛总是热烈的，无论是餐前纵谈或者是席上大嚼，那感觉真是宾至如归，不拘形骸到喧宾夺主。女主人天生丽质的音色，流利而且透彻，水珠滚荷叶一般畅快圆满，却为一屋的笑语定调或为众客共享的耳福。夏先生在书房里忙完，往往最后出场，比起女主人来也“低调”多了。

海音为人，宽厚、果决、豪爽。不论是做主编、出版人或是朋友，她都有海纳百川的度量，我不敢说她没有敌人，但相信她的朋友之多，友情之笃，是罕见的。她处事十分果决，而且决定得很快，我几乎没见过她当场犹豫，或事后懊悔。至于豪爽，则来自宽厚与果决：宽厚，才能豪；果决，才能爽。跟海音来往，不用迂回；跟她交谈，也无须客套。

这样豪爽的人当然好客。海音是最理想的女主人，因为她喜欢与人共享，所以客人容易与她同乐。她好吃，所以精于厨艺，喜欢下厨，更喜欢陪着大家吃。她好热闹，所以爱请满满一屋子的朋友聚谈，那场合往往是因为有远客过境，话题新鲜，谈兴自浓。她好摄影，主要还是珍惜良会，要留刹那于永恒。她的摄影不但称职，而且负责。许多朋友风云际会，当场拍了无数照片，事后船过无纹，或是终于一叠寄来，却曝光过度，形同游魂，或阴影深重，疑是卫夫人的墨猪，总之不值得保存，却也不忍心就丢掉。海音的照片不但拍得好，而且冲得快，不久就收到了，令朋友惊喜加上感佩。

所以去夏府做客，除了笑谈与美肴，还有许多近照可以传观，并且引发话题。她家的客厅里有不少小摆设，在小鸟与青蛙之外，更多的是象群。她收集的瓷象、木象、铜象姿态各殊，洋洋大观。朋友知道她有象癖，也送了她一些，总加起来恐怕不下百头。这些象简直就是她的“象征”，隐喻着女主人博大的心胸，祥瑞的容貌。海音素称美女，晚年又以“资深美女”自嘲自宽。依我看来，美女形形色色，有的美得妖娆，令人不安；海音却是美得有福相的一种。

这位美女主编，不，资深美女加资深主编，先是把我的稿子刊在“联副”，继而将之发表于“纯文学月刊”，最后又成为我好几本书的出版人。我的文集《望乡的牧神》《焚鹤人》《听听那冷雨》《青青边愁》，诗集《在冷战的年代》，论集《分水岭上》都在她主持的“纯文学出版社”出书，而且由她亲自设计封面，由作者末校。我们合作得十分愉快：我把编好的书稿交给她后一切都不用操心，三四个星期之后新书就到手了。欣然翻玩之际，发现封面雅致大方，内文排印悦目，错字几乎绝迹，捧在手里真是俊美可爱。那个年代书市兴旺，这大本书销路不恶，版税也付得非常爽快，正是出版人一贯的作风。

“纯文学出版社”经营了廿七年，不幸在 1995 年结束。在出版社同人与众多作者的一片哀愁之中，海音指挥若定，表现出“时穷节乃见”的大仁大勇。她不屑计较琐碎的得失，毅然决然，把几百本好书的版权都还给了原作者，又不辞辛劳，一箱一箱，把存书统统分赠给他们。这样的豪爽果断，有情有义，有始有终，堪称出版业的典范。当前的出版界，还找得到这样珍贵的品种吗？

海音在“纯文学出版社”的编务及业务上投注了多年的心血，对台湾文坛甚至早期的新文学贡献很大。祖丽参与社务，不但为母亲分劳，而且笔耕勤快，有好几本访问记列入“纯文学丛书”。出版社曲终人散，虽然功在文坛，对垂垂老去的出版人仍然是伤感的事。可是海音的晚年颇不寂寞，不但文坛推重，友情丰收，而且家庭幸福，亲情洋溢。虽然客厅里挂的书法题着何凡的名句“在苍茫的暮色里加紧脚步赶路”，毕竟有何凡这么忠贞的老伴相互“牵手”，走完全程。而在她文学成就的顶峰，《城南旧事》拍成电影，赢得多次影展大奖，又译成三种外文，制成绘图版本。

在海音七十大寿的盛会上，我献给她一首三行短诗，分别以寿星的名字收句。子敏领着几位作家，用各自的乡音朗诵，颇为叫座。我致辞说：“林海音岂止是长青树，她简直是长青林。她植树成林，我们就在那林荫深处……常说成功的男人背后必有一位伟大的女性。现在是女强人的时代，照理成功的女人背后也必有一位伟大的男性。可是何凡和林海音，到底谁在谁的背后呢？还是本地土语说得好：夫妻是‘牵手’。这一对伉俪并肩携手，都站在前面。”

暮色苍茫得真快，在八十岁的寿宴上，我们夫妻的座位安排在寿星首席。那时的海音无复十年前的谈笑自若了。宾至的盛况不逊当年，但是热闹的核心缺了主角清脆动听的女高音，不免就失去了焦点。美女再资深也终会老去，时光的无礼令人怅愁。我应邀致辞，推崇寿星才德相侔，久孚文坛的清望，说一度传闻她可能出任官员:“可是,一个人做了林海音,还稀罕做官员吗？”这话突如其来，激起满堂的掌声。

四年后时光的无礼变成绝情。我发现自己和齐邦媛、痖弦坐在台上,面对四百位海音的朋友追述她生前的种种切切。深沉的肃静低压着整个大厅。海音的半身像巨幅海报高悬在我们背后,熟悉的笑容以亲切的眸光、开朗的齿光煦照着我们,但没有人能够用笑容回应了。刚才放映的纪录片,从稚龄的英子到耋年的林先生,栩栩的形貌还留在眼睫,而放眼台下,沉思的何凡虽然是坐在众多家人的中间,却形单影只,不,似乎只剩下了一半,令人很不习惯。我长久未流的泪水忽然满眶,觉悟自己的“城南旧事”,也是祖丽姐妹和珊珊姐妹的“城南旧事”,终于一去不回。半个世纪的温馨往事,都在那幅永恒的笑貌上定格了。

谁解造物心

黑瑛

在古老的年代里，岷山丛中的山岳冰川运动造就了一片神奇的土地。这片土地邃奥清幽,凡尘不染,像是一个造物者的“禁苑”被长期禁闭着,直到近年才被人们偶然发现。当一些被世俗的审美观念熏陶已久的人们第一次来到它的面前时,他们简直有些目瞪口呆,不敢相信人间能有此般境界,以致搜索枯肠也难以为这片土地起一个名实相符的名字,最后不得不以附近有九个小山寨为因由而名之曰“九寨沟”。但是,山以仙名,水以龙灵,“九寨沟”这个有些带有原始味道的名字,不但没有使它减色,反而使它蒙上了一层神秘的面纱,从而更加迷人了。

顾名思义,九寨沟应该是以水取胜的。的确是这样,那岷山的千里雪峰为它提供了不竭的水源,雪水沿着两条几十公里长的山谷泻出,时而融融泄泄,时而突蹿奔跳,有时汇为平湖,有时跌为飞瀑,一路由南向北合为一水后流出沟口。

从最高的水源到沟口,至少有几百米的落差,这就构成了九寨沟湖瀑交错的特殊景观。在沟内，百尺千寻的大瀑布颇有几个,那气派和声势，或如银河倒倾，或如九派分泻，莫不慑人心魄，但九寨沟特有的却是那阶梯状的多层流瀑。有时在百十米长的水道上就有几处断崖跌水，而在沟水向下跌落的崖岩边缘上，都长着一排排的叫作高山柳的灌木，看上去，一道道跌水就如同从一排排灌木丛中喷泻而出的一般，人们来到这里也会很自然地把注意力从流水转移到这些生长在流水中的高山柳身上。

这些高山柳的根，有一部分深深扎进岩缝中，用以固定自己，另有一部分则作为气根裸露着浮在水面，用以汲取营养。那些长长的红色气根，被流水冲击着，根须都向着前方，一排排的像是梳理整齐的红发。人们常常被这种一道柳林、一道流瀑的奇异景色所吸引，却无从知道这些高山柳是怎样地在无情急流中求得自己的生存。人们看到，在岸边的山坡上，也有不多的高山柳，它们稀稀落落地掩没在草木丛中，这些幸运者的生存条件无疑要好得多了，但和它们的那些终生搏击在激流中的同伴们相比，不但显得形貌委琐，生命的光彩似乎也暗淡得多。这或许是安适的生活使它们失去了些什么，也许是坎坷的处境使它们的同伴比它们多获得了些什么。人们在这些激流中的高山柳身旁不由得注目流连，嗟叹不已。谁也不知道它们在激流中已经坚持了多久，还能坚持多久，但人们从那些根须的鲜红的颜色中，看到了它们躯体中仍然激荡着向命运抗争的热血，而这热血是属于永生者的。

高山柳何故要立足于湍流？又何以能立足于湍流？这可以做出各样的解释，但人们更有理由相信这是出于造物者——大自然的安排，因为这里的一滩一瀑、一溪一湖似乎都经过了鬼斧神工般的精心设计。

你看，就在一排茂密的高山柳的后面，忽然出现了一片倾斜而平坦的石滩，从高山柳丛中喷涌而出的溪水在这个滩上漫展开来，形成了一片宽阔的水面。那清澈的溪水从滩面的岩石上流过，荡起如鳞似栉的细浪，发出淙淙的声响，欢腾地向着百十米外的一片断崖流去，并在那里形成了一个大瀑布。人们在深不及膝的水中走着，身前身后便随之有一片浪花翻滚开来，当你忽然发觉自己已然置身于一个喧闹的浪花的世界里的时候，你会欲进欲退、又惊又喜，这时，任凭是谁都会像孩子般的欢叫起来。

这就是有名的珍珠滩。在滩上，人们只要俯身细心地观察一下水底，就会发现水中果真流动着一颗颗、一串串的"珍珠"。这个奇迹又是从何而来？是岩石和流水玩的把戏？还是阳光和空气造成的幻象？看来，这又是造物者的一个杰作了。当人们知道自己的脚下正在流淌着"珍珠"之后，再放眼看看眼前的一片滩水，更觉得满滩清波潋滟，浮光泛彩，分不清哪是珠光、哪是波影，只是泠泠然、粼粼然，直把一滩玉液、万斛珍珠泻入远处的飞瀑中去。

越走近滩边，那瀑布的声音就越大，人们从轰鸣的瀑布声中可以想到，就是正在自己脚下淌过的这些滚珠流玉、奇瑰莫名的滩水，在那里却又龙腾虎跃地进行着大自然的另一个雄浑壮观的奇迹创造。

九寨沟流水是奇特的，但九寨沟的水绝非仅以奇特的流动形式取胜。如果用一个"奇"字来形容九寨沟的流动之水，那么九寨沟的静止之水带给人们的则是一种梦幻般的境界。看遍沟内分布着的大大小小几十个湖沼，就会发现它们不仅形态不同而且情调各异，但它们却都有一个共同点，这就是弥漫在它们身上的一种神秘的色彩。

如果捧起一掬湖水，看上去都是那样纯净清澈，但就是这些同样纯净清澈的水在不同的湖里却幻化出不同的神采。有的从清澈的湖水中可以看到两条金色长龙盘桓其中，这长龙随着天色阴晴的变化而时隐时现；有的一个池沼般的小湖，湖水却呈现出几种颜色，看上去就像是镶嵌在一起的几块彩色玻璃；有的湖底纹理斑驳，形成不同的图案，透过清澈的湖水看去就像水底铺了一块硕大的美丽地毯；有的湖底排列着体态玲珑的沉积物，或如碧花，或如翠叶，看上去宛如一片水下的园圃。特别是有些湖在不同的山林映照和不同的光线照射下，闪烁出奇异的波光水影，有的蜿蜒如蛇游，有的横射如镝飞，有的明灭如萤光，有的突跳如磷火……至此，纵使览历过天下的湖海河川，也会使你面对着这呈现着奇光异彩的湖群而如痴如迷了。

人们都知道，色终归是物的反映，在这一片神秘的奇光异彩后面，不外是水下的岩、藻、泥、沙，还有水上的日、月、风、云，而把这些常见多有的平凡之物转化为神奇之色的是造物者。但是，人们又是怎样理解造物者的这种寓物于色、化物为美的用心呢？出世者从色看到虚幻，超俗者从色看到空灵，主张玩世的视色为可狎可亵，追求功利者则还色为物，只看到色后面的物的价值……众生纷纭，有哪个更能接近造物者的心？在广袤的大地上，造物者的匠心经营是所在多有的，但在纷纭的人世间，色被亵渎、美被扭曲的事情也是所在多有的，这或许就是越在九寨沟这样的原始景象中，色才表现得越美、美才表现得越真的缘故吧！

入沟越深，似乎出世越远，当到达雪山脚下的几十里的长海之畔时，便会觉得自己的身与心完全回到了造物者的身边。

如果说那奇光异彩的湖群使人在梦幻般的境界中感到心神有些迷离，那么来到长海之畔就会立刻沉静下来。这里的湖水呈现着一种被称作“孔雀蓝”的颜色，清冽、幽深，一平如镜，不见丝毫涟漪。周遭的翠绿的山林，把影子毫发毕现地倒映在湖面上，水中的山林看上去似乎比它的本来面目更加真切而鲜明。这里的天空一碧如洗，而倒映在水中的碧空，也由于涂上了一层清幽的色彩而更显得深邃了。在岸边凝神片刻，便会觉得满眼景物变成一片清绝碧透的光和色，再也难以分清哪是山林，哪是天空，哪是湖水。这里的空亦作色，色亦作空，真亦作幻，幻亦作真，一时头上天光幽幽，周围山林寂寂，似乎时与空都凝止了。在这种境界里，自己的心似乎与造物者的心也产生了某种感应，所有的尘忧俗虑一时涤荡一净，只落下心头的一片空明澄净。

这种境界是一种什么境界？是某种超俗的美在对人的心灵进行着洗涤与升华?还是某种神秘的美在实现着人与神之间的心灵交会？当然谁也不相信真的有神仙，但此时此境却会使你深信在形神际会交融的冥冥深处确有一个仙境存在。这个仙境当然也不是只有几个仙人在那里悠哉游哉的蓬瀛仙岛，而是一种超俗之美、神秘之美在人的心灵中幻化出的境界，这个仙境中的主人或如云龙，或如雾豹，但终归是造物者的身影，这里也有你被美所升华了的心灵在这个身影上的映照。

也许是由于神仙的遐想，在长海这个充满梦幻般色彩的湖畔，人们会自然地联想到神话传说中的瑶池。

当年穆天子驭八龙之骏西巡，是否曾来过这片神奇的土地？作为天帝之女的西王母是不是就在这神秘的湖畔欢宴了穆天子?那永远水波不兴的湖面是不是西王母照影的镜台?那彩色的湖水是不是西王母洗下的脂粉?那湖水中隐现的浮龙是不是西王母的坐骑?当时,穆天子与西王母“赋诗交欢”时,“吹笙鼓簧,中心翔翔”,九寨的湖山也一定曾为之欢腾雀跃,否则这里的波光水影为何眉眼盈盈、如颦如笑?但是西王母与穆天子三年后再会之约终未实现,从那之后已过了几千载,岁月悠悠,山川渺渺,瑶池之上留下来的只是帝女的无尽的等待与无限的思念,这恐怕就是这雪山平湖之所以蕴涵着一片凄清幽寂之气的缘故吧……遐思未已,视野中的雪山平湖一时静影沉璧、幽壑潜蛟,更增添了几分神秘。

神仙事,莫须有。造物者是否精心地为自己设计了这个禁苑,先不去管它,而眼前的事实是,九寨沟这个天造地设的造物者的禁苑已被人们敲开了大门。如果说造物者有心,它将是多么希望它的心能为人们所理解;如果说造物者无心,那么人们在大自然面前应该做一个有心人。望着那些摩肩接踵而来的九寨沟来访者,你会想到这样的问题:九寨沟,还能被人们赏玩多久?天下还能再发现几个九寨沟?

初秋伊豆纪行

叶渭渠

9月，东京已有几分秋意。

抵达日本不几天，川端康成研究家长谷川泉先生邀我去作一次“文学散步”。他知道我爱川端文学，更偏爱《伊豆的舞女》，于是放下繁忙的工作，拖着术后初愈的老躯，拄着手杖引我踏足川端度过青春时代的“第二故乡”，孕育《伊豆的舞女》的摇篮——伊豆半岛。

从东京坐了两小时十分钟的国铁东海道线电气列车，到了伊豆半岛的修善寺。长谷川先生的学生驾着小汽车来迎我们。我们的车子穿过汤川桥，也就是川端康成学生时代同舞女初次邂逅的地方，开始爬上了天城路，如今又称414号国道。伊豆之行就从这里开始了。

伊豆半岛位于日本中部东南、静冈县境内，东西分别濒临相模、骏河二湾，南面与太平洋相接，北面则依傍富士、足柄、箱根诸山，在四百零六平方公里的半岛上，伊豆山绵延起伏，狩野川纵贯其中，依山而流。打开日本地图，可以清楚地发现，伊豆半岛状似一片巨大的绿叶，伊豆山峦的绿林像是密如麻麻的叶网，狩野川则是主脉，四散的支流、无数的溪涧是叶的支脉。山峦、树林、苍穹的色彩，都是一派南国的风光，实在幽美极了。有人说，伊豆由山与水构成，确乎如此，一点也不夸张。难怪川端康成称伊豆为“南国的雏形”，是“有山有水的风景画廊”。

我是第二次访问伊豆了。第一次是在1981年夏末与月梅一起，由已故著名剧作家久保荣的女儿久保真纱陪同前往的。但今次给我的印象，却依然像上回一样新鲜。

我们的车子沿着山路迂回盘旋，从车窗外飞过去的是山也是水。山，碧绿碧绿。水，湛蓝湛蓝。山水交相辉映，满眼是绿、又是蓝，加上头顶碧空，仿佛漫天飞舞着悠悠的绿韵，简直像置身在一个绿色的世界里。我的头脑里，也恍如变成一泓清水，顿觉清爽万分。怪不得当年抱着生活创伤的川端康成，一来到这里就感到“身心洁净得像洗涤过一样”。

车子翻过几座山岭，到达了旅行的第一站汤岛。汤岛是伊豆最出名的地方。汤岛温泉与箱根、汤河原齐名，同属富士火山带。这里的温泉水，量丰质佳，乃是温泉胜地。它由世古、落合、西平、汤端几个温泉组成，沿溪而布，露天的温泉浴场，星星点点，多得不计其数，不问昼夜，水量都是满盈盈的。在青山蓝天的自然色彩衬托下，是很有诗情的。这里历来成为文人墨客的来往之地，现代培育了像川端康成、中河与一、井上靖、尾崎士郎、梶井基次郎、宇野千代等众多名家，况且又是川端康成写下名篇《伊豆的舞女》的地方，孕育川端文学的摇篮。我虽曾造访过这里，但依然是神往的。

来到汤岛，自然是投宿川端康成的《伊豆的舞女》问世的“汤本馆”。安顿下来，刚过五点，不知是山间雾气太重、是露天温泉蒸汽太大，抑或是初秋山间黄昏来得早，周围已渐次昏沉下来。眼前如烟似雾，迷离一片，恍如从天降下了一幕轻纱。山的绿变成朦胧。水的绿色也变成朦胧，尽管还残留着绿色的余韵，但柔和之色渐渐消退。一切景物都变得迷蒙，失去了它们的轮廓，开始分不清了。

我们刚放下行囊，长谷川先生就楼上楼下忙活起来，时而摔掉拐杖，双手紧紧抓住楼梯扶手(我当然从旁用力搀扶)，吃力地爬上二楼，走到川端当年撰写《伊豆的舞女》所在的、仅有四铺席半宽的店间，兴致勃勃地讲起川端文学如何从这里起步，创造出拥有独特魅力的美的世界。时而又下楼，神采飞扬地指点着我观看楼梯半道，谈论当年川端坐在那里聚精会神地观赏舞女在门厅跳舞的情景。我们在门厅合照以后，他一边充满深情地娓娓谈起川端与舞女之间建立起来的真挚情谊，一边指着挂在墙上他题写的一幅字让我看，上面书写着："伊豆旖旎的景色，同川端文学的抒情融合在一起，从而在川端的文学作品中展开了拥有独特魅力的美的世界。"我告诉他，我写《东方美的探索者——川端康成评传》的时候引用过这句话，他又情不自禁地述说起川端与伊豆所结下的不解之缘来了。若不是学生来请我们共进晚餐，也许老先生的话头还止不住，还在继续讲述川端与舞女这段动人的故事呢。

餐罢，汤本馆的女主人取出几张日本纸帖，恭请长谷川先生挥毫，他不假思索地挥笔写了"邂逅"二字相赠。然后，又苍劲几笔，写下"一草一花""柳绿花红"等川端句，让我从中选一，以兹纪念，很有情致。回到房间，两人促膝坐在榻榻米上，又闲聊了一会儿，话题仍然离不开川端康成。不过，这回主要是与长谷川先生商量为拙著《川端康成评传》撰写序文以及挑选川端照片作插图之事。等长谷川先生入浴时，我拿起他刚赠予我的《伊豆的舞女》初版刻印版，重读了一遍。此时此境，再次回味这篇美文，我不禁回想起上次在汤本馆同伊豆人交谈时，听介绍说这位舞女现今仍活着，她觉得川端笔下的舞女形象太美了，如果让人看见自己如今的老态，有损于舞女的形象，也就不愿公开自己的身份了。几十年的岁月过去了，她的心地仍然像川端康成所描写的一样善良、一样富有人情、一样的美。1981 年至今，又过去了五个春秋，她是否依然健在？我惦念着。此时，我完全融进了《伊豆的舞女》的委婉而含蓄的抒情世界里。

也许是自然美、人情美给我留下的印象太深刻了，这一晚我尽是做着绿色的梦、美好的梦。夜半醒来，迷迷蒙蒙，听见滴滴雨声，增加了一种说不出的甜美的感受。

清晨起来，打开格子门，走出阳台，凭窗凝视，昨晚以为是秋雨，却原来是一片湍湍急流声，如今像滂沱大雨，又像瀑布倾泻，以山壁为背景，回声之大，恍如千军万马在奔腾呼啸。加上秋虫啁啾鸣啭彼伏此起，不绝于耳，构成一曲绝妙的大自然交响乐。我们住在二楼的房间，这道湍溪从窗下淌流，有如一条白色游龙，忽而急速泻下，忽而缓缓淌去，粗细有致。溪中多石，或大或小，或高或低，流水淌过，水石相搏，做成一股磅礴的气势，发出更响的更微妙的流水声，多么迷人啊！

日本近代唯美派诗人北原白秋曾以《溪流唱》为题赋，专门赞颂过伊豆的此番美景。我沉吟着北原的诗，抬眼望去，伊豆山峦与昨天乍到时所见迥异，它以鲜明的轮廓展现在眼前：在晨光照耀下，山峦、绿林远近层次分明，呈现出墨绿、深绿、浅绿、嫩绿、碧绿，并不时变换着颜色，泛出熠熠的闪光，下与翻腾而过的碧绿溪水相连，给人一种无法形容的绿色的生机。我陶醉了。经老先生提醒，我才匆匆盥洗，吃早餐，赶忙踏上新的旅程。

下一站是汤野，也是川端康成与舞女有缘重逢的地方。小轿车在天城路向南行驶，中途参观了“昭和森林”，这里有一座雅致的博物馆、文学馆。文学馆里设有川端康成、井上靖这两位大文豪的陈列室，还摆有其他受过伊豆孕育的作家的陈列品。我们还参观了伊豆半岛最大的瀑布“净莲瀑布”，之后匆匆地爬上天城岭。道路虽经新修拓宽，但山路还是弯弯曲曲，贴近天城岭，满山遍谷万木苍苍，林木中有桧、榛、栎、栌、松、毛竹，还有许多叫不上名字的。其中尤以被誉为自古以来与日本人“共存”的杉树居多。杂木林亭亭如盖，漫空笼翠。在秋风吹拂下，枝丫轻轻摇曳，树叶沙沙作响。这些“见证人”仿佛在向我低语着当年川端在天城山这二十多公里的山路上追赶舞女，与舞女一行结伴旅行的故事。

到了天城隧道北口，我们下了车。小说主人公“我”小憩的茶馆已经无影无踪。现今北口一侧修筑了一座很有意义的文学碑，成块碑石呈半拱形，中间留下一条明显的自然沟痕，象征着主人公“我”同舞女之依依惜别。碑石左边雕有川端康成的头像，右边刻有《伊豆的舞女》开头一句话：

山路变得弯弯曲曲，我心想快到天城岭了。这时骤雨白亮亮地罩在茂密的杉林上，以迅猛之势从山脚下向我追赶过来。

立碑者独具匠心，因为只有这段文字最能充分地表达川端当时急于要见舞女的心境，仿佛连雨点也在催促着他去追赶舞女似的。这碑、这话，确乎增添了这座文学碑的抒情性。

为了照顾长谷川先生的腿脚不灵便，我们乘车穿过了天城隧道。我还记得，上回访问这里时，是撑着伞徒步“走进黑魆魆的隧道，冰凉的水滴滴答答地落下来。前面就是通向南伊豆的出口，露出了小小的亮光”，我们那时的心情，仿佛就踏着川端和舞女的足迹走过来似的。如今安然坐在车厢里，也就没有这种感受了。

出了隧道南口，就是南伊豆了。顺崖边围着一道白色护栏的山路行驶不远，通过河津七瀑布环形天桥，它高高悬在山谷之中，环行上下三圈，从一座山飞越到另一座山，蔚为壮观。据说，修建这座三层环形天桥，耗资四十五亿日元。驶过这天桥，转眼间就到了汤野。当年川端和舞女是翻山越岭，沿河津川的山涧下行十余公里才能到达这里的。

在汤野，我们本想在川端投宿过的福田家歇息、用餐，碰巧老板娘上东京去了，全天歇业。女招待看我们是远道而来，将我们让进店堂，用茶水招待。我偶然抬头，发现壁上挂着一幅字轴，书写着“天上人间再相见”几个字，落款是川端康成，没有记明年月。我问长谷川先生是哪年书写的，他说，大概是晚年吧。可见川端康成的多愁善感，对舞女的情思并没有因为时间的推移而有所消减。尔后，在女招待的向导下，我重巡福田家。这座纯日本式的楼房已有近百年的历史，虽然部分扩建，但全楼仍然保持着当年的风貌。庭园精巧幽美，布局雅致匀称，加上满院樱树，颇具日本庭园的特色。对着门厅处立了一尊姿态优美的舞女塑像，旁边辟了一泓池水，放养了十余尾鲤鱼，有红有黑，也有红白、黑白相间，色彩绚丽。时而将身子挺出水面，时而又成群向我脚边簇拥而来，勃勃有生气。日语里，“鲤”与“恋”是谐音，包含着充满恋情的意思。院里左侧立着一座川端文学碑，据长谷川先生介绍，这是最早建立的一块碑，显得十分古朴。像这样的川端文学纪念碑和塑像，在伊豆还有好几处。然后，女招待引我上二楼参观一间靠边的房间，对我说：“这是川端先生年轻时住过、晚年时常来写作的地方。”她透过窗户，伸手指点隔着一条小河的斜对岸的一间小屋说："那就是当年舞女一行巡回艺人泊宿过的小客店旧址。"川端所描写的夜雨听鼓声一段经历，就是在这里发生的。那时候，缠绵的雨引起了他对舞女的无限情思。夜雨中他听见鼓声，知道舞女还坐在宴席上，心胸就豁然开朗；鼓声一息，他就好像要穿过黑暗看透安静意味着什么，心烦意乱起来，生怕舞女被人玷污，表示了他对舞女关注之深沉，爱护之真切。汤野这家小客店曾经被大火洗劫，如今建筑物已面目全非，但风韵犹存，仍然飘荡着一种令人爱恋的氛围。

从汤野到川端与舞女分手的下田港，还有一段路程，因为要赶乘四时许的国铁伊东山手线电气列车返回东京，只好割爱不去了。伊东山手线是沿伊豆半岛东部海岸而行，面临相模湾。我早就读过德富芦花的名文《相模湾落日》《相模湾夕照》，久已向往相模湾黄昏之美。如今有机缘亲临其境，也可以弥补未能到下田这件憾事之一二吧。

我们是从河津站上车的，为人细心的长谷川先生安排我靠窗而坐，好让我尽情饱览一番相模湾的落日景象。列车一驶出车站，眼前便出现了波光粼粼的海面。放眼远眺，海天一色，相连之处，烟霞散彩，舞女的故乡大岛忽隐忽现地突现在海面上，罩上了几分神秘的色彩，使它像舞女一样更富有迷人的魅力。车行至真鹤，迎面一片红霞，太阳开始西沉了。相模湾此时的景色美极了，真如德富芦花所描绘的：天边燃烧着的朱蓝色的火焰，逐渐扩展到整个西天。一秒又一秒，一分又一分，照耀着，照耀着，仿佛已经达到了极点。天空剧烈燃烧，像石榴花般明丽的火焰，烧遍了天空、大地、海洋……太阳落一分，浮在海面上的霞光就后退八里。夕阳从容不迫地一寸又一寸，一分又一分，顾盼着行将离别的世界，悠悠然地沉落下去。

此刻这派格外迷人的暮景，无穷地变幻着它的色彩，充满着自然的灵气，我不觉完全沉醉其中，与伊豆的山与水，与川端康成的《伊豆的舞女》融合为一体。可以说，这种与自然、文学的契合，达到了忘我之境地。黄昏的景色在车窗外移动着。我的思绪也随着窗外流动的景物飘然远去，却没有消逝。

昆明往事

彭荆风

在我的记忆中,二十世纪五十年代初的昆明街巷,路面多数是用厚重的大石板铺设,就连翠湖周围和市中心的近日楼两侧,也都是已经踩得光滑的大石板路。

我不知道这样多的大石板是从哪里采掘来的，还切割打磨得这样整齐统一。这要挖倒多少座石山,累坏多少石匠,还要多少人伕马帮牛帮来驮运,工程的艰巨也就可想而知。在还没有水泥或者水泥还被叫作“洋灰”、得从国外进口的过往岁月,能这样用大石板铺遍全城,也显示了从前的昆明人雄伟的财力和魄力!

1950 年 3 月,我随部队初进昆明时,先后在翠湖边讲武堂、如安街住过较长时间,翠湖、劝业场、福照街是我们经常走动的地方。要去市中心购物，多是从福照街出城，再横越顺城街去往近日楼、宝善街。那几乎全是长而光滑的石板路。

这些街巷的古旧房屋还保持着明清土木结构的建筑风格,一楼一底,上层住人,下层作店铺。门面和楼层全是木制,再刷上朱红油漆，楼上的门窗有的还雕有花鸟走兽；只是随着岁月的更替,油漆多暗淡剥落，木雕花也有不少残缺了。但那些小店铺仍然是很多，杂货店、米线店、甜食店、饺面馆，卖自制的毛笔、墨水、颜料、鞋袜的小店应有尽有，多数是一对夫妻或母子俩经营，生意略好的吃食店才雇用一两个小伙计。他们不求买卖做大发财，只求能维持平日的温饱，顾客也多数是附近街巷的居民，是一种多年形成的自给自足的小商业圈。人们也就过得平和、宁静，做生意的态度更是和气，都是街坊上常见的人嘛！

自从我们这些身穿草绿军装的解放军进驻这附近后，也给这里的人们增添了一种新的色彩；他们总是以一种羡慕、敬重、和善的眼神关注我们这些过路的军人，或亲切地招呼我们去他们门口的小板凳上坐一坐，如果进米线店去吃当时还是六分钱一碗的小锅米线，朴实的店主人或胖胖的大师傅总会把鳝鱼、焖肉、粑肉、脆臊等罩帽多加一些。他们可能知道我们军营里没有开水炉，只是三餐饭后自己去大锅里舀一碗还散发着油盐味的开水，有时还会无偿供给我们一大壶茶。

如果身上多几角钱，我们就去劝业场旁的牛肉馆吃碗两角钱一碗的红烧牛肉或一小笼粉蒸牛肉。红烧牛肉炖得似乎一入口就会融化，葱花、辣子、胡椒更是由自己添加，可口得很。一个具有浪漫气质、一碗牛肉下肚后就会激动地拍着桌子引吭高歌“今天的营养够了，今天的营养够了！”的同志要调往朝鲜战地，临行前夕，我们几个人凑钱在牛肉馆为他送行；钱不够，没有酒也没有别的菜，只是每人一碗红烧牛肉，对他这个征人则特别照顾，给了两碗。他低着头风卷残云地把两碗牛肉吃完了，才抬起头以一种正襟危坐的姿态看着我们。我们以为他又要击桌高歌了。哪知道，他却长吁了口气，深情地说道：“此行北去，已别无憾事，得两碗牛肉足矣！”

福照街上还有一座两层的窄窄木楼，挂着“培养正气”的招牌，门口的锅灶上一锅垒一锅地摆着一大摞汽锅鸡，热气腾腾地散发着诱人的鸡肉香味。但我们不敢轻易上门，太贵了，一元钱一锅，当时我们排连干部每月不过一元五角钱的津贴费，还要买牙膏、牙刷、文具呢！只有得到了两三元稿费（那时候的稿费是每千字三元，用当时的物价来比，比现在高得很多），才会进入那一踏上就会吱嘎作响的窄窄楼梯去大嚼一顿。

据说，这是昆明老牌正宗的汽锅鸡，用的都是武定壮鸡，肉厚味鲜。后来我也去别的汽锅鸡店吃过，都难以达到这家的香鲜。

在福照街与民生路交叉的路口还有座简陋的剧场，观众席座位都是木制的，油漆都没有，从前那些跑码头走江湖的艺人就在这里演出十天半个月又转往别的城市。昆明解放后，一批留下没有走的京剧艺人就在这里成立了“劳动人民京剧团”；1951年春，程砚秋先生在当时的西南军区司令员贺龙将军安排下来昆明慰问部队并与文艺界交流时，就是以宝善街的大光明剧院（如今的星火剧院）和这个剧场作为演出点。那些天，这里也就突然热闹起来了，来看戏的，弄不到戏票却想一瞻这名旦风采的戏迷都拥来了。只是那时候，昆明的小轿车少，还难以形成车水马龙的阵势，就连省委和军区领导人宋任穷将军来看戏，也是步行。

我因为具体负责接待和安排程砚秋先生的每场演出，就得每天起早摸黑从如安街的兵团政治部去翠湖东路程砚秋先生住地办事，然后再经过福照街去到宝善街，一连许多天奔波于这长长石板路上，也就对这长街居民的起居有更多了解。

天还没有完全大亮，早晨的雾气还笼罩着这城市时，从北门街、小西门、大西门外赶着驮有两只木粪桶的骡马的农民就过来收粪了。那马蹄铁敲击着石板路发出的清脆响声传得很远，似乎向街上的人打着招呼：“我来了，别错过了！”那些紧闭的木门也就迅速打开，满头银丝的小脚老太婆、鬓发蓬松的少妇，都忙着把木便桶端了出来。

然后是各个人家都把堆着大块柴煤的风炉抬出来，用破蒲扇扇着，扇得整条街都是呛人的黑雾；柴煤燃着了，变红了，才端进去烧水做饭。

黑烟散了，天也完全大亮了，一拨又一拨挑着蔬菜、鸡蛋的农民也来了，沿街叫卖，沿街停歇，让那些老妇少妇来购买。蔬菜都极为新鲜，白的雪白、绿的碧绿，一看就知道是天亮前才从地里摘下来的；但善于持家的主妇还是要不厌其烦地在竹筐里翻动、挑选、讨价还价，惹得那些菜农不服气地扯着嗓子大吼。

在这之前，长街的各处也出现了许多卖烧饵块、卖油条豆浆、卖蒸糕、卖米线、卖豆腐脑的小摊，供上学的中小学生和匆匆上班的人食用。

女人们在早晨忙着的时候，男主人们才打着哈欠迟迟出来，抱着根竹制的、有的镶铜边有的镶银边、像根小六〇炮似的水烟筒蹲在店门口咕噜咕噜地吸着，吸够了，才进去吃早点，然后卸下店铺的木板开始一天的营业。

所以，不是有急事我们是不愿进入这布满柴煤烟雾和粪便味的长街早晨的，但夜晚的街上却很有情调，昏黄的街灯下行人不多，东一团西一团散布着几点火光，还散发着各种焦脆的香味，那是卖苞谷、烤红薯、烧饵块、烤豆腐、油炸臭豆腐，以及卖担担面的……

这都是价廉物美的食品，尤其是那小小的一碗担担面却有十几种作料,鲜辣俱在。这卖担担面的一般要迟至夜里十时以后才敲着竹梆子出现在街头巷尾。这正是人们饿了想吃消夜的时刻;我们当时都在为做一个年轻作家而奋力冲刺,白天工作了一天,晚上还要看书写作到深夜,一听见那“嗒嗒嗒”的敲击声,就顿时食欲大振,虽然不像那些老饕会“肠痒涎流”,也还是急于搜罗口袋里的零钞出去吃一碗；但兵团部的门卫严格，过了夜九时就不让出门了，有紧急公务要去管理科开通行证。隔着一道围墙听着外边的夜市声,常常使我们有“咫尺天涯”之感。有一天晚上,我们确实饿了更想吃那担担面,与我一起在文化部工作的、后来成了著名作家的林予突然情急智生,拿起笔在公函纸上写了“兹派林予、彭荆风二同志去京剧团接洽工作”两行字，然后盖上编辑部的章拿着往外走。京剧团是兵团文化部的下属单位,又多是夜晚演出,有这纸条就容易通过门卫。但这种方法只能偶尔为之，大多数时间我们饿了,想吃东西了,也只能在屋内咽口水。

1951 年,部队开始给干部发皮鞋了,先给营以上干部发,排连干部则要慢慢等待;据说那都是从捷克进口的皮料制作,穿着皮鞋走在那光滑的长长石板路上,发出清脆的响声,人也显得威风有精神了，营门口的卫兵一听就知道是比他们连长还大的首长来了,忙恭敬地敬礼,通行证也不要了。这畅行无阻的优势,真叫人羡慕。一天林予突发奇想,对我说:“我们也该弄双皮鞋来穿穿。”我说:“到哪里弄？总不能把科长、部长的借来穿吧！”

他颇颓伤,但还是没有放弃这一设想。

有天我们从如安街出福照街，沿着那长长的石板路走出西门过了护城河，经顺城街去近日楼闲逛。当时近日楼那椭圆形的周围是从前的“模范市场”，全是一家家门面窄小的店铺，有杂货店、吃食店、布店、裁缝店、皮鞋店、玉器店、文具店……走到这里，什么都可以买到。

皮鞋店里卖的多是自制的麂皮鞋，分别染成紫红色、蓝色、菊黄色，既色彩鲜艳，又皮质柔软，鞋底却是用上好牛皮做成，坚硬而光滑，让人看了很是喜欢，大约是三五元一双。但这价钱也是我们两三个月的津贴费，还是买不起。我们只能遗憾地拿起又放下。这店老板却说，可以用解放鞋来换，两双换一双。

那时候，解放鞋刚在部队发放，美观、结实，还和军衣一样象征着一种革命身份。市场上还没有卖，却又是许多急于赶新潮的年轻人寻求的用品。所以，皮鞋店老板也在不失商机地搜求。

林予大喜，连声说：“这好办，这好办！”

他赶回去把自己新发的一双解放鞋，还把另一个同志的一双鞋也“借”了来，换了一双紫红色的麂皮鞋，并且立即穿上，把脚上那双又脏又臭的解放鞋丢进了垃圾桶内，挺起胸迈开大步，昂然地走在我们前边……

他这穷书生出身的年轻军人，可能是这一辈子第一次穿皮鞋。这街上的每一块石板经过几十年近百年的人踩马踏，每一块都光滑如镜，那天又洒了一阵小雨，他得意中忘了注意这滑溜路面，才走出几步就仰面朝天地跌倒了，跌得很重很惨，好一会儿都动弹不得，惹得我们大笑又忙去扶他。他还不服气，甩开我们又往前冲，没走上几步又是一跤，这次跌得更重了，摸着屁股只是哼着。我们故意地不再去扶他，他却来央求我们了。

1955年他调往北京，又远戍北大荒。那许多年，他在严寒的风雪东北，又处在那一场又一场的政治运动中，身心饱受摧残。直到1977年冬，为了拍摄他写的电影剧本《孔雀飞来阿佤山》，他才回到云南。

那天，他约了我一起去如安街、福照街、劝业场、翠湖散步。近三十年过去，这一带的店铺经过“大跃进”“文革”的摧残，具有特色的小店已经不再有了。许多夫妻小店经过“公私合营”的组合早就并入了国营商店，小店铺也多数成了民居，用粗糙的红砖块砌起了外墙代替从前的木板门面，而那巍峨壮丽的近日楼更是早就拆掉了。这景象，已经不是林予印象中的那古朴情调的街巷了。

石板路呢？当然也找不到了。

但我们还是一一寻找哪个位置是从前的牛肉馆、“培养正气”，哪座小木楼是从前我们去吃米线时被林予一口气喝掉人家一壶酱油的地方。

访旧而不能见物，追思往事，他默默地满眼是泪。

如今又过去了许多年。福照街已改名为五一路，街两边的老旧房屋也都拆建成大小高楼，路面也平直了，居住或工作在这里的年轻人可能都不知道，从前这里有着长长的石板路。

青灯有味

钟叔河

青灯有味

年将尽时,天气越来越冷,加上刮风下雨,蛰居在家里,即使没有什么不顺心的事,也不免会无端地觉得凄凉。只有到夜深人静时,在糊着纸的窗户下面,点上一盏油灯,让那青荧的灯光照亮摊开的书卷,随意读几行自己喜爱的文字,心情才会开朗起来,慢慢便觉得寂居的生活也自有它的趣味。惭愧的是无人与共,只能由我独享了。

——这一节并不是我的文章,而是我"今译"的苏东坡写给朋友的一封短信。过去文人写读书生活,如宋濂之自叙苦读,顾炎武之展示博学,都很可佩服,却不易使人感到亲切。"纯文学"作品"绿满窗前草不除"之类又嫌做作,总不如此寥寥数语,更能写出岑寂中的趣味。

原文的开头是:"岁行尽矣,风雨凄然,纸窗竹屋,灯火青荧,时于此间,得少佳趣。"周作人在《灯下读书论》中抄了这几句后写道:"这样情景实在是很有意思的,大抵这灯当是读书灯,用清油注瓦盏中令满,灯芯作炷,点之光甚清寒,有青荧之意,宜于读书,消遣世虑。”对“青灯”这样解释，我很是同意。

抗战八年，我一直在湘北大山中读书。电灯本来就没有，“洋油”这时也断绝了来源，夜读全靠油灯。平江盛产茶油，价钱比菜籽油和桐油还便宜，那灯火的外焰总带着一层青蓝色，正如炉火纯青时(如果火炉烧木炭，极旺时在暗中蓝色更鲜明)。学校规定邻桌二人共一盏油灯，全班十多二十盏灯作一排挂在教室后墙上，晚自习前自去取灯点燃，摆在两张课桌居中位置。灯低亮小，同座之间常因争光而发生争吵。

寒暑假不能留校，在家里“夏有蚊虫冬有雪”，我又是并不用功的学生，从来没有“十载青灯黄卷，争得琼林盛宴”的大志，照理说不必夜夜挑灯苦读了。但山居少伴，闲书和小说是唯一的娱乐，我便乐此不疲。三根灯芯的亮度，大约等于十支烛光，读木刻大字本正好。但正经书读起来太易入睡，只有有光纸石印小字的《聊斋》《阅微》《子不语》等看不够。微风入室，灯光摇曳，自己巨大的身影投射在昏暗的墙壁上总在动，好像书中写到的异物正要扑下来，禁不住心惴惴焉，那情形真不容易忘记。

青灯给我的印象，虽然带点寒意，总的来说还是“佳趣”居多。老来怀旧，陆放翁“白发无情侵老境，青灯有味似儿时”之句，很容易引起心中的共鸣。悲哀的是眼睛早已被用坏，根本无法夜读了。

关于书房

古埃及和巴比伦五千年前就有了书，但那时的纸莎草书卷和黏土书板，模样和现代的书很不相同。中国的简策(册)起源于西周，去今也差不多三千年，那用皮条或麻绳编起来的，近时在长沙、江陵、临沂还出土过，虽然皮和麻都已腐朽，只剩下一支支的竹简。

一支竹简上最多写十多个字。《老子》五千言，两面印不过几张纸，竹书却有一大堆上十斤。庄子说“惠施多方，其书五车”，试想五车书得有多大的房子来装。因此我想，古人读书放书，也必有专用的书房，写书就更不用说了。但就我所知，“书房”一词（包括其别称）却出现较晚。“秘阁书房次第开”“仰眠书屋中”和“书斋望晓开”，都是唐人的诗句。我读古书少，不知博雅者能告知更早的例句不。

查《古今图书集成·考工典》第七十五至第一百十六卷宅、堂、斋诸部，有关于卧室、药室、佛室的叙述，而独无书室。唯“椅榻屏架”条中有一语云：“书架及橱俱列，以置图史，然亦不宜太杂如书肆中。”这些“图史”即书，看来是为了陈设，而不是为了读的。

明清之际，江南士人的读书趣味和生活情调，精致化到了最高程度。李笠翁《闲情偶寄·居室部》却只有一节论“书房壁”，但颇多精义。如说：“书房之壁，最宜潇洒；欲其潇洒，切忌油漆。石灰垩壁，磨使极平，上着也；其次则用纸糊，可使屋柱窗棂共为一色。”这种四白落地的装修法，本也最适宜书房，不仅采光好，朴素处也与读书的氛围正合。

张宗子的《陶庵梦忆》是我最佩服的文章。书中说“余家三世积书三万余卷”，又说“大父至老手不释卷，每至于夜分不以为疲”，写到他自家亭园楼阁的篇目也不少。有《梅花书屋》一篇云，“陔萼楼后老屋倾圮，余筑基四尺，造书屋一大间”，之后却只记叙前后的花木，言不及书。又《悬杪亭》云，“余六岁随先君子读书于悬杪亭”，也仅介绍其建筑的奇巧。只有《天镜园》写到了读书生活，算是唯一的例外：

天镜园浴凫堂，高槐深竹，樾暗千层。坐对兰荡，一泓漾之，水木明瑟，鱼鸟藻荇，类若乘空。余读书其中，扑面临头，受用一绿。幽窗开卷，字俱碧鲜。

这种境界，在六面钢筋混凝土中的我辈心目中，恐怕连想象都想象不出来，因为从来没有体会过。如今很有权或很有钱或既很有权又很有钱的人，当然营造得出“受用一绿”的环境，再加上高科技设施，享受肯定要超过张岱的水平。但他们身心俱亡，“幽窗开卷，字俱碧鲜”的味道只怕难得尝到。

但张岱也只写了这一小段，接下去便写的是春老时运笋过园：

择顶大笋一株掷水面，呼园中人曰：“捞笋！”鼓桨飞去。园丁划小舟拾之，形如象牙，白如雪，嫩如花藕，甜如蔗霜。煮食之，无可名言，但有惭愧。

一百多字的文章便写完了。

我猜想古人会读书，会写文章，何以却不多写自己的书房呢？大约他们把读书只看作个人私生活的一部分，未必都有曾国藩那样修齐治平的志向，也不会个个像刘禹锡似的想作秀出风头，所以写不出也不想写《求阙斋记》和《陋室铭》那样虽以书房为题而意实不在书房的“古文”来。亦犹人人都要“居室”，写“行房”的究竟也只有白行简等少数几个人也。

吃瓦片

随着房产政策放开，房产市场形成，如今城市里有两套以上房子的人，也慢慢多起来了。还记得五十年前"对资改造"后接着搞"私房改造"，那时兴起过一个很不光彩的称呼——"吃瓦片"的，似乎比资本家还"剥削"些，差不多就赶上乡下的地主老财了。最近看枝巢子的《旧京琐记》，才知道这个称呼倒并不是后来的新发明，卷一"俗尚"中有这样一条：

> 京人买房宅取租以为食者，谓之"吃瓦片"。贩书画碑帖者，谓之"吃软片"。向日租房招帖，必附其下曰："贵旗、贵天津免问。"盖当时津人在京者，犹不若近时之高尚……

可见在清朝时，北京城里早就有了"吃瓦片"的人。他们还可以像现在散发"谢绝中介"的传单一样，到处贴出招租的小广告，正常地合法经营自己的产业。

房子不愿租给天津人，枝巢子说明其原因是，早期来北京谋生的天津人，从事的职业和社会地位，都"不若近时之高尚"。这看得出对"卫嘴子"的一种歧视，但也说明当时租房的人多招租的房少，"吃瓦片"的才敢这样挑剔。用现代观点来看，这种地域歧视总是不对的。

而"贵旗免问"所指的旗却是"八旗"，此乃大清朝的统治阶级。当然宗室觉罗、贝勒贝子等王公贵族都有赐第，不会到民间租房子；但最下级的旗丁也都有"铁杆庄稼"一分钱粮，房租也是付得起的。那么，为什么"吃瓦片"的也要请他们免问呢？恐怕的确是出于"畏"，也就是害怕吧。

平头百姓不敢和带特权色彩的大爷们打交道，看来历朝历代都是如此。要说这也是一种歧视，反常的是被歧视者乃是政治上占强势的“领导阶层”。歧视者本来居于弱势，因为有几间房“瓦片”可吃，在社会上也就可以说说话，恭恭敬敬地叫一声“贵旗免问”了。

辛亥前宣传民族革命，大讲“扬州十日”“嘉定三屠”的亡国之恨。当初扬州嘉定等地的八旗兵弁，的确无人敢请其“免问”。但经过若干年互相妥协融合并流，慢慢也就能够“和平共处”了。历史的变化，于细微末节处看来，有时不仅饶有趣味，也很可发人深思。

“吃瓦片”的称呼，如今在长沙又有人用起来了。“吃软片”这一称呼，则似乎并未在“贩书画碑帖”行业中复活，代之而起的是三百六十行以外的另一种新的职业——“吃软饭”，这和买卖字画完全不搭界了。

说茶

邓友梅

茶
香叶嫩芽
慕诗客爱僧家
碾雕白玉罗织红纱
铫煎黄芯色碗转鞠尘花
夜后邀陪明月晨前明对朝霞
洗尽古今人不倦将知醉后岂堪夸

这首宝塔诗是唐人元微之写的，算不得最早的吟茶诗，足证明中国文人和茶结缘并不比酒晚，亲密程度也不比酒差。文人如此，普通人更甚，如果做次调查，喝茶的人八成比喝酒的人总数多。开门七件事：柴米油盐酱醋茶。北京的“六必居”据说是当年专卖六样生活必需品，只比以上少个柴字，两者都不包括酒。

中国人喜好喝茶，有时到了走火入魔的地步。赵佶当皇帝时，放着多少急事不办，却写了本研究茶的专著《大观茶论》。从产地、种植、采摘，到制造与喝法写得都地道，称得上是全世界自古至今唯一有皇帝衔的茶叶专家。他当皇上要也这么在行,不至于后来又当俘虏。我老家有个本族大辈,每天茶不离手,日本鬼子扫荡时,大家逃难,他不带行李却手中提把茶壶。走在半路受到日本兵的追击,叭的一枪正打中他的茶壶。人们全为他的性命担心,他却提着一对铜壶梁说:“可惜了这一壶好叶子!”是我一生中碰到的第一位把生死置之度外的勇士。

中国人喝茶的本事,也到了出神入化的地步。那个以修洛阳桥著名的状元蔡襄,在喝茶的功夫上就有独到之处。据一本闲书记载,有人得到一点名贵的“小团茶”,知道蔡在这方面是权威,就请他来品尝。蔡听了高兴,临时又请来一位朋友陪他一同去。到那里后主人陪他说了一会儿话,就叫仆人献上茶来。蔡襄喝了两口,主人问他印象如何,他啧啧嘴说:“茶是不错,只是里边掺了‘大团茶’,不纯了。”主人心想这茶是新得到的珍品,自己亲手交与仆人煮的,怎会有假?为证实心迹,就把仆人召来当面问道:“我亲手交你的茶,你可曾掺假?”仆人见问得单刀直入,只好如实说:“原来备下小团茶是两人份,我见多了位客人,怕分量不够,又不敢找您要,就掺了点大团茶。”主人听了大惊,对蔡状元的品茶功夫再不敢怀疑。这是名人逸事,可能有帮闲替他吹嘘,我的老师张天翼却给我讲过一个叫花子品茶的故事。闽省有位旧家子弟,不务正业,只好饮茶。最后穷得卖了老婆沿街求乞。因在家乡受人白眼,便流浪到了潮汕地界。这天要饭要到一家著名的大茶庄门口。店主拿出几文钱给他。他说:“钱不敢收,只求赏杯茶饮。”店主就叫人把日常待客的茶端来一杯给他。他喝了一口,却又吐了,摇头说:“四远闻名大茶庄的茶不过如此,承教了。”说完扭头便走。这下子刺伤了店主的自尊心。就把他叫住,连忙吩咐把最好的乌龙泡一杯来。过了会儿茶冲来了，叫花子喝了一口，叹口气说：“茶是上等的，可惜泡法低劣，糟蹋了！”店主听了大惊，便悄悄叫人到后宅，要他小妾泡一杯来。这小妾是他新买的，模样平平，就是善泡茶，店主就冲这一长处才买的她。过了片刻茶泡好送来，那叫花只饮了一口就泪如雨下，泣不成声。店主忙问出了什么事，那叫花说：“这茶的味道使我想起了前妻，我从没见有人达到她这样火候……”那店主一问他的籍贯、经历，果然和那小妾一样。二话没说，叫人给他包了一包上好茶叶把他打发走了。

皇帝和我那位同乡大辈，对茶的嗜好虽如一，但我想他们喝的不是一种茶。宋朝时兴的贡茶是福建产的“龙凤团茶”，从书上记载的制法看大概是“红茶镶绿边”，所谓半发酵茶，可能类似今天的铁观音、乌龙之类，近年市上也有“龙凤团茶”卖，但不知是否就是赵佶和蔡襄喝的那一种；我那长辈喝的茶我却喝过。早年山东的农民全喝那个，是在集上卖酱油、糕点的摊上买来的。茶叶装在一个大木箱中，黑不溜秋，连梗带叶，既没有小包装，也不经茉莉花窨。沏成后褐中透红，又苦又涩，我估计其助消化的能力是极大的。我很奇怪，我的家乡是糠菜半年粮的苦地方，肚子里没什么需要茶叶帮助消化的，为什么家家却都喝茶？我问过老人此风由来。他说是无茶不成礼，山东是礼仪之邦，饭可以吃不饱，茶不能不喝。这话不能令人信服，我觉得家乡人还没傻到不管肚子饥饱只讲精神文明的地步，可也找不出更合理的理由来反驳他。这也可能是因为我出生于天津并一直在天津度过童年，山东只是我理论上的老家，对它的了解不深的缘故。

我小时家在天津，家里也喝茶。喝得是小叶、大方、茉莉双薰等大路货，其喝法却是一家两制：我姥姥家是纯天津人，所以我家也一年四季桌上摆着个藤编的壶套,里边放一把细瓷提梁画着麒麟送子的茶壶。我娘抓一把茶叶,把水烧得滚开,滴到地上先听噗一声响,这才高高地沏下去,制成茶卤。以后她喝时倒半杯茶卤,再兑半杯开水,这虽有一劳永逸的好处,但实在喝不出茶叶的味道。我爹是山东人,但自幼外出,不知受了哪位高人指教,自备了一把小壶,沏茶时先用开水把小壶涮热,放茶叶后先沏一道水,用手晃晃再倒出扔掉,再冲一次才可饮用。一次只喝一两口,马上再兑新水。事不过三。然后就倒掉重来。这喝法虽然出味,可实在烦琐耗时。所以到我自己喝茶时这两种传统都没继承,完全另搞一套。

在天津我见过两次特殊喝茶的喝法。一次是在梨栈。那时法租界的梨栈大街、劝业场一带是最热闹的地方。在劝业场门口那个十字路口有个警察指挥交通。有天我坐“胶皮”去光明电影院看电影,车刚在路边停下我还没给钱,那警察就招手叫拉车的过去。拉车的说:“劳驾,你替我看一会儿车,不知吗地方又惹着他了。”我也有点担心。眼盯着车夫跑到警察身边,见那警察说了句什么,车夫拿着把缺嘴的大茶壶就跑了回来, 满脸歉意地说:“没办法还得耽误您一会儿,老总叫我给他沏壶茶去。”过了会儿那车夫把茶沏好送去,这才回来找我收钱。我远远地看见那位中国籍的“法国巡捕”左手端着茶壶嘴对嘴地喝着茶,右手伸直,在两口茶之间抽空喊道:“胶皮靠边,汽车东去……”这事给我印象很深,我以为这是法国警察的特有作风,后来去巴黎,还有意观察了一下,才知道巴黎的警察并不端着茶壶站岗。

另一次是法租界仙宫舞厅。一个偶然机会我随一位亲戚进了那家舞厅。在“香槟酒气满场飞”乐曲中,一对对时髦男女正在翩翩起舞,却见一位老者,手执小茶壶在场子中央打太极拳,每做两个动作就啜一口茶，旁若无人，自得其乐。多少年后我跟一个天津老乡说起这件事来，他说此人有名有姓，是位租界名人。可惜我没记住名字。

等我自己喝茶上瘾，已经是数十年后的事情了。

我这喝茶上瘾，是从泡茶馆开始的。五十年代初我去西昌，那时的西昌还属西康省，不仅没导弹基地，没有飞机场，连汽车也不通。从雅安出发一路都是骑马。每天一站，住的是“未晚先投宿，鸡鸣早看天”的鸡毛小店。店里除去床铺有时连桌子都没有，要想休息、看书就得上茶馆。好在四川的茶馆遍地都是，泡一碗沱茶，可以坐一晚上。在这里不光喝茶，还能长见识。头天去喝茶，几乎吓得我神经衰弱。茶馆中间有个桌子，四周摆着鼓、锣、钹、板。坐下不一会儿几个人就敲打起来。我正看得出神，忽然背后哇呀一声，有位穿竹布长衫的先生抚案站了起来。正不知出了什么事，那位先生开口唱了：“凄惨惨哪……”跟着周围的一些人就都吼了起来“凄惨惨命染黄泉哪……”众人吼过，那先生又有板有眼，一字一句，成本大套地唱了下去。我问同行的四川伙伴这是怎么回事，他说这是四川茶馆清唱的规矩，那位先生唱什么角色都是固定的，不管他坐在哪儿，场面一响该开口的时候自会开口。我说：“那打鼓的也没朝这边看，万一那位先生有事没来，或是迟到了不就砸锅了？”他说不会，要敲半天板还没人应，打鼓的会接着替他唱下去的。”这一惊刚过去，我正端起碗要喝茶，忽然从脖子后边又伸过根黄澄澄的竹竿来，一回头，那竹竿竟杵到我嘴上。我正要发火，忽见远处地下坐着位老头，手执纸媒，噗地一口吹着了火，笑着冲我说：“吸口烟吧！”我才看出那竟是根数尺长的烟管！他坐在中间遥控，身子一转可以供应周围几桌人享用，抽完一个他用手抹一下烟管，再装上一袋伸向另外一人。除此之外在四川茶馆还学到了另外许多学问。回北京后我便开始泡北京的茶馆,直到当了“右派”,也还是有空就去喝茶听书。

泡茶馆成了我的业余爱好。落实政策后有了旅行机会，到广东,住香港,游西湖,逛上海,甚至到欧洲美国,有茶馆都非泡一下才死心。

啰唆至此,读者早已腻烦,就此打住,茶馆的事留给别人写吧。

华老师，您在哪儿？

王蒙

在我快要满七周岁的时候，升入当时的北平师范学校附属小学二年级，那是 1941 年，日伪统治时期。

我至今还记得“北师附小”的校歌：

北师附小是乐园，

汉清百岁传，

…………

向前，向前，

携手同登最高巅。

第二句“汉清”两个字恐怕有误，如果这个学校是从汉朝办起的，那就不是“百岁传”，而是一千几百年了，大概目前世界上还没有那么古老的学校。

在小学一年级，我们的级任老师姓葛，葛老师对学生是采取放羊政策的，不大管，一遇到天气冷，学校又没有经费买煤生火炉，以至有的小同学冻得尿了裤子（我也有一次这样的并不觉得不光荣的经历),葛老师便干脆宣布提前散学。

二年级换了一位老师叫华霞菱,女,刚从北平师范学校(简称北师)毕业,二十岁左右,个子比较高,脸挺大,还长了些麻子。校长介绍说,她是“北师”的高材生,将担任我们班的级任老师。

她口齿清楚,态度严肃,教学认真,与葛老师那股松垮垮的劲头完全相反。首先是语音她用当时的“国语注音符号”(即ㄅ、ㄆ、ㄇ、ㄈ)一个字一个字地校正我们的发音,一丝不苟。我至今说话的发音,还是遵循华老师所教授的,因此,有些字读的与当代普通话有别。例如“伯伯”,我读“bébe”,而不肯读“bóbo”,“侦察”的“侦”,我读为“蒸”,“教室”的“室”,我读上声而不肯读去声等等。为“伯”“磨”之类的字的读法我还请教过王力教授,他对我的读音表示惊异。其实我出生就在北京,如果和真正的老北京在一起,我也会说一些油腔滑调的北京的土话的,但只要一认真发言,就一切按照华老师四十多年前的教导了,这童年的教育可真重要。

华老师对学生非常严格,经常对一些“坏学生”训诫体罚(站壁角、不准回家吃饭),我们都认为这个老师很厉害,怕她。但她教课、考作业实在是认真极了,所以,包括被处罚得哭了个死去活来的同学,也一致认为这是一个比葛老师强百倍的老师。谁说小孩子不会判断呢。

小学二年级,平生第一次作造句,第一题是“因为”。我造了一个大长句,其中有些字不会写,是用注音符号拼的。那句子是:

下学以后,看到妹妹正在浇花呢,我很高兴,因为她从小就不懒惰。

华老师在全班念了我这个句子,从此,我受到了华老师的“欣赏”。

但是,有一次我出了个“难题”,实在有负华老师的希望。华老师规定,“写字”课必须携带毛笔、墨盒和红模字纸,但经常有同学忘带致使写字课无法进行,华老师火了,宣布说再有人不带上述文具来上写字课,便到教室外面站壁角去。

偏偏刚宣布完我就犯了规,等想起这一节是写字课时,课前预备铃已经打了,回家再取已经不可能。

我心乱跳,面如土色。华老师来到讲台上,先问:“都带了笔墨纸了吗?”

我和一个瘦小贫苦的女生低着头站了起来。

华老师皱着眉看着我们,她问:“你们说怎么办?”

我流出了眼泪。最可怕的是我姐姐也在这个学校,如果我在教室外面站了壁角,这种奇耻大辱就会被她报告给父母……天啊,我完了。

全班都沉默着,大家感到了问题的严重性。

那个瘦小的女同学说话了:“我出去站着去吧,王蒙就甭去了,他是好学生,从来没犯过规。”

听了这个话我真是绝处逢生,我喊道:“同意!”

华老师看了我一眼,摇摇头,叹了口气,厉声说了句:“坐下!”

事后她把我找到她的宿舍,问道:“当×××(那个女生的名字)说她出去罚站而你不用去的时候,你说什么来着?”

我脸一下子就红了,我无地自容。

这是我平生受到的第一次最深刻的品德教育,我现在写到这儿的时候,心仍然怦怦然,不受教育,一个人会成为什么样呢?

又有一次考“修身”课，其中一道答题需有一个“育”字，我头一天晚上还练习过好几次这个“育”字，临考时却怎么也想不起来了，觉得实在冤枉，便悄悄打开书桌，悄悄翻开了书，找到了这个“育”字，还自以为无人知晓呢。

发试卷时，华老师说：“这次考试，本来有一个同学考得很好，但因为一些原因，他的成绩不能算数。”

我一下子又两眼漆黑了。

又是一次促膝谈心，个别谈话，我承认了自己的错误，华老师扣了我十分，但还是照顾了我的面子，没有在班上公布我考试作弊的不良行为。

华老师有一次带我去先农坛参加全市中小学生运动会，会前，还带我去一个糕点铺吃了一碗油茶、一块点心，这是我平生第一次“下馆子”了，这种在糕点铺吃油茶的经验，我借用了写到《青春万岁》里苏君和杨蔷云身上了。

运动会开完，天黑了，挤有轨电车时，我与华老师失散了，真挤呀，挤得我脚不沾地。结果我上错了车，我家本来在“西四牌楼”附近，却坐了去“东四牌楼”的车，到了“东四”，仍然下不来车，一直坐到了北新桥终点站……后来我还是找回了家，从此，我反而与华老师更亲了。

我们上学时候的小学，每逢升级，级任老师就要换的，因此，1942年以后，华老师就不再教我们了。此后也有许多好老师，但没有一个像华老师那样细致地教育过我。

1945年抗日战争胜利以后，国民党政府从北平号召一部分教师去台湾任教以推广“国语”，华老师自愿报名去了，据说从此她一直在台北。

目前我得知北京师大附小的特级教师关敏卿是当年北师附小的“唱游”教师，教过我的，我去看望了关老师。我与关老师谈了很多华老师的事。关老师在北师时便与华老师同学。后来，关老师还找出了华老师的照片寄给我。

华老师，您能得知我这篇文章的一点信息吗？您现在可好？您还记得我的第一次造句(这是我的“写作”的开始呀)吗？您还记得我的两次犯错误吗？还有我们一起喝油茶的那个铺子，那是在前门，珠市口一带吧，对不对？我真想念您，真想见一见您啊。

船歌

林希

船歌

有九条河穿过我居住的城市，我自幼和船结下了不解之缘，且那时河道上并没有几处桥梁；荒凉的渡口，古旧的木船，还有那沉默的船老大，反而使人们能于喧嚣的市声中得到一点乡思的温暖。

而且，每年我都要沿河道乘船逆水而上，到远处的乡间去看望故土亲人。这时，无论是闲坐在低矮的船舱里，或是漫步在湿滑的船板上，乡间两岸的静谧、河中流水的浪波、缓缓前行的木船正如从琴弦上滑出的一只音符，这时我才听到，船，正在唱着一支它自己的歌。

船歌不是纤夫沉重的步音，船歌也不是船老大的喝唱，人们错把船夫的号子当作船歌，其实那只是船歌在人们心间唤起的回声。

船歌是在船头被分开的流水，船歌是在船尾波动的浪，船歌是木船两侧永远的涟漪，船歌是行进的船。

船歌起始的音符总是充满着怀旧的忧伤，因为，每一次启航，便首先是一次离别，在船板和大地连接在一起的日子里，船板上飘溢着泥土的芬芳和人群的温暖，在船与大地共同分享忧愁与欢乐的日子里，存在显得坚实。

只是，船有自己的梦，那时系结在岸边石桩上的缆绳在随着流水的节奏摇晃，未来在召唤，河上的风雨、航程上每一处湍急的水流、水下的礁石和岸边的浅滩，都在向船发出召唤：岸边的平静与闲适不属于你，属于你的岁月里只有航行。

所以，船总是唱着自己的命运驶进风风雨雨，船为自己创造的世界里，只有前进和方向。一副木桨、一根撑竿和一只舵，还有船夫沉重的脚步，还有船夫古铜色的肩膀。前进，是一场搏斗，风的阻挡、水的逆流，只有在河道上拼搏过的人才会知道，原来一条河竟似一座山峰，航行比攀登更艰难，每一寸航程都考验着你的毅力、你的理想。风似一面墙壁，水流是横刀立马的莽汉，只有船行进着，它为自己的行进付出了一切，它以自己付出的一切塑造着自己的形象。

有谁听到过船的呐喊？电闪雷鸣，风，撕着船帆，河道上唯一的光明，只是船家一双寻觅方向的眼睛。浪劈打着船头，船板发出了咯咯的音响。那几乎使人会联想到咬牙切齿的仇恨，联想到惊天动地的吼叫，我看到过，我看到过船似是一匹猛兽，咬紧牙关，它至死不肯在磨难面前低头。对于猛兽来说，失败便是受伤被擒，而对于船说来，失败就是沉没。

搏击的船，唱着搏击的歌，在这搏击的歌声中，我比船还要亢奋，尽管属于我们的已经有了千次万次的胜利，但是唯有那毁灭的失败，却一次也不应该属于我们。在旁观的人看来，搏击真是无比的壮烈与豪迈，而对于正在搏击中的船、船家和每一位水手来说，搏击中度过的时间，都是一片阴郁。

船，唱着，唱着它自己谱写的歌。

你感知到船歌中浸润的泪水吗？我感知到，并且看到船的泪水；我感知到，而且看到过流泪的船。

不是在风暴中，不是在航程的坎坷中，不是在远航的劳顿中，我看到船的泪水滴落在枯裂的船体下面，那时它长久地扣翻在沙岸上，风与阳光撕裂了它的肌肤，它离开了河道，永远永远地失去了航行的日子，尽管河里还是帆影绰绰，尽管水上依然波浪回荡，只有它被搁弃在沙滩上，那河里的帆、天上的云和水上的浪，对于它都变成了一种嘲讽与奚落。这时我看到已被阳光烤焦的船板上，正从一道一道裂缝间向外涌出泪水，那是船的泪水，是它生命的泪水，更是怀念航行、怀念搏击的泪水啊！

有九条河穿过我居住的城市，今天，河面上早筑起了足够市民通行的桥梁，昔日的渡口处，已连接进带状的沿河公园，水面正有游艇以它彩色的旗帜召唤游人；只是，船歌还在河水上回荡，还残留在缓缓的水流和安详的涟漪上，船歌依然吟唱着，吟唱在我的心头。在无声的船歌里，我重温昔日辉煌的梦和美丽的向往。

船，唱着，永远在我的心间吟唱。

雕

是响彻山谷的当当锤声，引我来到这里，这里，群山深处，古旧农家堆垒在山脚下的乱石后面，钢凿、铁锤，一双暴凸着青筋的手掌，叮当叮当，一块巨大的岩石，正在按照人的意志，改变着它的形象。

雕刻，又总是面对着反抗，一锤落下，钢凿震起，锤落后，突兀地迸射出火花，石头的拒绝是何等的顽强。唯有雕刻的老人沉静，一锤一锤，一凿一凿，碎石被敲击下来，甚至于会有一团石的粉尘爆起。力量自身便是创造，一切不能改变、不容许改变的，在力量面前唯有顺从与屈服。

雕刻，就是期待着新的实现。老人的身后，整齐地摆放着圆圆的磨盘。粗糙的岩石，有了规则的形状。岩石有它的性格，有自身的力量，然而只有雕刻才会使它的性格赋有价值，在岩石的价值上，实现着人的期望。

而且，人类并不满足于雕刻农具。新石器、旧石器只是人类早期的智慧。人类创造了雕刻的技能，就要以这种力的雕刻，再创建一个艺术的殿堂。

何止只是雕刻一块岩石，而是雕刻一座石山，雕刻一面峭壁，按照人类向往的极乐世界的梦，雕刻出美，雕刻出神圣，雕刻出善良。

一代一代，雕刻延续了几千年，从简陋的石器，到粗糙的农具；从山顶上的石亭，到石窟中的佛像；更有附庸风雅的文人，把自己的墨迹刻上石壁，一代一代的雕刻，为我们的民族雕刻出了一道文化的长廊。

石头没有生命，而生命又不能永恒，唯有雕刻，一锤一凿，叮当叮当，历史就这样被书写在石头般的记忆之中，被扬弃的只有虚伪与丑恶，流传下来的，是人的光芒。

雕刻、雕刻，许多许多碑石所雕刻的竟是文过饰非的标榜、代圣贤之言的说教、粉饰太平的文章，更有许多许多对死者的赞颂。总有人要以华丽的辞藻将罪恶修饰为功德。雕刻的石工无罪。谎言传给后辈，也会成为一种“财富”，它会告知后人唯有正直地活着，才会完成自我雕刻。不要惧怕你的名字被蒙上历史的尘土，只要你真实地雕刻，一锤一凿、一锤一凿，把真诚留给后世，便是最高的历史奖赏。

高山峻岭、悬崖峭壁，一切石窟洞穴中造神的雕刻都早已完成。太多的说教、太多的哲理、太多的启迪和太多的告诫，足够我们子子孙孙思忖千年万年。然而，属于普通人的雕刻还在继续：人们雕一块岩石，筑屋砌墙；人们雕成一具磨盘，磨面碾米；人们还雕平一块石板，用它来砌在山路上，不再是要雕刻什么辉煌的圣地，更不再是为了换取后人的膜拜。普普通通的人，为了普普通通地活着，创造一点舒适和幸福。

石工还在工作着，一锤一凿、一凿一锤，把一切不具有价值的部位去掉，岩石便有了生命。

没有锤头，没有钢凿，但我依然觉得自己也是一个石匠。我雕刻什么呢？我雕刻属于自己的人生，雕刻属于自己的世界，雕刻我自己的心和生命。

永远追求不到的“情人”

资华筠

记得十几年前，曾有一位年轻的话剧演员要在某部作品中扮演舞蹈演员的角色，她向我请教道：“把握舞蹈演员的特征，是不是应该胸脯挺一点，两脚走路向外撇一点，说话嗲一点……”望着她那双真诚美丽的大眼睛，我不忍心用任何刺激性的语言去回驳，然而随着岁月的流逝，这问话对我的刺激却愈加强烈，它时常引发起自己对于苦度舞蹈生涯的种种回味。

幼儿园里正在演出《咪咪小黑猫》，我身穿一条大红的连衣裙，手捧着一只小盘子，围着“小黑猫”又唱又跳，用自己认为最美的姿势——双腿交叉着蹲下，细心地喂它们吃食，抚摸着它们身上的茸毛（其实，那不过是我的小伙伴，穿着黑绒布制成的连脚衣，头上戴着猫耳朵帽子，身后还佩有一条毛茸茸的尾巴）。啊！那时候，我是那么容易相信自己就是小黑猫的主人，没有任何对舞姿的修饰，却获得阵阵掌声。大人们纷纷夸奖：“这孩子节奏感真好，动作灵活，有舞蹈天才……”

上小学，我扮演“蝴蝶仙子”，穿着临时缝就的长裙，披挂着两片绸子制成的“翅膀”，在花丛中飘然飞舞，怡然自得。也算得上是个“校级明星”。

我第一次知道学舞蹈必须“委曲”自己的身子骨，是我的钢琴老师瞒着母亲偷偷地把我带到业余芭蕾舞学校，请俄罗斯专家瓦谭柯夫人进行形体训练。好端端的两只脚，不能像生活中那样自然站立，却要掰开站成横“一”字。每天要从活动脚腕子——“绷脚擦地”练起，几乎身体的各个关节都要重新“修整”。

但是，两年之后，当老师教我表演世界名作《天鹅之死》时，我依然若无其事地在心中唱着那优美动人的旋律，把老师教给的动作，从头到尾一个不差地跳下来。也难怪，一个十一岁的小女孩，还不大懂得短短几分钟的舞蹈作品负载着的感情的分量，不懂得垂死的天鹅的颤抖的翅膀所表达的是人所共有的对生的渴望，也不懂得那如泣如诉的旋律所表达的是艺术家对人生的体味。勇气和自信似乎与童稚紧紧地相连。

次日，《俄侨报》以醒目的大字标题预言：“这只小小‘天鹅’将有望成为中国的芭蕾舞星……”

一切的一切像梦一样地消逝了。自从开始了专业舞人生涯的那一刻起，“天才”便不翼而飞。我惊异地发现，自己甚至连“站立”都要重新学起。

唉！千万年前，自从猴子进化成猿人，就自然地学会了站立，区分开了上肢与下肢。而我们——现代社会的专业舞人，却要重新学习站立。

是的，学习舞蹈的第一课，就是克服人体自然站立时的松懈、弛散。要使头顶到脚跟维持于同一直线——重心取中。身体各部位的幅度、力度、速度超常化的训练，必须建立在这样的“站相”的基础上，而学习这粗浅的“第一课”时，甚至连呼吸都会变得不顺畅。

孩童时期跳舞的自美、自信和随心所欲的创造感，就此离我而去。单调、枯燥的动作一遍遍地重复，似乎永远也没个头，几乎没有一个动作是自然而然、舒舒服服地学会的，几乎没有一天不是在教练严格的训导纠正下，小心翼翼地体会动作的要领，却难以得到一句满意的评估。

每当想起那可以收怀入袖、肢体柔软的旋娟，或是扬袖飘舞似乘风飞去的赵飞燕，我真是钦羡不已，为什么我跳离地面一寸都是这样艰难？

渐渐地，我体验到一种自身形体由自然向着理想化铸炼过程的快感。我可以把腿轻松地抬到一百八十度；把腰向后弯去抓自己的脚腕子；我可以腾空大跳在空中保持各种瞬间造型；我可以快速旋转；我可以稳稳地用足尖独立支撑身体的重心……人们常赞叹空军驾驶员能在瞬间最大限度地调动起自己全部的生命机能，操纵机件复杂的飞机凌空飞翔，我却感受到一个经过严格训练的专业舞人也能在瞬间控制、摆布自身形体的各个部位使其达到动静格局的合理、协调——这同样大大超出了人体的常量机能。

但是，这就算是会跳舞了吗？舞蹈大师们所谓的“用心灵去舞蹈”“用舞蹈去说话”……那似乎是一个更加遥远的梦境啊！

那“遥远的梦境”，一次次地激起我难以遏制的狂热，却又是在一种十分清醒的景况下经历着，唯其清醒才更加苦涩。

我常在舞蹈时清醒地感到两个“自我”的存在——一个在跳，一个在审视。“技巧要领”“动作规范”像紧箍咒似的纠缠着你，很难摆脱，无法忘却。对于舞体运动规律的审美认知，竟然成为束缚舞魂的一条绳索！我当然懂得这未脱学子气的舞蹈是不完美的，由此而陷入了深深的痛苦。

我也确曾有过彻底投入忘我境界的体验。然而,脱离了支配自身形体的自觉意识,往往是规范与分寸感的失控,甚至带来更严重的后果——舞台事故。我永远忘不了扮演“白荷花”,曾获得过怎样一种“花人合一”的惬意与洒脱,但几乎就在那同一瞬间,踩翻了荷花筐,付出了惨重的代价,使我清醒地意识到“忘却技巧”的高超舞境,应以真正纯熟的技艺为坚实的基础。无疑这必须经历更加艰苦的自我锤炼。

新的困惑接踵而来,当你置身于黛尔勃西荷拉世界,你会被她那变幻莫测的身影弄得眼花缭乱。

世上有多少被高山、大河相隔相阻的国家、民族,就有多少风格各异的舞蹈。像天上的星星那样光芒四射却难以数尽。每种舞蹈都以其简洁的“语言体系”——韵律特征、体姿造型给人以鲜明的直观感受,表现出各个民族的心理特征、审美情趣以及与此相关的自然、社会生态。每学习、掌握一个新的舞种,几乎都要重塑自身形体。品种繁多各具特色的舞蹈啊,够你学几辈子!

但是,仅仅是“跳什么像什么”,不过是读懂了舞蹈的“三字经”,还没有步入创造的大门。要把自己从生活中蕴积的情感意绪,浓缩、升华、幻化成特色鲜明的舞蹈——它是自由形体的灵智之结晶,似乎是那“遥远梦境”啊!

专业舞人的真正悲剧还在于,当你的形体充满青春活力——具备着最大限度的可塑性时,你不一定真正懂得黛尔勃西世界的奥秘。在相当一段时间里,似乎练功本身就是一切,目标是不明晰的。而当你走向成熟时,形体也开始老化,心、形、体、魂,终难合一。

对于我,本有希望使舞体、舞魂相交相融之时——专业舞人的黄金期,正值十年浩劫,被剥夺了艺术生命。待到重返舞坛,我比任

何时候都渴望带着人生的体味去舞蹈,并终于在心中清晰地树起了理想人体的标杆:

我希望自身舞体是“用生命揉成的软泥”,交付给雕塑家当成“原料”,每一个瞬间稳态的体姿造型,都应该是一具完美的人体雕塑精品,放在任何背景下,经得起从任何角度去观赏、品味——那是喷涌着的感情的凝聚。

我希望自身舞体是一支珍贵精致的笔,任书法家自由挥洒如行云流水。那疏密有致、抑扬得当、变幻多彩的舞动流程,堪与一幅幅书法精品相媲美——那是气韵的游弋、宣泄。

我希望自身舞体是一架名贵的钢琴,任凭演奏家鬼使神差地按动黑白键盘,奏出一曲曲辉煌的生命乐章。身体各个部位动静交错组成的人体节奏与律动,与钢琴家手指下的杰作有异曲同工之妙。

我希望自身舞体是动态的诗篇,那是思绪的流淌,于空灵中任遐想翱翔其间。

我希望……啊!有如少女在心中默默塑造一个理想的“情人”,一个成熟的专业舞人用炽热的激情与冷峻的认知,掺糅着汗水、脑汁与泪水,苦苦地求索,像“上刑”那样重新铸炼自身形体的每一个“零件”。

当倾注着自己心血的一个个舞目,终于组成了个人的专场演出时,我确信,在黛尔勃西荷拉世界中,它只属于自己。观众与评论家的赞美确曾给我带来了“情人幽会”般的欢愉与激动,我却很快地发现了自己真实的舞蹈的斑斑瑕疵。我扪心自问,难道我苦苦求索的舞境,就是如此这般吗?我不甘心,于是又激起新的狂热的追求,之后是再一次若有所失……在狂热与清醒的两极循环往复,备受煎熬。

终有一天,我的头脑像触了电,黛尔勃西荷拉输入了一条闪光的信息:喂! 朋友,你应有足够的明智认清,你的舞体与舞魂正在不同的两条轨迹上运行着,那相交相融的时机已经错过,永难挽回。

我突然感受到,我心中的舞蹈,恰似永远追求不到的“情人”,他完美、理想,却可望而不可即。于是,我毅然结束这“苦恋”的历史——退出舞坛,义无反顾,无怨无艾。

我深知,每个专业舞人心中都有一个理想的“情人”,我祝福他们因天资与机遇、禀赋与勤奋具备而能与“情人”灵肉相融。而我,能当机立断地告别“情人”,也未必不是一种真正的幸福呢!

汨罗江之祭

李元洛

在中国的河流中，汨罗江远算不上波高浪阔源远流长，却是一条名闻遐迩的圣水。它温柔而温暖的臂弯，曾先后收留中国诗歌史上两位走投无路的伟大诗人。不过，一位在下游，今日的汨罗县境，以水为坟，年年端午，竞渡的万千龙舟还在打捞他的魂魄；一位在上游，如今的平江县域，堆土为墓，少人拜谒，与凄清的墓地长年相伴的，多是春风秋雨夕阳晨雾，还有偶然在坟头点燃的几炷清香。

大历五年，也就是公元770年秋冬之际，杜甫出峡入湘在湖南流寓三年之后，写下《暮秋将归秦留别湖南亲友》一诗，从长沙出发，准备顺湘江而下洞庭，然后入长江而至汉水，转道襄阳回归河南故里。然而，他其时年近花甲，早已病体支离，舟入朔风凛冽的洞庭，更是多症并发而一病不起。被历代学者断为绝笔之作的《风疾舟中伏枕书怀卅六韵奉呈湖南亲友》，如同自撰的讣闻。他写了“舟泊常依震，湖平早见参。故国悲寒望，群云惨岁阴”的洞庭湖冬日景色，船过湘阴，北去巴陵，“春草封归恨，源花费独寻。转篷忧悄悄，行药病涔涔”，病重的他只得转道前往湘阴与巴陵途中的昌江县城，去投亲靠友。今日的平江，唐时称昌江，府治为中县坪，在汨罗江的上游。但在距县城仅十里的小田村附近的江上，巨星即告陨落，他年幼的儿子宗武只得将父亲草草葬于小田村天井湖，也就是我们今日见到的平江杜墓。如果你远道前来，不仅可以一瞻遗迹，而且风行水上山间，鸟过田头陌上，还会向你叙述许多有关杜甫的传说。

全国杜墓今有八处，除四处纯属传闻和纪念性质者外，学术界考证杜甫真冢，主要有耒阳说、平江说、偃师说与巩县说，而我则认为平江杜墓是杜甫的原始墓葬，而死后的杜甫也很可能一直没有北归。杜甫去世后四十三年，他的孙子杜嗣业请任江陵士曹参军的元稹作墓志铭，铭中说杜甫“扁舟下荆楚间，竟以寓卒，旅殡岳阳”。今人多以为此“岳阳”乃今日之岳阳市或岳阳县，殊不知后者从西晋以至清末，均称为“巴陵”。“岳阳楼”原也只是三国时鲁肃操练水军的阅兵台，开元四年张说以中书令守岳阳时，于旧址建楼，名为“西楼”，至李白杜甫始以“岳阳楼”为题。如果杜甫葬于岳阳城厢，当有人吟咏，却付阙如。唐时的昌江，是岳州的五个属县之一，至五代后唐时才改名平江。高山曰“岳”，山南曰“阳”，平江县境内有海拔一千六百五十三米之天岳山，而汨罗江流域在山之南与山之西，正是元稹所谓的“旅殡岳阳”之地。平江的杜姓，至今繁衍有八百人以上，以“杜”命名的地方如“杜家山”“杜家园”等等，就有十余处之多，此处流传于今日的杜氏家谱，也说杜甫殁后因干戈扰攘归葬偃师未果，因而“爰葬平江”，而子孙“卜居是邑，以祭守其墓”。明代的湖广参政陈恺，曾在平江杜甫后裔家中发现两封皇敕，一是至德二载唐肃宗授杜甫为左拾遗的诰敕，一为宋代授杜甫后裔杜邦杰为“承节郎”的敕书，并作《跋杜氏诰敕》予以详尽的记载与说明，清初钱谦益在《杜诗钱注》中也曾说，“今藏湖广岳州府平江县裔孙杜富家”。据说,这两件诰敕传至杜富的嫡系后裔杜瑞生,于辛亥革命年间遗失。将近百年,音沉信杳,如果有朝一日它们能重现江湖,就可为平江杜墓出示旁证与铁证了。

我居杜甫曾经流寓过的长沙,虽然离平江地不远,而且心向往之,但人事倥偬,竟然直到最近的一个秋冬交割之日,才和我昔日的学生余三定、朱平珍夫妇以及也曾是学生的段华偕行,去今日平江大桥乡小田村天井湖,拜谒那一座山中的也是我心中的坟茔。

车出平江县城,驰过汨罗江大桥,往南行二十余里,拐上一条泥泞曲折的乡间小道,颠颠簸簸,终于看到山丘间有一溜白色的粉墙,那就是光绪十年重修的“杜公祠”。祠门额上有一方青石,刻有“诗圣遗阡”字样。祠前有一方可供停车的大坪,据说那就是“天井湖”干涸后填成。“杜公祠”如果是书名,白色粉墙就是它的封面,封面之内有些什么精彩文章呢?三张大门关闭已久,大约平日也少人问津,我们是不速之客,杜甫也早已长眠不起,蓬门今日当然也不会再为君而开,我们只得从旁侧围墙已经坍塌拆毁的缺口进去。杜公祠为砖木结构的两进一天井结构,几间敝旧的房舍现在已改为小学的教室,桌椅破旧,秋冬之日光线更是暗淡,窗户没有玻璃,糊窗纸早已破碎,秋风与朔风于其间畅通无阻。杜甫墓就在教室窗外不远,他老先生每天都可以听到克服困难前来上学的乡里小儿咿呀诵读之声,若当“八月秋高风怒号”之时,或是“天涯霜雪霁寒宵”之际,以苍生为念以天下为怀的他,会不会长太息以掩涕呢?细察祠堂墙壁上尘封破旧的字画,在檐下廊前徘徊流连。平珍是平江人,对杜祠的故实十分熟悉,她指着木柱石础中两个麻石柱础,对我们说:

“这两个覆盆式的麻石柱础,下方上圆,刻有莲花瓣纹饰,从形制可断为唐代遗物,全国其他唐代古建筑遗迹也可以证明。”

“那当然是杜墓真实性的实证,不,‘石证’了。”我高兴地随声附和,并弯腰抚摸那冰凉的石础,想重温千年前的时光。

祠堂后面的小山丘上,有一栋建于多年前的房舍,现在也已改为三间教室。门楣石匾上嵌刻有“铁瓶诗社”四字。诗社不知成立于何许年,诗社而名“铁瓶”,不知瓶内藏有什么纶音妙旨。为什么“瓶”而谓“铁”呢?但铁定无疑的却是,建社的人与诗有缘,并欲继承发扬老杜的流风余韵。我甚至忽发痴想:有诗灵做伴,得天独厚,现在不起眼的莘莘学子之中,将来会不会有人一登诗坛而叱咤风云呢?正遐思远想之时,管理墓园的老人已被请来,他领我们走到诗社下侧围墙的一扇小门边,打开那把资历不浅犹有古风的铜锁,小门吱呀一声推开,在一座小小的山包之上,在几株青松翠柏的守护之中,猝不及防,近在咫尺,杜甫墓怆然轰然巍然,撞伤撞痛也撞亮了我的眼睛。

八十年代之初,平江文物管理所按原貌维修了杜墓。墓坐北朝南,封土堆以青麻石结顶,墓围用红麻石与青砖砌成,青石墓碑正中镌文为“唐左拾遗工部员外郎杜文贞公之墓”。这,就是我们的千秋诗圣最后的安息之所了。杜甫生地是河南,死所为湖南,黄河之南与洞庭湖之南,他和水结下的真是生死缘,更何况他一生坎坷,最后除了漂泊于西南天地之间,就是将自己一家老小满怀忧愤托付给水上的一叶孤舟。他晚年流落湖湘,虽然兄弟音讯不通,然而“吴楚东南坼,乾坤日夜浮”,洞庭的浩阔景象也曾一度鼓舞了他已老的壮心;虽然李白、高适、孟浩然等老朋友皆已先后故去,自己也老而多病,然而“戎马关山北,凭轩涕泗流”,他想到的仍是干戈扰攘的苦难时代。岁云暮矣,思如之何?在一年将尽之时,他忧心如焚的仍是水深火热中的百姓黎民：

岁云暮矣多北风，潇湘洞庭白雪中。
渔父天寒网罟冻，莫徭射雁鸣桑弓。
去年米贵缺军食，今年米贱大伤农。
高马达官厌酒肉，此辈杼轴茅茨空。

（《岁晏行》）

他自己已是末路穷途，生命的残焰行将熄灭，但却仍然心系天下苍生：

公孙仍恃险，侯景未生擒。
书信中原阔，干戈北斗深。
畏人千里井，问俗九州箴。
战血流依旧，军声动至今。

（《风疾舟中伏枕书怀卅六韵奉呈湖南亲友》）

——他的绝笔诗固然多有身世之悲，托孤之痛，但却仍然不忘时代的动乱和人民的痛苦，这就不仅是“穷年忧黎元”，而是生死以之了，这是何等高远博大的襟怀啊！我们临来匆匆，未及准备香烛，只好在墓前久久默然低首，燃点一炷永远也不会熄灭的心香。

秋风吹来，墓草萧瑟。墓前的香炉小小，炉中残留三四根燃尽的香头，也不知是何方来客对他的祭奠。我不由想起杜甫生前身后的凄凉。忠厚谦逊的他，于前辈、同辈和晚辈的诗作，他奉致了许多景慕、褒扬与提携之词，对大名鼎鼎的李白，他盛赞“白也诗无敌，飘然思不群”，而王维是“最传秀句寰区满”，高适是“美名人不及，佳句法如何”，元结是“两章对秋月，一字偕华星”。对那些诗名不盛官位不尊而确有才华的诗人呢？他同样是乐道人善，郑虔是“先生有道出羲皇，先生有才过屈宋”，薛据是“赋诗宾客间，挥洒动八垠”。对那些无名之辈呢？他也曾多所赞誉，如说杜勤“词源倒流三峡水，笔阵独扫千人军”，赏郑谏议“思飘云物外，律中鬼神惊。毫发无遗憾，波澜独老成”，而暮年在长沙遇到苏涣，对他的作品也赞美有加。本身有至高成就但却胸怀宽广，厚以待人，真是最合格的全国作家协会主席的人选了，可惜当时没有这样的组织。他当年不仅命途多舛，没有能够进入主流社会获得一官半职，时人也缺少慧眼，未能识珠。

杜甫赞誉过李白、高适、岑参、王维等诗坛大家，并且和他们均有交游，其中与李白的交谊还被今人誉为诗坛的千秋佳话，但他们都无只言片语提及杜甫的作品，这不能不说是一个千古难解之谜，因为我们已经无从问询。同时代人对杜甫诗表示欣赏的不多，只有诗名不彰的韦济、严武等少数几位，而给他高度赞誉的，则是衡阳判官郭受和韶州刺史韦迢，但时间却已是杜甫逝世前夕了。前者今存诗二首，后者一首。郭受的诗是：

新诗海内流传遍，旧德朝中属望劳。
郡邑地卑饶雾雨，江湖天阔足风涛。
松醪酒熟旁看醉，莲叶轻舟自学操。
春兴不知凡几首，衡阳纸价顿时高。

（《杜员外兄垂示因作此寄上》）

而韦迢在《潭州留别杜员外院长》一诗中，则赞美他“大名诗独步”。杜甫当年从岳阳往长沙途中曾作《南征》一诗，他长叹息说“百年歌自苦，未见有知音”。且不说同时代的人冷落了他，在他生时，殷璠于天宝末年编《河岳英灵集》，一些三四流的诗人都入选了，而杜甫却有向隅之叹。他死后不久，高仲武编《中兴间气集》，选录至德到大历末年二十六位诗人的作品，杜甫竟然未能入列。世上许多有抱负有才华的人，常常得不到认识和欣赏，有如明珠暗投于尘封的角落，好似良骥局促于偏远的一隅，有的人还屡遭厄运，抱憾甚至抱恨终生。然而，有些人却僭居高位，浪得虚名，肥马高车，锦衣玉食，一辈子似乎活得有滋有味。怀才不遇而困顿一生的杜甫，在生命行将结束的暮年，他得到郭受与韦迢的赞扬，虽说他们是文坛的无名之辈，虽说杜甫和他们是浅友而非深交，但在杜甫凄凉寒冷的岁月，那不是如同两盆炉火温暖了他那颗已经冻僵的心吗？

千秋万岁名，寂寞身后事。杜甫如此评价和叹息李白，不知他对自己是否也有这种预感。杜甫和李白一样有千秋万岁之名，这已是毫无疑问的了，李白的故里与墓地我还无缘瞻拜，但河南巩县现为巩义市的杜甫故居，却依然湫隘寒伧，杜甫墓园也只是封土一堆、青碑一块。而平江杜墓呢？六十年代初期，墓顶和墓围的红色麻石，东边的附碑及碑柱，均被挖掘一空去兴修水利，好像一栋屋宇被揭瓦掀顶破门拆墙，远比茅屋为秋风所破惨淡得多了，然而那是为农村水利事业做贡献，杜甫该不会有多少怨言的。“文革”期间，他也被大张挞伐，一位在成都草堂大书过“世上疮痍，民间疾苦；诗中圣哲，笔底波澜”的位高名重的学者，也一反昔常，对曾经极力赞颂的诗人横加批判，但杜甫却已无法申辩了。当时被“横扫”的天下芸芸，又有谁能够申辩？然而，红卫兵倒确实搞得他惊魂不定，他们挖开封土堆的东前角，据说取出石制油灯两盏，霉烂古书手稿一堆，在“兵荒马乱”之中，这些遗物都已下落不明，无从查找。而闻讯前来的文物工作者考证东墓室的质地与结构，断定为唐代墓葬，这，大约是那些“破四旧”者所始料不及的功绩吧？磨难仍然接踵而来，古已有之于今为烈的盗墓贼，不久前竟然也在诗人头上动土，将杜墓打了一个大洞。时值年关，守墓的老人过了几天才发觉，虽然报了案，公安局也来人调查，但到底盗走了一些什么，众说纷纭。盗墓贼是绝不会读杜甫的，杜甫从来不是大官也非大款，儿子无力将他的遗骸安葬故里，孙子也是穷困的平民百姓，山河修阻，烽火遍地，四十年后到底将祖父的灵柩迁回河南没有，至今仍是疑案。生前两袖清风，死后一贫如洗，有什么好盗的呢？

于是，在汨罗江的上游，在拜别小田村杜甫墓之际，在唯有江声似旧时的千古江涛声里，我轻声吟诵北宋初年徐屯田的《过杜工部坟》一诗，权当专诚来谒的我们的心祭：

水与汨罗接，天心深有存。
远移工部死，来伴大夫魂。
流落同千古，风骚共一源。
江山不受吊，寒日下西原。

音响艺术王国的西西弗斯

赵鑫珊

有一次,有人当面问爱因斯坦:死亡意味着什么?这位伟大的物理学家竟出乎人们意料地回答说,死亡就是意味着再也听不到莫扎特的音乐啦。

我理解爱因斯坦对莫扎特音乐这种生生死死的酷爱和眷恋之情。因为这个“小个子的伟人”所创造的音响艺术世界正好表述了贝多芬所激赏的“高阶的秩序”所具有的“和谐的神秘性”。而努力揭示自然界中那高阶的秩序所具有的和谐的神秘性,也是近代理论物理学所追求的最高审美意境。的确,在这个充满烦忧和多艰的世界上,一个人不能没有几件生生死死为之眷恋和酷爱的东西。否则,他的存在就失去了附丽,失去了依托,也失去了支撑。没有附丽、依托和支撑的人生是最最不幸的。

将近三十年,不论我的躯体被抛到哪里,在冷峻的旷野或荒凉的海边,在高大的白杨树下或仅八平方米的狭小亭子间;也不论是在春夏交替或晚秋初冬之日,刮风下雨或雨后复斜阳的时分,白天抑或是在沉沉的黑夜,只要贝多芬的《D大调小提琴协奏曲》《第四钢琴协奏曲》或《悲怆钢琴奏鸣曲》一响,我的心就会壮美地为之颤动，共鸣，就会因受到一种崇高审美力量的猛然袭击而暗暗落泪：眼泪和心泪一块儿流，一块儿涌将出来。在泪花闪烁中，我瞥到了人的尊严，人的价值和我这一生的使命——我意识到，我短暂地寄存在这个世界上自有一种不可推卸的责任。的确，贝多芬音乐就是教你萌生“自我意识”。

对于我，流行歌曲和轻音乐可以听也可以不听，可以喜欢，牢牢地把它记住，也可以厌倦、恶心、忘却；然而，贝多芬的音乐却是一定要听的，不会厌倦，也不会忘却的。

科学、艺术和哲学世界都是一些了不起的、使人脱去胸中尘浊的理想世界。数学物理符号、普通语言文字、线条和色彩以及音响和节奏等，都是建立各自梦幻世界的砖石和材料。多年来令我惊讶的是，贝多芬的音响艺术何以能传达“世界的心声”，表述“世界的本体”呢？它又何以能容纳如此广大、精微和复杂的人类心胸呢？

贝多芬并不是一个单纯的作曲家，就像爱因斯坦并不是一个单纯的物理学家，凡高也不是一个单纯的画家。如果是，那我今天就没有资格在这里对这位西方音乐艺术王国的圣哲发什么议论了。

在本质上，贝多芬是音响诗人哲学家，是音乐艺术王国的普罗米修斯或西西弗斯。所谓哲学家，究竟是什么人呢？我想，哲学家就是通过他们的作品指给人们看一个独特的深层世界的人。在这种意义上，贝多芬、凡高和爱因斯坦等人都是哲学家，都是广义上的文化哲学家。

普罗米修斯盗天火供给人类，给人类带来了物质的光和热，因而触怒了天神宙斯，被捆绑在高加索山上，任凭兀鹫噬啄他的肝脏。贝多芬创造的一生也具有普罗米修斯的自我牺牲精神。因为他把宇宙间另一种火盗了出来供给人类，将人类精神不断点燃。他的音乐最大功能就是医治人类三百六十种病中最严重的一种疾病：意志消沉，情绪萎缩，精神上跪着。

人类之所以能大踏步地进化，脱离动物界，主要就是靠的以上两种类型的火。

我的外在听觉和内在心耳总是一再告诉我（尤其是在晚秋深更半夜一人独处陋室欣赏他的乐曲的时候），在贝多芬的音响世界里，不仅有康德哲学，不仅表述了十八、十九世纪交替之际欧洲的时代精神——承认精神财富和精神本身是自由的，而且还包含着作曲家死后整整一个世纪（即第一次世界大战之后）在德国崛起的以海德格尔和雅斯贝尔斯为代表的欧洲存在主义哲学思潮的先声。我想，贝多芬音乐精神之所以那样深沉、有力，那样言有尽意无穷，究其根源，即在于此。

在整个西方音乐史上，贝多芬的最大成就就是让音符说哲学，陈述哲学，使音乐成了最富于哲学性质的艺术。也许，因为耳聋（他还近视），与别人交谈时深感诸多种不便，所以他只好把长年累月郁积在潜意识层的压抑、苦闷、烦忧和孤独感，一股脑儿地发泄在五线谱纸上，铸成一个个响当当和当当响的音符，寓情托意，启导人类性灵，感发人类道德和良心。

世界上最崇高、最庄严的自然景观莫过于我们头顶上那秋夜灿烂的星空。贝多芬的音乐于我们，宛如精神苍穹中的星空闪烁。那无穷尽的不断闪烁，令我们时时抬眼仰视，重新去加以领悟，不断地发出新的啧啧赞叹声。

多年来，我的内在感受一再反复地告诉我，贝多芬音乐之所以那么的激越，那么的神气，生机勃勃，不可一世，原因在于它充满了中国古代哲学家所说的“三气”：一气为天，一气为地，一气为人。

贝多芬的伟大成就，正在于他毕生通过弦乐器、木管乐器、铜管乐器和打击乐器，把这“三气”传导给了我们，我们的心、我们的每一根神经、每一条血管，才深深地受到了震撼。或者说，贝多芬的伟大成就恰好在于，他把音响这门艺术从巴赫和海顿手中接了过来，毅然改造成了传导这“三气”的一种媒介，一种良好的导体。因为按听觉的本质，它比其他知觉较容易引起人们对天地人三灵作哲学的反思。要知道，耳朵这个器官，在黑夜和幽暗中最能发挥其功能，而哲学恰恰又诞生在光与暗的交界处。

中国古代哲学家非常重视“气”：

> 人有气则有神，有神则有气，神去则气绝，气亡则神去。故无神亦死，无气亦死。
>
> （《太平经》）

我是一个中国人，又是一个现代中国人，所以我经常试图以二十世纪后半叶的时代精神为背景和以中国传统文化为参照系去感受、理解和把握贝多芬音乐的涵义。

当然，这许多年，我更多的是试图从德国古典哲学和古典文学的角度去感受、理解和参悟贝多芬的音乐，并且干脆把它看成是德国古典文化哲学的一个重要组成部分。我的心耳一再告诉我：贝多芬的作品早已超出了音乐艺术王国的畛域，成了一种严肃而深沉的文化哲学思考。这种思考无疑是德国古典哲学和古典文学的另一种表达形式。就我个人而言，这种旋律化、音响化了的德国古典哲学和古典文学显得更亲切些。因为我觉得它有声有色，容易消化；觉得它里面有反有正，有肯定有否定，有光有暗，有聚有散，有近有远，有内有外，有虚有实，有断有连，层层推进，层层剥落，而且有虚幻，有缥缈，故最能表述我的心灵状态，最使我感心动耳，直接见效。

人是需要用他自己所创造的理想世界来推动、激励和补充现实世界的。贝多芬音乐的最大功能正在于这推动、激励和补充。

在整个西方音乐史上，贝多芬大概是谈论哲学最多的一位作曲家。当然，他所谈论的哲学是一种广义的文化哲学，即对人、社会和大自然以及这三者的内在关系进行紧张的思索。或者说，它是对上帝、大自然、人以及这三者关系的沉思。

当贝多芬用德语陈述自己哲学见解的时候，他充其量是一个三流（甚至还不能入流）的哲学家；可是当他一旦改用旋律语言在钢琴、大小提琴和铜管乐器上陈述自己的哲学思想和宇宙观的时候，全世界都要毕恭毕敬地聆听他那雷鸣闪电般的英雄绝唱。

在这个世界上，有些人只有外在的生活：衣、食、住、行和生、老、病、死。他到死也不明白（因为他根本就没有好好想过），他为什么要到这个世界上来匆匆走一遭。

有的人（如伟大的科学家、艺术家和哲学家）除了外在的生活，还有波澜壮阔、汪洋浩渺的内在生活。然而，正是这看不见的、惊涛骇浪的内在生活，正是他们那高贵和杰出的思想感情，正是他们的灵魂、胸臆和意志，才造就了他们，使他们形骸不存而精神不朽，使他们“其人虽已殁，千载有余情”。

贝多芬当列在这万古不朽者的名单榜首。

贝多芬的人生理想就是过一种高层次的内在精神生活。例如在谈到有关他的侄子卡尔的教育和前途时，贝多芬便发表了如下见解：

为了过一种较多层次的生活，为了避免完全陷入庸俗之辈，这孩子应成为一个艺术家或学者。因为只有艺术家或自由的学者才会有内在的幸福。

贝多芬对幸福的理解完全具有德国文化哲学的理想性质，在致格莱贤斯坦的一封信中，贝多芬作了这样一段自白：

幸福不是来自外界，你必须自己动手去创造一切；只有在理想世界中你才能找到欢乐。

请读者注意，在贝多芬的许多德文文字材料中，经常出现“欢乐”和“痛苦”、“光明”和“黑暗”这几个基本语汇。事实上，这也是他的全部音乐作品赖以建立起来的主题思想和音响诗本体化的根基。他企图用音响去表述“欢乐”与“痛苦”，“光明”与“黑暗”的拼死搏斗，最后达到“和解”。

“幸福不是来自外界。”——贝多芬这句自白同爱因斯坦的如下见解是何其相似：

在我的思想和感情中，外界的环境总是起着次要的作用。苦和甜来自外界，坚强则来自内心，来自一个人的自我努力。

其实，贝多芬和爱因斯坦的这些观点，正是德国优秀文化哲学传统赖以确立起来的支撑点和基调。

贝多芬的一生算得上是幸福的吗？近年来，每每听完他的乐曲，看完有关他的书信和多种传记，我都会常常这样问自己，偶尔也听到有大学生在我面前这样问起过。

这个问题可不容易回答。因为它涉及了人生哲学的最微妙处。而哲学问题的答案往往是模棱两可的。哲学问题可不是1+1=2;也许，哲学只有不断地提出问题而没有最后的答案，能给出最后、确切的答案,恐怕就不再是哲学了。

论外在生活,贝多芬的一生当然算不上幸福。耳聋残疾、经常处在根本的孤境中和多次的失恋（终生没有点燃起家室的炉火),以及其他种种的疾病、烦忧和痛苦缠身,还有经济拮据,生活上的窘迫,哪有幸福可言？古希腊哲学家伊壁鸠鲁曾对幸福下过这样的定义:“我们所谓的快乐是指身体无痛苦、灵魂无纷扰。”

那么,内在的(精神)生活呢？贝多芬的灵魂总是一再被骚扰,所以他经常祈求内界和外界的宁静,求得平和。于是我想起了古希腊有关西西弗斯的神话。

西西弗斯被众神判决推运一块巨石至山顶。由于本身的重量,巨石被推到了山顶总要滚下山脚。于是西西弗斯又得把石块推上山去,如此反复,永无止境,没有一个尽头。众神认为,让西西弗斯服这永恒的劳役,是最严酷的惩罚。

西西弗斯的命运仿佛就是人类命运的先验结构。贝多芬、歌德和席勒的命运,康德和黑格尔的命运,以及叔本华、尼采、海德格尔和雅斯贝尔斯的命运,还有高斯、爱因斯坦、普朗克和海森堡的命运,无一例外,都是西西弗斯式的,而且都很典型。

1824年1月27日,歌德对爱克曼说:

> 人们通常把我看成是一个最幸运的人,我自己也没有什么可抱怨的,对我的一生所经历的途程也并不挑剔。我这一生基

本上只是辛苦地工作。我可以说，我活了七十五岁，没有哪一个月过的是真正舒服的生活。就好像推一块石头上山，石头不停地滚下来又推上去。我的年表将是这番话的很清楚的说明。

歌德呕心沥血，不停地创作，他那辛劳的一生，正是典型的西西弗斯式的一生。但是他并不抱怨，他饱尝了创作的甘苦。

贝多芬好像是为了创造音乐艺术才决心到这个世界上来走一遭似的。为了一项使命，有意识地活在这个茫茫然的世界上，毕竟是幸福的。不管你是为了爱某个女人或痴情于某个男人，还是为了发现一个划时代的数学物理公式，或为了画画、写诗而活着。因为这种人生是有了支点、有了依托的人生。

“从我四岁的时候起，音乐便开始成了我少年时代最初的一项活动了。”——贝多芬在早期一封书信中曾这样说。

当千百万儿童还在双亲面前撒娇听讲故事的时候，同年龄的贝多芬就开始趴在钢琴上服西西弗斯式的永恒劳役，推命运的“巨石”上山。1782 至 1784 年，即从他十二至十四岁，少年贝多芬便创作了三首钢琴奏鸣曲、两首钢琴回旋曲和一部钢琴协奏曲，另外还有其他许多作品。十五岁那年，贝多芬写下了三首钢琴四重奏，即 C 大调、降 E 大调和 D 大调。从 1800 至 1801 年(三十到三十一岁)，贝多芬一口气竟创作了二十一首乐曲！其中包括著名的《第三钢琴协奏曲》。

他只活了五十七个春秋，却创作了九首交响曲、六首半钢琴协奏曲、一首小提琴协奏曲、三十二首钢琴奏鸣曲、十七首弦乐四重奏和五首大提琴奏鸣曲等三百多个大大小小的作品(包括从简单的歌曲到唯一一部不朽的歌剧)。

用西西弗斯神话中的语言来说，贝多芬一生反复推运巨石上山大大小小共计三百多次。每当一部作品完成，巨石滚下山脚，他又鼓起那超人的勇气，操起那永恒的劳役，接着再往山顶上推，决心去创作另一首乐曲。他的一生所作所为，那一串大大小小的坚决的选择和果断的行动，本身就是一部《英雄交响曲》，而且还是一首未完成的《英雄交响曲》，因为在撒手离开人世的时候，他还留下了一大堆谁也辨认不清其音符的手稿：《第十交响曲》《b 小调交响曲》《D 大调钢琴协奏曲》和《巴赫序曲》等。

贝多芬所留下的哪里是一堆手稿啊，那分明是留下了生命无限追求的空间。这在我看来，便是构成幸福人生的一个重要的最后环节。

是的，幸福的人生应死在无限的希望、追求和眷恋之中，悲哀的死是低垂着头面向衔山的落日；幸福的死则是朝着冉冉升起的太阳——在这种意义上，贝多芬是幸福的。这是一种高层次的幸福。它是通过高层次的烦忧、孤独、苦闷、悲愤和搏斗而达到的。

西西弗斯是古希腊神话中的英雄，贝多芬则是人类文化艺术史上的英雄。他们对自己（对人类）命运的哲学内涵都有清醒的意识，并为此感到极度的烦忧和不欲再生的痛苦。然而他们都以大无畏的男子汉、伟丈夫的英雄气概和坚强的意志直面人生的十字架，正视那严峻的命运巨石，不断地把它推上山顶。

魂系未名湖

詹克明

整整三十年没回北大了。这次从上海来京是为了参加李政道教授主持的一个国际研讨会，顺便还有些学术上的问题要去燕东园，首先的去处当然是经常萦绕梦中的未名湖了。

未名湖是北大的眼睛

俗话说，眼睛是心灵的窗口。从一个人的眼睛你可以感觉出他的气质、才智、性格、心灵，你可以初步判断出这个人的综合素质。同样，要想真正感知北大的气质和品格，要想直接贴近北大人的心灵，不是在教室、实验室，不是在学术活动中心，也不是在大图书馆，而是在未名湖。

未名湖的整体氛围让人一看就像个沉静的学者，只有心态静如止水的人才好做学问。未名湖的沉静是一种充满生机的沉静，绝不会给人以死气沉沉或是无所作为的感觉。这种松静的环境勃发着一股生命的活力，透射出一种奋发的张力。真的，这里你甚至可以感受到北大跳动的脉搏，一种年富力强的学者所特有的沉稳、舒缓而又健全的脉动。深邃的湖水有如学者的渊默，似乎还带点未知的神秘。水平如镜的数顷湖面映射的却是无限精彩的大千世界。

未名湖的旖旎风光烘托出一种宽松的境界。松是做学问的前提。有了松才不感到心理上的压力,才好自由探讨,才能依据事实得出经得起时间考验的科学结论。有了松才能摆脱束缚，避免僵化,开拓创新,永葆学术青春。宽松使人心态平和、凝神静思。宽松是思维最松软的沃土,也是自信和力量的体现。

未名湖畔没有什么伟岸的建筑。这里虽然曾是皇家的淑春园,但并没有威严的王者气派，倒像个家学渊源、学富五车的谦谦学者。沿湖举目一望:民族风格的大屋顶、倚傍湖心岛的石舫、大清丙申年铸造的铜钟、面湖而立的四扇石屏诗碑、数百高龄的名贵白皮松以及错落有致的亭台楼阁……这种整体的文化氛围营造出一种世代书香的大家风范，完全没有小家子气那种眼界不高的卑缩浅薄,也犯不着像暴发户那样底气不足地作势逼人。犹如一位天生丽质无须刻意修饰的知识女性,它的一切都是那么的随分自然,似在有意与无意之间，它总是一副平常模样而又清韵自出，宛若天成。而且要的就是这种貌不惊人的居家常态。你看,那些走过这里的教授们也都是家常的衣着、老式的公文包、陈旧的自行车,不过大脑可绝对是国家级的。

湖和塔的天作之合构成了未名湖的主旋律。这绝妙的搭配堪称大手笔的杰作,真不愧是大匠之心,那么富有哲理,那么耐人寻味。湖和塔一个动一个静,一个纤巧一个伟岸,一个空灵一个凝重,一个活泼一个肃穆,一个变幻一个守恒,一个天性平顺一个崇尚正直,一个透着女性的秀美一个蕴藉着男性的阳刚。北大所特有的博大精深就在于它能集多面于一体,有如一颗名贵的硕大钻石,每个棱面都闪烁着绚丽的缤纷。而且这种高贵典雅的折光来自于它内部井然有序的层积与强劲有力的键合。北大的风格总有那么一种永恒的魅力,它是那么的隽永,那么的深湛,又是那么不可思议的超稳定。

未名湖是北大的魂

湖光塔影的宁静是一种北大所特有的沉思的静。从这种静里你可以感受到灵魂深处涌动着一股不甘寂寞、不耐平庸、永远探索、永远求真、永远迷恋、永无终极的追求。这是一种自觉的使命感,一种出自内心的虔诚,一种独立的思维,运思如转轴,格格有声。这就是北大人的灵魂,北大人的生命价值观。在这块弹丸之地,他们宁可蜷居在拥挤的斗室,吃着简单得不能再简单的饭菜,在万籁俱静之时独对青灯黄卷。他们宁可在一片下海声中生性澹泊地留守在这座孤岛。只是因为这里尚能保有一方做学问的净土;这里密集着一批特别聪慧的大脑群体;这里有着频繁引发思维的信息刺激;这里有着同世界各国学者之间最紧密的联系;这里有着自由探讨的民主、科学传统;这里还有最富灵气的学子保证了北大生命之树常青。在这里,没有学会思考的人算不得真正取得北大的户籍。在这里,权威的见解并不能覆盖自己的思维。在这里,思维的箭头永远指向真理,甚至一些怀有赤子之心的人们都没怎么顾及思考的结果是把自己引向天堂的大门还是地狱的入口。

这里的湖水也像是在思维。它有时迷蒙又有时清朗;有时像明月秋风那样冷静,有时又像乌云密布那样沉重;有时像微风细波一样地思绪起伏,有时又像波涛拍岸似的心情激越;有时头脑像一阵疾风掠过,霎时湖水一片乱白,有如空台的银屏,有时忽地又突然清晰得湖光塔影纤毫可鉴;有时它又冰封湖面,只有冰盖下面才有活水和生命。

如果说湖水的沉思有点像个聪慧清丽的女性带着那么点感情色彩,那么宝塔的沉思则更像一个静悟哲理的男性带有浓重的理性品位。也许是因为它站得高些而且又惯于缄默,它总是更加深思熟虑、高瞻远瞩地作大范围的联想。有时能“跳出三界外,不在五行中”地突破传统的思维框架。它总是回肠百转地反复思虑,当它适时和盘而出时往往捧出的是一整套振聋发聩的新学说,像塔身一样地层次有序、棱角分明,像塔砖一样地砸下去掷地有声。不知为什么我一看到这座塔就想到罗丹那著名的雕塑——思想者。未名湖塔似乎更加平和、更加超脱,一副文质彬彬的学者派头,静静地伫立着、观察着、回味着、深化着,思维如斗转星移,永远运作,永不停息。只有安静的灵魂才能够进行这样的思考。思考是北大与生俱来的天性。当然有思考就必然会有焦虑、有痛苦、有折磨,甚至有时还会有风险,但思考对它来说已修炼成为一种本能,时时刻刻自动进行。思考是它的生命,至少是生命的一种支撑。思考构成它最主要的生存空间。

未名湖实在太完美了,任何好心的添置物往往都会成为不明智的画蛇添足。但如果一定要问我还缺点什么,我倒建议在湖滨最僻静的绿草茵里塑造一座罗丹的思想者青铜雕像。不要太伟岸,平易些,但必须是高水平的精品,千万可别粗制滥造!喜欢思考的北大人都会乐于资助它的实现,因为思考者的灵魂总是相通的。

未名湖是聪明泉

古人云:“智者乐水,仁者乐山”(《论语·雍也》),可见水和智慧密切相关。凡是喝过未名湖水的人都会长点灵气。每年那些从全国各地云集到这里的青年学子喝了几年未名湖水后都会才智陡涨,与来时判若两人。

不论什么时候你来到未名湖，你都会看到手捧书本的大学生们散坐在垂柳依依的湖滨长椅上、石凳上、太湖石上或是周围的小山上。他们或静静看书，或朗读外语，那么的聚精会神，几乎达到了无我的境界。也有些年长些的人在湖边慢慢地踱步，思忖着什么。未名湖边的阅读效果也许完全不同于阅览室。这里天高水阔令人心旷神怡，可能使人思路更加开阔；这里和风细细、草虫唧唧，一派天鸣地籁也许更具诗意、助人文思；这里独钟天地灵秀，历代文曲英魂飘逸也许更容易诱发灵感、顿悟哲理；这里独处静谧、互不相扰也许更有利于理清思路寻迹溯源。这里真是读书人的仙境福地。也许正是由于这个道理，中国古代著名的四大书院都坐落在风景清秀的名山幽谷之中。这种天地人合一的治学环境绝非摩肩接踵地挤坐在图书馆中所能相比。

这里的价值观念和社会上明显不同。对于新潮的打扮、华贵的服装，对满身的珠光宝气，人们似乎并不大理会。但对渊博的学问、独到的见解，对新颖的思路、敏捷的思维，对超凡的才华、过人的勤奋，则是看得重之又重。这里尤其注重人的内秉气质，这是一种金钱买不到、师傅教不会的天生气质。这里首先看重的是动脑，然后才是手巧。这里最看重的是聪明，而不大看重精明。这里崇尚“大脑发达”，而不大看重“小脑发达”，习惯于正路子，而对“野路子”冷淡。

这里的人生性散淡，自成一格。既不想统治别人也不愿意受制于人。因为不管是统治还是被统治，两者都不能算是自由人、自在人。这里最重才气，不管是人才、鬼才、歪才，都有展示自己的正当途径。这里长见识不见得都得在一本正经的学术报告、系列讲座之中。聪明人之间那种海阔天空、漫无边际、百无禁忌、直至深夜的侃谈神聊常常令人大开眼界，迸出智慧的火花，给你一个惊喜的新思路。教授给学生授课中突然有如神来之笔似的加上几句借题发挥的议论，不仅幽默，有时会使你受益终身。这真可谓是智慧的"奇点"、思维的"舍利子"。没有高深的道行绝出不了这种奇点和舍利子。个中潇洒飘逸岂是照本宣科的"文抄公"们所能望其项背。

聪明智慧的发挥与民主、自由的学术环境息息相关。北大民主的学术风气与蔡元培先生任校长是分不开的。他主张"兼容并包""思想自由"的办学方针。他说："大学者，'囊括大典，网罗众家'之学府也。"在此思想指导下，许多进步学者纷纷受聘北大，他们热情地、合法地宣传马克思主义。在中国共产党建党初期的著名活动家中至少有五位最主要的领导人出自北大，他们是陈独秀、李大钊、毛泽东、张国焘、刘仁静。当年如果没有他们的关键作用，中国共产党的成立也许要向后推迟。北大的传统学风对推动中国近代历史的发展是曾起过积极作用的。人们不会忘记这些北大人。现在蔡元培校长的半身铜像就坐落在未名湖南岸临湖轩的苍松翠柏之中。

未名湖让人感受到一种内在的纯

它犹如一个满身灵气又不谙世俗的纯情少女，那么的宁静自然，那么的清丽单纯，又那么的坦诚善良，似乎给人以不设防的感觉。步入这方清净之地似乎人也得到净化，浮躁的心也渐渐沉静。似乎尘世的喧嚣、市井的嘈杂、俗界的纷扰都被围绕湖滨的一脉土山阻隔在桃花溪外了。这里只有风声、水声、读书声。浓重的文明、宁静气氛使得再粗俗的人也不敢在这儿撒野。仅仅空气就有这么大的约束力量！

我沿着南岸钟亭的小路走下去。一片茂密的草地上,四位女大学生和一名男大学生正在“放牧”一对可爱的小白兔。我不敢扰了他们的兴致,准备从旁绕过。哪知当我距离他们尚有五六米远时,突然一只小白兔离开他们一跳一跳地径直向我奔来。跑到我面前一米远处停下来,仅用两条后腿直起身子,两只前爪抱成作揖状向我拜了又拜。女大学生们一下子惊喜地笑了,说:“还真有缘!它平时可不这样。”我兴奋地告诉他们:“我毕业离开北大整整三十年,今天第一次回母校就享受到如此殊荣,真让我高兴。”我接着问:“小兔真可爱,有名字吗?”“有,随便起的。这个叫茸茸,那边那个叫毛毛。”看着他们一张张像未名湖水一样清澈、单纯而又富有灵气的笑脸,我心里暖乎乎的。多可爱的北大学子,多可爱的母校,连校园里的小动物都这么可爱。我感到他们可真幸福。三十年前我们当学生时虽然也单纯好学,但遭遇到不少鼓吹极“左”的政治运动。这些人为的“阶级斗争”不仅浪费了许多宝贵美好的青春年华,还不可避免地使人们的灵魂受到些扭曲。他们现在的生活要美好得多了。哪知他们也有困惑。他们是英语系二年级学生,在眼前商业大潮的冲击下搞纯学术的都不景气。北大文、理科学生在毕业求职方面不免有些潜在的不安和忧患感。我敞开心扉直述己见:北大是出学问家思想家的地方。这所世界著名的一流学校里汇集了许多国内最著名的教授。这里有最深厚的学术积累,最优秀的文化传统;还有着最正派的学风和最高素质的学生。老师给我们的本钱是足够丰厚的,论做学问北大人是得天独厚的,当然可能会清苦些。就我毕业三十年的体会而言,在官场上你遇见的北大人可能不多,但在学术讲坛上你到处都可以碰到北大人。与他们的故园邂逅我们都感到一种北大人之间的血缘亲情。我向他们告辞,大家都有点依依不舍。

我仍旧折回湖边，漫步在弯曲的湖滨小路上。这里的空气对我是那么的亲切，那么的熨帖，和我的心是那么的合拍。我在北大的七年真像是在未名湖里浸泡了七年，血液里、骨髓里、每一个细胞里都是地道的北大味。混迹社会三十年，这种北大气质常常使我受益匪浅，有时又让我碰壁吃亏。但我必须公正地说，北大所给予我的是一个真正的学者所应该具备的最重要、最优秀的气质。这是任何一个健康的社会都应受到尊重的气质，是一种融合了我们这个文明古国最优良传统的上品气质。不管我走到哪里，不管我是处在顺境还是逆境，也不管我是年富力强还是耄耋之年，我都不会忘记我是个北大人，我都不会忘记未名湖。这里是我的魂归之处。我的灵魂只有在这块圣洁之地才能得到安静。当我离开这个世界时，我的灰分一半撒入浦江，而另一半必须回归未名湖畔。

曾经的风景

周同宾

大海

1983年盛夏，天热文学也正热的时候，《人民文学》杂志社在大连金州湾畔的金县(现在叫金州吧？)举办笔会，汇聚三十余位作家。那是我第一次参加全国性文学活动。说是笔会，其实只开了半天会，依稀记得冯牧讲了一番话。其他时间都是游玩，游遍了大连所有可玩的地方，还去蚂蚁岛的渔村盘桓一日，享受了专为作家们捕捞的一餐地道的海鲜。

那是我这辈子第一次看见海，第一次赤脚走进海滩的浅水里亲近海，还特地掬水尝一尝，真咸，立马忆起父母说过当年二斗小麦才换一斤盐，每天一顿的稀面条总是淡得没有盐味，就傻想到，如果住在海边，舀一瓢海水倒进锅里不就得了？没看到巨浪滔天，只感到海很温柔，很狎昵，荡漾起一道道长长的弧形波纹(文友说，那不是浪，应叫涌)，切切地摩挲我，浸润我，双腿双脚乃至全身都麻麻的、酥酥的、痒痒的，好舒服。水面呈碧蓝的羽状、瓦状，波纹却是银白的，映着夕阳的丝丝片片霞光，忽而紫，忽而红，忽而橙，忽而黄，宛若蘸了颜色的画笔描一下，又描一下，再描一下。这情景很美，想到故乡五月里南风吹起的麦浪，麦浪灿烂，粗犷，像大地一样浑朴，而晚照里的海面却是那么旖旎，灵动，似童话或神话一般启人遐思。

说真的，我没有看到大海的大，如我一直想象的浩渺无垠，因为身边就是海岸。

玩七八天，笔会结束。为了真正在海上看海，特地和西安作家李廷华结伴到大连港乘轮船，绕道青岛再回河南。那是我第一次坐海轮，有儿童般的兴奋，虽然已人到中年。到港口，见海水是黑色的，很脏，漂些泡沫、垃圾，溅起的浪花也不洁净。第一次看见海鸥。念中学时，在孙静轩的《海洋抒情诗》里读到过海鸥，它曾引我想象大海，向往大海。今天目睹真容，那矫健而飘逸的翅影，真切令我激动。海鸥千百只，飞上飞下，一次次掠过水面，搅乱了天空。我不禁想起儿时故乡的乌鸦，它远没海鸥漂亮，却也众多，黄昏中，千百只结阵在村庄上空盘旋，扇出呼呼风声。那景象，“大跃进”砍光林木以后就绝迹了。

吼一声长长的汽笛，轮船出港，我俩凭依船舷而立，顶着海风四下看。海风也有咸味，杂有淡淡腥味。海岸远去，海显得开阔，水面的波纹呈鱼鳞状，闪闪烁烁，明明灭灭。船尾拖出两道 V 字形的白浪，翻滚着，延伸着。想起老家池塘里的鹅鸭，凫游时屁股后也划出两道长波，使水塘变得生动。当然，没有眼前的气势，但样式是相同的。

过不多久，再也看不到岸，四面都是海。偶尔有几个岛，或高或低，或有草木，或光秃秃，突兀地插在海面。我发现，海是圆的，和天空同样圆，两个圆边缘紧紧相扣。我想起故乡的大平原，也是上下两个圆在天际相合，那圆比眼前的圆似乎还要大些。海上的岛屿，颇似大平原上散布的村庄,却没有村庄大。我甚至想起圆圆的打麦场,那些岛屿像堆在场边的草垛。我是个没见过世面的乡下人,无论在外边看见什么,缕缕思绪都会牵扯到生我养我的南阳盆地,即便到了巴黎、纽约,我的参照系也仍将是千万里外依然贫穷的故园。

再也没了岛,真正进入大海。我说不清海的颜色是蓝,是碧,是青,是黛,或者是白,什么都是,什么都不是。不像我的大平原,春天苗绿,五月麦黄,秋日庄稼苍青,落雪后四野覆盖银装。海的颜色看似复杂,实则单调。久久地站甲板上看海,说实话,我仍没有看出大海的“大”,只觉得它就是那么一个目力能及的稍稍鼓起的圆,半径似乎就那么五六里,若在陆地,恐怕一口气就能走到边。又觉得,海就像倒放的底面稍鼓的菜盘子,天是扣在盘子上的青瓷大海碗。我乘坐的轮船一直被严严地扣着,再往前冲也冲不到外边去。还看见一艘又一艘来来往往的船,总是先露出塔楼或桅尖,而后显出船身。同伴说,这里是公海了。我则想,海路也挺忙,正像我的乡亲去街上赶集的大路一样繁忙,都是急匆匆地朝前奔……刘再复写过一篇《读沧海》,以他的胸襟和学养,读出了海的深奥内涵和悠长哲思。那是大家文章。他心中,海阔大而渊博。我看海,只能看出些琐屑意思。这就显出了我的小家子气,奈何不得的。

夜宿船舱,梦中才依稀听见咆哮的涛声。绕山东半岛拐了个牛轭形的弯,次日上午,抵达青岛。

晚霞

1998 年 7 月 4 日,下午近五时,乘车离开中央电视台影视之家。过天安门前,见故宫上空的白云映出了琉璃瓦的金黄,染上了皇家气派。六时到首都机场，办完手续，坐候机厅等待时，看见玻璃窗外天低云暗，担心来阵雷雨，就要误事了。我为什么总往空中看？还是父辈传下的庄稼人的习惯，出门先看天。走进机场，仰头见一天瓦片云，灰灰的，晕染了薄薄嫩黄，镶着茄紫色的边。将落未落的日头，光芒很硬，针一样刺眼，也很热，火一样灼人。有风，并不柔和，也不清爽。

坐进飞机就朝舷窗外看，机场的水泥地敷一层柠檬色，机翼上霞光跳跃。发现云层越来越厚，厚得很有重量，好像还在涌动，涌动得很有气势。浅黄也在加重变厚，颇如瓦罐里咕嘟嘟熬的中药，色泽渐渐酽了。我从未如此专注看云，因为此刻除了云，没有别的风景。

七时十分，波音737开始滑行，似乎一下子搅扰得落霞回荡。起飞了，冲向高空，冲进炫目的辉煌灿烂中。看下面的行人、车辆、道路、田畴、屋舍、河流等等，都浸泡在黄澄澄的晚照里。那黄也在变，由米黄而橘黄，而橙黄，而杏黄，而柿黄。几乎没有过渡，转瞬间幻作红色，由粉红、绯红，而桃红、朱红、猩红、火红——如大火熊熊，烈焰滚滚，红得深沉，红得汹涌，红得极浓，浓得化不开。想起前人的诗句“红霞万朵百重衣”“干青霄而秀出，舒丹气而为霞”。儿时在老家，无数次看晚霞。乡亲们管这叫火烧云，说法很形象，云彩确像被火点燃了一样。当年是仰视，觉得离着了火的云太远，即便站上大树的梢头也够不着。这是第一次在空中看火烧云，在火烧云里看火烧云。此刻，红霞就在身边，仅仅隔一层玻璃。舱内充盈红光，乘客皆为酡颜，空气也泡成了红的，好似呼呼吸吸的皆为玛瑙色的气息。又好似感到热意，像在火边烤。不知为何，竟突地想到了1966年“红八月”里的“红海洋”——其时，我正在红袖章的包围中挨批斗，批斗之余，被囚“牛棚”，在红卫兵的训斥声中交待“反动思想”。于是乎，不禁又反而感到阵阵寒意……

飞机在赤云中穿行，仿佛有意飞行在七彩霓虹的最上层。忽发现，红霞下降，只能俯瞰了，又仿佛一幅大大的红氍毹平铺在天之下地之上。顷刻间，窗外的烟云成了赭石色、荸荠色、深灰色，而后就是墨黑的了。细想想，舷窗外的斑斓晚霞持续时间并不长，接下来就是沉沉夜色，夜色十丈厚，看也看不透。

又想起家乡的火烧云。机舱里隔着一小块玻璃看晚霞，所见只是那么一片，格局其实太窄。大平原上的火烧云总是布满整个天穹，处处色彩、形状各不相同，显出辽阔、壮丽。那是大美，美不胜收，而且慢慢变幻，变幻莫测。特别是春秋二季的云彩更多样，晚霞更漂亮。所以，乡谚说，“二八月里看巧云”。还有，原野上的彩霞持续时间长，从白云或乌云染上颜色，到完全褪去，总有一个多小时，往往，点亮油灯吃晚饭了，西天边泼墨似的云朵边上仍沾有一弯一弯浅黄——顺便说一句，乡亲们管吃晚饭叫“喝汤”，因为夜里不干活儿，晚饭不吃馍，只喝稀溜溜的面条。

古都的意味

冯骥才

奈良的味道

如果到奈良东大寺拜观日本最大的佛，先要和鹿儿打交道。离寺门远远的，就见三三两两的鹿儿站在道上，与游人相戏。还有些大大小小的鹿儿趴在道边歇憩，倘若从小贩那里买一些饼干似的又薄又脆喂鹿的面饼，就会招得鹿儿上来索食。性急的鹿儿常常用又圆又硬的鼻尖，顶你的肚子或腰眼，向你讨要。那可不怪它们，是你去招的它们！待面饼散尽了，手上遗留食物的香味，难免还会引得鹿儿一路尾随，直至山门。大概是山门左右两尊八米高威严下视的金刚大力士把它们吓住了，才放你脱身。如果你回头瞅一瞅，鹿儿停在高高的台阶下，眼巴巴望着你。往往还会有一只跟着吃残渣的鸟落在这鹿儿的背上。

奈良的鹿儿给人的感觉很好。它叫你忘掉城市，想到大自然，幻觉出遥远的历史图像，触摸到早已消失的时光。

奈良太老了。对于日本人的历史，它是京都的父亲。它先是七代天皇的驻地，此后皇城才迁抵京都。这座建于公元八世纪的平城京，完全按照中国长安的模样，红门白墙，青瓦绿树，几乎把长安搬到这里来。然而时间乒乒乓乓过了一千多年，长安经过无以数计的战乱与革命的洗礼，如今面目全非；奈良躲过二战的轰炸而依然风韵犹存。

这是一块地面上的活化石。一个不死的历史。

我喜欢奈良，并非它像中国的过去，也不是由于它那尊的确博大恢宏、光芒四射的大佛，而是因为它整座城市都有一种浩然之气，一种旷古的时代感，一种略带荒凉的野味，一种被人遗忘了的气息。

这可能与奈良的历史有关。当年作为皇都的平城京，是一座"没有市民的城市"。只有皇室贵族和官员僧侣，以及他们使用的奴婢仆从、工匠耕农。没有一个自由市民，也没有民居与市井。如今遗存的古迹之间，一如当年都是荒草野林，奔鹿飞鸟。日本人很会保护自己的过去，不占有这些空间，不让"现代"肆狂无忌，而让历史在原来的位置上尊贵地活着。

在奈良看不见一座玻璃幕墙的高楼大厦。

古建筑的一切木质构件上的色彩，大都脱落，任其斑驳，绝不刷新。没有旅游的味道，没有讨厌的金钱欲望在作祟。连刻意保护的痕迹都隐藏起来，来到奈良才像走进日本的历史。奈良是个时间隧道，在这里，人们凭着各自的历史知识与素养，在想象中复活昔时的图景，再将自己置身其间，历史便变得无比崇高。

朋友们问我在奈良的感觉。

我说："在古迹中最好的感觉是，忽然自己不是局外人了。"

如果再过一千年，奈良依然是这个样子。那它将是地球上最美的城市。

细雨品京都

牛毛细雨绵绵密密洒落京都。这向例宁静的千年古都,多了雨声,只有雨声。偶有风来,吹飞雨点,在光亮的地方晶晶闪烁地飘舞。伞必须迎风撑着才遮雨。日本人身小,伞也小,很快打湿我的衣服。凉滋滋贴在皮肤上,给游览古迹带来诸多不便,糟糕……可是,一仰头,重峦叠翠,烟雾空蒙,清水寺的山门宝塔就立在这之间。日本的塔尖,修长似剑,在细雨霏霏中更显峭拔之势。此时,隔过山谷,飘起一缕轻岚,在空谷中白纱般的游动,使我想起喜多郎的声音。这缕轻岚,正好从山那边耸立的一座橘色琉璃佛塔前飞过,佛塔一点点模糊又一点点清晰出来,烟岚飞去,塔身竟像给拭过那样洁净光亮……其实这是雨水的反光。在金阁寺里我发现,那雨中镀金的金阁反比阳光下的金阁更加夺目,景象真是奇异。还有花草松竹,给雨水一洗,更艳更鲜更亮更香,而花味草味松味竹味,似乎也更加清新醉人。是来自苍天的雨激发出大地万物的生命气息吗?

金阁寺一株六百年的古松,被园林艺人修葺成船的形状,名为“松之舟”。当年列岛上一无所有,最早的一切都是渡海从朝鲜和中国学来的,船就成了日本人的崇拜物。如今它所有松针都挂满雨珠,珠光宝气,倒像一只珍珠船……我想到去岁来此,秋叶正红,一些精美娇艳的红叶落在这松船上,我还对同行的一位日本朋友说,应该叫“枫之舟”。如果冬日里它落满厚厚的一船白雪呢?日本大画家的名字“雪舟”两字,忽然冒了出来……

最美的景色,便在任何时候都是美的,无论仲春或残秋。好似一个女人,无论青春年少还是银丝满头,她都美。真正的美是一种气质。那么——

京都的气质呢?

这座至今整整有一千二百年历史的昔日都城，从皇室故宫、豪门巨宅到庙宇寺观，举目皆是；国宝文物，低头可见。如果导游向你介绍这些古迹古物的由来与传说——他手指的地方，几乎每移动一尺，就能讲出长长的一个故事。但死去的时光并不能吸引我。使我着迷的，是分明有一种东西，一种活着的、长命的、深切的东西，渐渐感到了，它是什么呢？

走出大云山龙安寺，穿过夹在竹栏间的沙石小径，低头钻过低垂下来的湿淋淋的繁枝密叶。陪同我们的朝日新闻社的村漱聪先生和町田智子女士，引我们走入一处庭院。临池倚树是一间精雅的房舍。坐在清洁的榻榻米上，吃这家小店特有的煮豆腐，享受着传统生活的滋味。窗扇半开半闭，可见院中怪石修竹，野草闲花，以及它们在池中的倒影。一只巴掌大的花蝶，一直在窗外的花丛上嬉舞，时飞时憩，亦不飞去。好像经过训练，点染风光，以使游人体味到千百年前京都贵族高雅幽闲的生活意趣。日本人对自己的历史尊崇备至，砂锅煮豆腐如今改用电炉丝加热，电门却放在暗处，好让游人的全部身心全都沉湎于历史中。这样我就找到京都的魅力了吗？

近黄昏时，町田智子问我：

“你们想到什么地方用餐？”

“当然是日本馆。中国餐可以回国后天天吃。希望是地道的京都小馆。”

撑着伞走进一条湿漉漉的老街。掀开日本式的半截的土布门帘，进了一家小馆。这种日本民间小馆，一切风习依旧，愈小愈土，愈土愈雅。从文化的眼光看，愈土才愈富有文化的原生态和文化的意味。

进门照例是脱鞋，穿过纸糊的方格隔扇，一曲腿坐在清凉光滑的竹席上。跟着是穿和服的妇女端上陶瓷和大漆的餐具,放在矮腿的小台桌上。但这一切不是旅游性质的仿古表演,不是假模假样的旧习俗的演示,而是千百年来传衍至今的不变的过去。

中国菜讲究“色、香、味”,日本菜讲究“色、形、味”。变了一个“形”字,日本饮食文化的特征就出来了。墨色的漆盘里,放一片菱形的鲈鱼片,嫩白的鱼肉上斜摆两根纤细的紫菜,上边再点缀一朵金黄色小小的菊花。日本人真是不折不扣传承自己先人留下的美。那床棚处,依照传统方式,下角摆一个“清水烧”的陶瓶,瓶中插一朵饱满的唐棣花,再撇出几根风船葛,中间竖着一根轻柔的白荻。也人工,也自然。日本的插花是把精巧的人工和充满生机的大自然融成一体。床棚正面的板壁上,垂挂一幅书法,只一个“花”字,淡墨湿笔,字形松散,笔迹模糊,带着花的温情与清雅,也引起人对花的联想。中国艺术的“空白”以及佛教的顿悟——两个高妙之处——都叫日本人“拿来”了。

妻子同昭忽有所感,对我说:

“雨天里,在这种地方倒蛮有味道。”

町田智子好像被这话启发出什么来,眸子一亮,点点头。

我不禁扭头望望窗外。小小院落,木墙石地,都因雨水而颜色深重。一束青竹,高低参错,疏密有致,细雨淋上,沙沙作响。仔细听——雨打在竹叶上的声音轻,在叶子上积水而滴落的声音重。前者连绵不断,后者似有节奏,好像乐器在协奏。大自然是超时间的,它这声音把历史拉回到眼前,并把墙上书法的境界、瓶中插花的幽雅、桌上和式饭食独有的滋味,还有这说不出年龄的老店的历史感,融为一体,令我莫名地感动起来。我知道,是这列岛上积淀了千年文化的精灵感染了我……带着这感受饭后在老街上走一走,那沿街小楼黝黑而耗尽油水的墙板，那磨得又圆又光的井沿，那千百年被踏得发光的石板路面，以及一盏一盏亮起来、写着黑字的红灯笼……仿佛全都活了，焕发出古老的韵味，以及遥远又醇厚的诗意。这意味和气息是从历史升华出来的。只要感受到它，过后你可能忘却这些旧街老巷名胜古迹的具体细节与来龙去脉，但会牢牢记住这种气息与滋味。

因为，文化不只是知识，它是人创造的精灵。

思想与思想者

贾宝泉

纯澈而巍峨的思想家帕斯卡尔说:“思想成就人的伟大。”

由此而产生一个思想依赖者阶层,思想傍大款者阶层。他们未必不能达到遥深,但必须由思想者领入一个特定境域之后,方能进行有效的开拓。因而他们没有足够的智慧独立完成自己。

企业家出资架桥供人过渡,思想者的思想被人汲取,成为他们企图跨越思维沟壑却又跨不过去时的唯一桥梁。我经常在这样的桥上走过,因而感激的意志一直强化,从不草率地判说别人的桥造得不对。

思想者居住在自己的隐秘本性里,生活在生命所能达到的时间范围内以及智力所能达到的空间范围内,借以经营既非劳而无功也非事半功倍然而收放得度的安恬精神状态。

任何思想者都须依托一个具体的时代,一块可大可小的地盘,一个可大可小的人群,以及头顶上方一块深邃净蓝但是并不太大的空域——这些是他们超卓思想的源泉。

普通人的思维特别在意分割，而少数思想者更在意分类之后的重组，实际上他们才是“1+1 > 2”的伟大发明者。

我记着西南联大梅贻琦校长的话：“通才为大。”他所聘用的年仅二十八岁的教授、实际上也是他的学生的钱锺书，终其一生都是向着“通才”的高峰，艰难困苦地走，攀，爬，滚……我确信他以身家性命为赌注滚过了无以计数的地雷阵。

个人的特殊素质已为这个人如何施展才能做了安排，以决定他向哪个方向成长和从哪个方向为社会服务更有利。不能要求学者人人都能“通”。

思想者经常遇到的一个难以拆除的壁垒，是对于“知”与“无知”的确认和选择，实际上是如何理解思维的边界。

人的思维无力抵达处即是无知世界的外墙矗立处。思想者就是比常人享有更多“无知”和较早看到不能穿透的思维壁垒的人。

大思想家都是大怀疑家，别人的结论他是不轻信的；不过怀疑到不适当也会失去稳固的精神家园，被不成其为思想的思维次品堵住了他本来熟悉的家门。

所以，思想者在否定一个什么之后，要对自己已经发生了改变的思想库藏及时进行整饬和重组，选种和培育，以便肯定一个或一些理念，谨防因为只顾否定却无意中造成一个长久的“空”，此种情形下不好的东西会乘虚进入，而你的主观意念可能不加拦阻——“反正那里空着呢，又不像空的实体房可以换取租金。”

一种人把别人倒霉作为自己的经验，一种人反复碰钉子也白碰，自己倒大霉别人捡洋捞，等于奉送聪明人一个开启智慧、认识深度人生的切入点，这就叫没思想。当然整体而言也还利于人类进步。

思想浅近者即使听到重要的生命几微也往往会有“不过如此”的厌倦感，少数思想者却由之推演抽绎，进而提升了精神层次和认知能力。同一种人生精要，有的人很厌恶地当成垃圾抛掉，有的人却仿佛听到神的开示，居然一步跃升到九重天外。

思想者在他短暂的一生中获得较之普通人五倍十倍或更多的生命体验，这才叫真的不枉来红尘一遭。而对于一个聪明的观察者来说，思想者的阴影和跌跤的印坑也能告诉他该走的路。

思想修养到了特定高度，无论见闻到什么都是动力，赞扬讽刺都是成全，他因此而由衷感激将箭矢射向自己的人——谢谢你射中并揭去了蒙蔽我心灵的那层陈年浊纸。

思想者不怕被人利用，当某个非善的理念企图利用他，他已迅疾因势利导利用了对方，或者有效地改变了它的进击方向。

与人交谈，别人的尖刻提问往往成为我们的思想酵母，而我们自己本来朦胧的意念瞬时变成有条理的思想。

思想能够招引思想，不仅招引近亲思想，更多的是对立思想。常跟高人在一块儿，如果有心，善听有言之教并善察无言之教，境界不知不觉就提高了。

当我蓦然得到一个正确的启迪，有种高度近视者突然戴上一副度数合适的眼镜的感觉：亮、透、爽，跟着毒霾尽扫，腿脚的弹性突然好得几乎要把人弹到月亮背面。虽然享用了如此美情美境，我却不知道那个重要的瞬间我是如何接受别人的思想的,更不知道别人的思想与自己本有的思维机制发生了怎样的磨合过程。

普鲁斯特说:“当诗感本身有了足够的力量,就力图从脆弱的人体冲出来,因为这人可能在当晚死去。”借用这一逻辑模式,就可以说:“当思想本身有了足够的力量,就力图从脆弱的人体冲出来,因为这人可能在当晚死去。”

如果一个想法持久袭扰我,我是该认真对付了,首先判断它来自我自己的头脑还是他人的书页。

当我从大脑的混沌整全状态结晶出一点什么,我的大脑会因此而动荡不安以致发生内斗导致整体破损吗?我是否结晶出一些“无意义”的思想?然而这个世界有“无意义”的思想吗?如果自己的思想没有了,那么自己这个“人”还存在吗?人究竟如何证明自己生活过、思忖过、拥有过生命?

不能成为思想者就力求成为爱思索者,当被恶念重重围困而不得不突围时,自己的思想即是自己的救星和向导。

一个难题终于破解,心情自然清爽,仿佛一连旬日淫雨霏霏蓦然放晴,“叶上初阳干宿雨,水面清圆,一一风荷举”。然而素常毕竟因为想不通彻而苦闷的情状居多。有时仿佛极艰难地攀到了珠峰之巅,正要稳稳神儿然后顺原路下去,不意抬头向上望了一眼,居然还有十多丈高的琉璃峰头。原来峰顶之上还有峰顶,奇险之上还是奇险。瑰丽惊险的好去处就在头顶上方不太高的地方。我的性格是希望上,但已站在梯子最上一杠这个高危境地,手已没有任何攀附之物,身体随时会因一阵微风栽下雪谷。此时我便搜寻顶级思想家的思想库里有没有符合当下要求的“梯子”，结果是绝对没有！我只好搜寻他们关于建造梯子的或隐或显的指导元素，居然自己造了一个，虽然毛毛糙糙总是可以短暂使用一阵，攀上新顶峰的愿望终于实现了。思想的幸福恰在于此。

即使完全由自己思索抽绎来的思想，仍然极有可能蕴涵了别人的东西。我就生存在无数已死和未死的别人的思想中，我的任何一种思想都极可能是别人思想过甚至公示过的。别人的思想散布在广大无边的已逝的历史和未逝的现在中，时间和历史的利刃逐渐将他们完整的思想分割为细碎的思想元素或思想酵母，而我幸运地将这些思想元素或思想酵母接收到了——当然这也很难——我转而以自己的结构方式将其凝聚为某种完整的想法，就算是“思想”吧。它的确是我的，但又不全是我的，我不能忽略那些思想元素或者思想酵母，就像饱满苍郁的浓云不能忽略生成它的丝状的云絮。

我的精神仿佛一座水池，我的语言仿佛钓丝，竭力要从深池里钓取什么。很重的鱼根本钓不出，况且钓丝也承受不起，而我也完全看不清它们躲在哪里，所以我能钓出的多是小鱼小虾，偶尔看见一条肥大的水生动物，在我目瞪口呆短暂打量时它已从容离开，所以我看见与看不见结果近乎一样。那些不能到手的肯定暂时不属于我，即使它们就逍遥畅游在我心灵的池塘中。

这使我对自己疑惑起来：自己精神世界的东西何以不全属于我？它们凭什么独立于我？这个属于我的“我”究竟是谁？什么叫“属于”我？“属于”又是什么？肯定不像“我的退休金属于我”如此简单。

我的思想是一个精神集合体，我不知道我有多少成形的“思想”，也不知道我的潜意识里有些怎样的“意识”，而这些“意识”既是思想的源头也是思想的半成品，因而对我至关重要。

我有时在散步中产生了某些还够不上“思想”的零星想法，开始并不在意，结果就散佚了。后来及时笔录，积少成多，也积成几本书。这些东西的可贵在于它们确由自家心田产出，字字含血、句句通心。我越来越珍视这种思考方式，我称之为“屋檐接水”式的方式。屋檐滴水，星星点点，但无少不成多，只要留心加以收集、规整、串珠，便成为自己的独立的思想。

口渴难忍之时张口于檐下接珍珠似的水滴，自然不足以解渴。如能于不渴之时放一只深口水碗慢慢收集，口渴之时就够解渴了。这或者是未雨绸缪、笨鸟先飞的方式？

假定甲的思想深度仅为乙的十分之一——当然，这样说很不科学，但也只好比较着说——甲完全不可能进入乙的思想纵深，而乙的精神空间腾出小小一角即可将甲整体吞纳，如此情形下甲怎么可能懂得乙？如果乙以为凡事没有必要跟甲较真因而主动退让，甲却以为乙怕了他，可笑吗？这类事世间比比皆是。

有些人被他人称赞因为地位和钱财而非思想。其实他们还没有思想，或者仅有些够不上思想的坏点子。

前辈思想者的躯体躺在泥土里，但他们的思想却活在书页和世世代代后人的脑海里，因而仍像在世一样同活着的读书人交谈。书在，人们的头脑在，他们就还没死。

《老子》的思想需要高尚人格配套，到了小人手里有些就成了奸诈术。

思想者常为当世人不容，他的妻子儿女往往并不觉其伟大，所以他的朝夕相处、相濡以沫的家人未必是他真正的知音和承传者。

仅凭衣着和发式是发现不了思想者的。发现思想者的难处在于他们并不急于与普通人饶舌，何况对于普通事物的表浅议论他们肯定不如普通人，一遇此类谈论者他们往往会即刻认输或干脆逃脱，以便尽快缄默口舌图个耳根清净。这就是我们接受智慧哺育之难，求得思想援助之难。

有的思想者的思想异常超前，他的思想可能连他本人都难以践行，因而他在说与做上存在距离，我们不能要求思想者的一生是彻底践行自己思想的一生。

一个人过去的思想只能是他过去的思想。人只要活着他的思想就是不断变化的，我们不能只凭某人过去的言论判断他当下是怎样的人。

思想成果卓荦者懂得自己生命的价值，因而百倍珍护身心。较之普通人所崇拜的“少年早慧”，他们更看重“大器晚成”，他们因珍护身心而延长的生命会反哺自己的思想。

思想者是不会孤独的，因为孤独跟他在一起，养护他的美好习惯，仿佛最好的保姆与他在一起，一直侍奉他到再也不能运用这些之时。当然，即使最好的思想者最后也不得不请来一位名为“无为”的导师，做自己生命的临终护持。

思想者应该将自己的思想成果加以分类：哪些是用于同大众

交流的，哪些是同小众和极小众交流的，哪些是只给自己享用的。精神层级太低的不要同他做深度交流，他可能因为并不真懂而好意地曲解并四处宣扬，你好长时间都清除不完这些并非恶意的垃圾。

既然人的胚胎生长过程反映整个人类的进化发展过程，那么个体的人的思想从幼稚到成熟，是否也反映整个人类思想的进化发展过程？

上帝不会让一个思想者一直思考下去，如果他太过执迷，上帝可能要他病，要他残；也不会让一个不思者一直不思下去，当他最终脱离人籍接受末日审判——如果真有这样的审判——他可能必须很振作地思量如何答复那些完全陌生、无论哪位特级教师都预测不到的问话。

欧洲笔记

赵毅衡

撒谎比赛

英国湖区，风光旖旎，一向是吸引骚人墨客的地方。十九世纪初的浪漫“湖畔诗人”，一百年后在中国竟然也有一个同名诗派，可见影响深远。

不奇怪，百年前，湖区就游人如织，酒吧业旅馆业发达。某个酒吧老板，忽生妙计，举行“撒谎比赛”，作为本店特色。因为诗人，据柏拉图说，是最会撒谎的人。

开始时，主要是老板自己表演说大话吹牛皮，没有什么人有勇气上台与他比试。一百年后的今天，该酒吧发扬光大，年年举行独一无二的“世界最大撒谎家比赛”。有裁判委员会，有比赛规则，费厄泼赖，绅士风度。观众云集，早在几个星期之前就订了满座。

也许是秀气所钟，湖区本地人，擅长谎言艺术，经常夺到这项桂冠。但是今年突爆冷门，裁判举牌：一个南非人，得到最高分。于是听众大哗，竟然唱起英帝国歌曲《统治吧，大不列颠》，表示抗议。而上届冠军，本地某名流，对传媒愤怒发誓：“绝不再参加‘竞赛性撒谎’！”记者问他此言是否当真，他说：“绝对如此！”于是记者也同意，是裁判打错分，冠军应当属于此人。因为这个比赛的标准是：假话说得越真，得分越高。

有人说，一部文明史，就是撒谎史。话虽然不错，但是盗亦有道，谎言也有超越性标准。希腊人常常讨论谎言问题，因为希腊人好思辨。希腊人都说克里特岛人善谎。如果一个克里特人说："克里特人没一句实话。"那么这个克里特人说的这句话可信吗？这就是后来著名的"罗素悖论"的最早样本。

中世纪欧洲盛传阿拉伯人会撒谎，那是因为《天方夜谭》的炫目光彩。相比之下，《十日谈》《坎特伯雷故事》，讲故事笨拙得让人抽筋。然而，现代性一旦在欧洲发源，一方面就有伽利略、牛顿的严密思维，另一方面就有《堂吉诃德》《格列佛游记》的天马行空。流风余韵，至今愈演愈烈。英国广播公司(BBC)电视，用了一年时间，电视、电台、因特网同时动员，搞了一个"大阅读"运动，介绍好书。最后让观众选举"最佳小说"排名。让专家们吃惊并且窘迫的是，其中幻想小说，数量极大。

而现代中国，幻想小说几乎是个缺门：二十世纪头十年一时繁荣，被迅速忘却；二十世纪最后十年，冒出个别"未来小说"作者，王小波、虹影、乔良等，评家都不认为是他们的最佳作。我们弄比较文学的人，面对的难题是：难道现代中国人想象力真的枯窘如此？

不，到需要一点诚信的地方——例如写自传，或是做生意——中国人的想象力就特别了不起。在海外，中国大陆人层出不穷的回忆录，自称是"中国特工专门训练的女007"，或是什么大名人的私生女，或是白手起家打下一片天下，把号称见多识广的老外唬得一愣一愣。此种书籍，层出不穷，前赴后继，给"国格"大大增光。

去年更上一层楼，出了一本号称自传的《9·11婚礼》，说是2001

年9月11日星期二,作者与她的洋人未婚夫驱车去教堂举行婚礼,未婚夫要回到世贸楼办公室取领带,结果惨死。有专门做言情小说的书商,觉得这个国际言情太好,决定全面出击,来个中国传媒史上空前未有的大包装。宣布一条条炸破传媒界的新闻。据《新语丝》网上2003年12月26日刊登的署名文章,说是有“布什题词”“二十六种语言同步出版”“大导演卡梅隆一百万美元买下执导”种种说辞。真是地毯式轰炸。

对此,策划人向新闻界公开目的:“欲在全球掀起一场古典浪漫主义的言情风暴”,因为此书“创造永恒,书写崇高,还大众一个梦想”。拯救人类于堕落,目的不可不谓高尚。

只有海外中国人当作一个事查了一下,结果全部是露馅的饺子,一锅糊涂汤。传回国内,文化界大部分人耸耸肩膀:“值得吗?大惊小怪的!”一直听说此事的国内人,从来没有把这个包装当真,哪怕怀疑是谎,也姑妄听之。

这种态度可以理解:谎言太多了,一条条认真查问,连新闻记者都忙不过来,况且好多新闻记者也在参与包装,读者能有什么办法?不过如此一来,后果是真假不分,实话谎话,读者一样不会当真,一样姑妄听之。真作假时假亦真,此言正是世之当令。

搞特大包装的人,就是明白国人的这种心态。本文开头说吹牛与现代性有共生关系,中国人已经把这个关系发展到新的高度,值得庆贺。

心理学上,有所谓“撒谎瘾”,或“习惯性撒谎”。其症状是:没有目的没有好处也要撒谎,一说实话,就浑身不舒服。有这种病的,大部分是儿童,要挨多少板子,才能长大成人。现在有些国家禁止体罚,连父母都不准打儿子屁股,不然逮到官里去。于是此病就不太好办,例如欧洲国家,撒谎儿童就越来越多。不过教育学家,已有大部著作研究,家长们正在辛苦攻读。心理治疗行业繁荣,也是好事。

我弄不明白的是:假定一个少年走来,对心理医生说:“我有习惯性撒谎症。”医生是相信他,给他开出假条,留下治疗?还是断定此言是谎,没有此病,请他乖乖回校读书?这比“世界撒谎冠军”更难以判断,因为治疗的先决条件否决了治疗对象。

同样,假定一个出版商说,这本“言情自传”是假,所以才值得花钱花力气包装成真:包装本来就是空手套白狼。如果是真的,如此包装,不是反而被人怀疑为假?这也有道理。撒谎的悖论怪圈,看来已经紧紧套住了中国人的脖子。

额尔金伯爵的“忏悔”

“灾难,荒年,饥馑——”额尔金伯爵曾经感叹地说,“我的名字可能会加在这个东方的苦难单子上。”他的预感果然实现了,添上了第四大灾“烧园”。额尔金这个名字,因为毁灭圆明园,已经被永远钉在中国历史的耻辱柱上。

而在英国,持文化批判态度的知识分子,对这个名字所象征的殖民主义历史,已经十分反感。一般民众,多少也知道这个名字不名誉。其原因却是另一个额尔金——七世额尔金伯爵。此人十八世纪末任英国驻奥托曼帝国大使,当时土耳其统治希腊,额尔金为了“保护文物”,把雅典万神殿的大理石像运到伦敦。所谓“额尔金大理石像”(The Elgin Marbles)成为大英博物馆一号珍藏品,也成为当今希腊政府与英国政府的一号争执。其孙九世额尔金伯爵也为英帝国重要人物,二十世纪初任英殖民大臣,“培养”出他的副部长丘吉尔这个大英帝国最后一个主持者。

我们说的额尔金伯爵，是在乃祖乃孙之间，八世额尔金伯爵，詹姆士·布鲁斯(James Bruce, 8th Earl of Elgin)。此人虽然后来官达印度总督，但是一生做的最重大事务，却是作为“全权使节”(Plenipotentiary)，主持对中国长达四年(1857—1960)的第二次鸦片战争。

这次战争，是一个复杂的军事政治经济三管齐下的侵略。因为不了解中国的政治运作，鸦片战争与《南京条约》实际上未能打开中国的门户。二十年中，列强对中国官员的装聋作哑保持门关户闭，已经无法忍受。而且，中国局势正在大变：西方势力不仅要在中国取得最大利益，而且要在清廷和太平天国之间决定支持何者。因此，这是一次极为复杂的政治征略。额尔金在书信中称北京为“满洲人首都”(The Manchu Capital)，西方在南京北京之间，尚未能决定与谁打交道合算。

为此，英法在对俄国的克里米亚战争之后，就筹划对华再战。1856年香港总督包林(Sir John Bowring)抓住一件可做文章的小事：一艘曾在香港登记的“艾罗”(Arrow)号船涉及走私，被广州缉私水警登舟检查并拘押华籍水手，据称还降下了船上的英国国旗。一场外交风波，给了英国绝好的开战借口。

次年秋天，额尔金到新加坡结集赴华远征军，恰好传来印度大暴动消息，额尔金只能带部队急赴加尔各答救火。对华战事延后了半年。1857年12月，在与赶到香港的美国俄国公使会商后，英法联军战舰近四十艘驶入珠江，28日凌晨起对广州城防进行了一昼夜的疲劳轰击，29日登陆作战，几乎没有伤亡便占领广州。两广总督叶名琛坚持“六不”(不战不和不守不死不降不走)，被抓到加尔各答瘐死囹中。

历史上总把叶名琛说成是第一大庸臣，实际上当时局面，封疆大臣只能六不，无法一有。此后与额尔金打交道的，从咸丰皇帝，到清廷第一个外交部长恭亲王，到谈判大员大学士桂良，吏部尚书花沙纳，到负责防护北京的僧格林沁，办法多矣，无一有用。僧格林沁还像模像样地打了一次胜仗，最后结果不比叶名琛强。

不是说额尔金韬略世界无敌，额尔金转战印度、中国、日本，武器上绝对优势尚在次。他是个政客，是在进行政治活动。军事失败后，日本就明白了以政治对政治才是有效办法。

广州战后，1858 年英国远征军继续北上，5 月向清廷发出最后通牒，要求同意各国使节驻京，增开商埠，为“肇事”赔款。清廷指望在白河口“观战”的美国俄国调停，5 月 20 日英法联军进攻大沽口炮台，同样用昼夜炮击后登陆作战，同样以极少伤亡夺取京津门户。6 月 26 日清廷被迫与各国分别签订不平等条约，其中，割让给俄国的大片土地，最为莫名其妙，而损失也最为长远惨重。

额尔金的弟弟被任命为第一任驻华大使，处理《天津条约》的执行，额尔金本人远征日本后，1859 年回到英国，升官入阁。他的弟弟想用凯旋式进京，遭到严拒，6 月 25 日，指挥舰队再次重演冲击大沽要塞，结果伤亡一千之众，成为英帝国殖民史上少有的惨败。

消息传到英国，额尔金再次临危受命，到中国挽救局面。这次结集二万英法远征军，1860 年春天出发北上，陆续占领舟山、大连、烟台，完成对渤海湾的封锁。8 月 12 日从不设防的北塘登陆，迅速占领军粮城与塘沽，十天后再攻大沽要塞，僧格林沁弃守，清廷赶紧求和，额尔金却刻意以苛刻条件拒和，进逼通州、八里桥，直至京郊。此时清廷慌乱无计，咸丰出逃，不久病死于热河行宫。

1860 年 10 月 6 日，到达北京西郊的法军士兵首先抢劫圆明园，英国士兵马上赶来哄抢。此番抢劫并非额尔金的命令，但是他并没有严令阻止，此后西郊万寿山、玉泉山、香山均遭抢劫。两天后，10 月 8 日，守城的清军杀死联军十八名战俘“以振军威”，额尔金下令火烧已经抢残的圆明园“以示惩罚”，大火延烧三日，浓烟笼罩北京，13 日联军攻陷安定门，北京陷落，于是签订《北京条约》，允许内地传教、华工出国等等。

额尔金的对华策略，很明显着重政治：对清廷采取恫吓式猛打（尤其是昼夜炮击，火烧之类炫武示威式战法），不相信诺言甚至条约，务必把清廷打怕，实际上是一种武装勒索。与此同时，诱之以利：两次战事之间，额尔金率领五艘炮舰上溯长江，向太平军挑衅，炮击太平军工事。第二次攻击之前，部分西方军人留在上海，帮助清军抵御李秀成日益紧迫的包围。一打一拉，终于使颟顸无能的清廷彻底认输。

以上额尔金的“事迹”，许多近代史书籍上都有。本文要说的事，可能中国读者尚不太清楚：这个八世额尔金伯爵，是个著名的自由思想政客。父亲在希腊用钱过于大度，家道中落，此人靠现代式煤矿开发而致富，作为保守党竞选成下议员。三十岁时兄病故，辞议员职继承爵位。苏格兰爵位不能进入上议院，因此被英国政府委任为牙买加总督。在任上主张解放黑奴，并且“在道德上、教育上、社会身份上，提高前奴隶地位”。

1847 年，他被任命为加拿大总督，马上就遇到 1848 这个欧洲革命之年。加拿大独立派，讲法语的魁北克人，以及正在大量迁入北美的爱尔兰人，都在谋划加拿大革命。额尔金迅速在加拿大建立“责任内阁”，对加拿大议会负责，而不是对英王负责，实际上给予加拿大半独立地位。此事使加拿大与英国本国的保守派都异常震怒，几乎酿成暴动，额尔金本人被暴众殴打，但是他沉着应付，稳定了加拿大政局。

1854年他回到伦敦，从保守党转入辉格党（自由党）。上院和政府都邀请他加入。正在此时，发生了上面说过的“艾罗号事件”。首相帕默斯敦（Henry Palmerston）要借此发动对华战争，由于借口本身过于荒唐，议会中的自由派极力反对，政府议案被多数议员击败。帕默斯敦被迫解散议会，提前举行大选，用“爱国主义”煽动选民，结果建立了支持者占多数的新议会。额尔金就是在这个背景上被选作对华远征军统帅的。

如果说额尔金在二届外任，赢得了“用自由主义方式改造帝国”的响亮名声，这一次却不同：中国并没有被征服，并不是英帝国的一部分。额尔金的自由思想，是英帝国内部关系的处理方式，例如后来他担任印度总督时，就因为拒绝赦免杀害印度人的英国士兵，遭到全体在印英人的憎恨。但是对拒绝与帝国交往的人，例如软硬兼施就是不开放门户的清政府，额尔金就不得不做一切“必须做的事情”——任何政治立场的英国政客都必须做的事。

与别人不同的是，额尔金一边做，一边感到良心责备。他的大量“同步忏悔”留在日记中，留在给妻子的信里。

关于“艾罗号事件”，额尔金觉得“没有比眼前这场争吵的起因更可鄙的事了”。这句话看来他没有对帕默斯敦首相说，不然恐怕他也不会得到委任了。

关于对广州的昼夜炮击，“对此事我极为厌恶，我几乎无法相信我自己在写下此事”。

在轰击大沽要塞之后，威胁进攻北京时，他写道，“我是被迫如此野蛮行事，我是中国人的朋友”，“看到我的同胞的态度，我一生从来没有如此厌恶……”

在《天津条约》签订后，他说：“肯定我们与中国人打交道的方式至为丑恶，如果不是相信我能为中国人做点好事，我决不愿意参与此类丑行……任何人都能把《天津条约》弄到手。我的成绩只是用最小的人命代价取得之。”

他的逻辑似乎是：强迫开放中国，对中国人是好事。他的任务是尽量减少过火做法，减少英国人，以及中国人的生命牺牲。应当说，这个基本立场似乎可以理解。但是让额尔金成为千古罪人的，正是他没有守住这条底线。

1860 年 10 月初圆明园被抢之后，他到现场视察，十分震惊：“这个园林之美，一如英国公园：有无数建筑，珍奇古玩，美奂美轮，竟然被如此糟蹋，没有一个房间得免。而且打碎的占一大半：抢劫已经够糟糕，破坏更惨，所劫的价值绝对不到一半。法国兵乱撕丝绸，打碎玉雕瓷器。”他的结论是：“战争是一件可憎的事，看到越多，越恨之入骨。”诚然联军纪律之差，一直使额尔金头疼，他自己司令部的藏酒也被士兵偷走。但是劫掠圆明园不是几瓶酒的事。他把自己应负的责任推得一干二净。无怪乎需要“惩罚”清军杀俘行为时，索性让圆明园烧成焦土。

额尔金的“理智”，并没有阻止他采取最罪恶的暴行。他的私下“忏悔”，看起来非常虚伪，典型的帝国主义虚伪性：伪君子比直肠子犯罪分子更为可恨。

读额尔金这些自白，我想有两个问题值得思考。

首先是自由平权思想本身的局限。正如民主制一开始是有身份者的民主：在希腊，是奴隶主民主；在英国是贵族民主；在初期美国，是白人种植园主的民主；在十八世纪的西方，是富人民主；十九世纪，是白人民主，男人民主。世界范围内人民的平权，更是近世才慢慢展开的思想。

但是权力者的“开明”态度，始终是针对“自家人”的。苏联改革开放的第一人赫鲁晓夫，却是匈牙利的镇压者；林登·约翰逊在美国总统中，算是最开放的人，任期内通过了民权法，开始了医疗福利方案，但他却是利用“东京湾事件”，使越南战争升级的罪魁祸首；香港总督包林，是著名自由主义思想家边沁的终身密友，甚至是英国最早的工人运动宪章运动的支持者，但是他为帕默斯敦制造了一百年前的“东京湾事件”。

在某个位置上，在面对“非我族类”时，自由思想似乎一直有个边界。到今天，自由主义原则上不再有民族边界，但这只是就理智而言。在感情上，在潜意识中，民族与民族还远远没有能够“生而平等”。

因此有的人认为，额尔金的私下忏悔，是自由主义的“本质暴露”。我认为这种说法，也不能说错。自由主义，本来就是一个逐渐发展的复杂思想集合。

第二个问题是，忏悔与不忏悔，有区别吗？我想是有的。不忏悔者的价值观整体而无裂缝，一贯而不变化。希特勒从无忏悔之词，一直到柏林陷落，举枪自杀前，他都不认为他给德国人民带来了需要道歉的灾难，反而认为德国人证明自己“弱质”，辜负了他的希望。德国社会党领袖勃兰特等开始的民族反省，凡是了解德意志民族性格中内在骄傲的人，都知道这不是一桩容易的事情。

东条英机到死前也不忏悔，大半个世纪以来，日本的政治领袖，一直拒绝为第二次世界大战做认真全面的忏悔。不用说日本人，就是当过汉奸的中国人，除了溥仪思想改造，半辈子写检讨，其他有谁做过忏悔？周作人有几十年静思时间，写了不少文字，没有一点忏悔，连与鲁迅反目的事，也未认错，反而怪到信子与许广平两个女人身上。读胡兰成《今生今世》，很奇怪他连给吴四宝这种上海滩最肮脏最血腥的人物出谋划策，都津津乐道，毫不觉得有必要忏悔，无怪乎他也不觉得有对不起张爱玲的地方。如此得意地谈自己的汉奸经历，也是一奇。再看王力回忆"文革小组"，周一良回忆"梁效"，调子基本相同。我相信还有不少人的"文革"回忆最终会出版，但是能读到中国人像样的忏悔吗？我对此不抱希望。

额尔金本来没有必要做任何忏悔，私下忏悔也没有必要——没有人在呼叫：额尔金，你为什么不忏悔？忏悔与不忏悔，对中国没有区别，圆明园烧了，再忏悔也只有断垣残壁了。额尔金这种私下忏悔，与受害者无补，他只是安慰自己的"良心"罢了。

但是，我认为，不管在什么范围之内忏悔，忏悔总比不忏悔好。因为忏悔显示的价值观的冲突，"职责"与思想的背离，社会认同与个人信念的对峙。这种冲突可能是虚伪的，但是总有一天会爆发出来。哪怕作为个人，例如额尔金，已经灰飞烟灭，代表这两种价值观的文化力量，却不会轻易消失。

现代社会的形成，不仅是集团利益互相制衡，也是价值观念互相制衡。如果额尔金已经发现，帝国主义利益与自由思想互不相容，只是因为各种原因，例如建功立业的打算，或是认为中国应当强迫开放，他把帝国利益放在第一位，把自己的忏悔隐没在日记书信里。不过总有一天，这种忏悔会在民族思想中浮现出来。

而能忏悔的民族，与不能忏悔的民族，最后还是不一样的。我这里并不是说英法政界已经在认真忏悔帝国主义时代的罪行，我是说，西方思想界对这个问题的思考是严肃的。

本文许多额尔金的引文，转引自约翰·纽辛格（John Newsinger）在 2002 年第一期英国《新左评论》（*New Left Review*）上发表的文章《额尔金勋爵与中国战争》（*Lord Elgin and the China Wars*），特此致谢。虽然笔者看法与纽辛格先生不同，但是该文对英国自由主义传统的严厉指责，本身可以作为本文的例证。

新年三章

金宏达

乡居丹东——寄 L 君

一年之内，我是两度来到你们在丹东农村的新居。上次到访之后，我确实对若干熟人称道过丹东，也称道过你们的乡居生活，引得几个人跃跃欲试，也要到丹东来一探究竟，乃至购房置业，这也确实不是如东北人之所谓的“忽悠”，而是出自心中镌刻的诸多或深或浅的印象。

倘若说我最喜欢丹东的什么，我想应该是那一条名播天下、碧波清滢的鸭绿江了吧。早自儿时，我们就唱着“雄赳赳，气昂昂，跨过鸭绿江”，今日，鸭绿江蜿蜒呈现在眼前，昔日战争年代的回忆已如烟淡逝，此江在我眼中竟像一位天外飘落、长袖善舞、皎如冰雪的洛神仙子。它让我不由想起其源头长白山，千岭万壑圣洁的雪水，想必都汇合流贯于其中，如此天生丽质，岂能叫人不一见钟情？乘船航行其中，隔江邻邦的风土历历在目，长长短短就不去评说了，仅那一派野渡无人、寥廓闲旷，也使得此江葆有一种难得的淡神远味。我一直有一个成见，以为一个够格的好城市，一定要依傍江海，得水之涸润，方有灵气。今日丹东高楼崛起，街衢繁庶，却也还花树掩映，风情依然，尤其是北出虎关，一江潆洄，竟如同万般缱绻的拥围，清风徐来，凉意净心，真知此城得此江之福不浅！

其实，你们原就在此地工作、生活多年，后来又迁居北京。北京也是你们求学、生活过多年的地方，如今，跻身于国际大都会的行列，吸引无数人心向往之，实实在在的，北京是变啦。单是你们寓居的通州梨园一隅，忽然之间，就广厦成片，城铁凌空，车轮驰逐，市声嚣杂，变换之大，几如反掌。这使正在步入晚景的我辈，直是猝不及防。我听你太太说，有时你会站立街口，面对人车纵横，手足无措，一时不知如何过街。还有一次，从外地返回京城，受拥堵之苦，你竟在车上晕厥，幸亏抢救及时，方脱一厄。你原本就来自农村，乡野辽阔，席天幕地，成长焉，行走焉，无拘无束，一任自由，讵料会落此境地！你的住宅幸而在一楼，窗前有一小片绿地，可容你种一些绿植，你种得比别人都好，然而，那又是多么跼天蹐地啊，充其量，不过是寄放了一份对自然的梦想，一份对闹市的抗争罢了。

于是，有一天，你们果决地宣布，搬离北京，迁回丹东，赋一曲新的“归去来兮”。是的，知道其原委的人都明白，这无关乎看破红尘，“不为五斗米折腰”，也无关乎愤世嫉俗，“天下有道则见，无道则隐”，仅仅是要回到更接近自然的地方，过一种更适合人性的生活。然而，乍听之下，我还是会微微一震：你们还会找到这种生活吗？

当我第一次探访，车子驶离乡村主道，沿一条曲曲弯弯的小路，穿菜园，越池塘，抵达你们的新居后，不多时，我的疑惑就全然冰释了。我看了你们的房舍、院落、菜园和鸡舍，几乎是迫不及待地，还去后山上看了那郁郁葱葱的栗子树林，苞谷地和红薯地，一路上的桃、李、银杏与葡萄之属。正是初夏季节，站在高处，披襟临风，瞻顾四野，草木丰茂，似乎到处都有毕毕剥剥拔节生长的声音，到处弥漫温润蓬勃滋荣万物的气息。时近向晚，成群结队的鸡鸭已蹒跚于归舍的途中，晚炊的轻烟在袅袅盘升，我的心上忽地跳出一个熟稔的词："家园"。说起"家园"，许多人常常挂在嘴旁，可是真有几人是有家有园呢？我们绝大多数人是只有家却没有园啊。这就像许多人，开口闭口讲"事业"，算来算去，多是只有一堆琐碎之极的事，却压根儿看不到有什么业。在这里，我确然看到了周到的园，也看到了实在的业。如今的你，肤色已近黧黑，身姿更加健朗，你和太太合力修砌了房后的排水沟、防护墙，一车车运送沙石，铺就了门前几十米的小路，春耕秋收，经营着几十亩园地，最近一次，甚至还给山上上千棵板栗树通通嫁接一次，犹如一次密集的手术工程。连附近的农民朋友都惊叹，原来以为这对教授夫妇只是来度假而已，却没想到真来务农了。

晚上，山肴野蔌，樊然淆乱，老友把酒，话兴更浓，我们谈起年轻时的风云年代，以及尔后的人生经历，自然，也有乡村、城市等等这些话题。你说，自"归来"之后，你不但"恐城市病"消失了，而且体重减轻，"三高"症也没有了。我笑道，这就应了古人的一句词："可笑先生无病，病在枕流漱石，福至自然通。"又有西谚说："神造乡野，人造城镇。"肉身的凡人之设计岂能赶得上神呢？若干年前，我也做过乡间生活的美梦，在远郊山区购得一所农舍，每于假日小憩彼处，拾些天然野趣。而曾几何时，大批游客的车潮卷来，不旋踵间，餐厅林立，黑烟四起，歌呼爆竹，喧闹盈耳，我只得"知趣"而退。今日之人，欲归自然，已很难得，阁下有幸于此卜居，可喜可贺。诚然，在人类文明的不休争论中，在全球化、城市化排山倒海压来之际，这种"回归自然""回到乡野"的思想，委实有"落伍"，乃至"反动”之嫌，然而，我们还是不必去管它吧，看稼轩先生说得多好：“一尊搔首东窗里，想渊明，停云诗就，此时风味。”我们但要这“此时风味”，有此一刻，欣于所遇，快然自足，就上上好了。

此时，屋外一片寂静，黑天鹅绒般的天幕上，星光闪烁，明灭可睹，依伏一侧的可爱松狮小狗，似已微微鼾起。而主客尚无倦意，限于酒力不胜，你们提议换饮新鲜羊奶，我亦附议叫好，大呷三口，甘浓无比，连呼我要醉矣。要知道，京城家中，近来奶站送奶，其薄如水，我已愤然停订罢饮多日了。

街魂

国有国魂，城有城魂，街也有魂，街魂。

常常，我踯躅住所外面的街头，许久许久，仿佛是有为而为，这为，想来便是觅求街魂。

记得二十世纪六十年代初，我刚到北京城，有一天，秋高而蓝，去北大访友，乘 332 路车，车过学院路，望见窗外一排峻拔笔立的白杨树，直耸晴空，林荫带很宽，里面还长着一些其他的树，北航、地院、北医、钢院，一所所高校，就像隐在林子深处。鬼使神差般的，我竟提前下了车，在那里漫步了一段。只见凋黄的叶片，随微风飘落到地面，空气中似确有一种名之为“秋气”的成分，爽且近寒，我的脑中忽地跳出“悲哉，秋之为气也”的句子，不由得生出莫名的怅惘之感，久久驱之不去。多少年，我都忘不了这一刻。也有几回，同一季节，又中魅似的徜徉于斯地，试图拾起这种感觉。后来，我就想，窈窈冥冥，流于无形，忽有所触，易于兴起一点人文情思者，那大概就是所谓的街魂吧。

最缠绵的时候莫过于在衡水乡下度过的一年，我们被派去当

“四清”工作队队员，其地离北京不远，可是要想回到北京，“难于上青天”啊，游走在阡陌间，我便常常吟诵闻捷的一首诗《我思念北京》：

我殷切地思念北京，
像白云眷恋着山岫，清泉向往海洋，
游子梦中依偎在慈母的膝下……
我日日夜夜思念着北京啊！

这是借以抒发心声的，其实，使人五内俱焚的是下一节，那里五彩幻灯似的闪过：柳色如烟的知春亭，枫叶似火的十八盘，覆盖松柏的天坛，绽放牡丹的西苑，池水绣满浮萍的谐趣园，龙尾击出浪声的九龙壁，翘起描金飞檐的太和殿，倾泻万道霞光的佛香阁，荡漾沁人清芬的陶然亭月桂，透露早春来临的白塔红梅……那一刻，热望点燃，暗下决心，回去后一定要去拜访它们。它们在园内，园外有街，街必有魂，我将邂逅一个个令人怦然心动的街魂。

尔后却无多少平静时光，“破四旧”的风暴卷来，使得许多地方一片狼藉。我离开北京一段时间，有个冬天的夜晚，从外地回来，乘电车经过景山东街，街道黑魆魆，门墙、屋宇、树木影影绰绰，像是历史剧的一道巨幅布景。因为靠近景山，我竭力想看一看，然而什么也看不见。我熟读过许地山的文章《登景山》，还记得其中的几句：“然而，在刮大风的时候，若是你有勇气上景山的最高处，看看天安门楼屋脊上的鸦群，噪叫的声音是听不见，它们随风扬，直像从什么大树飘下来的败叶，凌乱得有意思。”于是，就用它来补偿视觉的缺憾。此时，街上少有行人，车到站了，一个眸子黑亮的姑娘，戴上大口罩，系紧棉大衣的纽扣，搀扶一个老妇人，向车门口移动，前面正有一盲者，在摸索着缓缓下车，姑娘便静静地等，大家都静静地等，仿佛举行一个仪式，有一种乱世中泰然自若的气度。直到盲者落了地，母女俩方下车，而后，朝旁边一条胡同慢步走去，我目送她们相互偎依的背影，忽然心中又起一种触动，觉得在这个天寒欲雪的时刻，周遭升起一种温暖，在如层层涟漪漾开。

诚然，城市的精魂，并不一定活在故事和意义中，它也许就在空气中，在线条里，在模模糊糊的影像间，一旦遭遇，我们还是会觉得似曾相识。

我现在所住的地方，是原先京郊大屯乡的一块田地，或许种过麦粟，或许种过菜蔬，也无须查考了，像有一根魔杖指点，不知不觉间，这里便跃现出一片街区。此类地方，在北京，在其他地方，每每都有。几乎不经什么阵痛，城市化的母腹，便产下了许多这样的婴孩。它们日渐长大，道路修讫，楼宇林立，车流奔涌，人群云集。然而，居于此地多年，也许是年岁的关系吧，不能不悲哀地感到，我的感觉是如此钝化了，其明证之一，便是再也很难邂逅所谓的街魂。

街魂或许还是有的吧，不过，这种事，难道可以去问把车停上人行道，拔掉钥匙即匆匆离去的人吗？还是可以去问头发染着各种奇异色彩，正在店前集体做操的美发店员工？抑或是穿着笔挺西服，株守在如家酒店门口，兜售所称“开完会带不走了”的茶叶的卖家？曾经有一次，我差一点问了，那是看见有一位僧人打扮的中年人，笑吟吟地迎面走来，停下，合十胸前，随即从肩背的布袋中拿出一个小红包来，说道：“这是我寺高僧开过光的，你要吗？”我从怔忡中回过神来，摇摇头，眼睛却不离开他的那身打扮，我想问：“你念经礼佛的出家人，可知道街魂吗？”话未出口，只见他不愿耽误时间，也毫无沮丧之色，依旧笑吟吟地离去了。

由此，我对于街魂的拾得，几近悲观。

我也曾深刻反省自己对城市化的过度、对物质文明的高企是否存有几许反感，是否在用街魂失落的命题涂抹出某种现实批判的色彩，也告诫自己更不可以先到者的身份，拒绝潮水般的后来者拥入这个城市，以求保持城市环境的安详与温馨，但是，我还是执着地想，悠悠街魂与其他可以无关，它只是人们居住的局部之地不可或缺的东西。

前不久，因为要迎接一个什么检查评比，街面上的一些经营饮食的小商铺均被告知要停业，街角上的卖菜的，还有修自行车的，也都在“回避”之列。修自行车的那个老汉我认识，他大概属于此地已经很少的原住民，早先务农，后来又进过工厂，退休后就在这里摆一个自行车修理摊，为人很爽气，有几次都是替我看了看自诉的毛病所在，告诉我不必换件，不要多花钱，不像有些店家搞“补锅法”，千方百计钓顾客的钱。他的打气筒也是随地放，用后付钱可，不付钱亦可。无活儿时，他就地与人下象棋，楚河汉界，金戈铁马，厮杀得热火朝天，犹如这里是一处古战场，还能容得他们权且挥霍血性儿郎的一时想象。我有时也会站在一边默默地看，不想这一次奉令停业时间颇长，走到此处只见空荡荡的，如被秋风扫净一般，顿时就有一种“莫然无魂”之感。

这才想到，莫非是他和他的街头棋友们，还沾着我之所谓的街魂吧。

小园的围观

今年雨水很给力。

仿佛靠天吃饭的农人似的，我长舒一口气，望着窗外的小园，园中水汽滂沛，苍绿淋漓，刚刚又是一阵骤雨，可以想见园内众生狂吸饱饮的酣态。

何谓众生？西红柿、茄子、辣椒、黄瓜、豆角、玉米、苋菜、韭菜之属也，地不过十平方米，菜蔬却植有八九种，早些时候，旱魃肆虐，很令我有心焚似火之感者，不是面朝黄土的老乡，或远在非洲的饥民，大抵就是这众生。

偏偏在装修房子之初，忽略此项规划，未将水管铺设过来，遂致“远水不解近渴”。当年购此房时，作为住一楼的补偿和“陪嫁”的这小园，对我极具吸引力，不过，所想象的是可以于户外曝日、啜茗、下棋、清谈一类，为此还特地置办了原木的桌椅，刻意渲染一种乡野的情调，哪知道或烈日当空，或风沙扑面，或暑热蒸燠，或严寒砭骨，觅拾此趣谈何容易。尤其是此地“特产”一种恶蚊，异常劲健，无声无息向人袭来，不待你发觉迅即离去，防不胜防。据说此地原本垃圾与乱坟交集，恶蚊者自古土著，绝不撤离，而且复仇之心极盛，令人胆寒。没过多久，不单是我们一家，左邻右舍，纷纷偃旗息鼓，宣告“情调”追求的幻灭，而农事兴起的契机，即在此际。

我必得佩服邻居中真有园艺的高手，孔老夫子说，“吾不如老农”“吾不如老圃”，那么，我应该说，首先我就不如邻人。隔壁的一家，原先主人不来住，小园一片荒芜，草长过膝，后来易主了，新主人立即打理：换土，播种，施肥，浇水，未几即新绿满眼，又未几瓜菜豆角，穰穰盈园，其高妙处，让人真疑心他手中有一魔杖。再过去一家，更是历年“夺冠”的热门，其园中常年有鲜嫩碧翠的韭菜、生菜、香菜、小白菜，虽是斗方之地的物产，却不但自足，而且外送，仿佛打出了一口宝井，自有绿宝源源流出。小园原属公共绿地，开发商售房时与业主早有约定，不得私搭乱建，且须自行绿化。农事既兴，也成就了一道道秀色养眼的景观。闲步时，常有人驻足，围在园栏外观赏、评说。

这种围观，对我居然也形成了压力。实在是惭愧，我的小园种植乏善可陈，倘使是学生，试卷上打了差分，犹可秘不发露，而我的这份“答卷”，却袒裎于光天化日之下，无可掩藏。不是枝叶干枯终至夭折，便是枝叶犹在而果实杳然，更多者还是播下种去，就如同落到了石头上，之后自然就成了野草的乐土。杜甫曾写道：“中园陷萧艾，老圃永为耻。”园地陷落于荒草，老圃深以为耻，这种心情，而今我特别理解。两侧有他人的业绩时时刻刻对照，我岂能不感到羞愧？

经过一番努力与“变法”，小园的模样今年总算略有改观。靠北的那一小畦韭菜是“几朝元老”，已然度过若干寒暑，割而复生，堪称“野蛮生长”。与之紧邻的一小块地，土质甚差，向来只对杂草开放，去年一气之下，移栽了一些“草杜鹃”，卖花人说它又名“死不了”，大可放心，后来居然还是死光光。今年乃列为“整顿”之重点，在改良土质上痛下功夫，盆栽的辣椒苗用不完，遂辟之为辣椒“二号生产基地”，目下态势总体趋好，只是一棵棵体形偏小，一副发育不良的孩子状。往西中间一小块则是“一号生产基地”，全小园的“亮点”，一派郁郁葱葱，尤其中间几棵，深绿得苍苍然，颇有得天独厚、志骄意满之态，不过，最近几天，我发现它们竟然又是“秀而不实者有矣夫”，疑心与过分密植有关，遂忍痛拔除二三弱株，以观后效，看来，以之为今年“经济增长点”恐怕是没戏了。其左一小块地，去年种红薯，藤蔓横生，翠绿可喜，结果也是只收获了一片绿色而已。今年蒙友人赠东北玉米种，乃种之，以示坚持“粮菜并举”不变。

目前拔节成长，已然有一人多高，有的还怀抱珠胎，垂下柔嫩的丝须。不幸的是，数日前一场狂风暴雨，摧倒了几棵，虽及时扶起，不知还能挺住否。其右一块地，也曾寄望甚殷，往年种西红柿，皆是圣女果，今年特意寻来大西红柿苗，期待硕果降临，如今虽然频频挂果，却早早开裂，行家说原因是旱涝不匀，亦有说是虫害，尚待考也。此地的另一看点是黄瓜，去年种南瓜，但见花开花落，就是不见结瓜，也是经人点拨，园丁必须兼职“婚介”，介入雌雄搭配，于是，黄瓜花开之际，我便持一毛笔，乱点一番“鸳鸯谱”，效果居然不错，不久，宁馨儿接连诞生，叫人好生欢喜。

今年小园真正的“亮点”，其实是那棵葡萄树，几年都不见挂果，原来是潜伏着哪，蓦然间，一串串绿玛瑙似的葡萄就悬垂下来了，好像这里开张了一个珠宝店。而且，这绿玛瑙还逐日胀大，逐日转红，在浓密的枝叶间，兀自演绎着一个神奇的童话。即使到了此时，叶芽也还在不断露头、舒展、铺开，晶光闪烁的枝尖翘首向前，像是一个个豪情万丈的志士，立意要泽被一切，让人对它们不由得顿生一种敬意。然而，日前亲家来访，说是应该“掐尖”，还说明年我准备好酒招待，他来给我打理。我即朗声答应 OK。

此刻，雨过天晴，灿灿的阳光又照临小园，众生一派欣然之色。水丰光足，正是草木竞荣之时。我也不复为“远水不解近渴”而发愁，近来网购得来新型万用龙头，已成功解决用水管“北水南调”（水龙头在室内北侧）的难题，再有一般干旱，足可对付。很好，我对小园的未来充满信心，年年都会有不足，年年也都会有更新。尽管我确凿地知道，我真是一只地地道道的“菜鸟”。

病榻观叶

韩静霆

那时候，没有搬到楼房里住，没把自己收进“鸽子笼”里。那时候，我住独门独院儿，院子里有一排大杨树，四棵，年年疯长，老高老高的。

时常隔着窗子望那些杨树。每棵树的躯干上都不免有许多瘢痕，每块瘢痕都画出纺锤形轮廓线，中间一个黑色的圆。太像人的眼睛了，而且是文了眼线的那种。我越琢磨越觉得奇怪，大杨树怎么不要鼻子喉咙和嘴，五官弃了四官，只长了浑身的眼睛呢？而且，那眼睛只知道木木地瞪人，傻傻的，从来不闭上。唐代朦胧诗人李商隐，丧妻之后无限悲伤，写了扑朔迷离的诗悼亡。诗开头说：“锦瑟无端五十弦，一弦一柱思华年。”锦瑟，谁都知道只有二十五弦，五十弦是断弦之后的数目，用“断弦”来喻亡妻，可真叫“绝”了。诗人元稹悼念二十七岁故去的妻子，声泪俱下地说：“唯将终夜长开眼，报到平生未展眉。”更是情绝痴绝。“长开眼”的，唯有那种孤苦伶仃的鳏鱼，诗人想念亡人，终夜睡不着觉，熬夜啊，人一夜熬成了鱼里头的光棍汉，一夜又一夜直勾勾瞪着眼，惨不惨？可是，窗外那些杨树，出了什么事？怎么了？干吗浑身的眼睛也是成天价瞪着？

白杨树身上的木眼徒有其形，真正可以展示杨树蓬勃生命力的，还是得看那绿叶。杨树枝条高高举着的绿叶，深深浅浅的，大大小小的，林林总总的，风儿一吹，欢快地翻动着，在阳光与微风里，这些叶子们可真是像闪闪烁烁的眸子，而且是灵动的，聪慧的，天真的，无忧的，最容易感动和永远有益无害的那种。

话说回来，许是树干上的“木眼”闹的，其实，未必要把千千百百片树叶比喻成什么眼睛。对于大树来说，绿叶不只是一个什么季节，而是一个时代。绿叶出生了，大树就又是一回青春期了。叶子们出生的礼仪是十分隆重的。先是一阵春风，又是一阵春雨，树叶该生了却不生，要等着杨树的枝枝杈杈上都挂满了丝穗，结了杨花，有了那种清水泼街、黄土垫道、遮天蔽日飞扬着彩带和花絮的喜庆气氛，嫩娇娇的叶才出世，才伸出尖喙。绿叶们一见风，长得奇快，转眼就连成翠盖绿荫了。

把一片白杨叶子放在手里，感觉又光滑，又湿润，又柔软，又有弹性。叶面还有点毛茸茸的，是长了会呼吸的汗毛吧？还有纵纵横横的叶脉，可不就是血管吗？凡是青春肌肤所有的优点，它都有。我这么说，会有人反对：叶子和肌肤从根上说就不一样，谁的脸是绿的呢？当然，我说的是感觉、感受、感动和感喟，是神似。设想再过上多少多少年，没准人的生活习性全变，只靠吸吮水分空气活着，人经了光合作用，太阳一照就不饿了。那会儿，人人的脸都绿，人要攀比谁的脸绿得狠些呢。世上的人种，重新划分为墨绿种人、豆绿种人、橄榄绿种人、葱花绿种人，你的皮肤不绿，脖子上擎着的物件，是苍白的、暗黑的、黄唧唧的，才是出土怪物呢！哦，满世界，太阳底下，都晃着绿脸，是我有感于绿叶生命存在的瞎畅想。绿叶那种勃勃生机所洋溢的神采、神话和诗篇，简直是不可抵挡的。散文家朱自清写过一篇《梅雨潭》,只因一个“绿”字,惹得手中的笔骚动不已,也要长出绿叶了。什么时候读这篇东西都是绿意盈眼。我还看过印象派画家画的绿池塘,画布铺满了绿,醉醺醺的浓酽的绿、涉世未深的绿、嫩嫩的绿、天真明媚的浅绿、成熟性感的深绿,在光与影中颤抖着,张扬着,层层叠叠的绿色,又有着蓝的橙的黄的紫的暗部或反光。画家心中这说不尽的“绿”,也都在白杨树上。白杨举着繁茂的绿叶,就是举起了丰富峥嵘的生命,举起了蓬勃的春天和夏天。绿叶们在风中的私语才好听呢,早晨和晚上都不一样。每天早起,在那起于山谷和大地,带着棱棱角角的晨风掠过的时候,白杨树叶哗啦啦哗啦啦地说着,叫着,唱着,犹如金属的风铃在摇,特别提神。到了晚上,随着湿漉漉的晚雾,倦意的风行到了白杨的枝条之间,这时候可以听到叶子们喁喁私语,沙沙,沙沙,沙沙沙,轻轻的,柔柔的,如琴弦上的颤指,说的都是卿卿我我的情爱。绿叶这样放肆地,坦诚地,没有掩饰、做作和忌讳地说着一切生命的童话与现实,说着生命的向往、欢愉、调侃、爱恋和闲适。那些飞来的鸟呀,那些藏在叶隙间的蝉呀,有了绿叶的阴凉,多了绿叶的感染,也有了神聊海哨的空间和抒情吟唱的兴致,它们巴结着白杨的叶子们,也感激着这些叶子。它们和绿叶一起组合成了春夏两季的交响诗。

绿叶是春夏两季的旗帜。绿叶们一同缔造了春天和夏天。风天,雨天,早晨,晚上,我常隔着窗子凝视它们,心里一片绿融融的。它们,你挨着我,我挨着你,没有谁超然,各色,说不上谁出类拔萃,它们加在一起才可以说是蔚为大观。隔着窗子,看满树的绿叶翻动,如一千一万只小巴掌在为温润的大世界鼓掌,我的心也为之感动。仰首看硕大树冠上的一片又一片渺小而又平常的叶子,与站在摩天大楼上看街上如蚂蚁般蠕动的人群,感觉是一样的。世界的存在全在于渺小的个体的组合,分裂,再组合,再分裂;历史就是加减法,加了再减,减了再加;时间呢,也许就是不断重复创造和毁灭的过程。是啊是啊,听那肃杀的秋风,不打招呼就径直闯入了天地之间,绿叶在严厉的秋天的无情围困之中,耗尽了最后的汁液,枯了,黄了,挣扎在它们所在的树梢,就要落了。要不了几天,隔窗看树,就难于找到枝头的青春色,难于找到那些绿衣灵物了。树枝光秃秃的,满眼的残臂断指。叶子们,全躺在了地上,显得萧瑟而凄凉。

这时候,我忽然想起欧·亨利的小说《最后一片绿叶》。小说中那位在疾病中煎熬的少女,痴痴地望着常青藤上的最后一片叶子祈祷:如果经过一夜秋风苦雨,绿叶犹存,她就活,否则,她的生命就将从人世的树枝上落下来,死掉。第二日,她惊喜地看到了绿叶犹存的奇迹——其实是善良的老画家以生命作代价,用油画颜料画上去的。也就是说,常青藤上的绿叶永不凋落,到底是浪漫的艺术想象。从绿变黄,从生到死,谁也不能拒绝。当然,叶子们在秋日,也有一段最后的华彩,甚至在夕阳配合之下,枫叶们、黄栌叶子们、银杏叶子们呈示出一生中最繁复、最绚丽、最成熟、最深沉的色泽,可这毕竟是最后的辉煌了。白杨树叶也加入了这辉煌的合唱。“夕阳无限好,只是近黄昏”,古人在这两句诗中所透露出的真理,因为带着一点惆怅与哀婉,才传世的。当然,绿叶黄了,在离开大树的刹那,发出的绝响,在风中所做的最后的美丽的舞蹈,也许可以称之为大自然最精彩的杰作之一,但是,这到底也只是“天鹅的绝唱”了。

到了白杨树叶凋落的这些日子,我好像一下子就明白了,白杨树怎么生了那么多只眼睛,那些大大的眼睛又怎么终日终年地木然地瞪着。

惋惜？惆怅？怀旧？

明年春天，又会有万千绿色的“小鸟”站上枝头的，不是吗？

今年落下的黄叶，落了就落了，没有哪一片叶子感慨万千，因为它们，每一片叶子，到底都绿过。法国著名作家、哲学家萨特，在写作他的《辩证理性批判》的过程中搞垮了自己。当采访者米雪尔问到他对这种垮掉的感想时，坐在轮椅上的萨特笑眯眯地说：“健康是为了什么？写《辩证理性批判》——我说这些并非骄傲——写一部长篇的、优美的和重要的著作，比好的身体更为重要。”

这番生命价值的阐释，的确应当使世上一切庸人震惊，让一切精英叹服。也许，这可以看作是一枚曾经缔造春日和夏季的绿叶——在它(他)作为黄叶飘零时的潇洒的独语？还有，那位温莎公爵，英国爱德华八世亲王，为了他和辛普森夫人回肠荡气的爱情，毅然放弃了王位，创造了二十世纪最痴绝的爱情传奇。他自己著文说道：“我决意逊位——在我面对爱情与责任时，我终于选择了爱情，我要很庄严地走下王位。”温莎公爵为此再三思虑，心情起伏，在卧室里不停地走来走去。他最后决定向王室提出挑战，被迫摘下王冠选择了爱情，谁能说这惊世骇俗的爱情选择不也是一种责任？

说不尽世上有多少辉煌过的生命，在中国历史上，荆轲易水的咏叹、嵇康临终的琴歌、岳飞在风波亭的狂草，还有，林觉民的绝笔《与妻书》，都可以说是一日长于百年。还有那些小人物呢，种树的郭橐驼，青楼的李香君，等等，等等，都活出了自己的模样，有过自己的欢悦。也许，每个人都有属于自己的不同于他人的浓绿和圣节。树上没有完全相同的两片叶子，生命之树也不可能常绿。该绿的时候，一定要好好地绿，绿个淋漓酣畅，绿个浓情如酒，绿上一个春、一个夏，甚至还包括半轮秋，绿个够。

人生寓言

周国平

流浪者和他的影子

命运如同一个人的影子,有谁能够摆脱自己的影子呢?

可是,有一天,一个流浪者对于自己的命运实在不堪忍受,便来到一座神庙,请求神允许他和别人交换命运。神说:“如果你能找到一个对自己命运完全满意的人,你就和他交换吧。”

按照神的指示,流浪者出发去寻找了。他遍访城市和乡村,竟然找不到一个对自己命运完全满意的人。凡他遇到的人,只要一说起命运,个个摇头叹息,口出怨言。甚至那些王公贵族达官富豪名流权威,他们的命运似乎令人羡慕,但他们自己并不满意。事实上,世人所见的确只是他们的命运之河的表面景色,底下许多阴暗曲折唯有他们自己知道。

流浪者终于没有找到一个可以和他交换命运的人。直到今天,他仍然拖着他自己的影子到处流浪。

孪生兄弟

生和死是一对孪生兄弟。死对他的哥哥眷恋不舍,生走到哪里，他就跟到哪里。可是，生却讨厌他的这个弟弟，避之唯恐不及。尤其使他扫兴的是，往往在他举杯纵饮的时候，死突然出现了，把他满斟的酒杯碰落在地，摔得粉碎。

"你这个冤家，当初母亲既然生我，又何必生你，既然生你，又何必生我！"生绝望地喊道。

"好哥哥，别这么说。没有我，你岂不寂寞？"死心平气和地说。

"永远不！"

"可是你想想，如果没有我和你竞争，你的享乐有何滋味？如果没有我同台演出，你的戏剧岂能精彩？如果没有我给你灵感，你心中怎会涌出美的诗歌，眼前怎会展现美的图画？"

"我宁可寂寞，也不愿见到你！"

"好哥哥，这可办不到。母亲怕你寂寞，才嘱我陪伴你。我这个孝子怎能不从母命？"

于是生来到大自然母亲面前，请求她把可恶的弟弟带走，别让他再纠缠自己。然而，大自然是一位大智大慧的母亲，决不迁就儿子的任性。生只好服从母亲的安排，但并不领会如此安排的好意，所以对死始终怀着一种无可奈何的怨恨心情。

执迷者悟

佛招弟子，应试者有三人：一个太监，一个嫖客，一个疯子。

佛首先考问太监："诸色皆空，你知道吗？"

太监跪答："知道。学生从不近女色。"

佛一摆手："不近诸色，怎知色空？"

佛又考问嫖客："悟者不迷，你知道吗？"

嫖客笑答："知道。学生享尽天下女色，可对哪个都不迷恋。"

佛一皱眉:“没有迷恋,哪来觉悟?”

最后轮到疯子了。佛微睁慧眼,并不发问,只是慈祥地看着他。

疯子捶胸顿足,凄声哭喊:“我爱!我爱!”

佛双手合十:“善哉,善哉。”

佛收留疯子做弟子,开启他的佛性,终于使他成了正果。

白兔和月亮

在众多的兔姐妹中,有一只白兔独具审美的慧心。她爱大自然的美,尤爱皎洁的月色。每天夜晚,她来到林中草地,一边无忧无虑地嬉戏,一边心旷神怡地赏月。她不愧是赏月的行家,在她的眼里,月的阴晴圆缺无不各具风韵。

于是,诸神之王召见这只白兔,向她宣布了一个慷慨的决定:

“万物均有所归属。从今以后,月亮归属于你,因为你的赏月之才举世无双。”

白兔仍然夜夜到林中草地赏月。可是,说也奇怪,从前的闲适心情一扫而光了,脑中只绷着一个念头:“这是我的月亮!”她牢牢盯着月亮,就像财主盯着自己的金窖。乌云蔽月,她便紧张不安,唯恐宝藏丢失。满月缺损,她便心痛如割,仿佛遭了抢劫。在她的眼里,月的阴晴圆缺不再各具风韵,反倒险象迭生,勾起了无穷的得失之患。

和人类不同的是,我们的主人公毕竟慧心未灭,她终于去拜见诸神之王,请求他撤销了那个慷慨的决定。

抉择

一个农民从洪水中救起了他的妻子,他的孩子却被淹死了。

事后,人们议论纷纷。有的说他做得对,因为孩子可以再生一个,妻子却不能死而复活。有的说他做错了,因为妻子可以另娶一个,孩子却不能死而复活。

我听了人们的议论,也感到疑惑难决:如果只能救活一人,究竟应该救妻子呢,还是救孩子?

于是我去拜访那个农民,问他当时是怎么想的。

他答道:“我什么也没想。洪水袭来,妻子在我身边,我抓住她就往附近的山坡游。当我返回时,孩子已经被洪水冲走了。”

归途上,我琢磨着农民的话,对自己说:所谓人生的抉择,不少便是如此。

把栏杆拍遍

梁衡

中国历史上由行伍出身,以武起事,而最终以文为业,成为大诗词作家的只有一人,这就是辛弃疾。这也注定了他的词及他这个人在文人中的唯一性和在历史上的独特地位。

在我看到的资料里,辛弃疾至少是快刀利剑地杀过几次人的。他天生孔武高大,从小苦修剑法。他又生于金宋乱世,不满金人的侵略蹂掠,二十二岁时他就拉起了一支数千人的义军,后又与耿京为首的义军合并,并兼任书记长,掌管印信。一次义军中出了叛徒,将印信偷走,准备投金。辛弃疾手提利剑单人独马追贼两日,第三天提回一颗人头。为了光复大业,他又说服耿京南归,南下临安亲自联络。不想就这几天之内又变生肘腋,当他完成任务返回时,部将叛变,耿京被杀。辛大怒,跃马横刀,只率数骑突入敌营生擒叛将,又奔突千里,将其押解至临安正法,并率万人南下归宋。说来,他干这场壮举时还只是一个二十几岁的英雄少年,正血气方刚,欲为朝廷痛杀贼寇,收复失地。

但世上的事并不能心想事成。南归之后,他手里立即失去了钢刀利剑,就只剩下一支羊毫软笔,他也再没有机会奔走沙场,血溅战袍，而只能笔走龙蛇，泪洒宣纸，为历史留下一声声悲壮的呼喊、遗憾的叹息和无奈的自嘲。

老实说，辛弃疾的词不是用笔写成，而是用刀和剑刻成的。他以一个沙场英雄和爱国将军的形象留存在历史上和自己的诗词中。时隔千年，当今天我们重读他的作品时，仍感到一种凛然杀气和磅礴之势。比如这首著名的《破阵子》：

醉里挑灯看剑，梦回吹角连营。八百里分麾下炙，五十弦翻塞外声。沙场秋点兵。

马作的卢飞快，弓如霹雳弦惊。了却君王天下事，赢得生前身后名。可怜白发生。

我敢大胆说一句，除了武圣岳飞的《满江红》可与之媲美外，在中国上下五千年的文人堆里，再难找出第二首这样有金戈之声的力作。虽然杜甫也写过“射人先射马，擒贼先擒王”，卢纶也写过“欲将轻骑逐，大雪满弓刀”，但这些都是旁观式的想象、抒发和描述。哪一个诗人曾有他这样亲身在刀刃剑尖上滚过来的经历？“列舰层楼”“投鞭飞渡”“剑指三秦”“西风塞马”，他的诗词简直是一部军事辞典。他本来是以身许国，准备血洒大漠、马革裹尸的。但是南渡后他被迫脱离战场，再无用武之地。像屈原那样仰问苍天，像共工那样怒撞不周，他临江水，望长安，登危楼，拍栏杆，只能热泪横流。

楚天千里清秋，水随天去秋无际。遥岑远目，献愁供恨，玉簪螺髻。落日楼头，断鸿声里，江南游子。把吴钩看了，栏杆拍遍，无人会、登临意。 （《水龙吟》）

谁能懂得他这个游子,实际上是亡国浪子的悲愤之心呢？这是他登临建康城赏心亭时所作。此亭遥对古秦淮河,是历代文人墨客赏心雅兴之所,但辛弃疾在这里发出的却是一声声悲怆的呼喊。他痛拍栏杆时一定想起了当年的拍刀催马、驰骋沙场,但今天空有一身力、一腔志,又能向何处使呢？我曾专门到南京寻找过这个辛公拍栏杆处,但人去楼毁,早已了无痕迹,唯有江水悠悠,似词人的长叹,东流不息。

辛词比其他文人更深一层的不同,是他的词不是用墨来写,而是蘸着血和泪涂抹而成的。我们今天读其词,总是清清楚楚地听到一个爱国臣子,一遍遍地哭诉,一次一次地表白。总忘不了他那在夕阳中扶栏远眺、望眼欲穿的形象。

辛弃疾南归后为什么这样不为朝廷喜欢呢？他在一首《戒酒》的戏作中说:“怨无大小,生于所爱;物无美恶,过则成灾。”这句生活小品正好刻画出他的政治苦闷。他因爱国而生怨，因尽职而招灾。他太爱国家,爱百姓,爱朝廷,但是朝廷怕他,烦他,忌用他。他作为南宋臣民共生活了四十年，倒有近二十年的时间被闲置一旁，而在断断续续被使用的二十多年间又有三十七次频繁调动。但是每当他得到一次效力的机会,就特别认真、特别执着地去工作。本来有碗饭吃便不该再多事，可是那颗炽热的爱国心烧得他浑身发热。四十年间无论在何地何时任何职，甚至赋闲期间，他都不停地上书,不停地唠叨,一有机会还要真抓实干,练兵、筹款、整饬政务,时刻摆出一副要冲上前线的样子。你想,这能不让主和苟安的朝廷心烦吗?他任湖南安抚使,这本是一个地方行政长官,他却在任上创办了一支两千五百人的“飞虎军”,铁甲烈马,威风凛凛,雄镇江南。建军之初造营房，恰逢连日阴雨，无法烧制屋瓦，他就令长沙市民，每户送瓦二十片，立付现银，两日内便全部筹足。其施政的干练作风可见一斑。后来他到福建任地方官，又在那里招兵买马。闽南与漠北相隔何远，但还是隔不断他的忧民情、复国志。他这个书生，这个工作狂，实在太过了，“过则成灾”，终于惹来了许多的诽谤，甚至说他独断、犯上。皇帝对他也就时用时弃。国有危难时招来用几天，朝有谤言，又弃而闲几年，这就是他的基本生活节奏，也是他一生最大的悲剧。别看他饱读诗书，在词中到处用典，甚至被后人讥为“掉书袋”。但至死，他也没有弄懂南宋朝廷为什么只图苟安而不愿去收复失地。

辛弃疾名弃疾，但他那从小使枪舞剑、壮如铁塔的五尺身躯，何尝有什么疾病？他只有一块心病：金瓯阙，月未圆，山河碎，心不安。

郁孤台下清江水，中间多少行人泪。西北望长安，可怜无数山。青山遮不住，毕竟东流去。江晚正愁余，山深闻鹧鸪。

（《菩萨蛮》）

这是我们在中学课本里就读过的那首著名的《菩萨蛮》。他得的是心郁之病啊。他甚至自嘲自己的姓氏：

烈日秋霜，忠肝义胆，千载家谱。得姓何年，细参辛字，一笑君听取。艰辛做就，悲辛滋味，总是酸辛苦。更十分，向人辛辣，椒桂捣残堪吐。世间应有，芳甘浓美，不到吾家门户。

（《永遇乐》）

你看“艰辛”“酸辛”“悲辛”“辛辣”，真是五内俱辛。世上许多甜美之事、顺达之志，怎么总轮不到他呢？他要不就是被闲置，要不就是走马灯似的被调动。1179年，他从湖北调湖南，同僚为他送行时他心绪难平，终于以极委婉的口气叹出了自己政治的失意。这便是那首著名的《摸鱼儿》：

更能消、几番风雨，匆匆春又归去。惜春长怕花开早，何况落红无数。春且住，见说道、天涯芳草无归路。怨春不语，算只有殷勤，画檐蛛网，尽日惹飞絮。

长门事，准拟佳期又误，蛾眉曾有人妒。千金纵买相如赋，脉脉此情谁诉？君莫舞，君不见、玉环飞燕皆尘土。闲愁最苦。休去倚危栏，斜阳正在，烟柳断肠处。

据说宋孝宗看到这首词后很不高兴。梁启超评曰：“回肠荡气，至于此极，前无古人，后无来者。”“长门事”，是指汉武帝的陈皇后遭忌被打入长门宫里。辛以此典相比，一片忠心、痴情和着那许多辛酸、辛苦、辛辣，真是打翻了五味坛子。今天我们读时，每一个字都让人一惊，直让你觉得就是一滴血，或者是一行泪。确实，古来文人的惜春之作，多得可以堆成一座纸山。但有哪一首，能这样委婉而又悲愤地将春色化入政治，诠释政治呢？美人相思也是旧文人写滥了的题材，有哪一首能这样深刻贴切地寓意国事，评论正邪，抒发忧愤呢？

但是南宋朝廷毕竟是将他闲置了二十年。二十年的时间让他脱离政界，只许旁观，不得插手，也不得插嘴。辛在他的词中自我解嘲道:“君恩重,且教种芙蓉。”这有点像宋仁宗说柳永:“且去浅斟低唱,何要浮名?”柳永倒是真的去浅斟低唱了,结果唱出一个纯粹的词人艺术家。辛与柳不同,你想,他是一个大碗喝酒、大块吃肉、痛拍栏杆、大声议政的人。报国无门,他便到赣南修了一座带湖别墅,咀嚼自己的寂寞。

> 带湖吾甚爱,千丈翠奁开。先生杖履无事,一日走千回。凡我同盟鸥鹭,今日既盟之后,来往莫相猜。白鹤在何处?尝试与偕来。
>
> 破青萍,排翠藻,立苍苔。窥鱼笑汝痴计,不解举吾杯。废沼荒丘畴昔,明月清风此夜,人世几欢哀?东岸绿荫少,杨柳更须栽。
>
> (《水调歌头》)

这回可真的应了他的号:“稼轩”,要回乡种地了。一个正当壮年又阅历丰富、胸怀大志的政治家,却每天在山坡和水边踱步,与百姓聊一聊农桑收成之类的闲话,再对着飞鸟游鱼自言自语一番,真是“闲愁最苦”,“脉脉此情谁诉”?

说到辛弃疾的笔力多深,是刀刻也罢,血写也罢,其实他的追求从来不是要做一个词人。郭沫若说陈毅“将军本色是诗人”,辛弃疾这个人,词人本色是武人,武人本色是政人。他的词是在政治的大磨盘间磨出来的豆浆汁液。他由武而文,又由文而政,始终在出世与入世间矛盾,在被用或被弃中受煎熬。作为封建知识分子,对待政治,他不像陶渊明那样浅尝辄止,便再不染政;也不像白居易那样长期在任,亦政亦文。对国家民族,他有一颗放不下、关不住、比天大、比火热的心；他有一身早练就、憋不住、使不完的劲。他不计较“五斗米折腰”，也不怕谗言倾盆。所以随时局起伏，他就大忙大闲，大起大落，大进大退。稍有政绩，便招谤而被弃；国有危难，又被招而获用。他亲自组练过军队，上书过《美芹十论》这样著名的治国方略。他是贾谊、诸葛亮、范仲淹一类的时刻忧心如焚的政治家。他像一块铁，时而被烧红锤打，时而又被扔到冷水中淬火。有人说他是豪放派，继承了苏东坡，但苏的豪放仅止于“大江东去”、山水之阔。苏正当北宋太平盛世，还没有民族仇、复国志来炼其词魂，也没有胡尘飞、金戈鸣来壮其词威。真正的诗人只有被政治大事所挤压、扭曲、拧绞、烧炼、锤打时，才可能得到合乎历史潮流的感悟，才可能成为正义的化身。诗歌，也只有在政治之风的鼓荡下，才可能飞翔，才能燃烧，才能炸响，才能振聋发聩。学诗功夫在诗外，诗歌之效在诗外。我们承认艺术本身的魅力，更承认艺术加上思想的爆发力。有人说辛词其实也是婉约派，多情细腻处不亚柳永、李清照。

近来愁似天来大，谁解相怜？谁解相怜？又把愁来做个天。
都将今古无穷事，放在愁边。放在愁边，却自移家向酒泉。

（《丑奴儿》）

少年不识愁滋味，爱上层楼。爱上层楼，为赋新词强说愁。
而今识尽愁滋味，欲说还休。欲说还休，却道天凉好个秋。

（《丑奴儿》）

柳李的多情多愁仅止于“执手相看泪眼”“梧桐更兼细雨”，而辛词中的婉约言愁之笔，于淡淡的艺术美感中，却含有深沉的政治与生活哲理。真正的诗人,最善以常人之心言大情大理,能于无声处炸响惊雷。

我常想,要是为辛弃疾造像,最贴切的题目就是“把栏杆拍遍”。他一生大都是在被抛弃的感叹与无奈中度过的。当权者不使为官,却为他准备了锤炼思想和艺术的反面环境。他被九蒸九晒,水煮油炸,千锤百炼。历史的风云、家国的仇恨、正与邪的搏击、爱与恨的纠缠、知识的积累、感情的浇铸、艺术的升华、文字的锤打,这一切都在他的胸中、他的脑海,翻腾、激荡,如地壳内岩浆的滚动鼓涨、冲击积聚。既然这股能量一不能化作刀枪之力,二不能化作施政之策,便只有一股脑儿地注入文字,化作诗词。他并不想当词人,但武途政路不通,历史歪打正着地把他逼向了词人之道。终于,他连叹一口气,也是一首好词了。说到底,才能和思想是一个人的立身之本。像石缝里的一棵小树,虽然被扭曲、挤压,成不了旗杆,却也可成一条遒劲的龙头拐杖,别是一种价值。但前提是,你必须是一棵树,而不是一苗草。从“沙场秋点兵”到“天凉好个秋”;从决心为国弃疾去病,到最后掰开嚼碎,识得“辛”字含义,再到自号“稼轩”、同盟鸥鹭,辛弃疾走过了一个爱国志士、爱国诗人的成熟道路。诗,是随便什么人就可以写的吗?诗人,能在历史上留下名的诗人,是随便什么人都可以当的吗?“一将成名万骨枯”,一员武将的故事,要多少持刀舞剑者的鲜血才能写成。那么,有思想光芒又有艺术魅力的诗人呢?他的成名,要有时代的运动,像地壳板块的冲撞那样,他时而被厕身其间感受折磨,时而又被甩在一旁被迫冷静思考。所以,积三百年北宋南宋之动荡,才产生了一个辛弃疾。

火凤凰

楼耀福

2003年4月,殷慧芬参加安徽宣城“敬亭绿雪笔会”回来,说了笔会期间相识的几位老作家的故事,说得最多的是王火和凌起凤的爱情传奇。

一

王火,本名王洪溥,江苏如东人,1924年7月生于上海。中国作家协会名誉委员,四川省作家协会名誉副主席。二十世纪四十年代中期开始文学创作,作品逾六百万字,长篇小说《战争和人》三部曲1997年获茅盾文学奖。

抗战胜利时,王火还是复旦大学新闻系学生,却已兼做《现实》《时事新报》《新生报》三家报刊记者和“上海、南京特派员”,笔名王公亮,五次见过蒋介石,采访过胡适、于右任等现代史上著名人物,写过南京大屠杀、审判日本战犯及汉奸的特写通讯。

王火的父亲王开疆,《民国人物大辞典》里有他的词条:1890年生,1912年夏考入上海公学学习政法,毕业后赴北京考取法官。1916年回上海,任《民国日报》律师,后东渡日本,入东京早稻田大学深造，1920年毕业回上海，开设律师事务所，又在上海大学、复旦大学、南方大学、暨南大学等校开课讲授法律，与徐谦等人创办法政大学。南京政府建立后，王开疆任国民政府司法部惩戒委员会委员、秘书长，1936年当选为国大代表。1939年，因拒任汪伪中央委员、伪司法部部长等职，被软禁"七十六号魔窟"。次年2月8日，王开疆逃离"魔窟"，挈子乘坐荷兰邮船"芝沙连加"号出走香港，中途因被汉奸跟踪，激于义愤，第二天投海自尽，年五十岁。

父亲投海那天，王火弟兄同在船上。

镜里才觑白发生，梦中又听铁蹄声。
山河破碎空悲切，孤岛沦亡暂寄身。
宗悫长风须振奋，元龙豪气敢消沉。
浦江岁晚浑无赖，且把行吟涤泪襟。

王开疆当年的这首七律《伤时》，仍显其悲沉忠贞意气。王开疆蹈海牺牲的消息，海内外各大报纸都有报道。至今，江苏省如东县仍竖着王开疆的纪念碑。

凌起凤，又名凌庶华，辛亥革命元老凌铁庵最小的女儿。凌铁庵是清代著名将领聂士成的外孙女婿，1887年出生于安徽定远县凌家榜眼府，1962年病逝于台湾，享年七十五岁。

抗战爆发后，上海成了孤岛。王火作为一名中学生，曾与同学参加慰问被困谢晋元将军所率八百壮士余部，在上海散发过抗日传单。1942年，王火穿越封锁线，历时三月，到达陪都重庆附近的四川江津，就读国立九中。

在江津，他与凌家七小姐凌起凤恋爱，并订婚。

一天香云绕碧山，心随鸟飞烟散。

只因庭院残，爱上禅林凭栏杆。

起家立业在江南，凤舞龙蟠钟山。

而今栖霞岭，已经七度血斑斓。

王火当年的一首藏头诗“一心只爱起凤而已”，深挚描绘了他对凌起凤的一片真情。

世事无常。1949年以后，王火留在上海参与上海总工会筹建等工作，后任上海劳动出版社副总编辑，创办《工人》半月刊。1953年调北京，编撰中国工运史，筹建《中国工人》杂志社；任该社编委兼主编助理。而凌起凤则随全家去了台湾。

一对恋人海天相隔，天各一方。

二十世纪五十年代初，海峡两岸关系紧张。土改、镇反、肃反……政治运动不断。台湾当局也在查缉“通共罪”，原国民党政府浙江省主席陈仪等即以“通共罪”被处决。剑拔弩张的政治局势下，王火与凌起凤“有情人终成眷属”，似乎是天方夜谭。

王火执着坚持与凌七小姐的爱情。同事中有认为王火阶级立场不稳，曾经很不满地责问王火：“她在蒋匪帮那边，你不一刀两断，就是敌我不分！”“革命是绝对不能要这种爱情的！要这种爱情就不能革命！二者只能选一！”王火却直言：两者我都要！

鸿雁传书，他和凌起凤以书信寄托彼此的思念。慢慢地，凌起凤信来得少了。在海峡那边，她承受的压力并不小。为让爱情不夭折，王火决定写信给凌起凤，要她回来与他完婚。信一封接一封，简直十万火急。

凌起凤 1952 年关于这段往事的笔记：

> 我在上海的未婚夫王洪溥不断写信经过香港转到台北，要我立刻回大陆，这使我万分为难。一是父亲年迈，我舍不得离开；二是当时大陆正在镇反，台湾报纸上连篇累牍报道镇反情况，有不少耸人听闻夸大失实的报道。我想：我回去能行吗？三是那时台湾控制人员外出十分严格，到香港也要两家铺保并须批准，我能走得成吗？因此，我痛苦不堪。父亲知道我的心，而且他是个讲信用的人，我既已订过婚，他又喜爱王洪溥这个女婿，我就应该回去。他明白，如果我不回去，这桩婚姻就毁了。因此，他开明地说：你是个单纯的女孩子，没有政治色彩，也不是为政治问题来台的，我想你回去是不要紧的。为了你的幸福，爸爸让你去，只是于（右任）老伯那里，你不能随便一走了之。瞒他不好。找个机会你听听他的意见也好。
>
> 我痛苦得无法形容，日夜不安……父亲最爱我，他为我考虑得十分周到。他给我设计了一个先到香港然后回到上海的方案。4 月 11 号那天，是于老七十五岁寿诞，父亲让我带了一些水果和海味去给于老伯祝贺生日。告辞时，我说：老伯，我将去香港一次，我会办请假手续的。他突然问我，回去安全没有问题吗？我说没有问题。他睁开眼来，又叹了一口气，但点点头。他伸出手来同我握手——平时，他并不同我握手。他的手是温暖的，我觉得他有一种同意我走的含意在内，也有握别的含意在内。

1952年“五一”前，凌庶华到了香港，却无法到大陆。她差一点打退堂鼓。这时，王火的母亲李苏从广州偷渡到香港去接她。李苏与凌庶华商量后制造了一个从台湾来的妙龄女郎在香港跳海自尽的事件。这个妙龄女郎就是凌庶华。多家媒体的采访报道，让凌庶华蹈海死去的消息成为事实。王火多年后写的电影文学剧本《明月天涯》中有过生动具体的描写。

从此凌庶华在这个世上消失，而凌起凤却浴火重生。

1952年8月11日，王火和凌起凤结婚，从此六十年相濡以沫。

二

宣城“敬亭绿雪笔会”，殷慧芬和王火夫妇相处很好，她叫他们王叔叔凌阿姨，他们也把她当自己的小辈，亲切地叫她“慧芬”。以至笔会结束，王火来信，信尾落款也有写“王叔叔、凌阿姨”。

2003年4月18日，王火、凌阿姨来信：

慧芬：您和您先生全家好！

安徽聚会，一路同游，十分高兴。凌阿姨谢谢您一路照顾。

我们于4月14日深夜返蓉，一切均好。

寄上《长相依》，现已得达，年轻时的往事了，请勿见笑。

寄上照片四张，拍得不好，作个纪念吧！

望十分注意保护眼睛，千万勿使眼睛过分疲劳，也勿使之不小心碰撞，勿提重的物件，勿闭气用力。这是我的经验之谈（如可能，每天用一把枸杞子——约二十粒，打一个鸡蛋，不放盐或酱油，蒸了吃，不间断，对眼有益）。

匆此，顺致

春天好

王火、凌阿姨

2003.4.18

这篇《长相依》是王火与凌起凤爱情传奇的记录，字里行间，情真意切。我一遍遍地读，一遍遍地被感动。

不管王火命运如何坎坷，六十年里，凌起凤始终紧相随、长相依。

1953 年 3 月，凌起凤随王火来到北京，先后在工人出版社等单位任秘书、打字员、校对，因为她从台湾来，每次工作调动实际上就是对她的不信任。开朗活泼的凌起凤逐渐变得沉默内向。1957 年，王火昔日尊敬的老师萧乾、最好的同学马骏……相继被打成右派，万马齐喑，风声鹤唳。王火想不通："我许多同学都成了右派，但其中大多数都是当年的进步学生或地下党员，他们出生入死过，为建立新中国出过力，怎么突然都成'敌我矛盾'了呢？"他迷茫惶惑。

王火逃过了 1957 年的风波，却终于还是在 1961 年被"利用小说反党"事件殃及。

二十世纪五十年代末，工人出版社曾经出版过《把一切献给党》《我的一家》等图书，吴运铎、陶承等口述，文艺编辑室副主任何家栋执笔整理。何家栋是真正的幕后英雄。1957 年，何家栋被划为右派。1961 年，工人出版社撤销，何家栋被安排至《中国工人》杂志社。此时，李建彤写了《刘志丹》，只是搜集罗列一些相关素材，根本谈不上是一本小说。李建彤要求《中国工人》安排"笔杆子"修改润色。《中国工人》主编吕宁考虑在王火与何家栋之中选择，最终还是安排了何家栋。小说定稿后，吕宁等四人都去听取中宣部的意见，唯独王火因忙于发稿未去。李建彤、何家栋由此倒了大霉,前去听取意见的吕宁等四名编委也未能幸免。

因为这一事件,《中国工人》被迫停刊。王火告诉凌起凤:“刊物要‘拆庙搬神’,我们的生活要有变化了。”凌起凤不免担忧:“会怎样呢?”王火一脸迷惘:“我也不知道,说不定要离开北京。”

果然,王火被下放到山东临沂“支援农业第一线”。

凌起凤并不在下放之列,她刚生下女儿小亮,身体虚弱。她却要与王火一起去山东。王火于心不忍:“那里苦,我一个人去吧。组织上说,两年以后就可以调回北京的。”凌起凤却执意要同行:“我从台湾回来就是为了和你在一起。我们不分离。”

王火被安排在临沂一中当校长。1961 年的临沂,百姓仍被饥荒所折磨。凌起凤被安排在学校图书馆工作,名门之后的凌七小姐跟着丈夫在学校吃地瓜干磨粉后做的窝窝头、渣豆腐、南瓜汤……

1966 年初夏,“文革”风暴席卷临沂。一日,分管文教的地委副书记在会上说:临沂一中的领导权“不在党手里,而在‘资产阶级反动学术权威’手里”,暗示这个“反动学术权威”就是王火。王火莫名其妙,却觉在劫难逃。

无休无止的批斗、挨打、抄家、关“牛棚”接踵而来。王火的家被抄了近百次,采访笔记、日记、文稿、书籍无一幸免。花了十多年心血写成的一百二十万字的长篇小说原稿《一去不复返的年代》被诬为“为国民党树碑立传”,也难逃厄运。1968 年一次批斗会上,王火遭受批斗后竟被人下令活埋。几个红卫兵果然拽着他拖到旁边的梨树林里。月黑风高,树林里有“黑帮”们劳动时挖的深沟。王火被扔进沟里,挣扎着想爬起来,又被按下去,接着泥土、石块天女散花般的劈头盖面而来。王火实在是厌倦了人生,心想就此彻底休息吧,于是闭上了双眼。谁知这些无知的造反学生又忽然将王火拖出泥坑，踢了他一脚："滚！校长！"学生们只是为了取乐，然后便嘻嘻哈哈地散去。

这一夜，王火的尊严受辱，有生不如死的感觉，他向凌起凤要安眠药。那瓶药是凌起凤1952年从台湾带来的，有三百片，凌起凤怕王火遭不测之诬而备用。时隔十六年，王火突然向她索要，她明白王火的意思。她劝阻了王火，再次动情地说，她与他永远生死相依。

三

殷慧芬至今仍珍藏着"敬亭绿雪笔会"期间王火夫妇给她写的一张字条：

> 慧芬：
>
> 现在是十点半了，您仍未回来，我们要睡了，所以把药送上。三颗扑炎痛，头疼可以服一片止痛。两颗百服宁是治感冒的，服一颗可以维持十二小时……
>
> 王火、凌阿姨，即晚。

自己身体不舒服，王火和凌阿姨那么晚了还为她送药，她野到哪里去了？殷慧芬后来告诉我，跟着一起参加笔会的作家们去屯溪老街淘古旧了。家里现在有一块清代的红豆杉木雕花板就是她在那时买的。

王火夫妇对殷慧芬的关心，这张字条就是见证。

安徽之行，王火后来写过一篇《皖游日记》，其中提及参加笔会的诸位，称殷慧芬是"有成就的女作家，但无时下某种女作家的骄娇之气”。王火夫妇与殷慧芬颇为投缘。笔会之后，他们一段时间书信往来甚频。信中，王火提及最多的是要殷慧芬保护好自己的眼睛。

眼睛对一个整天磨字的作家太为重要，王火比别人有着更深切的体会，原因是他的眼睛也被严重伤害过。

1983 年，王火由当年复旦大学的同学马骏推荐到成都，参与筹建四川文艺出版社，之后任该社党组书记兼总编辑。凌起凤又随王火来到成都。她说：“我反正是跟着你走的人，哪里都是家。”

1985 年 5 月的一天，王火经过正在建设中的出版大厦工地，雨中听见小女孩的哭声，走近了发现小女孩掉进了工地的深坑里。他跳下去，抱起女孩，把她托举到沟上。女孩获救了，他自己却爬不上沟。雨越下越大，情急之中王火用脚在沟内壁踢出一个凹形小坑。他脚踩小凹坑，双手撑沟沿，用尽全力一跃，不料头部被横在深坑上方的脚手架钢管重重撞击了一下。王火的脑袋由此受到伤害，脑震荡，颅内出血，左眼视网膜损伤。经医院诊疗，颅内出血被止住了，视网膜受伤却留下了隐患。

出院后，王火依然忘我写作、审稿、改稿，对左眼受伤没太在意。一部在“文革”中被毁的长篇《一去不复返的年代》此时又被人民文学出版社所重视，要求王火重写，这就是后来获“茅盾文学奖”的巨著《战争与人》三部曲。他已完成第一部《月落乌啼霜满天》，左眼受伤的时候，正在写第二部《山在虚无缥缈间》。

受过伤的眼睛岂能使用过度？1987 年 9 月，王火左眼视网膜脱落。成都军区总医院手术失败。11 月，凌起凤陪王火去上海第一人民医院治疗，可惜已耽误了最佳治疗期，左眼回天乏术。但幸亏转上海第一人民医院，经过手术治疗，他的右眼保住了。

同病相怜，同为视网膜脱落，同因写作用眼过度，同在上海第一人民医院治疗，2015 年秋，我去成都看王火，更惊讶的是，王火告诉我为他治疗眼疾的是张晢教授，与为殷慧芬治疗的竟是同位一医生。王火给了我一本《山在虚无缥缈间》，后记中有明明白白的记录。

1987 年以后，王火用一只右眼写完巨著《战争与人》。凌起凤陪伴着他，给王火提供最好的写作环境和氛围，关心无微不至。

1990 年，《战争与人》三部曲出版，王火在书上专门放了一张他与凌起凤的合影照，写了一段话："熟人都知道我有值得羡慕的'大后方'。几十年来我和凌起凤在生活和创作上始终是最好的'合作者'。"

情深意长，却又含几多辛酸！

四

2015 年 10 月，我有一次川西之行，带队的恰恰是眼科名医张晢教授的公子程大年。我感慨天下真是太小。

在成都，有两天逗留时间，我和殷慧芬抽半天去拜访王火。

2009 年春天，殷慧芬有一次去四川的考察活动，其间去看过王火和凌起凤。同去四川的嘉定作家张旻听说了，说他也要去，原因是他看过王火写的《长相依》，很使他感动。那时，凌阿姨还在世，只是病了，躺在病床上。王火老师提醒她："这是小殷啊，我们一起在安徽的。"病中的凌阿姨平时只认王火一个人，这时她微微一笑，似乎还记得殷慧芬。

凌阿姨发病是在"5·12"汶川大地震之后不久，医院诊断为右脑萎缩、心率衰竭、肺部有感染。之后，无论在医院，还是在家中，王火始终相伴。为唤起凌阿姨生存的意念，王火在她身边轻哼他们年轻时常唱的“长亭外，古道边，芳草碧连天……”

2010 年 9 月，我们收到王火老师信：

……两年多来，由于起凤患病，五次病患在医院抢救，我心力交瘁，既不参加活动及会议，也早封笔。由于她的病情怕传染感冒得并发症，遵医嘱闭门谢客，深感歉疚和失落……

起凤起初是夜间小脑中风，接着脑萎缩加剧，心脏、血压情况都不好，血压有时低至高压八十、低压三十左右，人近乎昏迷。中间又因并发肺炎造成危险，今年 5 月 31 日不幸跌了一跤，猛撞在锋利的床沿上，以致左额摔出一寸多长的创口，流血遍地，将她及时从血泊中抱起送医院急救，缝数针幸而挽回了生命……我们全家继续做好长期救治她的准备……

2011 年 7 月 2 日深夜，凌起凤病逝。相伴相依六十年的爱人离开了王火，他悲痛不已。凌起凤遗体火化之后，王火把骨灰存放家中，说他百年之后，要与她合葬在一起。每天清晨第一件事，是对凌起凤的遗像和骨灰盒说：“七姐，早晨好，我醒了。”晚上临睡，他又要说：“七姐，晚安，我要睡了。”每每听到见到王火在电话中、书信中、后来的纪念文章中如此描述，我和殷慧芬总不胜唏嘘，感动万分。

亲爱的王火老师：您好！

上星期和您通电话，我们用上海话交流了，我猜想您一定十分想念您的出生地：上海，生于斯，长于斯。能从您的言谈

(也有笑声)中，捕捉到您内心的孤独。凌阿姨(您的七姐，最爱的人)离开人间已经有三年了吧？可她还陪伴在您身边。我知道，您永远舍不下她。我也会常常回忆我和你们二老相识相知的情景。应该有十年了吧，我们一起参加由安徽省宣传部组织的笔会(敬亭山笔会)，那次笔会还有不少文学前辈：邓友梅、邵燕祥、南丁……因为您出生上海，自然而然地，我们彼此更感亲切，凌阿姨更是主动来我房间探视。她是安徽人，言语之间，总是以安徽人而备感骄傲。记得在李鸿章故居参观，在聂士成的事迹栏前，凌阿姨驻步沉思，然后告诉我，聂士成是她家族的……

五年前吧，我出差到成都，探望您和凌阿姨，那是汶川地震后一周年，您告诉我，当初您和凌阿姨就躲在自家厕所，没有下楼避难。你们二老十分坦然面对生死。都八十五了，您说。我肃然起敬。您和凌阿姨一辈子经历太多磨难，大家闺秀、民国美女凌阿姨是我心中最善良最美丽的女性！那次分手，我和凌阿姨深情拥抱，尽管她那时已经失忆，但是她那甜甜的笑容依旧和在安徽合肥初次相识时一样，那样温馨。

王火老师，原谅我，我眼睛视力不好，字写得潦草不规范，而且和您说了那么多凌阿姨。我想，现在，您应该可以平静一些，慢慢咀嚼和凌阿姨曾经漫长、苦难而又幸福的过去，您是我敬仰的前辈。

希望在上海，或者成都，和您重逢相聚！

献一支心香给凌阿姨……

殷慧芬

2014.8.1

这是殷慧芬写给王火老师的一封信。凌阿姨去世后，殷慧芬常给王火打电话，偶尔也写信。由于眼疾，这封信的收件人地址是我写的，结果写错了，致使信在途中走了十九天。

王火老师后来回信：

慧芬、大楼伉俪如晤：

今天收到八月一日惠函，途中十九天，主要是地址错了……邮递员说："差一点就退回上海了。"一笑！

谢谢对起凤和我的关心。慧芬视力不好，不宜用眼写信，写了这么长的信，让我深为不安。望多保护视力，下不为例！

……我最近心脏、血压均不大好，每日看看书报消磨时日，但精神状态尚好，请放心。

曾寄上过一本书，想早收到。

笔墨不全，匆匆作复，草率为歉。

握手并问全家好。

王火

2014.8.19

这封回信是王火老师用毛笔写的，信纸是传统的红八笺。

凌阿姨在世的时候，不止一次对殷慧芬说，王火的毛笔字写得可好了，只是他眼睛坏了之后不写了。他用毛笔写这封信，是因为知道我们喜欢他的墨宝。

2008 年 5 月 22 日，王火老师在花笺上给我们写过一首李商隐的《锦瑟》：

锦瑟无端五十弦，一弦一柱思华年。

庄生晓梦迷蝴蝶，望帝春心托杜鹃。

沧海月明珠有泪，蓝田日暖玉生烟。

此情可待成追忆，只是当时已惘然。

李商隐在诗中追忆青春年华，感慨坎坷命运，庄生梦蝶、杜鹃啼血、沧海珠泪、良玉生烟的意象，朦胧含蓄，情真意切。

读着王火老师用毛笔写的信，我想起李商隐的《锦瑟》，不由得泪眼迷蒙。我对殷慧芬说："我要去看王火老师。"

2015年10月17日下午，我和殷慧芬从旅店"锦里人家"去大石西路王火老师府上。在书信和电话中，王火老师亲切地称我"大楼"，但彼此见面却是初次。王火两鬓染霜却精神矍铄，一见面，他哈哈大笑："你们俩头发也都白了。"我们买了一束花，百合和玫瑰，是献给已故的凌阿姨的。凌起凤阿姨的骨灰盒仍在家里，王火说，他要与她生死厮守。

我们在凌阿姨遗像前献花鞠躬。

"七姐，小殷、大楼看你来了。"王火老师的声音中仍无法掩饰心中悲怆。

王火正在编十二册《王火文集》，约六百万字。左眼完全失明，编《王火文集》他全靠右眼，戴上四百五十度的老光镜再用放大镜，没有助手。他说这种事只有他自己做。因为我们的到来，他不得不放下手头的工作。

整个下午，我们听王火老师说今道古。王火老师的回忆，让我知道了不少鲜为人知的史料。

“文革”后期，江青说山东样板戏搞得不错，再搞一个。老革命根据地临沂受命组织班子写以土改为题材的样板戏《换新天》，王火执笔。王火后来用这些素材为上影厂写了一部电影，叫《平鹰坟》。

王火说，他去采访土改时的当事人，却找不到一个地主、富农。山东的土改当年是康生在搞，扩大化是有名的。土改时，地主、富农都被赶尽杀绝。

《换新天》还没写完，“四人帮”倒台，“文革”结束。一天深夜，王火家的房门被敲得嘭嘭响，敲门的是临沂负责样板戏《换新天》创作的一位干部。“不好了，这戏听说是江青抓的。”那干部一见王火就这么说。王火感到深深不安，凌起凤不免担忧：“又有什么事轮着你了？”幸好，几天后那个干部又来半夜敲门：“没事了，没事了，上面说话了，说我们这戏是毛主席革命路线的。”王火和凌起凤这才放下心来。

我听罢不由得苦苦一笑。王火老师又说起他和凌阿姨的一次对话。

那是2001年的一天，王火问凌阿姨：“假如有来生，你还愿意与我做夫妻吗？”他以为妻子肯定点头说：“我愿意。”谁知凌起凤却摇头说：“不。”王火觉得不可思议：“为什么？”凌起凤说：“人生太苦。如果有来世，我不愿再做人。”王火猛然觉得悲伤，顷刻泪流满面。

我听着，心也往下沉。

“不愿再做人”，我一遍遍喃喃自语。看着年逾九旬的老人，我心里说：“去做天上飞的鸟吧，和凌阿姨比翼双飞，凤鸾和鸣。”

天上飞的鸟，火凤凰。

树的回忆

肖复兴

树的语言

我常常想起完达山。其实，我只进山伐过一次木。在北大荒的时候，只要天气好，我几乎天天可以望见完达山，它好像离我们不远，但“望山跑死马”呀。渴望进山看看，那时不止是我一个人的愿望。

那一次是冬天，我们坐着爬犁去的，几匹马拉着，爬犁飞快地跑着，可以和汽车比赛，雪地上飞起飞落着小巧玲珑的雪燕，那情景有些像童话，仿佛我们要赶去参加森林女王举办的什么舞会。

对于森林，对于树木，我从来都有一种童话般的感觉，它们都是有生命的，这是不用说的了，它们的生命都刻进了年轮里。只是它们不会说话，虽然风吹过时它们的树叶也会飒飒地响。但是，它们如果真的成了精，会说话了，还会有今天这样童话般的感觉吗？我相信是没有了。

有时候，看见它们尽情地摇摆着枝叶的样子，总让我想起聋哑人的手语，尽管他们说不出话来，但那无限丰富的表情与表达，一点也不亚于我们会说话的语言，他们在手指间，在带动的整个手臂的舞动中，多么像是风中树木摇曳多姿的枝条。

我相信,那就是树的语言。

严峻日子里的女友

契诃夫在他的剧本《万尼亚舅舅》里,借工程师阿斯特罗夫的口,一再表达他自己的这种思想,即森林能够教会人们领悟美好的事物。森林是我们人类的美学老师。

契诃夫的后辈,巴乌斯托夫斯基在他的小说《森林的故事》里,将契诃夫这一思想阐释得更为淋漓尽致,他说:“我们可以看到森林中淋漓尽致地表现了庄严的美丽和自然界的雄伟,那美丽和雄伟还带有几分神秘色彩。这给森林添上特别的魅力,在我们的森林深处产生着诗的真正的珠宝。”他借用普希金诗,说森林是“我们严峻日子里的女友”。

也许,只有森林覆盖率达到百分之三十以上国家里的人们,才会和森林有着那样密切彻骨的关系,才会对森林产生那样发自心底的向往和崇敬。森林很少而且越来越少,我们离美也就越来越远。对于森林,我们更看重的是它的实用价值,最好它被伐下木头直接变成了我们的房子和家具。我们严峻日子里的女友,也就变成了灯红酒绿时分风情万种的女人。

椴树

椴树,在北大荒非常常见。夏天,椴树开满一树小白花,在阳光的照射下,满树像是披挂上细碎的银片,风吹来,枝条上飞满闪闪发光的小精灵,带动得树都要飞起来似的。如果是一棵一棵的椴树连成了一片的林子,遮天蔽日的白花飞舞着,更是壮观。那是椴树一年四季最辉煌的时候。

这时候,北大荒的老乡们常常会放蜂群到树林子去采椴树蜜。椴树的花不香,蜜却很甜,而且有股子独特的清新味。可以说,椴树蜜是北大荒的一大特产。夏天,老乡常常用椴树蜜冲水,把瓶子吊进井水里,这是那时"冰镇"的土法子。收工后,我们常常去井边偷喝一瓶子这样的椴树蜜水,这是那时的可口可乐。

1982年的夏天,我大学毕业,专程回了一趟北大荒。在我们队里的烘炉前,见到的第一个人是烘炉的老孙,他把手里的活交给徒弟,一把拉着我的手到了他家,赶紧叫他的老婆给我拿水喝。他老婆端上来一瓶子水,还没喝,一股子清香味就从瓶口溢了出来,瓶子的清凉已经通过我的手心渗进我的心里。是刚刚从井水里提上来的椴树蜜水。

二十一年过去了,我再也没喝过这样的椴树蜜水,也再没见过椴树。

柞树

在北大荒冬天里看柞树,是非常漂亮的。

那时候,几乎所有的树上的叶子都掉得光秃秃了,只有它的树上还会飘着叶子,任再寒冷的朔风怎么吹,摇摇晃晃,摇摇晃晃,就是不肯落下枝头。它那种顽强的劲儿,总让我忍不住想起在电影《保尔·柯察金》里看到的保尔,在朱赫来的一次次拳击下倒地一次次摇摇晃晃地爬起来接着再打的样子。这是只有经历了那个时代才会涌起的联想和比喻。

柞树的叶子火红火红的,在平常的日子里,它也不显得怎么特别的红,但到了下雪天,它就像经过了化学反应似的,一下子变得红得耀眼,像是蹿起来的一团团炽烈的火苗,和被风狂吹乱舞的雪花尽情调情似的抖动着自己的身段,与雪花共舞一场《卡门》里的斗牛士之歌——当然,这是现在的联想和比喻。

在那时远离北京而格外想家的日子里，我们常常把它当成香山的红叶,和东来顺的涮羊肉、稻乡村的芙蓉饼、信远斋的秋梨膏、六必居的八宝酱瓜之类搅和一起，来一番精神会餐，进行自我安慰。

如今,它已经成为了我们青春的一种象征,我们回忆的一种色彩。

树在河边

树在河边,比树在路旁更让人感到合适。

树在路旁是为他人而活着的。树为他人遮阴，树为他人排队，树为他人开花,树为他人披挂上满身的节日的彩灯闪烁。

树在河边是为自己而活着的。河水里有树的影子,并不是为了顾影自怜,而是写着自己的心事与心情,河水荡漾的涟漪把树写得满满的信笺传去,化为了一缕缕湿润的诗行。

哪怕河水结冰了，照不出树的影子了，树的叶子也落尽了,只剩下光秃秃的枝条了,有河在身边,冰层下面涌动着水流,在树的根系下也会有交流和相逢。河永远在树的身旁,就像是树也永远不会离开河一样，而不会像路旁过往的行人，和树相会在匆匆之中，也相忘在匆匆之中。

人向往的是明天。路向往的是远方。树向往的,是水。

孤独的树

在田野里,在山坡上,在远离森林的地方,常常能够看到孤独的树立在那里，大多是一些老树，盘根错节，枝干遒劲，苍老的枝条在风中抖动着，无声电影一样，显得那样的哀婉苍凉，让人想起自己年迈的父母，想起悠长逝去的岁月。

特别是茫茫的戈壁滩上，如果见到这样孤独的树，你会有一种他乡遇故知的感觉，有一种突然的怦然心动，因为在四周一片荒无人烟的寂寥包围中，它就是唯一的生命，伸展着枝条，告诉你即使是在浩瀚无边的荒凉之中，也有着生命的召唤和守候。

那一次，车子在青海的戈壁滩上整整跑了一天，窗外除了浑黄还是浑黄一片，单调得犹如魔鬼死死缠着你一样。这时候，突然看到前方的左侧出现了一棵大树，树枝上没有一片叶子，光秃秃的，黑黝黝的，不知是死还是活着。但是，它的出现让昏沉沉了一天的人们立刻都兴奋起来，仿佛意外地和自己的什么亲人或伙伴邂逅相逢。

车子开远了，孤独的树，还是孤独地站立在那里。夕阳正在它枯瘦的枝丫之间衔着，映照得整棵树似乎都在燃烧。那一刻，它老树成精，仿佛成了神话中的一个孤胆英雄。

树的敬畏

古罗马的哲学家奥古斯丁，羞愧于情欲的私缠而想跪拜在神的面前忏悔，他没有去到教堂的十字架前，而是跪倒在一棵无花果树下。

古罗马的诗人奥维德，在他的诗《变形记》中所写的菲德勒和包喀斯那一对老夫妇，希望自己死后不要变成别的什么，只要变成守护神殿的两棵树，一棵橡树，一棵椴树。

在那遥远的时代里，树是那样的让人敬畏。

如今,我们还有这样对树的敬畏之心吗?

也不能说真的一点也没有了。没听说不少的城市里把远离百里千里之外的古树移栽到城里的事情吗?不少人因而从事着这样找树移树的中间商的工作。我们以为把古树请到城里来,就是一种对树的敬畏,好像它们再也不用在荒郊野外餐风饮露了,可以过上饭来张口衣来伸手的日子了。但是,纵使我们天天为它们浇水施肥,再加以护栏保护,它们很多很快还是死掉了。

以为请来古树就会增加城市的文化与历史的厚重,本是一厢情愿的事情,是出于自己打算而不是为了树的利益。而那些疯狂去找树移树的人,不过像是以前为皇帝或富贵人家找妃子的一样,为了钱而不顾树的生命。

在商业时代,在缺乏信仰的时代,树只是一种商品而不再是一种自然之神。我们再也不会跪倒在一棵树下,或希望死后变成一棵树。

断章

小茶

削苹果女郎

那时，这样人少。从海那边来，中年，单身。媒人蜂拥而至，一时热闹有如奥斯汀的男婚女嫁小说。其中一个被介绍的女郎听闻他住院消息，来探视。她并不是被看好的一个。他对她也没有印象。她沉默地坐在床边凳子上削苹果。他看着离他很近的她瘦削用力的手指，苹果皮拐来拐去，曲曲弯弯，像荷叶边垂下来。苹果气味一点点浓开去……

苹果转了一个圈儿，他忽然坐起。苹果又转了一个圈儿，他垂下眼睛。

许多来头大的媒人不干了！他说："像我初恋女友。"

常见的托词很见效地平了众议。

婚后他们常一起出来参加各种活动。削苹果女郎不施脂粉，也不怎么打眼。不过见着的人都说，一看就是他妻子。

每个人身上总有些品质，令你今生得到什么，或失去什么。而你也许终生不曾了然。

一团雪白

他在一个傍晚与一只兔子相遇。

天黑得早。踏进院门，黑暗中“一团雪白”趋近脚边，嗅嗅气息。

于是他放低苹果袋子，蹲下身，四目相对。

它不客气地扒拉口袋，看中一只苹果就啃，“清脆一声声”。

他忍不住笑了，而它“严肃认真”。

春节他出去旅游。回来经过院子向邻居问起兔子。邻居说：“早冻死了，那天忘记把笼子搬进屋了。”

他止步，无语。

——思想起，如梦如烟。

爱，只要稍稍动一点真，过后一定如梦如烟。哪怕只是黑暗中“一团雪白”。

扁豆花

有太阳的地方是高树，背阴的地方铺一地紫地丁。春天一个角落也没忘记，俯拾皆是美丽汉语。

记者什么时候都“先声夺人”，近来竟大诉苦挨明星训，“声声世界”“句句人民”。搞得记者落荒而逃，网上叫“痛哭扑街”。

王蒙新作《闷与狂》。不止一人问，干吗不叫闷与骚？

世俗“风骚”大家都知道，哪个电视剧里都有一两个。粤语“闷骚”也晓得，还很喜欢用。指为人外冷内热，沉默而有内涵，是个褒义词。第一次听到这个词，是梁朝伟解释自己的性格——有点“闷骚”。

古文“风骚”之“风”，是《诗经》的《国风》；“骚”是《楚辞》的《离骚》。与风骚女人、闷骚男人全不相干。

打开电视，一片锅铲声，一线主持都在炒菜。

吃，当然是生之第一要义。有意思的是吃不到一起，常常过不到一起。吃草的和吃肉的就不能养在一起。张爱玲喜食“油腻熟烂”——胡兰成语。胡兰成的饮食“郊寒岛瘦”（指油盐寡淡）——张爱玲语。虽然他们的离异并非因为“吃”。

真正的契合，是“说”到一起。影坛著名的秦、林分手，据说秦汉最后说了句绝情的至理名言——“说不到一起，再漂亮也没用。”

语言的能量，在于它的多义多解，兼有鸽羽的洁白和刀锋的寒光。对人最大的伤害，是语言的暴力。谎也不是不可说，只要你能自圆其说。当语言只是个工具，它也许只值得有限的尊重。

既吃不来也说不来，京沪两地一向有些较劲。一方头势清爽，衣装挺括地说——“‘喫咖啡’的和吃‘大蒜头’的，哪能来事。”

这边茶园灰布长衫微微一笑放过——一句“京损”让你吃不了兜着走。

常常感到古人的淳朴。乐府诗里反反复复叮嘱世人，“努力加餐饭”。一封家书“上言加餐饭，下言长相忆”。吃饭，相忆，是人生两件重要的事。爱我们的人，一生都在说：“好好吃饭，长长相忆。”

对语言，要敏感、渴慕、学习。惦记别人家东西不好，但日本人的学习精神可佩，对古代汉文化的模仿到了亦步亦趋。中国明清小说某处打上“□□□”“此处删去×××字”。他们照搬无误，打×，画□。贾平凹的重新“启动”是后来的后来，竟成风气带动了一系列□×。作家们笔下一时都娇羞得不得了。

万物有灵，万物都在表达自己。

马路对面开了家湖南馆子，人们都说风水好，正正门前大树上有个大大喜鹊窝。多次看到树巅有鹊同时腾起，衬出一片蓝天。感到“声名鹊起”之“鹊”富于形象，“起”又多么动感。

暮归。篱上伶仃有一朵扁豆花。这叫情窦“晚”开吧。

有人说，外国的大雁飞不成“人”字。果有其事也可原谅。外国大雁不识中文嘛。

基辛格“米”寿，八十八岁(你用手写写“米”字)。中国朋友道贺，基辛格高兴极了！美国有“米老鼠”，没有“米”寿。

恋物

这世界是物质堆起来的。东西一多就显热，于是地球越来越挤，气温越来越高。家徒四壁的寒门、寒士、寒酸、寒碜的“寒”，都与“物”少有关。

但人是喜欢“物”的。人类制造的“物”让人类自己着迷得不得了，哪怕是一个马桶盖。“物”的力量强大到足以影响人的认知、判断、感觉。一位世界级名导，坚持要在演员的内衣兜里揣一块名贵古典怀表。演员纳闷“镜头拍不到的”。当坚实而具体的物质对演员心理产生影响，角色的富贵倜傥扑面而来。

人有人性，物有物性，是善是恶都很难讲。

物性是别扭、捣蛋、喜旧厌新的。“物”欺生。一个生人进门，它们全匿起。所以有“新来的人，摸不着门儿”。事事与你做对，样样要你好看。谁没被一把新的小刀割破过手？没被一道新门槛绊过脚？一个新乐器，你没有把它摩挲到与你同体温，共心跳，齐悲喜，它是绝不会为你发出美妙声音的。

“物”要求人的理解、尊重，甚至服从。否则马上“灭”给你看。所有工伤、事故，都是“物”对人的报复和警告。

“物”的价值在用，不能用就是“废物”。

用的过程，物的个性纷呈——想省事反更费事，东西越找越不见，袜子丢一只等于丢一双，黄花菜为的就是“凉”——都属于“物”的促狭。中国人炼丹发明了火药和豆腐，是“物”的诙谐和反讽：一个暴烈惊大地的“破坏”，一个如玉天下白的“滋养”。锦衣夜行是“物”的伤感；舞衫歌扇是“物”的靡丽；金缕衣是“物”的惜取；嵇康打的铁是“物”的风骨；阮遥集的屐是“物”的哲思。

“物”有表情。物不言却有它的表达。

唐绝句“八尺龙须方锦褥，已凉天气未寒时”。

只有席褥没有人，却传递了已凉未寒的秋的情味，人的体贴。

张爱玲也有一段情趣相近文字：

龙须草席堆着一叠旧睡衣，折得很齐整，翠蓝夏布衫、绸裤、那翠蓝与青在一起有一种森森细细的美，在房间的薄暗里挖空了一块。

你难道能说，这只是席褥和一堆换洗衣服？

夏目漱石的《我是猫》里，那只爱发讽世议论的猫说，哪里是人穿衣，是衣在穿人。

中国大妈的强悍和能量，令一个购物名句诞生——“得大妈者得天下”。

人面何处，桃花依旧。伴随我们，也许“物”比人更长久。

有穗子的帽子，穗子，是美物。每每想起，有风中流荡感觉。

梦境

一街高瘦男人，全是背影，全穿白衬衫。赶过去转到前面看，仍然是背影。

淡淡金柳，妍丽的夏日街景。阳光如瀑，金绿枝条垂地如帘。空气中流淌着焦虑。

那不是一般瘦高，是贾科梅蒂风格的夸张拉长。修长僵直行走的白色背影，造出恐怖气氛。没有市声鸟鸣，只听见阳光一棱一棱的脆响。

她不断复述这个她不断重复的梦境。以至我觉得我可以纹丝不差做个同样的梦来替她祛除。

我希望她能正确认识“人”，希望她成熟，希望她不太罗曼蒂克。

我给她讲了个小故事,我挺会讲故事。有个夏天,有个她跟在一群复员军人后面去参加一个聚会。望着走在前面一个高个子背影,端正魁梧的脊背把旧军装撑出一道道横褶,突然面热。第一次意识到,路人与亲爱者,陌生人与丈夫,某个时刻一步之遥。

人们与人们，人心与人心，它们的相遇是人类永远不安的宿命。

我不敢说我的故事有多高明，但事实是后来她不做梦而是结婚了。一个令对方感到可爱可笑的条件:永远不穿白衬衫。

那天我们从“吧”出来,满街灯火,车如流水马如龙。望着一街短短的人,她笑得很有沉醉春风的味道。

想爱你到老

胡发云

你离去已经数月，常想对你说点什么，却又无言。大悲无泪，大恸无声。只想让时光渐渐将它们酿成温暖的感伤，惆怅的怀想，酿成一支美丽的歌。

一天，读到一个叫安然的人的网文，题目是《多少人曾爱慕你年轻时的容颜》，好几处，读来让人心里一动，接着就有一种疼的感觉。

安然的文章不长，全文复制如下：

四季园菜场门口，有位卖花姑娘摆个摊位专卖鲜花，五元至十元钱一束。我每次经过那里都会买一束带回家插在水晶玻璃花瓶里。于是来家的朋友们都知道我爱花。

只有我自己最清楚，我其实是个伪爱花者。就像我弟笑我是个伪球迷一样。为什么？因为，一个真正的爱花的人，绝对不会满足于买一束花，而是会爱花的一生的。即从一颗种子开始，浇灌，注视，等待，呵护，牵挂，疼惜……

我老爸就是这样的人。我家的小院里一年四季总有花草蓬蓬勃勃地生长着，虽然那些都是普通的花，但也可以使满园芬芳。老爸像看护小孩子一样地看护着她们。偶有顽童踢球踢坏了花枝，老爸往往会心疼好几天。老爸说，他能听到花儿的呼吸和心跳。可惜我家的小院因为拆迁已从地球上消失了。

说实话，我每次买回那些青春被拦腰折断的花儿，心都会隐隐地有些痛。每换一次水就看她们老一回，直到她们老得全都凋谢了被我扔进垃圾箱。真的，那种无声的痛楚让我一直心存愧疚。

是啊，凡世间爱花人都沉醉于鲜花盛开时的美丽。而买花人或买花送人无疑是在享受花一生中最华美最精彩的段落，而不是爱她的一生：她的生长，她的绽放，她的凋零。真正的爱花人绝对不是这样。可是，你想，现如今又能有几个是真正的爱花之人呢？

说是写花，其实是写人，写女人，写男人该如何去爱女人。

我和你都喜欢花，大多是自己养的盆花，也有买的或友人送的插花。这些花都不讲究品种的，只要自己喜爱，贵贵贱贱都行。就像我们收养的那一大群猫猫狗狗，在一些人看来，真是只配流浪或下火锅，我们却宝贝得自家儿孙一样。

有一种是勿忘我，初看极朴拙，花瓣细碎，叶片干瘦，暗淡的紫蓝色，不娇媚，也不艳丽，山乡少女一般。第一次养她，是花店作为配花点缀在一束插花里面的。到得后来，所有娇媚艳丽的主花都颓谢了，连那些作陪的芦叶棕榈也都枯黄，唯有那几束勿忘我还是原模原样,静静地,藏在一片花叶的废墟里。不忍将她一起扔掉,便单独抽出来,干插在一只同样也朴拙的木瓶中。数月过去了,数年过去了,除了色泽稍稍灰淡,她竟然就那么一直顽强地存在着。我这才明白了,这么一种素淡如草的花,为什么会有一个让人心碎的名字:勿忘我!

这是一种守望中执着的呼唤。

想起了你最后的一段岁月。

2001 年春上,时隔多年,你又胃痛了。去医院做了检查。过了几天,我们得到了一份很坏的报告单。那天是 4 月 13 号,星期五,你四十八岁的本命年,所有不祥的数字都到齐了。就像手机里常听见的那句话,我们听见了命运的通知:你们还有半年,一年,或三五年的时间! 我对你说,从今天开始,我们对上苍给予我们的每一天都心怀感激。接下来便是住院,手术,化疗,调养……我们将日子过得更加浓郁,似乎想将百年岁月,压缩到不知什么时候就会突然打住的日子里去。

2004 年春上,宁静三年之后,终于兀然复发。我问当年的主治医生,他只给了我一声叹息,然后久久无言。

你说我们出去吧, 走到哪儿算哪儿。但我不愿放弃最后的努力。于是又开始了大半年的摧残——化疗,放疗,梗阻,腹水,疼痛,浮肿……好几次,你自嘲地说,我变得这么难看了。我笑说:我觉得不难看,那就是不难看。然后我对你说了法国女作家杜拉斯那一句撼天动地的话——“与你年轻时相比, 我更爱你现在备受摧残的容颜。”

那一段时间，我给你照了很多相，数以千计。现在看来，杜拉斯的话真没有说错。

我们太留恋我们的生活。我们从一家医院，到另一家医院，寻求种种救治之道。我们在化疗的间歇中千里迢迢去到北京，找到301医院、空军总医院、广安门医院、中国肿瘤医院那些国内顶级的医生，我与国内外许多医疗机构和业内专家联系、咨询……各方传来的消息都是黑色的。但是你从来没有自凄自艾，没有怨天尤人，你甚至没有为自己的处境与命运哭泣过。就像那些一日日枯萎的花儿，宁静安详地面对这一切。记得那一次去301医院，肿瘤科主任看完我们带去的资料和光盘，说了一些极不乐观的话，又问病人现在能否下床活动。我指指你说，就是她。他显然非常惊异，掩饰一下说，刚才说的，只是一个方面的问题……我说，我们能够面对所有的问题。

回到借住的朋友家，我们发现社区有一个室内游泳池。我们立即去街上买了泳衣泳裤，痛痛快快游起泳来。你连下水都是那样迫不及待，一个矫健的燕式便蹿到了数米之外的水波中。

面对疾患痛苦生老病死，你有一种超凡脱俗的大气。就像当年，我被非法监禁，你被无耻折磨的时候一样。我见过许多人，位高权重的，开朗豁达的，美丽儒雅的，最后在病痛和死亡面前都会失态，都会扭曲。可是你自始至终都在一种平和淡定中保持了一种高贵。

又一次猛烈的化疗之后，数年来你第一次猛烈地脱发了，一觉醒来,枕巾上便黑乎乎一片。用手指轻轻一拈,一束头发就飘然而下,那无声之中,有一种怵然。大楼里许多女病友,对头发都极珍爱,哪怕只剩下稀稀疏疏的一层,也会用轻薄的纱巾将它们裹好,再戴上一顶漂亮的帽子,决心坚守到最后的一丝。

复发后的大半年中,我们一直一同住院,每到一处,我都会尽最大努力包下一间单独病房,搬来一应物件,犹如居家过日子。那天我外出办事,回来一看,你已将自己余下的大半青丝统统剃去,光光地露出了你那圆润的脑袋,一下陌生了许多。刚好那天你穿了一套橘黄色睡衣,一边打着点滴,一边斜倚在床头织着毛衣,像一个修行多年的深山老尼。数十年来,我的毛衣类,几乎都是你手织的,从当年我被囚时,你送进去的毛衣毛裤毛袜毛手套,一直到你复发前刚刚织就的红黑两色休闲衫。在很容易就可以买到各式新款毛衣的时代,一个现代知识女性,花大量时间去编织那种看起来很老旧的衣物,似乎不可理喻,但是你喜欢这样。你似乎要把你永不枯竭的情意一针一线地织写进去。这次住院,织毛活成了你的一种日常生活。本来你手上的这件毛衣早该织完,织到袖子的时候,发现整个都大了一圈。我说,这种衣物,宽松一点更好,可你硬是要拆掉重来。

原来那些剩余的头发,蓬蓬松松远远望去还依然有形有样,怎么就如此决然了断了呢。你说,刚好有一个女理发师上门服务,便让给剃了。这样也好,免得四处落发,不好清理,还弄得身上痒痒的。你淡淡一笑,似乎为自己的一次恶作剧得意。在这之前,我们刚在病房里看过一个专题片,讲一位电视台的女性,也是因为脱发,后来干脆将余发削去的故事。剃刀下去,那女人便止不住落泪了。你说,小时候,你父亲在大西北征战剿匪,母亲是随军医生,只好将你寄养在老乡家里，结果染上疥疮，就剃过光头。进城后，上了小学，头发一直不好，妈妈又给你将头发剃光，说是再长出来就好了。所以，对于光头，已是老资格了。

你让我给你拍照，说做个纪念。取景框中，光头的你，竟也是很美的。

记得有一次，几个漂亮聪慧事业有成的中年女性，不知怎么就说起韶华易逝，容颜难留，和那些水灵灵嫩生生的小女生们在一起的时候，常有一种窘迫的感觉。我说，其实不同时期的女人，有不同的美丽，有过生活阅历之后，既有当初豆蔻年华的印记，又有岁月历练的风采。女人之美，不全在那些物理指标呢。便说到她们都很熟悉的你，开过几次刀，从上到下，刀疤像拉链一样，差不多贯通整个身躯，还有岁月、疾病、治疗留下的种种遗迹，但我从来没有在意这些。

她们说，你这已经属于亲情了，爱情还应该有男女之心。也就是现在很时髦的说法，性感。

我说，性感在形，更在心。青春在于岁月，更在于境界。女人之美，当然离不开性感，性感仅仅在于脸蛋、腰肢和肌肤吗？性感是女人心里有的东西。心里没有，再青春，再娇艳，也就像古圣贤说的："天下无心外之物，如此花树，在深山中自开自落，于我心亦何相关？"

这是一个与你一起共度过数十年生命岁月的身子，你眼见了它在时光中的所有变迁。在她那里，你也可以看见自己，看见两个人共同的日子。

我们可以惜爱一束枯萎的花，可以欣赏一株苍老的树，为什么不会去欣赏一个被岁月磨砺得更加丰富的女人呢？

她们说，作为男人，你说说这些话当然很轻易的。

这话有些苍凉。我知道，这常常是一些活生生的现实。但是如此看女人，也是男人的不幸。就像你只能享受花儿盛开那短短的一瞬。花儿你可以狠狠心立时换掉，对于一个与你耳鬓厮磨相濡以沫的人，便是有能力常换，心里总有负累的。况且，你换得的，又会很快凋谢。当你能够看出她不被岁月掐断的美，也就是你的福分了。反过来，你自己又何尝不是在一日日凋落呢？以如此标准，终有一日，在那些盛开的鲜花眼里，你也会成为一株弃之如柴的老树蔸子呢。

真正的美，是在爱意的关注之中。只有爱意的眼光，才能看见真正的美。

你生病前好些年，我们就说过老。四十刚过，你便戏谑地用本地老妇人的口气自称婆婆，将我唤作爹爹。外出归家，打开房门，便是一声喊：婆婆回来啦！有时在网上与众网友聊天，我上来的时候，你便会大喊：我家爹爹来了。不解其语的网友，以为是你父亲。然后你会给出一串笑脸，解释爹爹是谁。

我们也常常设想老了以后的种种情景，那种谐谑，那种快乐，那种孩子气，实在与衰老没有一点关系。

你常说，下辈子我们还做夫妻，这辈子没有做够。和大多家庭相比，我们相处的时间真是最多的。

我们都不坐班，不喜应酬，也都不求上进，加之家里一大堆猫狗花草，就像两个老农一样，成年累月就生活在那片小天地之中。睁了眼睛在一起，闭上眼睛也在一起，做着一些大大小小我们觉得还有一点意思的事情。我们以为，我们的日子会就这样过下去，直到地老天荒。

在你生病后留下的数千张照片中，你总在笑，温柔的，娇嗔的，调皮的，肆无忌惮的。

有一次，你却哭了。

数月来连续的静脉注射，你两只手的血管都脆了，经常打漏，也越来越疼。为了顺利进行化疗和营养补充，医生给你在锁骨下做了穿刺，安了一个接头，每次只需像消防水龙头一样，拧上输液管就可以了。便捷又舒适，还把两只手给解放了出来。但从此就不能洗澡了。医院的卫生间都是淋浴，锁骨处的接头不能见水，只能像旧时妇女那样用盆打水擦洗。你那时身体愈来愈弱，不能感冒，只好匆匆行事。一段时间之后，皮肤都干燥了。你说，真想痛痛快快洗个澡。我说，我要给你安一个浴盆！四方打听，终于买来了一只浴缸大小的椭圆形塑料盆，接满水，让热气把室内的温度升起来，你躺进去，酣畅淋漓地沐浴于温热的水中。我用干毛巾护住锁骨处的接头，一处一处轻轻给你擦洗。突然，你嘤嘤流泪了，越哭越厉害。这是你第一次，也是唯一一次为自己流泪。

五十一年的生命。三十年的相识。二十六年的夫妻。像一株自己种下的花儿，眼见了一个女人一生的美。这种美，只有种花人自己才真正看得见。

许多人都说你漂亮。如果按现在时新美女的标准，我想你并不在其列，特别是年岁见长，又重病在身之后。但于我来说，确实是有一种疼爱不够的美丽，哪怕凋萎，我也看得见其中绵延不绝的风韵。就像家里那几束早已老去的山菊花和勿忘我。

在医院最后的几个月中，许多个清晨和夜晚，我们散步，你拉着我的手，或挽着我的胳膊，倚在我的肩头，细声说一些闲话，说一些笑话，说着我们一路上见到的事物，清晨的小鸟和花，夜里出来遛弯撒欢的狗和鬼鬼祟祟的猫，哼唱起一首突然想到的歌……似乎那个切切实实等在前方的黑色陷阱从来就不曾存在。有时候你会突然疼痛起来，蹲下去，稍好一些，我们继续前行，或返回病房。我们都知道，我们在人世间的共同生活，已经到了尾声，我们要宁静又朴素地享受这最后的每分每秒。

在医院最后的一个多月，你已经不方便回家，体力不支，每天打点滴的时间越来越长，你戚戚说，想回家。我说，今天晚上就回去。你说，怕爬不上七楼了。我说，我背你。你笑笑说，试试。你趴到我背上，待我刚要站起来，你就叫了，不行不行！我小腹那个巨大的瘤体，刚好硌在你腰上……那一瞬间，我们都无语了。我怕这沉默，赶紧说，我和儿子抬你，像儿时做抬花轿游戏那样，一边一个。

住院的日子里，几乎所有的检查我都会想尽办法待在你身边，拍片，放疗，B超，CT，核磁共振——甚至从来不让男人进入的妇检室……我知道，当我握着你的手，与你轻轻说着话，帮你起身或穿衣，那便是人世间最好的治疗与药物。许多个深夜，你睡了，我看着荧光灯下你苍白又消瘦的面容，就会想起《巴黎圣母院》里的那个钟楼怪人加西莫多，想起他最后环抱死去的爱丝米拉达，直至将自己也抱成一副白骨。那真是一种大悲大恸之后的宁静与从容，一种以决绝的方式来表达对死与命运的抗争，一种以爱来包容一切苦难与悲怆的惊天地泣鬼神的情怀。

2004 年 11 月 28 日，你去世的前四天，是我们结婚二十六周年纪念日。

二十六年前的这一天，我因言获罪，被非法关押了一年多。为了我，你三年没有回西安老家探亲，我让你一定回去一次。我们决定在你回去之前做一件事情。那天是一个星期天，我在一个看守的帮助下，从监禁中偷跑出来，完成了我们高墙内外的一次浪漫婚礼——没有鲜花，没有礼仪，没有亲友，甚至也没有那个年代必不可少的那两张红纸头。在我们一个朋友家，那个明清古巷尽头的阴暗小屋，我们在门楣上拿到了留给我们的钥匙，我们开始了我们的新生活。你说，不管以后我去到什么地方，你永远与我同行。然后，我们像一对真正的新婚夫妇，回到我的家，我们脸上洋溢着幸福的光彩。当我们出现在父母面前的时候，他们都不相信自己的眼睛了。晚餐后，我们又去汉口探望一直对我牵肠挂肚的叔叔。当我们离开的时候，已经没有了公交车。我们在深夜里从汉口江边开始，跨过了两座大桥，穿越了整个武汉三镇，你回到我武昌的家——从我被关押的第一天起，你就像一个过了门的媳妇一样住到了我家，伺候我卧病在床的母亲，慰藉我年近古稀的父亲……我依然潜回我的囚室。那天我们在江边一家照相馆拍了我们的结婚照，这张黑白照片上，我们都甜美地微笑着。于是，一个长征干部的后代，一个国民革命军军医的子弟，我们一起创造了一个爱情的童话。

2003 年的这一天，是我们的银婚纪念日。那时你似乎恢复得很好了。于是，那天晚上，我们将当年那一条十八公里的漫漫长路又重走了一遍。四分之一个世纪，一切都历历在目，我们记得起来当时走出的每一步。

但一年后,我们已经不可能再重复那个旅程了。

你离去之后，我读到了你留下的二十世纪七十年代那段非常时期的日记——当年你就这样写着:“这些日记，可能将来在我死后,发云会看到的……”

数十万字，淋漓尽致又坦然无忌地记录着你多少大爱大恨歌哭笑骂。如丝的缠绵,如剑的刚烈。一个男人被一个女人如此爱过并从此绵绵不绝地爱了一生,夫复何求!

在那里面,你也指名道姓地刻下了那些卑劣与邪恶,那些怯弱或偏见,真是一部记录奇特年代的奇书。

儿子来了。我们在病房为这个刻骨铭心的日子举杯。然后儿子给我们拍下了我们最后的合影。你从病床上爬起来，依偎在我肩头,你已经很衰弱,但那种笑容依然是纯净的,那种眼神依然是初恋的,那种对于生活的满足与爱,依然是一种青春少女的。

那天深夜,儿子走后,你细细地、平静地对我说了关于后事的安排:只要我和儿子送你,不要惊动任何人,不要任何仪式。带上你生孩子时,妈妈给做的婴儿鞋、婴儿帽,还有6月去北京时在广播电视塔上——你在蓝天下，大风中，像小鸟一样展翅欲飞的照片……(你离去后,我回家去取你要的东西,发现你早已将它们包装好,放在你床头柜的抽屉里。)

你终于走了。在眷恋和幸福中走了,平静超然地走了。我给你擦洗,我给你化妆,我给你穿上你要求的在最后的日子常穿的那一套普普通通的衣物——一件红夹克，一条深棕裤，一双运动鞋……我和你一起护卫了你最后的尊严与美。

那大半件没有完工的毛衣，还静静放在病床边的旅行箱上。毛衣是那种红黑相间的变色毛线，织出来的花色是你无法预想的，有一种神秘感。

一个冬天——我们故事的刻骨铭心处，总是在冬天。我终于将你带回家了。那些鲜花们、老花们与我一起陪着你。还有那些你视若已出的猫狗们。你的生命与灵魂，都已在这个环境之中。从现在开始，我们以另一种不变的苍老同处。

爱，这个纯净又神圣的字眼，多年来，它已经被糟蹋够了。我们很久不说它了，代之以一些更加朴素的词儿。有时候，早上醒来，发现你就坐在床边盯着我看，见我睁开眼，忍不住笑了，说：我怎么就这么喜欢你？我怎么就喜欢不够呀？有时候，你也会得意又自嘲地说，我怎么就长不大啊？都老太婆了。

我从来没有见过如你这样一生一世永不止息狂放热烈又痴迷无忌的爱。我们读到的所有的爱情故事，都只到洞房花烛喜结良缘为止。

二十年前，我在一首给你的诗《我和你》中也写道："你说我/从未说过那三个字/我知道/你其实喜欢我这个脾气……"

现在，我要对你说，想爱你一生。

窗的话语

梁晓声

当人的目光注视在另一个人的脸上时，吸住它的必是对方的眼睛。是的，是“吸”住，而不是“吸引”住。也就是说，哪怕对方并不情愿你那样，你的目光还是会不由自主地那样。好比铁屑被磁石所吸。好比漂在水面的叶子被漩涡所吸。倘对方真的不情愿，那么就会腼腆起来，甚而不自然起来。于是垂下了头。于是将脸转向了别处。于是你立刻意识到了自己那样的不妥。如果你不是一个无礼的家伙，那么你就会约束你的目光别继续那样……

当人走近一所房屋，或一幢楼，首先观看的，必是窗子。

窗是房或楼的眼睛。

从前的哈尔滨是一座俄侨较多的城市，在一般的社区，他们居住在院子临街的、俄式的房子里。那些房子一律“人”字形脊，一律有延出的房檐。房檐下，俄式的窗是一道道风景。对小时候的我而言，具有审美的意义。我想，我对窗的敏感，大约也是儿童和少年对美的敏感吧？

普遍的俄式的窗，四周都用木板进行装饰，如同装饰一幅画的画框。木板锯成各式各样的花边，有的还新刷了乳白色的、草绿色的、海蓝色的、米黄色的、深紫色的或浅粉色的油漆，凸显于墙面，煞是美观。

俄式的窗带窗栅，但又不同于栅。栅是有间隙的。窗栅却是两块能开能合，合起来严密地从外面遮挡住窗的木板。不消说，那也是美观的。

于是住在房子里的人家，一早一晚多了两项生活内容——开窗栅和关窗栅。早晨开窗栅，它向窗的两边展开，仿佛一本硬封面的大书翻开着了。夜晚关上，又仿佛舞台的闭幕。窗栅是有专用的锁的。窗栅一落锁，如同带锁的家庭日记被锁上了。那时的窗，似乎代表着一户人家进行无声的宣告——从即刻起，那一家人要独享时间了。有的窗栅朽旧了，从裂缝泄出了屋里的灯光。而早晨窗栅一开，又意味着一户人家可以接待外人了。开窗栅和关窗栅，是孩子的义务。中国人家也有住俄式房子的。小时候的我，特别羡慕那些早晚开关自家窗栅的中国孩子。我巴望尽那么一种家庭义务。然而我只有羡慕而已，我家住的破房子深陷地下，所谓窗，自然也被土埋了一半。破碎的玻璃，用纸条粘连着。想擦都没法擦。

我想，小时候的我，对别人家的窗的审美性观看，其实更是一种对温馨的小康生活的憧憬，其硬件是—— 一所看去不歪不斜的小小房子。而它有两扇，不，哪怕仅仅一扇带窗栅的窗。小时候的我，对家庭生活的私密性，有着一种本能的、近乎神圣的维护意识。我不知它是怎么产生于我小小心灵中的。是别人家的带窗栅的窗，给予了我一种关于家的暗示吗？

哈尔滨市的南岗区、道里区、道外区，是俄式建筑集中的区域。那些楼都不太高，二层或三层罢了。从前，它们的窗，是更加美观的。四周的花边更具有艺术意味。某些窗的上边，有对称的浪花形浮雕,或对称的花藤浮雕,或身姿婀娜的小仙女浮雕,或胖得可爱的小仙童浮雕。“文革”中,基本都被砸掉了。

对于童年和少年的我,那些窗是会说话的,是有诗性的,似乎都在代表主人表达着一种幸福感:看吧,美和我的家是一回事啊!

中国有一句话叫“以貌取人”,我从不“以貌取人”,更不会以服裳之雅俗而决定对人的态度。

但是坦率地说,我至今习惯于从一户人家的窗,来判断一户人家生活的心情。倘一户人家的窗一年四季擦得明明亮亮,我认为,实在可以证明主人们的生活态度是积极乐观的。

我家住在一幢六层宿舍楼的第三层。那是一幢快二十年的旧楼,我家住进去也有十几年了。我家是全楼唯一没装修过的人家,但我家的窗一向是全楼最明亮的,每次都由我亲自一扇扇擦个够。我终于圆了小时候的一个梦——拥有了数扇可擦之窗的梦。我热爱那一份家庭义务。起初我擦窗像猿猴一样灵活,一手扳着窗棂,一手拿抹布。手里是湿抹布,兜里是干抹布。脚蹬才两寸来宽的外窗台,身子稳稳的。看见的人便说:“小心点儿,太悬!”我还敢扭回头答道:“没事儿!”每次都那么擦上两三小时。后来不必谁提醒,从某一次起,我自己开始往腰间系绳子了。再后来系绳子也觉不安全了,于是装了铁栅。在我,其实非是为了防盗,是为了擦窗方便。现在,站在垫了板的铁栅上,我也变得小心翼翼的了,总担心连人带铁栅一齐掉下去。现在的我已不是十几年前的我了,我不得不暗暗承认我许多方面都开始老了。

哪一天我家也雇小时工擦窗了,我会悲哀的。

心情好时我擦窗。心情不好时我也擦窗。窗子擦明亮了,心情也似乎随之好转了。

我劝住楼房低层尤其平房的朋友们，尤其男人，尤其心情不好时，亲自擦擦自家的窗吧！试试看，也许将和我有同样体会。在生活中，有时我们花很微不足道的钱雇他人在最寻常之方面为我们服务，自认为很值。其实，我们也许是在卖出，甚而是贱卖原本属于我们的某种愉快。

我下乡后，有次以团报道员身份到某连队去采访一位先进人物，翻山涉水，独行二十几里，走得渴了，见一片桦林中有孤零零的一幢小草坯房，前去讨水喝。主人是一对中年夫妇，为某连队养蜂才住在那儿的老职工。他们那小草坯房的窗，令我叹为观止。窗的四周，用美丽的桦皮将坯包严了。桦皮有黄白两色，且纹理不同。他们竟利用那一种颜色和纹理的差别，经过“剪裁”，拼对出了赏心悦目的图案，看上去古色古香，宛如今天装修公司别具匠心的设计。光滑的桦皮窗台上，罐头瓶里插满开得烂漫的野花。

他们告诉我，窗台是草坯房最容易被暴雨淋塌的地方。所以就地取材，想出了那样的办法。

他们自我解嘲地说：“不是没有砖没有水泥嘛！这是小孩子过家家式的办法啊！”

我不禁赞道：“真美，可惜……”

那男人见我不说下去，奇怪地问：“可惜什么？”

我吞吞吐吐地回答：“只有我一个人欣赏到了。”

那女人却说：“也不只你一个人说美。来过的人都说美。我们也不是为别人才费事的啊。自己看着好看，自己心里有份儿高兴啊！”

而我，霎时间大觉感动。

感动于在那种差不多与世隔绝的地方，那么普通的一对中年夫妇，过着那么简陋的生活，心灵中竟保持着对美的那么天然又那么细腻的追求。

在苏联政权刚刚建立的困难岁月，列宁的夫人负责着儿童少年保障委员会的工作。有一天，她的秘书将一幅孩子画的画送给她看——画上是一个正方形，正方形内有锯齿线条，还有一个圆。画的题目是——我看到的美。克鲁普斯卡雅困惑，命秘书去那孩子家了解。秘书回来汇报，那孩子的父亲牺牲了，母亲重病着，卧床不起，那孩子没法去上学，母子二人住在一间小小的阁楼里。那孩子画的是玻璃破碎了的天窗，和正午才可望见的太阳……

列宁的夫人即令送去面包和木柴。

卫国战争期间，母亲将儿子送上了前线。

母亲说："苏维埃给予过我面包和木柴，现在我报答她我唯一的最宝贵的儿子。"

我的一名知青战友，返城后，一家三口租住一间潮湿的地下室，一住就是十来年。他的儿子，从那地下室的窗，只能望见过往行人的形形色色的鞋和腿，于是画以自娱。父亲大为光火，以为无聊且庸俗。现在，他二十三岁的儿子，已成小有名气的新生代漫画家。

地下室的窗，竟引领了那孩子后来的人生。

我曾到过一个很穷的乡村，那儿竟有一所重点高中。据说学生只要进入了那所高中，就等于一只脚迈进了包括清华、北大在内的重点大学的校门。冠其名曰重点高中，其实校园很小，教室和学生宿舍也旧陋不堪。令我惊讶的是，学生宿舍的所有窗几乎都从里面封上了。用的是厚塑料布加木条。

我问："这些窗……为什么是这样的？"

校长回答："这不冬天快到了吗？我们江南没暖气，为保暖。"

我又问："夏天呢？"

答:“夏天也这样。山上鸟多,学生们需要的是寂静。”

“那……不热吗?”

“热当然是会热的。但如果窗是玻璃的,人就难免会往窗外望啊!我们的学生在宿舍里也习惯了埋头看书。学校要将窗安上玻璃,他们还反对呢!”

望着进进出出的学生们苍白的脸,我默然,进而肃然。他们的上进,依我看来,已分明地带有自虐的性质。我顿时联想到“悬梁刺股”的典故。

窗代表他们,向我无言地诉说着当代中国穷困的农家子女们,鲤鱼跃龙门般的无怨无悔一往无前的志向。

我只有默然而已。只有肃然而已。

我以为,最令人揪心的,莫过于卖火柴的小女孩在大雪天冻死前所凝望着的窗了——窗里有使她馋涎欲滴的烤鹅和香肠,还有能使她免于一死的温暖。

我以为,最令人肃然的,是监狱的窗。在那一种肃然中,几乎一切稍有思想的头脑,都会情不自禁地从正反两方面拷问自己的心灵,也会想到那些沉甸甸的命题:诸如罪恶、崇高、真理的代价以及“一失足成千古恨”……

夜半临窗,无论有月还是无月,无论窗外下着冷雨还是降着严霜还是大雪飘飞,谁心不旷寂?谁心不惆怅?

窗在万籁俱寂的夜晚,似人心和太虚之间一道透明的屏障。大约任谁都会有“我欲乘风归去”的闪念吧?大约任谁都会起破窗而出,融入太虚的冲动吧?

斯时,窗是每一颗细腻的心灵的框。

而心是框中画。

其人生况味，唯己自知。

窗是家的眼。

你望着它，它便也望着你。

彼得堡的上海厨房

张抗抗

前年秋天去俄罗斯,曾在彼得堡住了一星期。觉得自己实在很没有出息的是:时过一年半,辉煌灿烂的冬宫、夏宫、普希金艺术馆,以及波罗的海海边上壮丽的阿芙乐尔巡洋舰,竟然都慢慢地淡忘了。记忆中依旧鲜活依旧生动如初的,却是城边那幢俄式大楼中的一间上海厨房。

那年俄罗斯的食品依然匮乏。每一家副食店门前几乎都排着购物的长队,无非是面包、奶酪、香肠和土豆。俄国人民对于排队有着无比的耐心,常常等轮到自己,食物已经售完,那么他们就默默走开,寻找到另一家商店,再接着排下去,一直到买到点儿什么为止。那队伍静悄悄地缓缓移动,秩序井然,绝无人"夹塞",也无人争吵抱怨。湿寒与萧瑟的空气中,冷冷传递着东正教文化往日的尊严;空瘪的筐篮里,装满了购物的文明,是一种度过贫困的自信。

但我们不可能去排队。作为短期访客的我们,没有时间排队。

我们沉重的步履匆匆穿过雨雪交加的莫斯科红场,在克里姆林宫内的墙下久久徘徊,走过曾在书本中熟悉的阿尔巴特街,然后远远地眺望莫斯科河两岸金色的树叶……才是9月中旬,莫斯科已露出了冬季严峻的面孔。

肚子又咕咕地叫了起来。一行人面面相觑,不知道该到哪里去寻找合适的餐馆。餐馆本来极少,排队等候,自己端盘,食物套餐基本只此一种,并且仅相当于国内食堂的质量。如果过了开饭时间,空荡荡的大街上,就连这样的餐馆也再找不到了。曾有一位俄国作家在家里请我们晚餐,一道生拌胡萝卜丝沙拉、一道煮土豆、一道煎小泥肠再加黑面包与果酱、果汁,就是全部了。在莫斯科的几日中,我们仅在红场附近那家最大的“古姆”(即商场)内的快餐馆,饱餐过一顿美式肯德基,余味绕喉终日不去。街上的美元商店倒是很多,还有豪华的大宾馆,但价格令人咋舌。而我们的住处,既是购食物难也就索性不管饭了。

于是当我们坐了一夜火车在清晨到达彼得堡,被安排住进了上海一家国际贸易集团驻彼得堡的办事处,然后迫不及待地拥入宽敞明亮的餐厅,端起一碗热气腾腾的面片加炒鸡蛋时,俄罗斯顿时变得无限光明。

那家来自上海的贸易集团占据了大楼的整整一层。楼层封闭,雇有几位俄国姑娘提供清扫打杂服务。除去写字间业务洽谈室和工作人员宿舍,还有二十间设施齐全的客房,专供国内来办公务的人住宿。一日三餐外加房费,总共二十五美金,正符合我们“公派”的费用标准。由于价格公道,来往住宿的人很多。

那天的晚餐,居然让我们大大地吃了一惊。

八人一桌的套餐:白切鸡冷盘、卤猪心、油炸带鱼、凉拌芹菜、炒猪肝、土豆烧牛肉、蘑菇炖红烧肉、素炒卷心菜、米饭、白菜排骨汤。

啤酒就盛在一只固定的保温桶里,打开龙头,管够。

味道绝对的上海。风卷残云一般、狼吞虎咽。吃相都难看，彼此彼此。才一个星期，就已饿得透心透肝，中国人真是“民以食为天”。比比老毛子，好生惭愧。

暖暖地美美地睡了一觉，第二天一早走进餐厅，餐桌越发地神了：

油炸榛子、煎小咸鱼、荷包蛋、酱菜，稀饭加面包片、黄油、果酱。

真以为自己是在国内了。可那榛子，明明是俄国特产，还有黄油哪。

做饭的师傅亲自来餐厅上菜，用上海普通话问你是否吃好。看到师傅不过三十出头，端端壮壮的一个小伙，几个小餐厅同时开上几桌，只他一人忙里忙外。

以后的几日，早餐晚餐每天变换花样，总有几道菜，煞费苦心地与众不同。

可这不是在上海。这是在样样食物都得排队的俄罗斯啊。

终于忍不住去了厨房察看。那师傅正埋头收拾着新鲜的猪腰子和猪脚爪。锅碗瓢盆各亮晶晶各就各位，利利索索地地道道的一个上海厨房。

用生硬的上海话与他交谈，互相便亲切起来。他说他是公派来俄罗斯的，合同三年，辛苦是辛苦些，一月二百五十美金，攒上三年也还值得。

那我们每天吃的东西，都是哪里来的呢？

——自家寻啊。到自由市场去，自家一样样去寻转来。他说。其实好些东西，俄国人不吃，蛮便宜的，就是要到处去兜，碰到算数。眼睛要亮，脚骨再勤快点，都有了。只要有东西，烧烧就便当了。自家再腌点咸菜,用麻油味精一拌,味道狭气好。从国内来办事的人,吃得好顶顶要紧,我这个厨房是不赔也不赚的。

那你每天买菜,俄语一定好啦?骑自行车去?否则那么多东西怎么背回来?

他无奈地笑笑,摇了摇头:哪里有时间学俄语呢?一天从早忙到晚。不过心里有秤,不会俄语也一样讨价还价。俄国城市里不准骑自行车的,我天天坐地铁去买菜,从一家市场跑到另一家市场,再重再多的东西,也用手拎回来……

他忙着,便不再睬我。只知道他姓赵。后来在他宿舍的桌子上,看见过一只小小的镜框,镶着他夫人和儿子的合影照片。还知道那家国际贸易集团驻俄办事处主任姓陶,"文革"中毕业于哈军工。集团目前的生意做得挺红火。

那年在彼得堡过了美好的一周,似乎多半是因为那家上海厨房。从此对上海厨房肃然起敬,对上海人也有了较为立体的认识。如若其他地方的人都具备上海人那样精细的管理意识,即便再艰难困苦的条件,日子也能快快地丰润起来。

彼得堡和上海厨房,本是混头混脑不搭界的事情。但上海人走到世界的任何地方,总是会把自己的那个上海,一同搬了过去的。

信仰是自己的精神描述

史铁生

杨晓敏：

你好！

看了你的论文。文章中最准确的一个判断是：我并非像有的人所估计的那样已经“大彻大悟”，已经皈依了什么。因为至少我现在还不知道“大彻大悟”到底意味着什么。

由于流行，也由于确实曾想求得一点解脱，我看了一些佛、禅、道之类。我发现它们在世界观方面确有高明之处（比如“物我同一”“万象唯识”等等对人的存在状态的判断；比如不相信有任何孤立的事物的“缘起”说；比如相信“生生相继”的“轮回”说；比如“不立文字”“知不知为上”对人的智力局限所给出的暗示；以及借助种种悖论式的“公案”使人看见智力的极限，从而为人们体会自身的处境开辟了直觉的角度等等，这些确凿是大智慧）。但不知怎么回事，这些妙论一触及人生观便似乎走入了歧途，因为我总想不通，比如说：佛要普度众生，倘众生都成了“忘却物我，超脱苦乐，不苦不乐，心极寂定”的佛，世界将是一幅什么图景？而且这可不可能？如果世间的痛苦不可能根除，而佛却以根除世间痛苦的宏愿获得了光荣，充其量那也只能是众生度化了佛祖而已。也许可能?但是,一个“超脱苦乐”甚至“不苦不乐”的效果原是一颗子弹就可以办到的,又为什么要佛又为什么要活呢?也许那般的冷静确实可以使人长寿,但如果长寿就是目的,何不早早地死去待机做一棵树或做一把土呢?如果欲望就是歧途,大致就应该相信为人即是歧途。比如说人与机器人的区别,依我想,就在于欲望的有无。科学已经证明,除去创造力,人所有的一切功能机器人都可以仿效,只要给它输入相应的程序即可,但要让机器人具有创造能力,则从理论上也找不到一条途径。要使机器人具有创造力,得给它输入什么呢?我想,必得是:欲望。欲望产生幻想,然后才有创造。欲望这玩意儿实在神秘,它与任何照本宣科的程序都不同,它可以无中生有变化万千这才使一个人间免于寂寞了。输入欲望,实在是上帝为了使一个原本无比寂寞的世界得以欢腾而做出的最关键的决策。如果说猴子也有欲望,那只能说明人为了超越猴子应该从欲望处升华,并不说明应该把欲望阉割以致反倒从猴子退化。而“不苦不乐”是什么呢?或者是放弃了升华的猴子,或者是退出了欲望的石头。所以我渐渐相信,欲望不可能无,也不应该无。当然这有一个前提,就是:我们还想做人,还是在为人找一条路,而且不仅仅想做一个各种器官都齐全都耐用的人,更想为人所独有的精神找一个美丽的位置。还得注意:如果谁不想做人而更愿意做一棵树,我们不应该制止,万物都有其选择生存方式的权利——当然那也就谈不上选择,因为选择必是出于欲望并导致欲望。说归齐,不想做人的事我们不关心(不想做人的人,自然也都蔑视我们这类凡俗的关心,他们这种蔑视的欲望我们应该理解,虽然他们连这凡俗的理解也照常地蔑视——我唯一放心的是他们不会认为我这是在暗含地骂人,因为那样他们就暴露了暗地里的愤怒，结果违反了“不苦不乐”的大原则，倒为我们这类凡俗的关心提出了证据）。我们关心的事，还是那一个或那一万个人的前途。

这就说到了“突围”。我确曾如您所判断的，一度甚至几度地在寻求突围。但我现在对此又有点新想法了——那是突不出去的，或者说别指望突出去。因为紧接着的问题是：出去又到了哪儿呢？也许我们下辈子有幸做一种比人还高明的生命体，但又怎么想象在一个远为高明的存在中可以没有欲望、没有矛盾、没有苦乐呢？而在这一点上佛说对了（这属于世界观）：永恒的轮回。这下我有点懂了，轮回绝非是指肉身的重复，而是指：只要某种主体（或主观）存在，欲望、矛盾、苦乐之类就是无法寂灭的。（而他又希望这类寂灭，真是世上没有不犯错误的人！）这下我就正像您所判断的那样“越走越逼近绝境”了，生生相继，连突围出去也是妄想。于是我相信神话是永远要存在的，甚至迷信也是永远要存在的。我近日写了一篇散文，其中有这么两段话：“有神无神并不值得争论，但在命运的混沌之点，人自然会忽略着科学，向虚冥之中寄托一份虔敬的祈盼。正如迄今人类最美好的想望也都没有实际的验证，但那想望并不因此消灭。”“我仍旧有时候默念着‘上帝保佑’而陷入茫然。但是有一天我认识了神，他有一个更为具体的名字：精神。在科学的迷茫之处，在命运的混沌之点，人唯有乞灵于自己的精神。不管我们信仰什么，都是我们自己的精神的描述和引导。”我想，因为智力的有限性和世界的无限性这样一个大背景的无以逃遁，无论科学还是哲学每时每刻都处在极限和迷途之中，因而每时每刻它们都在进入神话，借一种不需实证的信念继续往前走。这不需实证也无从实证的信念难道不是一种迷信吗？但这是很好的迷信，必要的迷信，它不是出自科学论证的鼓舞，而是出于生存欲望的逼迫。这就是常说的信心吧。在前途似锦的路上有科学就够了,有一个清晰而且美妙的前景在召唤谁都会兴高采烈地往前走，那算得上幸运算不得信心，那倒真是凭了最初级的欲望。信心从来就是迷途上的迷信,信心从来就意味着在绝境中“蛮横无理”地往前走,因而就得找一个非现实的图景来专门保护着自己的精神。信佛的人常说“我佛慈悲”,大半都是在祈望一项很具体的救济,大半都只注意了“慈”而没有注意“悲”,其实这个“悲”字很要紧,它充分说明了佛在爱莫能助时的情绪,倘真能“有求必应”又何悲之有？人类在绝境或迷途上,爱而悲，悲而爱，互相牵着手在眼见无路的地方为了活而舍死地朝前走,这便是佛及一切神灵的诞生,这便是宗教精神的引出,也便是艺术之根吧。(所以艺术总是讲美,不总是讲理。所以宗教一旦失去这慈悲精神,而热衷于一个人或一部分人的物界利益时,就有堕落成一种坏迷信的危险。)这个“悲”字同时说明了,修炼得已经如此高超的佛也是有欲望的,比如“普度众生”,佛也是有苦有乐有欢有悲的。结果非常奇怪,佛之欲求竟是使众生无欲无求,佛之苦乐竟系于众生是否超脱了苦乐。这一矛盾使我猜想，此佛陀非彼佛陀，他早已让什么人给篡改了，倘非如此我们真是要这个劳什子干吗？无非是我们以永世的劫难去烘托他的光环罢了。所以,我一直不知道“大彻大悟”到底是什么,或者我不相信无苦无乐的救赎之路是可能的是有益的。所以,灭欲不能使我们突围,长寿也不能。死也许能,但突围是专指活着的行为。那个围是围定了的,活着即在此围中。

在这样的绝境上，我还是相信西西弗斯的欢乐之路是最好的救赎之路,他不指望有一天能够大功告成而入极乐世界,他于绝境之上并不求救于“瑶台仙境,歌舞升平”,而是由天落地重返人间,同时敬重了慈与悲,他千万年的劳顿给他酿制了一种智慧,他看到了那个永恒的无穷动即是存在的根本,于是他正如尼采所说的那样,以自己的劳顿为一件艺术品,以劳顿的自己为一个艺术欣赏家,把这个无穷的过程全盘接受下来再把它点化成艺术,其身影如日神一般的作美的形式,其心魂如酒神一般的常常醉出躯壳,在一旁做着美的欣赏。(我并没有对佛、禅、道之类有过什么研究,只是就人们对它们的一般理解有着自己的看法罢了。不过我想,它们原本是什么并不如它们实际的效用更重要,即:“源”并不如“流”重要。但如果溯本清源,也许佛的精神与西西弗斯有大同,这是我从佛像的面容上得来的猜想,况且慈与悲的双重品质非导致美的欣赏不可。)所以宗教和艺术总是难解难分的,我一直这么看:好的宗教必进入艺术境界,好的艺术必源于宗教精神。

但是这又怎么样呢?从死往回看,从宇宙毁灭之日往回看:在写字台上赌一辈子钱,和在写字台前看一辈子书有什么不一样呢?抽一辈子大烟最后抽死,和写一辈子文章最后累死有什么不一样呢?为全套的家用电器焦虑终生,和为完美的艺术终生焦虑有什么不一样呢?以无苦无乐为渡世之舟,和以心醉于悲壮醉于神圣为渡世之舟又有什么不一样呢?如果以具体的生存方式论,问题就比较难说清,但把获得欢乐之前、之后的两个西西弗斯相比较,就能明白一个区别:前者(即便不是推石头)也仅仅是一个永远都在劳顿和焦灼中循环的西西弗斯,后者(无论做什么)则是一个既有劳顿和焦灼之苦,又有欣赏和沉醉之乐的西西弗斯,因而他打破了那个绝望的怪圈,至少是在这条不明缘由的路上每天都有一个悬念迭出的梦境,每年都有一个可供盼望的假期。这便是物界的追寻和(精)神界的追寻,所获的两种根本不同的结果吧。当然赌钱或许也能赌到一个美妙境界,最后不在乎钱而在乎兴奋了,那自然是值得祝贺的,但我想,真有这样的高人也不过是让苦给弄伤了心,到那牌局中去躲避着罢了,与西西弗斯式的欢乐越离得远些。

最后有一个死结，估计我今生是解它不开了：无论哪条路好，所有的人都能入此路吗？从理论上说人都是一样的构造,所以“人皆可成佛”，可是实际上从未有过这样的事实；倘若设想一个人人是佛的世界,便只能设想出一片死寂来,无差别的世界不是一片死寂能是什么呢?至少我是想不出一个解法来。想而又想可能本就是一个荒唐者的行状,最后想出一个死结来,无非证明荒唐得有了点水平而已。那个欢乐的西西弗斯只是一个少数,正如那个“大彻大悟”的佛也是一个少数,又正如那些饱食终日的君主同样是一些少数,所谓众生呢？似乎总就是一出突围之戏剧的苦难布景,还能不体会一个“悲”字吗?

活物

高洪波

在中国人的心目中，最大的都市当属北京了。

可是老外们不服气，管咱们北京叫“大村庄”。东北话更绝，大村庄其实就是“大营子”。北京这么多高楼大厦，还有世间都市上最大的天安门广场，怎么就成了“大营子”了呢？瞎掰。

当然，拿咱们北京同日本东京、法国巴黎和美国纽约比，夜生活是少了点，更没有通宵达旦的舞厅酒吧、彻夜不眠的赌窟以及什么红灯区，没这些玩意儿，北京人活得更滋润、更踏实，身子骨儿更硬邦！

不过话又说回来，北京确有一点迹近“大营子”的地方。尤其在夏天，您随便转悠，甭管是小胡同的四合院还是大高楼的阳台，用不着瞅，支棱着耳朵听好了，一听，您准保能听出“大营子”味儿。

满耳朵的蝈蝈叫。

蝈蝈是山野的歌者，绿叶上的活物，它们住在北京城，一年比一年多，身价一年比一年高，叫的声音呢，自然也水涨船高，一年比一年响亮。蝈蝈属于乡村野地，地道的农村户口，可北京人喜欢，一喜欢蝈蝈，就听凭兴趣地喂养起来。偏偏这玩意儿皮实，一条黄瓜、几根葱叶，顶不济来点西瓜皮、青辣椒，它们受宠若惊地大口吞食，来者不拒，吃饱了就为您振翅高歌，“蝈蝈蝈，蝈蝈蝈”，它自鸣得意(真正的)，您也别嫌单调。于是，夏天的暑气就让蝈蝈们一声声给驱跑了。秋天的凉爽呢，生生让它们热情地唤回来，唤回来。别瞧不起蝈蝈，尤其在减肥热冲击下的人们，容易轻视拥有一个大肚子的蝈蝈，觉得它不会赶时髦，一无蟋蟀的娇小二无螳螂的威武，更缺乏蜻蜓的苗条，可你信不信？夏天离了大肚子蝈蝈，你准闷得不行。

也许你能离开蝈蝈，但我绝对不行。在北京小住十多年，每年夏天都要买只蝈蝈。卖蝈蝈的乡下汉子骑辆破车，车后架的两头悬起硕大的蝈笼部落，蝈笼是高粱秆的皮编制的，拳头大小，金黄耀目，每笼拧根细铁丝，互相拧在一起，像个奇特的蜂房。

蝈蝈开头身价不高，五分钱一只，后来一毛，再后来一毛五，两毛，两毛五，平均一年增值五分钱，十年下来，正好五毛钱一只。去年我花五毛钱买只蝈蝈，兴冲冲踏入电梯，迎面遇见一位时髦女郎，听我买的这只蝈蝈身价后，竟鄙夷地哼了一声，说道：“五毛钱买这玩意儿？闲的！要我就买二两肉吃。”

我的蝈蝈很冷静地接受了女郎的羞辱，一声不吭。倒是我忍不住了，回敬她一句：“二两肉能唱歌吗？”

士为知己者死，凭我这句话，去年那只蝈蝈热情洋溢，一直吟唱到深秋，立冬那天它终止了最后的一声长吟，同时走完了一只蝈蝈所走过的最光辉的生命历程。

想想看，并不是山野里每只蝈蝈都有机会进城，在十三层的高楼上纵情高歌的。更何况我替它争来了荣誉，二两猪肉，哼，笑话。

今年的蝈蝈身价更高，蝈蝈贩子开价就是八毛钱，而且傲慢得不行，没有讨价还价的余地。他仿佛是拥有百万大军的统帅，蝈蝈们用叫声为他捧场，也争辩着自己的身价。不买？不买随您的便，只要您不后悔。

我的确没买蝈蝈，可是心有灵犀一点通，我没买蝈蝈，妻子买了回来，而且是两只，哥俩好。

两只大肚子歌手开始在阳台上日日夜夜对歌。

初看来，蝈蝈们长得一模一样，其实不然。就拿我家这两只蝈蝈来说吧，首先是鸣叫声就各不相同：一只粗浊响亮，像男高音；一只清脆利索，类女高音。它们叫的频率也不一致，叫声粗的显得慢半拍，另一只则快些，像个急性子的鼓手，兴冲冲地招呼伙伴快跟上，快跟上。

关于这两只蝈蝈更明显的区别还在后边。

第三天的傍晚，我在喂食的时候发现一个笼子空了，逃跑了一只蝈蝈，而且好像是那个嘎声嘎气的家伙。我四下寻找，它踪迹全无，好像从十三层楼上跳下去了似的。

到了晚上，却意外地听到两只蝈蝈欢乐的二重唱，揿亮手电筒去寻找，声音仿佛就在阳台的缝隙里，可无论如何也找不到。两只蝈蝈嘲笑着我的无能，径自用它们的翅膀发出昆虫世界的信号。笼子里的那只蝈蝈甚至弹腿晃须，做出一副青皮无赖相来；另一只自由的歌声兴奋不已，在某个神秘的所在尽情地唱。

又过了一天，自由的蝈蝈开始有气无力起来，它断断续续发出叫声，像解释，又像是求援，可我无法找到它的身影。我知道，饥饿在威胁着它。

终于发现了它的存身之处——打开阳台的窗户，在外面的窗棂下，“大逃兵”（这是我对它的尊称）垂头丧气地伏在那里，饿得无精打采，十三层楼的确太高，它又缺乏飞翔的翅膀，不敢跃身下去，只好俯首就擒,回到我为它准备的一只尼龙网袋里。

尼龙网袋很宽大,袋底垫一块纸板,便成为一只豪华型的蝈笼,"大逃兵"惬意地住进去,猛吃一顿黄瓜条,然后毫无愧意地高唱起来。它的个头较一般蝈蝈要大,背部呈铁褐色,而不是翠绿色,两只大腿修长有力,上面植满骨刺;吃起黄瓜时十分凶猛,大刀似的牙齿,配上唇边四根助餐的短触须,给人一种亡命徒的印象。

"大逃兵"真是一只了不起的蝈蝈,信不信由你,它居然把尼龙线咬破,再一次逃了出来。

不过这次正赶上星期天,没等它再次故技重演,就被捕回了笼子里。它付出了惨痛的代价:丢失了一条大腿。它的短翅因两次逃跑显出了残破的痕迹,可它仍振着残翅,唱着粗哑厚重的秋歌。

北京的秋意渐浓,鸽群掠过晴空,把"呜呜"的鸽哨声递入我的阳台,这声音因秋风的缘故搅起了两只蝈蝈的不安,它们的叫声添了几缕秋意。更奇怪的是,那只不安分的"大逃兵",不知何时竟又丢失了它的另一条大腿,如今它只剩下四条小腿,支撑着铁褐色的大肚子,像一只秋蝉似的伏在纸板上,真是个不可思议的小生灵!

在我写下这篇文章最后几行时,两只蝈蝈仿佛意识到它们叫声的价值,又增大了几分贝的音响,随后像急刹车般戛然而止,于是我的听觉呈现出一片空白,像潮水退去的海滩,这种空白和寂寥是很神奇的一种感觉,没喂养过蝈蝈的人,无论如何也是体会不到的。

除了蝈蝈,我家的活物还有两条金鱼,它们温文尔雅,以诗意盎然的姿态在水里散步。遗憾的是,它们一不发声二不逃跑,常使人忽略了它们的存在。比较起来,还是蝈蝈更有性格。

捡布片

刘庆邦

二十世纪八十年代的中后期，我们家搬到北京朝阳区的静安里居住。这是我们举家迁至北京的第三个住所。第一个住所在灵通观一座六层楼的顶层,我们家和另一家合住。我们家住的是九平方米的小屋。第二个住所,我们家从六楼搬到该楼二楼,仍是与人家合住,只不过住房面积增加至十五平方米。搬到静安里一幢新建居民楼的二楼，我们才总算有了独门独户的二居室和一个小客厅,再也不用与别人家共用一个厨房和厕所了。

住房稍宽敞些,我几乎每年都接母亲到城里住一段时间。一般是秋凉时来京,在北京住一冬天,第二年麦收前回老家。母亲有头疼病,天越冷疼得越厉害。老家的冬天屋内结冰,太冷。而北京的居室里有暖气供应,母亲的头就不怎么疼了。母亲愿意挨着暖气散热器睡觉。她甚至跟老家的人说，是北京的暖气把她的头疼病暖好了。

母亲到哪里都不闲着，仿佛她生来就是干活的，不找点活干，她浑身都不自在。这时儿子已开始上小学,我和妻子中午都不能回家,母亲的主要任务是中午为她的孙子和她自己做一顿饭。为了帮我们筹备晚上的饭菜,母亲每天还要到附近的农贸市场买菜。她在市场上转来转去,货比三家,哪家的菜最便宜,她就买哪家的。妻子的意见是,母亲只把菜买回来就行了,等她下班回家,菜由她下锅炒。有些话妻子不好明说,母亲的眼睛花得厉害,又舍不得多用自来水,洗菜洗得比较简单,有时菜叶上还有黄泥,母亲就把菜放到锅里去了。因话没有说明,妻子不让母亲炒菜,母亲理解成儿媳妇怕她累着。而母亲认为,她的儿子和儿媳妇在班上累了一天,回家不应再干活,应该吃点现成饭才好。母亲炒菜的积极性越发的高,往往是我们刚进家门,母亲已把几个菜炒好,并盛在盘子里,用碗扣着,摆在了餐桌上。母亲炒的大都是青菜,如绿豆芽、芹菜之类。因样数比较多,显得很丰富。母亲总是很高兴的样子,让我们赶紧趁热吃。好在我妻子从来不扫母亲的兴,吃到母亲炒的每一样菜,她都说好吃、好吃。

倒是我表现得不够好。我肚子里嫌菜太素,没有肉或者肉太少,没什么吃头,吃得不是很香。还有,妻子爱吃绿豆芽,我不爱吃绿豆芽,母亲为了照顾妻子的口味,经常炒绿豆芽,把我的口味撇到一边去了。有一次,我见母亲让我吃这吃那,自己却舍不得吃,说:"是您炒的菜,您得带头多吃。"话一出口,我就有些后悔,可已经晚了。定是我的话里带出了不满的情绪,母亲的情绪一下子低落下来。我不应该有那样的情绪,这件事够我忏悔一辈子的。

买菜做饭的活不够母亲干,母亲的目光被我们楼门口前面一个垃圾场吸引住了。我们住的地方是新建成的住宅小区,配套设施暂时还跟不上,整个小区没有封闭式垃圾站,也没有垃圾桶,垃圾都倒在一个露天垃圾场上,摊成很大的一片。市环卫局的大卡车每三两天才把垃圾清理一次。垃圾多是生活垃圾,也有生产垃圾。不远处有一家规模很大的衬衫厂，厂里的垃圾也往垃圾场上倒，生产垃圾也不少。垃圾场引来不少捡垃圾的人，有男的，有女的；有本地人，也有外地人。他们手持小铁钩子，轮番在垃圾场扒来扒去，捡来捡去。母亲对那些生产垃圾比较感兴趣。她先是站在场外看人家捡。后来一个老太太跟她搭话，她就下场帮老太太捡。她捡的纸纸片片、瓶瓶罐罐，都给了老太太。再后来，或许是接受了老太太的建议，或许是自己动了心，她也开始捡一些自己认为有用的东西拿回家来。母亲从生产垃圾堆里只捡三样东西：纱线、扣子和布片。她把乱麻般的纱线理出头绪，再缠成团。她捡到的扣子都是那种缀在衬衣上的小白扣，有塑料制成的，也有贝壳做成的。扣子都很完好，一点破损都没有（计划经济时期，工人对原材料不是很爱惜）。母亲把捡到的扣子盛到一只塑料袋里，不几天就捡了小半袋，有上百枚。母亲跟我说，把这些线和扣子拿回老家去，不管送给谁，谁都会很高兴。

母亲捡得最多的是那些碎布片。布片是衬衫厂裁下来的下脚料，面积都不大，大的像杨树叶，小的像枫树叶。布片捡回家，母亲把每一块布片都剪成面积相等的三角形，而后戴上老花镜，用针线把布片细细地缝在一起。四块三角形的布片就可以对成一个正方形。再把许许多多正方形拼接在一起呢，就可以拼出一条大面积的床单或被单。在我们老家，这种把碎布拼接在一起的做法叫对花布。谁家的孩子娇，需要穿百家衣，孩子的母亲就走遍全村，从每家每户要来一片布，对成花布，做成百家衣。那时各家都缺布，有的人家连块给衣服的破洞打补丁的布都没有，要找够能做一件百家衣的布片难着呢。即使把布片讨够了，花色也很单一，多是黑的和白的。让母亲高兴的是，在城里被人说成垃圾的东西里，她轻易就能捡出好多花花绿绿的新布片。

母亲对花布对得很认真,也很用心,像是把对花布当成工艺美术作品来做。比如在花色的搭配上:一块红的,必配一块绿的;一块深色的,必配一块浅色的;一块方格的,必配一块团花的;一块素雅的,必配一块热闹的;等等。一条被单才对了一半,母亲就把花布展示给我和妻子看。花布上百花齐放,真的很漂亮。谁能说这样的花布不是一幅图画呢!这就是我的心灵手巧的母亲,是她把垃圾变成了花儿,把废品变成了布。

然而当母亲对妻子说,被单一对好她就把被单给我妻子时,我妻子说,她不要,家里放的还有新被单。妻子让母亲把被单拿回老家自己用,或者送给别人。妻子私下里对我说,布片对成的被单不卫生。垃圾堆里什么垃圾都有,布片既然扔到垃圾堆里,上面不知沾染了多少细菌呢。妻子让我找个机会跟母亲说一声,以后别去垃圾堆里捡布片了。妻子的意思我明白,她不想让母亲捡布片,不只是从卫生角度考虑问题,还牵涉到我们夫妻的面子问题。这个问题我也考虑过。那些捡垃圾的多是衣食无着的人,而我的母亲吃不愁,穿不愁,没必要再去垃圾堆捡东西。我和妻子毕竟是国家的正式职工,工作还算可以,让别人每天在垃圾场上看见母亲的身影,对我们的面子不是很有利。于是我找了个机会,委婉地劝母亲别去捡布片了。我说出的理由是,布片不干净,接触多了对身体不好。人有一个好身体是最重要的。母亲像是很快明白了我的意思,答应不去捡了。

我以为母亲真的不去捡布片了,也放弃了用布片对被单。十几年之后,母亲在老家养病,我回去陪伴母亲。有一次母亲让我猜,她在北京那段时间一共对了多少条被单。我猜,一条?两条?母亲只是笑。我承认我猜不出，母亲才告诉我，她一共对了五条被单。被单的面积是很大的，把一条被单在双人床上铺开，要比双人床长出好多，宽出近一倍。用零碎的小三角形布片对出五条被单来，要费多少工夫，付出多么大的耐心和辛劳啊！不难明白，自从我说了不让母亲去捡布片，母亲再捡布片、对床单，就避免让我们看见。等我和妻子上班去了，儿子上学去了，母亲才投入对被单的工作。估计我们该下班了，母亲就把布片和被单收起来放好，做得不露一点痕迹。临回老家时，母亲提前就把被单压在提包下面了。

母亲把她对的被单送给我大姐、二姐和妹妹各一条。母亲去世后，她们姐妹把它视为对母亲的一种纪念物，对被单都很珍惜。可惜，我没有那样一条母亲亲手制作的纪念品。

关中论

贾平凹

秦始皇兵马俑发掘以后，天下哗然，荒荒西北高原，区区弹丸临潼，参观者将田埂踏出小路，小路扩为大道，大道纵横，网轮而散射。黑白棕黄各色之人民莫不叹其工艺美，英法德日各种言语之首相莫不慑于始皇威。忽有一日，有参观者锐声叫道："兵俑多像关中人相貌啊！"众人顿时大悟，出来看关中人民，果然酷似——大个，前额饱满，眉骨隆起，鼻阔近于嘴，腰长过于腿——不禁拍手叫绝。此论一传十、十传百，绘画界便有了"描关中人容，临始皇兵俑"之说。关中人对此结论并不反感，更觉荣光，一时开店建馆，成立学术学会，创办艺文报刊，皆改"陕西"为"秦"，一字竟重有千金之势。

其实陕西，并不能全部称秦，古有秦川之称，是指从东部潼关始，沿黄河之东南岸，逆渭河而西行，经渭南地区华阴、华县、大荔、合阳、韩城、白水等十三个县，又咸阳地区高陵、三原、泾阳、周至、户县、兴平等十二个县，到宝鸡地区武功、扶风、岐山、凤翔、眉县、千阳等十一个县。这是一个八百里的黄土积壅、平坦富饶的狭长谷地。自盘古以来，这里便是养人的黄土。日月经天，往来升降，穷万物之哲理；长河行地，洪纤巨细，尽万物之情态。故华岳崛地而起，当惊世界之殊；故渭河三十年河东，三十年河西，横野漫流；故白杨最多，枝叶紧凑，直而不弯；故大蒜生紫皮，辣椒吊长线，非四川能比；故黄牛大如骆驼，毛驴叫声赛雷。万事万物得受于地面辽阔之粗犷。

世间有“吃五谷长大”之理，关中人却除了五谷，生命里则不能没有酒的维持。山西汾酒虽美，但他们嫌太甜；四川老窖虽香，但他们嫌太绵；贵州茅台虽醇，但劲头太后。他们最嗜好的是“西凤”。西凤酒产自凤翔柳林镇，味辣性烈，外地人一杯便可红脸，二杯就要头疼，三杯下肚，天旋地转醉为烂泥，名副其实“三碗不过冈”啊。但关中人从乡到镇，从镇到城，农民、工人、职工、干部，大凡红事白事、聚朋会友，必办酒席，席上必备西凤，无西凤者不为宴。

关中人能饮，关中人更能吃。八百里地面，县县都有传统小吃。这里主产小麦，米不多见，人也视米不能饱肚。每凡省城开会，饭桌上吃白花花米饭，见狼吞虎咽者，必是南方籍人，而一边吃米饭一边啃馒头的，十个有十个是关中人氏。一样的面粉，吃法百样，仅烙吃的有礼泉的石饼，以大油、鸡蛋合拌，摊饼在锅里炒焦的泾河石子之上，饼酥、干、脆、茎，而白净色不能变；有耀县油饼，面擀薄如纸，敷之油辣、葱花卷团压扁，食之油而不腻，脆而不散，又觉层层叠叠，工艺叹为观止；有乾县锅盔，那竟是一拃多厚，形如磨盘，硬如石板，用牛耳刀方可切下。若论起面食，更是千奇百怪。渭南的是梆梆面，以蘸辣醋水吃之；有长安的然面，以拌大油、蒜泥裹团吃之；有岐山吊面，以韧、薄、光、煎、稀、汪为特色；有兴平涎水面，数十人捞面回汤而出名；兼之武功扯面、三原削面、大荔拉面，其形不同，味不同，各领风骚。但是，关中最喜吃的，也最能吃的，却是牛羊肉泡馍。将牛羊肉煮熟，切成碎块，在炒勺匀匀炒过，加汤放料。汤是骨汤，色清而存味，料是生姜、大茴、辣椒、葱花，量重而味浓，再将烤饼掰成碎末倒入，滚成糊状，放香油香菜，盛粗瓷海碗。其整套做工，该粗即粗，该细即细，以土为洋，以奇反正，以丑变美。吃起来，碗比头大，馍比碗高，蹲在凳子上，直吃得咂声一片，汗流满面。南方人初见此食，大为惊骇，一是惊其野蛮，二是骇下肚难克，但吃之则香美绝妙。此饭是关中“国饭”，入秦不吃牛羊肉泡馍，犹如进京不去天安门一样，将为人耻笑，终生遗憾。

有了吃，有了喝，经济基础一经保证，必然要产生上层建筑，于是，相运而论就要提到秦腔了。关中人讲究实在，言语也多用去声，行走也多有响动，走遍关中，县县都有秦剧团，村村都有自乐班，仅西安城内秦腔团竟达十几个。历代名流辈出，流派繁多，对台之戏常演。每逢古历正月十五、二月二、三月清明、四月过会、五月端午、六月六、七月十五、中秋八月、登高九月、十月一、十一月二、腊月五豆腊八二十三，村村镇镇锣鼓齐鸣，粉墨登场。巴西足球大赛可以使一城轰动，关中一场精彩秦腔，却可以使十几里村庄路断人稀。

总之，喝西凤、吃泡馍、唱秦腔，这便是关中人的形象。八百里的秦川形成了独特的风尚习俗，风尚习俗又影响到在这块土地上生养将息的人民。于是乎，这是一块产生英雄和建立英雄业绩的土地，从古以来，十三个封建王朝在此建都，历史上最强盛的周、秦、汉、唐，将这里的武威推到了一个极致。这是一个伟大的历史，这也是关中人民的伟大贡献。至今在世界上，一提起关中，谁的脑海中不浮现出一个雄壮的画面：东有潼关，西有大散关，南有武关，北有金锁关。威威乎白天红日，荡荡乎渭水长行。朔风劲吹，大道扬尘。古都长安城池完整，广漠平原皇陵排列，断石残碑记历代名胜斜埋于田埂，秦砖汉瓦散见于农舍村头，常搜常有。关中大地真是中华历代兴邦立业之境，关中百姓真是中华民族刚强威武之种。

但是，天下之事是一兴一衰，唐才子王维也曾有诗：“行到水穷处，坐看云起时。”关中正是如此，自周秦汉唐以后，这里便每况愈下，一座庄严的保存完整的世界独一无二的古城长安，便渐渐失落了它的风采，结果，封建王朝就东迁北移，从此留给这里的是一群天龙地凤的陵墓，和一种民众强悍的遗风。历史发展到了今天，这块土地上进行了一场翻天覆地的革命，一批批关中儿女走到了历史的潮头，他们成为功勋昭著的将军，成了名垂青史的英雄。

现在，中华在振兴，陕西在振兴，关中在振兴。振兴之风愈吹愈烈，这是国之所望、人心所向。为了振兴，政党在整风，国策在调理，机构在改革，上上下下，多少人杰、万众匹夫都在热血沸腾。对于关中这块土地，改变和恢复传统的健康可行的民俗却有着其独特的意义。试看今日的关中，年老的和年轻的已经明显地有了不同，对于西凤烈酒，年轻的慢慢舍之而趋向于甜酒和啤酒。早期关中人鄙甜酒为淡水，讥啤酒为恶水，笑那是城市中有钱有闲的红男绿女们的饮料，现在却恶其西凤太暴，一味去品甜酒啤酒之温和。那牛羊肉泡馍，则视之为不上雅座之食品，而热衷去吃七碟子八碗的凸底盘儿炒菜，什么糖醋丸子，什么甜米羹饭，什么拔丝甜果，推说泡馍胃不好接受而以南方口味为荣。至于秦腔，更是农村观众多于县镇，县镇观众多于城区，一进戏院，台上的是满脸皱纹，台下的是皱纹满脸。大街上，女的都时兴浓妆艳抹，男的也蓄长发，窄腰身，垫高鞋底。当然，历史在推进，社会在发展，风尚习俗也要依其变化，若泥古不化，墨守旧章，那是“九斤老太”之可笑，但若弃之健康可用之风俗，一味洋化、软化、柔化、媚化、甜化，也不能不引起重视啊！所以说，要振兴关中，民性风俗要振兴啊！观今日天下，陕西要赶上,关中须大变,有中央领导,有政策保证,关中之地要大大补精滋神,这强筋健骨的五味子中药,就是民俗风情。关中重振了雄威,必会人才辈出,万业俱兴,而以此强盛之业绩,将在历史上再一次宣告这是一块力量的土地,这块土地上的领导将是胸怀大略的英杰,这块土地上的民众将是威武雄壮的龙的传人。

山居记

韩少功

一轴山水

推开这扇窗子，一方清润的山水扑面而来，刹那间把观望者呛得有点发晕，灌得有点半醉，有五脏六腑融化之感。清墨是最远的山，淡墨是次远的山，重墨是较近的山，浓墨和焦墨则是更近的山。它们构成了层次重叠和妖娆曲线，在即将下雨的这一刻，晕化在阴冷烟波里。天地难分，有无莫辨，浓云薄雾的汹涌和流走，形成了水墨相破之势和藏露相济之态。一行白鹭在山腰横切而过，没有留下任何声音。再往下看，一列陡岩应是画笔下的提按和顿挫。一叶扁舟，一位静静的钓翁，不知是何人轻笔点染。

这不是什么山水画，而是我家窗外的真实图景。站在这里，哪怕是一个最大的笨蛋，也该知道中国山水写意的来处。

这种山水写意的简约和奇妙曾震住了很多画家，甚至深深吸引过西方的毕加索。它们是古代画师们天才的技术发明吗？也许是。不过这话只说对了一半，或者只说对了一小半。只有那些从未亲眼见过真山实水的理论家们，才会把这些废话太当回事，并随后培养出很多刻意求奇的主义发明家。他们把艺术才子培养成一些狂徒，又是一些苦命人，老是皱着眉头，目光发呆，奇装异服，胡言乱语。如果他们无能把艺术搞得怪怪的，至少能先一步把自己搞得怪怪的；如果无能把自己的内心搞得特立独行，至少能先一步把自己的外貌搞得惊世骇俗。他们永远的焦虑，就是不知道那个救赎自己的“风格”和“主义”到底在哪里，常常在大海捞针的毕生苦刑中耗尽心血。

如果换一个角度，比如站在我家窗口来看，写意其实是平易的，简单的，朴素的，差不多就是写实，甚至是老老实实的照相。一个画家，只要他见识过中国南方的山水，尤其是见识过多云多雾的雨季山水，见识过涌入大门和停驻手中的一团团白雾，见识过挂在叶尖和绕在阶前的一缕缕暗云，不大悟于前人的笔墨（比如晕化和泼墨），倒是不正常的。

隐者之城

在山村里住久了，我有时会向往都市。倒不仅仅是怀念都市里的舒适和方便，因为做到那一点并不太难，在乡下实现那一切的日子也不会太远。

在我看来，都市生活最大的诱人之处，是人们互为隐者的一份轻松。我们有同事但可能从不知道同事家里发生过什么，有邻居但可能从不知道邻居房门后是何景象。至于更多的客户、乘客、路人、售货员、水管工、邮递员、保险推销人等等，在每个日子里拥挤而来，但因为太多太密而被我们视而不见，过目即忘。他们是一些着衣的影子，一些游动的布景或飘忽的面具，其姓名如同假名，其言语如同台词，其服装如同伪装。他们让我们难以辨识也无须辨识，无法深交也不须深交。

我们真正的同事和邻居是影视片里的知名演员、流行报刊里的新闻人物、网上聊天室里的匿名网友。如果我们顺着电缆一类渠道查下去,追查到繁忙媒体的车间或机房,还可发现他们的物理本质不过是电磁信号或纸媒信号,由一些专业人员编辑着,复制着,日夜向外传输着。这样,我们就像地老鼠,藏在十分安全的暗层,与远方的符号产品打着交道,对一些遥远的机器流水线产生着感情。我们不必担心自己受到他们(亦即它们)的伤害。我们就是做了好事或坏事,也没有任何人发现。

Love to be unknown! E.齐奥兰深知人们的这种冲动。

相反,乡村人口稀少,交通不便,但少量的目标必是被过多关注的目标。互相熟悉的程度使人们的生活处于长久曝光状态。我们无法隐名更无法逃脱,身上肩负着太多来自乡亲们肉眼的目光。这样,即便在一个山坡上独自翻地,即便四野空阔无人,我也感到自己是一个公共场所的雕像,日长月久地示众,多少有点累。

世界上为什么会有城市?人们为什么进入城市?到底是为了渴求邻居还是为了摆脱邻居?是为了进入群体还是为了逃避群体?

雨读

雨天不便外出干活,我只能回到书桌前。如果阴云密布天色太暗,我还得拧开灯,借桌上一角暖光,在雨声中循一些诗句或者散章,飘飘然落入古人昏黄的心境。

如果风雨摧折了电线杆,电灯、电话、电脑全部死寂,我就只能点燃一支蜡烛,摸索着探入不见天日的汉朝或唐朝。

我想象古代书生们身居农耕社会,恐怕也多是蛰居乡里,多是晴耕而雨读的。后人如果竖起双耳,也许能听到累累卷帙中的绵绵雨声;如果伸出双手,也许能摸出纸上的潮润和清凉。很多学者说过,较之西洋文化总体上的外趋性,中国传统文化有总体上的内趋性,比如崇“安”,重“定”,好“静”,尚“止”。这“安、定、静、止”四个字,难道不正是对雨中乡野的恰切写照?不正是古人们凭窗听雨时的情态?

一段中国的筝箫古曲,多有雨声中的幽远。一幅中国的山水古画,多有雨声中的迷蒙。一大堆中国古代的哲学,其所谓“自足”“求诸己”“尽其在我”一类命题,作为几千年文明的意旨内核和情感基点,当然是事出有因。所谓情由境生和感由事发,它们也许都来自作者们在雨声中的独处。

孟子有过“夜气”一说,以为一个人入夜最容易得气,最容易入道,最容易通神。在孟子看来,昼喧而夜静,昼俗而夜雅,昼巧而夜朴。万籁俱寂之时,夜晚脱落了白昼的红尘,是一个人明心见性的最佳时机。心魂似乎从来都需要星月的滋养。其实,如果孟子不是有钱人,如果他还有田土需要劳作打理,每天累得一入夜就哈欠滚滚目光迷离,就可能还会谈谈“雨气”的——他将知道,农民不一定有夜闲,但大多有雨闲;不一定有夜思,但大多有雨思。古人的各种知识和感怀很可能在雨声里诞生。

公路

高速路简直是起飞线,是准航空线,把世界差不多压缩成城镇与城镇的联结,相互之间几近为邻:你刚走出一座城镇,还没吐匀一口气,就闯进了另一座城镇。作为一条城际专用道,它几乎构成了对乡村的越顶交际,把城镇之间大面积乡村哗哗地予以微缩和忽略。

没有什么急事的时候，我倒愿意走老公路。这不但可以省钱，还可以享受到慢速的散淡。这时的行车虽说要多一些弯曲和颠簸，虽说可能遇到失修的土坑，但没有钢铁护栏的管束和押送，没有各种交通标志的频繁警告，开车人想慢就慢，想停就停，想逛店就逛店，想撒尿就撒尿，看见一片好林子，还可倒在树荫里睡上片刻——高速路所抹去的另一个世界在这里重新展开，一种进入公园的感觉油然而生。

两相比较，高速路是简洁明快的说明文，老公路是婉转唠叨的叙事文。更进一步说，老公路只是进入了叙事的轮廓，更慢的步行才是对细节的展开和咀嚼。我在海口开车多年，有一次偶然步行有名的海府路，突然有误入陌生地的迷失之感，因为自己经常开车走过的那条路，我完全不了解。各种有趣的口音，各种奇异的树木，各种热闹的小店和小摊，各种新近冒出来的街角花园和巷口门楼，还有卖椰女人的熟练刀法和喝茶老汉的安详面容……都透着淡淡的紫荆花香扑面而来，令我深深吃惊。如果不是走那一趟，它们在我的车窗外隐匿莫见，与我日日相逢，却永远相违。

汽车使我成了盲人，除了办公室和居室，我几乎什么也没看见；除了交通标志，我什么也顾不上看。

可以肯定，当所有人都开上汽车，我们的盲区就会逐渐扩大和蔓延，最后把视野挤成一条缝，只能看到下一个慌乱的路标，看到下一项匆忙的差事。我们看不清自己身边的街道和田野，看不清自己身边的国家和世界。或者说，世界上只会剩下最后一个汽车国，其公民以驾照为护照，囚禁在车速的牢笼里。

夜晚

月亮是别在乡村的一枚徽章。

城里人能够看到什么月亮？即使偶尔看到远远天空上一丸灰白，但暗淡于无数路灯之中，磨损于各种噪音之中，稍纵即逝在丛林般的水泥高楼之间，不过像死鱼眼睛一只，丢弃在五光十色的垃圾里。

由此可知，城里人不得不使用公历，即记录太阳之历；乡下人不得不使用阴历，即记录月亮之历。哪怕是最新潮的农村青年，骑上了摩托用上了手机，脱口而出的还是冬月初一腊月十五之类的记时之法，同他们抓泥捧土的父辈差不多。原因不在于别的什么——他们即使全部生活都现代化了，只要他们还身在乡村，月光就还是他们生活的重要一部分。禾苗上飘摇的月光，溪流上跳动的月光，树林剪影里随着你前行而同步轻移的月光，还有月光牵动着的虫鸣和蛙鸣，无时不在他们心头烙下时间的感觉。

相比之下，城里人是没有月光的人，因此几乎没有真正的夜晚，已经把夜晚做成了黑暗的白天，只有无眠白天与有眠白天的交替，工作白天和睡觉白天的交替。我就是在三十多年的漫长白天之后来到了一个真正的夜晚，看月亮从树荫里筛下的满地光斑，闪闪烁烁，飘忽不定；听月光在树林里叮叮当当地飘落，在草坡上和湖面上哗啦哗啦地拥挤。我熬过了漫长而严重的缺月症，因此把家里的凉台设计得特别大，像一只巨大的托盘，把一片片月光贪婪地收揽和积蓄，然后供我有一下没一下地扑打着蒲扇，躺在竹床上随着光浪浮游。就像我有一本书里说过的，我伸出双手，看见每一道静脉里月光的流动。

盛夏之夜，只要太阳一落山，山里的暑气就消退，辽阔水面上和茂密山林里送来的一阵阵阴凉,有时能逼得人们添衣加袜,甚至要把毯子裹在身上取暖。童年里的北斗星就在这时候出现,妈妈或奶奶讲述的牛郎星织女星也在这时候出现,银河系星繁如云星密如雾,无限深广的宇宙和无穷天体的奥秘哗啦啦垮塌下来,把我黑咕隆咚地一口完全吞下,天幕上闪烁不定的遥远彼岸在步步逼近。我是躺在一个凉台上吗?也许我是一个无依无靠的太空人在失重地翻腾和飘浮?也许我是一个无知无识的婴儿在荒漠里孤单地迷路?也许我是站在永恒之界和绝对之境的入口,正在接受上帝的召见和盘问?……这是一个必须绝对诚实全盘招供的时刻。我突然明白了,所谓城市,无非是逃避上帝的地方,是没有上帝召见和盘问的地方。

山谷里有一声长叫,大概是一只鸟被月光惊飞了。

颜色

阳飏

莫奈

日出像座失火的花园。

莫奈掬一捧睡莲上的水珠前来救火。

莫奈用了整整一生的时间测量着从水珠到日出的距离，以鲁昂大教堂为圆规——因为还要加上心灵和上帝的距离。晚年的莫奈更是痴迷于从一滴水珠的反光、一叶睡莲的筋脉中，研究火的温度和对一个虔诚的宗教者的影响。晚年的莫奈每天从他家池塘那座日本式拱桥上踽踽走过。1926 年 12 月 5 日，清晨，正是日出的时间，莫奈听见鲁昂大教堂的钟声敲了五下或者六下，八十四岁高龄的他没有起床，嘴里嘀嘀咕咕地说了几句什么——多年后，有学者考证认为，他说的是：把池塘最右面被虫咬了的那片睡莲取来盖在我的身上——然后就又睡着了。

《干草堆，夏末》——马上就会有一只兔子钻出来的，这家伙躲到里面睡了个好觉，即使重开普法战争，于它又有何干？

《圣拉查尔火车站》——莫奈又一次拉响了色彩革命的汽笛，停靠在圣拉查尔火车站的这列火车,就要轰轰隆隆地驶进巴黎了。

《冬日的帆船》——那船上装运的会是一管管暖色调的油画颜料吗？冷色调的颜料夏天再运来吧。

《埃普特河畔的杨树》——你要是听见了风声,那肯定就是莫奈作画时喜欢哼唱的那支乡村俚曲了。

《鲁昂大教堂》——充沛的阳光和流动的空气使这座宗教建筑散发出更多的人的气息,而不是上帝。

雷诺阿

雷诺阿的画总是有一种烟雾缭绕的气氛，是不是这位画家老爱叼着一管大烟斗作画,然后就把这烟雾固定在了画布上？他似乎还有一个癖好,喜欢给画上的人物抹粉(当然仅限女人了)。如果你是一位熟悉巴黎夜生活的女人，你就差一点失口说出那粉的商标名称了。他还习惯在画面的某处安排一面大镜子,甚至有些没有镜子的画面也让人感觉出镜子的存在,通过镜子,雷诺阿让美又重复了一次。

长有一脸铁丝似的大胡子的雷诺阿，画了那么多浴女等细皮嫩肉的漂亮女人,真担心哪一天不小心他会把这些女人的皮肤划破流出血来——因为他说过:我画一个女人要画到我想抚摸她,才算完成。

《拿喷壶的小孩》——这小女孩娇嫩得像个奶油大蛋糕,太阳如果再热些,就会融化了。据说雷诺阿画这幅画时,每次都用上等香皂洗干净手才动笔。

《浴女》——雷诺阿的“浴女”都有一条毛巾,或擦身或遮私,可惜毛巾质地嫌厚,“浴女”们也都显得多肉,所以不能同中国敦煌壁画的飞天女一样，绸带一飘，就飞了起来——此乃宗教，东方精神。雷诺阿画的女人有着太多的人间欲望。

塞尚

塞尚用他那曾经在父亲的银行加减数字、传递钞票的手，为一位朋友推开了他那间画室的门。“塞尚是大画家！塞尚是大画家！”一只红嘴鹦鹉尖叫起来，他的这位朋友也几乎尖叫出声来。“我的艺术批评家。”塞尚微笑地指了指鹦鹉介绍说。塞尚几十年以后才有资格把手拢在有些聋的耳后，再一次微笑着说：“他们终于把我的画配上画框了。”

《黑色的钟》——塞尚把属于印象派的时间庄严地记录了下来。被丢勒和毕沙罗比喻为“绵羊”的塞尚，看来是比那些两条腿的人走得快了一些。

《静物》——一个个苹果和梨像是抹平了五官的人的脑袋，高脚杯中的酒似乎可以被一刀一刀切开，这一切，只要用铁皮一样折下来的那一角桌布盖上，就什么也看不见了。

《爱斯塔克的房子》——这房子给人的感觉是盖得过于结实了，是不是地基挖得太深了？

《浴女们》——被印成黑白画后，竟有了中国水墨画的韵味。此画作于1900至1906年，只是将近一个世纪以前的中国女人还正认认真真用布缠裹着三寸金莲呢！想想塞尚画这些丰乳肥臀的裸女的时代，中国的慈禧，连她的手指甲都用护指甲套严严实实地包了起来。

凡高

一张向日葵脸的凡高，割掉了一只耳朵就是割掉了向日葵的一片花瓣吗？今天，在荷兰曾德特小镇，公路两侧连绵数十里的坡地全都种上了向日葵，以此迎接每年大批拥入小镇的为凡高而来的世界各地游客。曾德特小镇以这么一种全世界绝无仅有的特殊方式，纪念这位给向日葵注入了人的血液的他们家乡的伟大儿子。生前仅以极低廉的价格卖出过一幅画的凡高，如今使他的那株“向日葵”比纯金铸的还要贵重。而他用生命最后守望的那“麦田上的群鸦”，就好似脱离了钢琴的黑色琴键，在阿尔高地阔大的天空自由弹奏着，只有一只被世界遗弃的耳朵能够听懂这一切，就是凡高割掉的那只耳朵，此刻它正躲在某个孤寂的角落，独自谛听着——

《吃土豆的人》——就像是一群啃吃土块的人，仿佛他们也是刚刚从地里挖出来的一样。

《桃花盛开》——看这幅带有抒情笔调的《桃花盛开》，却好似在看一位哭着站在春天的院子里的女孩子。

《在阿尔的凡高卧室》——在这幅取消了所有物体阴影的画中，听见了死亡临近时的脚步声的主人，提前溜了出去，让死亡以宁静或睡眠的形式弥漫在这间卧室里。

《橄榄树》——太阳正是通过这一根根血管来给大地输血的。

《金黄色的庄稼和柏树》——凡高用颜色拥抱了这片女人一样慷慨的土地，和那株拼命想接近天空的男人一样孤独无助的柏树。

《红色的葡萄园》——大地啊，你瞪着一颗颗葡萄的圆眼睛，你看见了，为什么不说出来啊？

米勒

农民米勒。

那位“牧羊女”如同撕开了的人类良知的一道伤口,就那么苍白干净地流着血,也许,要用一整座天空来包扎吗？那个“喂食”的妇女犹似一位哺育世界的母亲——把本能的爱提升到祭坛上圣母的高度,再或者,这位母亲本身就是一座教堂——最像麦子,以饱满的金黄颗粒来完成其教堂形象的。而那疲惫的女性“拾穗者”,能把人类遗失的以麦穗形式积攒留存下的优良品德捡拾回来吗?

农民米勒,用人类最基本、普通的生存方式(动作)——通过女性,或者男性——作为对生命意义的阐释和热爱。

《播种者》《倚锄的人》《剪羊毛》《织女》《提桶的女人》《纺车旁》《簸谷者》《采石者》《把新生的牛犊抱回家》……读读这些画的名字,就知道二十七年住在巴比松一座烧木炭取暖的小谷仓里的米勒,是怎样同那些“靠眉毛上的汗水”养家糊口的农民一样生活。

马蒂斯

我见过一幅马蒂斯晚年的照片—— 一位老人坐在一把大靠背椅上,手执一柄剪刀,正在神情专注地为这个世界修剪着什么。简洁的黑白照片没有任何装饰物, 仿佛一位动了一辈子刀剪的老园丁,见什么都想剪一剪。但是马蒂斯最喜欢剪的永远是人——剪一位裸体的女人,乳房的重量超过了身体,如同丰硕的苹果超过了树的重量;再剪一位女人,她的双腿使人想起鸟儿飞翔时张开的翅膀……马蒂斯绘画的颜色则用得极为吝啬, 像是一个老守财奴似的,尤其是红色,更像是手指破了生怕那血浪费了,就顺势抹到了画布上，那人体居然也就仿佛有了人的温度。

《碧眼少女》——红衣红发红嘴唇还涂了红眼影的少女，被大火烧着了一样，她不觉疼，你又心疼什么？

《红色的和谐》——与那把空闲的椅子对称的女人静静地等着谁？或者谁刚刚离去？平面的背景和近景有一朵朵东方情调的花轻轻叹息着，高髻的女人在其中混淆了自己。

穿过流年逝水

朱以撒

才读到小学六年级，身边已经积下了好些本子。这些本子让我用来摘录阅读时的好词好句，称之为“优美词句本”。时日长了，就有了类别：有的主抒情，喜怒哀乐咸集；有的主状物，物态千奇百怪；有的主写景，阴阳晴晦皆纳其中。这自然劳累了一些，但轮到自己把笔写文，则如输血大军在旁，源源供应不绝，直写得文采斑斓华美。后来，一位道行较深的语文老师看了，才道出其中弊端，说是写得像一面大花布，为何不朴实一些呢？当时的年龄着实难以领会他的苦心，只是想，大花布不是挺俏丽的嘛！懵懵懂懂中，我也感到语言色彩如万花筒一般，只须稍稍一动，就会是另一番景致。

后来我当了工人，写大字标语成了我三天两头的事。记得小化肥厂投产时，上面拟了一个句子，告知以几十张大红纸连起来书写以壮其势，这句子挺长，读之前得先抽一口气：“我厂的胜利投产是毛主席无产阶级革命路线的又一曲响彻云霄的凯歌。”斗笔在纸面上流走，只觉得滚热烫人，这是很具有鲜明的时代特征的啊。有时，不经意就触及既往的某种语言状态、某种表达方式，于是忽地启开记忆深处的某一个闸口，导引起对过去岁月的怀想，并琢磨不已：

当初是什么负荷着它们的生长，又是什么把它们染成了这等颜色？

人的阅历总是伴着岁月的消息而增长的，人于语言色泽的收受也极为敏感。语境和年华是不可须臾分离的，这种关系很像一枚硬币的两面。早年喜好铅华的，转而对简朴生出好感；原本喜好浓艳的，终于品出平淡乃为至味。往语言色泽两极发展是常有的事，它标志着一个人的审美体验正在对峙中不定地游荡。一个偶然的机会，我读到杨炼的《诺日朗》。他的诗我不大懂，但其中的语言意象却以一种奇异的感觉袭向中枢神经。我恍惚觉得自己在半坡村、在殷墟、在马王堆。这些词组携带而来的青铜色彩一下子充溢了我的心胸。天色渐渐地暗了下来，这些字眼却越发明朗起来：

经幡 荒野 沙砾 栈道 峭壁 石孔 日晷 女巫 红釉 苍穹
陶罐 岩石 灌木……

从字面上解，并没有什么惊人之处，排成系列，又闪烁着活化石一般的光亮，释放出一种亘古的广阔背景。这种感觉就是：生动的古朴、粗犷的沉寂、瑰丽的残酷，让人测不到底。这类语言的面纱一经撩开，便迎面而来缭云飞霞之状、周流环抱之形。死祖活祖之嬗递，惚兮恍兮，其中有象，让你不由得感慨：语言色泽也是有生命短长的，循环往复荣枯交替，昨天言必提及的，今晨已退位给另一种表达形式了。

公元前三百年的庄周着实是很伟大的。他早早就明白语言的表里成色和内外功能，说是："语之所贵，意也；意有所随，不可言传也。"所以他的语言特色在诸子中独标风帜，很飘洒、浪漫，又很诙谐，说白了类似诗人语言，参悟字面以外，有更多的不尽之意。老说使人物化，孔说使人庄重，孟说使人实在，而庄说使人颖悟。退而求其次，庄说至少让你感到轻松怡悦吧！如果翻动一下中国书法史，语言的异曲同工无处不在：官告色调刻板森严，不如私告委婉曲折，可私告又远不如简札随意亲和。大凡宫廷书家奉敕而书，没有不恭谨战兢的，笔墨色彩总是裹着庙堂气色，只有轮到与自己的诗友、酒友遣兴，这层色调才自行脱落，露出本真。因此古人有“墨戏”之说，凡墨戏，则宣告人的本色到来。张颠、米颠、狂素，还有“八怪”们，这一个个被时人称狂说怪的文人，谁也无法管束，可笔管下流淌着的都是真趣。语言色调一如人生。

青年时期那种冲动和热烈随风飘逝后，平淡便拥入怀中。语言的色彩实在太多了。我们喜爱某一种色调，是因为里头有相投的情感和意蕴，甚至还有向往和希望。一次，我打开《玉照堂梅品》，那种澹远幽独的清韵便将目光牵牢了：

澹阳　晓日　薄寒　细雨　轻烟　佳月　夕阳　微雪　疏篱　苍崖　绿苔　纸帐……

内心顿时有一种冰清玉洁透顶之感，空间也变得极高、极净、极柔。于是忙不迭取来纸笔，用董书体的雅致将其录下。录毕挂起，幽幽墨香中，猛然想起好些年前也读过，可那时并没有丝纹波澜泛起呀。想来，语言也适宜于不同的时段。不是早有人说过，少年宜读李诗，晚年宜读杜诗吗。后来，借助半通不通的日语能力，我欣赏了奈良朝以降的假名书法，尤其沉醉于女书家笔下的线条，提纯过后的轻盈，穿行在素雅浅淡的光洁料纸上，便立刻映现出脱俗的灵气和恬澹婉约的意态。这些异国笔墨姿色，存于大静真心中，便给了我抚慰般的补偿，甚至轻轻摩挲光洁的纸面，那些愁烦和躁动，顿即消弭于移动的指尖了。

学文学的人都知道陆士衡与《文赋》不可分，而学书法的人却是将《平复帖》与陆氏连在一起认识的。这件法帖有不少字于我无解，可它的古旧神色却对我永远吸引。再翻到六朝这一页，异体别字喷薄而出，难言规范，却都是巧心陶铸。浸润久了，这些体属繁例的造型便在一下笔时不由自主地流于腕下，有时台下的学生嚷成一团说是看不懂。说到底，在我的心灵深处，总是有某种情结不能割舍。古文字中的意象，总是不绝如缕地萦绕于心。就如写“龍”字吧，一援笔，那个十几画的“龍”就立时出现，它临风舞雩的状态早在心海里腾跃了。古典语言的色泽是在煦养中加深的，并且会渗透到下一代的血液中去。有一年回老家过春节，老家古风犹存，在街上，我弟弟拉着我那读五年级的儿子，指着一个足有十个繁体字的招牌说：“读得出来就进去撮一顿。”话音刚落，儿子连想都不想，早已通读过去了。他自幼在古帖里游玩，这种古色古香的韵致已潜浸于心。当然，我也十分赞同使用简化字，这个时代什么都需要快，当然也包括语言传达。可还是有人嫌慢，只好转而求助电脑，却大方地让手写功能退化。只是，在自己的喜好里，有事没事地躲在书城，玩味这些充满俯仰、奇正、虚实、纵敛、庄谐相生的造型、章法，实在是快乐无比的私事。有时我也想断断句读，读这些表功颂德的残碑断碣，又一想，这干我何事呢？我需要的是其中的美学智慧啊，守着它，如同守望着披满古风从久远归来的亲朋。

不知从何开始，我对那些“且听下回分解”的大书不再渴望了，而那些短章小札，却常常被我随手一袖，走到哪儿带到哪儿。这些短章由于语言色彩明快简练，便滤去了水分显出了珠玑，往往因着中肯的片言只语，馨香一动直透灵关。我读过不少铺陈亭台楼榭的文、赋，色极艳丽，却莫如“有亭翼然”四字，要多形象有多形象。铺陈豪华固然是一种习性、一种本领，却难以称之为上乘笔法。日人吉冈治的短歌《穿越天城》，只稍稍点缀了“隐、移香、净莲、寒天桥、夜雨、迷恋”这些带有冷逸色彩的字眼，便显示了禅机一片。由此，我突然以为语言的着色要向佛禅讨教，既简洁又机趣洋溢，如唐临济宗禅僧原惟信，只说三句便洞见人生过程。先说“见山是山，见水是水”，又说“见山不是山，见水不是水”，最后说“见山只是山，见水只是水”。初一看，是何等人在此说这等没滋没味的话语，细品方知洞见三昧。东方语言素来以感悟性见称，尤以中国书法为最，因着抽象而色泽闪烁无定。这种纯粹私人性并排斥合作的艺术形式，一方面给了个体心灵锲入的绝大自由，印证了心性的复杂精微；又因着自由而有可乘之机，给人一种难以辨析成色的棘手。唐人张怀瓘早就直言相告：“玄妙之意，出于物类之表；幽深之理，伏于杳冥之间。”一千多年过去，在这样玄秘扑朔的语相面前，我常常会感到悟性锋芒的疏离和钝拙：是什么，让我们悄然失去了进入它内核的情愫呢？

穿过流年逝水，我那些“优美词句本”早已四散，也不再萌生当初那种虔诚摘录的热情了。但是我会更用心地来感应和剔析，因为我所向往的古朴、典雅、稚拙、简淡的色泽，只能用心灵来映照而别无他途。这自然是比当年用手摘录更为困难，也许能达到，也许就达不到了。

成吉思汗的上帝之鞭

高建群

草原献给这个世界的伟大儿子

“我们不知道的部落来了！没有人知道他们是什么人，他们是从哪里来的——只有上帝知道他们是什么人！”这是当成吉思汗的铁蹄，即达莫斯科城下的时候，一位俄国历史学家的惊呼。

相信在当时的世界上，许多国家的许多人都这样惊呼过。

当他们早上一觉醒来，睡眼惺忪，登上城堡，偶然一看时，顿时惊呆了。只见在城外，像聚集一团又一团乌云似的，布满了蒙古大兵。马在嘶鸣，剑在骑手的手中呼呼生风，蹄铁焦急地敲着土地，等待冲锋的信号。他们是谁？是天外来客，是火星人吗？

翻开大蒙古地图，我们看到，它那时大约占据了世界三分之二的开化地区，除了西欧以外，除了一部分的印度、一部分的非洲以外，除了尚待开发的美洲以外，蒙古人差不多用他们的马蹄，把这个世界重新犁了一遍。

中原大地成为蒙古国的大汗领地。辽阔的西域成了蒙古国的察合台汗国。现在的庞大的俄罗斯成了蒙古国的金帐汗国。而两河文明的发源地波斯湾，那时是蒙古国的伊尔汗国。

世界在蒙古军队到来之前和到来之后,完全成了两个样子。正如汤因比所说,是成吉思汗把东西方世界联系在一起的,是成吉思汗把各文明版块联系在一起的,是成吉思汗把静止的割据的局面打破的。

以俄罗斯为例。

在成吉思汗到来之前,俄罗斯的原野上散布着许多小公国,他们一个城堡就是一个国家,一条流域就是一个民族。这时成吉思汗的铁骑来了。它把它们统一在了一个叫金帐汗的蒙古王国里,而在金帐汗国慢慢地衰落之后,从这个蒙古国的废墟上,莫斯科公国诞生了。它成长为一个大国。

成吉思汗完全敢这样说:这个世界是可以以他来划分的,即他没有到来的阶段和到来之后的阶段。

在西域大地上行走的时候,你会发觉,大地上所有的那些重要的地名,都几乎是以阿尔泰语系中的突厥语种来命名的。在那时候你能强烈地感觉到,成吉思汗的印迹是如此深入地锲入历史深处和大地深处。

阿尔泰山有一处高峰叫"奎屯山",这是成吉思汗为它命名的,意思是"多么寒冷的山冈"。东西走向的阿尔泰山,至这里,结成一个海拔四千零八十二米的冰疙瘩,寒光闪闪地横亘在中亚细亚地面,威严、圣洁、厚重。

奎屯山的西侧,是一个三十公里长的大峡谷。这大峡谷自峰顶向西,连转六个弯子。奎屯山消融的雪水,在这六个弯子中积水成湖,于是形成六个清澈幽蓝、寒气逼人的湖泊。这六个湖泊是连在一起的,像一串项链。

湖泊的名字叫哈纳斯湖。它的名字亦是成吉思汗给起的,意思是美丽的湖泊。

而“阿尔泰山”一词,也是蒙语,它的意思是“盛产金子的山”。

如果不身临其境，你永远也无法想象出，这些高山、湖泊、草原、河流有多么高贵和美丽。高大挺拔的西伯利亚冷杉、西伯利亚云松、西伯利亚落叶松与山峰同高,它们在中亚的梦幻般的阳光下闪现着妖娆的身姿。湖边的草地上开满了野牡丹花,而在每一棵野牡丹花的旁边,都伴生着冬虫夏草。图瓦族小姑娘背着背篓,穿着裙子，正在草原的深处采野草莓——野草莓密密麻麻地布满了草原,将大地染成朝霞的颜色。

哈纳斯曾是成吉思汗的军马场。

如今,他的那些养马人的后裔还在。他们是蒙古族中的图瓦人部落。

这里是成吉思汗率领蒙古大军，踏上征服世界的道路所开始的地方。成吉思汗率领他的庞大的帝国军队，在这里修整了三年。尔后兵分两路,一路穿越奎屯山冰大坂,一路打通伊犁河谷,然后两支部队成钳式攻势,直扑欧亚大平原。

阿勒泰城的旁边,额尔齐斯河北岸,有个平顶的石头山,叫平顶山。据说,成吉思汗就是站在这平顶山上,召开西征誓师大会的。

而在天山与阿拉套山的夹角，赛里木湖畔，有一块美丽的草原,叫博尔塔拉。

“博尔塔拉”的意思是“青色的草原”。据说,这里是蒙古族土尔扈特部落回归祖国以后落脚的地方。当年西迁的一支队伍,在东欧平原停驻了几百年以后，突然思念起了家乡，于是他们一路打仗，开辟了一条道路,又回到了故乡。清朝政府把他们安置在这一块青色的草原上。

我曾经在赛里木湖畔小住过几天。这个湖泊的水是咸的，据说它与遥远的里海的水是相通的。湖水在白天的时候，湖面的色彩随着太阳的色彩、乌云的色彩、天山山峰的色彩，随时变化，一会儿整个湖面闪耀着银光，一会儿则幽蓝，一会儿又变成乌黑乌黑的颜色。四周的天山峰峦，像高擎的手掌，伸开五指将这座山顶湖泊高高托起。

最美丽的时刻是太阳将要从天山的那一面落下去的那一刻。

落日通红，太阳透过垭口和伟岸的塔松，将它的圣洁的佛光像探照灯一样斜射过来。整个湖面笼罩在一片如梦如幻的红光中。湖边零零散散围湖而设的蒙古包和哈萨克毡房，冒着一股股炊烟。用膳的时候到了，毡房或蒙古包门口，每每可见有老太太或老太爷，在地上铺一块毡子，虔诚地跪在那里，面对太阳落下的那个方向，双手合十，一边深深地叩头，一边嘟嘟囔囔地祈祷。

而乘着晚霞归来的牧羊人，正在唱歌。一边唱一边用马鞭轻轻地磕击着马镫。

他先唱一首《美丽的博尔塔拉》：

在那阿拉套山辽阔的地方
有赛里木湖环绕的地方
有一座美丽富饶的城市
那就是我那可爱的家乡
美丽的博尔塔拉
啊……啊……
那就是我那可爱的家乡
美丽的博尔塔拉

唱完一首《美丽的博尔塔拉》，骑手还有兴犹未尽之感。这时，看见草原深处那像一条银色的带子一样的克鲁伦河，正缓缓地，如同蜜汁一样流过。骑手于是又即兴唱起关于它的歌：

古老神奇的克鲁伦河
从这里缓缓流过
神奇地滋润着茫茫草原
在这里有多少美好的传说
千折百回一路歌
祝福草原多么绿色
日月伴你向前方
留下千秋无量功德

“日月伴你向前方，留下千秋无量功德”这结束句，是用浑厚的长调唱着的。一位诗人说过，你要知道蒙古人的长调有多长，告诉你吧，它和一个人的一生一样长。现在，正是在这样的长调中，牧人回到了家里。家中的祈祷已经结束，手抓羊肉和奶茶已经摆在帐篷外的方桌上了，于是人们开始用晚餐。

而夜，慢慢地深了。

草原之夜像海一样深沉、静寂、安详。大地一呼一吸，在吐绽着芬芳，群星像野花一样布满了天空。哦，忘了告诉你了，这里不远处，穿过成吉思汗西征大军开辟的那个果子沟，沟的那边，伊犁附近，就是那首著名歌曲《草原之夜》的诞生地。那地方叫可克达拉草原。

闻名遐迩的“罗布泊”，也是蒙语。蒙古人叫它“罗布淖尔”。“淖尔”是湖泊、海子的意思，所以现代人将它简称罗布泊。不过罗布淖尔荒原这个称谓现在还在叫。

罗布淖尔荒原与吐哈盆地中间，隔着一座东西走向的大山。当我从这座山的一个垭口穿过时，我问随行的地质队员这山叫什么名字，他们说这山叫“库鲁克塔格山”，而旁边靠近迪坎尔绿洲的，那山叫“觉罗塔格山”。“库鲁克”是蒙语“干”，“塔格”是蒙语“山”，这样我们知道了，这座山叫“干山”。“觉罗塔格山”是什么意思呢？我当时也问过，可惜没有记住。

“呼图壁” 这个听上去有些怪异有些凶险的地方，三十年前我曾在那里住过一夜。谁给这荒凉空旷的地方起了这么一个名字呢？后来我知道了，它是蒙语“高僧”的意思。在那遥远的年代里，真的曾有一位像武侠小说中所描写的金轮法王那样的蒙古高僧，在这地方修炼或者布道过吗？我们不知道。因为历史仅仅为我们留下了这么一个地名而已。

横贯河西走廊那里的山脉叫“祁连山”，“祁连”亦是“天”的意思。所以它又称东天山。而“乌鲁木齐”则是“美丽的牧场”的意思。

例如俄罗斯境内的“喀山”“克里米亚”等，它们都是蒙语命名。

2000 年秋天在新疆乌鲁木齐，我遇见六个面容枯槁、衣着朴素的台湾人。递过名片，我知道了，他们是一个名叫“山河探险——寻找成吉思汗西征足迹考察团”的组织，其时正在用三年时间，准备将那一段历史徒步走遍。

他们告诉我说，先前他们已经在蒙古国境内走了半年，而这半年，是在中国境内走的。最近则是从哈纳斯湖方向回来。接着，他们的行程是从中哈边境吉木乃口岸出境，继续往前走。

他们中有蒙古族人,也有汉族人。

我问他们:那一段历史已经十分久远,你们能找回来多少呢?领队扬了扬手中的地图说,有这张地图,除此之外,还有比历史记载更准确的,那就是大地的记载,只要寻访着那些有蒙语命名的地方走,就肯定错不了。

在一瞬间我觉得成吉思汗这个人物真了不起,他是不朽的,那些地名像纪念碑一样,是他所以不朽的最可靠的保证。

这些台湾人后来果然用三年时间走完了全程。

我是从今年春节时得到的一张台湾寄来的贺卡知道的。领队在贺卡上说,对我给予他们的支持表示谢意。我记不清同样是在旅途中的我,给过他们什么支持了,因此对这话有些不解。后来才想起,我给他们写了一幅字,叫“追寻着成吉思汗的马蹄印”,他们后来的路程,就是举着这幅字走过的。

谒成吉思汗陵

这个骑手那博大的灵魂,将会安歇在大地的哪一处呢?

这地方应该是一块青色的草原。在草原上,有牛羊在安详地吃草,马群则长长地嘶鸣着,像风一样掠过,鲜花在每年春天,应时开放,日月星辰轮回地照耀着他。

仅有草原是不够的,还应当有一块与天空一样辽阔的大漠,横躺在他身边。黑戈壁、红戈壁、白戈壁相杂在大漠之间,高高低低的沙丘分列左右。

而仅有草原和大漠还是不够的,还应当有一座大青山,闪烁在视野可及的地方。

然后,这个疲惫的骑手,像回到家里一样,在那里安睡。

想不到的是,我的设想竟和看到的完全吻合。

出明长城线上的塞上名城榆林，便进入鄂尔多斯高原和毛乌素沙漠了。过窟野河边的神木县城,过红碱淖,但见铺天盖地的黄沙扑面而来,眼底空旷、寂寥,高高的天空中,偶尔有雄鹰的影子一掠而过。汽车不经意地攀上一个沙丘时,突然,在沙丘的怀抱中,有一块狭长形的平坦的草原,草原的远处,有三顶白蘑菇般的蒙古式帐篷。

这三座穹庐式的建筑就是成吉思汗的敖包。

穹庐建在一座矮矮的山冈上。虽然山冈不高,但是由于四周都是一马平川,而这里是唯一的一个制高点,所以,穹庐倒也显得伟岸、肃穆、醒目,几十里外都能看见,而且要仰视才行。

这里是内蒙古自治区伊克昭盟伊金霍洛旗地面。伊金霍洛旗的蒙古人,自成陵修筑之后,就居住在这里,开始一代接一代地做守陵人。三个穹庐式建筑,迎门且居于正中位置的这座,是成吉思汗的陵寝,后面的两座,是他的两位王妃的。正庭大殿里放着成吉思汗用过的马鞍、马鞭,蒙古军西征时驾驭的勒勒车等,墙壁上则挂满了画像。这些画像除大汗之外,还有他的那些封王封侯、南征北战的儿孙们。他们都排列在大汗之侧,好像正在召开一个家庭会议似的。

成吉思汗和妻子的棺木,则在后殿的一个密室里停着。

酥油灯长明不熄,一种淡淡的焦煳味弥漫在空气中,给人一种宗教般的恍惚感觉。从大门到正殿,要走过一段长长的台阶,大约有两百米长吧。

在正殿的大门口,通常坐着一个有了一把年纪的看门人。他恭迎每一个人。当他静静地一个人坐在那里的时刻，内心和外表,都表现了一种宁静安详的状态。

正是这个看门人，给我讲述了一些关于成陵的故事。这些故事，在此之前，我从来没有听说过，它们也许该是蒙古秘史的一部分的。

大汗在攻打西夏王都兴庆府时中箭，一个月后箭伤不治，死于甘肃省清水县。攻城的元军在破了兴庆府，灭了西夏之后，他们接下来做的一件事情，就是将大汗的遗体装在灵车上，翻过六盘山，穿过鄂尔多斯高原，运往故乡地——元旧都哈剌和林。

途中，在鄂尔多斯高原上，如今这建筑成陵的地方，运送灵车的队伍与一支不明身份的庞大队伍相遇。他们抑或是辽，抑或是金，抑或是吐蕃或回鹘，不得而知了。总之这支运送灵车的队伍面临危险。

这时候他们决定，将装殓着大汗遗体的棺木先埋在地下，战事结束后再来搬迁。

棺木埋好以后，他们的心放下来了。但是接着又出现了一个难题。四周空荡荡的，没有任何地形地貌作为标志，倘若以后来寻找的时候，怎么才能找到呢？这时候他们想出来一个办法。

随队伍一起行进的，往往还有牛群。母牛的奶水是他们行军打仗的军粮，公牛是驮牛，士兵们用它驮载帐篷辎重之类。于是士兵们从母牛群中，挑选了一只带着牛犊的母牛。把那牛犊从母牛的奶上摘下来，杀死在埋葬大汗的那块地面上，然后，士兵们投入了战斗。

第二年春天的时候，这块地面平息了。士兵们领着那头母牛，来到这一块草原上。

草原上这时候青草已经泛绿。士兵们放了缰绳，让母牛在这一处地面上寻找。

母牛在草原上转悠了很久，终于，停在一块绿草茂盛的地方，四蹄跪倒，双目流泪，哞哞地叫起来。

士兵们刨开地面，看见了大汗的棺木，正安安静静地躺在那里。

蒙古人于是决定不再搬迁了，就在这一块地面上就地起陵，让这位骑手永远地躺在鄂尔多斯高原和黄河母亲的怀抱里。

这是看门人讲的第一个故事。

而第二个故事也是关于这棺木的。

抗日战争期间，中国政府担心成陵会落入侵华的日本军队之手，于是做出了一个大胆的决定，把成吉思汗的灵柩，从成陵搬出，经榆林、延安，运往陕北高原南沿的黄帝陵藏匿。

这事后来经过周密的安排，被稳妥地实行了。

这样，成吉思汗的灵柩曾在黄帝陵下面的黄帝庙中藏匿多年。

这事当时是最高国家机密之一，因此世人不知。

第三个故事亦是关于这棺木的。

二十世纪五十年代初，乌兰夫曾经来拜谒成陵。那时，这位看门人还是一个年轻人。参观途中，乌兰夫说，他有一个请求，不知道说出来合不合适。看门人说，你有什么你就说吧。乌兰夫迟疑了片刻说，他想打开棺木看一看，不知道行不行。

看门人也迟疑了一下，最后说："你当然可以看。因为你就是今天蒙古人的汗！"

这样，摒去左右，乌兰夫走进了停放棺木的那间密室。

这停放在成吉思汗陵密室里的棺木中，到底是装殓的大汗本人的遗骸呢，还是只是一个衣冠冢？或者是像民间传说中的那样，放着成吉思汗的两个马镫？这一直是一个谜。

这情形，正如黄陵桥山那一抔黄土下，到底埋的是轩辕氏的真身呢，还是仅是一个衣冠冢？或者如民间传说的那样，是一只靴子呢？（传说：轩辕黄帝乘龙飞天的时候，臣民们拽着他的一条腿不放。但是轩辕氏还是飞天走了，臣民们只拽下来了一只靴子。当代有一位青年诗人说，自从黄帝丢失了一只靴子，从此历史就一瘸一瘸地前进了。）

“那么，乌兰夫在打开棺木以后，看到了什么呢？是真身吗？”我问。

看门人说，乌兰夫在走出密室之后，神色严肃。他也问了一句和我上面那句同样的问话，但是，乌兰夫什么也没有说。而他，也就不敢再问了。

乌兰夫是这个世界上，唯一有理由打开和曾经打开过这棺木的人。如今，随着他的作古，这个秘密还作为秘密继续存在着。

在告别成陵时，我从陵下的那个伊金霍洛旗的小商店里，买了一把蒙古式的弯月牛角刀和一根马鞭作为纪念。那刀的刀鞘是用长长的弯弯的牛角做的，骑马时挂在腰间最合适。鞭子则是牛皮做的著名的成吉思汗“上帝之鞭”。售货员是一位面色黑红脸蛋俊俏的蒙古族姑娘，名叫乌日娜（花儿），从她手中接过马刀和马鞭的时候，我突然感到，当年那些勇猛的蒙古骑士，大约就是在一个早晨，这样地接过女人们递给他的马刀和马鞭，踏上了征服世界的征途。

盐津的蜂蜜

于坚

云南与别的省不同，其他省，从日出走到日落，都是一样的单调。唯有云南，可以说云南北方、云南南方、滇西、滇东北。昆明如果往西南飞上五十分钟，那就是亚热带风景，男人女人都穿着笼裙，清秀玲珑。这里的诗人不用汉语写诗，而是口头说唱，《召树屯》什么的，诗人叫作“赞哈”。往东北方向飞五十分钟，进入昭通，你就得用宽厚、雄浑、高亢、深沉、荒蛮……这样的字眼。这边的汉族居多，赞哈用汉语写诗，叫作“诗人”。如果在云南中部的彝族地方，诗人就是部落里面的大巫师，叫作“毕莫”。昭通这边，一排排峡谷风生水起，就像永远拉不完的大幕，壮丽伟大。河流就是歌手，有些将来要兴风作浪，滔滔不绝，此时此地只是一些细线，清唱着。大峡谷就像一个个父亲，高原就像母亲们肥厚舒缓的乳头，化育着。有许多尚未命名的地方。有个地方叫鸡公山，我去看过，魂飞魄散，豪气苍茫，完全是一头头雄狮卧在远古，土黄色的峡谷鬃毛般的从苍天上垂下来。我命名它为雄狮大峡谷。有些人吓坏了，你乱说。昭通得水不宜，稻米麦子难长，因此土豆玉米种得多。生存不易，要在这里住下来，混出个人样，得争强斗狠。耐不住的就跑掉了，生活在别处，许多人背井离乡。自古以来,昭通地方就是英雄好汉流氓歹徒骗子辈出之地,近代云南历史上的风云人物,一大批都来自昭通。他们把昆明视为中原,常有逐鹿之心。文有姜亮夫,武有唐继尧、龙云。姜亮夫研究敦煌,堪称天下第一。你乱说。好吧,个见。有诗云:姜传敦煌三千里,唐镇南诏十万山。朱提自有风流史,乌蒙磅礴岂泥丸。朱提,读 shū shī,就是古昭通,曾经盛产白银,朱提银在古代曾经是银的代称。在乌蒙山区乌云滚滚的天空上, 从飞机窗口望下去,大地上确实是泥丸滚滚,只是到了地面,才看出那些泥丸其实都是高山大岭,没有些豪气匪气是爬不上去,也下不来的。当然,这种地方也出诗人,樊忠慰是一个,他住在下面的某个山崖上,写这种诗:

我爱的女人是沉默的水
我饮下冰的容颜,她就老了
所有人诽谤美好的贞洁
我却深信她白雪无瑕

爱我的女人是天上花
我躲开她的芳香,她就发话
大家都说你是精神病
我更爱你的诗歌与痴傻

我爱的女人到处有
每一个日子你都遇见她
爱我的女人在哪里
我真想叫她快跟我回家

既要她爱我还要我爱她
绿了床被，红了烛花
嫁给我嫁给我吧
太阳月亮在天空骑木马

（樊忠慰《我和女人》）

天空上看不见女人，女人站在大地的边上，背着背篓，里面塞着仅够活命的土豆，在山崖边上迎风走着，头上裹着绿头巾或者红头巾。昭通风大，尤其在冬天，每一张脸都被刮得通红，就像红日下凡。

昭通城建在千万大山中一处高山顶的坝子上，前面是四川盆地，后面是云南高原，金沙江在北方的峡谷中金光闪闪，这是昭通地区的风水宝地，米粮之川。一眼望去，颇有一马平川的感觉，这在昭通地区，是相当稀罕的了。这块地是个胖子，厚实健硕，植物肥得流油，呈现出深厚之色。多年前我去，望着这一马平川的富饶，很是有搬过来住的冲动。可惜人们并不珍惜，过二十年，这一带已经支离破碎，盖起了无数房子。昭通城是昭通高原上的江南，弹丸般的天堂之地，盖这么多房子，从那些逼仄的峡谷爬上来的人们，很绝望，因为在山顶这终极之地，他们依然不过是一堆钢筋水泥的高山之间不见天日的蚂蚁而已。多年前我沿着那些世界上最深的峡谷爬上来，看见这伟大的小平原，一马平川全是梨花，无边无际，像是生命的胜利，节日，一场欢乐之雪也在内心狂舞。好啦，这个不说了，事关人家的政绩，少置喙。

我来昭通，主要是想来看看樊忠慰。云南这么多县城，为什么独盐津值得牵挂？因为樊忠慰住在这里。在昆明遇见他几次，都没说话，或者笑笑，或者不笑。他诗写得好，与我不是一路，令我很是着迷。他看上去不像是昭通那边来的，身子瘦弱，扛不住枪。眼神飘然世外，看着你，又忽视你。他其实忽视世界，经常需要棒喝，才回过神来一下。

顺着峡谷缝缝走下去，走到底，走到只有一线天的地方，就是盐津。下了昭通高地，就进入大地的皱褶，每一条褶都是峡谷峻岭，河流就藏在这些褶里面，有时候见头，有时候见身，有时候见尾，仿佛青蟒，鳞光偶尔在高山的根部一晃。村子仿佛一堆堆落叶，很快就要被风暴卷走的样子，但是过了二十年再来，它们还在原地。有个人用手枕着锄头，下巴杵着锄头把，看着我们的车子跑，直到我们转过山去，留下一溜烟。这个人说不定就是樊忠慰的父亲。我觉得是，他父亲就是土地的一个代表，一个代表未必一定要胸前挂着大红花，杵着一把锄头就行。

走马灯似的来了又去，去了又来的大山令人麻木，绝望，进得去，出不来。忽然，峡谷巨门般的退开，天空闯入，白云汹涌，盐津藏在云下面的长坑里，白花花的像是盐坨。县城就建在关河边上，河不宽，夏天涨，冬天落，但已造出天堑。人类勉强在山坡绝壁上开出立足之地，非常狭窄，仅容两三条街顺江而列。高楼林立，盖高楼是地势所迫。街道上飘着烤玉米的香味、洗发水的香味、爆米花的香味、汽车味……建筑紧凑，光线阴暗，居民似乎因为空间小而彼此认识，打着招呼，亲和无间。沿街坐着许多挑了担子来卖山货、菜蔬的农民，有人已经睡着了，总不能赶人家走，就这么点地盘，赶到哪里去？所以盐津县城不像云南其他焕然一新的县城那么荒芜，还有人性。一个摊子在切卤肉。另一家店在烫头发。包倬去买烤玉米，我望着一箩箩核桃发呆。旧时代县城氛围还在，女人衣着光鲜时髦，有的穿黄色的紧身裤，有的穿粉红色的紧身衣，争奇斗艳，似乎要弥补光线的不足。书上说，此地因拥有盐井、渡口而得名。古代住着僰人。僰人将棺材藏在绝壁上的洞穴里，我望过去，似乎有些朽木搁在洞口，老鹰卫士般的逡巡着。这地方历史悠久，夏商周就有人住着了，1727年改土归流，属乌蒙府大关厅。1917年正式设县，定名为盐津。云南蛮荒之地，盐津是中原进入云南的第一道关。有诗云：李白但知蜀道难，未闻滇境石门关，若得仙人巨笔在，词辟南诏又一章。

盐津这地方行政上属云南，文化心理、生活方式却属四川。说话卷舌，茶馆流行。茶馆最多的是普洱镇，普洱镇在盐津下游，一条老街上有三十八家茶馆！唛唛！（云南话，惊叹词。）县政协的老张统计过。古镇挂在河岸的峭壁上，临街都是黑糊糊的老屋，黑得似乎就要燃烧。黑暗的屋内，一张张白生生的脸，一个个赤裸的背，深渊中漂着的贝壳似的，正在乌烟瘴气中玩牌、品茶、聊天、嚼瓜子……似乎时代从来没有变化。老蒋说，这些茶馆是分着的，某村的人一般都去某个茶馆，还有知识分子的茶馆，老师、公务员一般喜欢去那个茶馆。镇上有一家小旅馆，也是暗无天日，已经开了几十年。（没人说得出是多少年，总之绝不是昨天才开业的。）一楼是老板一家住，有个天井，门口支个柜台，卖手纸糖果。从木梯子爬上去，二楼有四五间客房，每个房间支着四张床，十元钱可睡一晚。似乎逃婚的男女学生（或者萧军萧红）曾经住过。时间这个大导演一百年前就拍好的电影，居然活生生地就在眼前。旅馆外面，一个挂满肉块，铺着辣椒、烟草、茶叶、花生、土豆、鱼干、家禽、鸡蛋、红糖、小吃摊的集市，浩浩荡荡，像是与绝壁下面的河流并行的一条彩河，人类创造的河流，有人顶着纸箱子穿越人群。正是5月份，天气燠热，茶客光着上身蹲在茶馆里，同样光着上身的男人在人群里坦然而行。女人就遭殃啦，衣服一件也脱不得，满脸是汗珠，仿佛首饰都化开了。集市到处是彼此矛盾的事物，箩箩旁边是电视机，电视机里的狗被一只真狗斜瞟着。卖甘蔗的摊位隔壁是镶假牙的摊位。大家相安无事。时而蒸汽滚起，刚刚出笼的肉包子令人抿唇舔舌；时而垃圾泛滥，令人反胃作呕，皱起眉头。人们视若无睹，熙熙攘攘，此起彼伏，忽然喧哗（一群人在挑选一群鸡），忽然安静（一位老妪靠着老宅的门面梳着最后几根长发），孩子们背着书包雀跃着，姑娘呆呆地看着街子外面的江水，江上有一座吊桥，人影憧憧。茶馆里的人在摆龙门阵，讲的是四川古音，很不好懂，但依稀听出来，是在说从前张司令、李营长的故事。“地震的时候，啊呀，天打五雷轰呀，我才跑出家门，就动不得了哪！有什么东西定着你，天上滚下紫色的大石头来，在我一尺远的地方停住了！真的嘛！”“赵副官走到这里，就是那个卖凉粉儿的老妈妈那里，我爹从茶馆里走出去，别着一支勃朗宁，上去就给他一枪，当场就倒了。”“那块石头动不得的，自古都不敢动，风水先生说动不得，结果施工队才炸掉，当天晚上就地震啦！”我听着不想走，写小说的包倬也不想走，研究生赵凡也不想走，干脆都脱掉衣服，光着膀子，再喝一碗。大叶子茶，一块钱一碗。

樊忠慰住的地方离这里不远，顺江而下就是。这边厢摆的是这种龙门阵，那边厢他写的是那种诗：

黑豹　苦难的王子
囚笼是宫殿　心脏是石头

当山羊从女人的皱纹叼起小鱼
你饥饿的胃翻卷鼠毛　枯草　湿土
你的病弱是一幕皮影戏

锁比利齿咬得更紧
脚踩到了宇宙的中心
不静止　也不移动
一团渴死的自由
让头颅着火,脑浆哭泣

眼珠里滚飞的鹰呀
像一粒炒爆的黑豆
它的翅膀是不是天空的俘虏
只有梦穿破栅栏
幽灵般遁入深林

嚎叫吧！诗歌
不幸的生命　因破碎更美
你看夜空那颗暗淡的星
会不会是黑豹的眼睛
在我的手中成为黄金

（樊忠慰《黑豹》）

是否水火不容？也不知道这些茶客看过没有，他们知不知道，盐津不仅有盐巴美女(民间说,盐津出美女),还有个诗人樊忠慰?

当然知道，文联的蒋主席就知道，他以前在普洱镇当过老师，在豆沙关当过老师，很是为此自豪，一路都在说，从前我当老师的时候……老蒋放下手机说，走啦，樊忠慰在城里等着哈！以前中央电视台的要来采访，樊忠慰都不见。你说要来，他就等起喽。是了，忠慰！

樊忠慰穿着红色的短袖衬衣，从一个广场上飘过来，看他走路的样子就不是凡人，刚刚落地似的。苍白，孤傲，没有笑容，不语，仿佛才从诗歌住院部出院，还在药物过敏。在广场边上找了个馆子吃饭，坐在外面的路边，周围是些树。他不能喝酒，写诗那么热烈，人却呆呆的，仿佛知道自己不是凡人。

有时候他抬腿就走，顺着公路，走了四十公里都不知道。天神、魔鬼在他耳边说着话，他一边搭讪一边走，逢山开路，遇水搭桥，就像仙人一样，对一切视若无睹，大卡车也怕他三分。身上没有身份证，走到四十一公里，被巡逻人员注意到，怀疑是逃犯。拿下，送回来。他就是一逃犯，一直企图逃走，他总是有一种逃亡者的表情。多年前，我忽然读到他的诗，叹了一口气，云南真是出诗人的地方。仿佛西藏人寻找转世灵童，都不知道会出现在哪里，忽然传说来了，盐津出了个樊忠慰。他确实像灵童，飘然出世，纯洁干净，眼神清澈迷离。不是迷惘，他不迷惘，他知道要怎么写下他那些超验的感受。这是一个奇迹，他握笔的时候非常清醒，准确地记下那些词。他吃饭、读书，使用电脑。

我们吃了饭，沿着盐津县的大街一直走。忠慰说，去他家坐坐，有点东西要给我。我们就跟着他去了。

樊忠慰住在临街的一栋楼房。楼梯口有一道铁栅门。楼房前面是县城最热闹的大街，后面是成昆铁路。要么是被堵住的汽车杀猪般惨叫，要么是不可一世的火车轰隆着摧枯拉朽而过。房间简洁朴素，家具形单影只，三个房间，空着两个。客厅里摆着巨大的沙发，对于他的身躯来说，那沙发是太大了。一进屋，就有一趟火车吼着撕裂房间，扬长而去。巨响中，我似乎看见樊忠慰像蒙克那幅叫作《呐喊》的画里面的那个人一样捂着耳朵尖叫，其实他没有，安静得像一只猫，坐在床沿上，拉了拉垫单。一前一后两大音箱，他的房间夹在中间，就像一盒无声地颤抖着的磁带。他的床上铺着一床席子，床前是一张桌子，摆着一台电脑，扔了几本书。他又该住在什么地方？荷尔德林也有精神问题，他在诗里写道，“阿尔卑斯的夜依然晴澈/浮云/凝聚着喜悦/将空谷深锁/轻嬉的山风/飘忽无定/傲啸着/一缕幽光/从冷杉垂落/倏然隐没”，但这也就是诗人荷尔德林可以日夜漫游的家乡啊。樊忠慰的诗与他的现实是分裂的，作为写诗的人与常人是分裂的，作为一个在单位支取薪水的职员和他的同事是分裂的。（盐津县仁慈，樊忠慰可以不上班，在家写作。）多重的分裂，他身上同时呈现着真身与假身。他就在我面前，我不知道这是现实的樊忠慰还是虚构的樊忠慰，瞻之在前，忽焉在后。在这个时代，谁不分裂？古典的心灵经验，日新月异光怪陆离的现实。但这不是破碎，而是纺织，他有一根看不见的线。他忽然走到窗前，掀开一缝，窥望下面的大街，似乎他是置身在一处森林里。我与他的共同处是，我也可以置身在这个世界里，什么都听不见，我常常虚构一些声音，包括为物理证明没有声音的事物想象出它们的声音，为有声世界想象它们从未有过的声音。他不是生活在被铁路和公路两大交通部门夹着的缝隙里，而是生活在他自己虚构的世界里，虚构只是对于外人而言，对于他，我们这些不速之客恐怕才是幻觉。

高山就在樊忠慰家的后面，他有时候出去爬山。火车穿过时，撬棍般撬得山梁摇晃。他走着走着，一不小心就遇到推土机而不是豹子。他就退下，走另一条路。

我说，我想小睡一阵。他去拿来块毛巾，铺在他的枕头上。我即刻就睡着了。

晾晒的被单，印着鲜花齐放
虚构的春天，挂在乡村竹竿上
右耳嗡嗡一声撞响
不知是苍蝇或蜜蜂，想偷我的幻听与臆想

郊游的黄昏，把月光收进口袋
观斗山顶耸立云堆的雪峰
落日熄灭鼾声，我鼻尖淌汗
在网络寻找自我，也寻找一代伟人的遗言

梦见一群人朗诵我的爱情诗句
我也加入欢呼的行列，没有观众发笑
我在舞台上旁若无人地撒尿
似乎昭示我多年病狂的羞耻

一个幻影与我相撞，不停地说我坏话
我说：你知道我是谁？我说出名字
这个幻影咧开惊恐的大嘴，挣扎着怪叫
我拔断他的牙齿，撕碎灵魂纷扬

这现实，木头在发癫，猪在生病，电话在自恋

平民们偶尔露出暴君的嘴脸
复活的贞女走出堆满淫荡和阴谋的史书
梦呓的光棍,说出一个时代的心痛:金币郁闷

(樊忠慰《金币郁闷》)

我睡醒就告辞了。临走,忠慰说要送我点东西。他取来,是四罐子蜂蜜。这时火车和汽车再次包抄而过。四罐蜂蜜装在塑料袋子里,沉甸甸的,就像是虚构之物。

春天是大地绿皮肤的妈妈
青云乳鸟,彩蝶搬花
凝神的沙漠,我是哪一粒沙

(樊忠慰)

说说家具

范小青

在我的印象当中,我们家一直没有自己的家具,我的外婆在世的时候,也和女儿女婿闹闹矛盾,常常听她说,你们有什么,就这俩马桶还是我从南通老家带出来的。这话一点不错,在我小的时候,我知道家里所有的家具都不是我们自己的,我父母亲刚参加革命工作,在薪级制和包干制中他们选择了包干制,也就是吃住都由公家包了,那么家具什么当然也都是公家的。这样做也许革命得更彻底些吧,那时候的人都是这么想,好像提出要拿国家的薪水自己过日子是很不光彩的。到后来包干制取消了,但是我们仍然住的公家的房子,用的公家的家具,一用就是十几年。在我们家,吃饭的桌子、睡觉的床、放衣服的大橱、放书的小柜,上面都刻有公家的记印,写着某某单位的名字,然后每月在父母亲的工资中扣除很少很少的一点租金,我们就是在这些刻记着"公"字的家具中慢慢地长起来。正如我外婆所说,我们家的硬件中,大概除了一大一小两只马桶,别的都是公家的了。许多年下来也没有觉得有什么不好,也没有什么不方便,孩子长起来,缺少一张床,就到公家的仓库去找出来,搬回家,或者哪一件家具破旧不堪不能再用,到公家去换一件就是。也许那时候，在许多人的心里，想到日后的共产主义也就是这样子了呢。

这样的状况一直到了公家在我们家的大门上贴了全家光荣下放的红纸那时才算告一段落。我们一家人都要到乡下去做农民，不再是公家的人了，当然也不好再继续用公家的家具，于是就收回去，留下一些生活必用的像床啦什么的按件作价，以很低廉的价格卖给我们了。我记得有一只木质很好的梳妆台和一个书柜，母亲想留下来继续使用，可是公家的人说，你们到乡下去，这些东西用不着的，带得太多，人家还以为是地主呢。于是只留下两张架子床、一张吃饭用的桌子、一只放衣服的大橱，还有两张竹榻，虽然看起来也是多余，但是公家倒没有要回去。把这些东西装上一条小船，我们从此就离开了公家的怀抱。我们的家具上仍然写着公家的名字，但是事实上它们已经属于我们自己，这是我们的家第一次真正有了自己的家具，说起来似乎要感谢下放的事呢。

在乡下的那几年，是没有心思想到家具什么的。那时候从宏观上需要考虑的是全家的前途，从微观上看，则是要想方设法，在极有限极有限的经济收入范围之内怎么样把日子正常地过下去，重要的是糊口和遮体，而不是家具。后来我们家又从乡下到县城，我父亲又补发了一些不该扣除而扣除了的工资，于是家里的经济稍稍地宽了一些。作为家庭主妇的母亲，第一件就是添置家具，买了木料，请木匠打了一张床、一只五斗橱、一张写字台。家里添家具我也跟着高兴，可是我却不过是空欢喜，新的家具一件也轮不到我。床和五斗橱当然是大人用的，写字台是哥哥要的，我还是一无所有。其实何止是家具，就是连属于自己的一处小小的蜗居，我一直到二十岁也没有争取到，在二十岁以后我还是和外婆住一屋子。这且不说，一家三代同堂四世同室的也多得很。我和外婆住的那屋子，既是我们的卧室，又是家里的厨房、餐厅、会客场所，还兼作厕所，真是多功能。有一次我写了一张小字报贴在墙上说明我的房间的多种用途，表示出我的不满。当然也仅仅就是如此了，除了能表示一点不满，又能如何呢？那张纸本来是开开玩笑，想贴了给家里人看看的，谁知后来一贴就忘记拿下来，后来家里来了客人，看了都笑，弄得我很不好意思。

再过几年我大学毕业，要结婚了。家里的条件虽然比起从前要好得多，我自己也有了工资，父母亲也没有别的什么大的负担，但是总的来说在八十年代初大家都还不富，我们结婚时的情况现在回想起来也真是有点寒酸的。我和我丈夫两人合着凑了一套七百元的家具，不管怎么说，这是我们家的第一套完整的也是比较像样的家具，放在我的新房里，真是满目生辉呢。我一心想置办一台缝纫机，虽然我自己并不会缝纫，但是那时候哪个姑娘结婚没有一台缝纫机呢？我也脱不了俗的，可是终因经济实力不够而没有办成，留下很多的遗憾。一直到结婚近一年以后，我还是把缝纫机买回来了，这台缝纫机的利用率，也可算是很低很低的了，因为我自己不会，总不能叫我丈夫去用。我婆婆有时从外地来，用起来给我儿子做些小衣服什么的，因为长期不用，踏起来很涩，不是常常断线，就是别的什么毛病，婆婆也是望而生畏，后来再也不用了，就成了我儿子的玩具。他没有玩头的时候，就把缝纫机拖出来摆弄摆弄，也算是有了一点用处吧。在我结婚时，我心心念念想买的还有一样东西，就是那时刚时兴起来的录音机，可是两人上街转了好多次，实在囊中羞涩，没敢问津，最后花二十三块钱买了台收音机回来，每每把频道调在音乐节目，作一些自我安慰，日子倒也相安无事。

结婚以后几年，随着时代的好起来，我们的日子也是慢慢地好起来，加上我又写了点文章，有些小稿费什么的，手头活络多了，于是就开始折腾。当然像我们这样的折腾多半也是跟着潮流折腾，绝不会超越到哪里去的，气派和钱财都不让我们有超越的可能。多半是这样，别人家买了洗衣机，我们也买，冰箱多起来，我们也跟上，然后是彩电、录像机一一添齐。看着四条木腿的沙发土气了，就换上带轮子转角沙发；固定不能动的沙发觉得太呆板，就去买豪华转椅。组合家具的广告做得叫人坐不住，就到店里去看看，一看就舍不得走开了，看着哪套哪套好：古典是古典的风格，现代是现代的潇洒，深色有深色的好，浅色也有浅色的妙。于是心旌摇曳，不能自持，总要拉回一套方能定心。折腾来折腾去，把几个不容易挣来的钱都弄得精光，时间精力心血也花了许多，每天守着新潮的家具，感觉是好，心情也是舒畅，却可惜好景不长。家具族也像服装族一样，赶起时兴来让你赤脚追也追不上的，于是看着说老派不能算老派、说新潮又赶不上真新潮的家具，只有生生闷气的分儿了。

于是有一天突然想到，这一切又都是为了什么？好像大彻大悟似的，决定什么也不买了，什么也不换了，于是家里就再也没有变化，很太平了。我虽然在家里做事情比较少，但是能动性却不小，许多事情没有我的力争原来是办不起来的，自从我有了一些所谓的觉悟，不再为家具操心，这三五年来，家中面貌基本上是一成不变，君子动口不动手，看来我这动口的人，也还是有点能量的呢。我丈夫买了一只油烟脱排机，放在家里，我没有催他装，于是就在家里的某一个角落放了一年。后来在我的再三啰唆之下，终于装了起来。有一年夏天来临之前，他帮别人买吊扇，自己也带了一只，一直到几年后的今天，也没有想到要把吊扇装起来。连续几年的夏天都是高温,每年到了夏天就说买空调的事情,但是每年都在说说之间过去了。去年又是罕见的酷暑，连一向不怕热的父亲也热得受不了，于是到处打听空调的事情,商量买了空调装在哪一间屋里。上有老下有小，老老小小都想照顾周全，买一台空调好像解决不了问题；买两台空调即使经济实力还勉强搭得够,心理的实力却有些搭不够了,于是说算了算了,再熬几天也就熬过去了,谁知一熬再熬却是越熬越热。眼看着这一回好像熬不过,再急急地到处打听,终于打听到有一种壁挂空调是有子母机的，买一台空调，配两台壁挂,就可以像分箱录音机那样,把子母两机放到两个屋里同时制冷,等于是买一台空调当作两台用,那不是天大的便宜吗？再打听到价格也不算太贵,自己还是能承担的,可是一直到最后决定买了才知道苏州没得卖,到上海恐怕还要托人开后门。这样一想,又有些犹豫,来来去去,忙前忙后,大概也不是一两天就能空调起来的,先到三电办报户口,再借车子去到上海,到了上海要托人买,再运回来,找人换电线,重装电表,再安空调,等到用上,早已经过了立秋之日,于是又说,算了算了,已经熬过去了,明年再说吧。

从前是我折腾得凶，不该买的也去买了来，不该换的也换得勤,把家里大家弄得也怕,后来又是我坐得太稳,该买的却不想买了。像空调这样的,实在是早应该买回来,却是一拖再拖,始终没有买成。从一个极端走到另一个极端,可叹一个凡夫俗子,总是不能把分寸掌握得很好，自以为彻悟了什么，其实还差着十万八千里呢,只是自己不明白罢了。

角落

筱敏

理发的

他的装备是一只方凳和一只棕黄色人造革提包，一只提耳断了，他用一根红色的尼龙绳两头拴住，做成一只新的提耳，原来的那只，被剩下的尼龙绳多绕了几绕，就耷拉在原来的位置上，依旧做着提耳的模样。他的店面在人行天桥之上。这座天桥比较长，半边的下面过火车，半边的下面过汽车，火车道和汽车道之间还有人工的绿化带，以及非人工的残存的荒草，容蟋蟀们在晚间鸣唱。

理发的在天桥上开业已经有一些时候了，那时这天桥还仅仅是座横跨铁路的天桥，上上下下都罩着铁丝网，网上挂一些小牌子，写着“高压危险”“禁止攀爬”“禁止掷物”等等。那时两边都是低矮的村舍，天桥的台阶伸下去，就伸到荒草欲合的泥径里了。他在天桥顶上给人理发，眼看着远远近近的灰瓦成片地倒下去，连连绵绵的菜畦成片地铲起来；倏忽是竟日不开的接天黄尘，倏忽是渺无涯际的磅礴泥浆。再一日，上上下下的铁丝网都被覆上了模板和油毡纸，将天桥裹成暗无天日的甬道，迫使他不得不用剪子加刀片去开几个孔洞，偷偷放进几束光来，将就照见顾客的头顶。然后就听到外面的世界满是令人惊恐的声音,接连不断的人造的地震,头顶的模板和油毡纸不时被由天而降之物砸得乱响,间或有一些水泥砂浆从缝隙中倾泻下来,溅在他的摊位上。到得甬道重见天日的时候,他好一阵子头晕,像豆荚爆开了,豆子却落不到土里,而徒然在空中打旋的模样。一幢遮挡住了天空的楼宇出现在铁丝网的这一边,一条直通地平线的汽车路出现在铁丝网的另一边,还有另一座天桥赫然插过来,直逼脚底,已经接合了这一座老桥的桥面。他就这样被卷裹在城市的巨腹之中了。从前村口的租书档上有本连环画,讲一个小人儿连同他的舢板被巨鲸吞入腹中的故事,画里就是夜空一样黑魆魆的鲸腹,那个小人儿在鲸腹之中还坐着他的舢板,在钓那些同样被吞进鲸腹中的小鱼。

理发的开工很早,他用的是乡下的钟点。他在桥面的一隅放下他的方凳,把人造革提包钩在铁丝网上,从里面一样一样掏出镜子、梳子、推子、剪子,依次排在水泥栏杆的小平面上,然后展开一块还能看得出曾经葱绿的竹布,脚踏了方凳,将竹布的四只角扎紧了头顶的铁丝网,就成了一方可以遮阳也姑且挡得一阵子细雨的屋顶。这样,一个理发摊子就齐整了。这时候,那列蓝白相间的早班客车正好从桥底驶过去,再等一阵子,那列黑乌乌的煤车就会由另一头驶过来。

桥面还是很清冷,几个学生跑过去,几个老者踱过来。卖盐水菠萝的要到日头燥了才会出现,而桥脚那个摆顶针麻线木梳发夹的,就是个游魂,出出没没都是无常的事情。

生意也是清冷。早晨的风从桥面拂过去,也是空落落的,依稀有一点青草的气味。他抄了手支住栏杆,望匆匆过往的火车,匆匆过往的汽车,无论由西向东,由东向西,都是飞驰着离他远去。车里的人是望不到的，就像周遭日渐繁密的超高楼宇里的人，也是望不到的，城里的人都隔着玻璃。

今天运气还好，如此这般望到日落，一共望来五位主顾。一位是熟客，着二十年前的褂子，剪二十年前的款式，说二十年前的流言，付二十年前的价钱——这是以乡里的实物计算。一位是着汗衫的，指甲缝里都是土，土坨般一动不动，只一味叫，短，短啊，再短啊，短了凉快！他知道那不在凉快，倒是能省出往后两个月再剪的花费。一位发顶全白，疏疏落落，一丛蚱蜢都留不住的衰草，推子是用不上了，剪子底下也多是空的，来来去去都是落寞，不由得令人手颤。还有两位像是学生。一位老大不情愿的，把一件花格子衬衫看来看去，迟迟疑疑脱下，仔细拿报纸包了，攥在手里，收在围布下面。另一位就俨然是个师傅，盯紧了镜子，两只手从围布下面伸出来指指点点，这里要平，那里要斜，这一块起脚，那一撮要飞剪……

日头落了，火车路和汽车路并列伸出去的地方，是城市一个窄窄的缺口，日头就在那个缺口里红浊浊地落了。城里人看不见落日，独他看见。

桥脚处开夜档的出来了。理发的将自己的摊子收拾到提包里，走下去，坐在自己的方凳上，叫了一碟炒河粉。因为是熟客，汤是可以送的，而且格外地有一些汤渣。今天的收成，使他有了享用一碟炒河粉的心情。

回家走的是夜路了，他不喜路灯，只拣火车路和人工绿化带之间残存的荒草地走，车声和人声之间，还能听到蟋蟀的鸣唱。

一只蟋蟀撞到他怀里，他一掌拿了，握住，小东西在掌心里踢蹬，挣蹿，但他是熟手了，逃是逃不脱的。他思谋着回去劈几条竹篾，编一个小笼，将小东西养进去。他知道怎么喂它，吃食定然比日渐退缩的残草丛里好。他思谋着早晨开工时带上它，小笼顶上弯一个铁丝钩子，可以挂在天桥的铁丝网上，闲时抄手听它唱，便胜过火车汽车飞驰远去的动静。

他想得高兴，不觉脚下的残草愈窄愈浅，路灯取代月亮悬着，前面已经是人行道的花砖。掌心里的挣扎像是逐渐乏弱了。他站了一站，松开手，竟让那小东西去了。

修鞋的

火车站喘息着吞吐人群，浓烟般的人群从甬道里喷出来，在广场上骤然散开。他是一星尘末，随着气流的裹挟，被喷吐到城里来了。

他在广场张目一望，就失了方向。广场是令人心慌的大，像黄河出海处的淤滩，失了流速的泥沙一时张皇，也就失了方向。阳光是一种陌生的气味，使他疑心这不是阳光，而且它不是沁进去烘暖人和庄稼的，却是在表皮上白晃晃贴着，镀银一样只管四处制造白晃晃的反光。方砖是这种反光，路面是这种反光，楼墙、街衢、汽车，每一扇门和每一页窗都是这种推拒人的反光。

他的目的地到了。他梦里的目的地确是这样银光熠熠的，但银光熠熠的城市并不认识他，并没有安顿他的梦的位置。他没能把自己做颗种子种进那些光里，他一次再次被推拒出来，到底还是途中的流沙，在虚拟的目的地茫然地流徙。

于是，他蹲在路旁看见许多流徙的脚，于是，他成了一个修鞋的。

修鞋的摊子占地一平方米，但这一平方米是城里人的，不是他的。他只是个非法闯入者，非法逗留者。他必须随时提防那些身着制服手提棍棒管着这每一平方米的主人；他必须能在眨眼之间卷得起他的摊子，眨眼之间消失。在谋生之路上，在梦境之城里，他便是一个必须以不断的逃亡证明自己不存在的非人。

这会儿修鞋的栖在一棵路树下面。这树据说叫榕，大叶榕还是菩提榕，他不大认识，然而树荫倒是密得结实。他的修鞋摊子张开，没有一点儿声响，他半蹲半蜷的坐态，更没有一点儿声响，唯独发出一点儿声响的，是那晨露一样的目光，在浑浊的街市里，以一种清澈的期待盯视着路人。

最好听的是鞋钉敲进鞋跟的声音，还有麻线纳过鞋帮的声音，还有黏合胶的小罐扑的一下撬开盖子的声音，还有卖烤红薯女子的胶轮车吱吱呀呀来而复去的声音……

土地的气味从他体内散发出来，浓郁，让他瞌睡，但土地这件事他是不想的，他就是被冲走了的土地。关于土地，如果说他也曾有过，他所能记起的就是荒旱，一颗汗珠子滴下去，溅起来的不是青苗，而是黄扑扑的浮尘。好容易有一场雨，却不是滋养土地的，而是毁坏土地的，他看见一片一片土地被冲走了，剩下一棱棱干枯的不长东西的沟壑，接着又是荒旱，接着又是一片土地被冲走了，最后他也被冲走了。不会再有一道水流反转过来，把他重新带回去。

他的腿屈起成一个作坊台面，在那里侍弄各色鞋子。他宁愿膝头不断地长出来鞋子，他宁愿鞋油的气味盖过土地的气味。土地对于他永远是个神话，故乡连天的荒寒也是，这里的一尺一寸也是。他的卑贱不可以耕耘神话，唯愿能平平安安侍弄那些游走在神话之上的鞋子。

眼前的望不断的高层楼宇是神话中的神话，那里面的人都住在云里，无数来历不明的反射光，从不同的方向推拒向那里张望的眼睛。然而修鞋的总是止不住自己抬头张望,他的眼睛就总是赤痛流泪。即使如此,他仍然不理解那神话中所谓一平方米的售价是怎么个意思，就像结绳记事的人不能理解从地球到月球的天文数字，这到底是一个与他无关的问题。

他唯一理解的是这棵他叫不出名字的路树，他想对于这棵路树,他也已经是个面熟的人。他听见人说这种树命贱,贴着墙缝也能长,树身上挂下来的每一条气根都是一条命,触到地面就能长成新树,甚至可以独木成林。那些气根真是多啊！而且每天都有嫩生生的端尖冒出来,垂挂着向地面奔去。但修鞋的还是担心,毕竟这些气根不知道,它们要去往的土地,已经是水泥封严了的,水泥很光滑，一丝缝隙也没有，他不知道那样的地面怎么样挤得下一条命。他这么担心着,那些气根已经悠悠然垂到他的眉棱处了。

穿制服的人出现了,修鞋的卷起他的摊子拔腿飞逃。现在他知道他不必逃得太远，钻进一条岔道很多的小巷子大体就躲过去了，他还能找到一处断墙,掩着自己向外张望。他看见穿制服的人今天颜色不大一样,更不一样的是他们手里抄的是特大的剪子,扬手间金属声刮着空气刺骨地响。他们熟练地一路剪过来,把路树垂挂的气根和低斜的枝杈全都剪干净了,路面瞬时宽敞明朗,像灯箱广告里的画。修鞋的明白,无论有多少条命,也无论命有多贱,那些气根再也扎不到地里去了。

搬家的

搬家的年纪不小了,那件红汗衫套在身上就有些别扭,不像人穿衣衫,倒像人躲衣衫,哪儿和哪儿都缩着,伸展不开。汗衫前胸印了几个白字“大发搬家”,后背的一行白字比较细小,印的是公司的电话号码，那是给顾客看的，给预约的顾客看，投诉的顾客也看，这也就等于是公司老板每时每刻都跟着的眼睛。他做活是很出力的，又还有力气，也不怕看，但就是不习惯。加上他面相见老，背上的物件太重时，脚骨就有些打晃，也不好看。顾客时常就会嫌，还会冲着楼梯一路地嚷："行不行啊你？看着点啊你！看磕坏我的柜子角了你！"有一次手没把住，背上叠起的三个纸箱子还真的摔了，他赶忙拿身子去垫，就怕东西摔坏，赔不起，半边背脊和一条胳膊擦脱一层皮，这不算事儿，皮不像东西娇贵，会自己再长。还好，箱子里面装的是书、报纸，还有球鞋、沙包、哑铃什么的，都摔不坏。但东西摔下来，却砸坏了别人家门口的垃圾桶，也还得赔五块钱。

搬家的从车卡子里跳下来，五六个红汗衫忙着往下倒腾他们的工具：箩筐（这是尽可能多装杂物的，单说栽了花的花盆，城里人两手抬一个的，这一筐子就能背下去五六个），棉毡子（这是包电视机那类娇贵东西的，也作绳子和把手用，像那样三个箱子摞在背上，就得用它兜住把住，光靠胳膊搂不牢的），手推车（这不是老用得上，他们脚下的平地可不多）。这些东西公司老板不是白配给你，折旧费都会从工钱里扣。五六个红汗衫往巷子口一站，加上几条大红的毡子，倒像是耍狮子的，不是地场上叫大家伙拍掌热闹的那种，是大年里在一家家店铺门前挨过去讨红封包的那种。但这个脊背已见佝偻的人怎么看也是耍不动了，他的脸和身子骨都沉沉地发木，像是栽在旱地里的土豆棵子。可惜城里的地面也是没土的。先前他想不出没土的地面怎么能是地面，这会儿算是看见了，这种地面就是没长性的，既栽不下土豆，也栽不下人，所以城里人尽日里忙着搬来搬去。

城里的楼梯和他挑山时走的那种不同，倒不在它们黑，挑山时也是两头摸黑；也不在窄，挑山时窄处也就刚容一只脚，人把脸贴紧了岩壁横着走，脊梁骨和货物可都悬在崖道外面。让人悬心的是，城里的楼梯都靠不住，上面下面都是空的，它靠上去的楼板也是空的，走在那里，像两脚点不着地，又没个尽头，心里面没着没落，可是悬。挑山的道有个走熟的时候，走得多了，它就像认得你，告诉你在哪儿喝水，哪儿歇气，落下个毛巾水瓶盖儿，它也会好好地待在原地，等你下一趟回来捡拾。但城里的楼梯可走不熟，走得越多越是生，谁都吆喝你，盯牢你，却谁都不认识你，每日里不停地上来下去，下去上来，都荒荒落落的，是个生人。不过，挑山那挣的是死钱，两头摸黑往紧里赶，也就是两趟来回，再赶不出三趟，紧巴巴只管得上两张嘴，再要一脚没留神，哧溜下去的可就是一条人命。

说起来还是城里的活儿来钱。就说这一家，东西也不算太多，先扛下六层楼，装车，到地方再卸车，扛上八层楼，每人两头都来回七八趟吧，中间加上车走的路，两三个钟点的事情，主顾得付两百五十块钱。大头当然是老板的，老板那头的事他不会算，他知道的就是他能见到的，司机和车是一份，小卡十五，长卡十八，大长卡二十，他们几个出死力气的，合着拿总数的百分之二十点儿，这个“点儿”是几，那得看老板的心情。那么这一趟就是五十来块，五个人分，熬上领工还能多分一个半个点儿。如果碰上日子好，生意火旺，他们能从早六点搬到夜十点、十一点，一天搬上五家，能挣下五六十块钱！但日子不能每天都好，来钱的事谁都想争，有力气能卖的人也多得是，走在路上，抬眼就能见刷着“大吉搬家”“大利搬家”“大众搬家”“大同搬家”……的车子横来直去，有时一整天摊不上一件活儿，窝得人脊背上都是毛毛刺。

闲的时候他就暗自盘算，不能都按好日子算，也不能都是糟日子，和匀了说，算一天挣三十吧，一月下来就是九百，这可是种地和挑山都不敢想的数。第一个他得存起来五百。他有个儿子，最给他长脸的，在省城里念大学呢，每年的学费和着住宿费得交六千，那么他一年就必得攒够这六千。剩下的他管不了，饭钱、书本子钱，还有过年想回家的车钱，那得儿子偷空打工自己去挣。这书怎么着也得让儿子念下去，儿子不能跟他似的，再给人搬家，就是再想回到地里刨食，这会儿也刨不出来了，地自己还饿哩，都刨尽了，没食。第二个他得给家里寄二百，乡下日子难，老的小的不说，就说今天一个窝心的费，明天一个糟心的税，都是要钱的事，知道那不够，但也管不上了，只好硬是闭起眼睛不管。他还得给自己留点儿，城里不比乡下，吃的住的哪一样都得钱，一天拿出五六块，这要吃饱还怪难。他不是没饿过，他经得饿，但就怕老板瞅着他的身子骨皱眉头，找一份力气活不容易，而他剩下的也就这么点儿力气。他最害怕的是有个伤病，而他最保不住的就是自己能没有病。

搬家的很想回家看看，家真远啊——远啊——想得紧了，一伙干活的年轻人就笑，说，这么着用红毡子裹起，扛在背上，把家搬来。但他是搬不动了，再说，能拔起来搬来搬去的家，那还叫家吗？

河流记

李汉荣

一

从四岁在故乡小河里学会游泳，已几十年过去了。几十年里，与河流、与水的感情越来越深，可谓之“一日不见，如隔三秋”。看河景，沐河风，听河声，早已是我每日都要进行的功课，若是哪一天不看一眼河流，不听一会儿水声，就成了一个亏欠和心病。好在多年来我主要生活在陕南的汉江流域，这里气候温润，河流纵横，溪塘密布，养育了丰饶的草木生灵和淳朴厚道的人民。我曾有几次调往外地的机会而终未成行，其中一个原因是新去的地方缺水，更没有一条像样的河流，所以就放弃了。厮守故乡，实在是因为舍不得那些美好的河流；临河而居，是我今生的大福气。

在河里游泳，是我多年的习惯，从童年一路游下来，也游过几十条河了，漾河、褒河、湑水河、泾洋河、汉江、冷水河、椒溪河、八渡河、黑河、嘉陵江……方圆数百里的主要河流都游过了。那年夏天，趁到江西南昌走亲戚的机会，我在夜晚游了赣江；到东北出差，本想在松辽平原的嫩江游一下，不巧感冒，只好在江边掬几捧水，打几个漂石，犁几波水花，以示到此一游；二十世纪末的一个初夏，我和朋友旅行来到海南的天涯海角，当夜晚落潮刚过，我跳下海游了约半小时，体验了一下被海浪浸泡的鱼类的感觉，也领略了海的凶险，当落潮凶猛地向远处退行，像有若干双巨手迅疾地卷起铺盖，我险些被落潮的涌浪卷走，我知道那可怖的力量是来自太平洋那巨大胸膛的强劲起伏和收缩，那一刻，笼罩海面的夜色使我有了深渊在即的恐怖，好在我及时随着落潮回旋的余波顺势拼命游到浅滩。我返回岸上，岸上看海的朋友竟浑然不觉，他不知道，我其实刚刚从死神大张的口边侥幸逃出来。

海里的那次冒险游泳，使我对陆地河流，尤其是对故乡的河流，有了更深、更亲切的感情。几十年来，在河里无数次的游泳，我竟没有遇过一次危险，仅有几次小小的呛水。在我心目里，至少对于我，河流是厚道的、友好的。

但是，千万不可轻薄地去挑战河流，不可狂妄地去蔑视河流，更不可怀着恶意去糟蹋和伤害河流。

二

我们应该像我们的先人那样，从内心里尊敬和热爱河流，并且多多少少对河流怀着一点畏惧，怀着一种崇拜。

把河流看作一位阅历无限丰富、内心有着无尽藏纳的长者和先知，把河流看作一位伟大的历史学家，不，河流就是历史老人本身，大地的往事都镌刻在河流弯曲的身上。随便一粒沙、一块河边的石头、一页沉没于河底的船的碎片，都记载着过往时光的遭逢际遇，其间有多少惊心动魄的事件和情节啊。你随意拾取一粒石子，在它细密的纹路里，肯定浓缩着比《史记》更浩瀚更久远的时光密码。

把河流看作一位博大精深的百科全书式的学问家和具有无穷原创力的创造者，他凿通万山、培育万物、养活万民、灌溉万世，如此大学问和大本领，河流竟是无师自通、无往不利，是何故？是因为河流秉持了“参天地，赞化育”的大道，利天下而不自利一分，育万物而不独占一物，河流真正做到了为天地工作，为众生操劳。得大道者，方有大德、大学问、大智慧、大本领。河流是上苍花了亿万年的课时精心培养的学问家和工程师，河流来到世间，就是为了彰显天意，广施福泽，创造奇迹。

把河流看作一位慈悲为怀、乐善好施的慈善家，他见过了高天旷野大世面，见过了深壑巨岩大事物，但他从不攀高弃低，从不喜大忘小，相反，他总是牵念着低处，在低处汇聚了他最多最深的情感；他总是怜小惜弱，弱小者投身到他的怀里，总能得到他的庇护和养育，无论是一只小鱼小虾，一只小小的水蛭，一条隐姓埋名、藏身泥沙的泥鳅，仁慈的河流都为它们准备了足够的口粮，并传授泅渡激流险滩的方法和诀窍。即使是可怜的乞丐和逃荒的穷人，只要来到河流面前，也总能找到些吃的，岸边林子里的桑葚、救兵粮（一种野果）、猕猴桃，沙地里的野萝卜，野燕麦，这是河流为那些被命运遗弃的生灵储备的救济粮；若是渴了，那么，随意喝吧，露天敞开的河流就是任你痛饮的自来水和大水缸；而循着渡口老柳树摇动的柔软手臂的提示，你隐隐看见了对岸，看见久违了的温暖炊烟和故园的亲情，于是身陷绝境的你，重新对红尘人间有了念想……河流为什么不愿走直路，而总是曲曲折折地绕路而行？哪怕穷乡僻壤，他也要把它搂进多情的臂弯？他是为了尽量多走一些地方，多察看一些情况，多帮助一些饥渴的生灵、焦急的草木和等待的水瓢。河流就这样不计回报地一路慷慨施舍，一路广布恩泽。古往今来，我们不知道这一条条河流,究竟救活了多少草木和生灵,接济了多少穷苦的日子,抚慰了多少焦渴的思念?

把河流看作一位将浪漫情怀和写实手法完美统一于一身的天才美学家、文学家、诗人、艺术家、音乐家,他一路制造梦幻倒影,一路创作油画、水彩画和国画,一路举办摄影展览;一路举行独唱、男女声二重唱、童声齐唱和多声部合唱,且场场都是义演,句句都是真唱;他一路不停上演场景变换、情节曲折、高潮迭起的风情长剧;他一路触景生情出口成章, 见山吟山见鸟颂鸟见风赋风见月咏月,看见一个小姑娘从小桥上走过,他也不忘记仔细为她剪一帧生动侧影,作为一首诗的插图。凡是河流走过的地方,都是有意境、有美感、有风情的好地方,即使一个偏远小村落,被清亮的河流轻轻一绕,就变成了令人眷恋的桃花源;他一路诗词歌赋,一路琴棋书画,一路松竹梅兰,一路风雅颂,一路谈天说地,一路议古论今,河流有着挥洒不尽的艺术灵感和创造才华, 有着说不完的见闻和传说,有着我们永远也无法理解的深沉思想,当然,河流也有着难以言说的孤独和忧伤。那么, 河流深邃的内心究竟藏着怎样的思想和忧伤?这是我们这些总是在岸上魂不守舍、左顾右盼、东张西望的人类所无法知道的,甚至一只水鸟对河流的理解,也比我们深刻得多。在河流面前,我们其实都是一群懵懂小儿,浅薄无知,有待启蒙。

把河流看作一位不倦的旅行者,他穿越群山、漫游天下、鉴赏万物、行吟大地已达亿万年之久了,那滔滔不绝的流水和绵绵不断的烟云,就是他卷帙浩繁的行走记录和心灵档案。自盘古劈开混沌以来,天地间发生的无数事件和走过的衮衮人物,一部分由化石做了记载,极少量在人类史书留下片段记录,而大部分还是都收藏在河流的眸子里和内心里。河流那深沉的语言和悠长的讲述,一旦被我们听懂,我们将不再需要什么历史学家,因为,河流——这历史的当事人和撰写者,已经亲口向我们讲述了真实的历史。这伟大的旅行者,时光的穿越者和目击者,他见过恐龙,见过始祖鸟,见过盘古,见过女娲,见过大禹;见过伏羲,见过神农,见过黄帝,见过尧舜,见过水上女神;见过秦始皇、刘邦,见过陈胜、吴广,见过唐玄宗和杨玉环;见过人类精神史上那些开天辟地的大哲和圣人,他见过经常静坐水边沉思的老子,这位智者曾面对流水说出了意味深长的千古箴言:上善若水,水善利万物而不争;他见过沿河而行的孔夫子,两千多年前的那个黄昏,圣人望着滔滔远去的河流,说了一句很著名的话:逝者如斯夫,不舍昼夜。

三

即使是一条小河,他也比你有见识、有故事、有趣味得多,他见过许由、屈原、司马迁,见过褒姒、西施、王昭君,见过陶渊明,见过李白、杜甫、王维、孟浩然,见过苏东坡、辛弃疾、李清照和曹雪芹;见过华佗、孙思邈、李时珍。他亲眼看见李时珍沿河沿岸采集和遍尝草药,在野外受凉发烧了,他就嚼几枚柴胡麦冬祛风散寒,然后,掬一捧河水研墨、润笔,伏在岸边青石上,继续写那济世救民的医书,你应该相信,《本草纲目》里的若干词条,就是李时珍蘸着你家屋后那条小河里的水写的, 沉疴缠身之际, 不妨于夜深人静之时,翻开这药香弥漫的仁慈古卷,你会听见几百年前的水声,从某个处方里潺湲而来,耐心观照、诊断你此刻的病情;他亲眼看见李白乘船去往对岸,上船时打了个趔趄,他急忙站稳,恭恭敬敬拱手施礼,遥对目送他的友人深情吟唱:“李白乘舟将欲行,忽闻岸上踏歌声,桃花潭水深千尺, 不及汪伦送我情”; 他亲眼看见辛弃疾沿着一条小溪走过来，走进那清贫而厚道的农家，无限怜惜地吟哦："茅檐低小，溪上青青草，醉里吴音相媚好，白发谁家翁媪？大儿锄豆溪东，中儿正织鸡笼，最喜小儿无赖，溪头卧剥莲蓬"；他亲眼看见陆游从河边大柳树下慢慢走过，亲眼看见他在河里提了一桶清水回家，净手焚香，研墨铺纸，然后，一笔一画写出了"山重水复疑无路，柳暗花明又一村"的诗句，写罢，又沿着河岸柳林漫步沉思，反复吟诵。不仅这首诗，古代的千千万万首诗，哪一首不是诗人们按照河流起伏的波浪和跌宕的节奏，造的句，押的韵，定的稿？

知道吗？就是你家门前的那条小河，他对你早已遗忘了的你们家族数百年的家谱，也能倒背如流。他见过你爷爷以及你爷爷的爷爷，见过你外婆以及你外婆的外婆，他见过你妈还是个小女孩子时的样子，那是初夏的午后，她与邻居小孩在河边戏水的时候，河水就打湿过她那葱白一样的脚丫子……

是的，如果我们静下心来，默默想一下河流，我们就会对河流生出无限的感念、深情和敬意。

四

走近一条河流，就像走近一位母亲或女神，你不该怀着轻薄的心思，去亵玩她情感的碧波，去蹂躏她洁净的白沙，去盗取她河心的金子，而是怀着对母性之乳、对母亲之爱的一份敬重、一份挚爱，轻轻地、端庄地、礼貌地走向她，那么，她，我们的河流，就会接纳我们这些懂得爱也珍惜爱，怀了一腔纯洁渴望的好孩子。她知道，我们是河流的子孙，我们离不开河流的乳汁和感情。

是的，这绝不是我对河流的偏爱而生出的矫情，对大自然、对土地、对河流，无论有着怎么深的感情，这感情都绝不是矫情，那是我们与生俱来、出自生命本源的真挚感情。

我故乡过往的先辈，和仍然健在的上年纪的乡亲，一直保持着久远年代传下来的传统和操守，那些出自先人们内心的感激和尊敬，而定下来的对日常生活和天地自然的种种禁忌，我的一代代乡亲们都谨守如仪。比如，不能对老天爷说坏话，更不能骂老天，对不利的天象和天气，比如天旱、暴雨、霜冻或冰雹有怨气的时候，可以问天、劝天，但不可用怨恨的语言谩骂天；对山上裸露的古老岩石或古树巨木，遇见了不能随意搬动或伤害，最好要行礼致敬，因为古岩古木身上附着山的魂魄，任何无礼的触动和损伤，都会动摇了山的根基和灵气；在寒气重的夜晚，不能随便大声呼叫一个人的名字，那会把阴寒之气带给这个人，而对他的健康和流年造成不利；在庄稼地里路过，不能说粗话和脏话，不能说伤人的话，这样不仅会伤及人，也会伤了土地的元气和庄稼的和气。关于水的禁忌要更具体更详细一些，比如，在水井挑水时，尽量不要两腿叉开横跨水井，而是最好站立井台俯身取水，现在我理解这个禁忌的用意：一是两腿跨井姿势不雅，对井也不恭敬；二是若有小孩子两腿横跨井台，由于腿短，孩子容易闪失跌进水里，极不安全。那时候，山上有很多泉，泉里多数都放着水瓢，供过路人使用，大人要求我们，不可将漱口的水吐在泉边，要吐到远一些的地方，用水瓢喝水后，要将水瓢放回原处；有的山泉边长着野葫芦藤叶，叶子正好用来舀水喝，用过的叶子不能毁坏和扔弃，要用水冲过之后放在泉边供后面人用（如果人人都采了叶子用后毁弃，那会把泉边的叶子采尽）。小时候，我们并不怎么理解这些禁忌的含义，但也能模仿大人并严格遵守，每次到泉边玩耍或喝水，都小心翼翼地护着泉，而泉水也以清亮的目光和好听的歌声迎送我们。有关河流的禁忌和信条，我记得是这样的：对河流不能说坏话和脏话，不能对河流吐痰吐口水，不能在河边随地大小便，不能往河流里扔任何脏东西，不能伤害河边的草木和鸟儿，在河边，哪怕起一个不好的念头都是对河流的不敬；当心里有了忧烦和愁苦，可以在无人的时候，独自对着河湾里湍急的流水大声倾诉，哗哗的流水会带走你的烦恼和忧伤，洗净你心里淤积的尘埃；过桥时要礼让对岸的人先过，过了桥，要在心里对桥和架桥人说声："修桥铺路，积德有福。"

这些满含情感和敬意，也有几分神秘意味的古老禁忌和伦理，其实都出自古时先民们对天地自然发自肺腑的尊敬。心存如此庄严感情的古人，该是一些怎样可敬的人？他们有情有义地走过大地山川，上不亵渎一片云彩，中不伤害一个好人，下不糟蹋一颗露珠，由此维护了满目风景，认领了遍地诗意：他们登山则情满于山，临水则意溢于水，对月则幽思盈怀，踏雪则诗情漫天。

五

面对一条河流、一脉小溪、一眼山泉、一泓碧潭，我们的先人都绝不仅仅把它们看作一个东西一个物，绝不仅仅看作可以随意支配和掠夺的消费对象，而是看作一种生命，而且是比生命还要久远和幽深的更本源的存在，是孕育生命的生命。他们对之投注以真挚的情感和尊敬。这是比现今所谓的环保意识、生态意识要深沉得多的一种生命情感，它是源于对天地万物、对生命本源的至深感悟而产生的一种精神信仰。作家张炜对有人把他的作品仅仅理解为"生态写作"颇不认同，认为文学是远远大于生态意识的，文学是关于生命体验和生命关怀的深沉表达。不错，文学作品里天然地含有生态元素，但对有着生态元素的文学作品不能仅仅予以生态的解读，若是仅仅这样解读,实际上就大大缩小了,也降低了文学本身的境界和格局。我们的先人虔诚信奉的生活禁忌和大地伦理,也不能仅仅给以生态和环保的简单理解。生态意识与环保主义当然是个好东西,但它们还是出于现今人类对自我生存和保护的实用需要,出于对不可持续的担忧和对可持续的渴望。而古人的生活禁忌和大地伦理,固然也有自我保护的因素,但更有超越实用的对天地宇宙的敬畏,对天命和天道的崇仰,包含着对终极真理的膜拜和体认,那已不是一种实用的理念,而是一种至深的生命觉悟和精神信仰。

那些饱含深情和深意的古老禁忌和大地伦理,那些关于水、关于河流的禁忌和仪式,不仅使一代代的先人们,生活得有操守,有敬畏,有生命意境,有伦理深度,而且也保护了大地的贞操、生灵的繁育和山河的完好。就拿我故乡来说吧,在我很小的时候,我们那里山清水秀胜过如今的生态景区,山上松柏郁郁成林,涧水鸣溅,泉流淙淙,一座小小山上就有大小五眼泉,名之为五泉山,给了我们童年多少透明的快乐和最初的诗意启蒙;小河里一年四季清流荡漾,沿河古槐老树很多,河畔巨石横卧,奇石随处可见,却无人采挖和盗走,在河边林子里走一趟,就有回了一趟古代、"别有天地非人间"的时空跨越之感。河水清澈得可以照镜子,有的乡亲到对岸走亲戚,就在过河时对着河水整理自己的头发和仪表,我小时候也有过这样的经历。那时的河水是可以放心饮用的,河边的人家就直接挑回河水烧水做饭,行路的人渴了,就随时俯身在河边痛饮一番,那甘洌,那清爽,是现在的年轻人不能想象的。

当你俯身看见,那么温柔的河水里、泉水里,都有你的清澈倒影,与你面对面,辨认着你,欣赏着你,你此时的心里,荡漾着的该是怎样一种纯净、喜悦的感情?是的,当我们怀着清洁的情感和念想，走在大地上，走在时光的水边，被我们感念着的清澈流水，也乐意抢拍我们的形象，也乐意收藏我们的倒影。

于是我们明白了，在物理学的能量守恒定律之外，还有一个万古不变的大地的美学原理和伦理学原理：那被我们珍惜着的，也一定在珍惜着我们；那被我们深爱着的，也一定在深爱着我们；那被我们欣赏着的，也一定在欣赏着我们。

六

如今，古老的禁忌和大地的伦理，或被遗忘或遭践踏，我们，对于脚下大地，对于万物生灵，对于水，对于河流，我们还有几许尊敬，还有几许深情，还有几许怜惜？还有哪一片土、哪一座山、哪一棵树、哪一种生灵、哪一条河、哪一条溪，不被我们欺凌、掠夺、糟蹋和伤害？在孟浩然沉吟过的田野上，还剩下几处田园意境？在李白放歌的山水间，还存有几许山水诗意？

当物质主义、消费主义和金钱拜物教成为人们迷信的“邪教”，当颠覆传统、解构信仰、践踏美德成为丑陋的时尚，我们上不畏天，下不敬地，外无造化可师，中无心源可得，我们心藏大欲，手挥利器，放纵欲望的虎狼，迷醉于形同抢劫的所谓升官发财、争名夺利、一夜暴富、“只要我生前洪福齐天，哪管它死后洪水滔天”等等邪恶低级的快感。危险啊，只差一步，我们就成了穷凶极恶、吞噬万物的大地的蝗虫和大自然的敌人。

我们一路张狂，一路呼啸，见山欺山，见水辱水，见鸟烹鸟，见琴焚琴，见色起淫心，见玉生贼胆。我们像迷狂的疯魔，张牙舞爪蹂躏着大地，也蹂躏了我们本可以纯正高尚一些的心灵。

我们可曾发现，如今，还有几只鸟，愿意停在我们屋顶，与我们聊聊天、拉拉家常，或亲热地呼唤我们的乳名，或用水灵灵的语调向我们朗诵几首唐诗？还有几眼山泉，愿意向我们投来深情的眸子？它们早已痛苦地闭了眼睛，不愿再见到我们。还有几条干净的河流，愿意收藏我们的身影？它们很浑，像我们的内心一样浑；它们很浅，像我们的情感一样浅；它们失去了活水源头，才变得如此残破和恓惶，那是痛彻心肺地在提醒：人啊，倘若不找回你的心灵源头和情感活水，你们的心灵之河，大地的生命之河，又如何能重新荡漾，并映照出天地万物的倒影？

沿河·乌江

王剑冰

一

第一次知道沿河。想必先有人沿河而居，居的多了，就成了一个地名。而这个地名竟是那般遥远。先飞到重庆，住一晚第二天早上乘火车再行，重重大山中，全是数不清的隧道桥梁，中间闪过一条碧水，不及细看即被长长的隧道阻隔，有时隧道长得觉得永远出不来了，却猛一亮又回到了人间，而那碧绿又是一闪。人说那是乌江。有着天险之称的乌江，怎么就不容细看一眼。涪陵、武隆、彭水、黔江、酉阳，五个多小时后到秀山，再换接站的旅行车，又在山中盘绕三小时才到沿河。住进宾馆已是黄昏，扭头一看窗外，竟然是那条闪了几闪的碧水，沿河，沿的是乌江啊！想起漫长的旅途，一路艰辛却原来有这么一处美妙在等着，这个包袱抖得也太大了。

小城不大，沿江两岸全是依山就势的房屋。石阶由岩壁上凿出，自下而上，层层将房屋串联起来。在乌江宾馆十楼上看人在白屋子间来来往往地走，感觉像一幅画在动。现在天刚透亮，云丝雾隙间，盘盘桓桓的石阶，走着上早学的孩子。穿红校服的朝下边去，着蓝校服的向上边走，一层层地一会儿隐没一会儿出现。大人们或还没有出门，只有小城的青春在跃动。

我在另一个早晨从高处走下，顺着石阶左绕右拐，穿街过巷，竟然一直走到了江边。石阶是前人聪明的杰作，被世代利用着，构成山城画廊的线条。

二

沿河好看处还在乌江，主人引我们坐船往乌江里去，这里过去是最大的码头和中转站。开始还敞阔，两岸临水的坡地有横横竖竖的垄，种着青的红的作物，像儿童的水彩，间或那水彩中会流出一溜白鸭。越往前走，两岸的山越陡，风从峡谷挤过来，正值10月，该黄的黄，该红的红，更多的是绿，放眼望去，整个山峡五彩缤纷，如精心布置的盛大节庆。

山峰排浪而来，越近色彩越重，远的清淡，像打开一重重的门，有的门窄窄的在一个弯处，要把船挤碎，却忽闪间错了过去。有时看似出现一片村落，到跟前是山石的画形。高处峰顶出现两条立石，中间还夹一石，像两个人抬着东西，随时要掉下来，船惊险地开过。雌雄洞、猴窝子洞在哪里藏着？茂密的翠竹在张扬，间或有跳跃的黑叶猴。真像谁说的，乌江的山，有夔门之雄，三峡之壮，峨眉之秀。

奇的还有水，二者真是绝美的衬托。水就像精柔的丝绸，被两边的山托着，晒在阳光下。晒到的地方泛着碧蓝，晒不到的透着青幽。船过时，像一江油彩被搅动起来，浓浓酽酽的，船尾看去，那油彩刷出一道悠长的飘带。一群白鹭翔飞在水面，越发突出两种色光。

望着的时候，觉得该是有首山歌的，沿河是贵州唯一的土家族自治县，接待我们的土家人都会唱山歌，吃饭时激动起来就亮一嗓子。过几天还要办土家山歌节。正想着，耳畔真就出现了一支美妙的山歌：

这山望去吔
那山高呀喂
那山姑娘喂呀
捡柴烧呀喂
哪年哪月呦
同到我呀喂
柴不弄来喂呀
水不挑呀喂——

山的峻丽，水的流急，地域的褊狭，无不历练人的意志，滋长人的精神。所以土家人豪放热情，唱就将心里想的吼出来，喝就来个飙酒畅怀，跳就甩去衣裳闹一场肉莲花。

三

这个地方是湘渝黔鄂接合地，不远即是沈从文从军的地方，他描写的边城也在附近。凤凰古城就几小时路程，梵净山同样远近，西去是遵义。这么说就会知道，这是武陵腹地，巴人所在。有人将巴人叫作土人、土蛮。元明清三代都有“蛮不出境，汉不入峒”的规定，由此也更加构成了它的原始与独特。

江壁上凿出的像根绳子的石道，专为纤夫拉船穿行，乌江是通长江和外海的重要水道，浪急滩险，拉纤是常事，乌江号子也就远近闻名。因不时下水，汉子们多不穿衣，一长溜弯曲的身体同岩石叠加一起，看得人心惊。昨晚江边逢到一个气度不凡的老人，原来当过船老大，还做过纤头，就是带号子的。聊起来好一阵激动。还记得当年的号子吗？要说哪一个嘛，齐头号盘滩号拖杠号？上滩号吧。似乎那声音早已消匿，不再响起，可在这峡谷中，它分明在回荡：拐当拐呀，嘿！拐上流水，嘿！要歇台呀，嘿！这只船儿，嘿！上陡滩呀，嘿！头上湿来，嘿！尾巴干呀，嘿——高亢粗放的号子就像拉纤人喜欢的女人，可着性子喊。纤绳勒进肩臂，石壁上的纤道，也深深勒进了岁月。

乌江上多少船走过？数不清了，哪条船没经过乌江号子的牵拉？现在那些纤道已经遁入水下，江段起了水库，抬高了水位。但它不会消失，那是人类文明进程的见证。

一只雁在飞，顺着雁的翅膀看到了吊脚楼，隐约在绿树和白云间。很远了，又看到一个。住在里边的人真可谓仙人，吊脚楼前，一小片田地，再下边些，又一块田地。

这种独居是一种习性吗？沿江的朋友照进说，独居显示出他有能力离群自立，有一个女人、一座屋子，开一片田地就够了，没有多的需求。但是早前的年月还是乱，所以这个地方易起土匪。土匪不害江边人，土匪也是一种无奈。遇到后来打日本、抗美的时候，有些土匪去参了军，抱一条命回来，仍旧独居着生活。

于是想，有人勘破红尘皈依庙宇香绕烟熏，何不在这样的地方住下来，看山水造化，风云境界。

一条瀑布从山间钻出，巨大的水柱跌入江中，像蓝花开出白的花心。瀑布近处，怎么有一只野山羊在水里挣扎，人们惊呼，有人找了长竿子网兜，船一点点靠近，却不见了羊的踪影。那是一面峭壁，上面满是灌木,不知道它是如何上去,又如何存活。更不知道这山上有多少野物。

“丹青万山画,风情一江流。”乌江让人诗情喷涌,可诗人们走来的太少了。

乌江自下游涪陵汇入长江，当年李白只是向乌江投去匆匆一瞥,便在长江的船上顾着去看白帝城了。范成大自成都发舟,也在涪陵看到了乌江:“夜傍黔江聊濯缨,玻璃彻底镜面清。”如此好的感觉,却也没有深入。刘禹锡和黄庭坚算是与乌江有缘,只到了离涪陵不远的彭水,时属蜀地,现归重庆,没有看到更深处的黔中山水。再说孟郊,他有首诗:“旧说天下山,半在黔中青。又闻天下泉,半在黔中鸣。山水千万绕,中有君子行……嘉实缀绿蔓,凉湍泻清声。”说得真切,怕只是听闻。有多少诗人错失眼福啊,也让诗和美景失去了表达的机会。乌江着实是难到的天险,即使现在,不按照我走的路线,或乘飞机先到贵阳,再走陆路过来也要八九个小时。

四

船靠近了一个码头，上岸登车再走好远，攀到一个山尖尖上。步一条石径到了炊烟缭绕的老屋前。屋后种着青菜,垂着金黄的南瓜和红辣椒，两个女孩在门口看着来人笑着。可能是水的缘故,这里的女子都很滋润耐看。坐下来,饭是大米掺玉米,菜是自家种的,地里一年只长一季玉米,现在有了钱可以买到大米。山上到处是结着小红果的树,红果正中有一个黑点,满树看去,分外好看。当地人叫红籽果,困难的时候,靠它充饥。

我问姓冯的主人,以前这里可有过土匪?有吧,听老辈说起过。这么一个褊狭之地,可是做山寨的好地方。

吃了饭主人领着去看霸王谷，那里会有什么？却早听到人的叫唤，一伸头，千山万壑尽在眼底，峡谷腾着云岚，远处独立的山石那么熟悉，云雾抽丝一般散开，谷中渐渐现出一道白练。若不是照进说是乌江，我简直不敢相信那飘在天上的竟是我刚走过的水。

沿河人说沿河，音会发成“银河”，我的所在，真的是天界一般的地方。

人间牵挂

池莉

一

我曾在水果湖住过几年。就是在那几年的某一天，一只黄蜂飞到了我的阳台上。当时我在阳台上坐着翻阅报纸，由于儿时被黄蜂蜇过多次，成年后仍然心有余悸，于是赶快拿报纸遮脸。但这只黄蜂并无伤人意思，它盘旋几周，稳稳地落在我的假山盆景上。我静静看它，它也静静看我，少顷，它尾巴一翘，低下头去饮水。它饮一口水还直一直脖子，看我。我微笑。水池边上生有薄薄的青苔，对于这个小东西来说，大约是很滑腻的。黄蜂在青苔上几次险些摔跤，它不太在乎地踉跄着，扑扇的翅膀因此而屡屡折射出夕阳的金色的辉光，我因此而感觉到了一个灿烂温谧的黄昏。我再次微笑，心被这小东西的蝉翅茸毛和精致的腿扫得痒痒的，恨不能过去扶它一把才好。

从那个下午开始，总有一只黄蜂飞到我的假山盆景边饮水，天气太热，它早中晚来三次，深秋季节之后它就不露面了。

令人讶异的是后来。后来，我离开了水果湖，经过两条江，又经过几条繁华的大街，搬到汉口一个偏僻的生活小区。突然有一天，我发现了在我的假山盆景边饮水的黄蜂。我愣住了,心中竟涌起水波纹一般细细密密的感动。

后来,我又搬家了,在汉口的另一个生活小区。我从五楼搬到四楼,又从四楼搬到八楼。在汉口人口稠密的生活区,公寓楼彼此相像得连我自己都有进错门洞的时候。然而,有一只黄蜂却可以准确地飞进我们家。我无法知道这只黄蜂是否就是那只黄蜂,我也无法知道它从哪儿来,不过这些都不重要。我高兴的是八年来,无论我把家安在哪里,都有一只憨态可掬的金色黄蜂跟随。它让我微笑。给我在碌碌尘世中片刻的心的宁静。每当春天来临,我的假山盆景便会被整理一新,日日注满清水。

其实我原本不喜欢那个笨重的山形不美的假山的,因为那只黄蜂,我没有淘汰这盆盆景。

每次搬家爬楼爬得吭哧吭哧,汗流浃背,朋友说:这种假山丢了算了,没什么艺术性嘛。我摇头,只说:不。更多的理由我说不出也说不清,说了人也会发笑。想想也没有什么理由,只是一种暗暗的心情罢了。

二

从根本上说,我不是武汉市的人。武汉这个城市太大。每当有什么事必须从汉口去武昌或者去汉阳,武汉人习惯说过江。只要哪天过江,出门时总有一种绝望感。知道这一天注定会挤车挤船被人踩脚堵车在大桥上口干舌燥灰尘蒙面双手脏得乌黑。

武汉市气候最是恶劣,世人皆知它夏季酷热冬季奇冷。

可屈指一数,居然在武汉市一住就住去了小半辈子。离开武汉时间长了,居然也怅怅地作闷。

近几年世道大变,人口流动已成家常便饭,南下的北上的甚至出国定居的,基本可以爱住哪儿住哪儿。有人对我就不理解了:武汉市既非家乡又非一流城市,待在这里图什么?

不图什么。我不图什么。若精打细算一番,当然是可以拔脚走路的。若不精打细算,只囫囫囵囵地过日子,我自己便明白在这日子里我非常非常地需要一种东西,是一种声音,是长江里大轮船浑厚的悠远的汽笛声。

在武汉市,无论你居住在三镇的哪一个镇,无论天气多热多冷,无论你是在挤车还是挤船,忽然在某一个时刻,呜的一声船鸣缓缓滚过,这声音是那么巨大却又绝不高亢尖锐,它远远超越城市的嘈杂,清晰而从容地从你心头抚摸而去。那感觉真熨帖,仿佛那是你百岁祖父慈爱的手。当夜深人静,你独坐在桌前或者独立在阳台上,正发呆或者正想心事或者正写什么读什么,这时,一声呜啊凭空响起,它流云般舒缓圆润,流云般超尘脱俗,流云般广阔长远。它太巨大太巨大,以致你不可能不被它感召。在白天,我们很忙。我们正处在很忙的年纪。我们在忙碌中经常是冷面铁心,就事论事,果敢坚强,讲求效率。在深夜的这一刻,被感召的心竟兀然泛起各种湿润的情绪,比如想起浩渺的江海,想起一条载着恋人的船,想起远方的亲人和朋友,想起不知哪一日晃眼而过的一个陌生人善良的脸容。整个人陷入宽容和忏悔的感觉之中,并在这种温情无私的感觉中思念,深深地思念,思念所有与我有缘的人,相信这思念随着这呜啊之声辽远地将触角深入到了我思念之人的心中。

世上再好的城市,没有好到可以让人不受到伤害的——从身到心,因为伤害人的是人。不要对我说什么,让我独自听听那船的汽笛声就行了。

三

一日,不知为何烦躁不安。手中的活计再也做不下去。打开电视,AC 米兰队正和那不勒斯队赛球。我看足球不专业不狂热,许多球赛看两眼就不看了,也记不住众多的球星和门将的名字。但是这场球踢得多么有灵气啊。由于两队的守门员都不是一般守门员而是门将,由于两队的队员中都有球星,厮杀得异常激烈可就是破不了门。我的心被越提越紧,肯定会有个精彩的破门的预感一分一秒地浓烈起来。果然,来了!就在那一瞬间,一个角球被发出,另一个接球的队员刚好奔跑到位,仿佛他抬腿的时刻与球早有灵犀,足球在他的大腿上轻轻垫了一下,紧接着被他往前跨步的脚尖挑向球门,在这个动作的完成过程中他并没有停止奔跑,一点人为痕迹没有,以至于对方球员都没来得及拼抢和破坏。绝妙的是,球门前一球星也恰好在围追堵截中往上一跃,他这一跃在人看来似乎是在突围,却不料前额不偏不倚不早不晚一个正着与球相遇,他本能地一顶,球唰地紧擦网边进入了球门。在我看来实况转播是电视最大的也是唯一的优点。它让我们真实地看到了在破门的刹那,场上门将及进球球星的无比惊愕。继而门将转为悲愤,球星转为狂喜。语言无法表达此时此刻的感觉,门将扑倒在绿茵场,球星狂奔到伙伴中间堆罗汉。

球发得恰好,球传得恰好,球顶得恰好。在破门刹那双方都惊愕无比的神态中,我们明白他们自己都不敢相信球进了。这个球集中了集体的智慧和上天赐予的机遇。天人合一,共同创造了一段无比完美无比动人的景色。我不禁猛击一掌,失声叫道啊呀。之后,心情便十分地好了,接着去工作。

四

有次买了豆腐干放在冰箱，次日出差了。待出差回来，发现豆腐干已经霉烂。看看那霉菌分布十分均匀，也没有黑毛绿毛的狰狞，就想这是无害的食用菌吧？于是，舍不得扔掉，切成小方块，块块蘸了香辣调料封入一只小陶罐中。月余时间，猜测豆腐乳恐怕已经做好，便开启陶罐。这时正是晚饭时候，饭桌上已有荤腥大菜。把这小菜装在金边小碟里，淋上小磨香油，端上桌来，满室生香。全家人举箸一尝，好吃得简直没什么可比。

后来应家人要求，再做此种腐乳，却是再也没做出同样鲜美的味道来。此事被我引为人生一憾。有生之年，必将一直伺机再做一次那种味道的豆腐乳。

五

仿佛我是一株芦苇。长成后，我就远远望见天尽头有风吹来，一片一片的芦苇随风倒伏。这是死亡之风。我明白死亡之风渐渐靠近。近几年不断有作家英年早逝，物伤其类的同时不免观照自身，才发现活到今日，其实死也死得过了。

就在前面我写的那种静听轮船汽笛声的某个夜晚。我想一个人活到今日这样的光景，应该是死不足惧了。就像人们所说的。吃也吃过了，喝也喝过了，看也看过了，应该有的和不应该有的也都有过了。

在黑夜里，有一种悠远浑厚的音响引导，便想得很旷达。想父母，父母已在颐养天年且有固定工资。想儿女，儿女自有儿女福。想文章，文章岂是千古事。想国家前途人类命运，自知不配替地球担忧。

这么一想二想真觉得浑身上下一无挂碍，既可以不怕死就可以潇洒地活了。自认为坦然的时刻最后扪心一问,发现真是英雄气短，牵挂的竟是小蜂啊汽笛声啊臭腐乳啊足球啊什么的，不知不觉,我的生趣竟丛生在这如丝如缕如烟如梦的些微细节之中。

风筝仙女

铁凝

家居市区的边缘,除却拥有购物的不便,剩下的几乎全是方便。

我们的楼房前边不再有房子了,是一大片农民的菜地。凭窗而立,眼前地阔天高,又有粪味儿、水味儿和土腥味儿相伴,才知道你每天吃下去的确是真的粮食,喝下去的也确是活的水。

我们也不必担心窗外的菜地被人买去制造新楼,不必担心新楼会遮挡我们抛向远天远地的视线了.有消息说市政建设部门规划了菜地,这片菜地将变成一座公园。这使我们在侥幸的同时,又觉出一点儿失落,因为公园对于一座城市算不上什么奇迹,而一座城市能拥有一片菜地才是格外的不易。公园是供人游玩的,与生俱来一种刻意招引市民的气质;菜地可没打算招谁,菜们自管自地在泥土里成长,安稳、整洁,把清新的呼吸送给四周的居民。

通常,四周的居民会在清晨和傍晚沿着田间土路散步,或者小心翼翼地踩着垄沟背儿在菜畦里穿行——我们知道菜农怜惜菜,我们也就知道了怎样怜惜菜农的心情。只在正月里,当粪肥在地边刚刚备足,菜地仍显空旷,而头顶的风已经变暖的时候,才有人在开阔的地里撒欢儿似的奔跑了,人们在这里放风筝。

放风筝的不光我们这些就近的居民，还有专门骑着自行车从拥挤的闹市赶来的青年、孩子和老人。他们从什么时候发现了并且注意起我们的菜地呢？虽然菜地并不属于我们，但我和我的邻人对待这些突然的闯入者，仍然有一种优先占领的自得和一种类似善待远亲的宽容。一切都因了正月吧，因了土地和天空本身的厚道和清明。

我的风筝在风筝里实属普通，价格也低廉，才两块五毛钱。这是一个面带村气的仙女，鼻梁不高，嘴有点鼓；一身的粉裙子黄飘带，胸前还有一行小字："河北邯郸沙口村高玉修的风筝，批发优惠"以及邮编多少多少什么的。如此说，这仙女的扎制者，便是这位名叫高玉修的邯郸农民了。虽说这位高玉修描画仙女的笔法粗陋幼稚，选用的颜料也极尽单调，但我相中了它。使我相中这风筝的，恰是仙女胸前的这行小字。它那表面的商业味道终究没能遮住农民高玉修骨子里的那点儿拙朴。他这种口语一般直来直去的句式让我决定，我就要这个仙女。

傍晚之前该是放风筝的好时光，太阳明亮而不刺眼，风也柔韧并且充满并不野蛮的力。我举着我的仙女，在日渐松软的土地上小跑着将她送上天空。近处有放风筝的邻人鼓励似的督促着我："放线呀快放线呀，多好的风啊……"

放线呀放线呀快放线呀，多好的风啊！

这宛若劳动号子一般热情有力的鼓动在我耳边呼啸，在早春的空气里洋溢，丝线从手中的线拐子上扑簌簌地滑落着，我回过头去仰望升天的仙女。我要说这仙女实在是充满了灵气：她是多么快就够着了上边的风啊。高处的风比低处的风平稳，只要够着上边的风，她便能保持住身体的稳定。

我关照空中的仙女，快速而小心地松着手中的线，一时间只觉得世上再也没有比这风筝仙女更像仙女的东西了：她那一脸的村气忽然被高远的蓝天幻化成了不可企及的神秘；她那简陋的衣裙忽然被风舞得格外绚丽、飘逸；她的态势忽然就呈现出一种怡然的韵致。放眼四望，天空正飞翔着黑的燕子褐的苍鹰，花的蝴蝶银的巨龙……为什么这些纸扎的玩意儿一旦逃离了人手，便会比真的还要逼真？就好比天上的风给了它们人间所不解的自在的灵魂，又仿佛只有在天上，它们才会找到独属自己的活生生的呼吸。是它们那活生生的呼吸，给地上的我们带来愉悦和吉祥的话题。

放线呀放线呀快放线呀，多好的风啊！

有些时候，在我们这寻常的风筝队伍里，也会出现一些不同寻常的放风筝的人：一辆“奥迪”开过来了，吱地停在地边，车上下来两三个衣着时髦的男女，簇拥着一位手戴钻戒的青年。青年本是风筝的主人，却乐于两手空空——自有人跟在身后专为他捧着风筝。那风筝是条巨大而华贵的蜈蚣，听说由山东潍坊特意订制而来；那线拐也远非我手中这种通俗的杨木棍插成，那是一种结构复杂的器械，滑轮和丝线都闪着高贵的银光。“钻戒”站在地边打量天上，一脸的不屑，天上正飞着我的仙女和邻人的燕子。他从兜里摸出烟来，立刻有人为他点燃了打火机。一位因穿高跟鞋而走得东倒西歪的女士，这时正奔向“钻戒”，赶紧将一听“椰风”送到他手里。好不气派的一支队伍，实在把我们给“震”了。

然后那蜈蚣缓缓地迎风而起了，确是不同凡响的好看。四周爆发出一片叫好声，善意的人们以这真诚的叫好原谅了“钻戒”不可一世的气焰。我却有点为“钻戒”感到遗憾，因为他不曾碰那蜈蚣也不曾碰一碰风筝线。只在随员替他将蜈蚣放上蓝天之后，他才扔掉香烟，从他们手中接过线盒拎住。他那神情不像一个舵手，他站在地里的姿态，更像一个被大人娇纵的孩童。这样的孩童是连葵花子都懒于亲口去嗑的，他的幸福是差遣大人嗑好每一粒瓜子，准确无误地放进他的口中。

在这时我想起单位里一个爱放风筝的司机。在一个正月我们开车外出，他告诉我说，小时候在乡下的家里，他自己会糊风筝却买不起线，他用母亲拆被子拆下来的碎棉线代替风筝线。他把那些线一段段接起来，接头太多，也不结实。有一次他的风筝正在天上飞着，线断了，风筝随风飘去，他就在乡村大道上跑着追风筝。为了那个风筝，他一口气跑了七八里地。

当今的日子，还会有谁为追赶一只风筝跑出七八里地呢？几块钱的东西。或者像拥有华贵蜈蚣的这样的青年会去追的，差人用他的“奥迪”。若真是开着“奥迪”追风筝，这追风筝倒不如说是以地上的轿车威胁天上的蜈蚣了。

我知道我开始走神儿，我的风筝线就在这时断掉了。风把仙女兜起又甩下，仙女摇摆着身子朝远处飘去。天色已暗，我开始追赶我的仙女，越过脚下的粪肥，越过无数条垄沟和畦背，越过土路上交错的车辙，也越过“钻戒”们不以为然的神色。我坚持着我的追赶，只因为这纯粹是仙女和我之间的事，与别人无关。当暮色苍茫、人声渐稀时，我终于爬上一座猪圈，在圈顶找到了歪躺在上边的仙女。我觉得这仙女本是我失散已久的一个朋友，这朋友有名有姓，她理应姓高，与邯郸沙口村那个叫作高玉修的农民是一家人。

大而圆的月亮突然就沉甸甸地悬在了天空，在一轮满月的照耀下，我思想究竟什么叫作放风筝。我不知道。

但是，有了风筝的断线，有了仙女的失踪，有了我追逐那仙女的奔跑,有了我的失而复得,我方才明白,欢乐本是靠我自己的双脚,靠我自己货真价实的奔跑到达我心中的;连接地上人类和天上仙女之间那和平心境的,其实也不是市场上出售的风筝线。

生活志

黄立宇

场

她是卖水果的，河南人，开着一个小小的门面房。

里面除了一张混乱的床铺，其余空间都用来做水果的陈列与储藏，纸板箱一直垒到天花板，渗透与弥漫着一种潮湿和腐烂的气息。

因为懒，我每次都买很多。所以那个女人一看到我，就会立刻向里大喊，袋子！袋子！要大袋子！屋里的那位是她的老公，实际是否，不得而知。

这个男人长着一张冠冕堂皇的脸，经常站在店门口，朝两边路的尽头张望。他什么也不干。女人骂他的时候，他依然能够保持足够的修养与风度，这实属不易。他是一个国际时事爱好者，悬于屋顶一角的小电视机，好像永远在播放着这个星球上的区域争端，看得出来，他是奥巴马的超级粉丝，当信号极端不好的屏幕上出现奥巴马的大耳朵时，他的表情尤为生动。我甚至没有听到他说过话。他对我微笑，并且楚楚动人，但有强烈的陷阱感。

相对于他的沉默，我对他老婆的嗓子很有印象，极度沙哑，又富有层次与质地，时有重叠音的感觉，经常令我迷惑不已，好像跟我说话的是另外一个人。我与她建立了很好的信任。她对我很客气，也很照顾，总是拿出品相最好的新鲜苹果给我，而我从来不去挑挑拣拣，看着她挑好、称好，然后付钱走人。当然我也会问一下价格。有一次，她的脸突然红了。好像是面对着一个令她羞耻的问题。她支支吾吾地说，最近的价格涨得厉害……奇怪的是，我突然吐出一句四川话来：么事！

去年秋天有一段时间，我经过那里，却没有听到那个沙哑的声音。

那个男的坐在床沿上看电视，在我看来，他的正襟危坐与那张萎靡的床多么的不配套啊。水果们正在集体走向腐烂，它们不被更新，由女主人的豪情建立起来的客户群，因为她的缺席，顷刻间作了鸟兽散。隔壁裁缝店的女孩告诉我，她回河南奔丧了，她的妈妈死了。这个时候，我的余光看到那个男人迅速拿了一只烂香蕉，他剥香蕉的动作却突然慢了下来，像现在影视里流行的快慢镜头的组合，温文尔雅里，又有那么一点叫人产生性的联想，因为他把半个香蕉都塞了进去,是慢慢推进的那种。

一些旧的衣物，日积月累。她说扔了可惜，还是送给需要的人吧。话是这么说，但这件事是需要我去办的，这就有点问题——如果不是单位或社区恰巧搞什么救灾活动的话。

后来，我注意到单位门口有一群整天晒太阳、等着活儿干的民工模样的人。他们每天在那里等候，有时候也打打牌。前阵子，相邻的单位在装修，几个人拿着电动工具上来，在电梯里碰到我，竟有些吃惊，那意思是说，咦，原来你在这里办公？其中一个说，你住在颐景园吧？我以前往你家送过纯净水。这个时候，我的内心总是羞愧无比，不知道说些什么。

因为那些衣物，我开始意识到他们的存在。他们并不是固定不变的，隔个把月，站在那里的，有可能完全是另外一拨人。

那天上午，我在他们身边来回转悠，好像是要跟他们当中的某个人接头。这个人应该是小个子，最好还有点面善——不至于让我丧失跟他说话的勇气。有个人开始注意到我，悄悄地凑过来说，有活吗？我摇了摇头——他过于高大，须仰视才见。

后来我从对面街廊下站的一群人里选择了一位，他的个头跟我差不多——那些衣服起码都能穿。我说，旧衣服你要吗？我说得很轻，有点羞于出口，很怕不小心冒犯了别人的自尊。我甚至还想说，那些衣服其实并不旧，只是失去了主人当时买来时的新鲜劲儿。

那个人说，我只收旧报纸！他的口气里有点不屑，又有点替自己的行当自豪的意思——但他立刻觉得自己可能出了问题，并迟疑地看我，你是说旧衣服？我说嗯。白送我？我又嗯了一声。他还是觉得什么地方不可靠——要不要跟我走一趟，他仿佛要下很大的决心。

最后他说，好吧。

他随我去拿我放在车子后备厢的衣物。进单位院门的时候，门卫警惕地盯着他。我说，我的朋友。小个子看看我，我知道，我开始博得这位小兄弟的信任。我打开后备厢，我说，这些衣服你和你老婆不一定能穿——你老婆个子跟你差不多吧？他回答我的时候，有些许的沉默，不过，他说，不过我有一个很漂亮的女儿，她应该能穿——我下午就给她寄过去。他把这些衣服搂在怀里，他没有说谢谢，他甚至忽视了我的存在，立刻在院子里奔跑起来。当门卫再一次阻拦他的时候,他才停止他的脚步,站那儿回头看我。我向他摆了摆手。

中午我下班的时候，刚出大门，突然觉得眼前有一块夺目的红,定睛望去,竟是一件我无比熟悉的衣服——在此之前,我差不多已经把这件事给忘掉了。它提醒了我,以这样的方式。我的车停了片刻,然后缓缓离开……

每天上班,上午或者下午,停好车位,我都会静静地在里面坐一会儿,关闭音响。电台里的人在滔滔不绝,因为在他的面前,有无数想象的面孔和耳朵。我一个人,在狭小的空间里,坐上片刻。我没有在车厢里抽烟的习惯。羊毛坐垫依旧挥发着它那顽固的膻味,我不喜欢这种东西，但有人喜欢,2009 年的冬天也确实来得早了一些。

这个时候,通常是在下午,有人陆陆续续开始上班了。有一对夫妻骑着车过来。骑车的当然是丈夫，妻子默默地坐在书包架上。男的骑着车子绕过办公大楼,一直骑到我看不到的某个角落。在我身边经过的时候，我能够感受到他骑车时的狠劲。然后过了会儿，他把老婆送到她办公地方的走廊口，又骑车返回经过我的身旁,然后顺着地下车库的坡,克制着一点点往里冲。他也在这里工作。我注意到,他一直毫无表情。或者说,他的表情像冬天里晾出并因此变得僵硬的裤衩一样。这样的比喻有点像抄袭，谁爱这么说来着——有点儿。

在我的记忆里,并不是因为天气或者其他什么的缘故,这对夫妻一直是这样，他们每天准时出现和离开，他们之间没有对话,似乎连目光和神情的交流都没有，只有日久天长的默契。下班的时间，妻子站在地下车库口等，我知道，等会儿她的丈夫就会推着自行车出现。她的坐姿有点斜，有点飞扬的态势，有点防患于未然、准备随时跳下来应付情况的样子——或者，小心翼翼地抱着自己的身体，埋着脸，看自己手心里的秘密。

乡村婚礼，迎亲车队塞在一条逼仄的巷子里，不能再往前走了。

爆竹惊起，纸屑纷纷扬扬，撒了一地。穿着喜气的人们站在一幢水泥楼房前的碎石堆上，各自扎堆，又神情游离。隔壁院子里搭起了酒席棚子，到处堆着碗盏、酒瓶。厅堂内，敬茶仪式正在进行中，看热闹的人进进出出，只有孩子们能够保持长久的耐心。

敬茶是婚礼的一道程序，茶即糖水，长者小抿一口，便从腰里摸出早就准备好的礼金。司仪高唱道：一千八百八十八元！哇噻。如果是我，预备的茶钿又不合行情，心里便羞愧得紧，大概会偷偷地补上几张。我出来，又有人进去。那个人有意思。他出来的时候，我们这边正聊得热闹，都笑翻了——他看不明白，表情木讷，他移过头来吃惊地看我。这时，旁边的人做了一个看表的动作，那个人便作焦急状，怎么还不开饭？

不一会儿，天空下起了雨，人们因此有理由，纷纷躲进隔壁的酒席棚子里去，选择各自的座位。酒桌上只有空空的碗盏，没有筷子。先上来的是水果盘。大家都觉得奇怪，因为在饭店就餐，水果盘通常是在最后端上来的，饭后水果嘛。于是最好的解释是，乡风如此。大家都哦哦地恍然开悟。然后凉菜上来了，依然没有筷子——有人说，筷子什么时候上，可能也有讲究吧。大家连声应诺。如此奇特的婚俗，倒叫我有些意外。

接着有人去观察了一下,得出的结论是,筷子不够。

一个女的,老远迎面走来,她看起来有点心事,还有点生气的样子,闷头走路。她的年纪我有点吃不准,三四十岁的模样,一件红色羽绒衣迎风敞怀,里面的毛线衣是白色的,这个白里面还有点杂色——准确地说这是一件线衣,用纱手套织的那种,因为身体的原因而显得臃肿而结实，把她死死捆住的样子。她的脸是酡红色的，看得出来，她是一个长期在户外劳动的人。我当时为什么走在街上,去干什么,现在想不起来。我之所以记得这个女人,是因为接下来的一幕——这时候,她离我还有一段距离,她的手机响了。她立刻停住,去掏裤兜里的手机。她可能一直在等待对方的电话,现在这个电话来了。她喂了一声,接下去都是对方的叙述。在倾听的过程中，那个女人的脸庞如花儿次第开放，旋即传来她的破缸般的笑声。她仿佛被击中了,以致无法行走,她站在那里,慢慢地蹲下去,蹲下去。她的笑声如此巨大而豪放,让整条街的人都停下来。人们开始是诧异,但很快被笑容所替代。这真是非常美妙的一刻,我不知道在她身上发生了什么——希望能带给她好运。她不知道,有个陌生人因此一扫多日的阴郁,重拾生活的信心。

我在外边,小苏打电话来,通知我参加什么电影的开机仪式。我说我没有兴趣,我不参加,我甜蜜地告诉她,我要到医院打一针。小苏说打针呀,你打针吧。这真是一个工作认真的姑娘。隔了三四个小时,小苏又打电话来,让我去吃饭。这回我不好拒绝,吃就吃吧。

小苏向我描绘说,心太软,新开的,你知道的,就是原来的那个什么。小苏简明扼要,我是一头雾水,什么猪脑子啊,哪有把饭店叫作心太软的？老板是女的吗？女的也变态啊，心太软就跟人家上床去好了，开什么饭店啊。去了以后，才知道是另外的三个字。

在通向餐厅的旋转阶梯上，女侍过来说，你是剧组的吧？我反应慢了半拍，我还在想“巨足”是什么东西。她把我引到房间，里面已经拉开了，一个京油子跟人家碰杯的时候老喜欢说一句“都在里面了！”然后一饮而尽——其实也就是半点垫底的酒。

后来来了一个看样子喝多少酒都不在话下的肥女人。我不知道她是不是老板，起码她是代表饭店说话的。她有点自鸣得意，要大家开动脑子猜一猜，想一想，这个饭店为什么偏偏叫 XTR 这个名儿，里面有奥妙呀。有个男的站起来，他又坐下去了。女人说你猜啊，你怎么不猜了呢。女人一边捏着酒杯，一边扭着肥腰摆着屁股转到那个男人的跟前去了。

男人举起了一根手指，答案就在他的手指上，他却没打算把它说出来。他有点腼腆的意思了。我赶紧奔厕所，先是小解，后来干脆就坐在马桶上了。我用卫生纸把马桶圈的前端包了一层。后来想想有点多余，有点脱裤子放屁，这个饭店是新开的，它有一个奇怪的名字——外面突然平静下来，有人轻巧地指出，心太软！心太软对不对？然后是胖女人破瓮裂缸般的笑声，我在厕所里，仿佛看得到她的喉咙深处那赘肉般的小舌头，极速地震颤着。如果她明天喉咙哑了，就是这个小舌头掉落了，那就要吃胖大海了。

这里的土办法是，最好在这个小舌头上搁点盐。

灯光球场

灯光球场终于要拆掉了。

球场旁边有一幢旧楼，我在那里住了八年。这是单位的房子。

虽然房子破旧不堪，但拿到它并不容易。房子钥匙到手的那天下午，我在阳台上站了很久。眼皮底下的这个灯光球场，显得杂乱而空荡，水泥台阶上似乎长满了老年斑。它应该建造于二十世纪七十年代。在我高小还是初中的时候，在这里做过义务劳动，搬过一个下午的红砖。当年，在我这个孤陋寡闻的少年的经验里，从来没有一个建筑，可以像灯光球场那样，一级一级的台阶，顺着斜坡，像碗一样向四周展开。我好像很激动，回来以后，这只“碗”在我的脑子里迅速放大。我居然对我的表弟说，灯光球场起码有半个沈家门镇那么大。表弟是沈家门人，他倒没觉得我得了很严重的妄语症，只是下决心要来定海看看。现在想起来当然可笑得很。那天下午，我第一次以俯瞰的角度打量着这个灯光球场，觉得它实在是太小，小到只好像是婴儿的摇篮。

我从来没有在那里看过一场比赛。单位与球场仅一壁之隔，经常在我伏案工作的时候，听到墙那边的打球的声音。曾经有一个篮球飞过墙头，落到单位的院子里来，在假山水池里溅起老大的水花。这个球一直没有人来捡回去。我倒是经常和来访的朋友去那里打台球，那里的台球桌很破，当然我们的球技也好不到哪里去。印象深刻的，是一次地区性的青年歌咏比赛，歌咏比赛还没有开始，便宣告结束。事情的原委，在今天是令人无法想象的：灯光球场的一片通明，居然令全城的电力陷于瘫痪。活动组织者一再要求电力部门再给他们十几分钟疏散现场的时间，但是黑暗还是及时淹没了现场所有的人。我听见主持人拿着话筒在声嘶力竭地喊，让普陀的人先走！让普陀的人先走！普陀的人当中，就有我的表弟。这个当了电焊工的表弟是来唱《咱们工人有力量》的。那天晚上他化着很浓的妆，怀着锦衣夜行的伤感，像李玉和一样来敲我家的门。他没有跟我提起当年吹破的牛皮,只是为一脸的浓妆和练了好几天的嗓子没有派上用场而耿耿于怀。

我家在四楼，这个高度就可以将整个灯光球场尽收眼底。所以,自从搬到那里,我一直怀有“近水楼台”的想法,满以为能在自家阳台看上一场比赛。事实上,在我到来之前,灯光球场就已经被这座城市遗忘了。我搬来之后,它倒是曾经喧闹过一阵,弄过一个舞场,让这幢楼的居民彻夜难寝。在大家的干预下,球场复归平静。后来,有一个胖子坚持每天在这里跑步,他向我这个方向跑来的时候,我们的目光会有一个短暂的对峙。他胖得有点过,步子很重,一直让我担心会不会一脚踩到水泥台阶下面去。下面是球场的出租房。在那里居住的都是一些外地人。他们的房顶,其实就是台阶状的球场观众席。在我的想象里,台阶下的居所应该有一种特殊的气质。再后来胖子消失了,经常出来一个晾收衣服的女人。那天我见她一个人坐在台阶上,晾干的衣服凌乱地团在她的膝盖上,埋着她的脸。这样的事,总是让我立刻逃回屋去。仿佛在阳台上多待一分钟,也难逃借机欣赏别人痛苦的罪恶嫌疑。

2004 年,在我差不多就要搬走的时候,一个乡村马戏团来了。我把它看作垂暮中的灯光球场最后一次深刻而奇特的艳遇。马戏团每天演出两场,前来观看的孩子并没有想象的多,零散地坐在他们认为理想的座位上,但这足以让老球场回忆起从前所有的喧嚣。到现在，我还偶尔跟朋友们提起那个马戏团。有意思的是一只老虎，老虎本来在笼子里昏昏欲睡,但当它看到马戏团的人把滑梯和火圈搬出来的时候,它就开始躁动不安,它知道轮到它的时候到了。一头黑熊就没有那么随遇而安了。在一次表演中,黑熊不堪驯兽员的凌辱,直接冲到了观众席,孩子们尖叫着落荒而逃。这是一次事故,虽然没有造成实际的伤害，但灯光球场却因此终结了它的历史。只有它的附属设施和临街的台球房，似乎还在勉强维护着一个体育场所的尊严。

一个人的记忆总是跟他的居所有关。我在那里住了八年。有一次夜半，黑暗中的球场似乎回荡着篮球的声音，事实上什么也没有，仿佛一个巨大的癔症。

广场忆旧

多年前，我住在广场附近的一条弄堂里，那是文联分给我的房子。

以前文联机关也在广场，与我的寓所仅一墙之隔。因为周围有一些像文联、群艺馆、电影院、越剧团这样的单位，早些时候市文化局也在那里，广场便改以“文化”命名。但还是有许多人难改口癖，坚称它为“人民广场”。

或许，以“文化”命名也还是合适的，二十世纪八九十年代，广场一隅的文联机关和杂志社，成为多少文学爱好者的朝圣之地，那个潮湿的连墙上都长满了老人斑的院子，那个有着假山鱼池和充满青草气息的院子，那个偶尔听得见隔壁球场击球声的院子，想起来，仿佛就在昨天。想当初，编辑部打电话约一个作者过来，这个作者兴奋到什么程度？在他骑车穿过自由市场的时候，一连撞飞了三个鸡蛋篮！

当年，我也是经常亲临那个小院的一个业余作者，后来终于坐在了编辑部那把老朽的藤椅上，虽然这时候文学已经变成了一杯隔夜的茶。但我是多么地喜欢那里，广场上有花木有喷泉，还有青铜浮雕，这些东西总让我上班时有一种前程似锦的感觉。

“文革”无疑是人民广场的鼎盛时期。如果它有记忆的话，一定沉湎于此。刚拆除不久的堪称广场标志建筑的红太阳展览馆，就是在那个年代里建造起来的。那时我还是小学生，我们排着队鱼贯而入，去那里聆听领袖的声音。一个透明的有机玻璃匣子，里面有两个黑色的轮子在交替转动，嗞嗞啦啦地，传达着北京的消息。

“文革”后，展览馆变成戏剧团的排演大厅，我曾经在那里追求过一个女孩子，没有成功。

和红太阳展览馆同时出现的，还有广场西侧的水泥舞台。大家只是感到好奇，并没有明确地感到一场风暴即将来临。水泥舞台砌好的第二天上午，人民广场就举行了声势浩大的集会。尚未完全凝固的水泥舞台，因此留下了几个风云人物的脚印，这些脚印杂乱无章，交纵复杂，好像有一支队伍从那里经过。但其中有一双清晰异常，在水泥里陷得很深，鞋纹毕现。它是谁的呢？如果这个人还健在的话，是否也会出现在那班晨练的老头老太太里，扭着秧歌，把一把扇子摆弄得格外的妩媚？

看到这班翩翩起舞的老头老太太，我总要想起一个美丽的疯女人来。当年，每次喧嚣过后，总有那么几天，人民广场复归往日的空旷和宁静，这时候，那个疯女人就出现了，她把自己打扮得花里胡哨，步态优雅地向广场西侧的水泥舞台走去。她的亮丽歌喉和动人舞姿曾经得到过人们的普遍赏识，但这个时候，尾随她的只有几个孩子。这几个孩子经常出没在广场一带，这个疯女人一旦登台献演，他们就会像苍蝇一样叮上她。

当时，大人们早已卷入革命的洪流，他们纷纷从琐碎而平静的日常生活中走出来，梦游一般聚集在人民广场，振臂高呼。人民广场热闹空前，到处都是人，人山人海，到处都是挥舞的旗帜，旗帜把每个人的脸庞都映得通红,他们变得疯狂、粗暴、面目全非。一些人因此成为对立面，被五花大绑地押上水泥舞台。他们推波助澜,把一场又一场运动推向高潮，引向深入，反过来又波及他们自身,弄得妻离子散。一切都乱套了。

“文革”十年，想起来也就是一瞬间的事情。就像歌里唱的那样,一场游戏一场梦。人们陆陆续续地回到自己的生活,热闹一时的人民广场出现了冷场,并渐渐被人们遗忘,沙石地上甚至长出了青草。只有水泥舞台上的几个脚印模子,仿佛在提醒人们,广场曾经有过的疯狂。让人颇感兴趣的是,二十世纪八十年代初,有人在水泥舞台上面砌起砖墙,开过一家咖啡馆。这是一件新鲜事。断头台突然变成了一个风花雪月的休闲之地，现在想起来都觉得有意思。它装潢十分的简陋,但毕竟是定海第一家咖啡馆,算是开了定海休闲业的先河。

在它之后的二十年里，定海的酒肆茶楼歌榭舞池噼里啪啦层出不穷,忽如一夜春风来。在这样一个鸟不拉屎的小城,一下子能冒出这么多的逍遥之处,足见定海人的风雅本性。

现在,我经常会想起那个筑在高高的水泥舞台上的咖啡馆,它看起来更像是一座碉堡。坐在那个曾经风云激荡的历史舞台上喝咖啡,总令人浮想联翩——茶客们总免不了要谈一些“文革”的事情。我喜欢那里,喜欢它诗意的名字:一页咖啡馆。那是个下午,一页咖啡馆里没有几个人。老板哼哼唧唧的，哼的是《莫斯科郊外的晚上》,我因此有点喜欢他。他看到我手里的那本《少年维特的烦恼》,就把自己的茶缸拿过来,坐到我的对面。老板说什么书啊。我没有回答,而是直接把书的封皮给他看,于是他又递给我一支烟,我们就这样接上了头。

我问老板,为什么叫一页咖啡馆啊?

老板豪迈地说,历史沉重的一页,就这样翻过去了。

大姐

那天是星期天,大姐说她要过来。她听说我动了手术,并且知道我是缺铁性贫血,所以给我带来了一大盆烧好的牛肉。大姐说牛肉里有铁,也有钙质,况且你也爱吃。大姐诚惶诚恐地说着,好像生怕不合适,惹我这个做弟弟的生气。

大姐是骑着人力小三轮车来的。是街上常见的蓝色的那种。那是她的交通工具。她总是有太多的东西需要随身携带,摆小摊的时候是这样,不做小生意了也是这样。她一生担负太多。有时候是母亲,反坐在大姐给她安排的小椅子上去看门诊。这样的情景我在街上看到过一次,矮胖的大姐奋力骑车,母亲则笑眯眯地看着在她眼前迅速退去的城市景象。碰到大姐有空,而母亲又有兴致的话,大姐会骑着这辆小三轮,带母亲去看城市的新景。这个城市日新月异,但跟她们的生活并无大的关联。大姐一直住在那个破旧不堪的楼里。我到大姐家去,看到楼道口被锁得严严实实的小三轮,我就知道大姐在,心里有暖暖的东西涌上来。

我已经很久没有去大姐家了。心里还是惦记着,想什么时候单位里发什么东西了,给大姐拿点过去,顺便聊会儿。这人呢,平常呼朋唤友的,就是空余不出这样的亲情时间。

大姐是一个谨慎胆小的人。她没有骑过自行车,总觉得两个轮子不及三个轮子来得牢靠。但苍天无眼,让她一辈子都在担惊受怕之中。我还能记起来,那个文旦飘香的下午,院子外面的河静静地淌着,姐姐斜靠在墙边低泣。她辍学了,因为父亲的倒下。父亲卧床六年，她在病榻边照顾了六年。父亲死后，他的几乎占据房间一半面积的七弯梁床也被移去卖掉了。那个庞大的阴影去掉之后，我们家一下子陷落到无处躲藏的光亮之中。我们无所依附，放声大哭。后来，大姐去了农场。白晃晃的日头下，一望无际的棉花地，她在那里赚得的每一分钱都交到母亲的手上。母亲至今都觉得这辈子最欠的就是大姐。

大姐一生中最美丽的时光，应该是她的恋爱。我目击了大姐所有的爱情。因为她谈恋爱的时候，总是喜欢带上我这个傻弟弟。而我也没觉得有什么不合适。有的爱情来得短暂而隐秘，大姐本人并不领会，但我心里是有数的。有个整天在北大街上逛来逛去的青年，给我做了一把木头枪。其实，这把木头枪已经不适合我当时的年龄了，那时候我迷上了矿石收音机。他把着我手里的木头枪，嘴里啾啾啾地响着，无数丘比特的子弹射向大姐。大姐好像穿着防弹衣一样，丝毫没有感觉。她正在晾床单，她告诉那个人说，我弟弟不需要手枪。

后来成为我大姐夫的是同一个院子的邻居家的长子。他喜欢没事哼哼浏阳河几呀嘛几道弯，参加过毛泽东思想宣传队的演出。在我看来，他和大姐的爱情像是一次长时间的密谈。他们总是待在我家另外一个独立的小房间里，令我十分的无趣。大概真正觉得无趣的是我的准姐夫，他给了我五分钱，让我去街上买点自己想吃的。等我回来，小房间已经门窗紧闭，大白天的还拉上了窗帘。我敲了半天门，无人回应，我居然气愤得捡起石头在玻璃窗上砸了一个窟窿。那个时候，我在想什么呢？

在四个姐弟中，我和大姐长得最为相像，感情上也更贴近。在干练无比的二姐的衬托下，大姐更显文静，见人常露羞色，也从不争辩什么，只会自己偷偷地在那里委屈。在母亲和大姐长时间外出打工的日子里，二姐统治了这个家庭。在漫长的“屈辱”的日子里，我和妹妹在等待大姐的到来。她总是向着我们。有大姐护在我们身边，我们的一丁点儿委屈总是被成倍放大，整个院子光听见我和妹妹的尖啸声。其实，二姐对家庭的贡献是有目共睹的，家里的灯泡坏了，家里的屋顶漏了，都是二姐的事情。抵御外侮，也是二姐冲在最前面，她甚至把一个垃圾畚斗倒扣在一位教书先生的秃顶上。说起来，二姐也极委屈，无论她为家庭做了什么，在我和妹妹的心里，都不及大姐的一个微笑。

现在，大姐的境况最为不济。那个爱唱浏阳河儿呀嘛儿道弯的大姐夫早早就撒手人寰，留下两个尚未成家立业的孩子。这一年，大姐下了岗。大姐的心里空落落的，好在她有一个非常要好的女友，经常在帮助她。她们是在农场棉花地里结下的友谊。大姐常跟我谈起那位同样命运多舛的女友。在她的眼里，她这个傻弟弟算是出息了，有了天大的本事。这个本事大到可以轻而易举地解决小外甥的工作，而且还是上海。我告诉她，我这个傻弟弟屁也不是，她不相信，这令我的内心羞愧难当。

她每月只有微薄的生活费，没有丝毫的医疗保障。当年，为了沉疴中的父亲，大姐初步接触了中医药典。在大姐家，总是弥漫着一股淡淡的中药味。她的药没有挽回父亲，也无济于丈夫脆弱的生命，虽然一段时间来，母亲在她的调理下稍有起色，但最终也无法避免命运的重击。她嘱咐我，别把健康不当回事。要注意身体，毕竟我们都老了，你也不再年轻。父母亲的老毛病，像潜伏的病菌一样，都会慢慢地在我们的身上显现出来。要不，大姐说，我给你配点中药吧。我笑着说不用不用。我对那玩意儿不太相信。大姐看看我，便无语，起身告辞。在她出门的刹那，在风的作用下，门咣当一声重重关上了。平儿责怪我，你手这样重，让大姐怎么想啊。我说不是我，是风。说是这样说，我还是迅速跑到阳台上，跟大姐招了招手。

这时候，大姐却想起什么，咚咚咚地奔上楼来，从口袋里掏出看来是早就准备好的两百元钱，塞我手上。她说，我也不知道买什么好，你自己买点营养品补补。这是不可能的事！我说我这个做弟弟的没能济助你，你掏什么钱哪。两个人在门口推辞了很久。钱被摔在地上，又捡起来，塞进对方的口袋，然后又从口袋里挖出来。最后大姐捏着这两百元钱，怔怔地看我。我干脆把门关上了。大姐默默地在门外站了会儿，很久才听到她下楼的声音。

一个朋友

那天在扯面店，听店老板无意中提起。虽然我们并无深交，但猛听到这样的消息，心里还是莫名地难受了一记。店老板说，李星走了。

李星是陕西宝鸡人，算是我老婆的半个老乡。我与李星的结缘，好像有这样一层关系在里面。说李星，先得从那家扯面店说起。在扯面店吃面的，多是陕西老乡，对身在异乡为异客的人来说，有这样一个店，很宽慰人的。一来便宜，二来也对他们的胃口，几块钱，就能图个饱肚。当然也会有那么几个对异地美食没有障碍的舟山人。我不是，许多北方小吃对我来说都疑虑重重，但油泼扯面居然是个例外。平儿说好吃吧，我说还不错。在她听来，似乎是对包括她在内的整个北方体系的全面肯定。

八百里秦川尘土飞扬，三千万人民齐吼秦腔，吃一碗臊子面喜气洋洋，没放辣子嘟嘟囔囔。在扯面店，就是这样一些嘟嘟囔囔的陕西人。李星是其中的一个,但他从来都是闷头吃面,而且面的格式,永远是鸡蛋西红柿汤面。汤汤水水的面,让他吃起来一点响动没有,而且吃完面立刻背起皮包走人。要说的是这个包,这个看起来有点坚挺的皮包,把他与那些靠卖体力过活的陕西老乡明确地区别开来。

扯面店在城北书院弄口,格局狭小,有限的几张桌子,有一半还摆在外面。虽然我一个月也去不了一两趟,但因为李星每天都在那里吃面,所以偶尔还能碰上面。先是与他面熟,彼此一笑。扯面店的事情是这样的，两个陌生人坐在同一张桌子上，如果是陕西老乡,店老板就要出来穿针引线了。店老板对李星说,他老婆是西安人。李星的笑容里就有了一点绵甜。那天,我与李星拼了一张桌子,互相热气腾腾地吸溜着,一块儿沉默地吃面。是我先搭的腔,问他在哪里谋职,旁边的店老板马上插话说,翻译。哪里的翻译呢,老板没说。大概老板觉得“翻译”这两个字,已经足以表达他的自豪与体面。

李星很忙,他的工作似乎与船舶有关。我没有得到过这方面的任何印证,但是每次看到他,总有强烈的有关港口与船舶的气息扑面而来。事实上我的感觉是对的。我与他之间非常有限的几次碰面,基本上都在这家扯面店。当然也有失之交臂的时候,从老板那里经常听到的一句话是,李星刚走。所以,每次去扯面店,都会有一个难以自禁的预想:李星是不是在呢?其实他在,也不过说一些天气不坏之类的客套话,如此而已。他经常跑别的岛屿,如果在定海,他一定会出现在这家扯面店,吃上一碗热气腾腾的鸡蛋西红柿汤扯面。一个人对单一食物迷恋如此,让我心里一直很疑惑。

现在想起来,我与李星的关系,缘于一趟从宁波出发的慢行火车。这趟火车到达西安,然后他再转乘长途汽车到宝鸡。李星每年坐这趟火车回家。李星说,火车票不是问题。他的意思是说,如果我对他足够信任的话,年底的时候,平儿可以跟他一块儿回去探亲。这应该是一件好事。但是平儿对火车不像我那么有感觉。在我看来,火车是一种最富文学意味的交通工具,可能轮船也是,但同样的落寞里,轮船多了一点破落显贵的意味。我更喜欢火车,她不是,飞机的速达和简单,是她要的。但是这件事,让我很感激李星,那天我记下了李星的手机号码,而且这以后,在我下馆子然后又有好心情叫朋友过来一块儿吃的时候,总能在手机上翻到他的名字。李星的电话很奇怪。每次打过去,他总是先掐掉,然后用另外一个手机给我打,直接拨他的另外那个手机,结果也是这样。我的想象里,他站在一个嘈杂的环境里,拿着两个手机,比对着,用拇指小心地掐我的号码。叫他吃饭,是一样不容易的事情,他经常在六横,或者其他地方。约他的时候,我通常已经坐在馆子里了,黄昏一点点暗下来,然而李星还在赶回本岛的最后一班轮船上。

去年年底,我请朋友们吃饭,也叫了李星。李星很看重这份因为一顿年底饭局突然凸显出来的友谊。李星说,我能不能带一个人?我说好啊,他带来一位漂亮的姑娘。这是我意料之中的事情。她是舟山人,和李星共事。饭后我偷偷问李星,李星说不是。李星说这怎么可能。我说这怎么不可能。李星沉吟了会儿,说现在的姑娘都很现实。这是 2006 年 12 月 31 日的晚上。这之后,他又回请了我们一顿,席间,他说他住的地方有一家陕西羊肉泡馍店,做得很地道,我和平儿听了很感兴趣,一个劲儿地问他住在哪里,他说的泡馍店在哪里。李星却似乎遇到了一个问题,很让他为难。他说这样吧,哪天你们想起吃泡馍,打电话给我,我给你们送来。这件事同样让我费解。我说好的，只是太麻烦你，我说你还没有去过我家，顺便去喝喝茶也好。但我知道，哪怕是以喝茶的名义，我也不可能让他专程给我送两碗泡馍过来。因为这件事，我一直没有给他打电话。好像说什么，都绕不开两碗泡馍了。然后时间一长，感觉到隔阂的存在了，起码有很长一段时间没有联系。

后来的一次见面，还是在扯面店，李星刚刚吃好，他看到我们居然有点难堪，似乎在回避什么，我也不知道出了什么问题，反正彼此没怎么说话。看得出来，他心情不是很好，匆忙走了。这是我最后一次见到他。后来想起来跟他打电话，还是与火车有关。我抱着试试看的心情，他居然说没有问题，而且到手的还是软卧票。虽然当中出了点变故，最后还是把火车票退掉了，但心里一直想着，什么时候要请李星吃一顿。我以为什么时候都可以。我现在已经想不起来，李星离开的那天我在做什么。他收拾好自己的行囊，离开了这个让他伤心的地方。

那天，店老板跟我说了很多有关李星的事情。店老板说，他其实比民工也好不了多少，你知道，现在混个事很难。然后我跟李星通了一个电话，他还在杭州，在杭州的一个老乡那里暂留几日。接下来的事情，他也不知道。

祝他好运吧。

一把扇子

扇子扇凉风，扇夏不扇冬。
若要问我借，只待秋风送。

这是我以前题在母亲蒲扇上的一首打油诗。

那个时候就觉得，无论是什么样的破扇子，既然是扇子，就要在上面题些文字。自己的脑袋瓜子想不来，看看人家的扇子上写了什么。小小年纪，就弄得像破文人似的。

那时候民风淳朴，一个院子的邻居都跟自家人似的，谁家有什么事，大家都是相帮的，哪里会在借东西的小事上为难人家。可民间的事情就是有点怪，比如说伞，这个东西好像专门是作借来借去的，所谓"借伞不用谢，只需晾过夜"，而扇子却大不同，在这首打油诗里，有一种故作小气的市井式的诙谐，这诙谐里，人与人之间其实是亲善和谐的。

再说了，谁会跟你借一把蒲扇呢？

像电影《阳光灿烂的日子》里说的那样，孩提时代好像永远是夏天。一到夏天，国营商店里就摆满了西瓜、草帽和蒲扇。这样一把蒲扇，母亲也要在边上缝一圈通常是蓝色的布条，经久耐用。而我总是调皮捣蛋，用笔尖把它划破、划烂，我总是把它看作植物的标本，想象原来的植物总是蜷曲的，并不像蒲扇那样僵化。想着这个植物未必晓得自己死后做了干瘪瘪的蒲扇，给人间送去风凉。那个时候，我的脑袋瓜子不知成天在想些什么。

常见母亲手执蒲扇搭在额前，遮挡着灼人的阳光，来郊外的河边唤我回去。

母亲的爱与恨全在这把蒲扇上，为我送凉的是这把扇子，打得我没地方躲的也是这把扇子。我怕的只是母亲的威势，她的样子极凶，事后抚着腿肚，倒没觉得怎么疼——她的蒲扇几乎都打在桌椅的腿上了，啪啪地，只是听起来吓人。

我们的院子很大，到了夏夜，院子里噼噼啪啪都是蒲扇拍打的声音。有人就是在这样的氛围里讲他的手抄本《绿色尸体》。我不喜欢打扇子，还有一个怪理论：打扇子要用气力，气力一用就要发热发汗，打扇子是为了风凉，何苦来哉！于是宁肯让一身的皮肉做了蚊子的免费夜宵，也不肯拿扇子动一动，更何况这个时候《绿色尸体》的故事正讲得生动，哪里顾得上打扇子啊！

倒是午睡的时候，天光太亮，常拿一把扇子盖在脸上，这样会闻着一股汗津津的味道，这股味道来自母亲的怀抱，哪怕是隔了一个冬天也嗅得出来的。去年搬家的时候，搬东西的几个人随车走了，我一个人坐在空空的屋子里，从地上捡到一把旧蒲扇，我下意识地闻了闻，一股汗渍味扑鼻而来，那是我熟悉的母亲的味道啊。这样想着，又记起来我和妹妹放学后，一起生炉子烧饭的情景。生炉子用的是旧蒲扇，丢在煤球堆里，破烂龌龊，声音还特别响。

以前，父亲的病榻边有一把黑黑的纸折扇，折扇跟平扇不一样，它是男人的道具，戏里是这样，戏外也是这样。折扇好比是鲁迅笔下的孔乙己的长衫，穿长衫的男人必手执一把折扇，来啪啪地打开又收拢，在手里玩花了。

我父亲是拿折扇的，因为他先前是账房先生，后来家道中落，生活潦倒，一把打开又合拢的折扇，写尽了他内心的焦虑吧。他瘫痪以后，再也没有打开过那把折扇——虽然母亲总是在夏天来临的时候放在他的床头。我看到的情景，却总是母亲在一片呼噜声中默默地用蒲扇为沉疴中的父亲消暑。

记得从杭州出差回来的小舅送过我一把折扇，小舅告诉我扇子上画的就是“上有天堂下有苏杭”的杭州和她的西湖十景，我如获至宝，不肯轻易示人。因为这把扇子，我对杭州最初的记忆是与夏天捆绑在一起的。后来真的到了杭州，感觉有点怪，竟是下也下不完的连绵不断的阴雨——原来这里还是出雨伞的地方。

照见两如初

【卷下】

《散文》编辑部　编

天津出版传媒集团
百花文艺出版社

走过江南

费振钟

与瓦有关

与瓦有关的,首先是一只猫。

我们居住的瓦房,深夜总有踏瓦而行的响声。那是一只猫在无比轻捷地走动。由于这只猫,我们经常夜不成眠。

我们不知道这只猫行走在瓦上的目的。它是经过,还是巡视?是工作,还是闲逛?不论怎样,一只猫的行动应该与我们无关。可是这只猫自从进入我们的听觉以后,不是它与我们有关,而是我们与它有关了。我们就在它脚底下,它的步行穿越了瓦片,发出空明之声。我们的听觉也许一开始并不太灵敏,但当我们从白天的尘嚣进入黑夜的宁静之中时,正是这只猫提高了我们的听力。它使我们成为喜爱聆听并且有着细腻的分辨能力的人。同时也使我们成为最奇怪的失眠者,成为幻想某种遭遇的人。

还是说这只猫吧。我们想象它在瓦上的行走,是三月江南的春天。三月,所有的东西都在深夜生长。这时候,一只夜行的猫,带来了生长的消息,它使我们感到了喜悦振奋,又感到惆怅和压抑。这时候,我们在深夜里失眠了。我们困守在低低的屋中,或者小小的阁楼里，已经很久了。我们的生命在白天老是蜷曲于一种姿态，也许只有在黑夜中，生命才有机会行动，才会改变。那么就让我们随同这只猫悄悄行走在夜风里吧。我们像夜猫一样，有一点诡秘，有一点心怀叵测，却又有一种人的小心和惊惧。我们看不清暗夜中究竟有什么与我们有千丝万缕的联系，我们不奢望遭逢奇迹，只想让自己生命能够得到一些自由，如同土壤里的虫子们借着夜的力量，钻出来舒畅地呼吸一下天空的气息；我们也无法确定目标，因为我们还是身不由己。假如这只引着我们行走的猫可以像巫师一样带着我们，那么我们不会拒绝去任何遥远的地方。但我们更愿意在屋顶上跃动，让身体学会轻灵，在屋顶上徘徊，让身体应和万物的节奏和旋律然后翩然而舞。这样，我们在三月江南的春天将自己无眠的身体放逐了，我们因为放逐，而在暗夜里开放如一束闪电，如一朵白色的玫瑰。

与瓦有关的，接着是夏天的雨。

我们在春天里接受了生长，但那只猫后来再无踪影。后来，雨季来临了。雨季的第一声雨点，非常响亮。它不是滴落，而是从高处往下的一声敲击，敲击在青瓦上面，发出类似于金属的声音。我们仍然居住在瓦屋里，与雨季为伍是我们的另一个持续多年的心愿。自我们听到第一声雨点以后，整个季节里我们的内心就被砉然而来的雨水涨满了。

江南的雨是太多，太深长了。它需要什么来承接，才能够留住，而不至于散失于旷野和河沟？当然是瓦，是我们屋上排列成盆的瓦。那些瓦垄和瓦当，全都为了承接雨水而设。由它们构成的每一种角度和弧度，都标明了雨季每天的流程和形态。我们长日坐在屋檐下，看涓涓细流垂线般下落，或者看水柱如吐如泻，我们对雨季看法是如此逼近，如此亲切，感觉就像从我们的身体我们的肌肤上湿漉漉地流过，而我们自然成了雨季的一部分。

或者，我们亦是那片瓦。我们被安置在众多瓦片之中，仰面等候雨季。我们需要雨水，就像泥土一样，有雨水才能润湿，才能饱满，才能孕育和收获。瓦片是泥土做的，我们原本属于土。由于雨季，我们将还原为泥土的特性。

与瓦有关的，还有瓦楞花。

瓦楞花是植物吗？它让我们怀疑是泥土开出来的花。我们在整个秋季都在观察这与泥土的颜色完全一致的瓦楞花从何而来，可我们的眼睛有时候所见有限，我们看不见种子怎样凌虚而至，怎样落入两片瓦之间萌芽生根。那么，这些灰黑的鳞状花冠，如此迅速覆盖了我们的屋顶，难道只为了说明雨季的雨水太过旺盛？这就是说，我们关心瓦楞花生长的原因，而不要关心瓦楞花的生长本身？这个秋季，我们坐在天井里，抬头是一片泥土般的瓦楞花，我们的神色严肃凝重，思考着这种植物的全部含义。我们因无知而感动。

而晚秋的风，开始从瓦上掠过，瓦楞花微微的惊悸，居然惹起了我们同样的却更深的悸动。那一瞬间引起的竟是苍凉和悲伤，说不上是为瓦楞花，还是为我们自己。不必说，我们的家族生活太长，我们的房屋居住得太久，好像都有几朝几代了，本来就有种抹不去的岁月萧条的痕迹，怎么禁得起这西风夕阳下瓦楞花的憔悴，点缀得更加零落了。我们虽然还不知道没落是什么样的人才会产生的心情，然而“别有幽愁暗恨生”。倒也不必因人而异。我们面对秋风中的瓦楞花，有同样的没落感袭上心头，哪怕与我们的年龄和身份，是如此不相称。我们是不是在人生刚刚开始时，已经过分颓唐呢？

无论怎么说，瓦楞花作为一种泥土般的植物，留在了我们的屋顶上。它是我们家族衰败历史最触目的象征，毫不留情地勾起我们长长的，长长的人生慨叹。

与瓦有关的，还有预期而至的一场雪。

就在我们因感伤而忧郁孤清时，一场雪，无疑是温暖的抚慰。

这是江南的雪啊，它无声无息地落到我们的瓦房上，当时我们正在子夜的睡意之中。我们的母亲，推醒了我们。她说，听听，飘雪花了。

这才想起，原来我们与雪早有约定。我们愿意有一场雪，软软的、柔柔的、湿湿的、润润的雪。我们愿意在雪的怀抱里，直到融化。

雪落江南时，我们终于为我们的愿望能够实现而欣悦。

最后，我要说，我们是居住在瓦顶下的孩子。我们与瓦有关的一切有关。

小楼、杏花与插杏花的瓷瓶

没有一个人会建一座小楼，为了听风听雨。不过，一座小楼在到它衰败零落以后，就能让人感到它确实为听风听雨的了。

走过江南时，我见到过这样的小楼。但楼空人去，有风有雨的时节，听的那个人却不知在哪儿。而卖杏花的女孩，还会提着小篮子杏花走来吗？她的声音还像昨天一样新鲜、圆润、响亮、修长吗？她和她的杏花还会为当初小楼上那个听了一夜风一夜雨的人带来迷人一笑吗？

当年描写江南风情的诗人，是不是虚构了一个小楼孤独的听者？为了安慰这个听者的孤独，又虚构了一个起早从老远的山村赶来卖杏花的女孩？可诗人的虚构，却让我们相信了小楼的存在，让我们听到了卖杏花的女孩从深巷走来的脚步。虽然诗人离我们远去千年，连他的背影都已模糊不清，但一个江南的典型细节和意象却留在我们眼前，永远为我们栩栩如生。

无论怎么样，我们由此知道了孤独的小楼与杏花之间的关联，知道了小楼上的主人与卖花女孩之间的关联。

按照我们的假设，小楼主人公，一定是一位女子。生长在这样的小楼里的女子，似乎从她长大那天起，就习惯了过幽闭生活。这是一种选择，或者是生活替她做出的一种选择。因为她不能做普通人家的女儿，注定了她要困守小楼之上。小楼规定了她的命运，而她也为小楼的命运做了陪伴。

小楼当然是开着花窗的，花窗下面当然是一条长长的深巷。打开花窗，深巷无人。这样的安静，其实就是寂寞。你立在窗前，想与谁说话，能与谁说话呢？所以小楼上的女子，倚着窗子，当然站成了一个永远寂寞的姿势。她本不是那种深闺中的怨女，她也没有那种"悔教夫婿觅封侯"式的闲愁，然而小楼无语，便让一个青春女子平添了无限惆怅和感伤。何况这是初春天气，绵密的雨丝，从早到晚从晚到早在窗前飘洒；何况那株梧桐树，在雨中确实无休无止点点滴滴到天明；何况一只布谷鸟，不知为什么从昨天起，就在枝头咕咕叫个不息。这样，一切都被规定在这个特定情境之中了，一切都表现得抑郁而哀怜像是怀春的情绪了。

并没有什么人注意到倚窗而立的小楼女子在春天里的怀想，所以，小楼的情绪被证明是空幻的，没有具体对象的，而且也必定是被忽略的。这样一个走进深巷里叫卖杏花的女孩，就显得特别重要了。女孩只想把她刚刚采来的杏花，趁着新鲜卖掉，她在寂寞无人的深巷十分甜蜜悦耳的叫声中带着殷切期盼。这样的季节，这样的早晨，这样的杏花，总有人喜欢吧？可惜深巷里许久都没有一扇门为她的杏花打开。卖杏花的女孩在巷子里走来走去，她的声音中增添了越来越多的失望。后来，她看到了小楼的花窗，看到了窗前一个幽怜的女子，看到幽怜的女子朝她招手。女孩走过来，仰头对着小楼，说，要杏花哦？要的，多少钱一枝？随便你。小楼女子摇摇头，怎么能随便呢！一根竹钩把装了杏花的篮子拎上去了，小楼女子把杏花抱在胸前，低低地说，多好的杏花！卖杏花的女孩听到了，忽然大声叫道，你为什么不走出小楼？你可以到外面看看的，山那边的杏花开得才真好！小楼女子笑了，淡淡地，迷人地笑了，真想到外面去呢！谢谢你，女孩！

卖杏花的女孩离开时，她的杏花插在一只大口双耳白瓷瓶里。

第二天，卖杏花的女孩又来到深巷小楼下，她的杏花被插到了另一只圆口青花小瓷坛中。

江南的雨下了多少天？江南的杏花开了多少天？卖杏花的女孩来了多少次？只知道小楼窗口，所有大大小小瓷瓶都插满了杏花。连那只黑釉陶土罐，也有一枝杏花修剪得姿态横斜，娉娉袅袅，像个古典的仕女。

小楼的女子还是低低地说，杏花真好，还是淡淡地笑，真想到外面去呢！

卖杏花的女孩走到巷口，叹了口气，对自己说，总归不会走出去，总归是走不出去的。

毕竟是难以逃避的颓败，毕竟是人去楼空，毕竟是花开匆匆，人生匆匆，唯有那些曾经插满了杏花的瓷瓶，还没有来得及破碎风化。如今它们陈示在我们面前，又能说出什么完整的故事呢？

关于一所旧宅院的真相

江南几乎稍具一点规模的乡镇,都有一些旧式的高门大宅。原因在于这里名门望族比较多，名门望族当然应该拥有高门大宅,这样才能显示出他们的官绅地位。虽然改朝换代到了今天,已经历过几个轮回，但这些高门大宅仍然是一种世族文化在江南乡村的标志。

不过，我不太愿意多看它们，我总觉得走进这些高门大宅里，往往闻到那种“精英”文化矫揉造作装腔作势的陈腐气息。比如一个在外做官挣了不少银子的不大不小的人物，回来后建了华屋美园,居然装模作样地写了“退思”两个字,叫人们来看,怎么说都不舒服。因此,我也不愿意为此花费笔墨。

但江南还有另外一类高门大宅，属于另外一种人，一种与世族、官绅文化无关的人。他们来历不明,混同于民间,但显然又与一般乡村百姓隔着一道界限。他们将高屋深院建在僻远的山村,过着面目不清的生活，人们只知道他们富有钱财，其他则一无所知,因为他们总是千方百计将宅院的大门开在幽曲的深巷里,而且总是关闭得不露缝隙。

我有机会专门探访这样的宅院,恰恰是因了它的某种神秘性。当年这些宅院的主人,不怕交通不便,不计辛苦,深入山里,修建了这些居所,后来又遗弃了它们,这前后长达数百年的时间里,一定有着许多我们感兴趣的秘密故事。只是找谁询问这些故事呢?想起某部电影或某篇小说中的守门人,我对自己说,你难道不能在一所遗落在乡野里的旧宅门前见一个同样形象的寂寞守门人吗?难道这个寂寞的守门人不会向你讲述有关这所旧宅的故事吗？这样,当我路过江南山区古镇一所旧宅院时,我就停了下来,怀着期待,在那里等候守门人出现。

不用说，我路过的这所旧宅院，就是那种典型的封闭式的老宅子，它高筑而起的院墙，似乎想把一切都挡在外面，由于不得已而开设的青石门，除了坚固以外，是它还特别用一种门罩挡在前面，表示对外人隐匿和拒绝。黑漆大门，一如既往地关闭了，好像从来都没有打开的可能。而我在青石门外耐心地探看这一切的时候，太阳差不多已经落在古镇西边的松林下了。随着一声晚归的白头翁的啼叫，旧宅院的门无声无息打开，门里走出来一个老人。我知道他就是我期望中的守门人。你从他的神色表情，一眼就能认出这是那种经年累月守着时间不愿离开的人，他像青石门一样坚执、冷淡，冷淡中含带着阴郁。现在他走出来，对我们这些一肚子好奇心的外人无动于衷，他简直连看我们一眼的兴趣都没有。我猜想，守门老人每天这个时候打开宅门，根本就是为了看门外的夕照，他已经看了一辈子了，一辈子他只愿意面对黄昏落照，来表达他对守望的承诺，除此之外，他没有什么需要对人说的！

守门老人向前十几步，站在巷道口，兀自仰起头，对着西边松林，看苍松扶疏间散透出的点点余光，看盘曲的枝头上晚归的两只白头翁。他的姿势，不像守门人，而像我们常常读到的一些文学经典里的那种高古超迈的人物，这样的姿势我们势必难以接近。所以，我需要说明，我确实看见了古宅里的守门人，守门人确实从高深的古宅门走出来，但由于我们接近不了，我不能期待守门人说他的故事了。

就在我的遗憾中，守门老人转身回去，宅门在他的身后又无声无息关闭。这时候，黄昏开始在旧宅四围展开，在渐渐浓郁的暗色下，重新打量这所宅院，我这才看出，原来它的遗弃是如此长久：它的门罩已经日复一日地颓败，黑漆大门不知剥落过多少次，而今斑痕累累，门上的虎头铜敲，也早已喑哑无声，门脚下的青石布满了杂草和暗苔，断缺之处，甚至爬出了一些带泥的肮脏的虫。我想此行对它的探访是太迟了，更不要说这时候来寻什么故事，即使守门人愿意向我们讲述，那同样也是太迟了。关于这所旧宅院的故事，不是也会一样地腐化吗？

现在，我倒是宁愿这样的旧宅子没有什么故事，它的存在的秘密，也未必不是随着时间而一层一层剥落，最后露出简单的真相。真相就在于，这一二百年的旧宅院的历史，提供了一个事实，即依靠这种隐藏式的建筑而建立起来的私密空间，仅仅反映了一种对财富以及与财富相联系的世俗生存的自我设防。这种设防，起因于畏怕，而终止于封闭心理和生活状态。我们可以理解，由于这旧宅院的主人属于那种从商业中致富的阶级，他们一方面享有富有的生活，妻子儿女，锦衣美食，一方面却对于这种生活与农业社会的准则和身份要求不相符合，而深怀不安和戒心。他们将自己的大宅院建在乡村，表示他们是乡村社会的一员，却又将自己的生活隐匿起来，与乡村社会拉开距离，过着他们这个阶层封闭的生活。这种生存性的矛盾状态，导致了他们向外发展的可能性的终止，他们走不出乡村的结果，是无可避免的衰落，最后只留下这样一些风格特殊的宅院，成为建筑学家们感兴趣的材料。

而一个差不多是虚构出来的守门人，他在黄昏中出现，也不过是为了在时间的表层涂上一点神秘的色彩。这样的色彩何其灰暗，多么阴郁。

一揖清高

王祥夫

竹帘

今年 5 月底天便大热，进入阳历的 6 月天就更热，早晨做完每日必做的日课后照例是看书，在家里找凉快的地方，也只能是在露台上，把两边的门全部打开，再把竹帘放下来，人半坐半躺在躺椅上，是很舒服的。周作人先生的《亦报》随笔每一篇都很短，很合适坐在那里一边喝茶一边看。早上照例是吃了两三块北京稻香村的点心，那种枣泥馅的，虽不如前几年，但因为爱吃就总是要买到这种才放心。有两种东西鄙人是从不换牌子的，一是北京“稻香村”的点心，二是北京“同仁堂”的中药。但一个人没事吃药的时候毕竟很少，虽然如此，也一时兴之所至买了几盒北京同仁堂的“苏合香丸”放在那里，这已经是近乎病态，但“苏合香丸”据说不能说它是药，而是各种香料的总汇，但到底怎么香，还从来没有试过，今年的夏天如果一直这么热下去，准备无论如何要试一下，也许会中一回暑，或者是大吃川菜上一回火，这就有一试“苏合香丸”的机会。早上吃点心，不免要喝茶，鄙人早上喝的茶照例是北京的花茶，老北京人一般都喜欢喝花茶，你给他喝最好的新绿茶，他会说：“怎么一点都不香？”受北京喝茶风气的影响，花茶在天津也像是大受欢迎。虽然花茶不为真正喝茶的茶人所接受，但一般人的喝茶也不会按着茶人的方法来，喝茶还是以随便为方便法门，一是要水开，二是要茶香，三是要有一个大杯子。这便是鄙人的茶经。再说到喝茶，最最倒人胃口的就是时下的茶艺表演，你去喝茶，口渴难耐，她那里却慢慢表演起来，好像她不那么表演一下我们就普遍地一下子都不会喝茶了。鄙人的生活态度向来是有花插插有茶喝喝，“随便欢喜”是第一法门。

因为今年早早就热起来，准备实行赤膊主义，家里没人的时候便要大赤起来，亦算是一种享受，平民的享受便在于夏天可以赤膊。另一件事是要换一下竹帘，夏天挡太阳非竹帘不可。而当下装修房子安装的那种竹帘漂亮是漂亮，却密实太过，太阳完全被遮挡了去，把这样的竹帘一放下来，光线一下子就暗下去不说，连风也好像被挡在了外边。夏天用的竹帘还是以那种手工做的老竹帘为好，有缝隙，可以让一道一道的阳光从外边泻进来。这种一道一道的阳光无论照在地上或照在人身上都有一种说不出的美感。谷崎润一郎好像在他的《阴翳礼赞》里说过竹帘的事。即使他不说，一般人也知道那种老竹帘的好，但现在这种老竹帘还不好买到，土产日杂商店里的各种物品能够用塑料替代的都已经变成了塑料制品，这就让人很生塑料的气，很想学习一下画家于水的文章法，比如他写过一篇文章题目就叫《枪毙猪头肉》，但一时又学不来。虽然题目也已经想好了，是《枪毙塑料》。

这题目像是一个人在说气话，但塑料统治天下的局面是应该改变一下了，不能什么东西都用塑料来做，说实话，我很讨厌塑料。

还说竹帘吧，不知道什么地方有那种手工编的老竹帘。这样的竹帘，即使晚上，月亮好的时候，月光也会一道一道照进来让人看得清清楚楚。虽然竹帘不是用来遮月光的，而月光也没什么温度。

纸窗

民间的歌谣，很少有专门用来歌唱太阳的，四川的那首“太阳出来喜洋洋”算是一首。虽说因为太阳出来而普遍地让人感到喜洋洋，但太阳的好处不一定大家都会知道，以我的经验，如果接连下十天半个月的雨，到处水汪汪的，即使是屋里，也在不停地下，人们才有可能会去想念太阳。去年在新疆昌吉的老胡杨林，是奇热，温度恐怕有四十多摄氏度，这时候的太阳就不能让人喜洋洋了，是让人发愁。曾经看到过一张清朝末年故宫的老照片，三大殿前搭有很大的布帘子，就是专门用来遮挡太阳的，那帘子之大，挑起放下想必不是件容易事。皇帝住的地方如此，平民百姓的四合院到了盛夏也一定要想办法遮阴，要搭席棚。鄙乡的学者邓云乡先生曾著一书专门谈北京的四合院，里边就载有北京入夏在院子里搭席棚的琐琐碎碎，包括用什么材料，怎么搭，苇子做的席箔要有多长多宽都写得极为详细。鄙人小时候写仿，两个抽屉的桌子就在南窗之下，横着放，太阳是从左手照过来，冬天还好，太阳从窗外照过来真是让人感到亲切。而到了夏天，父亲照例会在窗户上再加一层纱窗，一是可以让太阳不再那么强烈，二是可以挡蚊蝇。那时候的窗纱编制都是用那种极细的细铁丝，当然是用机器来编，而且是绿色。现在已经见不到这种窗纱。在这样的纱窗下写字，太阳不那么晒，外边的风也能进来，极是惬意。这样的纱窗，到了冬天父亲照例会把它卸下来，放到放杂物的小房里去，到了来年夏天再把它装起来。这一年我们学校号召学生们学习蚕桑，每人分得一小片蚕种，我便在这纱窗上养起蚕来，蚕吐丝做茧，盛夏也来了，那纱窗又被父亲装在了窗上。

玻璃虽发明很早，但用在窗上算来算去还不到一百年。玻璃的好处在于你坐在屋里，院子里一有动静你就可以看见是谁来了。在乡下，即使是安不起玻璃的人家也会在窗上装一小块巴掌大的玻璃，以便看到院子里的动静。用鄙人乡下的话说是："照一照，看看是谁来了？"现在古董市场上的老琉璃大热，而琉璃虽不透明却五颜六色，屈原先生之《离骚》里说的"高冠之陆离"，实实在在就是说他的冠上装饰着琉璃。琉璃与玻璃，二者的区别是玻璃透明，而琉璃不透明。而窗上可以装的不透明的那种现在又通称为"毛玻璃"而不能叫琉璃。毛玻璃的好处在于外面看不见里面，当然你坐在屋里照样也看不到外边。在乡下，是没有人会在窗上安毛玻璃的，用乡下老太婆的话说是"瞎哩咕咚"。今年夏天的热，让鄙人不得不搬到阁楼上去住，阁楼上凉快一些，而三角形的窗子又无法把窗帘装上去，每天都是早早就被太阳光晃得醒来，白天要想睡一觉，光线也晃得人有些受不了。这就让人想起纸窗的好，纸窗的光线永远是柔和的，虽然有时候它可以让屋里很暗，比如下雨的天气里，但北方的雨向来是不那么多。现在的韩国和日本，窗子和拉门上还多以纸糊之，有一种别样的柔美。但窗纸并不那么好糊，会糊的，俟窗纸上的糨糊干透之后，用手指轻轻弹击，其声音嘭嘭作响。窗纸的不好处就是随时可能被人弄一个小洞，屋里的秘密便都在外边人的眼里，一如《金瓶梅》之中关于窗纸的种种描述，而现在的建筑，即使你非要别出心裁，你也不好安过去的那种纸窗，但在玻璃上贴些纸还可以。鄙人最近就在平时写字作画包括睡觉的阁楼的窗子上贴了竹纸，竹纸微微发黄，有制纸时所用竹帘的一道一道的细纹，很好看，光线从外边过来，也柔和了许多。用这样的竹纸贴在窗玻璃上很方便，纸一旦有破损，马上可以再贴几张新的上去。一刀新昌那边出的竹纸也就不到十元，便宜得很。宣纸现在太贵是因为原材料越来越少，而竹子在南方到处都是，一时还不会绝迹。你用我用大家一齐用地一直用下去，再用几百年想必是没有问题的。

纸窗之下，宜养菖蒲，宜配一拳灵璧。

写字

一个人与写字的关系一如吃饭喝茶，或者简直地又如拉屎撒尿，没有什么特别之处，也就是拿笔写字，写好写坏是另一说，没有写过字的人起码是在清平世界文化进步的今天几乎没有。小时候学校里总是要上写仿课的，我们只这么说，老师也这么说，并不叫什么“书法课”。一到写仿课便拿了铜墨盒和毛笔，笔上总也戴着个铜笔帽，再夹上几张麻纸，一堂课下来手总是黑的，回家洗手，盆子里的水也是黑的。因为从小写字，只觉是与吃饭拉屎一样，便没了一点点敬意在里边，这敬意当然是对写字。及至长大，才知道写字原是一件好事，可以让一个人的心静下来，可以让一个人暴躁的性子有所改变，但春节来临之时看别人伏案大书亦是苦事，纸是红的，墨是黑的，一时红黑满屋让人两眼发花。古时《世说新语》中的一个人物，也懒得去查他叫什么名字，是当时的著名书家，皇帝盖了几十丈的高楼，及至竣工才发现上边居然没有匾，便命这书法家上去写它一写，找来大筐子要他坐在里边，如帚大笔和几大罐墨自然也一并放筐里，众人一起吆喝起来，合力把这书法家用大筐子拉到半空让他去写。字写完，众人再吆喝起来，再合力把他从半空中放下来，据说此时那书家汗亦是出了满头满脸，人亦是面如死灰，头发也猛然白了一半。后来此书家告诫儿孙，学什么也不要学写字，更不可把字写好，被吊到几十丈高的楼上去写字是要吓死人的。每每想起这个故事我便想掩口发笑，想想此先贤高空作业如此心惊胆战，自己在心里居然有那么一点点恶意的开心，就觉得自己有那么点不厚道。昔年见有人请学者诗人书法家的殷宪先生去搞配乐书法表演，我在下边也差点要开心死，音乐节奏忽快忽慢，一时不知他在台上是该行该草。现在是盛世，什么新鲜的事都有，有妙龄长发女子被全裸了，浑身再裹以透明薄纱，然后被两个后生子拦腰抱着，再用她的头发饱蘸墨汁，一时被一个书法家操纵着这么一下那么一下地写起字来，终被那些不懂书法的人一时火起打跑，这也是一件近来最让人开颜的事。

鄙人写字的习惯是，早上起来就写一下。用那种颜色发黄的毛边纸，先把正面写过，然后反面再写一回，淡墨写过一回，然后再用浓一些的墨再写一回，然后才去做别的事，比如吃一根油条或再加上一碗豆浆。然后才开始改昨天的稿子。

鄙人很少用正经的宣纸写字，是田舍翁小家子气一样的那种舍不得，家里储存了不少好宣纸，莫名其妙地就觉得自己很富足，但实实在在地用起来，总是一用好纸就生气。就像巴尔扎克笔下的高老头一样的脾气，花一点钱就生气。鄙人给画店画画儿也是这样，好纸总是舍不得用，总是先用不好的纸，再用好的纸，裁下的纸头亦要画一个小虫放起来，实在是吝啬得可以，但我并不思改过。开笔会看别人十分豪放地一写就是一地的字，写坏的纸团做一团又一团也是满地，鄙人便会在心里大气起来，书画的笔会真是纸的厄运大限。

写字是件让人静下来的事，有人表演书法，浑身紫花唐装，持笔大叫上场，两眼圆瞪，浑身用力，有一次我在旁边忽然大笑起来，是实在怎么也忍不住，也是大没修养，但我也宁愿不要这样的修养。这样的场合我现在不去，写字是自己的事，何必非要观者如堵。

我写字，直到现在也只用毛边纸，在好宣纸上写字，在我，就好像做贼，虽然惯走江湖，也难免一时心紧气结。

毛笔帖

民间的“六月六，晒衣裤”其实古已有之，《世说新语》里的那位没有鲜美华衣可晒而把大裤裆裤子拿出去晒一晒的主人公一时想不起他是谁了，足见鄙人读书是胡看，并不想牢记什么，其实也不必记，虽然有备忘录在那里，但备忘录也只是记一些怕给忘掉的事。比如答应给谁写一幅字，或某某几号请去吃酒的事。这种事一定要记清了才好，记得有一次我们几个朋友被另一个朋友请去家里吃酒，我们几个糊里糊涂地就那么去了，已经是到了吃饭的时间，主人和急匆匆赶去的我们相视一脸的迷惘，主人好像已经忘了答应我们去吃酒的事，及至后来是大家都笑起来，原来讲好吃酒的日子是第二天，而我们通通都记错了，头一天便赶了去。所以请吃或吃请这种事情是要上备忘录的，以免再出这种笑话。鄙人的记性不好，所有的事都要记那么一记。比如南昌的朋友于前几天忽然寄来了一支很好的毛笔，笔杆居然是翡翠做的，拿在手里便忽然想到清宫里的那间小屋子三希堂，昔年曾在那里看过皇帝用的笔才会有这种笔杆，这不免也是要记一记的，以便后来答谢南昌的朋友。而且最近用来写小字的笔也没有了，还要记好再去买十几支写小字的毛笔。说到毛笔，凡是中国人，没有不认识毛笔的，但说到使用却未必人人都会去用它。前几年曾向湖州定制了一批毛笔，其中最数笔杆上刻了“生死刚正”四字的笔好，终于你一支我一支地全都给了朋友。这个笔的好处一是笔杆很长，正好站在那里写字而不用哈腰；其二是笔锋之长几乎是天下无二，当然是就笔头的六毫米而言，而且笔之两头都是用白牛角。这样的好笔，即使不写字的人也会忍不住拿起来在纸上横平竖直一下。鄙人定制的这种笔还有一样好，就是笔杆上“生死刚正”那四个字是手刻，而时下刻什么都已经用电脑代劳了。笔杆上的字也是同样的待遇。

说到写字的家什，一定是纸笔墨砚之四种，可以说是离开其中的任何一种都写不成，只不过现在的变化是研墨被取消了，写对联什么的有一瓶墨汁就足可以，并不要一个人在那里磨来磨去。但认真作画还是要研墨，早上起来把墨研好，研多少自己知道，最好是到了晚上通通用光。用不完的，如砚里还剩一点点余墨而又不够作一幅画的，便用毛笔在砚里扫几扫，再把笔上的墨在笔洗里涮几涮，这笔洗里的水被主人这么涮来涮去，天长地久地涮下来便会日渐地臭起来，亦可算是宿墨之一种。从古到今的文章法都是有话则长无话则短。由毛笔说到买毛笔，其实也没什么好说，不过是去文具店转来转去，鄙人居住的小城里也有许多家卖毛笔的，但笔杆上边的刻字都是电脑所为，这就让人不能喜欢。不久前去北京琉璃厂，转了一家又一家的文具店和笔庄，居然也是没笔可买，而又不能空手回来，便买了一支老大的罗汉竹笔杆的大笔。罗汉竹竹节短而粗，拿在手里很舒服，笔是一般的笔，好在上边什么也没刻。这支笔现在已经开始用，而真正的想法是等这支笔用坏了，那笔杆可以做一个拂尘的柄，一直想做一个很小很小的拂尘，没事拿在手里拂来拂去很好玩，而且是有蚊子赶蚊子，没蚊子赶苍蝇也可以。

不能说现在没有好毛笔，但有一点可以肯定的是，现在没有好笔杆,用电脑在上边刻几个字,这笔杆怎么都不能让人说好。

午时记

午睡前照例要找一本书随便翻翻，顺手便拿到了一本讲琥珀的小册子,没有多少图片,文字也清浅。说到琥珀,我父亲大人年轻时喜欢用琥珀雕刻各种小动物。那是近半个世纪前的事情,而现在的抚顺是既没有多少煤可挖也没有多少琥珀可以拿出来示人。而我的喜欢琥珀倒不是因为我是抚顺元龙山的人，其缘由说来可笑,是因为从小吃那种鱼肝油丸,一粒一粒黄且透明而又颇不难看,这便是我喜欢琥珀的缘由。我之对于琥珀,是独喜那种原始的,里边多多少少要有裂纹,古董家术语叫作“苍蝇翅”的便是。前不久,把一大块经常放在手里的琥珀不小心一下子摔作两半，一时怅惘了许久。忽然觉得那摔作两半的琥珀用来做章料正好,这便想起“植蒲仙馆”的主人谁堂来。谁堂不独篆刻精彩,菖蒲也养得极好。说到菖蒲,起码在北方是十分地难养。而文人的案头照例是应该有些绿意才好。陈从周先生主张到处可以种一种的“书带草”,听名字就好,但却只宜养在园林的阶前砌下,案头养一盆却太显蓬勃。那种叫文竹的草,日本人喜欢,川端康成的一张老照片就显示他养了一小盆在书案上,远远看去确有几分云烟的意思,但一旦长起来其势却一发不可收拾,可以发展成藤蔓植物一样在屋里到处攀爬。而唯有那种金钱菖蒲和虎须菖蒲却顶顶适合养在案头,你想让它蓬蓬勃勃起来,比如你想让它长到大如车轮,那几乎是没有可能,它似乎永远只那碧绿的一窝。南国的画家陈彦舟养的菖蒲却分明太高大,放在茶桌边,猛看像是种了水稻在那里,却也与那茶案相当,坐在其侧喝茶,让人起“蒹葭苍苍,白露为霜,所谓伊人,在水一方”之思。是另一番意境。

读书人的书案，我以为一是要有一点绿意来养眼，二是还要有一块小小的供石，我以为这供石以灵璧为好，黑而亮或不黑而亮都好，我的嗜好是见了灵璧石就要买它一买，陆陆续续买了几十品，而入眼养心的却仅仅几块。其中一品小且玲珑，恰像一炷香点燃后袅袅而起的那股烟，便铭之为“一炷烟”。本可以取雅一点的名字，如“轻云起”或“或如烟”，但我宁可要它有踏实的品性。还有一品山子，猛看一如宋人玩过大名鼎鼎的那个砚山，我的这个山子上居然也有两个小小的天池，储水在里边可经旬不涸，我们这地方把天池叫作“那”，原是极为古老的一种叫法，比如宁武山上的天池，当地人便叫它“那”，而我给我这上边有两个小小天池的供石取名却叫了“十二郎”，因为高高低低一共是十二峰。这名字让人觉得它与我的关系是石兄石弟，而且有古意。就鄙人的兴趣而言总觉得古意要比今意好一些。因为这十二郎的山子，我便给谁堂去信要了菖蒲，谁堂让人用竹筒寄来，打开来不免让人惊喜，邮路迢迢，居然还是一窝的绿。谁堂的养菖蒲在国内是出了名的，楣其馆曰“植蒲仙馆”，他的各种养盆里，最好的是那方古砖琢成的盆。若有人问，喜欢菖蒲与供石，其趣味在哪里，这不太好解答，就像你问热爱法国红酒的朋友红酒的趣味在哪里，相信他一定答不好。

6月是插荷花的时候，街市上没有荷花卖，却有莲蓬，而一律又被掐掉了那长长的梗子，无法做瓶插。太嫩的莲蓬其实也没有什么吃头，一剥一股水，今年有个计划，就是要去谁堂那里看看他的菖蒲，再读读他的印谱。印谱原是读的吗？以我的经验是大有读头，若读得进去，小说又算什么？

赌酒

鄙乡把小孩子的玩具通通都叫作“耍货”，小孩子们的耍货也就那几种，从陀螺开始，到可以推得哗啦哗啦响的那种铁圈，当然还有万花筒和用染过的羽毛做的那种毽子。而我最喜爱的还是泥做再描上五彩的不倒翁，我母亲大人只叫它“扳不倒”。记得幼时前后一共买过那么几个，到后来照例都摔破了，再纠缠着母亲去买，买来玩几天再摔破，而且是有意的，总是想看看这个不倒翁的里边有什么，怎么居然会一次次地打倒一次次地马上起来。白石老人笔下鼻子那地方有一块白的不倒翁我没见过，从小玩过的几个都是寿星模样，白胡子，长眉毛，团团地坐着笑呵呵地看着你，让你一次次地把他扳倒，他再一次次笑呵呵地起来。及至后来长大，到了见酒非喝的年龄，忽然见到了酒桌上的一种叫作“叫你喝”的赌酒的酒具，其实这“叫你喝”也就是个用泥做好再彩绘过的不倒翁，放在桌上让人们轮上转他，俟他停下，他笑嘻嘻地朝着谁谁就必然地要喝一杯，喝过这一杯酒，他就有了转这个“叫你喝”的权力。在没有多少酒可以喝的年代，喝酒的人都在心里暗暗希望它转向自己，在物质丰裕不愁酒喝的年代则相反，希望他转向别人。起码是早些年，有的饭店里还专门备几个“叫你喝”，对小二说一声他就会拿过来，不过饭店里的这种不倒翁照例都是油乎乎的，也不知他千转万转转过了多少回，到底招呼人们喝了多少酒。在乡间的酒席上，没有“叫你喝”，但人们照样可以赌酒，那就是转勺子，喝汤的小勺，放在盘子里转，等它停下来，勺子把儿朝着谁谁就喝那么一杯。或者等到鱼上桌的时候转那鱼盘，是鱼头鱼尾各喝一杯。轮着转下来，等到每人都喝了那么几杯后，鱼也早就凉了，这盘鱼亦可以算是赌酒的赌具之一。但现在的饭店里早已没了可以让人们转来转去的“叫你喝”,集市上也见不到笑呵呵的“不倒翁”。不知民间还有没有人在做这种“不倒翁”,其实这是一种很好玩的耍货,花不了几个钱买那么一个。做“不倒翁”用的那种胶泥,普天下到处都有,小时候跟着别人去河里挖这种胶泥,挖好一大团,把它放在一块石板上揉面那样揉来揉去,再把它做成一个又一个泥碗,然后在地上猛地一掷,会发出很响亮的响声,只为这一响。

白石老人画不倒翁,诗是这样写的:“乌纱白扇俨然官,不倒原来泥半团,将汝忽然来打破,通身何处有心肝?”白石老人八十之后曾写告示申明自己不吃请亦不去饭店,可见当时请他吃饭的人很多,请他去吃饭也是想要他的画,自然是揩老人的油,但他发出告示表示谁请他也不会去。有人写回忆老人的文章,饭店有时候他还是会去的,只要他高兴,还会主动请客,一旦他请客,照例是去湖南饭店。据说当年的湖南饭店的筷子比别的饭店要长一些,这里就要说到湖南饭店的一道叫作“水汆肉片”的看家菜,其实也普通,用水淀粉抓过再用水汆,嫩而已。但湖南菜馆的筷子为什么特别的要长一些,却是谁也说不清。

中国人喜好赌酒,这和西方不一样,西方人的喝酒是吃完饭去酒吧里喝,很少在吃饭的时候就一杯一杯地赌起来,也更不会有“叫你喝”这种转来转去的赌酒具。晚上等着看世界杯,怕自己睡着,翻闲书打发时间,所翻的一本就是讲中国酒文化的书,想不到就写下这样的文字。今年7月再去北京,有一个想法就是到处去找找这种小时玩过的“不倒翁”,据说只能到庙会上去找,而不知道7月在北京还会不会有什么庙会。如果有,不妨就再顺便买一个泥做的兔儿爷,八月十五毕竟也不远了。如果有“不倒翁”卖,想必也会有三瓣嘴的“兔儿爷”。

但三瓣嘴的兔儿爷是不能拿来赌酒的，而人们也确实不能整天地喝酒,这是另一说。

葫芦事

我对酒的态度是能不喝就不喝,也就是说我并不喜欢酒,见了酒并不那么欢天喜地，而现在直至发展到视酒如仇。话虽这样说，一旦朋友从远道上来了,我又会欢天喜地跟着川流不息地喝。而且直到喝得大醉而不是微醺,鄙人像是向来不会微醺,而且喝酒是极快,有时候就在酒桌上,大家还没有离席,鄙人已经结束,也并不是像有些人那样瘫在酒桌上,而是坐在那里就睡过去,一觉醒来已在家中,再也想不起昨天喝酒的事,比如和谁喝酒或怎样回的家。虽然不喜欢喝酒,但朋友们还是要不停地送酒过来,或者是送一些酒器,比如“公道杯”或者是什么“自鸣杯”。所谓自鸣,也就是在酒倒出来的时候像是有人在那里吹口哨,唯这个杯后来送了一个外国朋友，给他带来莫大的喜悦。去年过年时又有朋友拿一个葫芦来,不算大的那么一个葫芦,也就是林冲看守草料场时用的那种,但要小得多,朋友说这是放酒的,说你别看它是普通的葫芦,它里边有“文章”,并把里边的“文章”说给我听。也不是什么了不得的事,只不过是在葫芦的里边用一种漆吊了里子,这么一来,即使是酒在里边放很长时间也不会渗透到外边来。即使是这样的葫芦我也并不那么喜欢,到后来也送了另一个朋友。这就要说到葫芦。鄙人家里现在有两枚葫芦,红润好看,是母亲大人用手摩挲出来的。是先用一块玻璃碎片把葫芦外面的那层皮刮掉，然后才开始日复一日地摩挲,直至它一天比一天红润。葫芦在民间的意思是“福禄”,是发音相近使然。小时候玩过一块玉,后来亦是送了朋友,就是一个童子背了一个有蔓的葫芦，这个玉佩就叫作“万代福禄”。我把这个玉佩送给一个朋友，还把意思同时也说给他听，但不知这个“万代福禄”的玉佩现在还在不在。如果在，换一辆一般的小车想必足可以。

今年春天快要到来的时候，曾向持志斋主讨要了几枚丝瓜种子，就种在我的北边露台上，现在已经十分的蓬勃。以嫩丝瓜炒鸡蛋是一道很好的菜，宜下白米饭，丝瓜做汤味道十分清鲜，也是宜下白米饭。丝瓜开两种花，一种是结瓜的，另一种似乎是开来只让人看，一个花柄子上有五六个花苞，一朵接着一朵开，早晨起来，往那边一望，真是明黄好看。但明年想好了是要种两棵葫芦的，也好足不出户便可以坐在那里写生，虽然经常地把葫芦画来画去，虽然还有白石老人的稿本在那里，但还是写生出来的东西有真意。这又要说到白石老人，白石老人的旧照片结集出版后，其中有一张拄杖站立的真是让人看了心生喜欢，老人站在那里，不但拄着杖，衣襟上还挂着一枚葫芦，这张照片真是很好看。白石老人是越到老年越好看，他年轻时的相貌倒是平平。只看这张照片，在心里揣摸老人衣襟上的葫芦是玉的还是别的什么材料所制，到后来又看到白石老人的另一张大照片才知道那只是普通的葫芦，不大，一两寸，上边还有一小截蔓儿，只一小截，一点。看了这张照片，便在心里想不如让自己快快老起，也好能让自己拄杖戴小葫芦。再后来看到画家吴悦石也戴着一个葫芦，当然亦是在中式的衣襟之上，便就更加地让人喜欢起葫芦来。

前不久在北京，去了一趟十里河的花鸟市场，但买过两只蝈蝈便忘了葫芦的事，可见鄙人还没有老到可以在衣襟上挂葫芦的年龄。但到了明年，说什么也要在露台上种几棵葫芦，希望它能结一个恰好的，大约一两寸即可。只是不知道持志斋主那里有没有葫芦的种子。

村庄里

鲍尔吉·原野

白银的水罐

井是村庄的珠宝罐。井里不光藏着水，还藏一片锅盖大的星空和动荡的月亮。

井的石壁认识村庄的每一只水桶。桶撞在石头的帮上，像用肩膀撞一个童年的伙伴，叮——当，洋铁皮水桶上的坑凹是它们的年轮。

那些远方的人，见到炊烟像见到村庄的胡子，而叫作村庄的地方必定有一口井，更富庶的地方还有一条河。井的周围是人住的房子。在黑夜，房子像一群熊在看守井。没人偷井，假如井被偷走了，房子就会塌。

井为村庄积攒一汪水，在十尺之下，不算多，也不少。十尺之下的井里总有这么多水，灌溉了爷爷和孙子。人饮水，水进入人的血管，在身体上下流淌，血少了再从井里挑回来。村里的人有一种类似的相貌，这实为井的表情。

井用环形石头围拢水。水不多也不少，在清朝就这么多，现在还这么多。村里人喝走了成千上万吨的水，水不增不减，不垢不净。

多少人喝够了井水翘胡子走了，降生成面貌陌生的孩子又来喝井里的水。井安然，不喜不忧，在日光下只露出半个脸—— 井只露半个脸，另半个被井帮挡着—— 轻摇缓动。井里没有船，井水怎么会不断摇动？这说明井水是活的，在井里辗转。在月光下睡不着觉，井水有空就动一动。

村民每家都有财宝罐，都不大，放在隐秘的地方—— 箱子、墙夹层，甚至猪圈里。而全村的财宝罐只有这口井，它是白银的水罐，是传说中越吃越有的神话。水井安了全村人的心。

水井看不到朝暾浮于东山梁，早霞烧烂了山顶的灌木却烧不进井里。太阳和井水相遇是在正午时光，它和水相视，互道珍重。入夜，井用水筛子把星斗筛一遍，每天都筛一遍，前半夜筛大星，后半夜筛小星，天亮前筛那些模模糊糊的碎星。井水在锅盖大的地方看全了星座，人马座、白羊座，都没超过一口井的尺寸。

井暗喜，月亮每月之圆，是为井口而圆。最圆的月亮只是想盖在井上，金黄的圆饼刚好当井盖，但月亮一直盖不准，天太高了。倘若盖不准，白瞎了这么白嫩的一个月亮。太阳圆，月亮圆，谷粒圆，高粱米圆，大凡自然之物都圆。河床的曲线、鸟飞的弧线，自然的轨迹都圆。人做事不圆，世道用困顿迫使他圆。圆的神秘还在井口，人从这一个圆里汲水，水桶也圆。人做事倾向于方，喜欢转折顿挫，以方为正。大自然无所谓正与不正，只有迂回流畅。自然没有对错、是非、好坏。道法自然如法一口井，大也不大，小也不小，不盈不竭，甘于卑下。

大姑娘、小媳妇是井台的风景。大姑娘挑水走，人看不见水桶，只见她腰肢。女人的细腰随小白手摆动，扁担颤颤悠悠。井边是信息集散地，冒人间烟火，有巧笑倩与美目盼，孩子们围着井奔跑。村里人没有宗教信仰，井几乎成了他们的教堂。但没人在井边忏悔，井也代表不了上帝宽恕人的罪孽。但井里有水，水涤尘去污，与小米相逢化作米汤，井水可煎药除病。井一无所有，只有水。一方水土养一方人，水说的是井与河流，土是耕地。对树和庄稼来说，井是镶在大地的钻石。鸟不知井里有什么，但见人一桶一桶舀出水来，以为奇迹。春天，井水漂浮桃花瓣。入井私奔的桃花，让幽深的水遭遇了爱情。花瓣经受了井水的凉，冰肌玉骨啊。从井里看天，天圆而蓝，云彩只有一朵。天阴也只阴一小块，下雨只下一小片。井里好，石头层层叠叠护卫这口井，井是一个城。

井是白银的水罐，井水变成人的血水。井无水，村庄就无炊烟，无喧哗，无小孩与鸡犬乱窜。庄稼也要仰仗井，井水让庄稼变成粮食。人不离乡，是舍不得这口井。家能搬，井搬不了。井太沉，十挂马车拉不走一口井，井是乡土沉静的风景。

针

像母亲领着孩子的手，穿过厚厚的云层。对往昔的追念，让人凝视那些斑驳的岁月，让往事像花朵一样开放，使我们看到静置在老日子最下面那些东西，包括母亲手里的针。

针拿在母亲的手里，当母亲把目光转过来的时候，是关于“家”的最贴切的油画构图。妈妈目光柔和，拿针的时候，她的面庞和姿态告诉人，什么是宁静安详。当母亲专注于膝上一件衣衫的连缀时，把这个画面和其他专注的事情相比：医生专注于伤口，账房先生专注于算盘，士兵专注于瞄准……让人觉得天下最为柔顺善良的人，莫过于母亲了。

针在家里是最小的什物，因此母亲藏针的时候最为认真，不是珍贵，而在它太容易丢失了。这一枚光滑尖锐的利器，却丝毫没有兵刃的悍意。它在刀剪的家族里，也是一个女人，身后总带着索拉。那些绵绵的白线，被它缝在被子，包括膝盖的补丁上，像一串洁白的、小小的足印。在家的王国里，针线与棉花布匹生活在一起，一起述说关于夜、体温和火炕的话语。这些话被水洗过，被阳光晒过。阳光和水的语言被远行的孩子带到了异乡。

我回想下乡和结婚的前一夜，母亲都在灯下缝被子。我想起，那些棉被是早已缝好的，她又拿出来，加密针脚。加密针脚并没有特殊的用途，谁都不会盖坏一床被。但母亲所能做的只是这些了。在命运面前，她并不能做什么。儿子虽然是自己的，但仍要被命运之手领走，领到远方。母亲的语言与针线的语言一样，绵绵密密但素朴无声。当孩子远行，当柔软的棉被和线一起到达的时候，母亲的手里只剩下一根孤零零的针。

母亲把它小心收起来，放在炕席下面，或别在布包上，针尖向里。其实儿子大了，已不在身边，已经不用担心他淘气，刺破指尖。

现在年轻的家庭，恐怕已经找不到针了。城里没有针，没人缝补旧衣。年轻的母亲为孩子准备的是成摞的买来的衣服。在城里，和针一起失去的，还有朴素的诗意和许多难忘的场景。

马灯

那年我到坝后，干什么去已经忘了，但脑子里挂记着那盏马灯。我们住在大车店的一铺大炕上，睡二十多人，都是马车夫。白天，我和马车夫老杜套上我们的马车，拉东西。把东西从这个地方拉到那个地方，好像拉过羊圈里的粪。那羊圈真是世上最好的羊圈，起出二十多厘米厚的羊粪，下面还有粪，黑羊粪蛋子一层一层地偷偷发酵，甚至发烫，像一片一片的毡子，我简直爱不释手，并沉醉于羊粪发酵发出的奇特气味中。晚上，我们住大车店。

大车店没拉电，客房挂一盏马灯，马厩挂一盏马灯。晚上，车夫们掰脚丫子，亮肚子，讲猥亵笑话。马灯的光芒没等照到车夫脸上就缩在半空中，他们的脸埋在黑暗中，但露着白牙。不刷牙的车夫，这时也被马灯照出洁白的牙齿。苇子编的炕席已经黄了，炕席的窟窿里露出炕的黑土。肮脏得看不出颜色的被褥全在马灯的光晕之外。房梁上，悬挂着一尺左右，像暖瓶一样的马灯。灯的玻璃罩里面的灯芯燃烧煤油。花生米大小的火苗发出刺目的白光，马灯周围融洽一团橘黄的光芒，仿佛它是个放射黄光的灯。马灯的玻璃罩像电吹风的风筒，罩子四周是交叉的铁丝护具。装煤油的铁盒是灯的底座，可装二两油。

蛾子在屋顶缭绕，它们靠近灯，但灯罩喷出的热气流把它们拒之灯外。不久，车夫们响起鼾声，这声音好像是故意发出的极为奇怪的声音。你让一位清醒的人打鼾，他发不出梦境里的声音，他忘记了梦中的发声方法。有人像唱呼麦一样同时发出两三个声音，有低音、泛音和琶音，有许多休止符使之断断续续。有人在豪放地呼气之后，吸气却有纤细的弱音，好像他嗓子里勒着一根欲断的琴弦，而且是琵琶的弦，仿佛弹出最后一响就断了，但始终没断。打呼噜的人大都张着嘴，但闭着眼。他们张嘴的样子如同渴望被解救出来。我半夜解手回屋，背手踱步，在马灯的光亮下观察过这些打鼾的车夫，洞开的嘴还可以寓意失望、吃惊和无知。他们是够无知的，把这个村的羊粪拉到另一个村的地里。其实，我看到那个村也有羊圈。那时候，农村里的一切都归公社所有，拉哪个羊圈的粪都一样。就像一家人，把这个碗里的饭拨到那个碗里一样。车夫们睡姿奇特，如果在他们脸上和身上喷上一些道具血，这就是个大屠杀现场或者先烈就义图。有人仰卧，此乃胸口中弹；有人趴着，背后中弹；有人侧卧并保留攀登的姿势，证明他气绝最晚，想从死人堆爬出去报信但没成功。

即使不解手，我也希望半夜醒来到外面看看夜景。夏夜的风带着故乡性，它从虫鸣、树林、河面吹来，昆虫在夜里大摇大摆地爬，爬一会儿，抬头看看天上的星星。月亮瘫痪在一堆云的烂棉花套子里。我看到夜越深，天色越清亮。接壤黑黪黪的土地的天际发白。可见"天黑"一词不准，天在夜里不算黑，有星星互相照亮，是地黑了。被树林和草叶遮盖的地更黑，这正是昆虫和动物盼望的情景。在黑黑的土地上，它们瞪着亮晶晶的眼睛彼此大笑。夜风裹着庄稼、青草和树林里腐殖质散发的气味，既潮湿又丰富。我回屋，见马厩里的马灯照着马。木马槽好像成了黑石槽，离马灯最近那匹马大睁着眼睛往夜色里看。灯光照亮它狭长的半面脸颊，光晕在它鼻梁上铺了一条平直的路。马在夜色里看到了什么？风吹了一夜却没有吹淡夜色。那些踉跄着接连村庄的星星就像马灯。喝醉了的大车店老板手拎马灯，如拎一瓶酒。他走两步路，站下想一想，打一个嗝。青蛙拼命喊叫，告诉他回家的路，但他听不懂。夏夜，马灯是村庄开放的花，彻夜不熄。马灯的提梁使它像一个壶，但没有茶水，只有光明。马灯聚合了半工业化社会的制作工艺，在电到来前，它是有性格、有故事的照明体，是移来移去的火，是用玻璃罩子防风的火苗之灯。它比蜡烛更接近工业化，但很快又变成了文物。马灯照过的模糊的房间，现在被电灯照得一览无余，上厕所也不必出门了。

磨刀人

水让刀成了磨石的臣民。

我在路边上的市场见到磨刀人,觉得离童年又近了一步。我第一次见到磨刀人围着脏帆布的围裙，戴老花镜，在四脚长凳上磨刀,是在昭乌达盟公署家属院。

我看到他扛着四脚板凳奔走,边走边吆喝,太乐人了,人扛着板凳走？他是磨刀人。

他把板凳放下,骑上面,磨一把刀。

磨刀人磨过盟公署家属院所有人家的刀。豁齿的刀,不再找他磨,剁喂鸡的萝卜缨子。磨刀人把菜刀扁摁在磨石上,只三个手指就把刀摁得无法翻身。“霍、霍、霍……”磨刀声像一首小曲。我盼他把我家的菜刀磨得雪亮,拎手里挥舞如银链,夜里也放白光。

磨刀人在意的是刀刃快不快,他不管亮不亮,磨一会儿,用拇指肚试试刀口。他应该用自己的白胡子试刃,胡子割下一绺,证明此刀快得很。

磨刀人不想让刀太锋利,非不能也,实不为也。最锋利的刀适合刮胡子——一般的刀,一般的钢都刮不动胡子。胡子很顽固,其柔其韧让刀茫然——刮完胡子就得再磨,次锋利的是手术刀,割肉要快(不快太缺德),又锋利是切菜刀。

盟公署家属院的菜刀于我之童年不刮胡子,不做手术,连切肉都罕见,没肉。家属院解嘲的话叫:“想吃肉往自己腮帮子上咬。”街上无肉卖,干部不许养鸡鸭猪狗,没肉挨刀。

我们的刀是切菜的,大白菜唰唰唰,苤蓝疙瘩唰唰唰,玉米面发糕切成三角形。最奢华的时刻来到了——春节,公家供应每户三斤白面。除夕各家包白面饺子,刀切面剂子,切面条。刀在湿面上一下一下切下去，面剂子满案翻滚，遍身薄粉。没等吃饺子，见到面剂子已感幸福。刀切面条如造工艺品，面饼叠成四五沓被切成条，手拎起来似乱蛇挂树，这就是面条，现谓手擀面。彼时面条皆手擀，只有北京人才吃机制挂面。挂面为何名之为“挂”，不清楚。或许机器压出的面条要挂一下见风，免纠结。

面是刀切的。刀的钢刃在面坨上一咬一段，看出它比白面厉害。白面在那时的中国已经很厉害，不是所谓干部，过八个春节也吃不上白面。农民看别人吃白面都看不到，村里没人表演这么奢侈的节目。刀把白面切成条，切成面剂子之后，傲慢地到一边躺着歇着去了。擀面杖到面案上表演前滚翻和后滚翻，把剂子压成饺子皮。在其余的岁月，刀接着切白菜，切角瓜和倭瓜。刀想切肉切鱼，但无肉无鱼。

刀在我们家属院其实不须年年磨，我妈出于虚荣心，每年在过年前都请磨刀人磨一下，暗示吾家在逝去的一年里或可切过肉。刀切白菜萝卜甚至面条，都不用磨，刃钝不了。但我们家的刀切过奶豆腐，比切白菜费刀。

磨刀人站在我家红松木板的栅栏前，放下板凳，倒骑之上，唰唰磨刀。他手蘸茶缸里的水，滴洒刀上，唰唰磨。灰色的水流从磨石淌下，带走了一部分钢和铁。我妈梳两根大辫子，攥着一毛钱看他磨刀。不一会儿，围观的人渐多，有人手里拎着自家的菜刀。他们像我妈一样虚荣或不虚荣，要在春节之前磨一磨刀，像扫一扫房子，擦一擦玻璃。

刀咬住磨石的肉不松口，磨石用谦让削薄了刀的刃。磨好的刀在一韭叶宽的窄条上闪着精光，这是刃。其余部分是刀的后背和腰。我妈接过磨好的刀，用手掂了掂，其实刀磨得快不快用手掂不出来。她把一毛钱付给磨刀人,他把钱揣进胸兜,用眼睛扫其他拎刀的人。那时节,磨刀人是个人物。

铁匠

早上醒来，一个想法钻进脑袋——想当铁匠。当铁匠多好,过去怎么没想到这个呢?

在铁匠铺，用长柄钳子从炉中夹一块红铁，叮当叮当地砸,铁像泥一样柔韧变形。把铁弄成泥来锻造,是铁匠的高级所在。暗红的铁块烧透了,也蒙了。这时,当然不能用手摸它,也不可用舌头舔。砸吧,叮当叮当。

铁冷却了,坚硬了,也不红了,以暴雨的节奏打击,那么美也那么短暂。那时候,铁是软的。

用钳子夹着火泥向水里一探,刺啦一声,白雾腾焉。这件事结束了,或完成了,这像什么呢?真不好形容。这是一种生命扩张与凝结的感觉。

而铁匠，穿着白帆布的、被火星儿烫出星星般窟窿的围裙,满脸皱纹地向门口看——门外的黄土很新鲜，沿墙角长一溜青草,远处来了一个骑马的人。

历史上,铁是强力的象征。《旧约》上说:“以色列整个地区未发现铁匠,因为腓力斯坦人说,免得希伯来人制造剑和矛。”在非洲,冶铁是宗教仪式的中心，安哥拉人在冶炼时，巫师把神树之皮、毒药和人的脑浆放入灶穴，当拉风箱的人开始工作时，伴有歌唱、舞蹈和羚羊的粗野音调。

在苏丹西部，铁匠像祭司一样得到国王的保护。而在北非,铁匠可怜地处于受侮辱的最底层,正如西藏的铁匠被视为最低等级的成员，因为他们制造了屠刀。而布里亚特——蒙古人认为铁匠是神的儿子，像骑士一样无比光荣。

铁匠是刀的父亲、犁的母亲。在人类的文明史或杀戮史上，铁匠比国王的作用更大。不说刀剑，一个小小的马镫便能带来版图的延伸。

铁匠之所以神奇或另类，是因为他们面对的是古代人类最为敬畏的两样东西：火与铁。铁匠铺如同产房，在火焰中催生奇特之物，从车轴到火镰。布里亚特人的萨满仪式唱道：

你们这九个“波信陶”的白色铁匠啊
你们下降凡间，你们有飞溅的火花
你胸前有银做的模子，你左手有钳子
铁匠的法术多么强大啊
你们骑着九匹白马
你们的火花多么有力量

漆黑的铁匠铺里的“铁”味，是锻击和淬火的气息。炉火烤着铁匠，他的脸膛像通红的铁块一样光彩焕发。在太阳下，铁匠的脸黝黑，像塑像。

养蜂人

当城里人为夏夜的溽热辗转反侧时，养蜂人早在星月之下的窝棚里盖着被子入睡了。风把露水的凉气收入山谷，三伏之夜，凉可砭骨。在城里所谓桑拿天的早晨，养蜂人于黎明仍然披一件薄棉袄。人多的地方发热的是人，人少的地方清凉来自草木。

早晨的白雾退去，茂密的苜蓿草里露出蜂箱的队列，褐色的木头被露水打湿。蜜蜂等待阳光照亮山野之后才飞出箱子，露水打湿了花蕊，蜜蜂下不了脚。露水干了，太阳把花晒出了蜜香。

养蜂人戴着网眼护帘的斗笠，开始放蜂、取蜜、换蜂蜡，蜜蜂成团飞在空中。齐白石画蜂以清水晕染蜂翅，每每说“纸上有声”。对蜜蜂小小的体积而言，它发出的噪声相当大，跟小电风扇差不多。嗡嗡之声和里姆斯基–科萨科夫的《野蜂飞舞》并无二致，野蜂的翅鸣更大。

养蜂人穿的衣服并不比麦田稻草人身上的衣服更讲究，比草木的颜色都暗淡。在山野里，劳动者比草木谦逊。山野是草木的家，人只是路过者。没人比养蜂人更沉默，语言所包含的精致、激昂、伪诈、幽默、恶毒和优美在养蜂人这儿都没有了，语言仅仅是他思考的工具，话都让蜜蜂的翅膀给说完了。

养蜂人从河里汲水，在煤油炉上煮挂面，没电视。我一直想知道十年不看电视的人是什么样子，他们的心智澄明。电视里面即使是最庄重、最刻意典雅的节目，也是造作的产物。电视对一切都在模拟，不仅新闻在模拟，连真诚也是模拟和练习的产物。而养蜂人一生都围着蜂转，心中只想着一个字：蜜。

天天想蜜的人生活很苦。他们被露水打湿裤脚，在山野度过幽居的一生。他们知道月上东山的模样，见过狼和狐狸的脚印，扎破了手指用土止血，脚丫缝里全是泥土。他们熟悉荞麦地的白花，熟悉枣树的花，熟悉青草和玉米高粱的味道。他们身旁都有一条忠诚的老狗；他们把一本字小页厚的武侠书连看好几年；他们赚的钱从邮局飞回老家；他们不懂流行中的一切时尚；他们用清风洗面，用阳光和月色交替护理皮肤；他们一辈子心里都安静；他们所做的一切都用来交换蜜蜂酿的、对人类健康有益的蜂蜜。

媒体说，几乎所有的蜂蜜都是假的，用白糖和陈大米加化学添加剂熬制而成。

可是蜜呢？蜜去了哪里？没人回答这个问题。

银器的笑容

银匠笑容沉静，如花里的花蕊。他的笑不出声音，银器也不说话。

银匠抽的便宜香烟，从鼻孔散出。听别人说话，他脸上淡然，如同看先锋电影。

他的手指太糟糕了，指甲厚而且糟烂了，像水牛的指甲。他手指肚的裂口比脚后跟还深，已经愈合不上，大约裂了几十年，裂口深处见不到血迹。

这双手竟捏出银器缠枝莲的花纹、突厥风格的团豹花纹、鲜卑的万字纹。银匠用手摸自己的脸，像回忆。

我和银匠照相，他拉起我的手。手偷偷告诉我——银匠的手比石头粗粝。

阳光在屋里照出一个斜长的方块，我们俩坐在黑暗里。桌上放着银匠熔银的小锅、小焊枪和镊子。这张黝黑的柳木工作台没有漆，裂着深深浅浅的口子。银匠死后，他儿子把藏在裂口里的银屑弄出来就够买两年的粮食。

一只黄鸡迈步过门槛，在地上啄食。仿佛它每天都进屋啄银屑吃，养成了习惯。鸡偏过头，用头侧的眼睛看我们俩。鸡眨一眨眼，上眼皮像帘子掉下来又拉上去。母鸡迈每一步都把爪子牢牢摁在地上。它走到银匠熬小米粥的洋锅前，被银匠伸腿轰了出去。

银匠的墙上挂一排镜框,全放合影,找不到银匠在哪里。二十世纪五十年代到九十年代,合影的人在黑白和彩色照片里惊讶地向这边看过来,像摄影人是个怪物。他们排列整齐,没一点笑的愿望。他们像说世界很陌生。

银匠的三节柜上摆着银器,货主还没来取货。银匠说一件作品都不留,他的生活不需要银器。一个小银碗是银箔包在榆木上,像穿裙子的碗,是酒和奶茶的乐园。一个银烟袋锅像歪头的烛台,上面有盘龙的浮雕。木柜上方的镜子照着银器的后背,银器的光散出无声的笑容。

银子到人世干什么来啦?银子寻找孩子的笑声,收进白色的口袋。银子看青草的长势,看百灵鸟落在窗台上的羽毛。银子是石头上落的雪。

银匠的屋里有清新的气息,不知道是不是银的气息。墙上挂着成吉思汗的彩毡绣像,已经变黑。外倾的炕沿下,嵌入一排炒米的米粒。屋里的空气好像被滤过,有一点山洞的凉气,还有青草被手指甲揉碎的甜味。

夜里,银匠睡在一堆银器当中。谁说银器半夜不会走下来转一转?银器悄悄从三节柜滑下来,到外屋的水缸舀点水喝,然后坐在门口扣着的破筐上观星斗。风从玻璃似的河面吹到身边,让银器发抖。狗和鸡都发现不了银器的身影,它们夜盲。天亮前,银器回到柜上,看银匠起床,一件一件穿衣,打哈欠,用脚找炕下面的黄胶鞋。银器一波波发出无声的笑。

油灯

油灯的光芒把屋里雕刻成圆形的洞窟,又像给人的脑袋包了一层又一层橘黄色与微红的头巾。

牧民沙格德尔家里拉不起电，点油灯。他爷爷二十世纪五十年代被选为劳动模范，奖品是一盏带玻璃罩的煤油灯，至今还在用，点柴油。光亮和二十世纪五十年代差不多，也可能更亮，柴油比煤油有劲。

沙格德尔坐在椅子上，脸上的线条在油灯下显出柔和。油灯把他的头和肩膀射在墙上，巨大的背影像一个史诗中的英雄。他驼背，用手指摁另一只手的骨节。而他的背影在灯焰下蠕动，像一只蹲着的黑鹰准备扑过来。油灯打扮人，照得沙格德尔眼睛明亮，像歌德的眼睛。我说的是他靠近油灯的右眼，另一只生白内障的左眼仍藏在阴翳里。油灯的光让人脸看上去有思想，在这样的光芒下，仿佛一晚上可以写出一篇哲学论文，说星空与道德律什么的。沙格德尔鼻梁挺直，嘴角紧闭，眉宇间藏着若有若无的忧虑。他五十出头，头发全白了，全站立。

然而，沙格德尔什么思想也没有，他是这个世界上最可怜的人。如果没有油灯光芒的抬举，他是个没人肯看一眼的乞丐。他的草场被人开煤矿占了。煤挖完后，地面剩一片大坑，而卖草场的两万块钱至今还没到手。去年，他老伴得肾炎去城里住医院。沙格德尔卖掉了所有的牲畜支付医药费，换来的是两米长的账单和老伴的死亡通知书。他没钱火化老伴，用一对银镯子贿赂停尸房的看守人，套驴车把老伴拉回来埋在煤矿的废坑里。他把箱子拆了，把老伴捆得像一个木桶，放入坑里。他买不起棺木。他用煤矸石和黄泥砌了个墓穴。“煤矸石横着摆一层，竖着摆一层，每层撒一些野花。”他说。

这里方圆二十多里没野花，草原废了。沙格德尔到几十里外的山上采了一麻袋野花,撒进老伴的墓穴。墓里有他们两人的合影照片,老伴年轻时喜欢的小镜子,绿纱短袖衫,一双没穿过的鞋,余额为零的信用社存折。这是跟沙格德尔老伴一生有关所有的东西,都被埋进废坑。沙格德尔的儿子在天津的蒙古餐馆当保安,有人说他打架,已被抓了起来。

油灯照着沙格德尔家里余下的没被埋藏的东西：一条漆黑的四腿的板凳,墙角的土豆,纸箱里的雨衣和雨靴,一个早就没马可放的马鞍子。沙格德尔不懂汉语,到城里打不了工。他在房前屋后种一些玉米做口粮。他年轻时是公社有名的摔跤手，是出色的马倌，懂一点兽医。现在像在冬天到来之前准备死去的昆虫。他说：“我死了,没人埋我,村里人都搬走了。”油灯的光照着地上搪瓷洗脸盆里的鸳鸯图案,照着墙上骑大鲤鱼的胖娃娃画像。沙格德尔闭目沉思,可能在猜想他死后是谁把他抬进废坑,是谁捡石头填满这个坑。

无可替代的失败者

半夏

作为一个传教士，利玛窦（Matteo Ricci）在中国，某种意义上可以说是一个失败者，尽管他也让徐光启、李之藻这样的人物成为虔诚的天主教徒，但他所致力于的基督皈依，远远没有达到徐光启针对中国斯时状况所支给他的驱佛补儒的招数效果；但是作为一个中介者，将西方的科学技术传来中国，将中国的历史文化介绍到西方，他的地位是无可替代的，尽管在今天，他的名字并不为一般百姓乃至若干知识阶层所熟悉。如果从事后衡量的角度来看的话，上述对照就更为显著。

催动欧洲人向外传教的物质诱因，在于他们的所谓“地理大发现”。以1492年哥伦布抵达美洲，1498年达·伽马绕过好望角开辟印度之路，1519至1522年麦哲伦完成首次环球航行为标志，这一系列发现提供了海外殖民扩张的基本前提。

但是，第一个发现中华庞大帝国价值的耶稣会士，却是利玛窦的前辈方济各·沙勿略（Francis Xavier）。因为他经常听到日本人声称，如果基督教确实是真正的宗教，那么聪明的中国人肯定会知道并且接受它。这让他决定要尽快使中国人从迷信中皈依。其实，在将近三个世纪前，中国的大门曾经被意大利人马可·波罗敲开过，但后来多疑的欧洲人又在他的后面把门关上了，因为他那神话般的狱中记述，被当作是一个想入非非的旅行家骗子的动人故事。而且此时，由于元人曾经的征服，中国人对域外的洋人，也保持着远甚于世界上其他民族的猜疑，因此通往中国的条条道路，都对沙勿略严密封锁着。他自然没有放弃，还甚至用超过两百金币的胡椒作为礼物，购买犹豫不决的商人的友情，以此来帮助自己偷渡。然而，奥德赛式的冒险，导致除了流言中出现的一线希望之外而再没有任何的希望，虽然沙勿略豪爽地说，为了拯救中国人，他的生命是微不足道的。不过，当中国人还在过着无忧生活的时候，这位企图拯救他们的上帝使者，口中喃喃迸发着"大卫之子耶稣，怜悯我吧"的祈祷，于1552年的12月，病死在珠江口外的上川岛，这里距中国海岸约三十里，离他所期望的目的地，是真正的在望了。

十分凑巧，利玛窦正是在这一年的10月，降生在意大利的马切拉塔(Macerata)城，尽管他们二人阴阳交错之间相差了两个月，但似乎很有点毕达哥拉斯灵魂转生学说的色彩。利玛窦是家中八个孩子的老大。父亲行医，曾在教皇邦担任行政长官；母亲是一位虔诚的天主教徒。十九岁时，利玛窦申请加入耶稣会，这是一个以布教的创新精神享誉的宗教团体，会士们都以在新世界里从事科学工作和长途旅行而著称。利玛窦以前辈为榜样，也意图在这两个领域里施展才干。1572年，他进入耶稣会办的罗马学院，学习哲学和神学。在听了著名的科学博士兼数学大师克拉维乌斯（Christopher Clavius）的授课之后，便要求派去远东。Clavius在拉丁文里是钉子的意思，所以利玛窦在中国称他的恩师为丁先生。这位钉子先生的确给了利玛窦十分结实的数学以及其他训练。五年后，他被批准前往印度传教。当时,葡萄牙占据了果阿,扼守着去往远东的咽喉,所有前往东方的人都必须从葡萄牙启程。因为误期,他没能赶上航班,于是利用候船的时间,他到著名的高因盘利(Coimbra)大学攻读了一年语言,这里是耶稣会训练东方传教团的学术中心。次年的3月,他乘船离开里斯本,沿着达·伽马的线路,跨越印度洋,于9月到达印度西海岸的果阿。在这里, 他并没有被派去异教徒中间传播福音,而是完成他的神学课程并担任修辞学教师。四年后,他才终于奉调抵达澳门,开始了他在中国的经历。

葡萄牙人远渡浩瀚无际的海域,驻足在中国的海滨,并被那里的居民称为"佛郎机(Franks)",这是对欧洲人的称谓,后来又被用来称呼尖利的欧洲武器。佛朗机们被认为是强健的战士和征服者,但对财富的不能约束的渴望,使得中国的地方官们很快就把猜疑心撇在一边,并且把附近岛屿的一块地方划给葡萄牙人,作为贸易的据点,这就是澳门。

1583年的夏天, 利玛窦陪同会友那不勒斯人罗明坚(Michele Ruggieri)前往广州,罗是和利玛窦同船来到的东方,并且曾经到达肇庆, 这里是两广总督的驻地。时任两广总督的是福建人陈瑞,这是一个小心谨慎而又确凿无疑的贪官,罗就是用带褶的衣服、三棱镜和铜表之类的礼物,令总督大人允诺他们到省城广州居住,并发给了证书。但不巧的是,这时宫里传来旨意,陈总督被罢官,所以当他们到达香山的时候, 遭到了拒绝。两人准备冒险混上一条客船,不过奇特古怪的相貌终于没有逃过旅客们的慧眼,他们只好颓然而返。

好在香山知县的父亲去世, 他的丁忧三年使得神父们又有了一线转机,他们再次通过送礼获得了前往省城的许可,但实际上,他们是被当作俘囚而押解去的，理由是他们携有免职总督写给广州海关道的书信。应该说收礼的代理知县完全做到了拿人钱财替人消灾，而且这个消灾十分地富有中国式的创意。

海关道客气地接待了他们，并且答应了他们留驻的请求，但因为察院大人即将抵达，为了避免他对自己的弹劾，只好让两位神父火速离开。失望的利玛窦们在香山还看到了新任总督措辞严厉的布告，称外国教士受中国舌人挑唆学习中国语言文字，教士请求在省城定居建立教堂和私宅，此举有害国家，接纳外国人绝非求福之道。上帝知道，远涉重洋而来的利玛窦们，什么时候听从过那些靠嘴巴吃饭的舌人们的教唆？

光明的希望似乎遭到了灭顶，但在失望的深渊中又突然出现了生机。肇庆知府王泮派人来到澳门，授意总督批准可在肇庆建堂居住，邀请神父前往肇庆。这样突如其来的变化，似乎只能归之于无可否认的上帝伸出了他的手拯救的结果，其实，那不过是神父们贿赂新任总督部下结出的硕果。

之后的事情似乎就比较顺利了，虽然又有过被遣返澳门的舛途，但并没有实际影响利玛窦在中国的逗留，自肇庆立足，而后至韶州而南昌而南京，最后还如愿地落脚在了作为首都的北京。

在沙勿略之后，耶稣会士们便制订了新的传播福音的方法，就是强调适应各民族的风俗习惯。所以在创建中国耶稣传教团的时候，年轻的利玛窦们并不公开谈论宗教的事情，他们把时间用在了研习中国语言书法和当地的风俗习惯上，他们结交官员士绅，博得了一片的好感和赞叹。后来他被指责过分关注发展与儒家杰出人物的关系而不是布教事业的进展，但利玛窦担心的，却可能是追求基督徒数字的增长，也许会在一夜之间使多年的成果丧失殆尽。所以连和他接近过的中国士人,也不能了解他来到中国的究竟目的。写了《焚书》的李卓吾,曾经送给过利玛窦神父一把题了自己短诗的纸扇,可对方的来意,他仍然不能明白,他说:"但不知到此何为,我已经三度相会,毕竟不知到此何干也。意其欲以所学易吾周孔之学,则又太愚,恐非是尔。"甚至在后来写给万历皇帝的奏疏上,利玛窦也是一派仰慕天朝文物伏乞收纳不胜感激待命之至的文牍套话,于所负命耿耿的传教,只字未提。这种隐瞒,真正是用心良苦。

利玛窦是一个博学的天才,他善于制造日晷、地图、地球仪和天球仪、沙水报时器之类的精妙仪器,这些大多是中国人从来没有见过的稀罕物品,所以是深受好奇的学者们欢迎的礼物,他正是凭此——当然还有其他,奠定了长期的良好关系。而他相信耶稣会接近上层阶级,就可以最好地促进上帝更大的光荣。垂钓人类的渔人,以自己特殊的方法吸引人们的灵魂落入他的网中。这位大西西泰利先生说,中国人有一种天真的脾气,一旦发现外国货质量更好,就喜欢外来的东西而甚于自己的东西。看来好像他们的骄傲是出于他们不知道有更好的东西以及他们发现自己优胜于他们四周的野蛮国家这一事实。

一张挂在墙上的地图,让中国人感到了极大的震动和迷惑不解,地竟然和天一样是圆的,中国也不过是在众多大洲的靠东边的一个角落里而已。聪明的利玛窦遵从王泮的建议,将地图放大后用中国字标注并以《山海舆地全图》的名称刊印,并且适应中国人的口味,抹去了福岛的第一条子午线,把中国安排得多少占据着中央的地位。就此利玛窦评论道:"因为不知道地球的大小而又夜郎自大,所以中国人认为所有各国中只有中国值得称羡。……他们不仅把别的民族都看成是野蛮人,而且看成是没有理性的动物。在他们看来，世界上没有其他地方的国王、朝代或者文明是值得夸耀的；这种无知使他们越骄傲，一旦真相大白，他们就越自卑。”这样的评判如果再结合上前边的天真脾气的断语，算得上是相当的深刻了。

然而直到清朝末年，这种中国必须占据地球中央的意识仍然顽固地存在，所以维新人士还得继续做重复的启蒙开导：若把地球详来参，中国并不在中央。其实，在那之后，这个安排似乎也仍在某种意义上延续着。

地图让利玛窦声名鹊起，甚至皇帝也传旨用丝织成这种地图的屏风，分发给自己的儿子们，这让利玛窦始料不及喜出望外，用他的话说，实际上正是这有趣的东西，使得很多中国人上了使徒彼得的钩。这是上帝的安排吧。

梁启超说，明末有一场大公案，为中国学术史上应该大笔特书者，曰：欧洲历算术之输入。不过，这或许没有说望远镜之应用于天文观测，也是利玛窦传来远西奇器的结果更加直白。

在刚到中国期间，利玛窦是身穿僧服的，在肇庆结识的苏州人瞿太素建议他改穿儒生的冠服。这个建议可谓深得利玛窦之心，利玛窦也已经体会到文士在社会上的地位是远远超过僧人的，这种更换，其实是和耶稣会士一到印度就穿上婆罗门服，也即当地最有影响阶级的服装，是一脉相承的。从此，利玛窦们在中国人眼中，就再不是洋和尚而是洋儒生了。在这样岸然的装饰下，用学习来的汉语，糅合附会中国的文化，用诸如“天”这样本土的概念解释“上帝”之类的煞费苦心，西泰利先生步履从容地实施他的合儒补儒超儒，耐心等待所种植的葡萄将来必定丰收的气象。

瞿太素可以说是中国向西方学习数学的第一人，这个对仕途不感兴趣的败家子迷恋上了黄白炼金之术，但他同时是一个异端的天才，他拜利玛窦为师，醉心于欧几里得的几何，并且动手制作罗盘、日晷、象限仪之类精巧的奇器。

另一个皈依了基督的天才，是叫作保禄的徐光启。这位后来在崇祯朝直做到文渊阁大学士太子太保的文定公，用优美的中国文字翻译了欧几里得几何的前六卷，定名《几何原本》，这在中国思想史领域，开辟了一种崭新的方法和境界；由他建议并主持的《崇祯历》，引入了格里高利历，这种历法从清初一直使用到近代；宁远锦州战役中使用的西洋火炮，更是熹宗采纳了他的建议；而所有这些，又无一不是拜赐于他师从泰西大儒利先生学习的历算、天文和火器诸术。

1610 年 5 月的一天，利玛窦和朝廷的来客谈话后回到驻地，感到精疲力竭。他一向患有偏头痛，但这次他觉得情况完全不同，自己恐怕病将不起，但他并没在意。甚至在几个月前，他曾几次说道：在我仔细想过我要努力确定做什么才能最好地推进中国教会的工作时，我得出的结论是，对它的进展最有利的事莫过于我寿终之日的到来。

神父们找来城中最著名的六位医生，但是他们开出的三种不同的药方，没有带来任何效果。唯一感到满意的只是病人自己，他慈祥地依次和神父们谈话，然后在 11 日临近黄昏的时候，他坐在床上，没有挣扎，闭上了眼睛，去寻找自己的天国了。

按照阁老叶向高的说法，这位伟大人物应得的远远超过所要求的东西，他配得上享庙和立像。这自然是中国人对造福公众的人表示尊敬的做法。但这又的确是史无前例的。不过，以代理监督西班牙籍会友庞迪我(Didaco de Pantoja)神父名义的上疏得到了皇帝的钦准，在平则门外约五分之三英里的一片旷敞的乡间，有一座属于宫里太监的别墅改建的寺院，这里就是钦赐给利玛窦神父的墓地。这无疑是皇恩浩荡的事情。不知道万历爷是否还记得这位长着一副大胡子的泰西人，当初看了画像以为他是位阿拉伯人，但随侍太监否定了这个猜测。不过大胡子献给皇上的自鸣钟该是不会忘记的了，那只小的，皇上随时要听它打钟，大的，则专门让工部花了一千三百两银子搭了座楼来妥帖安置。泰西大胡子本来是想用这些讨得一大群女人和太监之中唯一男人的愉悦，然后有朝一日劝他受洗，就像当年罗马皇帝那样，从而高屋建瓴地改变中国人的信仰。然而他终于走在了他准备施洗的人的前边。

自然，庞神父同样采用了利玛窦的方式，不但使用了“臣本远夷向慕天德化蒙恩屏营候命之至”之类在西方人看来虚伪的话头，而且庞神父还亲操刀斧，用象牙制作了若干日月星辰图的新颖雕刻，来讨诸位大臣的欢喜。

平则门就是阜成门，利神父的墓碑今天仍然立在二里沟。利玛窦晚年时曾将他在中国的传教经历记录下来，同会神父金尼阁(Nicolas Trigault)在返回欧洲的途中，把它从意大利文译为拉丁文，并于1615年刊行，这就是著名的《利玛窦中国札记》。对金尼阁，陈垣曾有介绍：金尼阁者，比利时人，利玛窦卒年至中国，曾集利玛窦笔记为腊顶文中国开教史。所谓腊顶文，即拉丁文。开教史，则来自本书的原名《耶稣会士利玛窦神父基督教远征中国史》。基督教远征中国，听上去像是轰轰烈烈荷枪实弹的宗教战争，而这位利神父却连传播福音的真正动机都没有明晃晃地发布出来。

不过，书则是一部有趣的书，一般认为它最有意义之处是揭示了“契丹”就是中国的另一个名字，而不是马可·波罗时代以来所认为的另一个国家，这其实是耶稣会世俗兄弟鄂本笃（Benedict de

Góes)越过兴都库什山后的发现。这是一个严肃的意义，其实此外书中还有许多活泼的内容，因为那是几百年前一个外国人眼睛里生猛鲜活的印象，和我们对自己的观察——即便多么的客观，如果如此的话——十分不同。而这不同，在某种意义上，还影响着今天的欧洲人，如此说当然不是认为利玛窦记录中失误和偏颇有多少。譬如，利玛窦在介绍了欧洲人所完全不知道的茶和漆之后说，中国人并不精于使用枪炮，硝石却大量用于制造焰火，中国人非常喜欢这类表演，他们似乎花多少钱也在所不惜。在南京的一次元宵节上消耗的火药足够维持一场相当规模的战争达数年之久。

在说到房屋的风格和耐久性时，他说，他们似乎是用人生一世的长短来衡量事物的，是为自己盖房而不是为子孙后代。而欧洲人则遵循他们的文明要求，似乎力求永世不朽。

对科举考试，他描述为在哲学领域成名，并将秀才、举人和进士，分别对位西方的学士、硕士和博士的学位，于是在他看来，这个帝国委派的官员，都是文章写得好的哲学家。因此，人们更愿意学习文科而不愿从事武职，这对一个很少或没有兴趣扩张版图的民族是更合适的。

当然，本书并非意在对当时的中国进行批判，它其实只是写给欧洲人的读本而已。不过，有时他还是显得略略尖刻了。譬如他说，这个民族是太爱好戏曲表演了，这个国家有极大数目的年轻人从事这种活动，毫无疑问是这个帝国的一大祸害，为患之烈甚至难于找到任何另一种活动比它更加是罪恶的渊薮了。

2010年正好是利玛窦去世四百周年，这位把孔夫子介绍给欧洲，把托勒密（不是更先进的哥白尼）和欧几里得介绍给中国的神父，应该不仅被研究者所记忆。

上海流水

孙甘露

某日

接陈丹青电邮，放假他去纽约数日。建议读以赛亚·伯林之著作。翻出《反潮流》及《伯林谈话录》——因为他无缘分享柏拉图式的理性官能，他无法相信有永恒的、不可改变的绝对价值。关于赫尔德最先说明归属于共同体是人的一种本质的需要。而与赫尔德的清晰相反，黑格尔之后，二战之前，德国哲学那种模糊不清、文绉绉的写法，好像是在黑夜中、在大海底下写作。妙喻。

某月某日

徐累驱车从南京来上海看双年展，随车驮来了他的《花天水地》——陈丹青称此画有“堕落之美”。1997 年彼楷尔先生出版《呼吸》的法文版时，选了徐累的另一幅画作封面。以私人感受而言，那就是为《呼吸》画的。那时候徐累就答应送我他的作品以作纪念，这位美男子践诺而来，可说是年中大事。陈丹青称徐累的画蕴藉斯文、娴雅僻静，高贵而消极。徐累本人给我的感觉亦如此。于《花天水地》同来的还有他的新画册及陈丹青的序——写于 1999 年的《图像的寓言》。

此画已挂在我书房中，那水中白马的眼睛每日瞧着一个半慵懒半勤勉的读书写字的人。而那人则瞧着马背上的“青花”——“乖谬而优美”。

徐累离沪后，我想起另一个蕴藉斯文、娴雅僻静的人——南方有好些这样的人——王道乾先生。他辞世后，我收到他翻译的《驳圣伯夫》，扉页上是他的遗孀的笔迹：遵王道乾先生生前嘱托……我记得那个寒冷的下午，在美丽园，胡兰成旧居一墙之隔，周忱领我去拜见这位杰出的翻译家。他送我兰波《地狱的一季》，以及答应送我，彼时尚在出版社压着的普鲁斯特的犀利著作。转眼，普鲁斯特《寻找失去的时间》的新译也已经出版。在为周克希先生举办的“普鲁斯特之夜”晚会上，我们还尝了一口小玛德兰点心。

某日

柯丁丁着快递送来他在巴黎获奖的纪录片《盛夏的果实》。

但是我的录像机已经不知去向。

《耶稣受难记》，看了三次才看完全片。无言以对。

马惜戈的邮件，转述奥斯卡·王尔德1900年之前的观察：“从前是文人写作，大众阅读。今日是大众写作，无人阅读。”正在给《外滩画报》写关于昆德拉小说的访谈，想起那句老话：文化总是如钟摆一样来回摆动。

某日

应邀去观赏《可可西里》在上海的首映，见到陆星儿生前多次想要引见的陆川。场灯亮起时我在想，电影业仿佛是一个秘密行业，有些人从中“离开”，平安地度过脱敏期。他们了解电影的秘密，但是又不再为那些所谓的行规所制约。陆川就是其一，与他的前一部影片的合作者姜文一样。

某日

宝爷在妈煮妙设宴。这是钱文忠举荐的地儿，号称点心小吃海上第一。席间孙良赠新画册一本，所有我心仪的作品尽在其中。张老师林老师在外艺术，派家属出席，并携来“娱乐新闻”一则，某报选出海上三君子，在座的宝爷不幸中的。宝爷面有愠色，闷头喝酒。众人举杯，声言绝不扩散喜事。

W说明年初要去意大利出差，睡前便找出阿城的《威尼斯日记》来预热。阿老的急智是这样的，去年冬天，一日，从陈村家出来，一堆人挤在电梯里，阿城低头看了一眼，言道：这鞋不错。我说：便宜。阿城说：那就更不错。

阿城写道：“如果我们能赚到钱的话，可能是老天爷一时糊涂了……有记者问中国人何时能得诺贝尔文学奖，木心答：译文比原文好，瑞典人比中国人着急的时候……又到浮码头小饮，麻雀像鸽子一样不怕人。一个老人久久坐着，之后离开，笔直地向海里走，突然拐了一个直角沿岸边走，再用直角拐回原来的座位，立在那里想了一会儿，重新开始他的直角离开方式，步履艰难。老？醉？也许觉出一个东方人注意到他，于是开个玩笑？其实这个东方人在想，自己老了之后，能不能也拐这样漂亮的直角。”

笑了半夜。

某日

移动后的上海音乐厅,奥地利莫扎特管弦乐团的演出,莫扎特作品,244号,等等。奥地利式的矜持、冷漠和不耐烦——奥地利与我何来如此印象——依照流行的诠释,在莫扎特的音乐中没有这种东西。想起另一个喜欢谈论、演奏莫扎特的人——傅聪,在移动之前的这个建筑里,听过一场他的演奏会。他不断地捋着油光闪亮的额发,在差不多每一个乐句的间隙。他的新书《望七了》,倒是一个顽童式的、莫扎特式的好名字,他在此书收录的访谈中说,他在演奏时头发几乎纹丝不动。好像是他说过:贝多芬奋斗了一生所达到的地方,莫扎特生来就在那儿了。

11月26日

上午曹磊来电话,说是意大利镇的图纸出来了,约了晚上去他家。

继续读齐泽克。“女人是男人的征兆。为了揭示这一点,我们只要记住弗洛伊德常常被引用的那个著名的男子沙文主义的名言就够了:女人实在是令人难以忍受,是永恒麻烦的源泉,但她们依然是我们所拥有的那一种类中最好的事物;没有她们,情形会更糟。所以,如果女人不存在,男人或许会认为自己就是确实存在的女人。”

某日

在季风书店遇见一很久不见的熟人,我都不知道该怎么称呼。

他兴奋地说将要去阿根廷、美国、巴西,还有一大堆耀眼的国家。使我隐约想起托妮·莫里斯小说中的人物。她认为自己把人生搞得一团糟是因为自己"忘了"。

"忘了？"

"忘了它是我的。我的人生。我只是在街上跑来跑去，一心只希望我是别人。"

某月某日

下午去作协开会，作协成立五十年。与会者获赠上海作家词典一册，收有关于鄙人的七八行字；纪念文集三卷，内收拙作《一点纪念》一篇。蔡翔，多日不见，长围巾，改走风流倜傥路线。王纪人老师改抽六毫克中南海，说是此烟预防高血压，日本国人特来中国采购此烟。王小鹰赠《我为你辩护》一册。程小莹叮嘱每月10日流水交稿。郑体武说他正在编一部新的俄国文学词典，五百万字，工程浩大。已经习惯了他的一头白发，看着已经不像初见时那么震惊。转眼我也已是白发丛生。和他说希望有机会联系一下奥列格，再去俄国旅行。很怀念俄国旅馆的味道。晚上，《外滩画报》一记者来电采访，问对于坊间流行戏说经典有何看法。没有读过，没有看法。魏学来电话，商议《百家讲坛》讲什么，大致是一个连续的讲座。说什么呢？

某月某日

前些日子，老严赠三辉图书出版之《小说稗类》一册，很是好看。作者张大春先生以小说名世，是仰慕已久的人物。但是我最先读到的，却是他为埃科的小说《傅科摆》繁体中文版所写的序言。这一个人的阅读行为，可以看作是对二十世纪以来的文学写作所发生的演变的小隐喻——小说家对文学理论的关注要稍胜于对小说的关注。一方面,小说的边界变化了,通俗地说,把小说当论文写和把论文当小说写都已经不再是罕见的事情。夸张地说,有时候它就是同一件事。一如虚构和非虚构的边界早已变得模糊了那样。这不是新闻。这篇名为《理性和知识的狎戏》的短文,有一个耐人寻味的副题——如何重塑历史。这也可以看作是张大春小说的夫子自道。或者说,这篇精彩的文章就是《小说稗类》的微缩本。

就小说理论和作家的语言背景和时代的关系来看,这部《小说稗类》可以和以下这些著作相媲美:詹姆斯《小说的艺术》、福斯特《小说面面观》、昆德拉《小说的艺术》。相形之下,张大春就中国小说和中国文化中那些特殊元素的运用和研究,使其别具中文的韵味。

在这部著作中,所有此前的小说理论所涉及的重要问题和重要小说无一遗漏,更重要的是,这是一部充满了趣味、见识、愉悦的诚恳之作。好比有人告诉一个足球迷,罗纳尔多是如何射门的。

当然,正如张大春所说:小说绝非后出而转精、益学而渐巧,有一定向而线性的进化。相反的,小说史上不择期亦不择地而出的经典作品之间,却常出现漫长的停滞、衰退、缩减、逆变。由小说所构成的文本世界更是一片庞然的混沌。所谓"小说的体系"和"小说的理论"几乎可以被视作一矛盾语。

怎么解决这个问题呢?还是让我们听作家本人是怎么说的吧:"让我们假设此刻正面对着一个以上的小说爱好者——这种人比一般的小说读者有较世故的阅读经验,所知道的小说家也不只是常上电视、偶传绯闻或突然变成政客的那几位;他们时刻会对小说这一行感觉迷惑。这是一片非常轻盈的迷惑。"

轻盈的迷惑。这大概是阅读前最美好的体验了。

21日

晚上和埃米莉、克莱尔、戎霄去戴安娜家聚会。大闸蟹伴古越龙山。彻夜长谈，nostalgie，乡愁。那些短暂或者漫长的日子，被谨慎地触及。大家彼此拥抱，是真正的友谊。念佛吃斋的戎霄口占禅诗一首：我有明珠一颗，久被尘劳封锁。今朝尘尽光生，照破山河万朵。葡萄酒喝至天亮，恍惚间，不知今夕何夕。其间她们的老同学来电话，还是那句老话，人架不住念叨。

1988年1月的日记

苇岸

1月1日

一切传统的、令人回顾的事物都在淡化，仿佛一条流向沙漠的河，延伸便意味着消失。人们明显地感到在远离某种东西，在像云一样既不能驻足又不能回返，被隐形的流推向不可测之地。

元旦很平淡，昨夜的爆竹稀疏。

午后下起了雪，这雪似鳞片，细小而充实。它缩短了在空中飘扬的时间，给人一种迅速坠地的印象。

1月2日

冬天仿佛刚刚来临。季节像一匹衰老的马，已失去光泽。这时的冬天好像是一个终于到达目的地的客人，开始安顿下来。天气总是摇摆在阴与晴之间，太阳形同虚设。灰蒙蒙的环境与背景，使任何一种颜色都鲜艳，烟囱吐出的烟非常醒目。

节制与积蓄的季节。

1月3日

重读《百年孤独》。初读时还是两年前，那时到处都有人谈论这本书。马尔克斯为小说写作提供了另一种可能。我清楚地记得他是如何描写宁静：“那里仿佛是一个尚未启用的世界，所以还不太会传递声音。”另外给我留下不可磨灭印象的是奥雷良诺·布恩地亚上校戎马半生后悟出的道理：刚刚死去的朋友是最好的朋友。简朴的生活是最好的生活。

1月4日

晚星竹君来。他的小说《癞花村的变迁》在《北方文学》1987年第11期发表，该刊让他找一个鉴赏力较高的人，为小说写一篇评论性的东西，他为此事找我做这件事。读了这篇小说觉得有许多话要说，这些话是小说引起的，但远远超出小说的范围。他让我首先想到《百年孤独》，想到汉姆生《大地的成长》，想到老子救世之路。

我想，人类仿佛是火，他的存在便伴随着欲与求的光焰。他无论处在什么状态，都会释放那潜伏于他的灵魂中的欲求，他永远意识不到幸福，除了那曾伴随过他的幸福逝去之后。他的幻觉使他相信幸福在于他的欲求的获得与满足，但他得到的永远是伴随着意想不到的使他懊悔的东西，于是他开始回顾、缅怀往昔，向往原态的恢复。人类永远处于这万劫不复的悖理之中。这是动物的悲剧，植物的胜利。

1月5日

科学的进步，衣食医疗条件的改善，社会的和平安定，使人类的寿命渐渐向他在理想状态下的极限延伸，现代人的生命成倍地长于古代人的生命，但他的感觉却比古代人短暂，时间似乎也像启动后的机车愈来愈快，古今的时间仿佛有别。现代人的寿命反而从心理上缩短了，现代的一年近似一日。

读《百年孤独》马苏拉的感受的启示。

1月6日

人类像一个疯子或永远在恋爱的人，他根本控制不了自己。人类永远处在一个不能驻足的惯性中，虽然他渴望停顿下来，但被某种他自己制造出又控制不住的力量推动着。当人类的欲求超过自身的需要，灾难便开始了。人类对地球的攫夺永无止境，但在很大程度上不是为了生存，只是为了领先的竞争，如同长跑比赛一样，已远远超出了锻炼身体的意义，那种不惜牺牲的较量，仅为一种冠军的荣誉。由此出发，任何一个国家都只会从地球的局部着眼，只有毫无权力的科学家艺术家才会从非现实的角度出发，考虑地球的完整、平衡、未来。

“只有一个地球”，哪个政府都不会被这句话左右，它考虑的是自己国家在世界上的地位，为了本国的强大，可以毁灭最后一个物种。地球的将来，它的无法挽救的生命，它将毁灭在人类手中。

1月8日

对自然我有三大发现：黄河水是温暖的，白桦有体温，野火逆风而行。它们给我的印象之深超过我刚刚见到的事物。

1986年8月，在济南，早晨我奔向河岸观日出，当我走下堤坝摸黄河水时，它像冬天的井水一样温暖。

1986年10月，在围场坝上林场，那里的气温已低到零摄氏度，我抚摸脱尽叶子的白桦躯干，仿佛一只兔子从里面散射着体温。

1987 年 11 月，在从老家返昌平的田野小路上，风在空荡荡的旷野富有韧力地刮着，不知谁将田头的枯草燃着，火首沿地面逆风蔓延，我曾试图使它改变方向，但无济于事。

1 月 9 日

坐在火车上，感觉不出火车在行驶，而路旁的树木、房屋仿佛在疾速离你远去，就像坐在地球上，太阳仿佛从东走到西一样。没有静止，当别人都在前进，你就意味着在后退。每天写随笔也是这个道理，停下就是与时间背向而驰。像一个猎人，我常常要追赶时间这只兔子，累得气喘吁吁。

1 月 11 日

冬天的门窗紧闭。方方正正的阳光斜切进屋里，仿佛一块玻璃没入静水中，也可以想象是白昼伸进来的一只手，拉你离开晦暗的环境。我躺在床上便能看到窗外阳台上，蹲在立着的木板上的两只麻雀，那里如同一个阳光的海湾，平静、温暖、安全。这两只麻雀老了，它们一定是去年冬天在这里的那两只，也许在我还未在去年住进这里之前，它们就定居在这个地方了。它们哺育了几代雏雀了，没有人知道，它们蹲在阳光里，眯起眼睛，头转来转去，时时啼叫几声，毫无顾忌。它们的羽毛蓬松，头缩进脖领里，就仿佛是冬天穿着羊皮大衣的马车夫。

1 月 12 日

下过雪许多天了，现在在地表的背阴处还残存着积雪，它们曾经连为一体，现在却像天晴时在天空裂开的云片，在大地上斑斑点点，仿佛那大地就是一头在牧场上吃草的花背母牛。这积雪收缩，并非因为气温升高，而是大地的体温在吸收它们，就像你坐在一块铁板上，你的体温会被渐渐吸去一样。

1月14日

作家应该是文字的母亲，她熟悉她的所有的孩子，他们每个人的技能和特长，当她坐在稿纸前感到孤独，她只要召唤，孩子们便从四方跑来给她帮助。

1月16日

晨进城，在德胜门下公共汽车时，使我惊异得目瞪口呆，太阳刚刚升起，我从未见过它能大到这种程度，好像发生了奇迹，这同去年晚夏我见到半圆形彩虹一样，使我激动不已。马尔克斯在写马贡多连续下了四年之久的雨后，这样描述日出：“一轮憨厚、鲜红、像破碎砖末般粗糙的红日照亮了世界，这阳光几乎像流水一样清新。”而我注视着的日出，我无法形容它，它仿佛沉在溪底，水放大了它，如果说它像什么，它的大与圆，让我想到乡村的磨盘。

第二次激动是在王府井书店买到了一些书。《从普鲁斯特到萨特》《卡夫卡格言与寓言》《巨匠与杰作》《流浪者》《先知》《四季随笔》《柔情》。

中午去《华人世界》编辑部找张金起。

1月18日

设想一下，如果人类也像植物，没有年龄差别的一代生活在一起，一代人出生，另一代人便死去，社会也许会完全改观。

进步仅仅意味着改善了房屋，而居住在房屋中的人的心灵并未变化。不同年代的人共存在同一世界中，影响却不是相互的。渐渐长大的儿童从成人那里学来了自私、狡诈、卑劣；成人对儿童的真实、天真、纯洁丝毫不为触动。儿童不断地在课本中，在自己的天地里编织童话的网，同时不断地被社会中纷飞的虫蚊撞破，直到有一天他发现那样做的徒劳性。社会仿佛是一条污浊的河，每个儿童都带着自己清澈的支流涌入，而那条河并未因此失去混浊，只是将每个支流都与自身合污。

这便是社会里人的心灵无法改变的根源，除非每个支流汇在一起，组成一条独立的河。

1月20日

回故乡所感：

季节也有生命。冬季仿佛进入了中年，它失去了往昔的活泼、冲动、敏感、多变。那时的冬天常常降雪，雪片毛茸茸落在地上，积上厚厚的一层，数日不化，纯洁的世界仿佛是大地在时时向人们显现它的本来面目。孩子们可以滚雪球、堆雪人、打雪仗，走在雪地上便能听到一种动人的声音。年轻的农民带着狗逐迹去追野兔或在场院扫开一片，支上筛子去扣因积雪而无处寻食的鸟雀。那时到处可见到冰，去滑冰车或溜冰，去砸开冰洞掏鱼。那时冬季似乎很干净，刮着不挟尘沙的风。现在冬季老化了，沉闷、压抑、迟钝、稳重，现在冬天的雪是一种奢侈品，降得短促，融化迅速。过去的一切都消逝了，这对儿童是一种损失。

1月21日

读莫洛亚《从普鲁斯特到萨特》，书中谈了九位法国作家。从中我看到母亲对作家的重要作用。

普鲁斯特，这个哮喘症折磨了他一生的人，从他那犹太血统的母亲身上学到了憎恶说谎，无比的善良。害怕使别人难过成了他一生主要的本能，对人关怀备至。

莫里亚克，一生热爱自己的故乡波尔多，他的作品都以它为背景。他认为，一个法国小说家，为了真正了解他的国家，应该永远是个外省人。莫里亚克具有根深蒂固的宗教信仰，来自于他的虔信的天主教徒寡母的影响。

纪德，在那时的作家中与众不同，外貌漂亮、潇洒、生气勃勃。他的一生印证了“物极必反”的道理。他出生于一个清教主义家庭，他母亲生活端庄简朴，崇尚绝对道德，她希望儿子循规蹈矩，获得那些优秀品质，母亲对他无尽无休的忠告，终于导致他的憎恶，成了一个叛逆者。童年的教育成了他接近女性的障碍，对肉欲的恐惧使爱情永远停留在订婚阶段，和他热爱的女子在一起，他的性欲受到抑制，从而使他转向热爱少年男子。

罗曼·罗兰，他的父母是身材高大、健康的，而他一生柔弱，像普鲁斯特一样忍受肺病的折磨，但他活了七十八岁。他从母亲那里继承了“对音乐的敏锐感觉和爱好，宗教感情”，心灵上保持顽强的独立自主。

1月23日

我的内心有时会浮现一丝淡淡的哀痛，我已经不止意识到一次了。这哀痛来自于在弟弟生长中我带给他的蛮横。他现在已经十八岁了，是个独立精神很强的小伙子了。我常常想起童年时的弟弟，那时他结实、任性、天真并带点憨态。我们在一起生活，在他眼里，我一定是他自由的障碍、拘谨的根源。我以自己的见识挖苦过他，急躁地狠揍过他，以不容分辩的态度将我的意愿强加给他。我想我无形中一定剥夺过不少他应得的欢乐。我记得我们的姑姑，大姑虽然出嫁了，但在村中教小学，仍同我们生活在一起，三姑那时还未出嫁，那时弟弟还未出生。我感受到我是在姑姑们投下的阴影中生活，我的一切家内活动受她们的威慑影响，吃饭时常常会因为多搛一口菜而遭到她们的白眼，因此当大姑离家，三姑出嫁，我似乎感觉到一阵轻松，仿佛那是我的一种希望。而弟弟对我的态度一定也是这样。

现在一切都过去了，弟弟肯定不会记得这一点，我也记不起一件事情，但这仍使我不时感到内疚。我种下的苦果，现在该品尝了。过去的“罪过”，将来不会忘了让你去赎。

1月24日

我已习惯于行动舒缓，并给周围人留下了这样的印象。当一位同事问我为何总是不慌不忙时，我回答：为了表示对现代社会的抗争。

现代社会是启动的火车，节奏与速度愈来愈快，它不能与自然节律同步运行，这种与自然节律相脱节是现代人紧张、焦躁、不安的根源。

1978 之恋

王陆

1978 年，我十八岁，考到辽宁师范学院（现为辽宁师范大学）。入学那天，下小雪，我戴着小瓜皮解放帽，想找中文系的楼。我看到有一个包着破头巾的妇女在我前面走，我就先喊她一声阿姨，问她知不知道中文系的楼怎么走。她说她也在找中文系，她也是新生。我们俩就一块儿签字报到，一块儿走进教室。我们俩同班，我们俩差十四岁。后来我一直叫她孟大姐。她是班里最大的，是一个母亲，我是班里最小的，是一个中学生。在我们俩中间的同学是各种年龄各种职业，下乡知青最多，工人其次，还有卖水果的、修理自行车的和军人。我们的第一堂课是英语，一个刚从俄语系毕业的工农兵学员教了我们八个字母，从 A 到 H。几乎所有的同学都在字母旁边标上汉字，跟老师很努力地读。课间休息的时候，很多男同学都聚在一起卷旱烟抽，走廊和教室里是乌烟瘴气，满耳粗话和尖锐的话。在宿舍也是一样。那时我很愿意挤在他们堆里，听他们讲。在他们中间，我什么都不如他们。记得教我们鲁迅课的张老师开玩笑说：这里哪像大学？这里就像工农革命讲习所。那时我们都渴望了解文明的东西，伟大的文学是一个，自由的思想是另一个。我非常幸运，我什么都不懂，但我能和这些比我年长的比我有思想的青年们挤在一个教室里上课。1978年，只有极少数的人能坐在大学课堂里。

1978年的校园很破，教室也很破，图书馆更破。图书馆的书库是刚刚揭开封条的，每一本书都落满尘埃。但仍有一些书还没有完全解禁，要借阅是有限制的，是供批判用的，比如沈从文的书、肖洛霍夫的书，等等。记得有一位俄苏文学老师，他姓杨，他讲高尔基讲得不多，讲得很有敬意；但他讲肖洛霍夫讲得很多，先是绘声绘色地讲，然后是大声批判，说肖洛霍夫拍过赫鲁晓夫的马屁，也是一个修正主义者。但他第二天又积极组织我们看根据肖洛霍夫作品改编的苏联电影，有邦达丘克主演的《一个人的遭遇》，有《被开垦的处女地》和《静静的顿河》。这些在当时还是禁片，他把它们作为批判资料让我们看了。我们整整看了三天，把其他作家的课都占用了。看完了，我们都很热烈，他却什么也不说。考试的时候，他只考高尔基，不考肖洛霍夫。我们在上大四时，这个杨老师就得癌症病逝了。现在回想，杨老师那时是中年，对“文革”后的现实仍然是小心的，知道怎么曲折地表达认识。现在我也到了中年，才理解老师，他有文学的良心和世俗的苦心。当然，不是所有的老师都能像他那样，其实在1978年和1979年的大学文科讲坛上，说假话，搞形而上，搞一家之言，仍然是主要风气。这种风气是“文革”的灵魂的延续，我们对此都深恶痛绝。记得那时有一位讲授政治经济学的老师，他是刚从“五七干校”解放出来的，是受了很多的苦的，按理说他对这个专业应该是有思考的，但他讲课完全是“文革”师爷的路子，讲到资本主义国家的一些经济问题时，就像讲梦话一样。我们开始还给他提醒一些现实的情况，想与他有一些科学争论，但这个老师很不习惯这样，他用了一堂课的时间训斥我们的信仰有问题。

后来我们根本不搭理他,甚至当着他的面走出教室,他的课就没有几个人听了。那时,我们不在乎考试成绩,我们很在乎科学的东西和自由的东西,我们很怀疑讲义,也怀疑那些在政治上四处讨巧的作家和作品。那是一个思想破土而出的时代。我们都拥到了图书馆。1978 年的辽师图书馆是一个自由的地方,开禁的书籍和杂志是我们的中心,我们再没有别的欲望。那时的图书馆是多么小啊！我们往往一早就跑到图书馆门口排队,等着开门能占一个座位。大学四年,我们在图书馆的时间比在教室的时间要长。自由的阅读燃烧了我们。当时背过的讲义和所做的笔记现在都是一堆废纸了。而当时读过的好的作品,现在还在心里。虽然 1982 年我们毕业的时候,还有一些思想和文学禁区没有打破，还有一些书仍然贴着封条,像爱伦堡、索尔仁尼琴、胡风等，他们的书依然不能见天日，但是，"左" 的东西毕竟不像以往那样专横了。我工作以后就陆续读到了他们。现在和以后的大学生可能不能想象那样的事情,但 1978 年就是那样。

1978 年是一个阵地界限,有人负隅顽抗,有人吹起号角。《光明日报》的文章《实践是检验真理的唯一标准》是政治号角。实话说，我们当时年轻,对这篇文章的认识还非常浅,真正的认识还是在年末十一届三中全会召开后，回头反复读才领悟到了一二。但是,复旦大学中文系学生卢新华的小说《伤痕》就不一样了,它一发表,就在我们中间爆炸了。这是当时最激越的一声文学号角。那时,一句真话比整个世界的分量还重。从文学到政治，从写诗到办杂志,那时我们真是不怕天高地厚。记得当时我们的教室仍然挂着华国锋的领袖像,下面还有一个标语"你办事,我放心",但有一天上课的时候，我们班的陈洪迪上去把这个像给扯下来了，把标语也给撕了。

这在当时是一个突发事件。我们很兴奋,我们的思想都在刚刚解放的火头上,但那个上课的女老师给吓跑了,她把院系领导和保卫科的人都给找来了。就在陈洪迪等待处理的时候,中央发生了大的变化,邓小平出来了。我们系一位领导事后说,陈洪迪是顺应了政治潮流,要不然,他这个反革命是没跑的。这句话很有政治经验。但这句话不对!不是陈洪迪顺应了政治潮流,而是政治潮流顺应了人心,这才是1978年。大学毕业后,我再也没有见到陈洪迪。陈洪迪年长我很多岁,现在也快有五十了吧?他现在做什么呢?我在心里一直很念及他,因为我那时有很多新东西都是先从他那儿知道的,如索尔仁尼琴的《伊万·杰尼索维奇的一天》和叶文福的长诗。我记得有一天中午他在班里朗诵叶文福的诗。他的声音并不好,但他有激情,我们一边吃午饭,一边静静地听。一晃二十多年过去,情与景完全不一样了。现在谁还知道叶文福的诗呢?这位写下新时期第一个反腐败作品的勇敢诗人好像是彻底地消失了。书店有这么多的诗选或诗集,我都没见到叶文福的名字。我不知道这是有意而为,还是风气使然。1978年,作家和艺术家是做得最多的,是他们首先说了真话,是他们表明我们这个时代完全能够战胜虚假和愚昧!他们在前面顶着风雨,后面是政治、经济和各行各业在悄悄跟进。

1978年的最后一天晚上大连是下着大雪的。那天我们中文系搞了一个晚会。其实,那算不上晚会,那只是一个会餐。在大食堂里,很冷,我们同学都在猛吃炸肉丸子和炸刀鱼,还喝一点啤酒。77级有一个男生拉着一个女生的手走到大厅中间摆上跳舞的姿势,这让我们的心一下子动了起来,我们把他俩团团围住。他俩不会跳舞,但他俩非常想跳。那是我们人生中的第一场舞会,有《送你一朵玫瑰花》的音乐,有美丽的感情,有先锋的意气。现在,天天弦歌袖舞,宝马香车,那时的一切都不算什么了。这就是发展。这对我们是一个逼迫。我们本来是有 1978 年的根基的,但这个根基很薄,我们只是一片苇草,无法成长为树林,所以,我们慢慢出现了问题:精神越来越小,越来越干燥;手越来越长,越来越湿黏;能做的不肯做,不能做的偏要挣扎着去做。有一个女同学,在学校的时候曾经演过《娜拉》,很有风头。最近听说,她在国内办完了离婚手续,去日本嫁给了一个很老的日本老头,还在那边生下一个孩子。她比我大好几岁,现在应该是四十四五岁的人了,这样的大龄还要努力为绿卡而生育应该是很不容易的。我想, 不管她是什么原因做出这个选择,她的心一定是很艰难的。还有一个在机关工作的男同学,他原来是很有修养的,热爱莎士比亚,能用原文背诵《奥赛罗》的大段台词。最近听说他出事了。他有一个青春健康网站,他利用那里做掩护卖黄碟,拉皮条,卖白粉,结果让公安局给抄了,给了重判。某次酒醒之后,我想:1978 年的显性思想通通都蜕变成暗物质了吗? 1978 年的自由飞翔,现在都要服从这样的栖息方式吗? 有好长一段时间我都有一种悲观:我们不可救药!

坏消息不断地有,最近,杨大健同学病逝了。他也是年长我好几岁,是我们班在专业上很努力的同学。想到他中年病死,我有一种飘零的感觉,这种感觉又延伸出一个疑问:我们在精神上还有回旋余地吗? 这个疑问让我非常难过,我甚至不能控制自己。今年春天我离开大连,一个人去俄罗斯旅行。其实,去了俄罗斯又怎么样? 从贝加尔湖到圣彼得堡,一路都是庸俗的眼神。我想找到某种情绪资源或者是某种思想遗址,但我找不到。我只好一路思考,想到精神生态问题。二十多年来,我为什么没有长成一棵树? 我们为什么没有成为一片森林?这种思考没有答案。我在圣彼得堡时,听说谢斯特罗列茨克镇有大作家左琴科的墓地。我找到那儿,看到一座白色大理石的墓碑。我记起了左琴科的话:“我们知识分子对时代的堕落负有责任。”

我问墓碑:我的责任在哪儿?

墓碑答我:你贩卖了你的器官。你参与了对公共精神的猥亵。你讨价还价。你纵欲。你萎靡不振。你勾搭权力和金钱。你形而下。你对人类的痛苦幸灾乐祸。你为罪恶的勾当添枝加叶。

我抚摸墓碑,左琴科一动不动,我却在摇荡。我终于往回走,我回到主题:1978 年是光荣的,却难以恢复。如果 1978 年成为遗迹,那样也好,总会有一些残简断章传下去。但是,如果 1978 年成为遗迹后又被夷为平地,甚至在这平地上面盖上了私人别墅呢?其实我这个想法很偏离主题了,说出去,会惹人嘲笑,不合时宜。

枫香和返生香

荆歌

枫香

2011年9月,整个杭州,似乎都笼罩于桂花香里。《西湖》杂志选择在这个时间颁发“双年奖”,对受邀而去的天南海北的朋友们来说,是一份多么浪漫的福利啊!

住在“满觉陇”,那是杭城著名的“满陇桂雨”名胜地。郁达夫是在这儿写出他的《迟桂花》的吗?桂花妖媚的香气,弥漫于每一个角落。无形的香里,有形的一切,都变得更加的美好了。

山坡上的下午茶,农家的夜宴,都有忽浓忽淡的桂香做伴。桂雨不时地落下来,落在碧绿的龙井茶水里,落在木纹流畅的茶案上,落在人的头发上,落在肩头、膝上。

作家文珍蹲在一棵树下逗松鼠玩。她抓了一把腰果、松仁之类的芳香食物,一颗颗扔给松鼠吃。松鼠并不领会她的善意,吓得跑了,一溜烟儿上了树。只露出个蓬松的大尾巴,还能让我们知道它其实并没有跑远。文珍的秀发上,粘着一粒桂花。逆光看去,金黄而明亮。它就是用金子打成的吧?它像一只金色的蜜蜂,或者说像一枚蜜蜂形的金色发夹吧,戴在这个美丽的小姑娘的头顶上。

东道主《西湖》杂志副主编吴玄，声称他的才艺是爬树。“爬呀！爬呀！”大家起哄。只见他站起身来，一阵助跑，果真就像松鼠一样嗖地上了树。身手之敏捷矫健，跟他办的刊物一样漂亮利落。他从桂花树上下来，满头星星点点的桂花。而树下，桂花雨铺了一地。

批评家孟繁华和新锐小说家石一枫则突发奇想，要拍一部电影。谁是导演，谁是编剧，谁演男一号，女一号到底是魏微呢，还是戴来？批评家贺绍俊分配到的角色，竟是负责录音和烟火。班子在桂花树林里搭起来了。剧情也在想象中不断深入和展开。老孟不仅自编自导，还坚持担任男一号，霸道得不可思议。想象的油门一脚踩下，似乎就一路狂奔，停不下来了。剧情越来越离奇诡谲，反过来刺激以胡吹海聊为乐的人们，似乎越来越像了，越来越当真了。各种金点子像桂花一样闪亮，又泡沫一样破灭，使下午茶和农家晚宴笼上了一层执着而荒诞的色彩。尺度问题、经费问题、宣传推广、审批等等，其实也只是作为一种语言游戏而存在，引人发笑。

这是一个多么舒畅而甜美的季节！所有的人都浸泡在桂香中，自由酣畅地呼吸，快乐地说笑。

我发现了枫香树！它高大得让其他所有的树都显得谦卑和顺从。它朴实，敦厚，树干苍老，枝叶却生机勃勃。我知道枫香树是宋人制作合香的原料。它的香，因而是带着宋代的雅逸的。

枫香的树皮，苍老得呈鳞片状。苔藓令它看上去是墨绿色的。我挑选那些快要掉落下来的树皮，认真地掰下，一片，两片，三四片。“树会疼吗？”文珍这个植物爱好者，有着孩子般的想象。“都快掉下来了，像人的皮屑一样，怎么会疼？”

“那么，它会痒痒吗？”

我似乎感到高大苍老的枫香树，确实像孩子一样，因为怕痒而哆嗦了几下。并且仿佛听到它的笑声了。

两个月后，枫香树皮晾干了，脱去了所有的水分。于是把它打碎，碾成粉末。专门买了一个精巧别致的印模，铜胎镀银的，乌木手柄。五瓣的花形，我知道它其实是梅花，但算它是桂花又怎么样呢！

沉香的气味，总是那么内敛。淡雅中透出甜和凉来。但是枫香，却是朴实的。烟头有点大，却是自然放松。那是一种山林的味道，有着一份沉寂，有着时间的悠远和松弛。如果将枫香粉末和沉香调和在一起，那么我想沉香将因此而变得更丰富和宽厚。它的轻灵将同时释放出沉郁。而现在炉中腾起的朴实的青烟，只是纯粹的枫香，是一种简简单单的森林气息，秋天的气息。除此之外，隐约的桂香，以及茶香，还有青苔的气味，都在小小的屋子里散开了。鼻子这时候是一个最敏感的读者，它读到了旋律，读到了种种回忆里的细节，以及想象所能抵达的任何奇异景致。

把焚香的照片发到微博上，@了魏微、戴来、文珍、艾伟、吴玄、孟繁华、陈东捷、贺绍俊。“你们闻到枫香的香了吗？”只有文珍回复说“闻到了”。其他的人，不是没有开博，就是不屑于回答如此无聊的鸳鸯蝴蝶派问题。枫香的香，便只有孤独地在我的屋子里弥漫，它让鼻子享受到新鲜的阅读。而心灵，则被带到杭州满觉陇的深秋。桂雨中的欢乐，终究如枫香的一缕烟，优美地腾起，最后消散。

返生香

据说马可·波罗并没有到过中国，但他的游记却写得煞有介事。其实这也没什么可奇怪的，舞文弄墨的人，通常都有这个毛病。东方朔的《十洲记》不是这样吗？大海之上有十洲，其上有什么有什么，他说得活灵活现，反正汉武帝也不能去验证。汉武帝其实和东方朔一样的不靠谱。十洲之说，也就是做梦得来，梦中听西王母吹嘘，便信以为真。要是他让东方朔说说隔壁的房间里有什么什么，那一时刻正在发生什么，东方朔就不会那么潇洒了。说得天花乱坠绝对是不行的，汉武帝只要推门进去一看，就什么都明白了。正因为不可验证，所以给了东方朔驰骋想象任意虚构的可能。那一刻他就像好莱坞科幻片的编剧，完全在天马行空的想象中沉醉了。

《十洲记》中说到了返生香。“西海中洲上有大树，芳华香数百里，名为返魂，亦名返生香。”真实世界里能散发出芳香的树，其实不少。但是，几百里之外就能闻到，那又是一种什么树呢？既然是志怪，说天书而已，就不能跟他较真了，姑妄听之。那么，他说的“返魂”，是指树本身能够死而复生，还是说它是一味神药，可令死人变活？树死而复生，只说明树其实并没死。神奇的植物之所以神奇，我想一定是这种香就像还魂草之类的东西，是可以让死人闻到后觉得好香好香就活了过来的。许仙被吓死，白素贞要是没有找到灵芝，捋几片返生香的叶子回来，应该也是能将夫君救活的。

我的同乡叶小鸾，是一位明代才女。其才华和美貌，四百多年来，不知道令多少人倾倒迷醉。据说林黛玉这个人物，就是以叶小鸾为原型。和黛玉一样，小鸾自幼就寄身舅家。美貌绝伦，聪慧过人。同时，也是一个羸弱敏感的文艺女青年。她家与昆山张家早有婚约，十七岁的时候，婚期临近，她却不幸于婚前四天死去了。她到底得的是什么病，从来也没有明确的结论。有人说，她是因肺结核而亡，这似乎更为其是黛玉原型提供了佐证。叶小鸾有一本个人文集，是她夭折后其父叶绍袁为她编的，收录她所写的一百多首诗，以及亲朋好友们悼亡的文字。书名就叫《返生香》。“笔墨精灵，庶几不朽，亦死后之生也，故取以名集。”——叶绍袁在序言中道出了题旨。

我二十多岁的时候，暗恋叶小鸾。你问我爱她有多深，月亮不知道我的心，但我会告诉你，那是几乎到了失魂落魄的地步。一个新时代的年轻人，一心一意爱上了一个明代的小姑娘，这很荒唐。但我不可自拔。我收藏了一张洋画，是二十世纪二十年代上海哈德门香烟里面附送的彩色小卡片，画的就是叶小鸾。她削肩柳腰，蛾眉樱唇，弱不禁风却风情万种的样子，不知道陪伴我度过了多少个忧伤的黄昏。我还将她的诗一首首抄写在本子上，读读背背，算是谈一场穿越的恋爱。“曲曲阑干绕树遮，半庭花影带帘斜。又看暝色入窗纱，楼外远山横宝髻。天边明月伴菱花，空教芳草怨年华。”“门掩瑶琴静，窗消画卷闲。半庭香雾绕阑干。一带淡烟红树、隔楼看。云散青天瘦，风来翠袖寒。嫦娥眉又小檀弯。照得满阶花影、只难攀。”“昨夜疏风，今朝细雨，做成满地和烟絮。花开若使不须春，年年何必春来住。楼外莺飞，帘前燕乳。东君漫把韶光与。未知春去已多时，向人犹作怨春语。”

我还曾经幻想，世界上也许在哪个角落，真的生长有一种名为“返生香”的树。我是不是应该抛弃一切，翻过九千九百九十九座山，跨过九千九百九十九道水，经历九千九百九十九种磨难，最后终于找到返生香。有了它，就可以招来小鸾的幽魂，可以令她死而复生。我不止一次在睡梦中见到了返生香。它有时候高大葱茏，枝叶穿天；有时候呢，在深山幽谷之中，仿佛一株兰草。即使是现实世界里，我也仿佛经常能闻到返生香的香。冬夜或者春晨，不知何处飘来的一缕香，都会让我怀疑我其实是闻到了返生香。环顾四周，香无形，人无影，其落寞惆怅，竟黯然至于泣下。

世界上有些树，真的不是长在现实中的。它无须空间，也不依存于时间。它扎根于记忆中，开花在想象里。它的香气，当然是人间所没有。但它又确确实实是存在的。它的香,不仅能闻到,而且是能够想到、看到、听到、皮肤接触到的。这样的一缕香,存放在心灵最朴实而精致的香盒里,与青春与纯真调和在一起。在生命的途中,一旦靠近情感的炉火,它就会散发出奇异之香,令自己有永不厌倦的美丽感动。

尼泊尔的檀香佛缘

尼泊尔的夏天,炎热得让人无心欣赏它的美景。乡村是黏黏的湿热,整个人都是黏黏的,衣裳、皮肤,粘在一起,不知道是汗水呢,还是澡堂子一样的空气。而城市的马路,则奇怪没有被晒化。人们居然还都烤肉般行走着。打着的伞,就是一个个流动的烤箱。很敬佩那些在无遮无挡的街道中心人偶般站着的交通警察。他们的脸,完全是紫铜色的,闪耀着油光。竟然没见到有在街头晕倒的人。千万不能晕倒啊!我对自己说。一旦倒地,肯定立刻就被烤熟了——地面的温度,烤熟鸡蛋一定是没有任何问题的。

在与印度邻近的奇特旺乡村,一场电闪雷鸣的暴雨,才终于将酷暑暂时驱除。但是,雨实在是太大了!我们躲到一个大棚子底下,雨声大得就像全世界都在演奏摇滚。大棚子底下村民们正在开会,男男女女认真地在投票。对于冲进来躲雨的不速之客,一个村干部模样的人不仅亲切地表示欢迎,还允许我们拍照。会议主持者和发言的人,他们说些什么,我们完全没有听到。不是听不懂(当然听不懂),而是听不到。澎湃的雨声和雷声,掩盖和吞噬了一切。但是,所有的村民,却一个个都是全神贯注。他们认真地听取发言,认真地填写选票,秩序井然地投票。我们始终没有判断出,他们是在推举人民代表,还是选劳动模范。最后的当选者,上前接受村干部颁发的证书。而年长的身着纱丽的妇女，则在当选者的眉心点上朱砂点。我和太太，狼狈地躲了一场雨，竟莫名其妙地当了一回乡村民主选举的国际观察员。

大雨过后，仍然是热。热得更为潮湿，让人几乎难以呼吸。

在尼泊尔，最多的还是流连在一些博物馆。帕坦（Patan）博物馆里精美的金铜佛像，件件都是赏心悦目的，甚至令人感动。尼泊尔的佛像，与西藏的佛像，区别还是显而易见的。虽然两者是有着很深的渊源。尼泊尔佛像姿态的婀娜妖娆，是藏佛中所没有的。它们一尊尊看上去更灵动，更自由。这些佛，不仅仅是用来顶礼膜拜的，还是用来以审美的眼光欣赏打量的，是用来和心进行愉快的交流的。它们不仅超越了菩萨的庄重，更超越了人类的身体之美。它们将身体净化、升华，同时，又令精神变得可观，而不那么虚无。和其他地方的博物馆不同的是，尼泊尔的博物馆里，许多佛像是可以伸出手去摸到的。它们传达给我们手指的，是怎样的快乐啊！我感到了自己的战栗。那些灯光照射下的神态各异金光闪闪的佛像，或大或小，或立或坐，它们是谁？它们正视着我，它们知道我是谁吗？它们认出我了吗？它们面对卑微的我，更多的是怜悯呢，还是赞许？

在尼泊尔，一百年以上的文物是禁止带出关的。要是有缘请到一尊老佛像，我会不会冒坐牢的危险带回国呢？其实，加德满都也好，博克拉也好，绝大多数的古董店里，并没有老东西出售。那些绿松石、孔雀石、玛瑙，都是新工艺品。唐卡店不少，也都不见老唐卡。不过尼泊尔的一些唐卡，画得可真好。在博克拉河边的一家唐卡店，买下一幅八平方尺的大唐卡，那个精美大气，真是少见。这是店主花了近一年的时间才画出来的。所用的颜料，也大多是自然的矿植物颜料。

幸运的是，在一家木雕品商店里，遇见了正宗老山檀雕制的佛像。印度和尼泊尔是老山檀的产地。这种檀香，已经是很珍稀的木材了。以前我们苏州制作的檀香扇，就是以此种木材为料。但是今天，市场上所见到的，都不再是真正的檀香木了。正宗的印度老山檀，更多的只是用来制作串珠，或作焚香品香之用。数年前在拉萨买到过一串一百零八颗檀香佛珠，当时所费不多，后来的价格就扶摇直上了。尼泊尔这家店里，几乎所有的所谓“檀香”，其实只是其他木头浸泡过香水的二货。只有为数不多的三两件，闪发着幽幽的、内敛的琥珀色，才是檀香木。拿起来闻一闻，有一股隐隐的好闻的散淡的香气。使劲闻它，却又似乎什么味道都没有了。这才是正宗的印度老山檀啊！我挑选了一尊站立的观音，一尊跏趺坐于莲花的释迦牟尼。体量都很小，皆在十厘米之内。虽说雕工不够精细，但神韵独特，有着典型尼泊尔佛像的雕刻风格。尤为重要的是，材质太珍贵了！我劝同伴将另外的一尊买下。但他终究贪图便宜，只买了香水浸泡的假檀香佛。他把真正的好东西错过了，真是缺少缘分啊！

大学三十年记

唐涓

三十年前的那个秋天，我的胸前多了一枚大学校徽，白地红字，很惹人眼目。虽然有点张扬，但上大学在当时的确是一件光宗耀祖的事。我们高中毕业班六十余人，只有六人考上了大学。我的文科成绩排在全校第三名，因此毫不犹豫填报了外省的一所大学，结果惨遭滑档。后来我才知道，很多大学刚刚恢复，招生名额非常有限。

这样，我和班里另外两名女同学走进了同一所大学，我在中文系，她俩在化学系。我们的大学 1984 年更名为青海师范大学。

这所大学位于省城西端。三十年前，它是城市的郊外，周围是大片的麦田和村庄。唯一开往学校方向的公共汽车，终点站距离学校还有两公里路程，只好徒步。那一年高考年龄放得很宽，所以我们中文系多半录取的是“老三届”学生，入学时已经三十岁出头。应届毕业生只有四名。

记得刚开学不久，党中央就召开了十一届三中全会，这是那一年里最重要的事。随后，中国大地突然间就苏醒了。我们怀揣一颗激动的心，迎来了伟大的文学复苏时代。当时中文系的学生幸福得让人眩晕。大学图书馆仿佛一夜之间变换了面孔，赐予了我们阅读的自由。那些听说过与前所未闻的，“反动”和“毒草”的，古典和外国的，一下子拥挤到我们面前，令我们眼花缭乱甚至目瞪口呆。对我而言，几乎整个小学和中学时代都被那场革命的红色浪潮所覆盖，除了读到一些同学从造纸厂仓库偷出来的“禁书”，我有关经典和名著的阅读几乎为零。就像一个营养匮乏的饥民突然发现了一桌美食，我把所有的空闲时间，都用在了饕餮文学的盛宴上。很快，一批有影响力的文学期刊也陆续复刊，令我们心醉神迷。它们是：《人民文学》《收获》《十月》《诗刊》《星星》和《世界文学》。

中文系当时还特别搞了一个作品研讨会，主要讨论发表在《人民文学》上的刘心武的小说《班主任》。讨论的焦点我已忘记，只记得几拨同学争论得面红耳赤，如同吵架。那时候，我们整日处在高度的亢奋中，一些小说刚一发表，就被争相传阅。比如《伤痕》《天云山传奇》《人到中年》《公开的情书》等。我印象最深的是从维熙的《大墙下的红玉兰》，里面有一句话：“毛泽东是人而不是神”，令我震动。

二十世纪七十年代末选择上中文系是一件幸运的事。那是整个中国社会思想的破冰时期。文学抵达了它的巅峰，光芒四射，辉煌灿烂。《收获》杂志的发行量飙升到了一百一十万份。文学被广大的民众顶礼膜拜，这样的时代也许再也不会出现了。

也就是在那一年，建筑工人北岛在北京创办了《今天》。尽管那本尚未公开发行的油印的小册子让远在大西北的我们没有机会目睹，但里面滚烫的诗句，令无数个青年热血沸腾。“卑鄙是卑鄙者的通行证，高尚是高尚者的墓志铭”，几乎每一个人都会背诵。随后，《星星》诗刊在天府之国璀璨升起，舒婷、顾城、芒克、杨炼等诗人立刻成为我们的偶像。中文系有多半人开始写诗并立志要成为诗人。我当时最迷恋的诗人是普希金、莱蒙托夫，还有叶赛宁。书店里还没有他们的诗集出售，我就从学校图书馆里借来，整本誊抄在硬壳笔记本上。有几个同学写了满满一本子的诗，悄悄揣在怀里，很神秘的样子。

第二年春天，我们提前回到学校，理由是下农场春播。那时候每个大学都有自己的农场，种点小麦和油菜。我们卷起铺盖，把集体出门视为一件最快乐的事。刚到农场的第三天，1979 年 2 月 17 号，对越自卫反击战打响了。它立刻成为我们农场生活的中心。每天从地里干活回来，第一件事就是围拢在收音机旁，捕捉来自前线的战斗消息。我军伤亡的数字总是令我心碎，我知道那些都是和我年龄相仿，离二十岁还差几年的年轻生命。所以后来我看李存葆写《高山下的花环》，听董文华唱《血染的风采》，泪水始终抑制不住地哗哗流淌。

我们的大学生活在农场有了微妙变化。一些爱情的萌芽在春天的田野和黄河岸边悄然滋生，在大学“不允许谈恋爱”的禁令下秘密进行。朦朦胧胧的情感突然使春天刚刚解冻的土地充满诗意。但谁也没有想到这一切都被我们的班主任尽收眼底。返回学校后的第一个班会，他满脸阴郁，用总结性的口吻说道：眼下我们班恋爱的苗头很严重啊，已经出现六对了。说完，他用粉笔在黑板上写下一个大大的“六”。这个数字让女生心惊肉跳，因为班里未出嫁的女生只有八个，女生们面面相觑，芒刺在背，每个人都变得形迹可疑。

不管这个数字是否真实，其结果是，中文系在毕业后有三对喜结连理，迄今不离不弃。

2008 年盛夏，其中一对的丈夫从广州飞抵西宁，执意要去看看农场。于是,我们一帮同学哗啦啦向着农场进发。三十年后的今天,道路已光滑黑亮,尘土全无,速度提高了三倍。但没有人能辨识出农场的遗址。当年农场的平房、小院、农田已无迹可寻,我们面对的是郁郁葱葱的苗圃和果园,那条用小毛驴车驮水的黄河由于蓄水已经宽阔而平缓,上面漂浮着几只闪动小彩旗的游艇,正在期待游客与黄河亲近。只有黄河对岸的山崖,还能为我们提供一点农场的佐证。我们站在黄河岸边,抬起一张张不再年轻的面孔,陷入远逝了的岁月。正如我喜欢的一位电影导演霍建起所说:我们对往事总有一种伤怀。

那一年里的很多事都令我们始料不及,被禁锢的电影仿佛开了闸的洪水奔泻而出,我印象最深的是日本电影《望乡》。尽管这部描写日本妓女生活的影片在放映时已做了删节,但从未触及过两性内容的我看见阿崎婆异样的表情,还是忍不住问旁边的女同学:"她怎么了?"我的同学并不回答,只顾哧哧地笑。这随即就成为班里同学一大笑谈,很长时间里都令我羞愧不已。另一件事是交际舞的恢复,那气势就像干柴烈火,一经碰撞立刻火爆。学校几乎每个周末都举办舞会,跳舞的地方总被挤得水泄不通,多半人是来看热闹。而我们急于尝试,并不考虑舞技。跳到半场,竟出现了整齐划一、声势浩大的急行军步伐声,甚至盖过舞曲,令人啼笑皆非。我跳舞第一次抓住男生的手时,居然浑身颤抖。现在回想起来,觉得人性从压抑禁锢到渐渐复原舒展,这个回归过程并非所有人都能体味得到。

我在那个诗人被当作偶像的年代里也尝试写诗,写了不出三十首,竟被邀请参加省作协的诗歌散文研讨会。我正上大三,融入这种场合完全一副受宠若惊的表情。研讨会的程序基本遗忘,只记得会议间中国女排夺冠，我们全部跑到邮局去给女排拍电报。还有一位诗人，思考的时候总是蹲在地上，双手抱住脑袋，痛苦不堪的样子。

上大二的时候，我第一次独自出了远门。我行走了南方几个城市，最后一站到达南京。我住在一个同学家里，他在我们班年龄最大，因为工资要养妻子孩子，生活非常节省。总是安静地躲在角落看书，一边不停地抽一种劣质香烟。我不知道这与他后来的健康状况是不是有关，反正他的脸色不是很好。他在南京的家只有十平方米左右，除了张大床和餐桌，似乎再摆不下更多东西。我在他家的两个晚上，是在大床下面打地铺。他的儿子不满周岁，晚上要啼哭多次。我回青海的时候，正赶上春运，站台上人山人海，列车刚进站，人群便跟着车跑起来。因为严重超员，车门根本挤不上去，他将我的两个大旅行包搭在肩上，跑到一个车窗前央求里面的人打开车窗，然后迅速将旅行包和我从车窗塞了进去。列车徐徐开动，我看见他脸色焦黄，豆大的汗珠从额头上滑落。

大学毕业后他几经周折回到南京，我们从此断了联系。几年前听说他患了重病，不久就传来病逝的消息。他那个爱啼哭的儿子，现在也该三十岁出头了。

我的宿舍还有一位颇具文采的女生，大我五岁，上课的座位就在我后面。遇到乏味枯燥的课，我们就把即兴创作的诗写到一张小纸条上，传来传去，彼此欣赏。可惜她后来不知为何并没有把写作坚持下来，否则也许会成为不错的作家。记得有一个夜晚，宿舍就剩下我俩，我们索性坐在窗台上谈诗。那晚月亮特别的明亮，银白的月光透过窗户裹住了我们的身体，还柔情地洒在床铺上和地板上。我们谈了很久，直到月亮离我们远去。在那个月光明媚的夜晚，我们的心中装满了美妙的诗句,根本不可能想到若干年后彼此的生活都发生了大的遭遇。

热衷写诗的还有一位同学,但他并不张扬,也不活跃,不知是不是因为来自农村,大多时候他总是沉默寡言。大学毕业他被分配到了果洛草原教书,一去就是十多年。我曾收到过他写来的十几页纸的长信,字里行间透出在无际草原上生命的孤独与忧郁。直到1996年,我再见到他时,他已经调回家乡互助县工作。我没有问他在果洛大草原上是否有丰硕的诗句收获,我看见的是,他带回来一个美丽的妻子。

遗憾的是,回到家乡第四个年头,新盖的一院房子还没有焐热,他就患上肝硬化。他那些尚未面世,忧郁或激情的诗句,于是随他一同进了天国。

还有件事印象很深。我们的衣着在三十年前十分土气,女生的服装没有更多的式样和色彩,男生也只穿中山装。夏天到来的时候,这个高原古城还见不到一个穿裙子的女孩,班里一个老大姐突发奇想,让我们几个女生每人买来一块花布,连夜赶制出几件连衣裙。我第一次穿裙子,兴奋不已。装扮停当后,我们集体出发去公园照相,没想到招来路人惊异的目光,我们抵挡不住,只好在学校后面的苗圃里匆匆拍了几张照片,然后落荒而逃。

我们快乐的大学生活在大四的某天戛然而止。毕业实习刚刚结束,学校就公布了毕业分配方案。这个决定着我们命运的方案给了我们重重一击。它告诉我们将有百分之七十的同学离开省城奔赴基层,而余下的名额差不多恰好照顾班里拖家带口的同学。阴云密布在我们脸上,每个人都忧心忡忡。一些掌握生存秘诀的同学开始行动起来,力争最后的留城空间。像我们这些尚未茅塞顿开的人,依然在等待命运的支配。告别宴会被前途未卜的气氛笼罩,大家已经失去了依依惜别的心情,光荣的文学梦想在命运面前不堪一击。

最后一次同学集会是在学校的大操场上,分配结果通过扩音器传进我们的耳际。一些单位来接毕业生的车已停在远处。名单刚刚宣布完毕,操场上便空空荡荡,有的同学后来再也没有见过。我被分到了与甘肃相邻的县城,在女生里最远。来接我们的是一辆大卡车,我和其他系的十余名学生坐在车厢上,7月灼热的阳光照耀着我们,汽车开出城市不久,路面就变得很糟。不停颠簸,尘土飞扬。很快,我们的脸、头发和衣服上都落满了黄土。望着渐渐远去的城市,我的鼻子一酸,眼睛潮湿起来。我明白,生活从此将要在我面前上演它陌生的一幕了。

经历以及记忆

穆涛

去读书

我是 1980 年秋天到张家口师专去读书的，念中文科，后来才改成了中文系，可能是由于当时建制偏小未成体系的缘故吧。我在念书的三年时间里，没有戴过校徽，它一直被隐蔽在旧衣箱的隔层里，走到外地遇到生人，也不敢报出校名，觉得她太普通，不够名牌，现在想起来，当年的这份浮浅的虚荣心常常让我羞愧，觉得对不起哺养我的母校。我是那一年的应届生，高考前半年分班的时候，我选择的是英语班，原因是教英语的胡老师对我很好。一个月之后，我又被校长“动员”着回到了普班，因为我的数学和物理成绩一直比较突出，但由于耽误了一个月的学习进度，就转到了文科。高考结束后，我的数学成绩仍然是全校最好的。说出来真是有趣，我的语文成绩只有五十九点五分，却念了中文专业，而且毕业后竟同文学粘连在了一起，已经做了这么多年文学编辑，接下来恐怕要成为我一生的宿命职业吧。

张家口师专是我的母校，她是我理性记忆的源头，是我最初的精神之旅的宽厚的翅膀，同时给我的血液里奠基了抗争命运的不安分的动力。我记得当年是掉着泪念完录取通知书的,我当时好高骛远地填报了几家著名大学的经济、法律专业,却不知道为什么要被师专录取,看着身边比我考分低许多的人一个接一个去本科大学报到,心里真是急得难于忍耐,及至后来再到西北大学读书的时候,原始的那份急迫几乎一点也没有了。因此,多年来,在我个人填写履历时,我总是在"毕业学校"一栏里认真地写上"张家口师专",涉及评审职称,或其他有特别需要的表格,我才另外加注在西北大学学习的经历。

图书馆

我是穿着哥哥姐姐的旧鞋长大的。

人口多的家庭里,再是生活拮据的,这种有孝悌情趣的接力很普遍。那时候的鞋都是家做的,传到我的脚上,鞋的面和帮多是好好的,鞋底却走薄了,穿不过多久,前脚掌就磨出了洞,走在路上,总有硬东西硌得生疼。我的应对策略是剪一块硬纸壳垫上,只是旱天还好,遇到雨天,脚下又多了一份泥泞。

我去师专读书的时候,穿的是新鞋。一双皮鞋,一双布鞋,全是买的。穿着新鞋脚虽然有些别扭,心里却舒服,有一种起飞前的轻盈。我们的教学楼傍临着马路,马路与楼之间是两排松柏树,课间,我就穿着新鞋在树间绕着散步,这条马路叫"五一路",沿着路向前走三百八十步是五一广场,再向前四百二十步就是张家口市图书馆。师专图书馆藏书也多,可叹没有坐的地方,阅览室人更多,一般要先占位子,而且那是浏览杂志的场合,书是读不成的。在没有课的下午或星期天,我就走着去市图书馆。先进一个深的院子,推开一个旧门,左右分两个岔道上二楼,阅读的地方也不大,窄窄的旧桌子,硬木的椅子,但是安静。后来和管书的老太太熟了,读书也就不安分了,天宽地窄胡乱去找。这样的情景过了一年多一点,读书的心淡了,就很少去了。再后来图书馆搬了新址,我就再没去过。

我在图书馆认识一位老先生,他是常客,几乎每天都到,靠窗向阳的第一张桌子是他的专用,椅子上常年绑着一个薄薄的棉垫,他坐稳后,先从布包里掏出一个玻璃杯子,杯子外面用手织的网套罩着,再将一个大的本子摊在桌子上,他每天的工作是用钢笔抄写《易经》。开始,我并不知道他抄的是什么,老太太和他也没有多余的话,仅是淡淡地相互问候一句,每次见他平摊开本子,老太太就把书送过去,然后再拎过去一壶水。后来,在我的询问下,老太太才告诉我是《易经》,到现在我也不明白老先生为什么坚持不懈地抄写《易经》。

记我的一位同学

三年的读书生活,给过我帮助的老师以及同学很多,我都在心里牢记着,我在此要说的是我曾伤害过的一个同学,他叫武永福,现在蔚县一所中学教书。

我们同住一个宿舍,因为有相同的爱好——喜欢写些诗歌作品,就成了无话不说的朋友,我们两个无论谁写了得意句子,总要第一个念给对方。永福在蔚县长大,蔚县是张家口地区比较富足的一个县,能人巧手比较多,其中的蔚县剪纸天下传名。永福待人宽厚,每次开学返校,总要从家里带些土特产给我们,我印象最深的是他们当地的一种小吃,叫毛糕。用黍米磨成面后做成的,工序比较复杂,要经过蒸和炸两道手艺,究竟是先蒸后炸,还是先炸再蒸,我记不清楚了,总之同宿舍的人都挺爱吃。由于毛糕是黍米未去皮做成的(黍米去皮后叫黄米),吃起来粗中有细,别有一番风味。我们宿舍的人形象地称之为“反穿皮袄的老鼠”。

永福的诗写得短小,他不喜欢用长句子,却是文思隽永,韵味足够。他对诗歌的热爱却是深挚的。常常写到挺晚才休息,差不多每周都有新得之作。当时,我们向外投寄作品的劲头很大,国内的大报小刊,找到地址的就寄去,那时候给报刊社寄稿件是不收邮费的。寄出的作品退稿很多,未退的也是泥牛入大海,杳无消息。偶尔收到编辑老爷笔迹潦草的退稿信,要兴奋上好几天。事情是从我的恶作剧开始的,有一天我从收发室取回《河北教育》杂志社给他的一封信,厚囊囊的,一望便知又是退稿,而且信封已被胀得半开了,回到宿舍,我抽出稿子,里面的诗全是我读过的,编辑没有写一个字,那种铅印的退稿函也没有。看着这些诗稿,便萌生出了一个玩笑的念头,试着用编辑的口气写了一封信,信很短,写在普通的稿件背面,大意是:“永福同志,您的诗作我读过了,有几首写得挺好,留下备用,具体采用时间再告。”落款是“诗歌组”。这样内容的信我收到过好几封,照马画驴也算轻车熟路。写好后我将信装入原来的信封,认真封好,放在他的床头。他的被退回的诗稿则压在我的枕头下。当天晚上,永福的兴致特别高,话也多。第二天下午,他极郑重地告诉我,《河北教育》要用他的诗。看着他的表情,我觉得事情弄得过大了,连忙向他道歉,说出昨天冒写信的荒唐事,他听了先是发愣,接下来脸就红了,留下一句“你怎么能这么做呢”,就走出了宿舍门。永福是极厚道的,这样说话已在表示他极端恼怒了。到了晚上,我又专门向他道歉,这时他已经平静了,只是告诉我,玩笑开的时间不能过长,原来他这一天上午已给杂志社寄出了表示感谢的信。之后的日子里我们俩人谁也没再提过此事,交往照旧,也没有什么裂隙。毕业的时候，我又就此事向他表示歉意，他说这事也怪我，《河北教育》又不是专门的文学杂志，怎么可能有诗歌组呢？再说，编辑写信都是专用信笺，不会用商店卖的普通稿纸。这件事过去二十多年了，我一直印记着，一是这件事本身的不妥，还有就是永福待人的宽厚。

怀梦草

张宗子

怀梦草

读过村上春树小说的，一定对书中不厌其烦地罗列的欧美流行歌手和歌曲印象深刻。我记得最清楚的，则是《发条鸟年代记》中主人公边煮通心粉边哼哼《贼鹊序曲》的情节。因为这一次，出场的不是流行歌，换了歌剧。《贼鹊序曲》是那种让人听了浑身直痒痒的音乐，非常俏皮。读《发条鸟》期间，放了好几遍《贼鹊》。通心粉没有尝试，不喜欢。

当代世界上难得有村上这样异想天开的作家，像是活在庄子的寓言和唐人传奇里，快乐和痛苦都潇洒得一塌糊涂，而书中的沉思像是小孩子无邪的玩笑。读村上春树，就像那首流行歌所唱的："跟着感觉走，紧抓着梦的手"，然后"越来越快活"。

但就境界和格调而言，唐人传奇空前绝后。六朝人的志怪赶不上，明清人的言情也差点。前者太拘泥，后者太沉重。说境界和格调，技巧和思想什么的一概免谈。蒲松龄可算是文言短篇小说之王，但唐人的轻灵，他只能仰了头看。想想精精儿、妙手空空儿这样的人名是怎么起得出来的，想想两个老头坐在秋天大树高枝上最后的那颗橘子里下棋是什么个场面。唐朝有仙气的可不只李白一个。后世的人不管怎么漂亮,都重。

村上的小说离不了酒吧、饭店和图书馆,他笔下那些精灵古怪而又温柔可人的女孩多出现在后面两个地方。饭店是无牵挂的家,图书馆是世界之外的世界。在饭店和图书馆,村上的主人公们摆脱了现实的追踪和纠缠,使生活的必需物减少到只有咖啡和酒、书和历史传奇、女孩和夜晚。

村上的怀梦草是伴着歌声开花的。奇怪的是,在好莱坞的电影里,那些战争狂人和天才恶棍,都是歌剧的热情痴迷者。这些无一例外被剿灭的坏蛋们,难道也都是漫天飞驰的骑梦者?

咖啡中的糖

现实并没有一道帷幕,值得我们揭起向内看。现实的层次实际上是我们目光的层次。目光造成无限的厚度,以至一个平面扩展成空间。重要的是,在最深邃、充满无限可能的空间之中,我们必须记住,世界始终、而且将永远是一个单纯的平面。

人成熟的标志之一,是不再把诺言的兑现当作应得的权益,当作法律上的责任,当作不容置疑、不容拒绝之事。世上不存在应当和必然,因此,一切所得都是额外的恩赐,都是非分之想神奇的实现。更因此,任何时候都要以感恩的心情接受。从知道感恩的那一天起,世界无复原来的样子,而你,也不再是你自己。

既然不存在应当和必然,这里请允许保留一条悖论:感恩是唯一的应当,无复本来是唯一的必然。

伦理学也许只是为了修辞而存在的,我从不指望在伦理学中找到安慰,或在迷惘时发掘行动的理由和方法。伦理学是理想主义者的纸牌游戏，不幸的是被很多人拿过去，做了赌博工具。

在咖啡馆，当被问道是否加糖而我不发一词仅以微笑作答时，服务小姐总是选择加糖，而且你可以看出，她相当确信她正确理解了你微笑的含义。

此心安处

苏轼讲过“此心安处是吾乡”，同样的意思，弥尔顿借撒旦之口说，心是安心立命的处所。东坡的意思不是他的独创，佛家常有类似的表达。弥尔顿的诗句，后面紧接着说，心可以把天堂变成地狱，也可以把地狱变成天堂。据此，所谓安心立命，就是大丈夫有所立，有所守，不为环境左右。这是一种豁达的主观唯心主义。

细微的区别还是有的：东坡以柔克刚，内向追求；弥尔顿勇猛精进，不畏挫折。两种文化，表现不一，内在的根基一般无二。人类，说穿了，就是一个精神，也叫作心，也叫作灵魂。

心安是定的功夫，说起来容易，做起来难。定分二端，一是不为逆境所苦，二是抗拒诱惑，后者犹难。逆境能激起傲气和反抗意志，人处逆境，可能较平时更强悍；而诱惑则无异于恭维和顺承，在它面前，一切战斗武器都失去作用，人的善反而成为弱点。

心安的人，多系第一种情形，陶渊明自不例外。在这一点上，苏轼比他要难为得多。

我们总说李白是不食人间烟火的人，说他身上有仙气，现实似难浸染他的内心世界。这不是说他不关注现实，而是说现实之剑遇到武侠小说中超强的高手，破不了他的气场，近不了他的身。但他仍然是现实主义的，因为现实之剑激起了他的反应。

所以说，心安这样的问题，在李白那里从来不存在：他无所谓安，无所谓不安，无所谓家乡，无所谓天堂和地狱。

巴士站

那一阵子，每天晚上八点，在友联街靠近北方大道的地方等车。巴士无定点，随时都能来。运气不好，要等很久。街对面是一家熟食店，门虽设而常关。侧墙上画了大幅广告：二百九十九元办离婚，包括出庭费，不需配偶签名。这家公司的名称是“离婚中心”。一样的广告，画了两幅，并排在墙上。

再过去半条街，一家延吉金达莱餐厅，非常简陋，汉字写得歪歪扭扭。巴士站亭子的玻璃隔板上贴着广告，上画一肥胖老头，牛仔打扮，挂须子的皮上衣，双手抱胸，眼睛死盯镜头，表情是毫无内容的傲慢。那是一个乡村音乐活动的广告，时间却是去年 11 月。

熟食店的二楼，蹲着又一家韩国人的棋院（这附近有好几家韩国棋院），三间客厅大小，透过毛玻璃（更像是脏而未擦的玻璃），可以看到几个人影，常常只有两人坐在桌前，背后时有人影走动。论时间的花销，下围棋奢侈得如同吃几百元的晚餐。三几个小时当然抽得出来，问题是难得有那份从容。而且偶尔一次，一曝十寒，能得到什么乐趣呢。

韩国人热衷于围棋，目的似在争胜，杀气重，气量小，想必急躁，以此修心养性，无异缘木求鱼。归根结底，还是累。

巴士站背后的公寓楼，装修工程迟迟不结束，沿路搭了顶棚，防止坠落异物伤人。有一次，赶上工人加晚班，锤锤打打，不断有重物砸在棚顶，发出惊天动地的震响，气得一个等车的西语裔小伙子破口大骂，FF 连声。遇上下雨天，顶棚蔽风遮雨，比起一把孤伞畏畏缩缩，强多了。

下了决心告别，心境果然不一样，然而有些惶急，日子噗噗地慢下来。大雪之夜，舍不得时间，不坐车，沿街细细地走。难得这样干净而孤寂的雪夜，世界大同，乡情顿消，因为普天下莫不如此。人在这时，与世界相对，不是与某个城市、某一群人、某一刹那的善恶相对。一切情感要么抽象起来，要么放弃。不关强烈不强烈的问题，无所谓真假。

走进顶棚下的长廊，远望北方大道上雪片乱飞，灯光不知为何变成焦黄色。廊道上虽有遮护，仍然被风从底下斜着吹进一层薄雪，可以让人踩出脚印。时近凌晨，杳无行人，所有脚印都是我的，但我得回头才能看见。为了看脚印，倒退着走，伞收起来。渐行渐远，看见整个顶棚和长廊渐渐缩小，渐渐模糊，在牛仔老人的头上合二为一。雪粉重又呼呼地打进脖子，知道已经出了廊道，到了北方大道的边上。不用回头，继续走，听得见红灯变绿的声音。

主街上车多起来，在大雪里依然不减速。左首教堂，右首店铺，对街是印度人的银行，标志是一只不认识的鸟。离拂晓还有四个小时，准备和我不期而遇的人，被梦拖住了后腿。

曼陀罗

曼陀罗是那种令人一见难忘的植物：线条锋利、形状干脆的巨大叶片；紫、白二色相当雅致的花朵，酷似牵牛花；浑身带刺；外形有点像栗子的果实，披挂得如一只刺猬；酸臭怪异的气味，引人注意乃至警觉，却又不至于引起厌恶。

一株曼陀罗，全部伸展开来，方圆高下一米左右，和一株茄子或西红柿差不多。长在田埂、路边、屋后，在杂草丛中，自有迥异的气质，使它鹤立鸡群。

曼陀罗的神秘，如今说来已成常识：它是麻醉药、致幻剂，或许还是春药的组成部分。

我小时候在乡下，赶上一户人家讨媳妇，隐约听见一伙男人商议，准备拿曼陀罗的花或种子或叶子什么的，下到新郎或新娘的酒里或汤里。当时好奇，却始终不明白他们的恶作剧会产生什么效果。但从此以后，对这种丑陋的有奇怪名字的野草肃然起敬。曼陀罗是它的正式名称，它的当地名字怎么也回想不起，不是洋金花，也不是风茄。

我搬到法拉盛住，在去超市的路上，公寓与街之间一米多宽的空地，靠近十字路口，生着一株特别肥大的曼陀罗，年年开花结果，春荣秋枯，就是不见周围繁衍出小植株，就它一棵，自生自灭。

看到它，我想，世界其实本无太大分别，万里之外的曼陀罗，和我童年所见，不是完全一样吗？和植物比，人哪里能达到这样的简单。

美国人处处大手大脚，孤单一株曼陀罗，长在这样简直不可能的地方，居然无人理睬，任它逍遥了不知多少年。

街角楼房的半地下室，后来被韩国移民租下，改造成一溜儿小商店，卖衣服，卖美容用品，出租电影。这也罢了。可他们偏偏多事，把好好的空地糊上一层水泥。从此，这里除了下雨天留下鞋印，平时被扔一些烟蒂，被吐一些口香糖之外，什么都没有了。曼陀罗和伴随它的不知名的小草们，从此不见了。纽约的野外，这可能是唯一的一株无主曼陀罗。

月光王后

刘亮程

佛窟小小的,像农家土窑洞,里面有一种干燥透了的味道。阳光方正地照在门洞口的尘土上。壁画里的国王和王后都干透了,勾勒他们的蓝色和红色,保持着千年来几乎不变的鲜艳。

王加不清楚千年前的鲜艳是什么样子，但他相信壁画上的颜色一直没变,这些采自自然的颜料,把天然的艳丽保存到今天。王加从二十几岁分配到龟兹佛窟,到现在的二十多年里,壁画的颜色就一直没变过。他天天看着壁画,能感觉到不变。他的整个青年时代,就是在临摹这些几乎全裸的女性人体中度过的。那时坐落在僻静山谷的龟兹佛窟还没有成为旅游区,研究所只有他们几个分配来的绘画系的学生,主要工作是临摹壁画。王加认识的人也几乎全是壁画里的,他一座洞窟一座洞窟地临摹,直到有一天,他走进有月光王后的洞窟。

月光王后的脸部剥落了一片，没有眼睛，看不见临摹她的人，没有鼻子,闻不到进洞人的气味,没有嘴,说不成话。只有裸露的腿、腰肢和乳房。

王加先临摹出王后全裸的身体，然后，添加腰部飘带。添加的过程像是一个漫长春梦的清晨，给相爱一夜的美人穿衣。月光王后唯一的衣服是腰间的飘带，巧妙地遮住私处。乳房是暴露的，随着舞姿朝上耸起，乳头盈红端庄。这幅壁画讲述的是仙道王在一次舞蹈中，看到了王后将要寿终的预兆。画面中国王坐在有靠背的坐榻上，身后有一篓篌。王后在国王面前赤身舞蹈，她的身材修长美丽，手臂与脚腕处有环饰，双手舞动彩巾，左脚后翘，身体前倾，双乳突出。这显然是王后最后的舞蹈，也是龟兹壁画中最迷人的裸体舞蹈画。

王加自从进入这个洞窟，便一心一意地临摹月光王后。他临摹了多少遍记不清了。描绘的过程是对身体最深情的抚摸，从高扬头顶的手指到单腿后翘的脚趾，画到大腿内侧时，原作的线条也是细细轻轻，临摹更是轻柔无比，仿佛手指从中间轻轻抚过，感觉那地方肌肤的柔软和细嫩。画乳房时王加的手直颤抖，王加那时已谈过一个女友，也接触过女人的身体，但从没见过这样完美的乳房，圆圆的、举举的、傲傲的，两个亲亲热热挨在一起，相互陶醉的样子。王加浑身涌血。月光王后让他有一种到达高尚的情欲。

在临摹一百一十八窟宫女诱惑图时，他的心中满是淫荡。宫女诱惑图讲的是佛祖决意出家，宫女全裸身体，做各种骚态诱惑，主诱宫女身体肥大，右手捧左乳，诱惑佛祖，乳尖的笔触和颜色也极有挑逗意味。旁边众宫女亦全裸身体，“所有女人幻惑之能，悉皆显现”。那样的女体在王加看来，有肥美肉体的感觉，看着只有性欲没有情欲。

一次，王加已经把王后的腰饰画出来了，又冲动地擦去，让腰饰下面两腿间的线条一点点透露出来，带露的花蕊透露出来。

王加发现壁画的原作者,那位千年前的画师,也是这样完成壁画的,在一小块褪去飘带的下面,是一层和肌肤一样的色块。可能所有女体,都是这样画出的。先画出完整的裸体,画师用目光一遍遍地抚摸欣赏之后,再恋恋不舍地画上衣服。眼睛是最后画上的。所有服饰画完后,再画出眼睛。画中人睁开眼睛看见的是一个着衣的自己。而整个绘画过程中被画的人没有眼睛。

后来毁壁画的人也害怕眼睛,佛窟中几乎所有眼睛被抠去,佛的、供养人的。壁画中的佛和人,什么都看不见地存在着。

佛窟壁画遭受了时间和人为的严重损害,几乎没有一幅是完整的。临摹是忠实现实的绘画行为,它要求绘画者画出壁画现在的样子,壁画中每块泥皮每个划痕都必须真实记录。王加一开始就注意到壁画上普遍存在的一种刃痕,从壁画底部到两三米高处都有,后来王加知道这是坎土曼的挖痕。坎土曼曾经对壁画进行过疯狂的挖砍,留下数不清的弯月形刃痕,一拃多长,指甲盖深。这样的挖砍主要针对佛身,相对来说,那些赤裸女体遭受的毁坏比佛像要轻微,留在她们身体上的多是被亵渎的痕迹。

毁坏和消磨也再创作了龟兹壁画。这是王加对壁画的认识。时间本身的损害是轻微的,壁画颜料、附着颜料的泥皮以及承载壁画的洞窟,都经受住了两千多年时间的消磨。那些人为的乱画和涂抹、坎土曼砍挖的刃痕、盗窃者成块剥离后留下的裸壁、烟熏火燎的黑垢,也都无可挽救地成为壁画的一部分。它们同样是时间的痕迹。一切发生在时间中的事,都是时间的。时间给了它们时间。那些没时间发生的事,不是时间的。佛窟壁画是时间的,壁画中的佛是时间的吗?那些佛本生的故事,发生在时间中吗?佛脚下的步步莲花开在时间中吗？还有那些美丽的裸女？这样追寻下去，会找到时间之外的存在吗？

时间在不断地修改佛窟壁画。时间让这些画变成现在的样子。时间是伟大的画师。王加要把时间所呈现的颜色和韵味画出来。把时间进入一幅画的漫长道路和脚印画出来。说到底，佛窟所有壁画都已经是时间之画，时间把画面和它深处的一切占领了。尽管残破的佛看上去还是佛，残破的供养人还是供养人。但是他们已经属于时间了。时间不容许时间之外的事物。

王加不但要临摹出那些美丽女体的线条肤色，还要临摹出线条肤色中的时间。王加感到画出时间的不可能，尽管那些灰旧的颜色可以调出来，但调出来的颜色终究不是时间的颜色。它没有深度。王加尝试了另外一种加快时间的办法，把临摹的壁画挂在屋里，在烟火中熏。这是制造假古画的人用的办法，烟和灰的颜色都是时间的颜色。但是，那种烟灰色只浮在画表面，无法进入颜料以及纸张内部。无论画出来的烟灰色还是熏出来的烟灰色，都是新的，无法和时间的颜色接近。

王加就想，在龟兹佛窟旁的沙土里，肯定埋藏着那时的画师们用剩的颜料。如果找到一块那时的旧颜料，就能画出时间的颜色，因为埋藏沙土的颜料和壁画上的颜料，经历了一样的时间。那些颜料也已经变成时间的样子。

可是，王加始终没找到一块古代的颜料。

即使找到了，也仅仅是一块颜料。王加想。画出那些壁画还需要一只古人的手和一颗古人的心。那手必定像莲花一样纯洁，那心必定盛满了佛。佛在心里。他一定见过佛的样子，懂得佛的庄重和慈悲。相传佛像是佛祖自己画出来的，佛祖的追随者画了无数佛像,都不像。佛祖便自己画出自己。现在洞窟的佛像,都是原初那幅佛祖自画像的临摹复制。佛祖画出了佛的样子,让人们信仰。龟兹壁画中后期的佛像,已经有当地人的相貌特征。这是佛最终离开龟兹的征兆:佛害怕人把佛画成人的样子。

王加见过新疆几个地方在被毁的佛窟里复原的佛像,一看就是现代人塑的佛,肥头大耳,眼中没有慈悲只有势利。在吐鲁番一佛窟中复原的几十个佛像,看上去就像一个领导班子在开会。

王加也曾试图让自己内心接近佛,一个人在佛窟打坐,在一片虚静中冥想佛的样子,他努力地接近时发现,这是他无数次看过的壁画中的佛。他跟佛的缘分,只能到达壁画呈现的这一步。他无法看见壁画所画的佛。壁画所画的佛是佛自己看见的。

王加知道,当初佛教传入龟兹时,随着传教者过来的画师们,遵循着佛的标准像在画佛。随着时间推移,佛像的五官眉眼中,渐渐地有了龟兹当地人的样子,佛像当地人了。大量的供养人的画像出现在佛窟,佛和供养人变得日渐相像。这是佛教最终在龟兹覆灭的一个不为人注意的原因,佛的世俗化开始了,当佛和人走得过近,和人平起平坐时,人就该抛弃佛了。那些画在壁上的供养人,最早亵渎了佛,毁灭了佛。事佛的僧人为讨好有钱人供养佛,让供养人和佛同时画在壁上。那时的供养人画在壁画边角,小小的,尺寸跟佛脚下的器皿一般,后来,供养人的身体越画越大,画到真人大小,和佛比肩。壁画中佛的空间变小,人的范围变大。佛在龟兹,首先是被那些有钱的供养人从壁画中挤走,他们让佛没地方待了。后来,伊斯兰教成了龟兹人的信仰。佛教的传承得益于偶像和壁画宣传,可是,壁画是人画的,人有钱就可以让人画出自己,让画出的自己站在佛身边,与佛比肩。世间的颜料和画艺,都是物质的,都要有钱买。人们过多地依赖物质,在靠近佛时,佛起身走了。

王加再没画过佛像。他从来就没画出一幅自己满意的佛像。当他醉心于临摹月光王后,他的手和笔才一下找到感觉。

月光王后这幅壁画的原作者应该是三个人,王加发现有三种不同笔触留在画面。裸女身上的饰物却是一人所画。那些抠掉的眼睛也应该是一个人所画。王加推测,在前两个画师离开洞窟时,所有人物都没有眼睛,赤身裸体。也就是说,三个画师共同画出了裸体的王后,两个被打发走,一个留下来。留下的那个画师都干了什么?这是王加想知道的。王后身上的配饰显然是剩下的那个画师一个人完成的,他独自占有了王后的裸体。也许他是画师中技艺最高的,他负责装点裸体的王后,他给王后的手腕和脚腕上,画了精细的环饰,尤其对脚和脚腕上饰物的精心描画,让人感到一种极度的虔诚和细心。王加的描画也是从脚腕开始,脚腕环饰上镶嵌的宝石和珠链让他描画了整整三天。三天,他的脸贴近王后的脚,手捧王后的美脚,画得用心而仔细,他似乎体味到那个古代画师对这只脚爱不释手的把玩和喜欢。

腰间的飘带是王后唯一的衣服,画到最隐私的三角区时,飘带往下垂,打了一个莲花结,延伸出的飘带从两腿间弯曲向上,搭在高扬舞蹈的手臂。

月光王后被国王爱过,被绘画她的画师爱过,被守佛窟的无数佛僧爱过,佛窟毁坏后被数不清的牧羊人、过客、无家可归借洞窟住居的流浪者爱过。最后爱她的人是王加。

千年前的那个画师,最后给王后和所有人物画出眼睛后走了。王后像从梦中突然醒来,睁开眼睛,她不知道之前发生了什么,没有眼睛的王后是沉睡的,不知道自己裸露的身体被多少人爱抚或亵渎。

以后是月光王后看见的世界,洞里来来往往的供养人、拜佛者,一代代地从眼前过去。他们离开后剩下看护佛窟的僧人。僧人不敢拿眼睛看她。在漆黑的夜里,那些千百年来面目相似的僧人,面朝她,闭住眼睛。王后知道她的身体鲜活地出现在那些闭住的眼睛后面。那里是人的心室,安放佛的地方,却常常被自己的妖艳身体霸占。王后见惯了这样的修行者,每晚如此端坐着,心一次次淫荡起来,身体淫荡起来,阳具勃起,眼睛后面的裸女生动鲜活起来,乳房微颤,嘴唇轻启,私处水盈,淫心被放荡到无限,再启用定力去收回,让心从无边的淫乱中回来,回到枯寂中,回到自己能看见的地方。在那样的黑暗中,看见情欲是什么,性欲是什么,情性之后最终守候的是什么。是什么呢?

王后怜悯地看着,她身体的颜色由白变红润,乳房鼓胀,乳头也愈加红润。在这个洞里,多少僧人的欲火被她点燃,像蜡烛一样燃尽。多少僧侣又来。王后心疼地幻想着自己走下去,睡在孤独寂寞的佛僧身边,每个晚上和年轻僧人寻欢,白天回到墙上,做一个不变的舞蹈姿势。那些被她陪伴的僧侣,个个参悟成佛。他们夜晚享尽身体欢娱,白天心无旁念,一意向佛。王后看着他们,像一个时间之外的母亲和情人。她的原身早不在了,死了。看见她死亡征兆的王也不在了,都去哪里了?留下只有颜色和线条的身体,她活得更长,看见更多,醒来更久远。

在上一个千年里,王后睁开眼睛,爱抚或亵渎者在她面前闭住眼睛。后一个千年她的眼睛被抠去,爱抚或亵渎者在她面前放肆地睁开眼睛。王后的眼睛、鼻子和嘴，都是被后来的亵渎者抠掉的。那些牧羊人、僧侣、把佛窟当家的流浪汉、异教徒，在洞窟里脱光衣服，对着裸体的月光王后手淫，他们懂得羞涩，不敢被王后的眼睛看见，她的眼睛早早被抠去。在王后看不见的脚趾和小腿上，印满泄欲者的指纹唇印。他们只能抚摸到她的小腿，抚摸大腿得站在羊身上，抚摸细腰得站在驴身上，抚摸乳房，就得站在骆驼背上。过客和牧羊人、已经改变了信仰的农民，把什么牲口都牵进佛窟里住过。一些人，眼睛盯着王后的裸体，喊着一个女人的名字，一次次地把情欲发泄掉。千百年来，画满裸女的佛窟本身就是一个静修和泄欲的好地方。泄完欲的身体变得疲软安静，心变得满足安静，打柴的去打柴，放羊的去放羊，流浪的继续往前，直到欲望再次燃起。

月光王后的浑身都被抚摸过。只有臀部飘带下最私密处，只被画师抚摸过。画师给那地方穿了一条脱不去的环饰小内裤，并精心地画上绣边。千年后，王后的小内裤，被另一个临摹画师脱光，那里的一切，都被清晰看见。

王加是最后一个抚摸过月光王后的人。之后佛窟被严密管理，再不会有人长时间地留在佛窟里，即使佛窟画师王加，也要办理手续才能进洞临摹。王加后来调离龟兹佛窟，带着他临摹的数百张月光王后的画像。这些画像有一天被一个作家完整地看到，他被惊呆了。过了多少年，他还清晰地记得画面中月光王后的模样，记得那个一直临摹她的人。

白色鸟

熊育群

一

语言是什么？一切有生命的东西，当它向自身外的世界发出声音，表达某种欲念，它就是一种语言。世界上有千千万万种语言。然而，不同语言间却难以相通。这种不能沟通的痛感，在我面对一只受伤的鸟时，强烈地袭向我。它生命危殆，向我求救。我第一次面对鸟的语言，第一次感受到语言的局限，那种语义的屏蔽，让人无可奈何！我意识到，我的交往只在人类内部发生，尽管世界多姿多彩，丰富无比，我却从来视而不见，我没有一句语言曾是试图向另类生命发出的。那一刻，语言的失效让我无言，我不能以人类的语言向不同类生命发出声音。世界的神秘正从那夜的黑暗中呈现。

我不知道这只鸟是什么时候飞入木楼的，它突然向我哀鸣——用了全身的气力，发出声嘶力竭的声音，一种无助、绝望与恐惧交织为一体的声音。我感受到了那个伟大的造物主，它决绝的一个意念，鸟和人的语言，两种声音从此永不相通。

这一夜，月色是那么姣好。山谷里沐着溶溶月光，弥漫着静谧。沉默一天的鱼虫，都在竭力向着这张如夜一样放大的静谧发出声音。在临溪的地坪上，我滔滔不绝，向侗家解说自己那个栖身的大都市。直到月上中天，倦意来袭，才推门入屋。就是这转身之间，面对一只鸟的倾诉，我陷入惶惑的沉默。

我靠近它。灯光下，它全身雪白，有仙鹤一样的腿，黑色的喙又尖又长，那双像句号一样圆的眼睛，望着靠近的我，射出了愈来愈重的犹疑、惊慌与企求。在蓝色夜幕里，它全身散发出银色光辉，它的绝世而惊人的美丽，让这间乡村木楼充满了不凡的气息。

它飞了起来，拼力扇动修长的双翅。它实在不肯轻易相信人。木楼门窗洞开，它并不愿离开房子，从木梯扶手，又落到了木方桌上。

我又一次靠近它，轻轻地。到了它的面前，它仍一动不动。我伸出双手，把它捧起。鸟柔软的身体依靠在我的掌心。我感到了它冰凉的体温。它几乎是求救般的向我哀鸣，圆圆的眼睛望着我，眼里蓄满了难以抑止的哀伤。黑色的眼睛流不出眼泪，却分明溢着泪光。它呼叫着，胸部剧烈起伏，在我的手掌中像只抽动的风箱。它是怎样的疼痛抑或灼痛？是否如针扎般的难忍？

叫声渐渐小了，嘶哑了。我看到了它长喙上的鲜血，伴着急切的声音，从口中往外涌。不一会儿它开始呕吐，吐出和血的虫子与胃液。我在地板上发现了它先前吐出的大量的血和小鱼虾——在我进门之前，它在沉默中独自承受着伤痛，坚强得没有发出一点声息。

鸟声“呀——呀——”。它受到了什么伤害？它在要求我做什么？

鸟的语言在这个宁静的夜晚凄厉地呼叫，它是那么惊心动魄，从来没有什么声音曾这么凄凉。

没有回应。尽管我捧着它,我的语言像突然消失了,我不再能言说。我只从它的叫声中感受到了——它把自己活命的唯一希望寄托于我了,它完全信任了人。

“呀——呀——”,凄厉的声音一声一声,传达着生命对于死亡的恐惧。声音发出了危险一步步逼近的信号。这是来自于声音的音乐特性,而非语言的语义信息。就像草木鱼虫,传达出自然和谐的诗意,生命所具有的情感让我们对声音有了超乎语言之上的对于情感的领悟力。

弱小的生灵,你来自哪里?你为何如此哀伤,让人的心禁不住战栗!你为什么要飞入人类居住的空间,把自己的生死交付人类?

在我的想象里,你是多么骄傲的自然的精灵,在这片侗族人的天地里飞翔、憩息,双翅轻轻一拍,就把白色的诗行写向蓝天。千里万里的河山,是你熟悉的清滢滢的林溪,是三江连绵起伏郁郁葱葱的山岭,是程阳一座座历经上百年的风雨桥……你是一道美的闪电,划过侗家人的视野。在你的翅影下,侗家人唱起具有自然和声的歌谣,吹起芦笙。诗意的栖住在大地上展现……

但这个晚上,你再也不能飞翔了,自然的精灵受到了致命的伤害。这片美丽的山川在你的眼里充满了恐惧。

鸟受的是内伤。是因为稻田里的农药?是因为人的攻击?人要把它卖到大都市去,在人的眼里,它等同于没有生命的钞票。在我居住的大都市,从来就不缺少它们同类的踪影。

主人听到房里的声音都从地坪进屋了,对鸟的举动大为惊讶。一群人围着它,人的语言又在这个房里嘈嘈杂杂响起来了。

刚稳定些许情绪的鸟,顿时惶恐起来。头不停地转动着,眼睛里的敌意浓了,凄厉的鸣叫一声高过一声。有人伸手去摸,它还以尖利的喙。任何一双手都难靠近它,它的信任只给我一个人。我捧着它、抚摸它,期望它能镇定下来,但无济于事。人的语言与鸟的语言奇妙地交织在一起,它们不是彼此沟通,不是交流。它们都没有了渴望对方听懂的愿望:一方是向自己的同类发出好奇的询问;一方只是孤独而无助地宣泄自己的感情。

这栋木楼里,只有我与鸟是外来者,显然,他们不会把鸟当成山里的主人,尽管鸟也生于这片土地,是理所当然的主人之一,但在人的眼里,鸟属于这片土地,就是属于他们的“财产”。我不能信任他们。尽管刚才我还在赞美乡人的纯朴、憨厚和善良,但对于一只鸟,他们还能以同样的善意对待吗?对鸟的生命的藐视,几乎是人性的黑夜,由人类弱肉强食的文化所延传。在询问原因与救治办法无果的情况下,我唯一能做的就是把它送出这间房子。

鸟的语言,人的语言,如何做最终的决定,彼此无法征询。我抱着它,我把它从窗口抛向了山下。就是这一刻,我的心痛苦并再也难以安宁——白色鸟像一片树叶直落山脚,它没有挣扎,它最后的力气在与我相遇的时候已经用尽了!一个生命在走到最后一刻把它唯一的一点期望给了我——它那双爪紧紧抓住我的手腕,直扎得我疼痛难忍,我却把它丢下了山崖。我突然意识了——大自然也充满着危险,就是草丛中的一条蛇也能把它吞掉。

探身窗外,月光已淡,朦胧山影之下漆黑一团。林溪的流水声在黑暗里传了上来。

山坡陡峭,我无法在黑暗中下到山脚。

木楼里,一只大如核桃的蜘蛛与我对视,令人心虚。

我陷入深深自责。那凄厉的叫声,那圆圆的眼睛,清晰地在我面前呈现。那鲜血、惊慌、期望,正刺痛着我的心。我能呼喊它吗?目光一次次触及深渊一样的黑暗，我的语言好像从这一刻永远消失了。鸟的语言呢？它怎么也没有了一点声息,像死寂了一般?

二

作为一个旅游者，我选择侗家人的木楼，我想进入他们的生活——山林中自由自在的田园生活——世世代代守着自己的土地，日出而作,日落而息。

我向着黔桂交界的侗族人的九万大山深处走。抵达广西三江，在人挨人的长途客车上,听人谈论程阳,它有侗族人最大最古老的风雨桥，没有目的行走的我，于是一到三江县城就转到另一辆车上，车沿着林溪把我带到了一片木楼前。那座历经百年的风雨桥，横在峡谷的流水上,庞大而飘然。

晚上,溪水月光交融。四面山影,只闻风过峡谷声。风雨桥内黑暗悚人。与侗族人闲聊,刚抽身而出的城市,就像另一个遥远的世界。

这只白色鸟悄然靠近,像梦一样降临。是它,让我一夜之间,对山野、黑夜、语言和鸟的理解不再同于以前。

三天后,赶往三江火车站。位于半山坡上的车站,半夜里,小小候车室空无一人。山上两条铁轨各自伸向远处的山影,朦胧月色下的丛林,是纷纭的想象。我等待着从柳州开往麻阳的火车。

一声鸟啼,唤醒一山的虫鸣鸟唧。夜色中的世界,有一千种语言,万物都在交谈、对话。

面对自然的声音,我像那只白色鸟,长久地沉默在黑暗的包裹里,孤独、恐慌、幻影重重……一座车站,地坪上,只有我一个人的脚步在发出声音。时间是那么漫长,几个小时的等待,连几盏路灯也越来越孤单了，我甚至怀疑火车是否真的会开到这里来，真的有这么多人的脸会在这个荒芜的山中露出来，因为，一切显得好像他们是为我一个人而来。

有一刻，一个念头闪过：我真的会用心去救那只鸟吗？真的不顾一切，把它从偏僻的乡村抱到县城医院，叩开医院的大门，叫醒一个熟睡的医生，要他抢救一只鸟？把人类的科学成果也造福于鸟类？一只鸟引出的爱心似乎还不能。

但是，随着时间离那一夜远去，很多人世间重要的事情都开始淡忘了，然而，那个揪心的瞬间却总袭上心来——它的凄厉的叫声依然不停。如果它向我诉说，我明白那语言告诉自己的一切，结果又会如何呢？我会把它从偏僻的乡村抱到县城医院，叩开医院的大门，叫醒一个熟睡的医生，要他抢救一只鸟吗？我想，我的答案是肯定的。

四年了，鸟的语言，那个永远不能抵达的神秘自然的部分、一个精灵的世界，再度向我的心灵发出直接而焦虑的叩问，向着造物主逼问那决绝的一念。于是，我感到了人的语言，它也一如苇秆立于自然的风中，面对浩大神奇的自然世界，就像我那一晚，站在三江车站，独自面对莽莽群山，听着千万种语言的和鸣，我长久地沉默，只有脚步声透出内心中的一份惶恐和无助。孤立无援的，绝不只有那只鸟！

几乎是经常发生——我的情感与思想陷入困境，我的心灵深处，一如大自然，庞杂而神秘。语言的木梯伸入不到那一重幽闭，就像人类的思想不能进入茫茫的宇宙。

金色的皇村

徐鲁

一

整整两百年前(1815年),圣彼得堡皇村中学的一位杰出校友,未来的"俄罗斯诗歌的太阳",刚满十六岁的少年诗人普希金,在皇村中学升级考试的考场上,首次当众朗诵了他的抒情长诗《皇村回忆》。那天,俄罗斯德高望重的老诗人杰尔查文也光临了考场。杰尔查文自始至终都被少年诗人声情并茂的朗诵感动着,听得如痴如醉。当他听普希金朗诵完最后一节时,脸上已是老泪纵横。他颤抖着站起身来,伸出双手要去拥抱这个少年诗人,嘴里还不停地嘀咕着:"我还没有死,我还活着,还活着!……"诗人茹科夫斯基也在一边欣喜地说道:"这个少年,是上帝给俄国送来的礼物!"

是的,就是这个少年——亚历山大·谢尔盖耶维奇·普希金,不久就要成为俄罗斯诗歌的一颗真正的太阳。而此时,在金色的皇村,他正在冲破四周的云彩,奋力跃出俄罗斯的黑夜和山冈,努力放射出自己天才的光芒。所有的人也都确信,他已经具备了喷薄而出的能量。

两百年后的一个金色的秋天,我来到彼得堡,来到皇村,向我景仰的诗人顶礼。在我的心中,普希金不仅是俄罗斯文学的一部语言华美的“百科全书”,也是一切诗人的最高标准。正是普希金,教会了几代中国诗人如何热爱和如何“抒情”。坐在彼得堡金色的秋日里,坐在皇村的白桦树下某一张落叶翻卷的长椅上,阅读伟大的普希金,也曾是我三十多年来的一个浪漫的美梦。2014年深秋时节,我的这个美梦终于实现了。皇村的大门前,也真的有那样一张供我小憩和阅读的长椅。

阳光煦暖的午后,我静静地坐在那里,坐在皇村门前,坐在离雕塑家罗·巴赫那座普希金坐在铁长椅上沉思的青铜塑像不远处,仿佛也陷入了深深的秋冥之中。苏联画家安德烈·普加乔夫也画过一幅同样题材的油画《秋思的普希金》:普希金三十多岁后重返皇村,身着深蓝色风衣,坐在飘满金色落叶的长椅上,好像正在构思他的诗篇,他的身边放着礼帽和手杖……

我知道,我坐在这里,不仅是在感受普希金的皇村诗意,同时也在享受彼得堡的深秋之美。

我爱大自然凋萎时的五彩缤纷,
树林披上深红和金色的外衣,
树荫里,气息清新,风声沙沙,
轻绡似的浮动的雾气把天空遮蔽,
还有那少见的阳光,初降的寒冽
和远方来的白发隆冬的威胁。
每当秋天来临,我就又神采焕发;
俄罗斯的寒冷对我健康颇有裨益;
对于日常生活的习惯我又感到欢喜:

一次次感到饥饿，一个个睡梦飞逝；
热血在心里那么轻松愉快地跃动，
我又感到幸福、年轻，各种热望涌起，
我又充满了生命力——
我的身体就是如此。

这是诗人对秋天的咏赞。普希金是一位对秋天情有独钟的诗人，他不太喜欢春天，他说过："解冻的天气令我难耐，血液在游荡，情感和思想也被愁闷遮掩。"他也不爱夏天。他说："夏天在扼杀精神上的一切才能，把我们折磨；我们像田地，苦于旱情。"而冬天，最终也使他感到厌倦："雪一下半年不停，人们都快变成了习惯于穴居的熊。"只有金色的秋天，他最喜欢。这也让我想到了今天许多俄罗斯人常说的一句话：不要和俄罗斯的秋天去比美，你无论如何也比不过它的！

二

我想从扎哈罗沃森林边的那棵老椴树开始，去追寻普希金的诗歌踪迹。

在少年普希金进入皇村中学之前，他的诗歌种子是在那个名叫扎哈罗沃的村庄里播下的。扎哈罗沃周围有着美丽和恬静的乡村风光，平坦的田野，金色的白桦林，大团大团的云彩，幽静的灌木丛，闪亮的河水，还有四周长满杉树和椴树的、像镜子似的明亮的水塘……扎哈罗沃是普希金一家人夏日避暑的乡村领地，而少年诗人有关扎哈罗沃的记忆，又是和他的奶娘阿琳娜·罗季奥诺夫娜紧紧连在一起的。

这是一位善良和慈祥的俄罗斯农妇，她知道许多俄罗斯民间传说，满肚子的谚语和俗话，很会讲故事，还会唱许多民歌和摇篮曲。普希金从童年起就深深地爱着这位奶娘，老奶娘也成了他童年和成年以后最忠诚的、最可亲的心灵的友伴。普希金后来有许多抒情诗是献给这位奶娘的。人们说，献给奶娘的那一系列诗篇，是诗人所有抒情诗中最美丽、最动人的一部分。

“圣像前的黏土灯下，她的老脸皱皱巴巴，头上是曾祖母时代的旧帽子，下面凹陷的嘴巴里只剩下两颗黄牙。”这是奶娘为小普希金唱过的催眠曲。在扎哈罗沃村许多个宁静的夏夜里，少年普希金哪里也不愿意去，只愿意待在奶娘的黑咕隆咚的小屋里，听她翕动着瘪陷的嘴巴，讲着那些永远新奇和有趣的民间故事。什么巫婆和古堡啦，妖精和游侠骑士啦，留着雪白胡子的魔术师，忧郁的王子，漂亮和骄傲的公主，还有四周布满骷髅的旧城……都会出现在奶娘的故事里。这些稀奇古怪的传说，仿佛是黑夜里的灯火，照耀着少年普希金充满幻想的心灵。他从这些古老的传说中认识了俄国民间生活的形形色色，也从这些美丽的谣曲里感知到了俄罗斯语言的神秘与美妙。他的奶娘也像所有乡村农妇一样，按照自己在乡村教育子女的方法来教育着普希金和他的姐弟，孩子们也乐于接受她的教育。她留在普希金童年的心灵里的形象，永远是美好可亲的。普希金后来回忆自己童年印象时，他记得最早的人物便是阿琳娜奶娘。善良的奶娘使他也早早地认识到了俄罗斯女性的温情、宽厚和智慧。

普希金一家人避暑的木屋，坐落在一片白桦林中。木屋后面有一株孤零零的老椴树，老得就像童话里的“树王”。少年普希金常常一个人坐在老椴树下看书或者幻想。有时候，他也拉着奶娘或外祖母坐在一块林中空地上，听她们给他讲故事。他的外婆也会讲很多民间故事。在扎哈罗沃，普希金也第一次认识到了俄罗斯乡村农人们勤劳与乐观的天性。

他看到，每当夕阳西下，田野上空飘散着绯红的晚霞，静谧的树林也仿佛穿上了绯色的衣裳，在远处的夕光里，就像待嫁的新娘。农民们从田野归来，一路上都回荡着他们的歌声。马在打着响鼻，狗在远处的道路边或田埂上追逐着，发出欢快悦耳的吠声。妇女们鲜艳的披肩和衣衫在晚霞里闪着动人的光芒。马车夫经过这些女人的身边时，会开一些粗鲁的玩笑，惹得这些女人一阵笑骂，他们的声音会越过树林，传到很远很远的地方。他还看到，水塘里倒映着红杉树和醋柳树的姿影，鸽子在不远处咕咕地温柔地叫着，云雀则在树林的上空高声歌唱，空气里弥漫着青草和泥土还有松脂的芬芳。那株夕阳下的老椴树，就像一位失去了领地的老君主，正在那里低头叹息，如果侧耳细听，还仿佛可以听见它深深的呼吸。

是的，在扎哈罗沃，少年普希金最初的诗心，被这静谧、温柔的大自然与和谐、丰饶的乡村景色安抚着。农人的歌谣，古老的童话故事，妇女们的笑声，大辫子的乡村少女，节日里农民们围成一圈，尽情地跳舞和歌唱。这一切，都使少年普希金的头脑里渐渐有了这样的感觉：这就是俄罗斯；这就是俄罗斯的大自然；这就是祖国——祖国的人民，祖国的语言，祖国的生活……

三

啊，皇村中学，皇村中学！

穿越汗漫的时空，踏进位于皇村花园街2号的这座有着奶黄色外墙的四层小楼的那一瞬间，我的心情是激动的，禁不住在心里默念了数声这个名字。我仿佛听见了自己心跳加剧的声音。我甚至有点不敢相信，我已经踏进了自己从少年时代起就无限景仰和向往的诗歌王者普希金的皇村。

这座精致的楼房，由一条跨街廊道与华贵的叶卡捷琳娜宫殿厢房相连接。进入一楼，一位优雅的老年女性莲娜，给每一位拜访者送上了一双干净的鞋套，以免把外面的尘土带进纤尘不染的楼道里。用今天的眼光来看，这座楼房里的楼梯、走廊、教室、礼堂、活动室和每一间宿舍……都并不那么宽敞。毕竟，这是一个只招收五十人以内的皇家贵族精英学校。

1811年9月22日，亚历山大一世御笔批准了皇村中学首届学生名单。报名者共三十八人，考试后正式录取三十人。少年普希金榜上有名。二十天后，一位学监把这个十二岁的少年领到了这座楼房四楼的一间窄小的房间门口。这是他的宿舍，门扉的木牌上写着"14号，亚历山大·普希金"。那天，他往左边的邻门一看，上面写着"13号，伊凡·普欣"。不用说，这是他的同学了。在以后的岁月里，伊凡·普欣不仅成了普希金最要好的同学和密友，而且还成了一名坚强的"十二月党人"。普希金在《致普欣》这首诗里写下了"我的第一个知交，我的珍贵的朋友"这样的诗句。

四楼的每间宿舍的确很窄小，曾被普希金戏称为"禅室"。墙壁是淡绿色的，与房门相对的是一个小小的木窗户。一张小床比今天常见的单人床还要窄一些。还有一个矮矮的原木三屉柜，一张小小的斜面写字桌。写字桌边挂着主人开学典礼时穿的那套礼服——这也许就是皇村中学的"校服"，写字桌上还插着一支白色的鹅毛笔，还有一本摊开的法文书……好像诗人刚刚离开不久，它们都在静静地等待着诗人归来。

教室、课间休息和活动室以及礼堂在三楼。在小小的教室里，优雅的莲娜女士微笑着让我猜一猜，普希金当年的座位在哪里。

我记得，某一部普希金传记中写到过一个细节：皇村中学有一个不成文的“规则”，凡是哪门课程成绩比较好的学生，有坐到前两排的“优先权”。普希金那时只迷恋于诗歌和文学，对一些课程，例如数学，往往心不在焉。有一个著名的故事，就发生在卡尔佐夫先生的数学课上。那天上数学课，身体肥胖的卡尔佐夫把普希金叫到黑板前，演算一道代数题。普希金踌躇了好半天，才用粉笔写出了几个谬之千里的数字。卡尔佐夫最后问道：“请问结果到底是什么呢？X等于几？”普希金心不在焉地回答道：“等于零。”“等于零？好嘛！普希金，我明白了，在你们家，在我们班上，一切都是等于零。”这位数学老师无奈地说道，“我看，你还是回到你自己的座位上写你的诗去吧！”如此看来，普希金应该只能屈居后几排座位了吧？

果然，我猜得不错，普希金的座位就在后面倒数第二排。莲娜女士告诉我说：“坐在后面，普希金正好可以自由和快乐地构思他的诗篇，老师们也不会干预他。因为在这里，教育是异常开明的，培养学生的自由主义精神，充分发展他们各自的兴趣与爱好，是所有教师们的共识。”

教室之外还有音乐室、美术室、物理实验室、击剑活动室等。在美术室里，我看到了普希金和他的同学们当年的手稿、手抄的诗集、信手涂鸦的漫画和铅笔画等。虽然每一页纸张都已经发黄，但是从这些字迹和漫画里，不难想象那些自由的思想、崇高的理想、诗歌的才情……是怎样在这里生成、奔突、碰撞和激荡。

三楼的一个宽敞的大厅，是皇村中学用来举行重大活动和师生聚会的场所，如开学典礼、毕业典礼等。大厅中间的一张长桌上，摆放着当初创办皇村学校的诏书、章程和亚历山大一世赠送的纪念章。

当年的10月19日，是皇村中学开学典礼的日子。这是一个隆重和盛大的节日，沙皇和皇后、皇太后以及安娜·巴甫洛夫娜公主，还有保罗一世的儿子康斯坦丁大公等皇室成员，都来到了皇村，坐在这个大厅的贵宾席上。在贵宾席上就座的还有许多显赫的大臣、枢密院成员以及各界名流。普希金的伯父瓦西里也坐在那里。国民教育厅厅长马尔迪诺夫用颤抖的声音宣读了皇村的建校纲领：“从先贤手中接过皇位之后，我们坚信，只有摆脱无知，我们的国家才能放射出永不熄灭的光芒……”

普希金后来回忆说，在皇村中学，同学们视母校如家园，视同学如兄弟，视老师如朋友。普希金在皇村中学和普欣、杰尔维格、丘赫尔别凯等同学情同手足，成为终生不渝的挚友和同志。

四

“普希金在这里表现出了非凡的禀赋，当时许多教师都对他寄予厚望，连理科教师卡尔佐夫也坚信，普希金的诗歌才华将会成为皇村的骄傲。”在普希金经常来阅读的皇村图书馆里，莲娜介绍说。

这个图书馆里有六个深红色木书柜，里面摆放着近千册俄、法、德、英和拉丁文的原版书籍，多为历史、文学、神学、艺术、法律诸方面的典籍。俄国诗人与作家的作品最为齐全，大多是十八、十九世纪的作品，单独存放在一个书柜里。

莲娜告诉我说：“普希金是一位博览群书的诗人，他那时候就阅读过中国的典籍，从这里毕业后，他还幻想过要去看中国的长城。”

“是的，我还听说，普希金留下的藏书中，涉及中国生活和中国文化的书籍就有八十多种，他的诗歌中还多次出现过中国的黄莺、长城等形象。”我补充道。

普欣曾回忆说：“我们都有目共睹，普希金胜于我们，他读了许多我们闻所未闻的书籍，而且，他过目成诵。他是我们的诗人……”

普希金的另一位同学，后来也成为诗人的杰尔维格，在一首写给普希金的诗中这样预言：“普希金在森林里也无法隐藏，嘹亮的竖琴会把他的名声播扬。阿波罗会把他从人间送到欢腾的奥林匹斯山上。”

当年的同学和老师们的预言没有落空。普希金的诗歌，已经成为今天的皇村最值得骄傲的精神遗产。

莲娜女士给我们讲述了普希金在皇村的日常生活情景：在课间时间，在休息室里，在皇村迷人的花园里散步的时候，甚至经常在教室里，还有在做祈祷的时候，普希金的脑海里，都会产生各种各样富有诗意的构思。在数学课上，他会把自己想到的诗句匆匆写在演算纸上，不耐烦地咬着笔杆，紧锁眉头，噘起嘴唇，明亮的目光在默读着自己写下的诗句……

从普希金献给皇村的诗中我们也不难感到，他对自己的诗歌写作是非常自信的。他在后来写的《皇村》一诗里写道：

在那里，我的爱情和激情一同奔涌；
在那里，我的童年和最初的青春水乳交融；
在那里，大自然和理想把我哺育，
我体会到了诗歌、欢乐和宁静……

这位诗神的宠儿、天才的歌手，智慧和诗情都在缪斯的佑护下交互滋生。他在皇村中学里留下了自己最早的一批诗篇。我们从他1815年写在皇村的一小部分日记里还可以发现，这位少年诗人当时已经有着多么强烈的创作热情和多么庞大的写作计划！

在皇村中学时期，普希金创作了约一百二十首诗歌。1817年3月毕业前夕，他选择了三十六首，编成了自己的第一本诗抄：《亚历山大·普希金诗集，1817年》。他的许多皇村同学也都爱上了诗歌。他们互相鼓励着，一起创造和迎接着俄罗斯文学的新的曙光。

一颗耀眼的诗坛之星，升起在皇村校园的上空——不，是升起在了整个俄罗斯文学的星空之上，而且一旦升起，便光华璀璨，永不坠落。在不久的将来，这颗巨星还将成为一颗无可取代的诗歌的太阳！

五

皇村中学为后人留下了两个优秀的传统：一是毕业考试结束后，老师们就把学校那口敲了六年上课铃的钟取下砸碎，每位皇村学子都各自保存一小块，作为对母校的永久纪念；二是以后每年校庆日（俄历十月十九日）那天，同学们都要重返皇村聚会。普希金后来写过一首《十月十九日》，表达了自己对皇村的感情："无论命运把我们抛向哪里，无论幸福把我们带到何方，我们永不变心：世界是别人的，只有皇村才是我们的故乡。"

总有一天，当你看到我这曾经
写得满满的忠实的一页，
我请你暂时地飞往我们那曾经

以心灵相交的皇村中学。

这是普希金在皇村中学毕业时，在挚友普欣的纪念册上写下的壮行的骊歌。1817 年 6 月 9 日，皇村中学举行了首届学生毕业典礼。普希金的毕业证书上，记录着这位名列第十九名的毕业生的学业成绩：

> 皇村皇家中学学生亚历山大·普希金，在本校学习六年，学业成绩如下：宗教教育、逻辑学、哲学、法学（包括公法和私法）、俄罗斯法、民法和刑事法，成绩良好；拉丁文、政治经济学、财政法，成绩优秀；俄罗斯文学、击剑术，成绩特优。另外，在校期间，他还学习了历史、地理、统计学、数学和德语。为此，皇家中学教务委员会同意他按时毕业，并颁发此毕业证书。本毕业证书盖章有效。

几天之后，他被分配到外交部任职，为十品文官。

也就在这一年，普希金写下了那首振聋发聩的《自由颂》，其中有这样的宣言："我要向全世界歌颂自由，去抨击那皇位上的罪恶。""战栗吧，世界上的暴君！而你们，倒下的奴隶，听啊，鼓起勇气，奋起吧！"他高唱着自由的颂歌，满怀着崇高的理想和激情，告别了皇村中学。

1831 年，当皇村中学迎来二十周年校庆纪念日，三十二岁的普希金重返皇村的时候，他已经历尽沧桑。当年的皇村同学，先后已有六位涉过了忘川，包括普希金在皇村最好的朋友之一、诗人杰尔维格。而更多的少年同学，已经劳燕分飞，杳无音信，有的正在西伯利亚的大风雪中过着苦难的流放生涯。这时候重返皇村，只能让普希金的心里有着更多的伤感。

> 普希金是在这一年五月重返皇村的。他带来了他美丽的妻子、有着“莫斯科第一美人”之称的娜塔莉亚。连当时的皇帝尼古拉一世，也为普希金妻子的美貌感到吃惊。他们在这里经历了很多事情，使普希金为之不悦……

莲娜女士不愧为“皇村中学纪念馆”出色的解说专家，她对皇村的故事了如指掌。她怕我听不懂，就特意做了个带着失望的神情慢慢转过身去的动作，告诉我说：虽然娜塔莉亚很迷恋这里，可是，普希金在这里参加完了皇村的校庆，然后苦笑着望了望华丽的皇村，还有空中金色的落叶，慢慢地转过身去，离开了……再也没有回来过。

在西海固的一个村子里

季栋梁

村支书

我到朱家山时，正是夏季的一个正午，骄阳似火。路边的糜谷叶子都卷得像屋顶的雨槽一样纷垂着，泛着灰白的色泽。我心里一阵悲凉，太阳对于农作物，既是恩人，又是仇人，有些像夫妻关系，爱时爱得要命，恨时恨得切齿。

村子静静的，连平常的鸡鸣狗吠都听不到。我暗喜，村子里狗多，这时间人在歇晌，也正是狗歇晌的时候。可到了村口，一只狗卧在一堵墙下的阴凉处，吐着猩红的舌头，大口大口地喷吐着炎热的暑气。据说狗这样能降低体内的温度。它眯着眼看看我，目光里有“你走你的，我不会对你下口”的意思。我曾经被狗咬过一次，从那时也知道了咬人的狗不叫，不叫的狗咬人。因此我走得非常小心，果然在经过它的时候，它忽然呜的一声，扑了过来。好在我早有准备，躲过了它的偷袭。它扑了个空，却堵在了我要走的路上，对着我吠叫起来，之后或许因为太热，便复又趴了下去。显然它不想让我进村。因了它的这叫声，又引来几只狗将我堵在了村口，虎视眈眈地盯着我。我心里怯懦，不敢前行，便与狗相看。狗不动，也不叫，只是吐着舌头喘气。我更不敢妄动。

相持许久，村子里终于走出一个人来，五十多岁，头发已经花白，不胖不瘦。他边走边说："狗日的还不都散了！"

狗果真都个个走散了，有一个有些犹豫，不愿意离开，那人一跺脚说："小心扒你狗日的皮。"

那狗便吠叫了两声夹着尾巴远走了。

他走到跟前抓住我的手摇摇说："我跟组长说过，村里的路能走小车的，你咋就这么来了？"

我说："单位没车，我搭顺车过来的。"

他看看我说："走吧，进村。"

我说："你是？"

他笑笑说："村支书。你没看那狗不敢咬我吗？"

我点点头。他看看我说："你这么年轻。念到你名字的时候，我想你一定有四十多岁了。"

我没有说话，我知道他的意思，他笑笑说："年轻好，有发展前途。"

狗并没有走远，在不远的路旁对我们行注目礼，我不敢走，村支书说："别怕，村子里的狗都认识我的。"又说，"你头里走，狗不咬头里的人。"

于是我就先走，村支书断后。经过狗时，他走得大大咧咧的。

可刚走了不远，一只狗便扑过来，一口就逮住了村支书的腿肚子，并将他的裤子撕扯了一条长口。狗像个闯了祸的孩子已经远遁。我抹起他的裤子一看，咬了三个牙印，已经出血。我说："得打针，小心传染上狂犬病。"

他说："山里人没那么金贵，给狗咬的人多了，那么金贵都疯了。”说着他抓起一把沙土往血口上揉揉，将裤子往下一抹说：“日他妈，这是谁家的狗？”他站在那里盯着远遁的狗看了一会儿说，“走吧。”

我看出他有些不好意思，便递给他一支烟，点了，村支书吸了两口说：“日他妈的，这是谁家的狗呢？”

我说：“回家找点消炎药吃上，小心没大错。”

他说：“没事。”可他的眉头却皱如山峰。

“日他妈一定是外村的狗。”他说，依然在想那只狗的事。

村部有一个窑洞，收拾出来让我住。中午，在他家吃的饭，是鸡肉米饭。我说：“你看你破费这干啥。”

他说：“破费啥，上面来了人，再啥没有，土鸡总还是有的。”

吃过饭他说：“下午，你休息休息，到我这里要吃苦的。”

下午我沿着村子走走，提心吊胆地防着狗。在一个很老的堡墙边，有些男人女人坐在一起闲谝。他们很热情地和我打着招呼。我说：“闲着？”

他们说：“闲着，不闲干啥呢？天这么旱。”

傍晚，我爬上一山头，看着太阳一寸一寸落下去。暑气退了，村子里便活泛起来。

在回住处的时候，我听到几个人的对话：“那只狗是王三的妹妹家的。”

“她来就来了，带着个狗干啥？”

“那狗爱跟她，临走时她让把狗圈在屋里，可谁知那狗还是跟了来。”

“这害人不害人，偏偏把支书咬了。”

“也怨不得她，她也倒霉哩，她哥让她给支书赔裤子！”

第二日，我看到有些人陆续往村支书家去了，手里提着些烟酒糖茶之类的礼物。碰到朱成文，他看看我说："这一年又多了一份开支啊。"

支书的腿有些瘸，他带着我到村子里看了一遍，又带着我到几家贫困户家里走了走。那真叫贫困，家里除了孩子，一无所有，我说："同样的天，同样的地，他们咋就穷成这样子了？"

他说："人都说吃不穷，穿不穷，谋算不到一世穷。他们确实是吃穷的。粮食一下来，村子里就来换菜换水果的，他们就拿粮食来换，到了瞎(坏)年景，别人还有吃的，他们就没了吃的。由嘴吃倒江山哩。会过光阴的人家，都不拿粮食换着吃嘴的。即使是卖粮食也是要置家用的。"

我说："得好好诱导他们。"

他笑笑说："没用的，管得了人家的吃？"

几乎家家都有狗，狗确实不咬村支书，进一家穷困户的家时，那狗咬得很歪(凶)，几个村干部都往后躲，支书到门口喊声："狗日的小心扒你的皮！"

那狗呜呜呜地跑到院子里边去了。

我笑笑说："村里狗真不咬你？"

他说："我说过村里的狗都认识我哩。那天的那只狗是外村的。"

雨中送客

天亮了，才发现下雨了。隔着窗户看出雨是小雨，淅淅沥沥的。窑里有噗哒噗哒的声音，一个晚上。一直以为是老鼠弄出来的声音。循着声音走去一看，才发现是墙上的泥皮受了潮往下碱落。墙根都碱进去足有五寸深了。

出得门来，长长地伸个懒腰。把目光放开，极力而望，日里蒙在尘中的山和谷一层远过一层，层次十分清晰明朗，最远的山上的烽火台都十分清晰。山似乎忽然间一下子青了许多，隐隐地透出绿色来。空气好纯。深深地吸上两口，好不精神。看来雨是从晚上就下起来的，而且晚上的雨似乎还要大一些，地上有了积水的小坑。忽然想起杜甫的诗来："好雨知时节，当春乃发生，随风潜入夜，润物细无声。"虽然这是夏季，但仍然是好雨。这对村子来说是大好事。

走出院子，遇到了朱朝。朱朝笑笑说："你是贵人，这才来几天就给我们带来雨了，咱这里有三个月没落雨了。有这雨秋庄稼咋都能收点。"

我说："是大家的福气。"

一些大的积水坑边，有许多人在用桶刮水往家里抬，有的则往窖里抬。

我问："抬这水干啥？"

他们说："攒下来喂猪饮羊牲口，紧张时人也吃，咱这里只要天上往下掉东西，啥都没有多余的。"

村子一派忙忙然的景象。孩子在水坑边玩泥巴，玩得开心而认真。

雨下得很诚实，一直下到了下午。人们一直在雨中忙乎，没有人穿雨衣，戴草帽。有些人干脆赤裸着上身，穿一条短裤。

村支书也一样，我说："小心落下病。"

他笑笑说："不怕，咱这里人不怕雨。"

忽然远处有骂声，甚是惊奇。支书边刮水边骂："狗日的，这么好的雨，还有啥好骂的。"说完便继续做自己的事了。

我循着骂声走过去，是一个女人在骂男人。那男人我认识，叫刘根成。我来时就是搭着他的手扶拖拉机来的。

听听便听得明白过来，原来早晨男人出门，见是落了雨，便说准备进来泥猪圈墙。猪圈已经打起来半年多了，就等着雨来了把墙泥一下。天晴打墙，下雨泥墙。不下雨没水泥墙。可男人出去刮水的时候，却一道金光不见了。女人急得不行，就和儿子刮水。儿子才八岁，抬了几桶就要懒抬不动了，又滑跌了一跤，更不动了。女人便找男人，听人说见她男人跟一个漂亮女人走了，更是气恨。直到吃午饭时男人才回来。一进门女人就骂开了。男人说刚一出门遇到一个问路的人，我给说了半天，人家硬是听不懂路，我想这么大的雨，送一送。说是走李庄，到了李庄又不是，原来是要走小李庄。他又一直送到小李庄。

我走进院子的时候，女人正一把鼻涕一把眼泪地骂着自己命苦，别人的男人都知道过光阴，从早晨开始刮水泥墙地忙活，我的男人却逍遥风流呢。

男人边和着泥边说："这么大的雨，她是个城里来的女娃，又不知道路，总不能不送吧。"

女人抹了把鼻涕往墙上一甩说："人家有腿，不会走？要你送？"

男人停下手里的活说："你看你这人，咱也是经常到城里挣钱的人，不知道路，问人家，人家热情给咱指了又指，说了又说，要不就直接领到地方，人家到咱乡下就该让人家淋雨摸路去，你这人咋一点都不讲理。"

女人说："我不讲理，你找讲理的去。"

男人说："人家那么洋气的人看上我的啥？"

许多围看的人就哗地笑了，一些上了年纪的人便劝说："算了算了,该送该送。多好的雨,还骂啥。”

我听得笑了,便也说:“是啊,多好的雨,小心把天骂晴了,墙就泥不成了。”

女人抬头看见我脸红了一下,垂下头去。

男人看看我,得到了支持似的,口气也硬了许多,说:“你看你这人怪屎不怪,送个人也送得不对了!”

几位年长的人说:“别再骂了,多好的雨,把天骂晴了。”他们说这话时,不像是在劝架,而像是在命令,神情严肃,口气庄重。

果然女人不再歪了, 她拿起一把锹铲院子里那堆准备和泥的土,男人则蹴在地上,一口一口抽烟。

人们都陆续散了。

我拉了男人一把说:“算了,快起来泥墙吧,多好的雨。”

男人说:“你说说,还有这事,送人也送得不对了,世上哪有这样不讲理的人。”男人口气很粗,显得有些理直气壮。

女人停下手里的活说:“我骂你送人了?我骂你送人了吗?”

我忙说:“好好干活吧,多好的雨。”

我向门外走的时候,女人又说:“我骂你送人我还是人吗,谁没有个难事!”

我觉得这话是对着我说的。

外姓人

村部对着的山,叫牛鼻山。确实很像一个牛鼻。和这里所有的山名一样,是象形的。算是附近比较高的一座山。我爬上那山最高处,远看还有山。个个独立,却又相连,山既不挺拔,也不峻峭,仿佛相互拥伏、沉睡着的一头头巨兽,在一脉的青霭渺渺、淡岚茫茫之下。站在这里真正体会了这山望着那山高的境界。无边无际的是山,和山与山之间的沟壑。塬坡上的庄稼和山谷里的草,经过几场小雨的滋润,展着媚眼的绿意。

在大山的窝中,有一缕炊烟十分的惹眼,像有根的云一样端端地直上天空。这里竟有人家。站在山头上细细寻看只是一户。这里交通比起村子所处的位置有着天壤之别,纵横交错的沟谷与层峦叠嶂的山梁无法修一条通畅的大路,有的只是羊群踩出来的小道,像一张网织着。这户人家为什么就孤孤地落在这里来了呢?

刘全桓在不远处放羊。他向着我这边靠了过来。远远地就打起招呼:"季干部,心里烦了,到这山上有啥看的,还是山。"

我笑笑说:"山好看呀,你看这雨后的山多绿,绿得像毯子一样。"

刘全桓笑笑说:"你们在城里生活惯了,看这山稀罕,要让你们在这里住上几天怕还行,住一周你们就受不了了。"

我笑笑,递给他一支烟,他点了抽着说:"难得有这几场透雨,我刚刚挖了一下,下了有八寸,明年种麦的墒有保了。"

我说:"怎么那里还有人家,连路都没有。"

"那是一户外姓人家,拉长工拉到这里落户的。"

"他怎么不在村子里住呢?村子里哪儿不能挖窑洞?"

刘全桓看看我许久才说:"他那人很怪。"

我说:"怎么怪?"

他笑笑说:"怪就是怪吧。"然后他便扯过话头和我说起别的事来。

刘全桓跟着他的羊走了,我坐在山头上,很想到那户家里去,可实在是怕爬山头,到那家还有两个山头和几道沟壑。山里走路,看着近，走起来远。

第二日闲来无事，我又想起那户人家，便爬过山，向那户人家去了。交通着实的不便。连人走路都难。有一段路，我是顺着那踩出来的脚窝爬上去的，两次失足，差点顺坡滚落下去。

家是依山而凿的窑洞，劈了几乎半面山，推出一个很大的院子。院子里堆满了各种柴草垛，像一个一个小山。我不知道这些东西这户人家是如何从地里搬到这场院上来的。我害怕有狗，站在大门上试探了一下，却没有听见狗叫，便进了院子。看到院子里有一个人正在打芨芨背斗。很像一个织网的蜘蛛，一圈一圈打着。院子的另一边，摞着几排打成的芨芨背斗，有三十多个，大小不等。显然这是一种副业，我曾听到过这样的说法："朱家湾的簸箕瓦窑堡的碗，朱家山的背斗能背天。"这些都是这一带的名牌产品了。

那人听到了脚步声，抬起头来，一看认识，姓钱，见过一面，在村子里碰见过。院子里有五个娃娃。

我问："都是你的？"

他边打背斗边说："还能有谁的。"

我说："怎么生了这么多？"

他抬头看看我没有说话。我有些纳闷，那五个娃中有两个男娃，看上去都大一些，如果要说传宗接代也足够了，怎么还生了几个女儿出来？

我递给他一支烟说："怎么会住在这里呢？"

他抬起头看看我，又低下头去打自己的背斗，许久才说："我是外姓人，这个村子里你也知道，两大姓，外姓人难活哩，狗拉下的都是你拉下的。"

我说："他们不让你在村子里住吗？"

他停下手中的活，给我拿了个凳子让我坐下，说："你是城里人你不知道，这个村子的人欺客得很。原来那会儿，我爹拉长工拉到了这里，在这里落了脚，因着成分好，做过大队长，大姓人家不敢咋样。可包产到户后，村子里大户人家都起来了。加上老爹当大队长时也得罪过些人，日子就不好过了。只要你在村子里大小有个事，狗拉下的都是你拉下的。软欺负比硬欺负厉害，那时间这村子里外姓人家有十来户，现在都走光了。我本来也是要回老家去的。可老家那地方人多地少，加上地又都分到了个人手里，谁愿意把地匀出来给你种呢？跑了几趟，搬不回去，也只好就待下去。为了少麻烦，便在这里整了院子住下去了。"

我说："现在各种各的地，谁能把谁咋样？"

他说："重苦好下，闲气难淘。咱的公鸡踩了人家的母鸡都是事哩。有一次晚上我从人家门前过，给人家要赌回来的男人碰着，硬说咱睡了人家的女人，伙了弟兄打了咱还不说，硬让我赔了二百块钱。"

我说："你咋不告？现在讲法哩。"

我说："无风不起浪，你一定和那女人相好过。"

"相好过，可是咱一个外姓人凭啥娶人家？人家娘家不同意也是这点。都结婚了，咱有那个贼心也没那个贼胆，我这一大家子人呢。"他嘿嘿地笑笑说，"告！告谁？在村里你就告不响。就说是真正告响了，上面来人处理了，可上面总不能天天跟着你给你管事吧。"

正说着，进来一个女人，又挺着个大肚子，显然是他老婆，我说："你怎么还生，你已有了儿子，香火有续了，还生这么多，不是给自己找苦找累吗？这样下去能养活得住？"

他说："我不生能咋样呢？我要生一个生产队哩，有人就有势，有势就能住下去。累死总比人家气死好吧。”

我说:“计划生育来了咋办?”

他木木地说:“不怕,家里看上啥拿啥,没一样值钱东西。”

我想起李孝道来,便说:“李孝道也是外姓人吧?”

他点点头。

我说:“朱刘两家人对李孝道都挺好的。”

他笑笑说:“李孝道能成个啥气候?活了一辈子连个鸡都不敢杀,外姓人在这里要平安相处,要么你是傻子呆子二成人,要么就活得像李孝道一样。可像李孝道一样活一辈子,有啥意思呢?还不如转个牲口,只顾下苦吃草。”

临走时,他送我出来,我说:“你这些柴草粮食都是咋从地里弄到场上来的?”

他笑笑说:“背,还能咋弄!”

音乐家

早晨,山谷里扯着雾,村子隐在雾海中,很美,像仙山一样缥缥缈缈。我起来在外面透透气,村支书就来了。他说:“李孝道死了。”

我说:“昨日还拉二胡哩,怎么今天就死了?”

支书说:“生死无常呀。”

“我看他年龄不大,还不到五十岁吧。”

“生死路上无老少,谁也不知道自己在这个世上能走多远。五十是过了。”

我刷过牙,洗过脸说:“我们看看去。”

“看不看没啥,我的意思是你能不能弄点钱给置个棺材,他好歹是来了这个世上一趟,总得让他净净地去了。”

“一个棺材得多少钱？”

“最便宜的杨木板，连手工下来也就三百块。”

“没问题。”我想单位上还是能拿出这点钱来，就是拿不出来，我自己也掏得起。

“本来想让这娃的亲房（直系亲属）摊，可他就一个叔，老实巴交的，日子紧巴。”

我说：“没问题，棺材可有现成的？”

“刘家成有。刘家成前几年今天要死，明天要死的，家里就把棺材给准备下了，谁知准备下棺材反冲了丧气，他竟活得越来越旺了。咱这里病多活得不旺的人，要做棺材冲丧的。”

我说：“那你准备去吧，这事包在我身上了。”

支书长出了一口气就走了。

李孝道是村子里的闲人。刚来村子里的时候，村支书就给我介绍过他，说你要是心慌，就去找李孝道听他拉二胡吧。于是我便常去李孝道那里听二胡。

李孝道拉二胡把悲凉凄苦拉得很到位，那幽幽的长长的腔音给我一种渗透的感觉。他能用二胡拉鸟鸣、鸡叫、马嘶、虎啸等等，即使是人的说话他也学得很像。他拉《送公粮》那曲子，马蹄奔腾声极绝，听起来眼前真就出现万马奔腾千车竞发的场面，妙不可言。我觉得这曲子很具专业水平了。

常去听曲子的还有李孝道的二爹。他爱听秦腔，这使得后来我也惯上秦腔耳音。有一次听完曲子回去的路上，和他二爹谈起李孝道的事来，他说：“这娃的爹就是拉二胡的，虽说吃了几十年的轻巧饭，可家里要啥没啥。日子越难，就越发抱住个二胡拉，能拉出五谷来？却偏偏又教会了李孝道拉二胡，临死给这娃就留下了一把二胡。唉，别看这娃现在的日子吃了上顿没下顿的，也是把排场耍了，风光过的，他一点苦都没吃过的，你没看他那手，多细多绵，比村里女娃的手还绵还细。那时间你没见过，他穿着没有补丁的衣服，很风光地从这个村子走向那个村子，整天油汪着嘴，你总能看见他从路边或墙头上折一根芨芨或蒿草的细枝来掏牙。

“他过过的日子比你们差不到哪里。大队成立毛泽东思想宣传队那会儿，需要李孝道这样的人才，他才十六岁，往戏台子上一坐，头一扬一沉的很风光。后来他给借到县里拉。大队长去县里开四干会议，四干会议安排了文艺节目，有这娃的二胡独奏，拉完县里领导都和他握手哩，他住在县招待所里，和县里领导吃一个灶，这都是大队长回来说的。惹得村里人连我李家先人、祖坟都夸上了。后来听说县里要调他去拉二胡，可是也没有见把他真正地调去。他就给窝到村里了，慢慢地毛泽东思想宣传队也解散了，他拉的就是秦腔了。

“村里人爱听秦腔，他就拉《周仁回府》《三滴血》《游龟山》《辕门斩子》等，全本戏都是三升麦子。拉折子戏或一出戏都是一升麦子。农闲的晚上，他坐大队长家的扩音器(用来通知开会、上工的，队队都有)边，开始拉，队里人就在自己家里坐在热炕上听。队里照样要给他记工分。而邻村请他拉一夜的秦腔，则要换回五升麦子或一斗麦子。挣回麦子后，他娘就拉到后山去石磨上磨成面，做白面馍，炸油饼。他娘死后，他总是拿着麦子到村里请人磨面做馍馍。一斗麦子要给帮忙的人一升，连麸子也成了人家的。可这娃的日子照样过得不错，整天收拾得干干净净，清清爽爽。

“到了包产到户，这娃的日子就不行了，啥都成了私人的，他拉二胡，有人听，没有人给麦子。分给他的地却又不会种，把地租给人家，一个人的地收不了多少口粮，那些年的好吃好喝又惯馋了一张嘴，惯懒了身子，日子过得很窘。他常常坐在门前的一棵树下，那是棵榆树，有几十年了。看到他可怜的人，叫他去家里吃顿饭，可也是帮了他的肚子帮不了他的日子。阴阳埋人需要悲曲儿，一般都请唢呐手，村里人便让这娃也拉曲儿，说是只要悲就行，这娃就拉一些悲得让人掉泪的曲儿。后来村里人结婚做满月过寿诞，也叫了这娃去拉，说是只要喜就行，这娃就拉一些喜得让人笑岔气的曲儿。”

我说：“他怎么就没结婚呢？”

“我想这娃是给城里人骗了。那时间在县里拉曲儿的时候，正是这娃出息的时候，你看他现在虽然老了，人还是那么排场（漂亮），又拉一手好曲儿，娶个好媳妇是不难的，谁不想吃白面馍，谁不想穿没有补丁的衣服，谁不想自己的男人在人面前风风光光呢？我们那时间也给他张罗过媳妇，可他不同意。有人说这娃拉曲子把心给拉高了，我总觉得这娃是被哪个城里女娃骗了，他从县里回来后，总往县城里跑，卖了粮食当盘缠。这些年他还跑，只是跑得少了，老了跑不动了，也没钱跑了，跑一趟没个三十多块钱是不行的。唉，这娃人老实，老实人都认死路儿，唉，赌徒无义，戏子无情哩。”

我说：“他如果在城里，能成为一个音乐家的。”

他说：“那可说不定，这娃灵着哩，就是太痴迷这个了。”

有一次，村支书说：“如果你心慌了，就回去吧，能争取上钱就争取点钱，补助一下，争取不上钱，就弄点衣物来，再要不行，就算了，你在城里做自己的事吧。我知道你们现在除了上班，还要捞点外快的，日子也过得不易，城里的东西贵，啥都像是金子做的。”

我说：“我这人不行，弄不来外快。钱怕不好争取，可衣物倒能弄些。”

于是我回去了一趟，从亲戚、朋友和单位里弄了些衣物，在城里是旧物是垃圾了，可在乡下却是上好的东西。我是按村子里的户数弄的，一户弄了三五件。把自己的一件几乎没咋穿但已经过时的呢子大衣也带了来，给了支书。支书看看说，这衣服跟新的一样，走亲戚、红白喜事穿，很装人的。说着穿上试试，说真合身，是你买的新的吧。我说不是，是过时了，我想你可能能穿。他看看说给李孝道吧。这东西要闲人穿，咱整天和土打交道，穿上几天就不新鲜了。这东西穿的就是个新鲜。

棺材是用了刘家成的。刘家成要三百五十块，支书说："不管咋你也听了这娃一辈子曲儿，该出点钱，队上给你免一年义务工，就二百五十块吧。"

我身上带着钱，当场给钱，刘家成说："二百五十这个数字难听，就二百四十块吧，这娃一辈子不容易。"

埋葬李孝道的时候，村里人都说："和木头说话的人命苦，谁能靠那木头吃一辈子呢。"起初我有些听不明白，后来才明白他们把会乐器叫"和木头说话"。想想也是，哪件乐器是离开了木头的呢？

李孝道的丧事没有音乐，请阴阳是要花钱的。而他死了，不能给自己拉曲子。没曲儿，到阴间关不好过。人们把那把二胡放在了他的棺材里，说："他拉了一辈子曲儿，秦腔拉得最好，就是不知阎王爷喜不喜听秦腔，要是喜听秦腔这娃的阴间的关怕会好过些。"

有人叹息了一声说："自己拉了一辈的曲儿，到了自己却是没有曲儿，唉……"

下葬的那一刻，忽然就有了哭声，一些人哭得很伤心，这让我有些纳闷。村支书说："我给安排了，人死了没有人哭，下辈子转生就是个哑巴。"

可是哭的人好像很悲伤，还念念有词，到了最后竟然有人哭得拉不起来，我说："他们都真哭哩。"

支书说："守着别人的灵堂，各人哭各人的愁肠。谁家没有个难心事呢，想想也就都能哭出来了。"

哭声在那山那谷里散开，有声有调，抑扬顿挫的，这可不就是一曲很悲伤的曲子吗。

秋天的童话

瘦谷

现在，我写下《秋天的童话》，留给我的现在还不识字的孩子将来读，同时也献给我们现在和未来的孩子。但愿到那时，“童话”仍是“童话”，而不被那时的孩子们认为是“神话”。

山间秋林

孩子，你听见树的声音了吗？许多许多年前，很远很远的地方，有一个叫纪伯伦的老爷爷说：“如果一棵树也写自传的话，它不会不像一个民族的历史的。”你听，山中树的声音是不是在说一个个童话、一个个寓言、一个个过去了的故事？

松果是松树幼小的孩子。你看，那个挣脱妈妈怀抱的松果从树上跳了下来，在地上跌跌撞撞地滚着。你瞧它那摇摇晃晃的笨拙样子，像不像你一岁时扑向爸爸、妈妈，学走路时的样子？

对，还有水的声音。水的声音很响。水从山上下来，奔流而下，落在一个个石潭中，发出永不停息的轰响，直到它们到达平原，它们才会安静下来。山上的溪流几乎都是喜欢吵闹的孩子。

嘿，快瞧，那枚红色的枫叶顺流飞奔，一闪而过。你抓不住它，我也抓不住它。它是季节的精灵,也是山中的彗星,每年都被这山林派遣下山,准时从山巅奔向平原。就是这枚枫叶在山下的平原撞开秋天的大门的。从此,山上山下的秋天之门全部打开。

秋天就是在这时开始的,就是在我们身处的林中开始的。山中的温泉散出了秋天轻而淡的云朵,山林的气味更是醇厚浓郁。我坐在水边的石上, 走过许多坎坷崎岖之路的双脚浸在水中, 而你,孩子,在我的怀抱中正开始沉入秋天安恬的梦境。

在你秋天的山林之梦中,没有林妖,没有山魅,就连树和水都压低了它们喧哗的声音。你安静舒缓的鼻息和鼾声传染给我,使我也有了睡意。但我得守住你的梦境,我看见水底的石头和成群的青色的鱼一起,一次次从水中跃起来,想亲吻你悬垂的双脚。这些调皮捣乱的石头和鱼,想把你从睡梦中弄醒,让你告诉它们你秋天的梦。我不得不暂时阻止它们,挥手把它们赶走。

其实,我何尝又不想知道你的梦想。我真的想在这山间的温泉边睡去,去访问你的梦乡,成为你梦境中的人物。哦,孩子,我真的要睡去了,真的要怀抱着你做梦了……在我的梦中,我看见硕大的月亮升上松树之巅,在林间地上筛下银币一样闪闪的光斑。还有石头,石头上如丝如绒的青苔在月光映照下的水中拂动,潺潺的水声中月光腾起细碎的波纹和浪花,一路向山下流去。

孩子,在我的梦中,你不是我的女儿。你是古代那个站在临崖的松树下的孩子。你的小手指着苍茫的山间,骄傲地告诉我,那在山腰上自如攀缘的采药人,是你的师父。

这时,我的女儿是一枚树上的松针,她从树上飞下来,落到我的怀抱,在我的第三个衣扣的位置上,紧靠着我的心,收敛起好动的翅膀。因此,我的梦中至今仍飘着松树醉人的清香。

夜里的月亮

孩子，让我们今夜赏月，在月光中点数天空中寂寥的星星。那淡淡的云翳如一缕轻纱缓缓掠过月亮的脸之后，秋天的月亮就在我们的仰望中盈满了。

我会背诵许许多多诗词，我认识许许多多唐朝宋朝的人。孩子，来，来坐在我的怀抱，让我们一起朗读这月亮的诗词，朗读唐朝美丽的诗和宋朝绝妙的词。在我们的朗读中，那些诗的神仙就会披着月光飘飘的衣袂，踩着平平仄仄的诗句和节奏，横空而来——因你幼稚的童声而来，因你天真的神情而来，因你快乐的黑眼睛中照着仍是唐宋的明月而来。

在这远离尘嚣，远离水泥、钢铁、玻璃和黑色橡胶的地方，在这春天的繁花和夏日的炎热之后，山涧的水流清澈下来，天空升到一生中最高的尺度，白云中的水分被风和阳光之手抽空而轻盈漫游的季节，我写下一篇篇多情的诗。写下你的眼睛和鸟儿的眼睛中菊花一朵朵开放；写下桂花的芳香中你和一只像小小云朵一样的白兔，用指尖去蘸尝天宫的美酒；写下你的身影和笑声、歌声在草叶尖上如夜夜长大的白露，晶莹透明而没有阴影；写下清凉的风声像你调皮的双手，总喜欢搭在我瘦弱的肩头，总喜欢翻乱我桌上摊开的书。

别动，孩子，这散发着醇香的酒瓮中是天上的明月和晶亮的星辰。这用秋天的月亮酿制的酒是为从唐朝、宋朝的远方来的诗人准备的。他们中的许多都是豪饮的酒圣、酒仙，他们的诗有月亮的光辉，更有美酒的醇香。你在酒瓮中看见一张月亮的脸庞和两颗明亮的星星，正惊喜地对你微笑，是吗，孩子？

屋檐下被风擦得雪亮的风灯渐渐垂下火焰的焰舌，在最后一下耀眼的腾跳之后，院中只剩下月光和白露幽幽地照着我们的等待：大大地打开的木栅栏的院门，石头的桌子上盛着酒的杯盏、映着月亮的酒瓮，还有我潦草的等待指引的诗稿。

夜确实太深了，你的眼睛中月色朦胧，山影幢幢，在我催眠的歌谣中，月色和山影一下就滑到了你的梦之中。孩子，当你睡去，当我也睡去，他们就会来临，来到我们家的院子中，围坐在石头桌旁，为你，为你梦境的星空，吟咏月亮的诗歌。

当你醒来，当鸟儿飞翔在早晨的天空中，眼睛像树叶间闪烁的露珠一样闪亮，你会看到他们用手指蘸着月光，蘸着芳香的酒液在石头上留下的，来自唐朝、宋朝的，崭新的诗句。

早晨的游戏

早晨又干净又清新的阳光小心翼翼地推了一下我们家的门，像一个四处疯跑、不归家的孩子悄悄溜回了家。我在这一声门响中醒来。屋外有无数的鸟鸣叫着飞翔，我想，我应该发明一台机器，透过机器的眼睛，让你看到这山间鸟儿的歌唱，让你看到鸟儿的歌唱在天空划过的音乐的线条，而这由无数鸟声编织的天空该是怎样美丽奇幻的天空。但你还在酣睡，小小的鼻翼随着呼吸微微起伏。我推开窗户，推开门。呀，孩子，咱家的菊花已经开放。在院中的木栅栏边，一丛丛白菊花像是冬天的雪簇拥在一起。

这如雪的菊花使我想起去冬的那场大雪，一些雪花堆积在木栅栏顶上，像一排洁白闪亮的牙齿。

孩子，你快醒醒，咱家的菊花已经开了。昨夜的那一轮月亮已落下天边，瓦蓝的天空中找不到一朵云团，只有清凉的雾在远山和我们的屋前、院中四处飘游。这些纯洁的雾岚和婉转的鸟声一起，在阳光之中，结合成一粒粒透明晶莹的露珠，凝聚在院中菊花的蕊和叶间，像一颗颗闪烁的星星挂在这个秋天的早晨。

今天天晴，又不是春天，杏花在春天才会盛开。我不和你做这个古老的游戏。你没有牛，你不是牧童，我也不是问路的诗人，妈妈用最新的桂花为爸爸已经酿好了一瓮醇香的米酒。

你这个调皮的小天使，今天，我要你飞翔，要你在晨光中沿着那一缕缕如五彩丝线般的太阳光，躲进菊花丛中的露珠，躲进那水晶般的露珠。我和妈妈一定信守诺言，一定在你飞翔时转过身去不会偷看。当你亲密的朋友——那只漂亮的鸟儿鸣唱的时候，我们才会转过身来。那时，我和妈妈将找遍所有的花瓣和叶子，把花和叶子上所有闪烁的露珠小心翼翼地采摘下来，放到我们的手心仔细查看。在我们找着你的时候，你的黑黑的眼睛就一定会在我们面前惊喜地闪亮。

行吗，孩子？你惊喜的笑声，铜铃般的笑声是这个秋天中，上苍赐给我们的，最好的，我们最为盼望的馈赠。

夕照秋江

穿过家门前在秋天中仍然碧绿的菜畦，穿过山林中仍然结着硕大的红苹果的果园，孩子，我带你去山下的江边。

你看见红苹果上那个硕大的指印了吗？那还是你的指印呢，你的指印通过夏天，已经在秋天中长大。

山下是秋收后的田畴，夏日里薅秧的人们高亢的秧歌和秋收时挞谷的声音已经消失在寥廓的天空和山野。稻草垛站在安静的田野，站在夕阳中，就像夜空中无数金光闪闪的星子。

秋天的清江穿过这山谷的田畴。这时候，沿河吹来的风吹动着洁白如雪如云的芦花，瑟瑟的声音中，清江的空中和清江的水面上都飘荡起伏着如烟絮般轻盈的芦花。芦苇的枝头站着无数的鸟，就像站在冬天的雪地。这些快乐的父亲和母亲一边唱着爱情的歌曲，一边为自己的孩子寻找过冬的粮食。

秋天的夕阳太明亮了，逆光看去，河上的阳光随着鱼鳞般的水波跳跃闪烁。你和鸟儿们一样，只好微微闭着眼睛，才不会被这从河面上反射出的阳光直接射进瞳孔，而引起视觉的昏花。

喏，孩子，在从河面上反射出来的阳光中那特别明亮的光线，是清江中鱼们之鳞闪射出的强劲的光芒。

孩子，你瞧，你背诵：

芦花儿飘飘，
小鱼儿跳跃，
我把小手摆一摆，
冬天没有到，
不要小棉袄。

听见你的声音，河里的鱼儿都游了过来，它们悠闲地卧在岸边的水草丛中，有一个调皮的鱼儿还举着一枚树叶遮住射眼的阳光，支头聆听你背诵歌谣。

你听见鱼说话的声音了吗，孩子？一串串小小的、亮亮的气泡从鱼们翕动的嘴唇上升起来，映照着明明灭灭五彩的夕阳，它们在跟你学歌谣呢。也许明天，或者后天，这些可爱的鱼儿就会把你背诵的歌谣学会，然后再背诵给我们听。

孩子，现在，在我的眼中，你也是一条鱼呢。我念“水清鱼读月”，你的小手就指着江中走着白色长脚鹭鸟的沙洲。这个沙洲像一轮弯弧般的月牙。一些从天空中飞来的鹭鸟在这月牙似的沙洲上扑棱棱地收敛起翅膀，然后在其上泰然自若地散步。它们一定以为这就是月亮了，这就是鸟儿在夜间飞向而终未能抵达的月亮。这些幸运的鹭鸟为此再也不会为不能飞到银河中，为牛郎织女架起鹊桥而遗憾了。

你的小手指着这轮月亮，你读懂了这轮月亮，所以我说你是一条鱼。我告诉你，当夏天的大水落下，这水中的月亮每年都要在秋天中升起，在秋天中从一弯月牙渐渐变得浑圆、硕大和明亮。

百回忆

车前子

回忆树

我父亲与苏州某位画家有交往，他的千金会冷不丁跑到我们家里来，缠着我母亲讲话。我母亲脾气好，大概也喜欢讲话。这位千金在常人看来，有点“次头寡脑”，她母亲还来抱歉过。那时会悄无声息地停水，家里就警惕地用一只七石缸积水，她来了，旁若无人地在缸里洗手，边洗边说：

“我的手不龌龊，我的手不龌龊。”

好公案！有次她带来棵树苗，给我们种。我们住楼上，上哪儿种去？她一推窗，指着一楼的屋顶说：

“就种那里，夏天又遮太阳，又好看。”

我当时觉得好笑，现在觉得她是艺术家。

只是记不清，这棵树苗她是留下了呢，还是带了回去？

父母那时已从幽兰巷搬到通关坊，这是座被没收的深宅大院，里面还有晚清时期建的戏台。现在已被拆掉了。苏州人认为自己的文物太多，小弟弟，不稀罕。那时住在二楼，视野就很开阔，我站在窗口，看得到锦帆路。后来视野被一点一滴地开荒，种上了红砖房灰砖房，但还看得到前梗子巷。前梗子巷里有棵巨大的槲树，季节一到就毫不犹豫地结出殷红的浆果。土话叫“野杨梅树”。有人吃过，我没吃过。

小孩常常捡了野杨梅，躲在树后，看同学或女人经过，丢人。

据说野杨梅的果汁沾上衣裳，洗都洗不掉。

我在楼上常常看到，不无幸灾乐祸地看到。甚至是不无羡慕地看到。用野杨梅丢人，用雪球丢人，这是儿童无心的风雅。

槲树在苏州没人种它，它是野生植物。也说明那时候的苏州留有余地。现在别说是野生植物，我就是想略微撒点野都没有地方。

晚年的章太炎在苏州置下房产，地址就在锦帆路边。这座房子是他很偶然地买到的。大师随随便便做点事，都可以押韵合辙。押的是风韵的韵，合的是旧辙的辙。锦帆路的“锦帆”有个出典，我曾经写过，这里就不饶舌了。院子里有一棵辛夷，是我在苏州所看到的最大的辛夷树。花一开，我就去，看看大半天。

辛夷花的花形与玉兰花的花形没有区别，只是颜色不同。正是这颜色不同，使它们的观点截然相反。玉兰花像今文，辛夷花像古文，不知道花花世界有没有今古文之争，不知道。

回忆园

我在苏州生活了三十余年，在苏州的时候，很少会想到去园林转转。好像从书店买回的书，并不急着阅读。现在每年回苏州小住，不去一下园林，回到北京后多多少少就有些遗憾。好像从朋友处借了书，没读就被要还了。

去年春节我回苏州，约了几个老朋友在网师园吃茶，抽空在园子里转了一圈。几乎不见人影，我感到少有的静。这静，说是宁静又多了点落寞，说是寂静又不乏生气。或许宁静本身是落寞茕茕的，寂静本身是生气勃勃的。谁知道。

殿春簃。“簃”字的意思是楼阁旁边的小屋，也多用作书斋的名称。它是明朝的建筑样式，妩媚而方正。因为方正而妩媚的。我站立片刻，有一年暮春时节初夏天气，身上的衣衫轻薄了，我在这里看到两三朵芍药花。像是一庭院的芍药花。中国的艺术是以少胜多的，自然界在中国艺术的氛围里，也就不以少为少了。园林里的一棵垂柳，就是乡野中的一座柳林。

苏州园林里的片石断溪，实在是一山一水。

人不在高，以品为高；园不在大，以小见大。拙政园不及网师园的地方，就在这里。

网师园里有座著名的“一步桥”，跨一步就能过去。我跨了老半天都没跨过——看那粉墙上的藤影，娑娑有声。此刻，没有风，只有夕光漫过。想不到藤影在夕光里也能娑娑有声的。

前年夏天我回苏州，常常去艺圃吃茶。艺圃里有棵白皮松，真好。什么地方没有白皮松？但这棵白皮松长在艺圃里，真好。

外地人游苏州园林，是游——从这里跑到那里，把一个园林搜索个够。苏州人游苏州园林，找到茶室，坐下后就不动了。苏州人去苏州园林，只是吃茶。我现在又要吃茶又要这里跑到那里，我已是半个苏州人了。或者我是两个人：一个我是苏州人，另一个我是外地人。我永远是苏州的外地人，即使不离开苏州。倒不一定是外地的苏州人。

所以颇为自负。

回忆墨

我们这一代对墨的态度，细想起来像是蔑视。别说写诗作文的，写诗作文的已经与墨没什么关系，偶尔写副春联，我估计这墨也是向工会借的墨汁。就是画国画的、写书法的，也只是用价钱比工会贵点的墨汁来云雨，磨墨者基本绝迹。

周作人在《买墨小记》里说：

> 本来墨汁是最便宜也最经济的，可是胶太重，不知道用的什么烟，难保没有“化学”的东西，写在纸上常要发青，写稿不打紧，想要稍保存的就很不合适了。

他说到了墨汁的不好。周作人是很少说新事物的坏话的，而这新事物里况且还有“化学”的成分。

所以他只得买墨：

> 买一锭半两的旧墨，磨来磨去也可以用上一个年头，古人有言，非人磨墨墨磨人，似乎感慨系之，我只引来表明墨也很禁用，并不怎么不上算而已。

墨买来之后，或者开始买墨之后，情况就不免有了些变化：

> 买墨为的是用，那么一年买一两半两就够了。这话原是不错的，事实上却不容易照办，因为多买一两块留着玩玩也是人情之常。

玩墨是种传统,这种传统的奥妙是逐渐地离墨越来越远,像藏书的结果。周作人言:

> 据闲人先生在《谈用墨》中说:"油烟墨自光绪五年以前皆可用"。凌宴池先生的《清墨说略》曰:"墨至光绪二十年,或曰十五年,可谓遭亘古未有之浩劫,盖其时矿质之洋烟输入……墨法遂不可复问。"所以从实用上说,"光绪中叶"以前的制品大抵就够我们常人之用了,实在我买的也不过光绪至道光的,去年买到几块道光乙未年的墨,整整是一百年,磨了也很细黑,觉得颇喜欢,至于乾嘉诸老还未敢请教也。这样说来,墨又有什么可玩的呢?道光以后的墨,其字画雕刻去古益远,殆无可观也已,我这里说玩玩者乃是别一方面,大概不在物而在人,亦不在工人而在主人,去墨本身已甚远而近于收藏名人之著书矣。

所有的玩赏莫不如此,不在物而在人。玩物不一定丧志,玩物丧物却是一定的,因为人硬是做了物的主人,操生杀大权于手,有灵性的物自然唯恐避之不及。好墨好玉好瓷器,好诗好文好书画,它的消失实在是对庸人凡人俗人坏人的躲避。

在周作人的记忆里,他说:

> 我的墨里最可纪念的是两块"曲园先生著书之墨",这是民廿三春间我作那首"且到寒斋吃苦茶"的打油诗的时候平伯送给我的。墨的又一面是春在堂三字,印文曰程氏掬庄,边款曰:光绪丁酉仲春鞠庄精选清烟。其次是一块圆顶碑式的松烟墨,

边款曰，鉴莹斋珍藏。正面篆文一行云，同治九年正月初吉，背文云，绩溪胡甘伯会稽赵烧叔校经之墨，分两行写，为赵手笔。赵君在《谪麟堂遗集》叙目中云“岁在辛未，余方入都居同岁生胡甘伯寓屋”，即同治十年，至次年王申而甘伯死矣。赵君有从弟为余表兄，乡俗亦称亲戚，余生也晚，乃不及见。小时候听祖父常骂赵益甫，与李苑客在日记所骂相似，盖诸公性情有相似处故反相克也。

余生也晚，乃不及见好墨，所谓回忆墨，只是抄书而已。

回忆菖蒲花

入冬以来，家里暖气向觉不足，晚饭后就没事，闲坐喝茶。我名之为“夜茶”，心里挺愉快。愉快地想到一位朋友索字，我答应了近两年，还没写给他。我就写字：

三生石上起菖蒲，一寸九节标紫花。

这句子是我杜撰的，想把平仄搞得顺一点，但意思到了，也就歇了。

菖蒲有几种：生在沼泽地的是泥菖蒲；河边湖畔的为水菖蒲；生于石上的即石菖蒲。据说一寸九节最贵，而开紫花者尤其难得。菖蒲一般开黄花。我这幅字写的是正宗菖蒲，还有一种菖蒲，花店里常见，被称作“插花之王(日本人的命名)”，其实是菖兰，或者叫唐菖蒲。但现代人很少叫“菖兰”或“唐菖蒲”了，只一厢情愿地喊它“菖蒲花”，以致正宗菖蒲反而少见。

近来写了几首有关菖蒲花的新诗，与正宗菖蒲无关，拿来说事的是唐菖蒲，但起因却与正宗菖蒲脱不开，缠绵在了一起。古语“菖蒲花难见面”，照我的理解，应该是石菖蒲之类的正宗菖蒲，这句古语做了我新诗的起因，脑海里浮荡着的不知道为什么只能是唐菖蒲——因为它的华丽兼无奈？很少有像唐菖蒲那样华丽兼无奈的，美色之中自现一带伤心碧。

石菖蒲，唐菖蒲，我都喜爱，有时候竟会把它们混淆一块——它们都有晚唐风味，石菖蒲郊寒岛瘦，唐菖蒲温李一脉，孟郊，贾岛，温庭筠，李商隐，他们尽管各有面目，但有一点是一样的：耐看。像石菖蒲一样耐看，像唐菖蒲一样耐看。

我总觉得晚唐的诗比初唐中唐的耐看。我一厢情愿地把唐朝诗歌史分成早中晚三代，或者说一天——唐诗的一天，多么不虚此日的一天！

而石菖蒲唐菖蒲都一样耐看，区别又不小。从风味上讲，石菖蒲更接近北宋——瘦骨嶙峋，透着股药气，仿佛黄庭坚的文字。黄庭坚的文字里有股药气。我在另一篇随笔里说：“吴梅村晚年的诗歌中有一种耻辱之痛，我在唐宋诗里都没读到，可说是扩大了诗人诗歌情感的感知广度”，黄庭坚文字药气也是如此。只有平庸的诗人会越缩越小。

黄庭坚写诗，倒还真有些开药方的样子，这味药那味药东几钱西几钱，烂熟于心。作为写诗，这并不足取。但他文字里的瘦骨嶙峋和药气，实在是好。

我也画过石菖蒲唐菖蒲，我在唐菖蒲上题“菖蒲花难见面”，有点指鹿为马；我在石菖蒲上题“花在心里”，这更不伦不类了。但不伦不类我喜欢，不伦不类的另一个说法，或许就是：天马行空。

关于路遥

张艳茜

“卫儿”过继延川

1957年秋末的一个清冷的早晨，在王家堡通往清涧县城的路上，走着一大一小两个身影。大的是父亲，其实也并不大，只有一米五高的身材，二十四五岁的年纪，就是现在一个大学毕业工作不久的毛头小伙子，但是，他那时却已是四个孩子的父亲。小的则更小，个头不高，一副营养不良小身板的七岁孩子。大的是父亲王玉宽，小的就是他的儿子卫儿，卫儿刚刚有了一个大名。

我的家庭是一个人数众多的大群体，该有的都有。父母亲是目不识丁的文盲，在陕北清涧县石嘴驿镇王家堡村务农。父亲身高大约在一米五左右，这完全是由于沉重的劳动使他在土地上弯曲了他不该弯曲的身躯。他就是用这么一副侏儒般的钢铁双肩，挑起了全家十口人的生存重担。他有五个儿子，三个女儿。为了活命，他在路遥七岁时，就决定将这个长子过继给他的哥哥王玉德。我的伯父王玉德移民到延川县当农民，伯母没有生育过。临行前，父亲找了村里的冯先生，让他给路遥起了名字叫王卫国。父亲对这名字本身没有寄予任何希望，这完全是儿子的一个代号。于是路遥就从这一个农民家庭走到了另一个农民家庭。

（王天乐《苦难是他永恒的伴侣》）

陕北的秋天，是忧郁的、感伤的，也是喜悦的、满足的，可能一无所获，也可能饱满丰收，这些都会发生在秋天。

1957年秋末的陕北，黄土黄沙的气势磅礴，淹没了田地间零星的金黄收获，萧瑟的景象辽阔无疆，那些点缀在硷畔的枣树，星星点点的红枣，是庄户人家唯一的希望。但是没有足够的口粮，一个已经有了四个孩子、六口人的家庭，生活难以为继，而且，还将要面临漫长的冬季。

那天清晨，父亲王玉宽将大儿子卫儿——王卫国叫醒，然后告诉他，今天要带他去延川大伯家玩几天。

王卫国起初是兴奋的。临行前，刚刚生了王卫国的三弟弟——小名四锤——的母亲，拖着虚弱的身体，为王卫国做了一顿早饭：

是飘散着香气的洋芋糁糁和黑豆钱钱饭，让他吃了一个饱，自从弟弟妹妹接连出世以来，他觉得能吃饱饭的时候很少，今天好像破了例，他扒在窑前的石碾盘上，大碗吃洋芋糁糁，大碗喝钱钱饭。母亲一边看着他吃一边叮咛他，到了大妈家一定要听奶奶和大伯大妈的话。

（晓雷《男儿有泪》）

母亲又将几天前晚上专门为王卫国做的一双新布鞋拿出来，

清晨，母亲特意为他穿在了脚上。

这也是王卫国长这么大第一次穿一双新布鞋。年少的王卫国心情快乐得要唱出歌来。

多年后，成为路遥的王卫国，于一个夏天的傍晚，在陕西省作家协会院子里乘凉时回忆说，那天还没有走出去多远，少年卫儿就唱不出歌来了，新布鞋的鞋帮不够柔软，开始磨着他的双脚，很快脚上就起了水泡，一步一疼，他跟不上父亲的脚步了。但是，就因为是第一次穿新布鞋，他还坚持着，即使疼痛难忍，要不是心疼会将新鞋磨破，路遥说，他实在是不愿意把新鞋脱下来。

已经开始凛冽的秋风中，父子俩沿着十七年前祖父王在朝带着全家迁徙延川的路，艰难地行走着。

从清涧的王家堡南下延川的郭家沟，走过石嘴驿，还要翻越一座叫九里山的土山，要走近两百里。弱小的王卫国，一小步一小步地向前挪动，看得父亲王玉宽心里难受。但是，王卫国又太大了，已经不能被父亲装在粪筐里背在双肩上了，也无法轻松地架在一米五高的父亲的脖颈上。父亲王玉宽很想让自己受累，也不要让瘦小的儿子在风中受累。但是，做父亲的心有余力不足。

况且，父亲还怀揣着难以言表的不安，从他带着儿子卫儿踏上去延川郭家沟自己大哥家的路，他知道，这个懂事的大儿子就将与自己分开了。卫儿要成为大哥家的孩子，卫儿会不会恨自己这个做父亲的太狠心？会不会责怪自己这个做父亲的太没用，连亲生孩子都养不活呢？

目不识丁的王玉宽，尽管只有一米五的身高，在当时的六口之家里，二十四五岁的他，却要做个顶天立地的汉子，用不太坚实的双肩，担当起全家日渐艰难的生活重担。王玉宽渴望孩子们能读书识字，家中再穷也不想耽误孩子的前程。卫儿曾在王家堡小学上了一年学，但是，当家中又添了第四个孩子——卫儿的三弟弟四锤时，生活实在难以支撑了，只好停了卫儿的上学梦。

延川那边，王玉宽的大哥王玉德，虽然年近四十，却仍然膝下无子，但日子过得殷实，为了减轻二弟王玉宽的负担，同时，也要考虑到自己老来有个依靠，便决定收养弟弟一个孩子。这样，既能解决了弟弟王玉宽多子多女的生活困难，又解决了哥哥王玉德没儿没女的缺憾，实在不失为一种最明智的抉择与安排。

在商量过继哪个孩子时，兄弟俩意见不一，但都是为对方考虑得多一些。

二弟王玉宽认为，亲兄弟间不必太客气，把大儿子卫儿过继给大哥，省得嫂子一把屎一把尿地辛苦养大，大儿子去了大哥家，就能立即成为大哥做农活的好帮手。

大哥王玉德认为：古人有话，光景行不行，长子不顶门(过继)。抱上个玉宽兄弟家中小的就行，二弟的大儿子卫儿已经大了，带走了，二弟家岂不是缺少了一个支撑家庭的小帮手？

两兄弟你推我让，最后，还是二弟王玉宽坚持，将卫儿送给大哥家最合适，大儿子由大哥、嫂子那样勤快而又善良的受苦人照看着，既能吃上饭还能供着上学，对儿子百个好。清涧延川之间还是方便走动的。大哥让了步。

儿是爹娘的心头肉，儿子还这么小，就得离家抛舍，这就像是割爹娘的肉，剜爹娘的心。

七岁的卫儿，无法逃脱地接受了富有宿命意味的人生安排，只得离开这个虽然穷困但却是属于自己的温暖家庭，离开少年的伙伴，离开刚刚上了一年的学校，走向一个陌生的世界。

起初，这个已经是少年的王卫国还不清楚，父亲带着自己，将要踏上的是改变自己人生命运之路。他也不知道，身后的母亲，仍然站在硷畔上，遥望着他们父子俩离去的身影在伤心地落泪。走着走着，聪慧、敏感的王卫国察觉到了父亲的目光是躲闪不定的，神情是忧郁的，而临行前母亲的目光也是悲戚戚的。

跟着满腹心事的父亲，走在当年祖父带领全家南迁之路上，悲凉、忧伤、饥饿、疲惫，一点一点洒落在这条艰辛的路上。

一个赶着毛驴车拉粪的好心人，看到累得气喘吁吁的父子俩，很想帮帮他们，可是，又很有些难为情。毕竟这是拉粪车，实在太脏了。父亲不介意地说，就让卫儿坐在拉粪车上吧，把孩子捎上一段路。

当晚，父子俩才挪走到清涧县城里。找了地方借宿了一晚，第二天黎明，父亲用身上仅有的一毛钱，为卫儿买了一碗油茶。

早已是饥肠辘辘的卫儿，端起碗来头也顾不上抬一下，呼呼呼，就将一碗油茶灌进肚子里。

一碗油茶下肚，卫儿看到了手中空空的父亲。

卫儿问，爸爸，你为什么不喝油茶？

父亲答，我还不饿。

卫儿怎能相信父亲不饿呢？他们一同走了八九十里山路，翻了几座大山，怎会不饿？卫儿知道，父亲又在撒谎，就像这次到延川的辛苦行走没有实话实说一样。父亲一定是把仅有的能攥出汗水来的一张钱花给了他，现在口袋里再也没有第二张了。父亲不可能为自己或是再为卫儿买什么吃的了。

沉默的父亲，看着卫儿喝下去最后一口油茶，然后，父亲拉着小手有些暖意的卫儿，又继续向着延川方向走去。

卫儿的脚上已经换上了一双比自己的脚大很多、破了鞋帮的布鞋，趿拉在脚上，走起来更加困难。

衣衫褴褛的父子俩已经翻越了一座九里山，然后要沿着宽阔的秦驰道往前走，还有很长的路要走。秀延河就在路旁蜿蜒而去，潺湲流淌，发出的哗啦哗啦好听的声音，像是擅长叙述的陕北民歌。而这时父子俩越走越疲惫，不争气的肚子很快又咕咕地叫上了，与那唠叨不停的河水声合了拍。

好在，这是秋天。秋天的地里，很有可能会遗留下收秋时掰剩下的玉米棒，父子俩眼睛贼贼地发亮，在玉米地搜寻着。没有，连一个蔫蔫的、瘪瘪的玉米棒子也没有。又遇到一片枣林，终于有几颗收枣时落下的干瘪的红枣，这让父子俩很是兴奋，迅速摘了下来，放进嘴里快速地吞咽下肚。

天黑时分，父子俩走到了一个村子里，一家好心的农户不仅让父子俩借住，而且还煮了一个南瓜给父子俩吃。

第二天天不亮，父子俩告别了好心人，又开始上路了。

当父子俩拖着疲惫的身体，终于来到延川的郭家沟时，已是薄暮时分，卫儿和父亲脚上都打着血泡，饥肠辘辘，筋疲力尽地挪不动脚步了。

大哥王玉德和大嫂李桂英见到二弟领来了侄儿——以后的儿子，喜得老两口眉开眼笑。大嫂急忙取出缸底很稀罕的一点点白面，为父子俩擀面条。下锅煮好的面条上，又油泼了葱花，香喷喷的，看着都让人流口水。面条碗底还卧了两个荷包蛋。一路疲惫饥饿的父子俩吃着这碗热腾腾、香喷喷的面条，汗水直淌，禁不住甩掉了身上的破袄袄。

晚上，两孔窑里，兄弟俩睡了一孔，倾诉了大半夜的手足之情，大嫂将卫儿安顿在另一孔窑里。平时不舍得用的麻油灯点起来了，李桂英借着恍惚不定的灯光，望着累倒在炕上，很快沉沉入睡的卫儿——圆圆的脸庞，大大的耳郭，睡梦中，嘴巴咂巴咂巴着，像是还在品味刚才香喷喷的面条。

李桂英看着这个可爱的小模样，很舒心地笑了。

有了儿子，就有了生活的希望。怎能不发自内心地高兴呢？

路遥的另一双父母

1957年秋天的一个清晨，七岁的王卫国眼睁睁地看着亲生父亲，在自己眼皮底下偷偷离去，将自己撇在了陌生的延川县郭家沟。

王卫国明白了，伯父家无子嗣，而他家兄弟姐妹一长串，到了伯父家，他就是伯父伯母的儿子，将他过继给伯父，为的是撑起王家另一爿门户。尽管卫儿很不愿意，但他还是噙着眼泪躲在大树后面告别了父亲。

从这个清晨起，在郭家沟的窑洞里，少年王卫国将由侄子转变为人子。

贫苦人家的生活，就像出门即见的久旱无雨的黄土山包，贫瘠而沉重。王家老大王玉德，这个年少起开始主持家政，担起一家生活重负的大哥，十几年来，送走父亲，操办了二弟、三弟的婚事，多年苦心积攒的家当几近耗费殆尽，自己也累出一身病，不再有力气与妻子一同走出家门闯荡，帮人种地扛活了。

好在老父亲在世时，他们有一孔窑洞，这个家里面，许多个冷风凄凄的夜晚，夫妻俩蜷缩在灶角柴窝里过夜——热热的炕头让给了那些从榆林一带下来揽工的石匠、皮匠和窑工，为的是能够多挣几个钱。

辛勤劳苦，省吃俭用，夫妻俩又掏了两孔窑，添了些农具，养了鸡羊,一份家业算是置起来了。但是,随着年龄渐长,光景也渐趋衰落。只是,比起二弟王玉宽,毕竟没有那么多口人吃饭的负担。

现在,他们有了儿子,王家老大两口子心里踏实下来。

> 儿子就是他们的指靠,是他们在世上过日子的盼头。他们喜爱这个儿子。家里光景过不到人前,不像人样儿,但破衣烂衫,总想让儿子穿得暖一点;粗糠野菜,总想儿子吃得饱一点。在遭饥荒的年月,儿子饿得面黄肌瘦,母亲硬是撑起腰板走出门去,讨饭都要为儿子讨回一口食来。
>
> (白描《路遥身后的故事》)

当时,大伯家中有四口人:奶奶、大伯、大妈和少年王卫国,在农村算是个小家庭。王卫国进门的那年,奶奶六十岁上下,大伯和大妈四十岁左右,除少年王卫国之外,都是劳力。三个大人忙农活,只有一个孩子,这样的家庭应该是当地稍好一点的家庭。

在郭家沟,一切都是陌生的,熟悉的生活环境已经远去,少年王卫国想家是必然的。毕竟已经是七岁的孩子了,一切的记忆和温情比较牢固地扎根于清涧王家堡那个更加穷困的家里。

初到延川的少年王卫国,遇到最大的困难,其实并不只是对老家的思念,以及和一双新父母的磨合相处,而是来自生活环境和语言的不适。

虽然延川和清涧是邻县,但在口音上还是有很大区别的。那时的农村人,除了下地种田,很少出远门,走得最远的地方就是县城和附近的集市,来往的人除了亲戚就是偶尔来村里的石匠和木匠。一有不同口音的人出现,立即就会引起人们的好奇和关注。尤其是小孩子们，一听到外地口音，就大惊小怪的。

王卫国出现在郭家沟的第一天就受到小伙伴们的嘲笑，嘲笑的方式奇特而又尖酸：先是一个孩子问他话，当他回答后，所有的孩子都大笑起来，边笑边夸张地学他的“清涧口音”，有的孩子甚至极野蛮地叫他“外路脑子”。当他提出抗议时，这伙人吃了一惊，不是为自己的不礼貌吃惊，而是为这个“外路脑子”居然敢反抗吃惊。他们先是沉默，然后变着法子孤立王卫国。在村里时，孩子们不和他一块儿玩耍，见他过来众人就大笑着散开了，把他一个人孤零零地扔在那里；上山砍柴时，那些先到的孩子“指山占地”，手臂一挥就将有柴的地方全“占”去了，然后再一个个地“准入”。别人都能砍，唯独不让王卫国砍。

> 路遥个性强，在老家时王家又是大户，他从小就是“娃娃头”，哪里受过这种气，自然要反抗。在得不到家人保护的情况下，只好独自捍卫尊严。这就是他奋斗一生的起点。
>
> 路遥大获成功。过了不久，他又成了这个村里的“娃娃头”，年龄比他大的孩子都成了他朋友，和他差不多大的孩子都成了他的“部下”，比他小的孩子都成了他的崇拜者或者追随者。
>
> （海波《我所认识的路遥》）

少年王卫国留了下来。不是他的选择，仍然是一种命定。大伯也是一个老实巴交的农民，家里虽然也是赤贫如洗，但是他还稍稍有些余力供养路遥上学，这对于少年王卫国来说，是任何事情都比不过的说服他留下来的理由。

大妈李桂英非常疼爱这个侄儿——以后的儿子，想方设法地哄着儿子开心。当然,能让突然到来的这个儿子开心,也只有让他吃上一顿饱饭。奶奶在那个阶段,也住在郭家沟的大伯家里,奶奶是让少年王卫国尽快安心住在郭家沟的一颗定心丸。每天晚上,疼爱大孙子的奶奶,总要搂着孙子睡觉,而少年王卫国也非常依恋奶奶温暖的怀抱,睡觉时不时地用两只小手抚摸着奶奶的乳房。

所以,即使遭遇父母的"遗弃",却不能断言,少年王卫国就缺少爱的抚慰,缺少家的温馨。

贫困山区的农民对子女的爱,是用一种简单质朴的形式表现出来的,况且,在那个处处饥荒的年代,孩子对于爱的渴求,要远远低于生存的需求,贫困和饥饿是生命所面对的直接威胁。

看到大人忙碌时,王卫国就主动地帮助家里人干活。年幼的儿子似乎从一开始就明白了他在这个家庭里处于什么角色和要承担什么责任,拦羊、扒草、背粪、掏地,嫩弱的肩膀和双手早早就在劳动中打磨,而且身上有种倔强、不示弱、不服输的劲头。

在那些起初冷落少年王卫国的小伙伴记忆里,王卫国聪颖而淘气,与一些比自己大好几岁的男孩子打架,总不认输。有着与年龄不相符的极强的自尊心。

大伯大妈两口子,虽然不敢对落脚在这个穷家贱户的儿子的将来抱什么希望,但他们已经看出,他日后不论做啥准能成事。

大妈不擅长针线活,奶奶经常会埋怨这个大儿媳笨手笨脚、不会家务,懂事的少年王卫国就劝慰奶奶,别怪我大妈呀,她能在地里劳动呢,挣了工分,打下粮食,咱们就有吃的了。

十二岁那年,因为一件小事,儿子与大妈闹起别扭,大妈忍不住发火骂了儿子几句,儿子一赌气就跑了,并扬言自己要回清涧老家去。天黑了,仍然不见他回家,大妈着急了,赶忙去追赶。出了村子不远，大妈发现他独自坐在村口的一个圆形的石盘上，手里拿着一把小石头往河里扔，扔一块，数一块。大妈问他："你不是要回清涧去吗？怎么坐在这里？"路遥噘起小嘴，半嗔半恼地说："我从来就没有那种毛病！"

在大妈李桂英的记忆里，儿子很少流泪，只有在亲生父亲王玉宽将他丢在郭家沟，然后背着他偷偷离开时的那一刻，他咬紧牙，默默地哭过。但在大伯大妈面前，儿子仍然装出一副若无其事的样子。

敏感、要强、自尊的少年王卫国，有着超常的自我控制力。

然而，王卫国毕竟还是孩子。他艰难地在中学读书时，一向疼爱大孙子的奶奶撒手人寰，过世在夜晚搂着大孙子一同入眠的土炕上。

奶奶的去世，对于王卫国来说，无疑是始终陪伴他、呵护他的给予他情感最厚重依托的一重天塌下来了。那次，已经是青年的王卫国，哭得撕心裂肺，哭得浑身发麻，哭得下腹部剧烈疼痛。

二十世纪八十年代末，在少年王卫国成长为作家路遥，为世人瞩目时，郭家沟这个小村子里，还居住着十三户人家，近六十口人。但是，进入九十年代，郭家沟村人相继在沟外川面上建起新窑、新房，陆续迁出山沟旧窑，入住新居。只有路遥的老母亲——大妈李桂英，留恋旧居，独守孤村，守望着祖先留下的老窑老院老村庄。

2003 年春，路遥老母亲李桂英去世，村子更加败落凄凉，村道院落野草丛生，已成为荒无人烟的废村。

无论后来郭家沟如何变化，郭家沟在少年的王卫国身上，已经打上了深深烙印。在这个小村子十七年的生活经历，使得郭家沟已然成为他温馨的家乡，成为他日夜思念的故乡。因为，这里有他最亲的奶奶，还有艰辛养育他的一双亲他疼他的父亲母亲。

我的经典

李敬泽

一世界的热闹、一个人的梦

张岱喜欢的事是：深深庭院、眼神波俏的丫鬟、繁花和少年、华丽的衣裳、骏马奔跑的姿态、神奇的灯、烟花在幽蓝的夜空中绽放，还有梨园的歌舞、紫檀架上的古物、雪白的手破开金黄的橘子、新绿的茶在泉水中缓缓展开。这些都是张岱喜欢的事。

张岱还喜欢锣鼓吹打，喜欢人群。浩大的、如粥如沸的人群，其中有张岱。张岱叹道：人太多了，太挤了，太闹了。但人群散去，天地大静，一缕凉笛绕一弯残月，三五人静坐静听，其中亦有张岱。

张岱是爱繁华、爱热闹的人。张岱之生是为了凑一场大热闹，所以张岱每次都要挨到热闹散了、繁华尽了。

张岱，字宗子，居绍兴，生死于明清之际。家世殷富，少有捷才。然学书不成，学剑不成，学节义不成，学时文不成，学仙学佛、学种地，皆不成。时人呼为废物、败家子、蠢秀才、瞌睡汉，到老了，一言以总之，呼之曰：死老鬼。

张岱之后百年，有贾宝玉生于金陵。张岱所爱亦为宝玉所爱，宝玉之阅尽大观正如张岱凑够了热闹。该二人皆有与生俱来的冲动——成为“废物”,“废”了自己。故异史氏曰:宝玉其“死老鬼”张岱投胎转世欤?张岱又字石公,莫不就是大荒山青埂峰女娲补天遗下的一块废石?

张岱毕生足迹,南不过绍兴,北至兖州。山东、江苏、浙江,由圣人发祥之地到六朝金粉、湖上风月,地图上狭窄的一条正是古中国文明的中心。时当晚明,据说资本主义在此萌芽了,据说这萌芽又被掐掉了。但是——

张岱和他的人群正无边无际地欢乐。鲜花着锦,烈火烹油。他们不知道北方的蛮族正撞击帝国的长城,不知道一个下岗驿丁的身后正聚集着更广大的人群,这是一支沉默、饥饿、仇恨的大军。

张岱不知道。张岱知道的是:这个世界正在瓦解,天柱欲折,四维将裂,张岱在内心深处等待那一刻。那和满洲的铁骑无关,和李自成的义旗无关,和历史无关,那是白茫茫大地真干净,是尘埃落定。所以——

张岱和他的人群见证了“末世”。他们见证无限的美、无限的繁华、无限的精致复杂,见证了缓缓降临的浩大的宿命。休说是王朝鼎革、人事浮沉,这种宿命的末世感将穿越康乾盛世,结出一朵最美的花,所谓“阆苑仙葩”:《红楼梦》。《红楼梦》是无数梦的影子,其中有张岱的梦。

张岱晚年耽于梦。鸡鸣枕上,夜气方回,五十年来,总成一梦。痴人说梦,遂有《陶庵梦忆》。

张岱此时国破家亡,流离山野。所存者,唯破床一具、破桌子一张、折腿的古鼎、断弦的琴、几本残书。还有梦。还有用秃笔蘸着缺砚写下的字。字迹想来是枯淡的，但应是依然妩媚，如当年旧事藏于白头宫女眼角眉梢。

张岱真正喜欢的事是：

文字。

张岱好文字。不是那种正大的好，是纨绔子弟的那种好。好得有点儿赖皮，好得不讲道理。明代小品，文字通常是放得开了，但二袁其实还是官员气派，作爽朗作洒脱，自高处平易近人；至于竟陵诸家，越放开越别扭，如仆人扮老爷，手脚不知何处安置。倒是张岱，便是赖皮，便是不讲道理，也是娘胎里带来的随便。

张岱文字快。他喜用排比，快时直如大珠小珠落玉盘，目不暇接。张岱爱热闹，文字也热闹，眼观六路，下笔如飞，无黏滞、无间断。小品文字，写慢容易，写快难。快而又磊磊落落、跌宕流转如张岱者，尤难。

张岱纨绔也，故有霸蛮气。行文如操刀，造句如欺男霸女。如《报恩塔》起首一句："中国之大古董，永乐之大窑器，则报恩塔是也。"如《筠芝亭》："筠芝亭，浑朴一亭耳，然而亭之事尽，筠芝亭一山之事亦尽。"此类句子均如一声断喝，当者披靡。

张岱在文字中注视他的城郭人民，他失去的一切，他权当未曾拥有的一切。他竟无怨愤、无哀伤，偶尔张岱会感慨，但也只是一声轻叹。明季遗民中少有如张岱这般没心没肺，但张岱的没心没肺有更广大的境界：冬天降临时，凋谢的花、殒命的鸟何曾哭天抢地？而这古老文明的荒凉冬天已经来了。

张岱于崇祯二年中秋次日途经镇江。日暮时分,至北固山:

月光倒囊入水,江涛吞吐,露气吸之,噀天为白。余大惊喜,移舟过金山寺,已二鼓矣,经龙王堂,入大殿,皆漆静。林下漏月光,疏疏如残雪。余呼小仆携戏具,盛张灯火大殿中,唱韩蕲王金山及长江大战诸剧,锣鼓喧填,一寺人皆起看。……剧完,将曙,解缆过江。山僧至山脚,目送久之,不知是人、是怪、是鬼。

(《金山夜戏》)

——这就是张岱的生命和生活,一场大静之中热闹红火的戏。曲终人不见,江上数峰青。

盛大、永恒的城

《东京梦华录》,一部奇书。

在星光灿烂的宋朝,在陆游、辛弃疾的宋朝,这个叫孟元老的人本来不会被我们看见。但是,有一天,孟元老决定写一部书。这时已是南宋高宗绍兴年间,“靖康耻,犹未雪”,而逃到杭州的河南人已经安居乐业;他们有时也会谈起家乡,那座丢失在万里河山之外、二十年时光尽头的大城——东京汴梁;他们常常发生争执,每个人心中都有各自不同的汴梁。尤其是那些年轻人,东京沦陷时也许只有两三岁甚至还没有出生,但他们和二十一世纪年轻的网民一样,固执、热情地相信种种道听途说。

孟元老这时五十多岁了,他曾在东京度过了二十三年,他预感到那座大城将第二次丢失,丢失于人们的记忆和传说之中;他本非文人，但他决定写一部书，把东京保存在书中。

这就是《东京梦华录》。在文学史上你大概找不到这本书，它是可以忽略不提的，它与那伟大的道统和文统并无关联；这不过是一个身份可疑的老混混的无聊之作，文字鄙俚、笨拙，章法平板如流水账或菜谱或戏单。最要命的是，这里没有“精神”，没有“情思”“感怀”，也几乎没有什么主观痕迹……

但正因如此，《东京梦华录》被我反复阅读。我穿行在近千年前东京汴梁的大街小巷：宏伟的宫观、鳞次栉比的店铺、灯红酒绿的妓馆，我苦苦寻找一个人，那个叫孟元老的人，那个无所事事的玩主，他必定从清晨到深夜都在东京城内游荡，他必定如蜂蝶般追逐每一处红尘滚滚的热闹、每一处花团锦簇的繁华。

——他像张岱。但和张岱不一样的是，他着意把自己在繁华热闹中隐藏起来。所以整本《东京梦华录》，除《序》之外，没有任何一处出现第一人称。只有一次，他差点被找到了，那是在一家饭馆：

> 吾辈入店，则用一等琉璃浅棱碗，谓之“碧碗”，亦谓之“造羹”……

——太奸诈了。“吾辈”也就是“我们”，孟元老混在几个酒肉朋友之间一闪而过，你还是不能把他辨认出来。

所以，《东京梦华录》笨拙的叙述中埋藏着一个本雅明式的主题——个人消失在都市的浩大人群中。他没有名字，没有面目，当然，也没有“主观”。

古人不知本雅明，他们也就不理解孟元老。孟元老的冷漠几乎是令人恼怒的：行文中不仅没有国破家亡的感慨，“且记中尝及童蔡园第、后家戚里，当时借权灼焰，诱乱导亡之事，绝不因事而见，此盖不得杨衒之《洛阳伽蓝》法耳”（明秘册汇函本胡震亨跋）。

也就是说，该老兄谈到蔡京、童贯之类导致北宋败亡的元凶时居然也是不痛不痒，若无其事。他该向写《洛阳伽蓝记》的杨衒之学习，好好提高政治觉悟。

但杨衒之是做官的，是主流文人，抚今追昔、总结教训原是他的本分。孟元老不过一介平民，对政治既不在行亦无兴趣。他喜欢的事是：吃、看戏、逛街。从他对相关门径节制而准确的叙述来看，他还是青楼的常客。

所以，孟元老笔下的东京是浩大人群的东京，也是物质的东京、“商品极大丰富”的东京。他的流水账式的笔法也许是由于笨拙，但也许正是这种物质之名的冗长罗列使这座大城成为“物”的奇观：

> （大相国寺内）庭中设彩幕露屋义铺，卖蒲合、簟席、屏帏、洗漱、鞍辔、弓剑、时果、脯腊之类。近佛殿，孟家道院王道人蜜煎，赵文秀笔及潘谷墨，占定两廊，皆诸寺师姑卖绣作、领抹、花朵、珠翠头面、生色销金花样幞头帽子、特髻冠子、绦线之类。殿后资圣门前，皆书籍玩好图画及诸路罢任官员土物香药之类……

——现在的读者已经不知某些名目的所指，但是你知道这就像进了百货公司，“物”正无穷无尽地涌来……

孟元老的记忆有一种隐蔽的偏执，他不厌其烦地罗列物品，不厌其烦地历数店铺的名称；写到皇家礼仪和四时节庆时，他专注地铺陈种种程序性的细节，他的琐碎和具体是如此盛大，以至那座名叫东京的大城不像是伫立在某时某地，而像是由词语精密复杂地堆砌。这位建筑者是个疯狂的家伙，他就像卡尔维诺笔下向忽必烈汗讲述远方城市的马可·波罗，让一座城市在符号的坚硬光芒中呈现。

但有一个问题：孟元老会不会在他笔下的东京迷路？

> 出朱雀门东壁，亦人家。东去大街、麦秸巷、状元楼，余皆妓馆，至保康门街。其御街东朱雀门外，西通新门瓦子以南杀猪巷，亦妓馆。以南东西两教坊，余皆居民或茶坊……过龙津桥南去……东刘廉访宅，以南太学、国子监。过太学，又有横街，乃太学南门。街南熟药惠民南局……

如此一路行来，你还分得清东南西北吗？孟元老大概是不会迷路的，但他却把我们带进了错综复杂的迷宫，然后他就消失于茫茫人海。

“迷宫”，这应该不是孟元老的本意，他在努力把话说清。但就在这个过程中，文字本身失去了方向感，我竭力辨认，我感到身处二十一世纪的北京某处陌生的街道，深夜无人，梦魇正悄然降临…………

——这就是孟元老的东京，在我的叙述中，它变成了本雅明的东京、卡尔维诺的东京、博尔赫斯的东京，变成了词语之城，变成了物质与人群的迷宫。这座城盛大、永恒，因为它是十二世纪的东京汴梁，也是直到二十一世纪的一切大城。

所以，《东京梦华录》是一部奇书。当年的东京被黄河泥沙掩埋，沉睡在今日开封的地下，而这本书也同样沉睡……

伤心谁家院

《板桥杂记》，余怀著。

板桥即长板桥，在秦淮河上，过桥西去即为“旧院”，“一带妆楼临水盖，家家粉影照婵娟”，在明代，那是烟花繁盛地，现代汉语中，那叫“红灯区”。

余怀高寿，活到了八十岁，殁于清康熙三十五年。在漫长的后半生，余怀看着旧院化为废墟、化为菜地，那里主要出产一种“瓢儿菜”。他写了一本《板桥杂记》，回忆昔日的桨声灯影、风月无边。

——这就让人想起他的同代人张岱，《陶庵梦忆》也是寻那旧梦。但张岱的文章更见性情，更有光芒，以我的趣味，我是不太喜欢余怀的简朴。然而，《板桥杂记》中总有一些因素令人不能释怀，也许这些因素并非此书独具，但正巧在这本书里我感觉到了它们。

《板桥杂记》是一份“伪史”。明清易代，天地翻覆，大批文人隐于江湖，以“遗民”自命，便是进了新朝庙堂，骨子里仍有遗民气。社会精英自我放逐，这是清代前期危及皇朝统治合法性的主要问题，经过康、雍、乾三朝的怀柔与威迫，经过一百多年的太平消磨，这个问题才算大致解决。

所谓“解决”，我指的是清朝终于被纳入我们的历史秩序，我们承认，在“历史”这部大书里，明朝这一章结束了，清朝是它正当的接续。但这是我们现在的看法，对清初的文人来说，他们的真实感觉是，“历史”中断了，他们不幸掉进了一个时间的空洞。

清初知识分子的主要精神诉求就是填补这个空洞。他们必须克服虚无，必须使自己的过去和现在有意义。但这真是难啊，儒生们一向自认为是历史的主体，而明清易代之时一个触目惊心的事实正是这个“主体”的缺席。我觉得，晚明文人当时主要做了两件事：一是写诗嫖娼，二是结伙骂街。他们鲜明的自我意识和对政治、道德“正确性”的执着与他们的无能、偏狭和虚矫真是相得益彰。

“大明江山一座，崇祯夫妇两口”就这么断送掉了，这时再谈什么东林、复社还好意思理直气壮？死了也就罢了，活下来的人还得讲故事。这个故事很难讲，为难的结果，就是一大群江南名妓、一大串风花雪月的事被记叙下来，进入了历史。

文人们躲在女人身后，他们的自信心崩溃了，他们无法给出他们自己在历史中的意义，于是，他们一是宣布历史中断，二是把意义问题偷换为审美问题。后一着正是他们拿手的，他们都是风流才子啊。

所以，《板桥杂记》是“伪史”，这就相当于一个当代文人沉痛讲述他在三里屯怎么泡吧、泡妞，并且断定这一切都有历史意义。但唯其是“伪史”，这本书变得有趣了，一边是宏大的历史叙事，一边是风月场上的个人见闻，前者是传统文人的说话方式，后者是他们的生活方式，这里有冲突、有矛盾，余怀老先生努力把它摆平。

如果是个现代作者，这本书可以写成几十万字，但在余怀手下，它只有一万多字。余怀所知甚多而所说甚少，现代人的文章通常是所知甚少、所说甚多。古人的眼光拉得很长，一望几十年，看的是关节、筋络，我们的眼光短，看的是此时，是皮肤。当然，余怀这么写有他深思熟虑的考量，由关节、筋络，人物直接呈现为命运，那是枝头的花委于污泥，历史的大风雨摧折万物。

——卑微的小人物、卑微的小女子与历史发生了肯定性的关联，这是传统文人作为历史讲述者和守护者的一次重大退却。在那以前，女人是祸水，是干扰历史正常运行的邪恶因素；而在明末清初的记叙中，美丽的女人们成了飞翔于大毁灭之上的神女，文人们不得不抓住她们的衣带，分享她们的美、魅力和无辜……

想想吧，关于晚明，如果删除了那些女人，对剩下的那群衣冠男人，我们其实就没什么话可说了。他们自己想必也意识到了这一点，于是，钱谦益、吴梅村、余怀等等于此津津乐道，他们似乎是在与历史做一笔交易，以微妙的性感因素换取自身的在场感。

《板桥杂记》写得简朴、清艳，时间已经磨蚀了记忆中刺目的繁华，同时这也是为了使这本“狭斜之是述、艳冶之是传”的书具有“史”的庄严，所谓“一代之兴衰、千秋之感慨”。文言文本来就有一种遮蔽生活真实质地的功能，不管什么事，文言的锦缎覆盖，自然就雅起来，静下去，消了烟火红尘；但《板桥杂记》偶或也会露破绽，忽然冒出一句大白话：

> 顾喜，一名小喜，性情豪爽，体态丰华，双趺不纤妍，人称为顾大脚，又谓之肉屏风。

最后这两个外号殊不雅驯，但恰恰由此你能感到扑面而来的欢场气息。那是未经诗化的，是粗俗的，是直接的感官和身体，与历史原没什么关系。

——雨中过常熟，见路边两堆荒冢，同行者告我，那是柳如是和钱谦益，柳“爱国”，所以墓前有牌坊，钱“不爱国”，原先是没牌坊的。“人稀春寂寂，事去雨潇潇”（王士祯《寻旧院遗址》），自然想起陈寅恪，想起《板桥杂记》。

周庄遇痴

迟子建

未见周庄，先就喜欢上了它的名字。文人总改不了“望文生义”的虚荣毛病，所以一厢情愿地认为周庄一定是个古朴、宁静、平和的有种夕阳西下安闲情调的小镇。

从苏州到周庄，乘车大约要一个多小时。那天是周日，阴雨。同行者说这日子游周庄不好，因为上海离周庄很近，每逢双休日，周庄便人群蜂拥，到处都是“阿拉”声。我便暗暗祈祷雨下得再大一些，那样“阿拉”声也许便会退潮。可是乌云并不偏袒我满含自私情怀的游兴，它很正直地从天庭撤退了。我第一眼望见的周庄，便是一带青砖灰楼顶上跳荡着的一轮湿漉漉的白太阳。

周庄旧名贞丰里，开始只是个小村落，到了元朝中叶，它才逐渐发展起来。一个地方的迅速繁荣，必定与商业活动有关，而商人中的巨富无疑起着举足轻重的作用。周庄也不例外。是江南富豪沈祐由湖州南浔迁徙至周庄，才仿佛在一夜之间给周庄下了一场白银大雪，使这里富得闪光。而沈祐之子沈万三又给这白银般的富庶涂抹了一层灿烂的金黄色，使它显出一派登峰造极般的辉煌，以至人们传说沈万三有一个聚宝盆。然而富庶极端了便有“招摇”之嫌，沈万三便因此而罹难。

据民间传说，明太祖朱元璋要修筑南京城墙，沈万三曾资助一万三千两白银，负责洪武门至水西门一段工程。后来工程超支，他又捐出一万三千两。但朱元璋贪得无厌，命沈万三献出聚宝盆。沈万三不从，将银子运回周庄，藏在银子浜下，又携带聚宝盆远走他乡。后来他被朱元璋的御林军捉住，发配云南充军。而《周庄镇志》记载："富民沈秀者助筑都城三分之一，请犒军，帝怒曰：匹夫犒天下之军乱民也，宜诛之。后谏曰，不祥之民，天将诛之，陛下何诛焉！乃释秀，戍云南。"

不管是传说还是史料，都能证明沈万三是因为"露富"而犯上。只要你让皇帝感觉到富得咄咄逼人了，即便不马上人头落地，也只能是虽生犹死、苟延残喘地度过残生。

沈万三终于客死他乡，他的灵柩后被运回周庄，葬于银子浜底。

周庄的石桥和窄窄的巷道中，果然有层出不穷的"阿拉"声。我们随着导游进入"沈厅"。沈厅原名敬业堂，清末改为松茂堂。由沈万三后裔沈本仁于清乾隆七年建成。沈厅面临河埠，水上有苫着天蓝色布的船在往来穿梭。没有想象中的临河梳妆或淘米洗菜的女人，那船虽然也古旧，但载的都是嬉笑不已的游人。沈厅的中部是茶厅和正厅，我坐在厅中央的红木椅子小憩的一刻，觉得一股砭人肌肤的阴凉从足下生起，仿佛我正踩在寒气萧森的地狱之口上。我参观过很多有钱人的宅院，它们大都是有着高大的门楼，厅堂四四方方，里面雕梁画栋。陈设的椅子也大都笨重不堪。这样的屋子因为远离窗口，所以阳光的进入就极为艰难。何况周庄的建筑屋檐与屋檐之间几乎相交错，阳光投射下来已经颇多阻隔，又怎谈得上一泻厅堂呢。少见阳光的房屋，在拥有其凝重气氛的同时，必然给人一种挥之不去的压抑感，给人一种隔绝了自然的沉闷感。流连于沈厅那数不清的房屋，就仿佛是行走在地下墓穴一般，让人觉得阵阵悲凉。后来我们一行人聚在一处小茶坊前就着腌苋菜喝阿婆茶，我偶然看见窗前几株绿色植物的叶片上鼓着几滴被阳光照得晶莹剔透的雨滴，才觉得沈厅的周围仍然有生命在搏动，而在那一瞬间抹去了拜访它时萦绕于心头的凄凉感和萧瑟感。

周庄保留下来的基本上是明清建筑，它的基调是灰色的。在绿色永不凋、永远是春天的江南，这种灰色总是像闪电一样跳跃。一座座的石桥像一匹匹骏马一样横跨在水巷上，并在水中投下它们的倒影。阳光照着石桥和石桥上的人，也照着水中的石桥和人淡墨似的倒影。吆喝茶点的声音仍然从深巷中掠过奇峭的飞檐传来。在某一瞬间，我似乎捕捉到了周庄的神韵，然而不绝如缕的游人很快就冲淡了那种感觉。我在嘈杂声中想象九百年前的周庄，也是这样的建筑，不过人很少，坐在厅堂里喝茶的时候，便能清楚地听到归船的桨声。船归的时候，也许会惊扰水中凫游的鸭子，也许闺中的小姐在临河的绣楼里推开窗户，看看那归船上是否有她喜欢的人，若没有她喜欢的人，又有没有她喜欢的丝绸或陶器。屋前的垂柳把一半绿意赋予石墙，另一半绿意却袅袅漫向河水。天色黄昏时，水巷里溢满金色，糯米糕和清茶的气息在每一位盼夫归来的妇人的指间琴音般萦绕。灰蒙蒙的周庄就在一派典雅平和的气氛中滑入夜晚。后来月亮起来了，周庄没有夜游人，月光就散散淡淡地照着周庄的石桥、流水、屋檐、垂柳以及树深处的鸟……

然而纷乱的现实很快又把我与周庄的“神交”隔绝，我们开始参观“迷楼”。迷楼原名德记酒店，柳亚子先生同南社诗词社的人曾在此居留并饮酒作赋。顺着狭窄的楼梯攀上二楼,兀然看见几个南社成员的蜡像,他们看上去仿佛是在切磋诗艺,然而人物凝固的表情却给人一种彻头彻尾的做作感。其实有这一座古旧的小楼足以让人想象南社成员在此居留时的风采了,然而人们却总以为用蜡像来复原某种生命才能达到栩栩如生的效果。于是我败兴地下楼,又尾随大家来到三毛茶楼。据说三毛曾在1989年仲春来到周庄,我们参观的正是三毛喝茶的地方。茶楼很小,桌凳比较古旧,墙壁上有三毛的巨幅黑白照片。我觉得三毛自缚时不该选择丝袜,而应该用自己的长发做绳索来结束自己,她的长发太美了。我坐在三毛茶楼小憩的一刻,石巷中忽然传来一阵泼辣的叫骂声。那是一个女人的声音。骂声琅琅,无拘无束,跟雨后的阳光一样自由洒脱。我从窗口探出头,见是一个梳短发、着白背心的微胖的中年女人倚着一家铺子的石墙在骂,她目光散漫,举止粗俗,一眼望去便知她是个痴呆。然而正是她这一通骂,使我觉得九百年前的周庄突然掉头回来了。这深深的石巷中有一种经久不息的痴语长风般的穿越了时空。我蓦然想起了沈万三的悲剧命运,他因"露富"而犯上,而痴人却不会因为"露痴"而遭贬谪。"痴"向来被认为是一种无知,所以处于这一状态的人不管说出如何辛辣的话,都不会遭人嫉恨。难怪历史上有那么多名人因为突遭厄运而"佯痴"渡过难关,他们以一种消极的方式进行了内心最痛切的反抗。于是就有了阮籍、嵇康的假意"癫狂",有了明代大才子杨慎被流放云南后,酒后插花满头穿巷而过、使人疑为痴人的传说。"痴"是一种可以使心灵自由飞翔的生存状态,它像一座永远开着窗口的房屋, 可以迎接八面来风。于是我便想,沈万三若是一个"痴人",肯定会逃出朱元璋为他设置的"虎口"。但沈万三不是一介书生,而是财大气粗的商人,这决定了他不会佯痴来求生存。世上的英雄有两种：一种是叱咤风云、我行我素，把生命置之度外的人；一种是内敛激情、藏锋不露，能忍受奇耻大辱的人。而我更欣赏的是前者，因为他们像飞旋在阳光中的灰尘一样透明。

朱元璋在南京拥有一片绿意浓郁的山陵作为长眠之所，而沈万三则是“水冢”一座，葬于周庄的银子浜底。王者的灵魂在千秋万代后仍然可以在大地上浪漫地浮游，而沈万三的灵魂则永远湿漉漉地浸在水中，仿佛是在低低饮泣。

冬天的树

罗望子

我喜欢冬天的树，冬天的树是最美的。

美向来比较含混，但美的事物不管怎么差异，又总是让你看着顺眼，舒服，说不出来的喜欢。我对植物没有研究，几乎是个门外汉，家里的花呀草呀从来不经手，家里人说吊兰如何如何，我只顾点头，说吉祥草如何如何，我照样点头。不过我知道冬天的树，也欣赏冬天的树。我不能给这些树分类，但我有我的笨法子，我把冬天的树一概归为两种：落叶的和不落叶的，这样一来，就简单取巧多了。

楼下的花圃里，地上是绿的草，葱油油的，毛毛喜欢跳进去，耍起它最拿手的狗刨式，绿草立即淹没了它，如同在波浪里出没。这时候，我就站在边上，看草丛里的两棵树。冬天的树，竟然如此婆娑，又高大又壮实，顶着的冠盖绿叶繁茂，叶片肥大透亮，风吹过来，哪怕是最微弱的风，也能让它们发出笑声，或者掌声。尽管已是寒风凛冽，看着这威风八面的树，我竟然扯开了棉袄。

小区河边，有块绿地，安放了一堆运动器械，那是老年人的天地。一大片的草坪，形成一块高高低低缓延着的小山坡，于是山坡上的树也高高低低的了。这里是孩子们的天地,也是我和毛毛的天地。我喜欢远看,但毛毛执意要我去近观。这是些年轻的树,我不敢轻率叫错。它们春夏是绿色,挤挤挨挨,秋天呢,不知不觉地红了,尤其暮秋和初冬,红得发紫,白天壮观自不必说,晚上,路灯打在上面,更见风采。几天不见,红叶全部没了,飞的飞了,落的落了,踩在松软厚实的树叶上,窸窸窣窣的,畅快得你想喊,又怕惊跑了这一切。又过几天,连地上的叶子也不见了,万物皆归尘土,脱掉衣服的树们一身轻松,越发显出精气神来。

野旷天低树。冬天的树。我看到了真正的树。这些树清瘦,笔直,隐隐的,似乎能看见它们流动的脉络与纹理,让你爱得心痛;树梢更是细细的,呈雾状,直接雾蒙蒙的天。风吹过来,不论风多强多弱,这些树都不为所动,好像它们抱成了一团。草地仿佛一张褐色的宣纸,年轻的树如同古典的中国画,又工笔又写意。要是你看得久了吧,这幅画又有了动感,有了些水墨的意趣。

在冬天,人们蒙头遮脸,臃肿猥琐,动物东躲西藏,缩进巢穴,只有树,落叶的也好,不落叶的也罢,个个率性,人人本真。它们并不刻意做斗士,也绝非懦夫。活得真实,也活出了涵蕴:它们无须保护,却自觉不自觉地保护了别人。

树,是冬季世界的皮肤、面容和骨架,默默的强大,一如柳公权的方块字。

一群放学的孩子跨进来了,抢先的是一条土狗,毛毛自然不甘示弱,飞身扑去。冬天的狗和冬天的树不一样,狗肥树瘦,一身膘的土狗见了毛毛,很敦厚地节节后退。孩子们拍起手来,叽叽喳喳的;两只狗,一大一小,很好奇地仰着脑袋,摇着尾巴。原来他们在剪刀石头布,预备分成两拨捉迷藏。怎么捉迷藏呀,我也和狗们一样好奇了。怎么不好捉呀，领头的小丫头梳着羊角辫，白了我一眼。那你怎么躲啊。笨啊你，不是有树叶吗。树叶，哪有啊。小丫头不再理我，一声令下，孩子们很快各就各位。她们隐在树后，冻红的小手搭在树身上，明明能看到对方，却视若不见。猛然一声惊叫，捉与被捉的孩子围着小树陀螺般旋转起来，这回是发现了，却始终追不上，树给了她们奔跑的空间，也成了她们躲闪的屏障，但不管怎么追，怎么躲，她们灵巧的身子总是碰不到树，梅花间竹一般。倒是两条狗热闹地添乱，也跟着她们跑，毛毛还跌了个跟头，女孩们的笑声如受惊的鸟群嘭地飞翔开来。

我忆起一个冬天的黄昏，和父亲去大姨家。我们已经赶了五里路，却才走了一半。一路走，我一路数着高大的白杨树，父亲则不住地叫我歇歇再走。而我好像赌气似的，搬动着两条小腿，就是不肯停下来。最后父亲只好说他走累了，想吸袋烟。父亲坐在一个树凳上，在凳子的边角磕着烟袋，吸得很舒坦。我站着，换着脚撑着。过了一会儿，父亲让我坐，他则靠在一棵树上。树凳让他坐得暖烘烘的，可惜我屁股小，只能坐在树凳的一角，裸露的巨大年轮让我心惊。也许是因为温暖，也许是因为泄了劲，我再也走不动了。父亲叼着空烟嘴，把我架到他的脖子上，哼哼道：你不是很能的吗。哈哈，我骑上树了。

到了大姨家，天已完全黑了。吃完晚饭，我们是坐着拖拉机回家的。可能白天走了太多的路，我的眼睛根本睁不开了。迷迷糊糊地，我听见父亲嘱咐拖拉机手，喝了酒，开车得盯着点。拖拉机手嚷嚷道，不要紧的，有树呢。我挤在人群中，坐在密不透风的地方。听到他的话，我来了点精神，努力地扒开那些腿。终于，我的脑袋从一个人的裤裆里钻出来，却掉进另一个人的两腿之间。我艰难地看到了一点光，只有一点光，还是从白杨树上反照过来的。白天我竟然没有在意到，那些树的根部都刷上了石灰水，我也只能看到那白色的根部。拖拉机突突突蹦跳地行驶着，像一只小铁船，穿行在带栅栏的河流上，也恍若不是我们在前行，而是那白栅栏般的河床扑面而来，又呼啸而过。

我喜欢冬天的树，觉得冬天的树才像树，大概就是从那时开始的吧。

追风筝的女人

我写叶弥是有些私心的，因为自从读了她的《成长如蜕》，见过面打过牌之后，我就一直想着给她写个像点样子的评论。至今，我还保存有叶弥早期发表在《江南》上的中篇《耶稣的灵光》复印件。当年我那篇始终没出炉的评论文字是这样开头的：提起浩浩荡荡的江苏文学大军，一定是绕不开苏州作家群的，不过当你真的进入这个群体，你就会发现，炫目的苏州作家群炫目的原因在于，它本质上是苏州女作家群，不是两三个，也不是三五个，而是前前后后一长串，大有“小蝌蚪找妈妈”之气势，更让你惊奇的是叶弥，作为苏州女作家的中坚人物，她的作品其实是与江南无关的，与婉约无关的……

搁下笔来，我想再等等看吧，评论似乎为时过早，还是看看叶弥的下一步还有什么新动作吧，哪知这一等就遥遥无期了。叶弥的成长果然在我的意料之中，此后她佳作迭出，如《天鹅绒》，如《猛虎》，不可收拾，也不可阻挡，却又在我的意料之外，有关她的作品的评论更是若雨后春笋、芝麻开花，且皆出自于评论大家之手，此时我再班门弄斧，就显得又可笑又多余了。

1998年夏末,《雨花》杂志在连云港搞了个笔会,那次的最大收获就是认识了叶弥,因为大我一岁,我这个老作家就无可奈何地成了她的小弟,这就是我的私心处。我到现在都不清楚叶弥有没有亲弟弟,反正我这个弟弟似乎是铁定的了。叶弥是认真的,而且做得像模像样,此后电话来往,开会相遇,她总是以小大姐的口吻问候我,提醒我,关照我,告诉我他们一家当年下放苏北农村的经历。隔年5月,还把我们全家吆喝到苏州,游了一趟周庄,带我们去了东山,看了山上的一座小寺庙,据说寺庙虽小,却很有些来头,九百多年了。但我只记得路边的杨梅、水蜜桃,清新的空气里流溢的酸甜气息,现在也能隐约嗅闻得到。

2002年,在北京进修期间,已成名家的叶弥也来鲁院视察过,请她和她约的一帮子朋友在"大鸭梨"吃过饭喝过酒后,我们走在八里庄纷乱的小街上,叶弥指着路边林立的发廊说,罗望子啊,好好写小说吧,这种地方可别去啊。我心虚地低下头,数着电线杆。老实说,我去过,还不止一次,都是和要好的同学一起去的,也就是洗个头,敲一敲颈椎,每天坐在电脑前,实在吃不消。不过叶弥说了之后,我再也没敲过。但我也不是吃素的,记得她着一件薄如纸的白色羽绒衫,我笑她不会穿衣服。她则大度一笑,笑我根本不识货,那还是个叫"蜜雪儿"的品牌哪。

和叶弥玩得最多的还是打牌,小说反而聊得极少。叶弥是个享受生活放松自己的人,她知道生活就是生活,写作就是写作,混为一谈往往迷失方向。但我很难评估叶弥的牌技,或者她有没有牌技也很难说。每次开场,叶弥总是冷静的,还提醒大家打牌就打牌,不要争吵,可是两三把过后,无论输赢,最先争执起来的好像又都是她。如果恰好是我和她打对家,她照样批评我,指点我哪张牌应该出而没出，哪张牌不该杀却杀了，弄得我这个圈内公认的八十分高手也手足无措，开始怀疑起自己是不是真的打臭了。

不聊小说，不等于不聊她和她的作品，尤其她不在场的时候。经常会有人告诉我，你们江苏有个叶弥，小说写得很棒，不仅男作家夸她，女作家也夸她，小作家夸她也罢了，大作家也夸她，这的确是个很令人服气的事儿。不过夸她的人更得意，似乎他们对文学、对江苏作家一副知根知底的形状。

在我看来，从事文学的人不是怀揣文学理想，就是因了混混生活，可是叶弥什么也不为。说到生活，她的家境宽裕，还不是一般的宽裕，可是她写小说了，还写得那么好；说到文学理想，她认为，我是女人，女人喜欢做梦，做梦是不切实际的，所以小说就成了中和我这个特性的手段。我必须通过小说到达现实并理解这个世界。但让我痛苦的是：我发现写小说成了我的另一种梦，一种会走路的梦，你不知道它将带你到何方去。

说了这么些，我还是难以把生活中的叶弥和写小说的叶弥连接与贯通起来，生活中的叶弥似乎是随性的、糊涂的，写小说的叶弥又是清醒的、理智的，甚至是残酷的。一如我们这些人，始终是在放着风筝，摇摇晃晃，歪歪扭扭，而她是个追风筝的，内敛，奔放，激情，执着。

最近的一次碰面是去年的现在这个季节，范小青作品的研讨会上，我突然发现叶弥不爱说话了，而且来去匆匆，避闪着众人，似乎她从来就是不怎么说话的。但我们等在电梯门外的时候，她又“气势汹汹”地问我，罗望子啊，你怎么不说话呀。

致温暖与爱意

经常有朋友问我,最近都读了些什么书,或者有什么好作品可以推荐的,我总是无言以对。实在是因为懒散,也因为书越来越多,可读可赏的却越来越少了。5月读了《劳拉与胡里奥》,9月读了《风声》后,还真的没怎么看过。昨天晚上十一点后,竟然顺手拿起了新到的《外国文艺》第六期,被一组生日小说吸引住了。这组短篇作品的选编者是大名鼎鼎的村上春树,一共十二个,《外国文艺》译载了四个,我读了其中的两个。

《摩尔人》。我从最后一个短篇读起,我读书从没顺序。三十年之后的邂逅。当年,男人二十一,女人五十,发生过短暂的一段情。当年的小伙子是个水暖工,现在卖水暖设备,女人是富商的妻子,现在成了八十岁的老太婆,儿女们在酒吧里为她开生日晚会。邂逅的爱情有,但这样的身份与年龄的悬殊绝无仅有。有意思了。一段忘年之恋,在常人看来,也可以说是富商的妻子勾引了少不更事的小伙子,想想就让人吐。然而一个强悍有力的作家面对这样的素材时,要做的就是化腐朽为神奇,让庸俗不堪变得哀婉动人情深意长。男人并没有认出女人,离开酒吧时,老太婆抓住了他。问题又来了,他们将要聊什么?

女人问男人,当时他是不是处男。

男人说是的。实际上他撒了谎。

男人问女人,当年她还有没有过别的男人。

女人说没,毫不犹豫地,婚前与婚后都没,"除了我丈夫,你是我唯一爱过的男人。"

男人并不相信她,但明白她为什么撒谎。

小说是以第一人称,男人的视角叙述的。第一人称的叙述容易和作者混淆，这里的效果却不一样，它使读者得以仔细地审视“我”的角色和态度。男人承认自己撒谎，是让老太婆开心。但他认为老太婆也在撒谎，显然是个误判。作家其实前后花了不少笔墨来表明那段经历对一个女人的珍贵，抑或是她生命延续的支撑。她肥赘庞大，但眼睛明亮，始终微笑，小说一开始，她就一眼认出了已年过五十的那个小伙子。退一步说，她是否撒谎已不重要，重要的是他们交换着当年的情感，他们相谈甚欢，没有后悔。这也许是中西方的不同之处，他们怀着一颗感恩的心眷恋曾经的岁月。尤其男人，由若即若离到备感珍惜，回忆让他们获得新生，慌乱的老男孩被老太婆彻底征服了，以致“虽然她的眼睛有点红润，但她没有哭，而是在微笑。她那双明亮的蓝色眼睛上似乎结了一层透明的薄膜。现在，努力辨认的话，我已经依稀看出她一丝当年的影子，仿佛时光在暗处流转”。小说的结尾处，男人回味着女人，重新咀嚼着他的平淡人生。

关于《摩尔人》，村上春树的导读写道：毫无疑问，班克斯是当代美国最有影响力的作家之一，我读了他所有的新作。他的故事总是沿着一条清晰、笔直的线索前进——这个故事对于班克斯而言，是一篇罕见的温暖人心之作，但读完之后那种特殊的黑暗的疼痛感，清楚地表明它仍然是班克斯小说世界所独有的产物。

《摩尔人》可以说是一个标准的短篇小说，七八千字的篇幅，让我经历了一段漫长的情感旅程，彻夜难眠。

短篇小说总是指向过去的，却让作为读者的我们时刻检点现在与未来。常常听人这样说：激动、兴奋，通宵达旦，一口气读完了某部长篇小说。如此言不由衷的溢美之词，我不知道作者听了之后是高兴还是沮丧。所以相比长篇，我更喜欢短篇之慢，慢的覆盖性和辐射力，总是让我产生新的遐想。

《洗澡》同样很标准，甚至有过之。因为作者雷蒙德·卡佛是极简主义的代表人物，海明威之后的短篇大师。但卡佛的作品更直白克制，更生活化，也更残酷。过生日的男孩在街头给汽车撞翻了，住进了医院，由此，恐惧笼罩到了男孩父亲和母亲的心头。这个短篇的独特就在于，爱意是以恐惧和不安的方式呈现的，所有的细节都展开着他们的忧心，如同深藏的暗流。父亲回家洗了个澡，也是为了解脱这种恐惧，但是澡一洗完，就赶回了医院，他想看着昏迷中的儿子，他还想换妻子回去洗个澡，但母亲不想回去洗，因为她怕看不见儿子的时间里，会发生什么。他们守望着爱，面面相觑，在病房里构成了一个特有的氛围，又温暖又恐惧。最后，母亲忽然想开了：也许在她回家洗澡的阶段，男孩苏醒了呢！

在此之前，线索始终是单一地围绕着男孩一家三口，但是母亲经过一间小小的守候室时，给另一个女人紧紧抓住了，问她是不是有了尼尔森的消息，男人赶紧拉开女人。显然尼尔森是他们的尼尔森。另一家子同样生活在恐惧中，期待着他们的孩子。它使爱意螺旋式地上升，也使作品更为厚重，而蛋糕店不断打来的电话更让小说处于悲怆与希望的边缘。

村上春树觉得，《洗澡》给人另一种“精确而苍凉的印象，就像它把自己的头毫无缘由地给砍了，而且哪儿也找不到”。

但是我找到了，也许，我也该写点什么了。

证铁的过程

蒋蓝

有关鲁迅先生的文章我只写过两篇，其一是《鲁迅的黑暗与博尔赫斯的黑暗》，其二是《复仇乃春秋之大义》。时间很快就过去了，时间裹挟着这些文字，连同我注入文字缝隙间的情愫，去到了它们该去的地方，我无喜，也无憾。余生也晚，从各级课本里阅读到先生的二三十篇文章，就已经为我犁出了一条干燥的河谷。文字如酸，早已经从纸面塌下去了，就仿佛蚀刻画一般的托升起一个头像。一定要是侧面的，类似于像章的，浮雕一般的，还带有石灰石本色的那种，这个时候，我就总觉得他找到了一个安身托命的地方，他从大地上竖起了身体，在石墙上凿一个石穴，只要一个头颅就已经足够，他的身体俨然已经同石墙融为一体了。

没有谁叫我继续阅读先生更多的文字。就像绝大多数人一样，在彻底合上课本以后，被夹在纸页里的先生，充其量就是一张略为别致的书签，他的作用业已圆满。人到中年以后，很多习惯固然在变本加厉，但一些观念也在发生变异。就仿佛中年人热衷于从镜子里反复洞察鬓角的变化一样，我们其实也偶尔在镜子的深处打捞那些中断的追忆。光正以挪移的方式在断口上催生春意或灌浆的声音，正在开始慢下来的个人经验就告诉我，我的时间不是很宽裕了，应该做好一件事情。比如，可以追问那些追忆的意义。这就像继续一个毫无起伏的叙述，但重要的是，我既可以继续聆听，也可以继续叙述，直到无以为继为止。

我读着读着就忘前面了，把郭沫若的加封的“法西斯谛”与成仿吾的“三重的封建余孽四重的反革命”混淆为革命，把那个拒绝刺杀清廷官僚的留日学生以及他后来随身携带的匕首漫漶起来，然后又从已经阅读过的地方开始阅读，没有规律，缺乏深思，甚至倒着从注释再读到正文。当把先生的全集差不多翻了三遍以后，我就进一步发现自己这种无心而读的后果有多么可怕。因为我觉得，我所认识的先生，使我习惯于在自己面临某个辨析的临界点时，就把他请出来，让他在某个向度上的锋锐或微笑构成我需要的逻辑定语。比如，作为小说家的鲁迅、作为诗人的鲁迅、作为思想家的鲁迅，甚至孝母的鲁迅、复仇的鲁迅、博学的鲁迅、战斗的鲁迅等等，我想过没有，我们有意无意地把先生作为理性工具甚至狂热的助燃剂来使用了？导师们不是说过吗，从来没有抽象的真理，真理总是具体的。这话放到今天的部分语境仍是正确的，但问题是，急功近利的现实从来没有把先生当作什么真理，而是视其为一己所谓真理的证词和证据。思想总是要回到具体的语境才有意义，但一当它返回到我置身的具体语境，思想就与初衷发生偏移甚至悖反。连死人也要用来卖钱的事情先生早有先见之明，他预感到了他的身后注定无法平静。

读一读先生逝世当天各地的报纸吧，上面堆积着文豪和文痞的幸灾乐祸与普天同庆。对此，“狭隘”的先生是有先见之明的，“一个都不宽恕”就是他唯一的答辩。用先生的话,不妨与安德鲁·杰克逊临终前的遗言——“我愿意宽恕他们(敌人)的整体,但绝不宽恕他们的个人”做一番比较,就可以发现,先生既不会宽恕敌人的整体,也不会宽恕他们的个人,因为敌对阵营从来就是由个体的芒刺组成的。更何况,以他为敌的人,根本就不屑于宽恕鲁迅或被鲁迅宽恕。他的劲敌之一梁实秋就说:“鲁迅先生是至死不肯饶恕人的,我想他也未必愿意被人饶恕。”能够说出这种话的人,就说明他配做先生的敌人。情况一清二楚,但却难以言说。如此,他早已经完备了心史功课。如果离开那个敌阵合围的语境,这话就不是任何人可以讲的了,也可以说,离开了先生的情状,这些话语就不具备挪移出来的借鉴意义。何况,他根本没有心情来预设那些可以闪光于后世的哲理或箴言。他不屑于这个。他的每一次出手,只是必然遵循他的语法和秩序。

一些对先生的理解,既是正读也是误读。正读是指他们几乎弄懂了先生对垒于黑暗的一面,误读是指他们对先生的无限拔高。但这种误读的功绩却也使一些思想者获得了一张特别签署的通行令,“高扬”先生的精神,从事着迂回而语义繁复的战斗。这个情况未必是先生的精神力量使然,恐怕更多的还是历史的相似性,才造成了他永不停息的出场。战士还是只有他一个,他的敌人倒是越来越多。

异物在肌肤留下的创口,裂开的肉总能够抵挡忧伤的侵蚀,而且结痂之后总是比原初更为密实。它虬起的姿态如同一个随时可能爆发的动词,纠结着一种强力,为我的手所触摸到的每一个往事提供控制的信心。平静的时候,如同一个异物坠进深渊,我刚好看到了它消失之际的零碎反光,然后,它就彻底消失了。我无法用言辞来打捞,因为这就如同在沙堆上寻找一个硬币,越是焦急的劳作,硬币就越将更彻底地潜伏到沙的底层。只能停下来，慢下来，思量每一个细节，渴望光赋予沙砾，然后以反光的提示昭示存在。但这种期待心理总以破灭而告终。在一个黑暗的时分，那些地上亮水给我以启示。记得黑格尔说过，“在纯粹的光明中就像在纯粹的黑暗中一样，看不清任何东西”。那么，是否只会面临两种可能呢？即硬币开始发光，或者作为沙堆的我获得了自明。不一定吧，如果硬币比环境更黑，不是同样可以昭示它的存在吗？

我坚持认为，先生最好的作品是《铸剑》（也可以说我完全赞同张承志的观点。他在成都的一次讲演中，我向他表达了这一认同的理由），这里没有什么题材、年代的区分意义，那是一篇可以耗尽一个人才情和血的文字。先生就是《铸剑》里的黑衣人，开始行走在我的体内。但是，我只能感觉到他的大氅，像乌鸦的一翼，而无法窥见那飞动的身体。

一个人总是有爱，但值得爱的人已四散。爱无法如流水绵绵不绝，更不可能在元气大伤之后，因为出现了一个值得挚爱的对象而立即涌泉相报。爱是一个逐渐熄灭的过程，是一泓逐渐冷却的夜水，待到它以冰块的模样出现时，那些爱的原欲蛰伏在透明的中心，标本一般出示着演变的心路。该过去的，已经远去了，它偶尔发作的痛藏在骨头里，出来号叫一阵，再回到无边的黑暗中，就仿佛地狱中的魂，只把头颅抬出罪孽的水面。爱人不再，知己远逝。相同机制的是仇恨。这并不一定构成对立转化或对创生成，有些时候，仇恨是来自于透过了爱的更广阔世界。也就是说，世界上固然没有无缘无故的爱，但也许有与生俱来的恨，而这种恨往往又是超越个人的得失的。但仇恨更为消耗一个人的意志，因此它可以把所有的情绪装订起来，浓缩起来，构成一个人的脊柱。因此，即使被人戳脊梁,被打断了脊柱,不怕,因为你还有一根!比如开始阶段,仇恨容易令人走极端。在拼死一个够本、拼死两个赚一个的念头之后,你逐渐发现其实自己远没有这么容易送命。有些强力者的命,硬得连魔鬼都不敢收留。这同样可以令仇恨者慢下来,甚至舒展开自己紧缩的筋骨,你可以仇恨得坦然。在你逐渐感到来自仇恨深处的某些快感之后,藏于骨头里的号叫突然警报一般长鸣起来……

这未必就是物极必反。经历过大痛大恨的人,就多少有些藐视以前的爱以及书斋里酝酿的情致了。这容易让人气短,觉得它们脆弱,不经风雨,靠不住。尽管它们躲藏在骨头里,似乎企望着什么,但比起眼前的遭际,它们粉色的格调更像从女人腮边逃逸的桃红,一串泪水就可以打败它们,涂改它们,使它们缴械。它们没有自己的家屋,骨头只是暂时的避难所。因此,在爱或者知识的叫嚷中,你可以继续抽烟,休息,沉思,咳嗽。你开始焦虑:仇敌到底怎么样了?

瑞士作家凯勒在《绿衣亨利》里发现了一种令人感到困惑的情感,他写道:“宽恕和扶起已经屈服的敌人,这倒是一般的哲学问题;而真正爱那势焰滔天的、还能危害自己的敌人,这种事例我在任何地方都没有见过。”这种奇怪的感情的确可以困惑我们,但为难不了先生。他经历过无数次这种内力的搏斗,他不爱这些仇敌,难道要他去爱那些不断背叛他的所谓朋友不成?!《圣经》里的上帝说,你的仇敌若饿了,就给他吃。若渴了,就给他喝。因为你这样行,就是把炭火堆在他的头上。

但,关心仇敌的存在,远没有到达浪漫的武侠小说那种诗意。但他,或者你,真的喜欢上对手了,这种喜欢几乎就是爱,但并不确定。因为他,或者你,逐渐发现,这种感情是冷彻的,透明的,是冰块里的火焰。就像长时间地注视刃口,看得眼睛发花,一滴眼泪突然落下来，被刃口一劈两半，混浊的液体清洁了，像剖开的冰碴，然后，它们坠落下去，尚未接触地面就被风接走了。他或者你擦擦眼睛，闻到了一股铁的气味。

什么是铁的味道？这是很多人所不明白的，因为人们早早地从铁味边缘遁去了，他们喜欢钱味。铁的味道是散漫的，它总能够让人联想起一些扎眼的、坚硬的、下坠的东西，但进入我记忆的铁，首先应该是锈的味道。这有一股血的滋味，不是鲜血，而是血干燥以后的那种淡而持续的播散。我感觉到口腔里充满了铁锈的气味，潮热而带着一点点流动的精致甜味，类似于喉头时不时翻涌起的一股咸而甜的东西，褪色的桃花一般。渐渐地，我在这样的气味里陷落，直到重重跌落到铁的本色中。以前总以为铁锈都是红褐色的，其实在铁的不同部位上，锈色由黄褐到黑色变化不一，颜色取决于水分和铁的不同种类。例如，我感到身体内的这块铁，表面的锈迹在发生改变，变得更深，几乎呈纯黑。

现在，时髦的玩法已经涉及体力活的领域，比如陶吧、木工吧就很红火，连铁吧也铿锵开张。周末，几位朋友约我去打铁。一想起铁，我的心就会被刺痛，一种温暖的痛。它离我最近，后又离我最远，现在我要如磁石那样把它找回来。

我看到一对恋人正在打铁，那男人穿着对襟的小褂，大半个膀子都露在外面，但膀子太细了，太白了，下身穿着一条四川人喊的那种“摇裤儿”，发福的肚皮正从胃囊向外突进，以显示吃不完或者吃多了的富裕。姑娘眉含远山，红指甲红嘴唇，用两根手指捻着铁块总是有醉酒或者重感冒的意味，我担心她会被男人不听使唤的大锤砸了手。这时，男人一扔铁锤，一个踉跄趴在地上。他大口地喘着粗气，叫道：不玩了，不玩了！

接力棒传过来，我们接着打。我以前没有打过铁，但抡过油锤，我吃过八年的体力饭，这就是我的本钱和基础。所有的劲儿都使出来，恨不得把砧子也砸扁。但是我是在打铁。铁是不听话的，铁不按照你的力气行事，它顽固而矜持，从骨缝里发出一声叫嚣，用铁的淬火气味灌满你的鼻腔，并在肺叶里居住，像血一样黏稠。汗水滴在铁块上，扑刺刺地乱响，铁用正在发青的表情返回到它的原初，粗粝而古怪。

这就是一场筋疲力尽的打铁秀。我既不兴奋，也不沮丧，我温习了感动过我的日子，使一块铁，再次得到煅烧和通红。

接下来是在一个失眠之夜，我突然感到一种锐利的疼痛正聚集在腰部，越来越明确地蠕动，痉挛、蛰伏、挺括。它使得窗户外的黑暗摇晃，床板辗转。事情很清楚，先生绝对不只是一块铁，但他已经失败，失败成一块铁。他对我的作用就是铁的生成、发亮和生锈，他一度像硫一样站立于铁的纹理之中，但在今夜，他在设法把铁还原为纯铁。那是一种绝对的银色，以最幽深的光梳理着我的思想和脉络。这固然是不完整的，但我只能获得这些质地和色素，这就是我的收成。我无权责怪土地。我突然觉得，《铸剑》并不完全是抒写复仇的，它为什么要反复展演那个铸铁、锻造的过程呢？这似乎预示着，即使是仇恨，也是要经过锤炼的？没有那种爆炸前的收敛与压缩，恨就会从生命中提早地分离为血和水。那么，纯青的炉火就不仅仅是爱了，还有来自于仇恨的丝缕与瘀血，使剑获得了铁的一切品质。

纸片的思想飘起来，学问在跳狐步舞，那些宽容或自由的叫嚷正在起身离开，铁沉下去，回到它的地方。在黑暗与光亮的交错区域，铁终于成为铁，银色的铁，如死一般。而有的人，熟悉死亡就如同熟悉自己的妻子。这时,我开始明白——为什么银色的纯铁可以使黑暗显形了。

在此,阅读胡风于1957年写下的《记往事——追悼鲁迅先生》就显出特别意义了——人总是于百无聊赖或黑云压顶之际,就越发怀念冷兵器的淋漓酣畅,因为,锋刃终究是要出手的!

耻笑玲珑通八面,敢拈纠结理千端。
园中有土能栽豆,朝里无人莫做官。
立地苍松千载劲,漫天白雪万家寒。
难熬长夜听狐鼠,且煮乌金铸莫干。

不管怎样,胡风出手时发出的寒气虽然绞杀了自己,但那寒气一直成为中国命运的一道无法愈合的伤。

当代英国作家布瑞南的随笔集《枯季思絮》里,讲到过冥河摆渡者卡隆之船。说是一个谣言诱使人们纷纷登上死亡之船:“母亲们拿着金币向港口跑去,姐妹们带着礼物,寡妇们——可怜的寡妇们——手中拿着一大串钥匙;什么也没有的人则把手紧紧相握。”我想,如果我也在其中的话,我就不会着急。因为如果卡隆命令我把铁——交出来,成为船的压舱之物,那么我就可能用铁——戳沉它。我很清楚,无论多么强悍的精神内力也无从逃避死亡,它只能与死亡的纹理彻底交融,锲进去,像钉子首先截断了钉帽那样,毫无退路地进入,才有可能在死亡中保有精神的生命。既然死亡是最后的宿命地,那就只有在率先的轰毁中才可望打开铁的纯光。

我是该用铁来打造一支笔?还是一把刀?抑或一根坚持的钉子?或者不要惊动它,就让它镇住我的心跳,如负重的夜行人,一步一步逼近我该去的地方?

西凉山的九十九朵白云

雷平阳

一

我是白云的儿子，我的魂一直都由白云携带。白云在天上走，我就在白云下面的山野与河川之间跟着它。有一次，我横渡金沙江，只为了去摘一束攀枝花，白云就歇在攀枝花树的顶端。我知道，在西凉山，一棵攀枝花树就可以搭建一座天堂，它树身与枝条的神殿，它硕大的花朵的神祇气味，它繁茂的叶片的伟大秩序，它四周壁立的氧气的肃穆气氛，它用阳光和月色酿制的恩膏，一切都真实而具体，就像树根组成的人间，泥土在上，心脏在下，周围簇拥着石头的家族、禾苗的部落、溪水的城邦、昆虫的集市，以及色彩、线条和声音的王国。

我一寸一寸地往上爬，世界多么安静，几只黑铁之鹰蹲在风上，铺开的翅膀上，没有雨水和风尘，褐色的毛羽早已滤尽黑夜之冰。谁看见过鹰眼中的仁慈？谁看见过鹰爪上弥漫的抚摸的愿望？与它们相距不足两丈，而不是隔着一片天空，我看见它们像终于回到故地的游魂，身体中的弓箭和刀刃通通放下了，群山群河再不是超越的对象，天空也绝非宿命的渊薮，眼前的万物流溢的全部是记忆、擦痕和爱。一棵攀枝花树、一朵白云、一片闪光的水域、五百公里整齐排列的山头和寂静,其中任何一种,都能填补它们灵肉的空缺和缝隙。所以,看惯了闪电,把任何一种光都视为闪电的眼睛,鲜为人知地柔和起来,依然犀利的视线,构成的材料却由冰刀变成了蜜剑。怎么会呢?它们并没有离开过西凉山半步,忽然有了记忆的这些物种也是日夜所见。那棵攀枝花,看它现在多美妙,可它那枝朝北的枝条,曾弄掉了自己最动人的那根羽毛;那正在渡江的风暴,你看它现在多么迷人啊,气宇轩昂,大开大合,可它曾让自己胸膛发冷、晕头转向;还有那堵相对高差达三千米的绝壁,你看它现在多令人心醉,出尘、干净、伟岸,用它造一座天堂,胜过世间几万座教堂,可它的确曾让自己上下为难,不是不能用翅膀去丈量它,而是它在那儿一动不动,仿佛一肚子装的全是神的意志;至于这朵树上的白云,你看它多像一团上帝的棉花,可那些年,跟着它在西凉山的天上飞,却怎么也追不上它,唉,倦鸟追云,它曾让自己几乎累死在天上……

也许问题的核心是,这些物种怎么一下子就变了性质?但在我攀爬攀枝花树的过程中,我真的看见几只鹰不再是记忆中的鹰。它们之所以在相同的地方、相同的物种身上,找到了自己的另一副身体;它们之所以愿意把天空尽可能地让给白云,让世界尽可能地安静下来,我想,这应该是西凉山的秘密。许多年以后,在北京东八里庄,诗人倮伍拉且告诉我,诗和鹰都是通灵的。我觉得他说的不会错。

二

爬上一棵攀枝花树,一寸一寸地,我靠近了白云。最初的愿望是采摘攀枝花，可上了这棵天堂之树，也许别人会以为我将放弃凡尘的想念，转而去得到作为神祇气味的攀枝花，或者以儿子的名义，重新进入白云的身体，一切正好相反，我还是摘了一束为凡尘而开的攀枝花，不为奠献，也不为情献，仅因它火红色的美。从树上下来，鹰在上，白云在上，天堂在上，下面的尘埃，以山峦的模样，以江水的步伐，走得好疾！与它们赛跑的人们，全是我的父母和兄弟。

三

大江日夜流，我只是过客。一只只鹰换了心肝，一块块石头开始飞翔，多少个万里无云的日子，在西凉山的手心里，我度过了自己寂荡而幸福的童年：单纯地为一束花而奔波，偏执地跟着一朵云走到天黑，认真地与8月的星空交谈，一次次沿着山脊把羊群赶进了天空，或者通过金沙江或牛栏江——那天地不朽的血管——认识了一系列小的跌宕，大的粉碎和新生……土地之爱如鬼魅附体，手下的神图，插遍漆树的鬼板，全都以不一样的方式流传。

在此，英雄之逝如巨石坠江，我辈远走，当是白云外游。被我一再诗意化了的生活场景，如果一旦还原，就将像那棵路边的漆树。它身体里的汁液，每年都有人在汲取，把它的皮肤破开，汁液就流出来。一年一个伤口，忠诚地跟着树干，就好像树干上与生俱来就有着一架伤口组合而成的梯子，而且这梯子每年都会增加一级，直到树枯了，汁液没有了，梯子才会失去繁衍力。天地有阴阳，铜鼓分公母，那母鼓能生下成串的小鼓跟在自己身后，难道伤口也有疯狂而伟大的阴道？难道这漆树身上的梯子隐喻了生的形态？

据此，我们就不难理解万物有灵的生存观了。草有灵，树有灵，鹰有灵，天有灵，山有灵，这并非人类发育史上的余音远唱，祝咒铺陈，水土草虫就会听令。同时，人命关天，虫命也关天，谁也不是天地间唯一的主人。我们和虫、鸟、兽、畜一块儿来，来到这山上，就该是兄弟，就该共享山的财富和饥寒。没有人不知道生之短促，中途加入人类绵绵不绝的队伍，必然又将在中途退出，你还有理由不欢乐地嚼尽这天赐的蜜糖？

四

山有大幕，一如波澜壮阔的舞台！

很多时候，舞台上只有风暴和雷霆。风暴登台时，雷霆先报幕，它轰天炸地的大嗓门，它让铜屑铁末满天飞溅的共鸣声，意在压住万亩山川的窃窃私语。它说，现在让我们把西凉山交给风暴吧，除了风暴，戏剧中没有谁可以再扮英雄！

一出戏剧，因此从头到尾都是风暴。就像有一股神秘的力量在暗中调遣着西凉山一样，风暴也被隐形的力量所调遣，从头到尾缺少故事性，平铺直叙，清一色的大场景，山是泥丸，水是飘带，都不变，变化的云通通被驱逐到看不见的地方，多像没有买票混入剧院的孩子！它吹，就一味地吹，一天，两天，一个月，两个月。唯一的变化即唯一的剧情就是：遇树，它变成树精；碰到山头，它变成山神；来到江上，它就成了龙王；如果与几朵花撞了个满怀，它则迅速做了花妖；假如有鹰隼前来搭乘顺路车，它毫无疑问的就是鹰灵……简单、直接而又无止无休的伟大戏剧啊，我们并没有因它而昏昏欲睡，当它成为人之肉、人之血、人之骨、人之心和人之主，它就在我们的身体中旅行、访问、判别是非、决断生死。

风暴谢幕时，有点像天地蜕皮，一层皮肤掉下，露出新的一层……

更多的时候，西凉山的舞台上，山川体系作为背景，土垒的房屋陷入泥土之中,还是土的家庭成员,它们之所以有别于土,易于让人看见,就因为它们偶尔会晃荡,火焰与炊烟在一定程度上改变了它们作为土的品位;人的出入和睡眠,则使它们多了最大比例的梦幻异质。然而,在西凉山,在山川的排比和递进群落中,动与不动,梦与不梦,又有什么区别呢?小组合为大,但作为个体的小,在集体主义的大面前,于旁观者看来,小甚至会小得没有痕迹。一个人走进几百公里长、几十公里宽的峡谷,一群蚂蚁在千里山脊上搬家,一棵泡桐树守望着金沙江,都像一头黑山羊拥有整整一个黑夜啊!都像一个伟大的毕摩置身于前不见头后不见尾的人魂长河之中啊!

好,现在我们不妨将目光再次投向西凉山的舞台。我们要看的不是一个人或一群人,披着察尔瓦,像条黑色之河,穿过西凉山,很显然,他们的身影不言而喻地小;当然我要陈述的也非一支鹰隼的队伍从天上飞越西凉山,看它们并以俯视的角度看天之下的一切,也许会看到非同凡响的景致,但我们还是来看看一只蜜蜂,看它如何擦着地表嗡嗡飞过西凉山。

一只蜜蜂,它需要我们通过想象才能呈现。它从自己筑于岩壁的巢中,一身蜜糖,黏黏糊糊地爬出来,一脚踩空,然后费劲地打开被蜜粘住的翅膀。现在,它的任务不是寻找油菜花,而是要用自己的小翅膀去完成一场我们众所周知的旅行。它一寸一寸地飞,才飞了二十寸左右,过惯了集体生活的它,便遇上了孤独,并差点被一只乌鸦啄食;好不容易飞了一公里,它就觉得这旅行缺少意义,无花可采的日子真的过不下去,但又觉得身后跟着千万只想啄食它的乌鸦,它必须一直飞;再飞,在一片开花的荞麦地里,它不仅闻到了花粉的香味,而且它的一只伴侣在那儿等它,只想为这位可爱的朝圣者饯行,唉,它真的欲哭无泪了,天堂就在身边啊! 再飞,它遇上了风,遇上了雨,还遇上了篝火上方致命的滚滚浓烟,还遇上了漫漫长夜和烧荒的一山之火,这可爱的小精灵,飞翔的过程中只剩下飞的念头了,很大程度上,它已经不是一只蜜蜂了,而是一只金属的或者木质的、泥石的会飞的小器械了。不就是要飞吗? 那就不停地扑打小翅膀吧。

让一只小蜜蜂飞越西凉山,类似于让一个人在劳作中活活累死,更像那群俄罗斯巫师,他们命令一位姑娘在草原上跳舞,直到姑娘在舞蹈中香消玉殒。以劳作或以美的名义,人类的许多异教徒的确干过了一桩桩让人浑身发冷的事。那么,这让一只蜜蜂飞越西凉山的行为又算什么呢? 以意志的名义? 以大与小来一次彻底对比的名义? 以小动与大静相抗的名义? 以远方和跋涉的名义? 显而易见的是,当我们这只小蜜蜂在阅读了万山千水之后,在躲过了千劫万险之余,它已经没有了回头一望的念头,小躯体像个黑点,往一片草叶上一落,和所有的生命一样,旅程未尽,它便遇上了死亡。身体中的每根筋都被拉断了,每一滴汁液都散失了,每一点意志都被抽空了,每一丝关于花朵的想象都被榨完了。跟一条江相抗,想用一条江的水洗自己小脸? 跟一面高达十公里的绝壁对峙,想用十公里长的伟岸装修自己的胸膛? 跟一片迷宫一样的原始密林谈论跨越,想借用迷宫为自己的翅膀授予勋章? 跟一蓬无边无际的阳光对视,想这阳光给予自己宇宙间最快的物质速度? 跟自己的小魂小魄较劲,想它能带自己规避所有的困难? 唉,我所看见的西凉山的舞台上,却没有一只真实、客观、具体的小蜜蜂。峰丛连天,江声破耳,九十九朵白云欲走还休。

天黑了,一堆谢幕的篝火,一围歌舞的人群。天地乐陶陶,像阿妈一样,又有最美的姑娘,因为爱,在篝火边,把最美的贞操给了鹰隼般勇敢的情哥哥。

五

火焰啊,你这可食用的光芒;
火焰啊,你这灵魂的皮肤,热血的衣裳;
火焰啊,你这铁石中唯一封存的过往之物;
火焰啊,你这拿不起来的虚空,你这众神的合唱;
火焰啊,你这无孔不入面朝万山的信仰;
火焰啊,你这阿爸的刀,阿妈的床;
火焰啊,你这妹妹的灯盏,哥哥的胸膛;
火焰啊,你这柴火中流淌的黄金水;
火焰啊,你这毕摩神图上不朽的防卫墙;
火焰啊,你这英雄骨,你这地无疆;
火焰啊,你这天之胃,你这地之脊梁;
火焰啊,你这带路的鹰灵;
火焰啊,你这凡尘中仅剩的小小天堂;
火焰啊,你这原野里禳解暗夜的灵塔;
火焰啊,你这生血的药,你这繁殖的琼浆;
火焰啊,你这循环不息的好征兆;
火焰啊,你这漂洗我心的金沙江;
火焰啊,你这天菩萨,你这凉山魂;
火焰啊,你这不灭的经卷让人迷途知返;
火焰啊,你这滔滔祝咒叫鬼魂避让;
火焰啊,你这歌舞的模型,你这酒香浩荡;

火焰啊,你这敬畏与神恩,你这体温和爱情;

火焰啊,你这彝家最古老的神祇气味和篷帐;

火焰啊,你这带不走的神的模样……

六

火焰啊,借你夏日星空之下的伟大仪典,玉米出嫁,瓜果怀胎,苦荞的婚床升起来!

火焰啊,奉你与时光同样古老的谕示,天下所有的子宫转暖,地上全部的母腹摇晃高原!

火焰啊,石头因你生崽,泥土因你产卵,血水喂养的刀柄也因你而格桑花灿烂!

过路的风,请不要打扰天地与万物今夜沸腾的睡眠,请不要破解这庄严的灵肉炼金术,让我们与天地互相借鉴:繁茂、旺盛,繁衍的使命古老而新鲜——以我启动万物,万物送我到峰巅!

请听我体内的溪水淌,山连环!

请看山峰的乳膨胀,阳具高昂!

七

在西凉山,天空是打开的。在此之前,当你还在山下,你很可能会觉得你走到了世界的尽头,山是世界的城墙,金沙江是世界的护城河,牛栏江那破地开天的大峡谷则是世界的壕沟,而那些大如房屋、遍野安放的石头,毫无疑问的就是守护世界的兵卒。可当你走上山来,一切就变了,世界变得没有了边际,一万个山头组合在一起,也能让你知道什么是一马平川。矮下去的世界,仿佛没有了坷坷坎坎,暴风在上面走,类似于几百列蒸汽机车并驾齐驱。如果你乐意，你也可以把自己体内的英雄拿出来，一步一个山头，在世界上散步。山之上的天空，照例呈弧形，一点尘埃也没有，甚至没有半点杂乱的色彩和光影，而且静谧肃穆，无欲无私，不给任何物种指引方向，也不给任何人类后天的思想提供温床。它是我所见过的世界上最大的一块蓝颜色，纯蓝。平常我们都说，雄鹰在天上飞，其实，雄鹰并没有飞到天上，它们从来都只飞旋于山与山之间的缝隙。至于白云，也一律地堆积在山脊上、峡谷中，它们在斜坡上滑雪、滚雪球，举办雪的盛宴，或者开办棉花加工厂，举办护士培训班，驱赶着比雪山还白的马队……

天空打开，但从没有一个梯子可以往上爬，它永远是宇宙中唯一不能鸟瞰的东西。

寻找成吉思汗

洪烛

为了向成吉思汗致敬,我不说自己从北京来到新疆,我是从元大都来到西域。在荒废的丝绸之路上,开始一个人的西征。

让老荷马去歌颂他的阿伽门农吧,我只崇拜成吉思汗。真遗憾自己出生得晚了,否则会在西征的蒙古马队中做一个随军的盲诗人,弹拨马头琴,为我的英雄写一部史诗。

如果不想成为英雄,我就没必要来到草原,骑马、射箭,拍几幅照片。如果来到草原,不想成为英雄,我还有什么脸回去?别人问我干了些什么,我好意思说只拍了几幅照片?我骑过马,被摔下来了。我射过箭,射偏了。这没多大关系,关键看我是否忘掉自己,变成另一个人,像他那样歌唱,并且醉倒——"再多的梦,也嫌少……"你会问:成吉思汗有什么了不起?他走了,却把草原留下来,还留下没骑过的马,没射完的箭,让每个人都想试一试。我也想试试自己,究竟有多大的力气。

读不完的《射雕英雄传》。成吉思汗射出的箭,还在飞行,向西,向西,再向西,绕着地球转了一圈,又一圈,一圈圈盘旋,寻找着那只已变成影子的鹰。射箭的人,也已变成影子。可他描绘在行军地图上的红箭头,力量没有散尽,还在滴血……上弦月,下弦月,一张拉满的弓。一枚在钟表里辚辚运转的时针, 比成吉思汗射出的箭——还要准!这是四点零八分的北京,我梦见草原。梦见草原呀,心里就有一点疼。

成吉思汗老了,他开始想家了。我替他杜撰遗言:“一个人不能离家太远……”衰老其实是一种迷路的感觉。我还可以替他喂马、收拾行囊,动作放慢,他的忧伤逐渐变成我的忧伤。我不再是传记作家,而变成自己笔下的人物。终于意识到世界是无边的,再大的野心也会像泡沫一样破灭。“想不到啊,我不仅使别人流血,还会使自己流泪……”这是他遗言的另一个版本,同样是我杜撰的。所有的英雄都是杜撰的,包括历史,都是如此。成吉思汗开始想家了,这说明他老了。他只需要一块巴掌大的草原,比我想要的多不到哪儿去。

谁在寻找铁木真,谁在寻找我?是我自己,还是另一个人?真正的骑手:死后仍然驱马狂奔。仿佛不是死神在追赶我,而是我在追杀死神——活了一辈子,只剩下这最后一个敌人。从叶尼塞河到阿勒泰,跑了一圈又一圈,四处回响着鼓点般的马蹄声。累了,就在马鞍上打个盹。即使梦中也在寻找我啊:自己的墓碑,用来拴马!我和我的坐骑都变成影子了,也没找到能够系住缰绳的根。想停也停不下来……你们,我的子孙,究竟把我藏在哪里?别喊我成吉思汗,我叫铁木真,那个一跨上马背就忘掉自己是谁的牧人。

英雄的版图破碎了,他的梦依旧在延续。每年夏天,总有幻影般的马群回到现实之中,饮水、吃草、交配,受惊一样奔跑。我不能理解它们激动的原因。难道是为了再度消失?此刻,我正在跟一个影子肌肤相亲,用体温去感化它,使之变得更为具体——新长出的牙齿、鬃毛,乃至流畅的线条,都是为了满足我小小的野心?这种可能性微乎其微，但谁也无法排除：它的祖先曾经是成吉思汗的坐骑。我驾驭着这匹马驰骋草原，虽然我并不是成吉思汗的后裔……

奎屯山西侧的哈纳斯湖是成吉思汗给起名的，意为“美丽的湖泊”。这一带曾是成吉思汗的军马场。废弃的栅栏已推倒，堆成山一样的草料已腐烂。马槽还在，储蓄着一汪雨水，颜色发绿，说不清是今年下的还是几年前下的。风在模仿马嘶，只是不太像。我也想模仿成吉思汗，视察自己的版图，只是不太像——首先需要挖地三尺，借助一盏马灯，将一匹马的影子从黑暗深处牵出来。它还未完全睡醒，嘴角残留着几茎草根。我要领它去马槽前饮水，顺便照照镜子，让它相信自己已变成了真的……

给成吉思汗牵过马的人，仍然活在我们中间。他牵着另一匹马，站在收费的围栏边，等待我跨上去，逛一圈，或者只是在原地，照一张相。土尔扈特部落的这位男人，并不知道自己曾伴随伟大的可汗西征，绕了一大圈，又回到博尔塔拉草原，养马，并且繁衍后代……闪光灯亮起的瞬间，他神情恍惚，短暂地恢复了血液里的记忆。轻轻摇了摇头，他又全忘记了。是的，一个牧马人完全有理由——把历史当成幻觉！

所有的回忆，都从第一棵草开始。它是整个草原的根。原地不动，释放出无限的生机，又能够在秋风中悄然收回。一棵草绿了又黄，孤独的狂欢！丝毫不在意自己所产生的影响……要在茫茫草原寻找到它，并不容易，它总是从羊的齿缝间挣脱——不管第一只羊，还是最后一只羊，都理解不了草原的真谛：再伟大的帝国，也要从第一棵草开始。它是构筑一个梦所需要的全部现实。即使成吉思汗也不例外。不过是被这棵草绊倒的露珠！

史诗里的英雄不断成长，飞快地度过他的童年、青年、壮年……

那位真实的英雄,则逐渐变成了另一个人,看见史诗里的自己会觉得陌生。史诗里的英雄,骑上另一匹马,挎上另一把刀,去战胜远方的宿敌。而他的敌人似乎也不是原先的那一个。恐怕只有仇恨本身是相同的。英雄从一片草原出发,在纸上,找到另一片草原。纸做的草原,每翻一页,相当于一天,甚至一年……他用本民族特有的文字装扮自己,以免被无关的人认出。他也经常借别人的声音发言。他骄傲于自己有最多的模仿者。在死后,还可以再死,再死若干遍。当然,他还可以与自己的后代同时降生。如此循环往复,直到有限的生命变得万能。史诗里的英雄活了,意味着他的原型的彻底死去。我简直分不清:更爱哪一个?或者,谁是谁的替身?

草原上已没有大雕了,甚至很难见到弯弓搭箭的猎人,可成吉思汗的影子无所不在。毕竟,这里曾经是他的。我面对的是一片属于幽灵的草原:风起云涌,残阳如血……成吉思汗,一个令世人无法忘记的名字,一个伟大的幽灵。一草一木似乎都与之血脉相连。这也许是我想象力过于发达造成的。或者说,我是为了求证对于历史的想象来到草原的。空间的距离已不存在,我毕竟已荣幸地置身于这位射雕英雄的生存空间。唯一能构成障碍的就是时间。漫漫长夜,可以削弱他对现实的影响,却难以推翻他在我这类怀旧的游客心目中的位置。我是特意来拜访成吉思汗的。虽然他已经不在了。整个亚洲大草原,仿佛缺席者的宝座,被寂寞的苍穹拥抱着。我仍然蹑手蹑脚,怕惊动了亡灵的世界。迎面而来的那个抱着马头琴的蒙古族骑手,体格剽悍、相貌英俊,他能否算得上成吉思汗形象的翻版?成吉思汗,是否也长得这般模样?我欣慰地发现:英雄已用一把精巧的乐器,取代了原先手中紧握的刀剑。

草原对于我更像一个博大的梦境:风吹草低、牛羊成群,无意识地祭奠着遥远的往事。我目睹的这一影像,肯定也曾经呈现在成吉思汗眼中,他是否也跟我一样感动?只不过他那个年代的羊群,恐怕早已化作天上的云朵。成吉思汗,一个古老民族的领头羊,他的权威,他的尊严,似乎至今也不曾消失。哪怕他本人的葬身处都是不解之谜。据说他出征西夏途中,发现一块风景优美的宝地,就抛下马鞭作为记号,以图来日掩埋尸骨。他的子孙后来也确实执行了他的遗愿,只不过未留下任何痕迹,并且守口如瓶。自然很令后世的盗墓者技穷。没有哪位帝王,能比他更纯粹地回归泥土,而不用顾忌身后的毁誉。他像影子一样消失,又像影子一样存在。从某种意义上讲,他一生都在营造一项巨大工程:使蒙古到中亚的整个大草原都成为自己的陵园。他也确实做到了。问一问那些沉默寡言的游牧者:他们可曾怀念成吉思汗的时代?他们更像是心悦诚服的守陵人,世代相传地守护那历经风雨消磨而未缺损变质的荣耀。

按道理讲,草原最容易埋没记忆,用野火,用流沙,用风暴……游牧民族的生活区域,几乎找不到堪与时光抗衡的永久性建筑。连蒙古包都是可以拆卸、搬运的。这不妨碍它拥有自己的神、自己的神话。蒙古族把成吉思汗的名字供奉在内心的殿堂。怀揣精神火种四处流浪,都是一种骄傲。谁也无法否认:大地曾经因为他而战栗。草原既是其诞生地,又是其安葬地。他没有留下一块明确的墓碑,却让整整一个喧嚣的时代为自己殉葬。这最朴素同时也最华丽的葬礼:大英雄的时代结束了。直至今天我仍感受到那种折戟沉沙的神秘与悲哀,那种血腥的气氛。一个人,使一片草原成为传奇。草原仿佛有两个,一个属于现实,另一个属于亡灵。我既热爱它的真实,又痴迷于它的虚幻。就后者而言,我仅仅是在成吉思汗的领地上做客。我没法不激动,没法不紧张。

丁亥年初冬:北京册页

习习

一

在北京小住一段时间,清早醒来,总先听见鸟叫,是喜鹊和乌鸦的叫声,这出我意料。

这叫声让我想到西北冬天的乡村:清廓,安静,太阳明明的。白净的杨树枝杈上露出喜鹊的窝。一家家喜鹊,像村人的邻居。天色刚明,呷——呷——呷——脆而亮的叫声,传过去再传过来些回声,远近的人听了,心里都泛起一些欢愉来。乌鸦呢,在空阔的草地或者山野,一群一群,翻上翻下。偶尔也有落单来到村舍的,见了人影,飞到近前一看,失望似的,嘎的一声,就飞走了。都不是久居城市的鸟儿。

在北京,随处都能听到它们的叫声。早上,不急着起床,静静听上一会儿。其实,比起人来,喜鹊和乌鸦讷言得多,你一言我一语,不抢白,不慌张,中间的沉默像在思考。

据说,先前,它们都护佑了满人,大约因此,在北京,它们相处得一点不别扭。

大嗓门的喜鹊和乌鸦都着黑装,都性情爽快。但它们是反义词，是人的意思。

李煜写道："林花谢了春红，太匆匆"，春光流逝、国破家亡，这和乌鸦有什么关系？却戴了个"乌夜啼"的帽子。乌鸦的嗓子是哑了些，不过叫得铿锵，不伤情，不忧郁，很有些刚直劲儿。文人们把喜庆的"鹊桥仙"留给了喜鹊，懂事的喜鹊们展开翅膀搭成鹊桥，要相爱的人在桥上相会，"金风玉露一相逢"，是喜悦到心底了。不过，那一时刻，喜鹊们是在高声唱和，还是静默不语呢？怕喜鹊打扰这一对新人，大约是不叫它们叫的，所以秦观的《鹊桥仙》里倒没了一点喜鹊的声音。

成群的乌鸦飞过，叫声不重叠，喜鹊也这样，各自发出各自的声音，不像人的言谈，总有附和，有尊卑，有含混和唯唯诺诺。在鸟类中，乌鸦和喜鹊也算是性格卓然，比如和麻雀比。麻雀们七嘴八舌，正吵得要开锅，说话间又嗖地飞走了。北京的麻雀也不例外，惊惶得时刻都不得安生。数量庞大又卑微弱小，麻雀让自己的羽衣接近树枝的颜色，特别到了谷物精光的冬天，麻雀落到树枝上，就成了满树枝的瘿子。

喜鹊和乌鸦不这样，站在树杈上，顾盼神飞，衬着疏朗的蓝天，也不怕黑得醒目。

古词疏远了鸟雀。在北京，乌鸦和喜鹊很家常。街边树上，总站着那么几只乌鸦，或者喜鹊。像邂逅的路人在闲谈，也不谈久，还是像人一样，各忙各的去了。黄昏的时候，说是鸦群呼啦啦飞回皇城，像是按着钟点下班回家。

鸟儿们围在人的周遭，长年累月，嘀嘀咕咕的，想着也亲切。

那晚，又想起"乌夜啼"。北京再喧闹繁华，一日里总有些幽静的时候，幽静的时候，谁愿意大声说话呢，就算乌鸦叫了那么几声，嘎——嘎——清澈，悠远，如果谁人听见了，该高兴呢——总算没叫喧嚣和躁乱强占了一整天你的心。

二

树木落尽叶子沉沉睡去，这是我热爱北方的原因之一，什么都有个透彻。到深冬，满目疏朗，沉静。梧桐的叶子大、落得早，更显出了树身的高大。这时，街边的银杏还闪着金黄，明净得一尘不染。该落叶的时候，也无需风，小扇子的叶子一片一片扭着身子落下来，明媚金黄的一圈，圆圆地围着树根。

北京的颜色是分明的，我想，即使到了衰枯的隆冬。先是风一直那么畅快地刮着，刮出了蓝玻璃一样的天（那种蓝，有着清脆的质感）。蓝天下是朱红的墙，这种红滤去了火苗子的虚，红得沉实稳妥。像古字画上摁的那点子朱砂印，虽然小，却烂漫厚重。

偌大的北京里，红颜色的皇城就该是枚朱砂印。

柿子树叶子落尽，剩下一树红柿子，还是衬着蓝茵茵的天。柿子的红当然和皇城的红有冲突，所以这些树就栽在平常人家的四合院里。白墙青瓦，关了那么棵挂满红艳艳果子的树，就关了一院子的红火。柿子树不婉约，不多情，不会像红杏伸出院墙抢人的眼睛，它们只是挤挤挨挨亲热地挂在人家的屋檐边。

喜鹊落在柿子树上，黑和红，好看得分明。喜鹊喜欢亲近人，人也总记着留些柿子给喜鹊。说是有院人家摘尽了柿子，树上就没了喜鹊，第二年，树上生满虫子，没结出一颗柿子来。不结柿子的柿子树，夏天，只摇晃一身叶子，冬天，又全是突兀的枯枝，是多恓惶的事。

成熟的柿子，汁液饱满甜美，吸尽了，就剩了软软的小舌头，小舌头不说话，只和人的唇齿发出声响。

那天，在北京后海的一条胡同里，见一个卖小东西的女人拿布擦拭一个柿子，动作很亲昵，怕要擦破那一层薄皮的样子。一边瞅着过往的人，一边还在擦，奇怪了，伸出指头到她手里去摸，是木头的，确乎莹润透明的样子。走远了，还回头看她。等到隆冬，树上的柿子总有没的时候，柿子没了，还有这样的柿子做念想。她的小摊上还有一双双艳红粉绿的小绣鞋，也都和忆念有关。太阳明明地，洒下密密匝匝的树影，一地悠长。我记起胡同口上有棵菩提树，虽是冬天，但无端想到它绿叶婆娑的样子。有人说，菩提树叶是世界上最干净的树叶，清晨，长长的叶尖悬着清水，这样的树叶似乎能滤去很多声音。所以，虽在市井，但不嘈杂。胡同里有不少游人，也总很安静。一溜儿黄包车打着铃子从身边过去，车上的人声也窸窸窣窣的。

三

北京的畅阔可以由直来直去的风感觉到，这样的风不像是城市里吹的风。楼房不密，不高。几乎随处都能看到大面积的天。能看到大面积的天，看着天上的风流云散斗转星移，这该是北京人的福分。

因而，想起故宫。想起午门、玄武门、太和殿、中和殿、保和殿。觉得云就落在大殿的檐上。只可惜皇宫里没有树，没有植物，就少了很多细致、柔软。被拘在四围高大的红墙中，一抬头只看见天，还是天。——想起那些宫里的人，心里总是落寞得慌。幸好现在这里成了博物院。

那晚，在街边走。天突然阴了，满天乌云翻滚。我们三个从西北和东北来的人,看着满天的云,突然说起了草原、森林。铁穆尔说,梦里总出现一处肥美的草地,牛羊成群,月光明媚,是裕固族尧熬尔人的领地吧?铁穆尔面色黧黑,内心孤傲得像狮子,可他露出白牙一笑,很是温暖亲切。在北京的浓云下面,长头发高个子的黑鹤大步流星,他的话干净得能让人闻到森林里小树的香气。他说起了大兴安岭和他日夜厮守的十几只猎狗,狗多通人性啊!黑鹤的眼光停到了远处。我说了什么呢?好像是只言片语,我又想起了我生活着的那个逼仄的小城,虽然逼仄,但黄河穿城而过,就有了不平常的景象。

北京畅阔的天空让我们自自然然说到了家乡。路边的银杏树叶在风里翻滚,一地银白。

那晚的情景呈现一种安静的灰色,虽然天空风起云涌。回想一下,像老电影里的镜头,好似隔了很远的时间。

三个外乡人,在首都,在接近五环的路上,安静自在地遐想,好像不是置身在陌生的异地。我后来想,听惯了滑腻快速虚实难辨的北京话,那晚,我们其实沉浸在各自的心事中,我们各说各话,语句零碎,因为我们心游远方。在那样一望无际的天光下,我们只需传递各自的意味也就够了。

四

这日节气小雪。没下雪,还是刮着风。在胡同里走,心想,节气这词儿,很合胡同的味道,都民间都亲热。

胡同原来离皇城并不远。想了,毕竟是众生,皇城之外,没有这些亲密围绕的众生,皇城还算什么皇城?

鸦儿胡同、猫耳朵胡同、猪尾巴胡同,听着就温暖。进了一个四合院,几家都没人,院门却是敞的。挨屋墙站着棵树,瘦硬的枯枝,疑心是枣树。忽地想起鲁迅先生来:“在我的后院,可以看见墙外有两株树,一株是枣树,还有一株也是枣树。”先生眼里,那两棵枣树铁丝一样刺向鬼眨眼般高而奇怪的秋夜。天依然高远，还在北京,我面前的这棵树无端合着这个小院的氛围,虽然枝丫瘦瘠,却休憩得十分安详。

还说这个四合小院,家家的窗户低矮,是老式对开的方格玻璃窗。从这家的窗玻璃望进去,开满碎花的窗帘并没拉上。屋里简朴干净,桌柜上摆着整齐的碗杯,小罐子里插几双竹筷——好像专是要人去想屋里的情景的。黑亮的老铁壶在炉子上吱吱唱小曲,隔着窗户也听得清。这俗常的景象,现在不得多见了,这小玻璃窗,叫人心生温暖。

胡同大都笔直,也少有树木的遮挡。想这块空净的地方,该是下了学的孩子最好的玩处,跳皮筋、打沙包、踢毽子、跳房子,只是现在他们比大人忙,大约很少再见这样的场面了。院挨着院,家家只隔着薄薄的墙,你呼我唤,你应我答,隔着墙也能听见个七八分吧?

和我先前一样,别处来的人大约总是看大了北京看贵了北京。其实,北京的俗常劲儿浓着呢。东家长西家短,北京人嘴里抹油了,话头子一出口就一串一串往外淌。那天走啊走,终于找到鼓楼附近一家有名的炒肝儿店,无非是平常百姓的吃食,还有烧卤煮,炸爆肚,都不是家畜身上正规的部位。可北京人吃得热火啊,据说先前北京人吃炒肝儿不用勺不用筷,人人托着碗底,转着圈嘬,吸溜吸溜,声音此起彼伏,热闹非凡。又要了盘炸咯吱,绿豆面拇指大的小炸糕,蘸了蒜汁吃,一咬,小炸糕在嘴里咯吱咯吱乱叫。

那日，在礼士胡同，快到了胡同底儿，忽地看见了中国唱片总公司的门牌。"中国唱片总公司"，这几个字好生亲切啊，想起家里收藏的上百张唱片，上面大都有这几个字样，原来都出自这里。二十世纪八十年代那会儿，到处搜罗唱片，几乎天天守着唱机。现在不舍得多听了，老老的唱机，用坏了唱针怕再也寻不到了。偶尔也听，安静的夜晚，听着听着，心里总生出沧桑来。唱针在唱片密密的滑槽里走着走着就崴了脚，声音扭了起来、要被风吹走的样子。"夜深深，停了针绣，和小姐闲谈心……"周璇的声音又抖起来了，就要飘走了……

胡同口有一家卖肉夹饼的小店。一人要一份，再加碗糯黏的小豆稀饭，一嘴浓香。店主人是陕西史家，已开了多年，算是礼士胡同的老字号了。出了门看匾，叫"史记"，简单的名儿，巧遇了好意味，几个人不约而同读了，又一起笑了。

晚上，和北京的朋友说起礼士胡同，原来这儒雅的胡同名儿最早叫"驴市"，那家中国唱片总公司所在的院落，传说是清朝大学士刘墉的住处。

五

地坛落在地上，自是有了重重的人间气息。人们摩肩接踵，喧嚷异常。但再嘈杂，都不干扰那些古松的肃穆，一园子的风似乎都汇聚在这些高大的松树上了，哗哗哗哗。在落满松塔的树身下一站，一下子就叫这声音淹没了。想这些苍郁的古树围着的大约就是祭坛了。但多了一道现代的院墙，推开院门，依然看不到坛。但见院里一棵瘦凛凛的小树，枝尖上竟顶着几朵将绽的雪白的花苞。

问看门人，说那是玉兰花，我有些疑惑。这古老的小院，又是冬天,满目萧瑟,这花儿开得有些狐媚。又问祭坛在何处,他摇头。

往园子深处走,里面还是很多树,地上铺满松软的落叶。

找不到祭坛,没了方向,地坛也似乎因此留给了熙熙攘攘的俗常人。闲闲地转着,东张西望。买一串糖葫芦,说是正宗北京糖葫芦的味儿。山楂上只裹了一层薄薄的糖稀,冰晶一样的糖稀,没撒多余的芝麻,咬一口,果然酸得清澈醇正。

北京总是大,大到在这样喧闹的场合,也有叫你静坐的地方。鸟声啁啾,风从这团树丛飞到了那团树丛。想起我尊敬的一位作家,他在轮椅上走遍了这里的每个角落,熟悉了每一棵树。他玩味遍了这里,目睹了发生在这里的很多庸常事不庸常事,想透了生命里的很多问题。一个人与一个地方能发生如此深刻的关系,总是叫人感动。

再出去,古松上的风声还是辉煌。扭头看了,路边还未长大的银杏上却没有一丝风的样子。

再去天坛。

天坛果然有着接近天际的宏大和威严。天坛的白和蓝正仿佛天空的颜色。天神在天际俯视,只一眼,就该一览无余的。所以,祭坛四周,只有空畅和开阔。这样的大和肃穆,让人在任何一处,都听不到自己,看不到自己。

祭祀时的肃穆是可以想见的,至高无上的祭拜,不得有丝毫俗常声音的打扰。而在地坛,祭坛被古松环绕,松涛阵阵,即使祭祀,也有了人间的气息。

树木迟缓的生长仿佛也显示着它的尊贵。据说天坛所在的那个大园子里的柏树林子是世界上面积最大的柏树林子之一。多是五百多年的柏树了,因为年岁的久长,柏树枝干上才有了那么多稠密的皱纹，叶子才那样细碎婆娑。特别是它幽远的香，也有了宗教的意味，似乎一直能传达到天际。

每每见到这样苍老的柏树，就无端想到孔子。老老的孔子，满脸皱纹。他望着尘世，儒雅地微笑，他一开口说话，声音一传就是两千多年。

天坛犹然恢弘壮丽，古柏犹然生机盎然。

想一想，多少代人都走了。

物质主义

洁尘

浮世绘

女性服饰的性感其实在于一种有效的巧妙的遮盖。唐服的精彩之处在于抹胸的运用，卸了易穿易脱的外衫，抹胸（往往是红色的）就抵挡住了赤裸裸的色情意味，而又焕发了一种高超的性感。浮世绘里关于女人体的描绘就深得欲盖弥彰、欲擒故纵的要领的。鸟居清长有一幅美女出浴图，女人蹲着在整理脚趾，浅褐与白色间杂的条纹外衫松松地向后背坠过去，露出高髻下的白皙的脖子、圆润的肩头和半显半隐的丰美的乳房，那份含蓄的妖娆，令人赞叹不已。

谷崎润一郎说，像他的祖母和母亲一类的日本旧式女人大多矮小瘦弱，又裹在重重叠叠的和服之中，可以说已经丧失了肉体这个概念。但在江户时期的浮世绘这种绘画形式中，女人清一色的修长丰腴，肤色白皙，线条圆匀，有着细眉、细眼、挺拔的鼻子、樱桃小嘴以及程式化的素净神态，受唐朝审美的影响痕迹是十分明晰的。关于浮世绘美女形象的程式化，可以从两个方面来说。一方面是浮世绘画家们相信，只有消灭了个人色彩才更美，才能够显示出绘画的技艺。这种想法的根源在于日本的教育原则是尽可能地抹杀个性；理想境界并不是去创造一种前所未有的新的美，而是如何去达到古代圣贤制定的那个统一的标准。另外一方面是日本人总是去努力达到先贤的要求，尤其是女性，总是埋没自我，摒弃个人感情，消灭个人长处，以期使自己符合一种标准的形象模式。因此，女性本人对肖像绘画的审美取向与画家是完全一致的。

浮世绘的题材多为世俗生活，俳优、武士、游女等，最为常见也最让人称道的是青楼女子；而就是这些青楼女子的绘像同样具有那种程式化的素净神态。艳名如炽，冰雪性情，端的是一种高级的诱惑。像菊川英山、歌川丰广、葛饰北斋的《樱下艺妓图》《风流观花图》等作品那样，有着圣洁气息的青楼女一般都画在樱花之下，让人顿生人生苦短的念想，便在一种悲凉的参悟之后越发纵情了。这些美丽安宁的艺妓们微微地低着头，从重叠又有序的衣衫领边之上透出脖颈的美丽线条，楚楚动人，也就是徐志摩的那句著名的诗行了——“最是那一低头的温柔，似水莲花不胜凉风的娇羞”。

青涩的性感。在日本的唯美情结里，这是一种意境。谷崎润一郎这个唯美主义大师把这叫作“风情”。他在《恋爱与色情》一文中，有这么一段，很有意思：

> 过去日本有一种说法：如果家里有姑翁，媳妇反而更具风情，更得丈夫的欢心。今天日本的新郎新妇，如果父母健在，大多另营新居，恐怕很难领会上述说法的情趣。它的意思是由于和姑翁同住一起，所以媳妇有所顾忌，只能偷偷搂着丈夫寻求爱抚这种欲望即使在彬彬有礼的态度里也能约略窥见；而这样的风情不知倾倒了多少男子的心。那种不是放肆露骨而是

压抑与内心的爱情，想隐藏也藏不住，时时无意地流露在一言半语或眉梢唇际之间，更能勾起男人的相思。

这种风情，是含苞待放的感觉。所谓青涩的性感，也就只有东方才能拥有，才能欣赏。在两性之间，就想象力来说，等待盛开似乎更有诱惑，比起西方人享受盛开进而冥想凋败，前者要更蕴藉一些，也似乎要更幸福一些。东方的审美要素总是这样的，留有余地，以便进退。

芭蕉

中国人的心灵适合那些疏卷柔软的植物形态，比如柳枝、藤蔓、芭蕉等。我特别偏爱芭蕉，它很少被用作比喻，这使得它有一种零落的孤傲，它也没有上下前后左右无法预知的攀缘势头，让人放心。跟芭蕉之间发生的爱慕，更多的原因是童年时对它的视若无睹，到明白它的美妙之时，我已经不是每天上学都要穿过芭蕉丛的那个没心没肺的小孩。有了这种若隐若现的负疚，对芭蕉就有一点献媚。

那是母亲单位的一个花园，就在我们宿舍楼的下面，每天上学回家都必须穿过它。在小孩子的眼里，它实在是蔚为壮观的，是一座繁花似锦的森林。其实，说准确点，它就是一个林子，因为花工的懒，它有一种恣意烂漫的野生气息。住在宿舍楼里的几十个孩子，常常在清晨和傍晚两个时候啸聚一处，在花园里影子一般的穿梭；其他时间，花园里寂静得像沉到了水底似的，鸟叫声听起来像是鱼在吐泡泡。夏天正午，我常常趴在三楼的窗口望下去，直愣愣地盯着花园的某一片叶子，无法转动自己的眼珠。就这么傻一中午，脑袋里一片空白。前后左右都是这种像太阳光一样的白花花的空，我悬在里面，一天一天挨着长不大的日子。这就是感伤吧？

记得清楚的除了那些学名叫“草茉莉”，俗称为“晚饭花”，我们小孩叫成“地雷花”的草草花之外，就是那些沿着甬道蜿蜒生长的芭蕉了。芭蕉的下面长满了一种无名的贴地草，上面结着圆滚滚的小红果，表皮像草莓一样有微小的颗粒，滋味酸甜。大家都叫它“蛇果”，说是蛇最爱舔这玩意儿。我和我的小朋友们吃了很多蛇果，不光是舔。翠绿的芭蕉叶慵懒地展开，下面是一片小红果和精致的小草叶子衬着，那种景象现在想来也叫人爱怜不已。

对于芭蕉的喜爱的确定，是因为小时候看到的几本连环画册，记不清内容了，是《红楼梦》或是《西厢记》，或是其他什么。作者名字记得很清楚，王叔晖。这是一种细而匀称的线画出来的画，不像其他连环画那样像是锉刀挫出来的；这个叫王叔晖的人，画的女孩儿有着椭圆的鹅蛋脸，脸上没有阴影，身上穿的裙子像流水一般往下泻，一种滴溜溜的湿润清凉的感觉。这些美丽的女孩子们往往斜坐在一个美丽的亭子里，慢慢地想着心事，她们的旁边，往往陪着几棵芭蕉。

这是童年时期女性意识的第一次苏醒。觉得这是女人的美。女人安静就美，安静的时候，旁边有几棵芭蕉就更美了。

后来知道王叔晖是何等杰出，也知道那种细致匀称的画一般叫作线描。线描的芭蕉滋润细腻，一条条规整的叶上经脉从一根稍粗一点的主线上放射出去，被不规整的叶边轻轻地有力地拢住，玉一样的晶莹的绿透过线描世界那细细的黑和明朗的白渗出来。我后来看到所有彩色的关于芭蕉的画都有一种诧异的感觉。这是一种视觉的先入为主造成的。

再也没有感受过像芭蕉那么恬然自得的绿了。

有时候觉得绘画这种艺术真是太局限了，比如，我因童年时芭蕉和小红果组合的图景而爱怜赏玩了十几年的一个句子："红了樱桃，绿了芭蕉"，就无法在画中想象。最不喜欢看到表现这种意境的彩墨写意小品，太唐突了；水墨稍微好点，知道描不出那种色彩，谦虚一点；工笔在细致上有优势，但色彩很板，还没有彩墨倜傥。这种时候，音乐的好处出来了，人说"音乐开始于语言停止之时"，像"红了樱桃，绿了芭蕉"这种到了绝境的语言，说完之后应该是淅淅沥沥水声一般的琵琶演奏；人从语言的崖上纵身跳下，踩着湿的琵琶节奏，心甘情愿地去死。

日本俳句大师松尾芭蕉并没有写过多少关于芭蕉的句子，我还记得两则，一是《移植芭蕉词》："新庵明月，照见柱悬芭蕉叶"，一是《茅舍有感》："风摇芭蕉叶，听雨落盆夜"。这些并不是芭蕉最好的俳句。有几则没有"芭蕉"两字的俳句在我读来却是在芭蕉叶下写出来的，比如："绿叶滴翠，为师拂去眼中泪。"再如："秋深矣！不知邻人做何事？"

松尾芭蕉最初就是因为他风雅的名字吸引了我，其要点就在"芭蕉"这个词上。其实，这个"芭蕉"并不怎么热爱芭蕉，整个日本民族都对芭蕉不太感兴趣（这是我的断言），在我翻过的上百幅浮世绘里，没有看到一棵芭蕉。他们不喜欢这种贱生却又懒散的植物，他们喜欢高挺、脆弱，喜欢戛然而止，像樱花，繁盛如云，一阵雨之后就凄凉无限了。像一种体面的人生。

蔷薇

翻看日本摄影家细江英公的作品，其中有他著名的《蔷薇刑》，是细江英公给三岛由纪夫拍的一组肖像，其中最有名的一张是三岛由经夫嘴里叼着一朵蔷薇花的特写，浓密的眉毛、凌厉的眼神、结实遒劲的肩头肌肉，跟蔷薇的柔美组合成对立但又平衡的画面。这幅照片在我看来可以作为三岛美学的代言性画面。

据细江英公回忆，作品“蔷薇刑”之名，是三岛取的。这组照片总共在三岛家拍了十几次，是作为三岛《美的袭击》一书的配图。九年后，1970 年，在准备出版取名为《蔷薇刑》的专题摄影集的时候，11 月 25 日三岛自杀身亡；细江停下了所有的工作，为的是不打扰三岛的亡灵。后来这本享誉世界摄影史的作品是三岛过世一年后在 1971 年出版的。

对“蔷薇刑”这个词，细江英公的理解是“蔷薇是一种美与无法接近的痛苦这两者并存的象征”。跟这个说法相近，但表述的更令人绝倒的是英国诗人 Siegfried Sassoon 的那句，“In me the tiger sniffs the rose”。余光中的译句是“我心里有猛虎在细嗅蔷薇”。真是佩服余光中，他没有把 rose 译成玫瑰。“蔷薇”放在这个诗句里，实在是太妙了，比“玫瑰”妙的不是一星半点。

由“细嗅蔷薇”不由得想起看过扬之水的一篇考证“蔷薇水”的文章。我国古时，香水是外来品，被称作“蔷薇水”，最早的记载见于五代时的文献，其后，两宋和明代的文献里，关于“蔷薇水”的记载都不少；因时为女人妆奁具中的尤物，多情文人也爱歌咏。刘克庄有诗句，“旧恩恰似蔷薇水，滴在罗衣到死香”，境界比一般的香艳赞词要高一些。

蔷薇是我痴迷的一种花卉。这种痴迷中，汉字“蔷薇”从字形到读音的组合给予我的美感是非常重要的，更重要的是这种花盛开的景象，花朵本身的细致微小和藤生植物特有的蔓延繁茂结合在一起,既谦卑又骄傲,既娇弱又强壮,既喜兴又凄凉。每年 4 月,它们大规模地开,我在这个城市里到处的围墙、栅栏上都可以看到它们了。4 月,一个被引诱被拒绝被好多甜蜜美好的东西伤害的时节。

我频频上街,目光流连于那些栅栏和围墙,不动声色。我很想写一个开头发生在蔷薇下面的故事,至于说故事终结于何处,那不重要。关键是,那个开头的画面,多好看啊。我会让主人公满腹心事地出现在蔷薇之下。满腹心事,很配这些沉甸甸的小红花。

这些天是初秋时分,三角梅盛开,也是藤生植物,也是密集的丰茂的花,我很喜欢;我更喜欢它的另一个叫法:九重葛。看到三角梅,让我想念初春蔷薇盛开的景象,而这中间,隔了整整一个夏天了。

文明的窘境

朝阳

河西，是一条走廊

出了额济纳向南，眼睛渐渐亮了，虽然还是戈壁，还是风沙，但是不觉得陌生，历史照亮了前边的路。一肚子诗书在响，似乎随时要破嗓而出，但不知道是谁的是哪一句。河西走廊真是让我激动的地方，到了河西走廊，我就再也不怕迷失方向，嘉峪关、阳关、玉门关，一路一路地迎过来。从嘉峪关到敦煌，一路上的烽燧，就站在连绵的祁连山边，总觉得那是一个人，是一个有生命的战士，我应该是认识他一千年两千年的，他从汉站到唐，从唐站到今，曾经看见来来往往的民族来来往往的商旅，如今人少了烟稀了，他还站在那里。这样的烽火在我的胸中不知道烧过多少次，现在我来了，我看见他还站在那里，他像那个不知疲倦的唐吉诃德，他没有用了，他只是让我心里一阵一阵泛潮。我站在一个烽燧跟前，我想大哭一场，想大叫一场，可是我也不知道要哭谁要笑谁要叫谁。我似乎觉得一切终于有了一个了结，像一场让我长久缓不过劲儿的爱情，我终于有了最后的答复。我想起我父亲，脾气暴烈，我见了他至今还是紧张，可是他让我背诵了那些我也搞不清有什么用的诗书。他过早地把我带入到历史中，他让我的生命从童年时代起就显得那么漫长。我想起我很小的时候，抱着林汉达编的春秋故事、战国故事、西汉故事，看了一遍又一遍，我的少年时代过早地染上了历史的流痕。霍去病、张骞、李广、王昌岭、长城、边塞，一个人的心理是由这些事物结构的，你的人生理想你对生命的理解对世界的了解一切都被这些左右，你在很小的年龄就把自己抛到了遥远的西部。现在，这一切都呈现在我的面前，时间时间，我长时间想不通萨特为什么那么看重时间，忽然在这一刻有人仿佛替我从四壁黑暗的洞里放了一束光，我真的觉得时间变成了一个有头有尾有生命的人，而我的生命不是从三十年前开始的，是从千年以前就开始了。

甘肃是一个让人难以忘怀的地方，它狭长的面貌在我看到第一眼的时候便记住了。一个俄国人这样描述甘肃：中国西北的甘肃省，以相当窄的长条嵌入中亚的山区，好似伸手要抓住中亚高原似的。亚洲的热情勇敢的游牧民族，都把西北地段视作中国最软弱的一环来争夺。

是的，甘肃是软弱的，听听甘肃人唱的戏吧，即便是在声音最高的时候，最暴躁的时候，也仿佛是一种泣诉。不仅仅是甘肃，整个西北，所有的歌唱都好像粗暴不近人情，没有理由地号叫，实际上恰恰是一种痛哭，所有的乐器里都有一种哭腔。西北有一种霸气，有一种狠劲，但是西北有一种憨劲。只要憨劲在，西北就是柔弱的，甘肃就是柔弱的。

甘肃是软弱的，因为河西走廊在甘肃。河西走廊像一个长长的通道，把中原放到更远的西部，再把更遥远的西部召唤到中原。丝绸之路到了河西走廊才算真正开始了，原来一直搁在刀鞘的刀这时候出鞘了，马的耳朵也竖了起来。丝绸在这个时候成了一种危险品，贸易这时候成了一种必须用武力来保护的事业。但是这种保护是幸福的，无数的诗人歌颂这个地方。在公元一千年以前，整个河西走廊都是最激烈争夺的对象，它确实是值得被争夺的，因为它确确实实是一条通向世界的通道。

在公元一千年以前，我还想象不出有比河西走廊更值得保护的道路。

一个世界性的通道

每年的春天都会有来自额济纳旗的沙尘来到西安，来到南方。对于额济纳旗来说，整个西北都是南方，整个华北都是南方。他们是不受欢迎的。整个南方都在诅咒沙尘暴。

当中国的西北部已经跌入生态崩溃的边缘时，我，一个远方的来者却在歌颂这个地方。这种感性的吟唱无法在道德上立足，对精神的过分表彰又透露出一种让人怀疑的虚伪。走在阳关道上，我说不出话来。我看着一个个土城消失，我回忆一个一个城市的名字，我站在嘉峪关的城楼上看远处的祁连山，祁连山上的雪线一年一年在升高，也许有一天，祁连山所有的雪都会从这里撤退，整个河西走廊都会感到干渴。我告诉自己，我只是一个文人，而一个中国文人是多么容易陷入历史布下的迷宫，不自觉。

公元一千年以前的河西走廊一片喧闹声，中原的方块汉字是整个西域追慕的对象，而安禄山跳舞时扇起的草腥让唐明皇的女人一阵迷乱。中原王朝对文学的热爱是深入骨髓的，出塞的刀斧手杀人有暇，兼职作诗，他歌颂月亮怀念故乡遥想坐在宫殿里的大王，使得战争成为一种暴力美学的古典演绎。这也许是不同文化见面时难以避免的。它属于不打不相识，相识以后才发现对方有可爱的地方。草原文化和农耕文明见面的初期是有新鲜感的,一个带着草原的青草气息,一个带着新翻泥土的芳香。两种文明都依附土地,有着难以割断的联系。河西走廊的牧马人和田野里耕种的农夫说说牲口草料什么的,不是一件奇怪的事情。

公元一千年的世界似乎在梦境之中,整个世界像一支摇摇晃晃的蜡烛,一直承受着强风的吹拂,随时有熄灭的危险。欧洲在中世纪中摸索,希腊和古罗马时期的生气已经在教堂里戴起了面纱,穆斯林在祈祷声中铲掉了中亚的佛像。整个世界都把自己封闭起来。强大的汉唐帝国认为自己应该扮演世界教父的角色,它曾经那么让罗马人恐惧,罗马人惧怕丝绸,他们害怕这种透明的服装暴露女人身体的真相,它使女人的身体更接近于裸体。罗马的统帅第伯留斯谴责他的妇女们:你们将把罗马的财政拖入困境!汉唐帝国像一个巨大的营养袋一样滋养整个西部乃至更远。但是当它自己变得干瘪和瘠薄时,它也就不得不放弃对西部的滋养。

事情并没有到此为止,一个人不知道什么原因突然离开了自己的家,狗还拴在树桩上,门开着,一个母亲正在给孩子喂奶,就在她回头的时候,一件事情发生了。我们不知道是什么事情,但是我们知道,一个城市消失了,它的名字叫楼兰。它最后一次有生命的记载是在公元六世纪。从此它沉沉地在沙漠中睡去。

你很难数清到底有多少楼兰在遥远的岁月中消失。高昌、交河故城、尼雅、米兰、破城子,所有由泥土黏合在一起的城市一个一个消失了。关于每一个城市的转移或者逃离都隐藏着一件令人伤痛的秘密,我们却又无法破解其中的真相。但是,谁也不能否认,当一种文明始终在一种低质量的生态环境下维持运营时,它的消亡已经是不远的事情了。

文明的窘境

公元1899年，在塔克拉玛干沙漠中突然响起了一阵音乐声。这种荡漾在沙漠上空的音乐很快就引起了偶尔过往这里的牧人和运输队的惊异和注目。人们并不知道音乐是怎样出来的，也并不知道播放的音乐其实是一个国家的国歌，那个国家叫瑞典，播放音乐的人叫斯文赫定，一个来自瑞典的探险家。

斯文赫定在休息，当他太累的时候，他就把留声机拿出来放松解闷。

对于整个中国来说，这是一个有意味的情境。在敦煌，在柯尔克孜千佛洞，甚至在回到西安后，我一直都难以忘掉这样的情景。我相信即便是在今天，在众多拥挤在敦煌或者某个千佛洞的中国脑袋中，一直都盛满一种仇恨，对像斯文赫定和斯坦因这种人的仇恨。当然，这其中还有对王道士的憎恶和唾弃。

可以把斯文赫定称为强盗或者盗窃者，但是对于1899年的中国来说，哪一个踏入中国土地的外国人不是盗窃者？1899年，对于踏上中国土地的外国人来说，哪一个中国人不是王道士？他们木讷、呆滞，无神的眼睛会长时间盯着一个人看。当两种截然不同的文明骤然相遇时，生态和文化都已经陷入绝境的中华帝国，除了引领斯坦因进入藏经洞，还能有什么选择？

斯坦因这样描述斯文赫定：一个受过地理和制图训练的纯粹的探险家。斯坦因这样描述自己：一个考古学上的探险家。斯文赫定这样描述自己进入塔克拉玛干的心情：我一直不厌倦地注视着遥远的、地平线上那些宏伟壮丽的圆丘，在它们的远方，在那坟墓似的沉积之中，延伸着一块尚未发现的土地。我将是第一个到那里去的人。斯坦因描述他离开塔克拉玛干时的心情:在那辽阔的平原里,我仿佛是在注视着我脚底下的一个巨大的城市的万家灯火。那能是既没有生命又没有人类存在的可怕的沙漠吗?我知道,我将永远不能再看到这种迷人的壮丽景色了。

不是对土地无休止的占领,不是民族间无法遏止的残杀和斗殴,是一种文明对一种文明的合法性占有。不把那些壁画从沙漠中带走吗?“这些东西,对于当地居民来说,除了那些金的和银的以外,都毫无价值。因此,他们往往给儿童作为玩具。”(斯文赫定)把它留在当地吗?“这里的人们仍然相信,最低限度要把画上的人和兽的眼睛和嘴挖掉。要不,他们在晚上会活过来,从他们的座位上走过,给人和兽以及庄稼以伤害。”(范莱考克)并且,庙里的壁面上的颜料是当地居民的有效肥料,大量的古旧的梁柱和木材被用作建筑材料或者燃料。剩下的唯一办法就是把它们带走,把它们带到柏林去,把它们带到伦敦去。一层木板,再一层木板,中间夹上一层干草,像做夹心面包那样,把它们运走。实在运不走的,就只能留下来。但是是认真辛勤地放回去:“这是一项使人伤感的任务,不知怎的它使我回想起一次真正的葬礼。我几乎不忍心去看那些被我挖掘出来的偶像一个一个地再一次回到多少世纪以来一直埋葬它们的沙漠棺材里去。”(斯坦因)

亚洲腹地沙漠和绿洲之间的较量已经转化为世界版图内的竞争,工业时代不再把命运系在土地上。两种落差如此巨大的文明根本不存在平等对话或者交流的可能。斯坦因骑着马,屁股后边跟着一群情绪热烈的地方官吏和他们的侍从。他们摆了十六道菜的筵席,吃饭的时间延续了三小时。人们向他打听两千里之外的北京所发生的关于义和团的新闻。“他们关心自己的命运,而不是国家和民族的命运。”在高昌，范莱考克是当地的神医，因为他带了阿司匹林和奎宁。当地的人们都来请他治病。一天，他偶然发现一个老年妇人在门口哭泣，她没有钱看病。范莱考克大吃一惊，原来房东把范莱考克看病当成了一件副业，每个病人进入医院以前，必须先付一笔医药费。“我从不打当地人，这是仅有的一次。”他狠狠地用马鞭把房东打了一顿。但是，不久，就有当地很有地位的人对他说：“你独居无偶，何不娶上一个？”他要把自己的女儿介绍给范莱考克。

斯文赫定的音乐已经消失了。在柯尔克孜千佛洞，我爬上了最高的台阶，我想在里边寻找一下我想看的东西。其实我真看不出来什么，我只是难以相信，这样的荒漠中，竟然和印度和希腊有着难以斩断的联系。我当然什么也没看出来，因为基本上已经被盗走了。是德国人。他们是这样割取壁画的：先用斧头把四周的软石粉碎，再用一种特殊的锯子，根据壁画的大小形状将画锯下来。壁画的大小一定要适宜于装箱。用车来装大箱，骆驼和马运小箱。装箱更要小心，得用木板和棉絮亚麻草包裹，放的时候一定得面朝上。尽管工作过程中一直小心翼翼，但是，在清理洞庙的时候，洞顶突然碎石崩落，砸死了一个当地的雇工。“按照此地普遍习惯，我们只赔偿三镑的恤金，其家属即心满意足。中国官吏得此报告，也深悉死者的原因，甚为谅解。这是因为此处生活容易，一个大家庭每月有十二先令，即十分快乐满意。”

这些文物后来大多在柏林收藏，但是在二战中毁于战火。如果留下来呢？留下来会是什么样的结果？

我下了山，继续向西走。

空巢

宋晓杰

终于，还是晚了。

尽管没有看到确切的巢，但我知道，这个时候，它一定空着，无鸟可栖，了无一分生气。也许，它已被深秋的小北风吹向坡底、深坳，像停不下来的陀螺，旋转着，另赴它途；也许，还完好地藏在芦苇深处，即将成为季节公开的秘密；也许，在群鸟高飞之前，早已残山剩水自毁了家园……候鸟已哑哑鸣叫着，消失于天际，消失于季节的尽头。它们南飞的行踪不会因为有人迟来而改变。即使暂且留守的，留在此地的情感也不完整了——大半已随鸟群而去。风声四起，波光潋滟，昏黄的芦苇和白头的花絮，总是轻易就引人走上愁绪的路来。虽然轻轻，但也不是轻松就能够托举得起。

我们痴痴地望着响亮的晴空，惋惜、感叹、不满足。大脑像空转的机组，咬不到应该啮合的齿轮。只有在旷荡荡的田野上，疯跑一阵，了却心愿……

昨晚，儿子打来电话说周末不回了，下周考试，回家实在禁不住电脑诱惑。我好像犯了大错，马上委顿、低迷，心情沉重，恍如瞬间失去生活的全部意义，变成一个废人。连做顿晚饭的机会都没了，还不是废人？学习是正事，又没法提出“额外”要求。无聊地在屋里乱转。儿子新买的斯伯丁还放在玄关，就放着吧，也不碍事，出来进去还可多看一眼——顺便想想它的主人。

一个人的日子也还是日子，也得按规矩来：除尘，洗涤，置物，按时令替换床上用品和窗帘，按养生之道采买绿叶时蔬、大枣、燕麦片、蜂蜜。交三个人的水电煤气费、物业费、取暖费，却只能一个人独享，心下时常生出几分不安。休息时，想上班；而上班，却又拼命想回家。也许来来往往的路上，才怀着自欺的热望和舒坦。

在小城，每年高考的成绩好得没边儿，除了师资和管理，陪读大约也算一个重要因素。学校附近的新房旧舍因而“盘锦楼贵”。看着坐不稳立不安、车流如织的父母，常常愧疚不已，好像全世界唯独我的儿子没人嘘寒问暖。要不，我也“宋母择邻”？

“我可不想那样，压力太大，我受不了。”儿子婉言谢绝好意，我又能如何？干搓着两手，无所适从。

十六岁，已是半大不大的大人，渐渐挺拔，渐渐另类，渐渐有主见。不管正确与否，绝不能像一根钢管硬掰，得慢慢顺着劲儿来。

儿子上了寄宿高中后，每个周五晚上就是我们的天伦之乐。一阵忙碌过后，儿子玩电脑、看《灌篮高手》，顺便告诉我 NBA 的新赛季、篮球鞋的新款。或者，我问一下课堂、他的学生会或者上次悬而未决的什么近况，问问伙食费用不用充值、床单用不用洗。我问得小心翼翼、试试探探，好像当上了旧社会三寸金莲的小媳妇。如果儿子情绪好，还会诱出些“内参”，我便会如释重负，手舞足蹈。

一次，我问儿子：我会不会老？

儿子撇撇嘴，哂笑：像你这样的半疯儿，还会老？

哦，我是半疯儿……

与父母同城，偶尔因忙乱、因懒散回家少了，便觉得有要事没办，坐立不安，赶紧跑回去一次，洗碗、抹桌、翻翻陈年旧账，展望展望未来。并瞧准当口，做贼心虚似的择时捎上一句："你们够幸福了，想看哪个，十分钟就能看到。我们呢，四十岁或更早，就成了空巢家庭。"一直以为，自己与孩子滚在一起，玩心未减的时光尚在，却忽然之间发现哪里不对劲——其实，早已曲终人尽，换了场景。"忽然之间"几个字着实可怕，像巨大的隐匿的陷阱，把大大小小的机关轻巧遮蔽，却不知何时何地，突遭袭击，原形毕露。惊愕不已，措手不及。无辜而绝望。

已到了"近处远、远处近"的境地？远如隔世的人事记得牢靠，而眼前所见，却好似云烟、雾霓。更突出的表现是爱流泪，像个受气包，兜着全人类的委屈——巨大的沉痛也许尚能承受得起，而细小的，却足以令人崩溃……羞于说出因由，或无所谓因由，却时常表现得莫名其妙、不管不顾。悲切过后，又有些许难为情。"满含泪水的沉默，这沉默几乎使我得到解放。"看到这句话时，用波浪线着重画上，于是释然。"当你孤单你会想起谁"，一首诱人的歌，在心中起落、盘桓。是啊，当你孤单你会想起谁？想起谁呢？物质的丰饶并不能解决所有，是谁发明了"精神"？

从前，曾为错失了高中一直与父母别扭着，生闷气，吊脸子，不吃饭，埋怨他们自私、狭隘。还特别讨厌谁说过的"不养儿不知父母恩"，并郑重地恨那个谁。但是，现在，不也暗自认同了吗？如果儿子周末回来，那简直就是我的节日——头天晚上打腹稿，定菜谱，再起个早，去菜市场，哼着歌，买回最鲜最水灵的果蔬。或者带儿子光顾一下阿迪、耐克专卖店，揣着省吃俭用的币子上演"一掷千金"的哑剧。只要儿子拿起哪只鞋或往哪个新品前大大咧咧那么一站，我还是懂事的——顺着他的目光望去，便锁定目标，立马拍板。“怎么样？喜欢吗？试试。喜欢就买！”儿子站着，继续不出声、继续看，那么接下来上演的，则是钱物交易的独幕喜剧——儿子不苟言笑，老成如四十岁。而我，则像十几岁一样喜形于色。还有比给儿子花钱更痛快淋漓的事吗？尽管自己的衣食住行相当相当的节俭，但给儿子提回千儿八百一双的鞋，眼皮儿都不眨。出差到北京，可以忍着心痒不去三联，为儿子一句含混的话，却能打着出租满城去找 NBA 的特许店。

那个晚上，儿子如约来电话。

——回家和你商量个事。

——现在就说呗，不然晚上我睡不着。

——瞧你那出息。

第二天中午，我撒了谎，没去上班，只想一心一意给儿子做顿午饭。儿子进门，还没站稳，第一句当然是追问商量啥事。

——也没啥事，只是想告诉你，偶尔星期六在学校不回来——我说是“偶尔”哦。

——不回来干啥？五分钟就能到家。

——同寝的两个都不回，我们学习或玩球。

——就这点事呀弄这么大动静儿，我还以为出了啥大乱子呢。我心落了底。

——你不是说过，到考大学为止我还能回来七十二次嘛，我不回来，怕你一个人哭……

他已懂得关照我的情绪。难道、莫非……在情感上，我已成了需要他操心、搀扶的老人？

嘴上是不承认的，但心里暗暗似有认同。

老了又怎样？也不是我一个人老！四二一综合征是社会问题嘛。到时候，我打算谁也不麻烦，夹个小包儿往敬老院、托老所一溜达，完活儿。

但是，现在——

那些松开了牵绊的手，靠回忆度余年的人；那些身染重疴，靠保姆和救济延续时日的人；那些逃离婚姻，独撑岌岌门户的人；那些看似为幸福和未来远离家乡外出打拼，紧紧搂着“靓车、洋房家庭计划”独自守着黑的人；那些孩子已拖着四轮旅行箱昂扬走向外省校园，或漂洋过海去吃三明治、汉堡、披萨，闲下来的人……哦，我们的命运，如此相像？

楼下是幼稚园，冠以“国际”的字眼儿，每天上下班都会见到天真烂漫的孩童，又是再见，又是拜拜。我站着、听着，恍然觉得，他们在起跑线上已经加速，准备起飞。但是，那些在寒冷的早晨从睡梦中被提出被窝的孩子，不就是我的儿子、晚辈吗？他们的父辈或祖辈，不就是年轻的我、年迈的我吗？

那天，见儿子在屋子里晃来晃去，我忽然冒出一句：如果现在我不在了，儿子也该没问题了吧？比起那些孤儿，你已经够幸运了。

他们一致急哧哧地谴责我。某人还把这归罪于书看多了，脑子乱码了。

在此之前，我已经走了长长的一条去路和回程，他们是不知道的。如今，写到这里时，忽然想起王家新的诗：“终于能按照自己的内心写作了/却不能按一个人的内心生活。”我敲下它时，是坚定和沉郁的，但不知是否唐突、隔膜、词不达意？但愿有人懂得。但愿无人经过。

儿子的房间向阳，虽然每周只睡一晚或一晚一天，搬家时还是把大房给了“绩优股”的他。他的电脑、台灯、书柜、谱台、萨克斯都在，格子睡衣搭在椅背上——有什么关系呢？一天，对于我来说，就是所有的时间。

那天，我一个人在家，是要取暖还没取的时候，那其实与乍暖还寒时候一样“难以将息”。我忽然想睡儿子的大床，就抱本书颠儿颠儿地跑过去。儿子的床上，还隐隐留有雏形男子汉的气息。床铺上，他的MP4、润洁、一沓《扣篮》杂志都在。睁眼闭眼之间，还可以重温屋子正中海报上的科比或乔丹，它们团团围住梁柱，仿若幻灯，播映着我们渐渐经过的个个时刻。而谱本翻开，那一页赫然摊着：《新世界》……

昨天还是深秋，明早起来，我将看到初冬的景致。成片的新疆杨立在街边，瑟瑟地，迎着干硬的北风。浓密的枝叶只剩极少的绿色，或一小撮叶片，稀稀疏疏地打着抖。尤其，那些站在风口里的，脱得更早、更干净些——它们，就是最早感知世态炎凉的人吧？

一个秋日，我和朋友们在芦荡里赏秋景、看秋阳、沐秋风，虽没有见到渴望中的鸟巢，却也为共同送走又一个秋水长天而伤怀、感恩，喋喋不休，仿佛提前暮年。乘酒兴，我表决心，说：如果有机会，争取带你们走得远些。爱好无优劣，从打麻将、钓鱼、骑自行车，到在鸡蛋壳上画小人儿、在头发丝儿上抄名著，只要于人于己于社会无害，都是健康的。我们爱文字、爱自然，我们比亲姐妹、亲兄弟还要心心相印。车里的人一呼几应。看得出，他们心暖。因而，我也心暖。可是，透过迷离的醉意定睛一看，不免生出几分凄怆：这一干人中，多是退休或刚刚洒泪挥别儿女的空巢留守者……忽然就惺惺相惜，忽然，就再也说不出一句话来。

最后的勇士

祝勇

一

在大阪，我们找到了清军的墓地，几位在平壤战役中被俘的官兵，最终遁迹于此。

我是为中央电视台创作大型历史纪录片《历史的拐点》之《甲午战争》，专程来日本寻访历史遗迹和史料的。除了纪录片，我还打算写一部书，通过日本遗迹和史料重看那场战争。书的名字去时就想好了，叫《隔岸的甲午》。

那一天，我们走进大阪玉造车站附近一座神社旁的一条巷子，巷子建在坡地上，越往深处地势越高，巷边房子的层数也递减。由于墓地在高处，所以车子开进那条小巷的时候，丝毫看不到墓地的影子。叶老师肯定地说，就在这里，我们仍是一脸的狐疑。

我们跟在叶老师的身后，沿路边一条窄窄的台阶拾级而上，走上一片台地，穿过一片树林，那片墓地赫然在目。

这片墓地叫真田山陆军墓地，埋葬着自甲午战争到二战结束历次战争中阵亡的日军士兵和民夫五千多人。这五千多的军卒，死后也组成了一个浩荡的阵列。不知为何，当我看到这片丛林中的墓地，我突然想起丰桥树林里的“步兵第一百一十八联队旧址”。这两处遗址，无论是兵种，还是时间段，都是那么地吻合。步兵第一百一十八联队的日军士兵，那些“天皇的战士”，就从丰桥那片树林出发，杀向中国人宁静的家园，他们稚气未脱的青春，最终变成了炮灰，消失在炮火尘烟里，回来时变成骨灰，装在整齐有序的盒子里，蜷缩在这片冰冷的石碑下面，再也不能伸直他们的身躯。

石碑不到一米高，用最普通的石灰岩制成，一律是方尖碑的形式，即碑身是四方柱，顶部为尖形。碑上三面刻字，正面是逝者的职务和姓名，一个侧面刻着他的出生地，另一个侧面刻着他的死亡时间、地点。这些简单的字迹，就这样粗略地勾勒了他的一生。他们的血肉消失了，只剩下这些名字，被深深地镌刻在石头上，这个国家以这样的方式表达对他们的纪念。然而，在那些名字的背后，却包含着更多的名字——那些被他们杀害的无辜者的名字。当这些日军兵卒的名字被深深地铭刻下时，无辜被害者的名字却永远地消失了，连同他们血肉模糊的身体，一起消失在岁月的深处，但他们是最不该被忘记的。在我们的国土上，实在应该为他们建造一座最宏伟的纪念碑。

二

那六名清军官兵，就藏身在这片横横纵纵的墓碑中。他们并没有排在一起，而是分散在日军的阵营中。我半蹲着，仔细阅读着墓碑上的字迹，像是查询着一部辞典的目录，要努力把他们的名字一个不漏地找出来。那些消失已久的名字，就这样一个个重现在我的面前。他们是：

清国□□刘汉中之墓

清军马兵五品顶戴

明治二十七年十一月九日于大阪陆军预备病院死亡行年二十三岁

清国□□刘起得之墓

明治二十八年一月三十一日于大阪陆军预备病院死亡

清国□□吕文凤之墓

明治二十八年六月十一日于大阪陆军预备病院死亡

故清国□□西方诊之墓

清国□□李金福之墓

明治二十八年七月十六日于大阪陆军预备病院死亡

故清国□□杨永宽之墓

大正四年五月帝国在乡军人会西区联合会再建

关于他们的身世，我们无法知道得更多，只是从史料中得知，除了吕文凤是“朝鲜皇城清国电报局巡查”以外，其他五位基本上是北洋盛军官兵。他们在平壤战役中浴血奋战，受伤被俘，来到日本。

在日本小说《牙山》里，曾经有一名清军号兵，名字就叫李金福。他因落下悬崖而被日军俘获，至于那个李金福是否是墓碑上这个李金福，已无从查考。

溃败的清军中,并不乏挺身而出的躯体。左宝贵血战平壤七星门的场面,八田己之助在记述平壤战役的著作中,用“武士精神”诠释他的英勇。他还讲述了一个十分诡异的故事——三年以后(1897年),在左宝贵战死的9月15日,连绵的战事早已经远去,平壤城里绵绵地下着雨,住在七星门内的一个名叫林善华的老人,在深夜里,冒着咻咻的雨水返回城内的家里,当沿着荒寂的道路穿过七星门时,突然听见一阵杂沓的声音,仔细倾听,他分辨出军靴踏在泥水上的声音,兵器相撞的声音,还有马的嘶鸣声。慢慢地,他找出了声音的方向,就循着声音,踏着石阶一步步走上七星门的城楼。突然间,白光一闪,他看见一个将军,跨着一匹白马,手里举着一把剑,屹立在七星门上。林善华立刻陷入一种无可名状的惊惧和恐怖之中,双腿一软,瘫倒在地上,重重地溅起一片雨水。然后,摸索着爬起来,往家里跑,进门以后,浑身依旧抖个不停。

等清醒过来,他终于想起,城楼上那个纵马挥刀的军人,他曾经见过,就是清军的一名将领。他把自己的传奇经历讲给人听,但没有人相信他的话,连他自己也怀疑起来。一年之后,天又下着雨,他又一次在夜里穿过七星门时,那个骑白马的清国将军又出现了。他终于知道,那个将军虽然战死了,但他的魂还没有散,依旧在昔日的战场上徘徊不去,心有不甘。

清军中不乏贪生怕死之徒,如陆军的叶志超、海军的方伯谦,但也有视死如归的英雄,如陆军的左宝贵、海军的邓世昌。八田己之助说:“这骑白马的将军就是左宝贵的英灵,9月15日如果下雨的话,还可以看见左将军显圣。”

我想,这六名清军官兵,就是他们中的一员,否则,他们就不会作战被俘,客死他乡。

在那支腐烂的军队中，他们不可能胜利。

但他们仍在战斗。

三

甲午战争期间，清国海陆军共计被俘一千七百九十人，其中战斗负伤和患病者三百二十六人，重症治愈者二百三十一人，不治而亡者五十五人。这六名清国军人，就在这五十五人之中。他们被安置在大阪陆军临时医院接受治疗，并在交换战俘前，在大阪死去。

日本喋喋不休地向国际社会吹嘘他们为清军俘虏提供的宽大待遇，按照国际红十字会公约，从收容设施、医疗保障、公共卫生、膳食营养、书信往来等方面，保障俘虏的基本权利。海军法律顾问高桥作卫在英国出版英文著述《中日战争中的国际法案例》及德语版评论集，这些著述采取实证方法记述了如下“事实”：滞留在日本的清国臣民及财产受到日本政府的保护；日本军队对战争中误伤的中国居民予以救护并提供饮食照料，对中国居民财产秋毫无犯，救护受伤俘虏，对中立国的国民与财产予以保护，极为关注占领地公众卫生，日本红十字会不偏不倚救助中日两国士兵等。

据说当时并不了解国际红十字会公约的清军俘虏为这样的优待而感激涕零，不是潸然落泪，就是作揖道谢。这样的场面，被记者纷纷拍摄下来，日本的“文明国家”形象随着这些照片四散传播。相比之下，清国则被贴上“野蛮”的标签。高桥作卫称：中国政府命令击沉所有日本船舶（却举不出任何击沉民船的例子）；中国不仅杀害战斗人员，还杀害战争爆发后滞留在华的非战斗人员（实际是为日军提供情报的间谍）；有贺长雄则说：中国是一个“文明未开化”的国家，其士兵虐待、虐杀甚至肢解日军伤病俘虏。所以，日本面临的是一个“不承认战争法，不对敌国国民的私有财产制定规则，不试图对其军队的抢劫和纵火暴行采取任何限制措施的国家”。

但在那些友善的面具背后，却隐藏着凶狠和歹毒的表情。丰岛海战中，北洋水师所属“操江”号被日军追击途中搁浅，船上八十三人被日军俘获，几天后由日本“八重山”舰押送至佐世保军港。据同时被俘的丹麦人弥伦斯回忆说：“午后两点钟，上岸之时备受凌辱……船近码头即放汽钟摇铃，吹号筒，使该处居民尽来观看。其监即在码头相近地方，将所拘之人分作二排并行，使之游行各街，游毕方收入监，以示凌辱。”

可惜，在当时的清国，没有一个人懂得用国际法捍卫被俘人员的权益。

那些平壤战役中俘虏的清军官兵(其中清军五百一十三人，朝鲜兵十四人)，终于不甘于这样的凌辱，决定越狱。他们杀死了狱卒，却最终功败垂成。日军展开了疯狂的报复，六十名俘虏被日军集体砍头。

六十颗血淋淋的头颅，在狂风中迅疾地落下，成为对他们生命尊严的最佳注释。

假如说汹涌而来的日本兵是为他们的天皇、为他们的“高尚”的“理想”而战斗，那么这些清军就是在为他们生存的底线、为起码的尊严而战斗。他们的作战动机，比皇帝诏书里的宣战理由更加充分和真实。

墓地里的这六名官兵中，刘汉中二十三岁已为马兵五品顶戴，大致相当于骑兵营长，是这六位中官职最高者。萨苏先生进一步查证出，刘汉中祖籍辽宁，家里世代务农，是这个家庭几代唯一拥有“官身”的。又据守墓人提供的资料，刘汉中负伤被俘，送到大阪陆军预备病院后，伤势加重，他在临死前留下的最后一句话是："把我的官职刻在墓碑上。"

这个朴素的愿望里，包含着帝国军人的荣誉感。

我突然想起北岛的那首《宣告》：

宁静的地平线
分开了生者与死者的行列
我只能选择天空
绝不跪在地上
以显出刽子手们的高大
好阻挡自由的风
…………

四

那一天，我在他们的墓前坐了很久，希望那些被太阳晒得黧黑的面孔在那一刻重新浮现，与我促膝而谈。但墓石冰冷，保守着他们的秘密。他们的家在哪里？他们是否有兄弟姐妹，家族血脉是否延续到今天？他们的后代是否知道，他们已经安葬在遥远的异乡？在他们的墓前，都摆放着野花，我知道，那是来自中国的凭吊者留下的，自从中国留学生杨海嘉在2003年发现这些清军墓碑，他们就不再与故国"失联"了。故乡的人们陆陆续续来到这里，绵绵不绝地向他们表达问候和敬意，让身在异乡的他们，不再感到孤独和冰冷。

从他们的名字里，故国的人们也找回了断续的历史。每个人的生命都是吸收了前人的青春、血液和记忆的结果，所谓历史，并不是一些已经消失的事物，而是由我们身边的事物组成的，弥散在我们的周围，滋养我们的内心。张锐锋曾经说过，历史不会成为不曾存在的过去，它在许多地方秘密地留下自己的刻痕……就像间谍影片中看到的密写纸，它将一切发生的，都书写在看不见的地方，然后，传递到另一个时间段。只是这样的过程过于隐秘，以至于我们轻易将自己的生命当作一种单独的存在。只有敏锐的人能够发现它们，像发现空气、水和微生物。它们真实并且生动地存在着，即使飓风扫过，它们依旧以巨大的定力，停留在原处。它们是这世界的一部分。

站在清兵的墓前，我突然觉得在他们的生命与我们的生命之间存在着一条通道，就像树下的根系，在大地的深处隐秘地相连。我知道纵然相隔遥远，我也一定会来，因为我们的一部分生命丢在了这里，找到它，我们的生命才能称得上完整。

桃花烧

周晓枫

许多年过去，依然记得那对忘情的恋人。当我从窗户向下张望，看到两个人影紧拥，一个深蓝，一个浅棕——隔了八层的楼高，他们像在深渊里。一侧是垃圾场后墙，另一侧是家属院顶端斜插碎玻璃的墙——中间通道本来用于车辆运输垃圾，但家属们抗议，封堵了原来的出口，改道另行，那里成了无人来往的死角。他们接吻，偶尔手会在毛衣遮挡下在彼此的肌肤上探索。对于十几岁的我来说，这是令人惊慌又迷醉的一幕。尽管离得远，亲密着的两个人又无暇他顾，我还是担心被发现……拉上窗帘，然后从扒开的缝隙中，心跳着窥视。

此后连续几个下午，这对恋人都秘密会合。难道他们不知道对面楼房里可能潜藏无数双像我一样的眼睛?难道他们没有更合适的亲昵地点，以至非要选择这个霉腐的臭气熏天的垃圾场附近，长达几小时地箍紧对方？即使突降的雨也没能将他们阻拦，把一块塑料布铺在雨后湿泞的泥地上，整个一下午，他们还是像马上奔赴刑场似的那样没完没了、不要命地吻着。

秋风旋起的树叶在他们脚下堆积，就像这个季节即将在沉睡中赴死的蝴蝶。时常有落叶飘到男人的衣服或女人头发上。漫天漫地的落叶,如同纸钱,扬撒在两个深受情欲折磨的并不年轻的恋人周围。慢慢地,我观看的热情成了悲伤,因为,这场景太像一场葬礼。如果是在为爱情送葬,两个看似的主角,不过是挣扎中的殉葬品。

每到周末，我都坐上前往北郊的长途车，去看望我的秘密情人。这条路走了这么长时间,我依然感觉自己像一只首次迁徙的夜鸟，暗中前往它所不能了解的终点。车窗玻璃映出我日渐恍惚的脸。

记性差,经常忘了名字和事情,被不了解的人当作傲慢。但我记住了沿路那些不会中途下车的站名,记住了最早坐在这趟车上的喜忧，甚至记住了偶尔的陌路人。上星期旁边的广东乘客向我问路,粤式普通话使每个字都产生叹号效果,说得那么用力,并且表情剧烈,而我一贯受不了说话时表情和动作太过丰富的男人。他有着典型的珠江三角洲地带的长相,散发出由于龋齿或肠胃病患者特有的令人反胃的口气。我看着他的嘴开合无声,走神的瞬间,我想魔法师……他是那种灵魂和面孔长得非常相近的人,所以看人的时候有一种特别的专注,仿佛从深处向你凝望,容易让人产生深情的幻觉。他致命的音质,唱歌时未必完美但说话时绝对动人,让我愿意听从。

尘暴弥漫整个车厢,微黄的残阳显得特别颓废和脏。前面空出的座椅,留下一个明显臀印。我看到窗外有个骑车人,弓着背,拼命踩着脚镫,车把摇晃。天气本来就恶劣,自行车外胎又瘪掉了,可他不相信似的跳下来检查以后又跨了上去，动作那么笨重吃力。我想，自己的感情就像门芯已经漏气的自行车，不仅不是代步工具，还成了负担。我为什么不干脆扔了它，拥有轻便的自由呢？是因为把它当作财产，还是因为暗怀希望，一个修车铺会在前方拯救般的等待？

如果我的来临谈不上奖励，离去算不算得上惩罚？我犹豫，是不是转车回去，结束这场开始疲倦的欢爱。我想尝试离开的人，必须要小心自己最后的缠绵——那就像停留在危桥上的体重，会使结局致命地发生变化。

爱的过程是极为缓慢的。因为缓慢，当我发现爱上魔法师的时候，它已成为难以戒掉的习惯。我爱他，就像一个字根爱着改变命运的偏旁。即使他是狂浪之徒，将被自身的跌宕命运所驱赶，我也会爱他身上那股游邪的气息。

有一天我赶到的时候，他正好出来拿报纸。冬天魔法师还是赤脚穿拖鞋，雪融后的路面泥泞湿滑，我看见他露在外面干净的脚趾，湿蓬蓬的头发，浴后小兔子一样微红发亮的眼睛。他走路的样子懒散，漫不经心又若有所思地趿拉着鞋，有种懒散之中的贵族气。

难以抵抗他的召唤，只要他一打电话，我就改变所有日程，坐上颠簸的长途车……像个送外卖的，不用预约，随时送上滚烫的服务。我像一只导盲犬，当他处于黑暗与低落之中，我就献出自己灼热的小舌头，殷勤舔吻他的掌心，仿佛能在那里找到供养我活下去的粮食。他在拣选上的挑剔，似乎在暗示，成为他的情人必须具备某种特殊的才能——恩宠，恩宠，他的宠就是降临的恩情。魔法师的个子高，我需要踮起脚来才能亲吻……沿着正在生长的茎，献出一朵谦卑的花。

但这个对我来说意味神秘和奇迹的人,我却并不真正了解。魔法师比我大许多,介于叔叔和哥哥之间,我们的关系被逐渐地蓄意地弄得含混,我对他既怀有敬意,又有某种纯洁和乱伦快感糅杂的奇怪而难以言明的东西。他在宠辱不惊的秋季,而我的春天刚刚破茧。白天和黑夜区别巨大,关键是,身置不同经度的两个人,在时差中是否同时经历爱的此刻?

人不知道自己会牢记什么样的片段,不知道这些片段会造成什么样的更改,如同,不知道哪粒花粉能酿造寂静的果实。我记得最初的一天。

和魔法师在车里坐着的时候,外面就下雨了。我扭过头,窗外的雨,像划痕密布的旧胶片。雨声渐渐大起来。谈话中断许久,我们之间慢慢形成一种沉默的压力。魔法师在抽烟,他天生有种魅惑人的气息,即使脸上略带倦意——倦意,是伤感在体力上的表现。亲爱的魔法师,我无法知道你的隐痛,你显得如此自如,但我嗅出你的味道,那是一种杀人的味道:你具有中年男人全部被爱的魅力,却失去全部爱的能力。等我发现激情正在危险地靠近自己,已经来不及了……鹰已经在降低它的高度,于是荒野上的僧侣敞开祭献的襟袍。我的劫数开始了。这是第一个拥抱。

雨停后,我惊讶地发现,车顶落满被打落的桃花:湿润,细碎,鲜艳。这些璀璨的小花瓣,令人想起万花筒里的图案,即使由最简单的纸屑构成,也有看似无穷的变幻——能让我始终迷恋和感恩。他开车的时候,我情不自禁地看他,还在低烧般的恍惚里。我有手风琴的肺,笛子的喉管……爱情交响,把我的身体变成秘密的乐队。

我由此感知幸福——幸福，一个平庸得有点不好启齿的词。是的，我在他的靠拢中体会那种“幸福得要死”的滋味。之所以幸福得“要死”，是在潜意识里不相信幸福会延续，希望幸福的状态能在自己清醒并陶醉的情况下停止并定格。我怕幸福闪逝，怕短暂幸福过后给人带来的迟疑和痛悔。事实上这句话隐藏了一句真理：幸福要死，所有的幸福，都会成为早夭的美。

——现在我慢慢舔食过期糕点上那层有限的糖霜，粗糙的小颗粒，在舌尖融化……这曾经令人沾沾自喜的甜记忆，更让我感觉废墟般的生活在下沉。

有如玩具，并非生活必需品，既带来欢乐又无用，我是魔法师最小的情人。魔法师的天赋和经验赋予他完美的操控能力；而我的经验，对他来说，如同小数点后面的数字，可以被慷慨地舍弃。那次和他去吃快餐，花童递来几枝玫瑰——哪儿找来这么脏的玫瑰？颜色像经血。为了摆脱花童的纠缠，我眼睛都不眨地说：“他是我爸爸。”是的，魔法师的情感经历过于丰富，他却是我几乎唯一的浪漫史。和他在一起，我无知，他无敌，局面缺乏基本的控制，除了晚辈一样领受他安排好的教育。

他能够以松弛自如的态度来处理感情关系，我不知道，这是对他漫不经心的错觉，还是这本来就是他从经验里提炼的从容。有时怀疑，魔法师对我，仅仅略微超过绅士对女性普遍怀有的好感和耐心。我的感情太强烈，总能体会他对比之下的处变不惊。魔法师习惯保持亲近而不密切的交往频率，这种频率，更像游刃有余，还是无动于衷？

他从不潦草，使通奸多了几分失真的温情。和魔法师做爱，有既狂烈又始终被人珍惜之感。魔法师能那么自由,享受之中不受折磨,大概因为我缺少最重要的而又无法依靠努力来弥补的东西:美貌和聪颖。问题是,发现了障碍又怎么能解决呢,难道我能像简·爱启发罗切斯特的话——“如果上帝赐予我美貌和财富,我会让你难以离开我就像我现在难以离开你一样。但是上帝没有这样做,但是我们的灵魂是平等的,就像我们都穿越坟墓,站在他面前”——维护尊严吗?所有在爱情领域里没有靠才貌赢得的东西靠乞讨都不能够赢得,何况靠申辩和教育。

种种爱情类型之中,我更习惯和擅长的方式是暗恋和无人所知的告别。我是如此熟悉对方不在场的爱情,可以轻松胜任想念。但对魔法师,我根本无所适从……仿佛未婚母亲生下自己的畸形婴儿,像是在惩罚,有罪的欢乐。也许我的爱情与自虐倾向有关:我爱并且只爱令自己绝望的东西。自虐就是从自我伤害中获得快感的需要,我天生就对自己怀有不能解决的持久的仇恨。通过魔法师,我终于省悟,爱情是人类自虐行为中最普遍、最主要的手段。想起法国作家拉罗斯福科说过:“当我们根据爱的主要效果来判断爱时,它更像是恨而不是爱。”

有人在爱中会激发出惊人的潜能,活力四射,富于妙趣。我如此不争气,一旦处于感情之中,微薄的伶俐也消失了,变得紧张、乏味、患得患失、优柔寡断。在爱的压力下,我体验着自身的变形记,看见自己变成了一只畏首畏尾的笨拙的甲虫。

世间的爱往往看起来相似,却有本质差异。比如对宠物与对藏品就是两种迥异的爱。是宠物的依赖,是它的喂养恳求,是它对主人的绝对需要,催生主人的怜爱。而藏品,对收藏它的主人永远没有情绪反应,收藏家再漫长的沉迷它也无动于衷,藏品可能更换收藏它的对象,但并不由此引起原有收藏者的怨意,他只会在爱与怀念中目睹它逐渐增值,并增加它在心里的分量。越强烈的依恋,越容易被对方轻视。宠物带给主人的只是娱乐项目,唯有藏品,才能成为真正的财富。从某种意义上说,我是魔法师的一个宠物,而我不幸,让魔法师成为我的藏品。魔法师似乎从来不知道我的狂喜和绝望全都被他控制,并交替着给予。他身上有天使与魔鬼混合的天真气息。

数十层的高楼,在顶层露台,夏夜的风浩荡吹拂……万籁俱寂的黑暗深处,他深入我。这个给我的生命制造悬念的人,我的手抚触他——只有我爱,才给你弦上的身体。嘴唇和嘴唇多么对称,当魔法师移开他的脸,我才看清:星空千疮百孔,夜晚如何露出简陋的本质。激越地冲击我的时候,魔法师不知道,他神一样照耀我的面孔,和整个天堂的破绽,如何在我眼前快速替换。他让我在肉体灼热和内心寒意中交战。因为爱最后要落回地平线,甚至落回深渊里,所以所谓激情,就是你敢于上升的无视生死的高度。

置身庆典般的肉体欢爱中,天空,突然绽放起盛大的烟花……神燃起短暂抚慰的火把,我在映照中泪流满面。这个春天是经过文身的,华丽,又反叛——它已经成为记忆里的化石,像贝壳一样,坚硬地嵌满花纹,包裹内里的柔软。

我们平静下来。我把左耳贴近魔法师的前胸,倾听心跳:里面有一个懒洋洋的钟,因为寂静和寂寞、因为冷静和冷淡逐渐停摆的指针。焰火过后,黑暗再次聚集;热烈过后,魔法师的眼睛重归安宁。他抽烟,把烟缸放在我裸露的脊背上。我们都在孤独中,却无法相互携助和给予,如同两个玻璃缸里的游鱼,彼此的声音都不能传达，何谈相濡以沫？盲人般，我们都是困守的蛹，无论怎样相亲相爱，黑暗都是各自的，不能被分享的。一个看不见脸的世界，猜测不出彼此的复杂表情。

幸福有张善于许诺和背叛的嘴，我记得那阴谋中特有的温柔。整个晚餐，似乎有什么气体像帽子似的悬置在魔法师头顶，然后漂移，分散我的注意力。魔法师看着我，似乎还是那样的眼神，有入骨的专情错觉。我食不甘味，吃的东西口感那样古怪，像是在撕扯蝙蝠的翅膀，既不是肉，也不是皮，说骨不骨、说筋不筋的东西。我面无表情地咀嚼，顽强消化着难以归类也难以下咽的食物和爱情。我如何能把内心的黑暗认作一场短暂的隧道旅行？

爱我的人赐予我礼物，我爱的人赐予我伤口——显然来自后者的给予更珍贵，因为只有伤口，与我发生的是真正的血肉意义的联系。我在魔法师的私人浴室里，发现一根包着织物的橡皮筋。它在皂盒旁边，香皂泡沫形成一层包裹着的白迹。不是多疑的猜测，直觉告诉我，它属于谁。那么她是长发的，她是洗过澡后湿着头发走的吗？她有时候把头发束起，有时散开，才会偶尔忘记的吧？她也是魔法师的情人之一，我只是不愿对自己说破。他的情感工程，由众多女性同时建设。我抱着魔法师的时候，他分明有着不属于他的经过洗浴也没有去除的他人气息。

我想从魔法师这里获得如父如兄的安全感。但这是安全感吗？两臂吊在高空绳索上，稍一松手，万劫不复……一切取决于对自己的支撑。在这样的爱情中是不能休息的，因为它不是一张安全网，你不能睡在上面。

爱情乃是非之地，神也放弃管理。只有绝望爱情中，人能体会到这种和自己的剧烈对抗，以及，痛彻的撕裂感。我的刀叉机械地在盘子里划动。我是一头文明的野兽，我吃我自己的肉。

小时候幼儿园里打针，哭泣是儿童的正常反应，作为孩子的我却拼命克制就要夺眶而出的眼泪，以至咯咯咯地笑起来。面对自己的困境，我天生具有夸张性的喜剧掩饰——内心越绞缠，表情越滑稽。疼在左心室的位置，逆时针方向，涟漪一样逐渐扩大，扩散到整个肢体。我一边用力咀嚼，磨断坚韧的肉纤维，一边眉飞色舞地对魔法师说："要是食人族把我们都抓住圈起来，有的杀了，剥皮做鼓，有的杀了，烧火烤肉，你最适合养起来提取麝香。知道吗？你走过会留下一条气味的甬道，多黑我都能寻着味儿找到你。"

说完这句话，世界就黑了。突然断电，楼道里多了走动的人声。我一言不发，毫无障碍地在漆黑里大步走，从冰箱里取出几根冰棍，然后循着味道准确回到魔法师身边。他还坐在那里，以为我拿来了蜡烛。我坐在他身上，就在黑暗里抱住他的脖子，下巴放在他肩膀上，我的腿缠着他的腰，不看他的脸。我开始一根接一根地吃。我冷得浑身发抖，一口一口，咬下坚硬的冰块。爱就是吞咽，不断地艰难地吞咽。食物通过食道，开始被葬送的里程……他朝向深喉的吻，也一样……下潜，下潜。性器与肛门离得那么近，被歌颂的爱情比邻不被提及的脏。共同的食物在我和魔法师不同的消化道里，下降，被各自分泌的汁液搅拌，最后一样成为秽物。我无法想象烂掉的爱情，即使它烂在我眼前，依然觉得无法想象——我真没用，想象是我唯一能够运用的生存解决手段，它无效。

当人们从一场轰轰烈烈的伟大爱情中退场，往往发现自己成了往事的污点证人。而我爱魔法师，以蔑视其他异性的决心，以全部智慧置换出的孩子式的无知，以了无趣味的贞洁和牺牲，以习惯和需要，以死亡之前贯彻到底的盲目等待，来证明，我爱得多么不容修改——像已经上交的错误答卷。

魔法师送给我的那条鱼终于死了。以前我就目睹过它的自杀行为，从鱼缸里跃出，落到沙土之中。我在感情里的挣扎，如同这条脱水的鱼，没有了优雅和原本睡梦中依然能保持的清醒的眼睛……鱼在地上，它疼，窒息，沾满尘土，在笨拙的扭动和摔打中，银质的彩鳞——它身体上最美的装饰物，纷纷剥落。

我把不动了的鱼放到龙头下，让水流冲击它的口腔，它的嘴张大，当我从水流下移开，它的嘴又闭上了。我就这么给它人工呼吸，鱼湿的并拢的尾巴搭在我的掌心。有几次，我以为它复活了，嘴巴似乎自觉地开合着。但最后的抢救是无效的。我不甘不舍地把它搁回鱼缸，它还圆睁不瞑的眼睛，柔软地泡在水面。白雪公主住在水晶棺里依然能被唤醒，但它，将慢慢腐烂，从体表，到内脏。死鱼曾经的同伴嫌恶地游开，远远绕行它的尸体——而它像天使，漂浮在比它们更高的地方。

我知道，一切都要死去，死在时间的停尸床上。慢慢地，将找不到任何魔法师爱过我的证据——像植物人的力气，婴儿的记忆，亡逝者手上的温度，这些即使存在也没有痕迹的东西，到底有多重要呢？

秋天来了，神在天上酿制金色的酒浆。饮用这个秋天，我从陶醉变得糊涂，从谨慎坠入轻信……我爱过的魔法师，在我清醒之前已先于我忘记。他将就此拆除我身体里那座秘密的花园。

我把死鱼埋进了楼下广场的松树下。一个穿着旱冰鞋、流线紧身衣，样子像运动员的男子从我身旁速滑过去，进入人群之中。酒厂正搞促销活动，每人可以得到一杯免费香槟。这个秋日午后，媚人的光线里，街心公园，马路上，售货亭……到处是喝着香槟的人们。有的一饮而尽，有的浅斟慢酌，脸上浮现出觉醒了的享乐感。我并不想得到这馈赠，一看人们排着漫长的队登记，纷纷喜悦地，高举着从洒出酒液的托盘里取出晃动的那杯酒就够了。但我需要这欢乐。我需要这欢乐支撑一条无名死鱼的葬礼。从超市里买了一瓶干红，坐在底脚有些摇晃的街心椅子上，我独酌。那么多人，那么多酒泡沫金黄，只有我的杯里，血红。

把回忆一口一口地吃下去就会积聚力量，像发条一下一下被卷紧。没有什么比复仇更有力量和耐心。魔法师不会察觉我从他那里偷走了什么。一个沙粒进入，经过艰难的吞咽和包裹，它会呈现珠粒上不可思议的晕彩。我要把自己变成一枚珠贝，藏纳起一生的珍宝。

给女儿熨烫校服的时候，我知道，另一个小小的女儿正在子宫深处沉睡。当我第一次从 B 超里看到她，她浸泡在我渐渐充盈的羊水里，像小人鱼正游弋在藏蓝色的海底——她的样子如此甜蜜永恒，像福尔马林中的胎儿隔绝于生死。等她浮出水面，即使也将爱慕一个终将背叛和离弃的男人，我也深知，她会在灾难里获得拯救中的飞升。

房间里，阔叶植物深厚地绿着，花瓶里斜插几枝新折的桃花：艳而碎小。空空荡荡的玻璃缸里，我再不养活娇气而冷漠的鱼了。只有一只谨慎的乌龟，沉默着，像个偷窥者，慢吞吞地，探出它斑驳而丑陋的压扁的头。

南方，南方

王开岭

北方，北方

1992年夏，大学毕业的次年，单位组织去北戴河。

暮色中，大客车沉重地发动了。从鲁西南向东，向北，车灯像雪白的刺刀，一头扎进华北平原的苍茫里。一路上，我偎着末排车窗，将玻璃拉开一条缝，让风扑打着脸。

夜色迷离，脑海里飞舞着群蝗般的念头：政治的、文学的、电影的、古今的、现实的与虚构的……似乎并非在旅行，倒像是一个化了装的逃亡者，一个隐私超重或携带违禁理想的人，一个穿越历史江湖的游侠，一个投奔信仰或爱情的左翼青年……

渐渐，鼾声四起，整辆车成了我一个人的马匹，脱缰的感觉，千里走单骑的感觉，浩荡而幸福。伴着满天繁星，我看见了蝌蚪般的村庄，看见了泰山，看见了黄河，夜色中，它们恢复了古老的威仪……看见了灯火未凉的京津城郭，影影绰绰，像遥远的宫阙，像刚经历了一场辉煌或浩劫。再向东，向北，我看见了山海关和玄铁般的山体，它像牢房，关押着狼嗥声、剑戟声、喊杀声……黎明时，我闻见了礁石的气息，海带的腥味，我听见了巨大水体的澎湃声，那播放了几十万年的老唱片。

兴奋，睡不着，都因为太青春了。

青春，内心有汹涌和迷幻，血液里埋着可燃物。

那是我第一次去看海，第一次醒着穿越那么完整的夜，第一次把陆地走到了消失为止。

这样的经历未再有，但它常帮我忆起一些涉夜的细节，比如：儿时滂沱雨夜里的钟摆声、丁香花开和窗台上的猫叫；《夜行驿车》中安徒生那火柴般倏然明灭的恋情；托尔斯泰午夜出走的马车和弥留小站；作家师友刘烨园曾用过的网名"夜驿车"……

我生活中重要的人和事，皆是在深夜入场的。

十年后，给央视《社会记录》做策划时，我说：一档深夜节目，它要有深夜气质和深夜属性，你要知道此刻哪些人醒着，他们是谁，为什么。

你要重视深夜和你发生联系的人，那是灵魂纷纷出动之际，那是一天中生命最诚实、最接近真相之时。

那场千里夜行，还奠定了我对"北方"整体的精神印象：无论于地理或人文，它都让我想到了"辽阔""严酷""苍凉""豪迈""忧愤""决绝"这些词，想到了朔风凛冽中的苏武牧羊、昭君出塞，想到了燕赵的"多慷慨悲歌之士"；作为历史器皿和时间剧场，它适于上演飞沙走石、铁马冰河、刀光剑影，适于排练政治、史诗、烽火、苦难和牺牲；较之南方的橙色和诗意，它是灰色和理性的，有着天然的冷调气质和悲剧氛围。就像五岳之首的泰山，少灵秀，但巍巍然、磐重巨制，方位、形貌、质地、褶皱，尽显"王者""社稷"之象，是权力录取了它。

北方，北方。

随着年龄增长，我越来越确信，自己血脉里住着它的基因。我性格成分中的忧郁、激烈、锋芒、刚性、爆发力……都源于它。是它，在意志、秉性上给了我某种冷峻、坚硬、深沉和笔直的东西，尤其对家国、信仰、英雄、正义等高大事物的热忱。

我向日葵般飘扬的青春，我野狼般呼啸的青春，我麦芒般嘹亮的青春，我裹在立领大衣里桀骜不驯的青春，是北方给的。我的良知，我的血性，是北方的疾风唤醒的。

我是它的孩子，我是它的人。

南方，南方

在西双版纳，听当地人说过一句：这块土地，杵下一根拐杖都能发芽。

何等恣肆、何等繁华的生长啊，我这个北方人羡妒不已。

我想起故土乡壤的贫瘠，想起了它在“生长”上的严苛和吝啬，想起了它历史上的荒年，想起那些把树叶树皮都啃光了还难逃一死的命运。“温饱”“饥馁”“果腹”，这类于北方极为严肃和真切的词，在这儿，显得遥远而陌生。

精神基因上，我是典型的北方人，但在感官、本能和生长习性上，我的需求更像一株简单的植物，我不喜北方的气候和水土，不喜它的极端环境和偏激事物。就像我对权力和政治的态度，那是一种人质式的亲密，关心它是因为它骑在你头上。在北方久了，地理和物质上的冷硬、干涸、粗粝、阴霾，会投射进一个人的心里，生成焦灼、皴裂、愤懑和荒凉。终于，我暗恋起了温润、和煦、荡漾、明澈……其实，无论生理或灵魂，我都隐隐渴望“南方”的降临，我需要她来补救，需要她的风情，她的软语，她的甜糯和芬芳，她的诗意和雅致。

我需要很多很多的水和花。

我觉得，一个时代、一个社会的进步，就是从“北方”特征分娩出更多的“南方”特征来：从暴烈走向平和，从躁急走向舒缓，从严苛走向宽容，从斗争走向财富，从权威走向庶民，从广场走向庭院，从繁重走向闲暇，从诅咒走向赞美，从岩石走向花卉。

历史上，文人的爱情和幸福时光大多在江南；北方滞留的，往往是其凄苦、沉疴和荒冢。其究竟，南方除了居庙堂之远、权力松弛外，更与大自然的性情、市井生活的细腻和熨帖有关。无论皮肉之苦或灵魂之疾，江南水土都有颐养和治愈的功能。

南北民间，文化性情不同，生命注意力也有别。同事讲一趣事，某时政节目主持人去广东，一下飞机便急急掏出墨镜来，同事调侃，说不必，这儿乡亲不认得咱们，果然，全程无扰。

南方是聚精会神、埋头生活的地方。它支持一个人只关心生活自身和日常内部。

近年南行的次数越来越多。越发喜欢看莺飞草长、月笼烟雨，看高涨的如欢呼般的莲叶，看富饶的阳光、被照亮的事物及其纹理；喜欢临一大面湖水，看波光浩渺、菖蒲丰茂，心里即有飞鸟的喜悦；喜欢那加了糖的空气，香樟、桂花、栀子、茉莉，那份免费蜜饯给人以幸福感，让你唇齿生津，让你觉得世间一切悲苦皆可忍受；喜欢走着走着，路旁突然斜出鲜艳陌生的花果来，看它们野性十足、情欲昂然的样子，你会感喟“万物生长”一词；喜欢于山顶或缆车上，俯瞰郁郁葱葱、蓬蓬勃勃的密林，感受那生命力的原始、澎湃和不朽……

无疑，梅林、园圃、茶竹、芭蕉、琴榭、井泉、轩窗……这些生活之词和舒适想法占据了我。

一个北方男子的身心，是很容易被江南俘获的。被它关于人生和爱情的种种许愿与记载，被它盛大的烟雨、清幽的莲雾和香艳的传说。

在这个世界上，你要有两个世界

在北方，你会渴望南方的雨和阔叶。

在南方，你会怀念北方的雪和深秋。

灵魂上，我是一只候鸟。

我需要一个“彼在”，需要另一个端点，让生命处于思念和奔波的状态，像一只南北穿梭的燕子。

那年，在云南小憩，见一处青山环绕的新开楼盘，怦然心动，顿生认领之意，朋友摇头，帮我算了笔账，说使用率和性价比太低，不如住客栈。我反对，我的想法是：有一个远方的“家”，你对之即有了牵挂和义务，它会召唤你完成一次又一次的履约，你要去，你必须去填充它。

最终作罢，是因为窗景欠佳，有售的那套房，迎对的竟是山体曲线中最不婀娜的一段，仿佛对面一美女，可沿你的角度看去，既非美女的脖颈，亦非肩头或腰肢。

朋友们大笑：典型处女座。

我是一个复合型的人。我需要两个世界的对称：童话与成年，虚拟与现实，私人与公共，拒绝与接纳。就像日月之于地球，两只手、两条腿之于人。

这些年,我一边私人化写作,一边做新闻媒体。其实,这是气质和状态都截然相反的两件事。文学写作,能把一个人带入理想主义私域,那是一块精神自留地,独立、诚实、纯粹,怎么拾掇都不过分,这个时代,你很难找到比它更干净且完全由自己说了算的事了。做新闻,就是同时代的疾病打交道,它会让一个人见证更多的社会阴暗,蒙受更多的荆棘和硝烟,但它让你活得接地气,让你与全世界保持最及时、最紧密的联系,体会生存的难度与复杂;同时,它赋予你这样的公民角色:你在参与塑造并改变着自己的环境,你不是一个旁观者或缺席者,你不是一个无力的受众,不是一个消极的受害者。

写作,是一个人与自己对话的方式,它倾注了你的爱、浪漫和肯定;媒体,是一个人与广场对话的方式,它表达着你的理性、逻辑和反对。前者让你体验着积极与自由,后者让你意识到公共与责任。

我遵奉两句话——

一是鲁迅说的:“无穷的远方,无数的人们,都和我有关。”

一是我自己的:“所谓自由,就是一个人能决定哪些事与自己有关或无关。”

前者启蒙了我的良知与义务;后者保障了我的闲暇和清宁。

2003年,在一档电视新闻节目的筹备会上,围绕它的价值观和选题方向,我提出了两个词:良知和审美。

良知,是基于美德和理性的社会批评,或者说审丑。它的内驱,是因为善与美、公平与正义遇到了敌人,威胁和侵害它们的因素太多,所以要抗争,要保卫,要追求改变。但归根到底,审美才是人生的本愿,我们天然不是来斗争的,而是来生活的,是目不转睛、虔敬深沉地生活。自然、艺术、美学、创造、情爱、幸福……这些相关字眼，才是你奔赴人世的标的，才是你热爱生命的理由和证词。

所以，我既推崇鲁迅、胡适等人间批评家，又赞许丰子恺、王世襄之美学专业户和生活主义者。

于是，那档节目便有了双重气质：理性和浪漫，尖锐和温情，愤怒与颔首。它可以执批评之刃，以专业手法，剥洋葱一般，抵达事件的真相和人性的幽暗；它可以用微笑的语气，讲述一个感人故事、一种个性活法、一场诗意人生，把新闻事件解读成心灵事件。

我参与的所有节目，都盛放着我的爱、恨和平静。

我曾在一本书的封底写道：

> 即使在一个糟糕透顶的时代，一个心境被严重干扰的时代，我们能否在抵抗阴暗和障碍之余，在深深的疲惫和消极之后——仍为自己积攒下一些美好、明净的生命时日，以不致辜负一生。

以我的天性，本应是一个纯粹的审美者，一个理想主义的生活者，但现实不支持，只好活成了现在这个样子。二十世纪末，我出版处女作《激动的舌头》时，刘烨园先生做过一则书评，题目叫《当"唯美"受阻之后》，很准确，是这么回事。

夜航船

这些年，夜色愈浓。我越发觉得，自己生活在这个时代的夜晚。

同时隐隐感觉，走水路的时候更多了一些。

平生第一次乘船，二十三岁。傍晚，背着包，撑着伞，在杭州的运河码头上了船。整整一夜的梅雨，昏迷的河水，简陋的堤坝，混沌的马达声，我并不沮丧，一宿未眠，枕旁是明人张岱的《夜航船》，脑子里想着“江湖夜雨十年灯”“夜半钟声到客船”等句子……曙色出笼时，我看见了苏州，我看见了她的脸。

这是我第一次看见她。

第一眼即喜欢上了她。

当脚离开甲板，跨上湿漉漉的石阶时，我留意到了自己“向上”的动作，我很满意这个仪式：我是乘船来的，我是登上她的。

是的，我登临了姑苏城。

我想，许多年前，那些油纸伞，那些长衫客，应是以同样方式抵达她的。这座城，你须慢慢来，无声地、寂寞地来，在雨天。

这是一座爱情繁忙的城池。

桨声柳影，藕花深处，许多清凉的女子，进进出出。

西施、虞姬、叶小鸾、柳如是、董小宛、陈圆圆……她们皆踏波而来，泛舟而去。美，适合走水路，旱地太粗粝。

她们是文学和时间的恋人。

凡美，无不以悲剧存档。

爱情叫人幸福，但它让人快乐吗？

不，它只是在事后看来，在阅读者看来，仿佛一种快乐。爱情在其大部分时间里，乃一种生命凌乱了的状态，一种眩晕、刺痛和折磨，类似疾病。

爱情的降临毫无逻辑，仿佛一朵杏花，高处坠落，你刚巧路过，被砸中，不省人事。

男女间的亲密有两种，一种拥抱了皮肉，一种拥抱了骨骼。在线装小说里，在深夜古琴中，在苏州评弹、昆曲唱腔间，你常听见骨骼撞击的声音，像玉碎，让人痛彻，隐隐动容。

真正的爱情，参与者稀少。大部分人只是观众，一辈子偷享别人的故事。

我对姑苏的印象，是从童年开始的。

那时，父亲总喜欢贴一些“中国风光”的年画，其中有“苏州园林”和“北京名胜”，我隐隐觉出自己是偏爱南方的，尤其芭蕉、棕竹、山茶、蒲葵、玉兰、绿萝……为我生平未见，那肥硕的绿意，水汪汪的翠色，让我欢欣鼓舞，觉得“生长”是如此简单和幸福。

还有一点，在年少的我看来，南方园子是用来住的，不是用来供的。曲水叠石间，似有人影婆娑、暗香浮动，似有浅浅的笑声琴语传出。

南北建筑之形体、气质迥异。北者显恢宏、绮丽、堂皇，有贵胄之气和凌骄之势；南者泛幽微、静谧、柔情，散发着舒适感和亲和力。后来我明白了，一则是庙堂，一则是民间；京城乃御苑，江南乃私庭。我对这个“私”感兴趣，心想，这大概算中国人最美的“家”了吧。而令我费解的是：既然是人家辛辛苦苦造的私宅，何以成了大家的“公园”呢？若始料今日，主人还有那兴致吗？

许多年后，当我缓步于晋中平原、浙皖深山，惊叹于那些深阔美奂的世家大宅时，该疑问又再次浮起。我忍不住打听其后人下落，要知道，于今的所谓文化遗产，那一砖一石，一雕一柱，皆人家满世界采集来的啊，凝聚了几辈人的勤勉、雅兴和银两。

父亲的年画，让我对江南、对吴越，情窦初开。

我毕业后客居的那座城，竟然就位于大运河的中枢，有“江北小苏州”之称。河道穿城而过,留下了许多石桥和老码头。也就是说,一条鱼,若有意,可从太湖甚至西湖游至这儿。同样,若弄到一叶小舟,从这儿起橹,半个月工夫,即可经扬州至苏锡、钱塘。某年春,和一位写诗的朋友夜游到一座石拱桥上,望着千年的冷水,他突然冒出一句:

腰缠十万贯,骑鹤下扬州。

一瞬间,我觉得月色特别迷人,像女人微微的窃笑。

后来他不写诗了,再后来有了很多钱。

不知他是否还惦念着遥远的扬州。

写给一个文化论坛

这些年,凡往江南,必徘徊无锡。这是一座有氤氲感的城市,我喜欢鼋头渚的浩渺烟波、寄畅园的幽微清凉、南长街的精致市井……它们分别满足了我对人生之“显”和“隐”的想象。尤喜它的美食,甜糯、温婉、柔绵,用一句“藕花深处”形容再恰当不过。我以为,“东林”士子的家国使命和清洁的灵魂诉求,近现代的工商文化、财富观和经营观,应该是无锡精神的两张名片,它们对智识、生活、资财、信仰的安顿和价值观设计,具有传统和现代的双重意义,在国人的精神资源中,是极富光芒和瑰色的。这些皆拜太湖所赐,是太湖的辽阔、空蒙、通达与富饶启蒙了它们。另外,无锡最让我迷恋的,是它带来的灵魂上的舒适感和微醺感,一个北方文人的身心是很容易被江南俘获的,比如在我眼里,“烟雨”和“桂香”不仅是江南的尤物,更是江南的灵魂,于我有着致命诱惑。在无锡,我遇见过最美的烟雨和最甜的桂香……感谢那些把我带上雨夜山冈的人，感谢那些引我步入桂花幽径的人。太湖的美，与人有关，与书卷有关，与人的气质和气息有关。

言无锡，实江南。

穿过小黑屋的韩江

林渊液

一、小黑屋

有一天，我发现了那间小黑屋。

当然，是在异乡。

一群来路各异的外地朋友，聊着聊着兴致勃发，有人想必还喝了点小酒，推波助澜恰到好处。奶奶做的香椿尖炒鸡蛋，童年的核桃，还有雪，各种绵软而又浓炽的记忆和情感，纷纷从他们口中喷薄出来，蔓延，噼噼啪啪听得见柴火燃烧的声音。我发现自己被囚在一间小黑屋，与这群朋友隔着四壁的墙。周遭黑魆魆的，我似乎站了起来，想去点亮一盏灯，但打火机咔嚓几下，喷出点小火苗就熄灭了。

我有奶奶没有香椿树，有童年而童年没有核桃，至今尚未看过一场真正意义上的雪，体验义项的阙如，使得我情感的腮囊颓靡、干瘪，一直也没能鼓胀起来。

这个小屋子真暗。只有在屋子里待久的人，才能适应吧。可是，如果一辈子待在小黑屋，它是不是变成了整个世界？

二、韩江

每年春天，诗人冷雪总是发来邀约：来看韩江，来看木棉花吧。简单打了包袱，赶去赴约。

小时候听说韩江，是在一出潮剧里。潮剧潮剧，当然就是潮汕平原的方言戏。这出戏叫作《苏六娘》，明朝时真人真事改编的现代戏。苏六娘与表哥青梅竹马私订终身，父亲却要她远嫁杨秀才。追求爱情自由，在明代应是很大的一个萌点。孩提时看戏，哪里懂得悲悲切切的爱情，倒是喜欢上了杨秀才的乳娘。那乳娘是男角反串的女丑，笨拙憨厚，声口听来甚是讨喜。话说杨秀才见婚期迟迟未得苏家应允，遂带乳娘前来讨亲。经过府城时，她像刚进大观园的刘姥姥，遇山便问什么山，杨秀才答曰“韩山”，问山下那座大厝，答曰“韩祠”，再问山脚下那条溪，杨秀才没好声气地答：“韩江，韩江……”

就这么把韩江懵懂记住了。当时有一点“不明觉厉”，似乎身边的大人们都认识韩江，并对其故事和传说怀有原动的诉说热情。当然，他们的诉说是随意的，难以止渴的。

长长的滨江路，巍巍的古城墙。几百年前的杨家乳娘，走过的大概是这一段。只是，沧海桑田，水的样貌谅必有了巨变。现如今，江水或潺湲或汹涌，都在堤岸的规范之内。

木棉树有些年岁了，树干挺拔高古，雄奇而有凛凛之气。春风一吹，一粒粒肥厚酣畅的红，便缀上了枝头，不出半月，那红成了阵，有逼人之势。再难以想象了，一朵花可以如碗口那般大，一片花瓣可以如红唇那么饱满。花，给人的感觉总是妩媚阴柔，而木棉花，在非生物学意义上，是一个雌雄同体的传奇。我与冷雪坐在木棉树下，眺望江水，有一搭没一搭地聊。我们同饮一江水，口音非常接近。那时，她结束一段旧生活已有年余，鲠伤的喉头不再刺痛，过去，已然淡了，在情绪上引不起悲，或者恼；未来，还远着，它也召不来欢，或者歌。语调平淡无奇。一切仿佛迷蒙的，混沌的。打断这节奏的，唯有木棉花坠落的声响。噗的一声，重重地，似一个来自生命本身的无怨无尤的叹息。转过身用眼光去看望它，整朵的，不萎靡，如在枝头。

如果说当年从戏文里获得的是抽象的韩江，那么，得识具象的韩江却费了一番周折。孩提时常去的是外砂溪。县城里的孩子只见过井水，那水是圈在井箍里的。而外砂溪是野性的，带着向远方敞开的浩浩荡荡的神秘。我所居住的小城，从南门继续往南走，远远地走过一段荒郊野地才见外砂溪。邻家大姐姐与小伙伴相约去挖河蚬，我是被当成小尾巴捎上的。一见着了大溪，心便与嗓子、手脚一起野了。河蚬挖得到挖不到，那是不要紧的，要紧的是那场疯，它是有力道的，禁闭的心扉刚刚打开一道缝隙，便被掰了开来，即便门页变形也在所不惜。多年之后才明白，外砂溪就是韩江的支流。

眼前这一段韩江下游，便是当年挖蚬小童向往与眺望的地方了。

冷雪写过一首诗《一枚醒着的钉子》：

深夜，地球上的一个国家/国家的一个省份/省份的一座小城/一条江，江边的/一个人，站着，好像一枚钉子/一枚醒着的钉子/冷冷地钉在地球的表面

我相信，诗人这一枚探索和打量世界的钉子，不只是向内的，还有一个面向外部世界的无比漫长的半径。这条江，同时也是她建

立的参照体系的重要原点。

可是，到了今天我们的眺望又在何方？

之前，其实去过三河坝，那个韩江开始的地方，看它到底是由两条怎样的河流交汇的。那两条河流，一条属红色岩系，又多盆地，故江水红而浊；另一条属花岗岩结构，周边植被良好，故江水绿而清。站在桥上，看两条秉性各异的水带，奔赴到了一起。那江水、那泥沙、那水中的鱼和微生物，它们相互进入对方身体的深处时，谅必还是彼此陌生的。我相信，很多不同事物的相互遇见和交融，与两性之间的爱情模式有着惊人的相似。或许，这场交汇是可以给我们带来神迹的。可是，也是在这一地方，我的眺望又在更远处。这一条红而浊的江水，它是由什么汇合而成的？那一条绿而清的江水又是如何？它们前面复杂的河网，一如庞大的家族背景，到底是羽状、扇状、辐散状，还是网状？它们经历了怎样的迂回、冲撞与交织，才来到了我们的面前？

只道是见到了韩江的源头，其实，对于一条水来说，哪里才是源头呢？

同看木棉花的冷雪，不久便离开了她的城市。离开的前夜，我们在电话里聊过，拥抱过。如果小黑屋已经把人窒息，那么，走吧走吧。

她写过几句诗，“坐火车里的人／跟坐在海边的人／跟坐在高楼上的人／有什么不同”，关于这一点，我同样很想知道。

三、历史的私生子

人到中年，在回访自身历程的同时，对这片切肤的土地也起了关注。既往碰触到的母语文化，琐碎，不成体系，真假莫辨。当我一步步接近真相,心里竟莫名地失落与恐慌。这些不良情绪不断地堆积、发酵,终于,在一个午夜时分,禁不住失声大哭,泪水涟涟。

我发现自己是个私生子。

少年时期,是不是每个人都经历过身份认同的惶惑?父母的一顿打骂,亲友的一句戏谑,无意间看到或听到私生子的故事,忽然地,你就对自己的身世产生了怀疑:或许,我并不是父母所生;或许,我的身世是有难言之隐……

料想不到,这一场中年爆发的文化认同危机,比起少年时有过之而无不及。

莫非小黑屋出现之时,一切已有征兆?

我们这一代,大都还是从学校的课本里学到的中国历史。它看起来整饬、条理分明,宛若一条奔腾的河流,即便五胡十六国、五代十国,也是历经岔口之后,重新汇聚。写到这里突然发现,这个意象,与前面关于韩江源流的描述竟是如此相似。莫非有一些原理,是历史与地理、时间与空间,是世上万物万方所必须共同因循的?扯远了,继续聊回当年的中国历史。那些朝代的变更被历史老师编成歌诀,读来朗朗上口,它成为我们对于大历史的共识和依赖。不管是一滴水、一尾鱼还是一个浮游生物,似乎有了这个共同的历史,大家便有了共同的过往和未来。拜谒北京、中原、江南的古都名胜,即便我们去的时候还带着浓重的方言口音,带着母语思维习惯,可是没关系,奔赴它们,就是奔赴我们的祖地和宗祠。

可是,在潮汕平原,我们的身世为何如此扑朔迷离?

有一张地图,让我研读之下,倒抽了一口冷气。那也不是普通地图,是东南沿海韩江三角洲的滨线演进图。这张图看进去了,魔法就生了。整个韩江三角洲,瞬间变成了一只硕大的变形虫,它的伪足伸展出去，又收缩回来，再伸展出去。它的对手，就是我们必须面对的大海，那个时而温柔时而暴戾的孤独老人。大海有无数的舌头，这些舌头是它的刀枪剑戟、斧钺钩叉。一场相互的试探、恶狠狠的亲吻和较量，持续了数千年。变形虫变得越来越胖，伪足融合了，三角洲填平了。早已知道的，我所生于斯长于斯的这座叫作汕头的城市，在宋末时期依然是汪洋大海，到了明朝，也不过是沿海滨线上凸起的片状沙丘。如果一定要把这一只变形虫的历史，归置到大历史当中往前追溯，潮州是在明朝设府，揭阳是在秦朝设郡，那么再往前呢？

除了一张变形虫一般流动不定的地图，另外一个维度，依然是流动不定的，那是人，是土地上的站立者和生存者。据说潮汕原住民是俚人和僚人。今人说起俚僚，是有不屑的。土著嘛，原始，野蛮，拒绝文明雨露的沾溉。大家都宁愿相信自己是中原后裔，衣冠望族也好，戍卒征夫也罢。这可不得不提起移民了。潮汕史上数次的移民潮，莫不与动荡有关，大至皇室迁移、朝代更迭引起的全国范围大迁徙，小至土著叛乱、朝廷募兵战后定居。宋元、明清两次改朝换代之际，更是带来了一批又一批移民，汉文化的根须就此盘扎下来。异乡人的嵌入和侵占，如此的强势，以致原住民，不得不把自己的土地和河流，慢慢地悉数奉出。可是，远行、疲劳、饥饿、陌生的人和水土、冲突、争抢、暴力……在可资想象的一系列过程中，侵占方和被侵占方又有谁能够闲适和安然无恙？在无人窥见的历史，似可隐约听见喘息声、呻吟声，以及被大海波涛掩盖了的号啕声。

尽管，我们的方言中存在诸多古汉语化石，我们的民俗、建筑、艺术、膳食中遗留有诸多宫廷和贵族迹象，我们可以去考据论证，然后抱住中原后裔的大腿不放，可是，我一直对土著怀有深厚的温情,甚至,我怀疑自己的血脉里有他们一半的血统。不是说土著原始野蛮吗?讲一个原始野蛮的故事给你听。我是不曾在农村待过,嫁入婆家之后,很骇异地听说了一些陈年的械斗旧事。是爷爷那辈人的事情了。每年正月,乡里会有游神赛会,把整个乡若干庙宇的所有神像全部修葺一新,在村里巡游一圈。打头的是一盏鲤鱼灯,别的乡里,或是一盏河豚灯,或是一面乌龙旗。我猜测,游神的民俗,大抵还是希冀能够讨得神明欢心,保土安民。巡游之后,那盏鲤鱼灯是需要丢弃的,以示霉运就此消弭。可是,这盏意愿上可以消弭霉运的鲤鱼灯,往往成为械斗的缘起。有的乡里把鲤鱼灯往溪里一扔,他们是在上游,下游的乡里不答应了。有的乡里把鲤鱼灯扔在乡尾,隔壁乡一见就动气了,这不是欺人太甚嘛。我是听小叔讲的,直到他们的少年时期,每年游神之前数日,乡里还是浓烟障目,战争似乎一触即发。我先生是书生气质,这记忆或许被他选择性过滤掉了,连爷爷的一些逸事他也说闻所未闻。爷爷年轻时是乡里的械斗好手,太久没动手了就会技痒,隔壁乡多年对手成知己,有时,在路上走着走着,两人碰上了默契地对一眼,立马拉开了架势。很快地,两个乡里都有人掺和进来。纯粹的竞技慢慢起了变化,有人勾起了些许恨意。邻乡人嘛,哪里没有碰磕:某一日狭路相逢,被谁白了一眼;儿子赶鹅遇雨,被谁拒绝了不让遮蔽。恨意在打斗中放大,械斗不断地升级……一场狂风暴雨过后,气也消了,力也尽了,两败俱伤双方各自归家去。第二天,又是一个好天气。

这些事情不知是在何时被消解的。传承数百年的风俗,恰好在这近三十年间销匿无踪。回想起来,这三十年,恰好是我们与整个世界的相融最为彻底的三十年。

四、河流不息

一个地方的历史人文，对于生活其中的微若草芥的个人来说，意味着什么？我半辈子从未离开家乡，却时常有一种梗迹萍踪之感。甚至，当在朋友群中发现小黑屋的围墙时，还曾有过闪念，我或许是从他们身边走失的。回想起来有些迷惘，那是无援者的攀附吗？这种感受竟是无人可与分享。不由得想念起挣脱小黑屋的诗人，想念起她临走前的夜晚。

韩江为何姓韩？这大概是所有人的疑问。那个憨态可掬的乳娘这么问，小孩子们这么问，外来客也这么问。于是，那个叫韩愈的唐朝人一遍遍地被大家巴拉巴拉起来。江山改姓，在封建王朝该是帝王家的待遇。如果没有特许或者导向，这是多么重大的事件。它透露出两层意思来，一层是韩愈治潮的无上业绩，另一层是潮人夸张的感恩方式。而且，它们是有因果关系的。对此两端，我均持有疑义。最重要一点，恐怕归根于读书人的直觉。韩愈出名的诗文，似未见他对这片土地的好印象。也就是说，他的心不在此。唐代的潮州，稻得再熟，蚕也五收，人是吃得饱穿得暖的；玄宗时代，全国建开元寺十座，潮州占了一座，且开元寺可见出宫殿式的建筑群，人是可以住得像模像样的；潮人赵德比韩愈中进士早了十四年，站在一个进士的身后，自然不是一众文盲。可以这么说，韩愈在诗和奏章中所形容的瘴疠之气，并不完全是现实的状况，更可能是他心理状况的投射。

一个人，如果把王朝当成了他的信仰和抱负，边远之地，它本身就是有罪的。韩愈的意义在更远大的地方。在潮仅仅八个月，他就急切忧煎地走了。

可是，自唐至宋来潮的优秀官员众多，甚至有“十相留声”[①]之说，这个地方为何独独尊韩呢？

韩愈官阶不高，但官袍犹如戏服，帷幕闭合之后便毫无意义。“文起八代之衰，而道济天下之溺”，这才是韩愈的意义所在。宋朝之后，其文坛领袖地位备受推崇。而苏轼对韩愈的这句铿锵评语，正是出自《潮州韩文公庙碑》。

他是一面大纛。

太阳照耀的是强势的中原文化，弱势文化从来就只有被强势文化绑架的命运，而不可能相反。对于韩愈的选择，大纛猎猎，依然是弱势对于强势的投诚。

儿子读小学时，学校要求他们写一篇“春天”的作文。他望着门口的大叶榕发呆，脸上是与其年龄不相匹配的忧烦。书上说的，秋天来了落叶满地，可是，我们的大叶榕是在春天落叶的。当他提出质疑时，作为写作者我好羞愧。潮汕大地的树们这么多年被绑架在那座小黑屋里。我该如何打开小黑屋，让光线透射进来？这里，不只有大叶榕，还有树底下的人、工夫茶和戏文，当然，还有韩江从小黑屋穿流而过。

最后一次与诗人通电话，是读过了她更多直击人心的诗，而且，她的新诗集出版了。显然地，在远方的城市，一边看弗里达的画，一边喝家乡凤凰山的单丛茶，这种日子会更适合她。可是，她明亮的声音深处，依然会有小小的倦怠和焦虑。每个耽于思想的人，这都不可避免吧。

河流不息，生命不止，这是最值庆幸的事了。

---

① “十相留声”指的是唐宋两朝，先后有十位宰相到过潮洲府(今粤东沿海的潮汕地区)。他们是唐宰相常衮、李宗闵、李德裕、杨嗣复；宋宰相陈尧佐、赵鼎、吴潜、文天祥、陆秀夫、张世杰。十相或因被贬或因抵御外侮转战来潮。潮人建坊纪念。

地狱天使

田晓菲

每次走进纽约地下铁，我都会想起希腊神话里珀耳塞福涅的故事。

在一个阳光灿烂的日子里，正当少女珀耳塞福涅和女伴采摘春天的鲜花之际，大地突然开裂，呈现一道深不见底的渊壑，四匹漆黑的马拉着一辆墨黑的车子隆隆驶出。除了惊慌失措，掩面而走的女伴们，没有人曾经听见珀耳塞福涅尖锐的呼喊。珀耳塞福涅被地狱之王普路同劫回地府，成为他的王后。

每个地下铁的入口，都仿佛地狱黑洞洞的裂口。然而，我们已经没有了珀耳塞福涅。

在一家小画廊看到过一幅油画。画上，是一级级灰色的台阶，通往一个暗淡的所在。一个年轻的女人迎面走下来。她双目直视前方，毫不注意周围的人群；紧闭的嘴唇微微下撇，脸上是一副冷漠、戒备、隐含着敌意的神色——我们在纽约地下铁里经常见到的表情。

画的题目是：沉沦。

我们已经没有珀耳塞福涅。金发的、天真的珀耳塞福涅，仿佛鲜花一样被采摘，从此在阴暗的地府中渐渐枯萎。我们有的是纽约地铁的天使：目光警觉、冷酷，充满反抗情绪的，现代社会的女神。

因为有了纽约地下铁，当列车在黑暗的地壳里穿行的时候，我常常忘记曼哈顿原是一座岛。

一座被三条河流所环绕和隔绝的，狭长的孤岛。

坐在灯光惨白的车厢里，除了隆隆的车声，听不到其他声音。我对面的女人在睡觉，她的手笼在大衣的袖口里，太长的假睫毛在瘦削的面颊上投下沉沉的阴影。她的四周，是漫漫无涯的时间之海，许多灰蒙蒙的欲望轻轻翕动着波浪的嘴唇。

我愿意相信她和画里的女人是同一个人。只不过突然的松弛使她的脸失去了一切防护，在一个不由她的意志控制的瞬间，赤裸裸地，孤独地，无助地，展现在众人面前。

很久以来，我一直想写一写纽约的地下铁。它破旧、肮脏、空气污浊、以一种奇异的力量吸引我，让我着迷，又让我感到厌恶。它和我乘坐过的任何城市的地铁都有所不同。纽约的摩天大楼和地下铁是这座城市的两面，然而后者更能代表纽约。毕竟，又有哪一个现代大都会缺乏高楼广厦？但是，如果没有了它的地下铁，我便无法想象纽约。

夏天的地下铁，充满郁蒸的热气。腋臭和汗味，经过浓烈的香水的中和，变得更加不堪。冬天，无数双从雪地里践踏过来的脚，把铺着水泥的站台和早已没有了颜色的车厢地板踩得泥水纵横。多少次，看见站台的红色柱子上贴着“油漆未干”的告示，然而，在暗淡的灯光下，那种原本十分刺目的大红色，永远显得陈旧和肮脏。刚刚下过雨，积了污水的枕木之间不时闪出一只瘦弱的老鼠，很快又灰溜溜地缩回头去，令人疑心是眼花之后的幻影。相比之下，占据了整整一面墙的广告招贴画上那只巨大无朋的蟑螂，倒显得难以回避、难以逃脱地真实。一对青年男女在僵卧的蟑螂背景下拥吻，从男孩的头上伸出蟑螂毛茸茸的足。

那天，坐在从皇后区驶往曼哈顿方向的E车上，我突然领悟到究竟是什么东西使得纽约地铁如此独特。我对面的长椅上，一排坐着五个人。正对着我的是个大块头黑人，穿着干净的法兰绒衬衫、牛仔裤、大头靴，埋头专注地读一份杂志。就像不常读书的人常有的样子，他不自觉地把每个字都努力地念诵出来，虽然听不见他的声音，但看得见他的厚嘴唇在嚅动。黑人身旁，坐着一个印度妇人，裹着黄红的纱丽，年轻时想来一定腆丽过，现在已经干枯了，唯一保存下来的是眉心一点儿浑圆鲜红的朱砂。晦暗的脸上挂着瑟缩的笑容，仿佛一盏随时会被吹熄的昏黄的灯笼。每逢有人经过她面前，她都特意把脚往回挪一挪，唯恐妨碍了任何人。然而，无法收缩回去的，是她身上混合着咖喱气息的体味，一阵浓似一阵地飘来。

印度妇人旁边坐着的男人，脚畔放着一只黑色公文箱。看不到他的脸，因为被一张《华尔街日报》严严实实地遮挡住了。举着报纸的，是一双粗大的、生着浓密的金色汗毛的手，左手无名指上的钻戒不时放出一道刺目的精光。再过去，是一个不过十七八岁的亚裔女孩，头发染成紫色，嘴唇涂成黑色，背着一只轻俏的双肩挎小背包，袖着手大剌剌坐地，脸是中国人的脸，脸上的表情却是生长在美国的第二第三代移民在这样的年龄所特有的：淡漠，苍白，好像一个空空荡荡的房间。表面看上去是自私与冷酷，其实不过是青春的自大与无知。女孩身旁，一个瘦小的犹太老头子穿着一件起了毛刺的暗格西装外套，弓着背，好像睡着了，眼睛却不时张开来向四周一瞥，目光依然是尖利的，有所窥伺的，尽管已经年老衰弱，但是手里下死劲抓住一根手杖。

不同年龄、不同肤色、不同阶层、不同背景与经历的五个人，哑默地坐在同一张铁灰色长椅上，被地铁车厢里惨白的灯光映出黑的影，好像落入地狱的生灵，又好像罗丹的雕塑，外在的形体只是为了托举出他们的灵魂：沉滞的、艰难的灵魂，不懂得自己的生命，却又勉力担负着这一份生命的负荷。种族、年龄、阶层的混杂，使得这副景象恰似人类的缩影。是的，这正是纽约地下铁最令我震撼的地方：那“幽深的、怪异的，灵魂之矿床”，它汇聚了各种各样的男人和女人，形成一个缩小的人间世；而在那畏葸的、阴惨惨的灯光下，它似乎又夺去了一切人与人之间外在的差别：无论是社会阶层，是肤色，是年龄——它把所有人都还原成最核心、最原始的“人”，赤裸裸的人，疲惫的，挣扎的，使别人受苦、自己也受苦的人。

“人总是脏的；沾着人就沾着脏。”在一个华美的世界里，或许是如此；然而，在乌突破败、不见天日的纽约地下铁里，不觉得人的脏，只觉得人的灰暗、迷惑、困苦、挣扎。那一次，一直站在靠近车门的地方，面对车门玻璃。一个二十多岁的车轻女子在我旁边。她比我离车门更近，我看不见她的脸，只注意到她的头发：因为太过纤细和鬈曲，所以尽管着意梳理过，仍然飞起一层毛毛的浮边，犹如吸入了阳光的金褐色迷雾。只有那么一瞬间，短短的一瞬间，也许是她移动了一下身体，黑暗的车门玻璃上突然闪过那个女子的半面，虚幻的，噩梦一般的，一刹那就消失了。然而，已经足以使我看到她脸上狼藉的泪痕。车一到站，门一开，她便低着头匆匆走了出去……从此,我再也没有见到过那张脸,但是,在黑洞洞的车门玻璃上一闪即逝的痛楚表情,却永远挥之不去了。

眼泪。呻吟。离别。邂逅。抢劫。谋杀。将近一个世纪以来,纽约的地下铁里,充满了形形色色的戏剧,因为充满了形形色色的人。混迹于拥挤的人群,就像置身于广漠的空间一样,是使人感到谦卑的经历。谦卑,不像谦虚那样是一副面具,而是一种心灵的状态;不是一种道德,而是一种精神。它源自无限的时间感与空间感,和从自我超拔出来的能力。谦卑属于在星群之间行走的人。对于一个热爱写作的人,谦卑是一种珍贵的品质。约瑟夫·布洛茨基这样告诉作家们:“放下你的虚荣……你不过是沙漠里的一粒沙而已。不要以笔友为标准,而要以人类的无限为标准衡量自己。应当出于谦卑开口讲话,而不是出于嫉妒或野心。”

但是,尤其对于一个青年人来说,大概“野心”是很难捐弃的吧?需要多少对这个人世的了解与同情,才能让那些闹闹嚷嚷的渣滓沉淀到心灵的底层?里尔克再三叮咛那年轻的诗人,嘱他严守寂寞,爱护这份寂寞,因为他自己是过来的人了,当年,二十啷当岁的时候,不也曾站在十字街头分发过自己的诗集?而纽约的地下铁,或许可以帮助一个年轻人学会真正的谦卑。

每次在四十二街时代广场换乘开往皇后区方向的R车,都要走下一道长长的坡形平台。有时,恰好赶上一趟车进站,许多车门同时打开,吐出一堆堆立刻汇合在一起的人群。我沿着平台往下走,登时被淹没在好像变态的潮水一样往上涌流的人群里。奋力逆流而行,却并不是朝着上游走,而是一点一点向着更深的大地深处沉沦。在令人窒息的空气里吃力地喘息,在许多挨挨挤挤的肉体中挣扎着,但是没有用,没有出口,没有退路,没有逃避的希望。无数的人面——黑的、白的、棕的、黄的,年老的、年轻的、憔悴的、漠然的、羞涩的、凶狠的、温柔的、荒芜的——把眼睛晃动得眩惑起来,仿佛在风浪颠簸的海上晕船的感觉。然而,就在这时,传来一阵熟悉的音乐。隔着黑压压的人头,远远望见一个乐师,靠着一根红色的柱子,埋头在拉小提琴。巴赫的曲子,像一条宽广、温暖、明亮的河流,环绕了身旁所有的人。

每个音乐家,都应当拥有在纽约的地下铁里演奏的经历。不是在金碧辉煌的舞台上,不是在票价昂贵的林肯中心或卡耐基大厅,不是面对衣冠楚楚的绅士淑女,不是在那个魅丽的摩天大楼的世界,而是身处这个暗无天日的地狱,背靠一根油漆剥落的柱子,脚下放着一只打开的琴盒,里面零散着破烂的票币,面对衣着千奇百怪、神色疲沓、充满世故与讽刺、匆匆走过连头也不回一回的、坏脾气的纽约人。只有这时,才会意识到那些触及灵魂的音乐,就来自这个灰暗的、地狱里的人群,属于这个人群,也拯救了这个人群。这里没有游仙与飞升,只有一往不返的沉沦,深深地沉入一个巨大的、开裂的伤口,正视其中的脓血与蛆虫。

我所钟爱的巴赫,充满激情,充满严峻的温柔,充满生命的哀伤与欢乐,在这沉闷、压抑、污浊、暗淡的现代地狱里,越来越有力地回旋。我不由得重新审视起那些个面孔——缺乏光泽的、影影绰绰的面孔。不知为什么,它们突然令我感动得厉害:人类总是这样,总是这样爱,这样恨,这样哀伤,这样愤怒,这样绝望,这样希望;总是这样生下来,又这样死去;总是这样潮水一般连绵起伏、无休无止着人心的苦难、浮世的悲欢!巴赫的音乐就是为了这个“地狱”而作的——而且,何止巴赫,难道所有的音乐家,或者,就此而言,所有的艺术家、小说家、诗人，不都是来自这人群，并被这人群的哀乐与梦想所深深地感动，于是用了不同的方式，只是为了表达和表现人的欲望与挣扎、迷惑与彷徨？是的，置身于纽约的地下铁，是一种令人谦卑的经历：你意识到，无论你是什么人，最终都无法摆脱这座“地狱”，你只是这人群中的一个，你的爱与恨、生与死、矛盾与痛苦，和所有其他的人都没有什么两样。唯一的一点不同，就是你不仅看到而且真正看见了那一张张面孔，并且为了那些面孔而深深地感动；而超拔于喧嚣人声之上的巴赫，更使你不知不觉地在谦卑之中获得了一种新的力量，一种内在的坚强与尊严。那么，谁知道呢，也许就因为这个的缘故，所有人的灵魂都会被托举起来，进入那个永恒的、神秘的核心。

在往事中成长

谢宗玉

耻辱之心

那时我常把饭夹成一小团一小团往上抛，趁它下落的时候，嘴突然向前一咬，就咬住了。咬住了就吃，咬不住就掉地下了。也不是成心糟蹋五谷。而是这饭实在没法下咽。

饭难下咽的原因是菜不好。菜里没油，又特单一，夏天冬瓜南瓜红薯粉，冬天白菜萝卜红薯粉，天天水煮。那种清寡气味，闻一下就不想吃了。

教工的菜与学生的不同。教工的菜香，有油，几乎每天都有荤菜。我们经过食堂的时候，瞟一眼就忍不住吧唧吧唧吞口水。吃不到，恨不得让眼珠子掉进去沾点油也好。胆大的学生于是付诸行动了，趁工友不注意，用碗在教工的菜盆里一舀，然后拔腿跑开。戴眼镜的老先生远远看见了，摇摇头，说一句：有辱斯文。可偷菜的学生才不管什么斯文呢，早与几个玩得好的小子，躲在一旁大快朵颐去了。

我没有偷过，但别人的成功却一直在暗处怂恿着我。有一天我经过食堂的时候，食堂没有一个人，我终于按捺不住，将碗唰的一声扣进菜盆,再一抖手腕,将碗翻过来,一碗满满的菜就属于我了。我正狂喜,却没料身后猛听得一声喝:偷菜!可耻!我一下子吓得魂飞魄散,抬起腿,飞也似的夺门而逃。我跑了好远好远,才发现后面并没有人追出来。再看碗里,已颠得什么也不剩了。我站在那里喘着粗气。我想运气还不算太坏,刚才进来的是个女工友,若进来的是个男工友,我很可能被擒。擒住了往班主任那里一送,再由班主任拧到教室,当着大家的面骂一顿,那我就全玩完了,如果到了那种地步,我还不如去死。

那个女工友是谁呢?回想起当时那猛的一声喝,我的心又凉了半截。她是语文老师的妻子,很可能认识我。我语文学得好,是语文课代表,平时收完作业常往语文老师家送。语文老师还有个女儿在我班上读书,叫虹。她长相一般,却文静得有些动人。她成绩好,常在教室里轻轻哼邓丽君的"在哪里,在哪里见过你……",声音很甜美,很抒情。她平时喜欢借我的作文看。她本来可以在她爸爸那里看我的作文,但她不,一定要等到作文发下来后才从我手中借。我以前没感觉,她看了就看了,但近段她看我作文的时候我就非常紧张,我恨不得篇篇作文都拿班上最高分……

现在我想,那个女工友,也就是师母,回去后一定会告诉语文老师的,语文老师也许会告诉班主任,也许不会。但他一定不会再要我当课代表了。还有,虹知道这事后,一定会非常鄙视我,再不会借我的作文本了。她以后看我时,眼神一定会冷冷的、幽幽的、怨怨的……

待惊魂甫定时,"可耻"两字开始在我心中空空落落地回响,像盖邮戳似的,反反复复在我心头烙着。我感到好难受,胸口好痛。我不停地问自己:我是一个可耻的人吗?我是一个可耻的人吗?然后眼泪就哗哗地流了下来……

感谢命运,总算让我逃过一劫。十几天后,我的紧张不安终于有些纾缓。因为语文老师也没撤销我的课代表,他女儿虹还一样笑吟吟对我。我就知道师母也许并没有看清是我……

现在回想起来，我的手心仍然有些冒虚汗。也就是从那件事后,我发现我长大了,有了羞耻之心,懂得克制欲望,遵循礼仪。

只是我有些奇怪,我怎么会如此在意此事呢？仿佛有种猛回头的感觉。事实上,在童年,这种小偷小摸我们简直就习以为常了。整个瑶村没有哪家瓜地无我们的足迹，没有哪家果园无我们的踪影。也常常被人抓住,臭骂一顿,敛着脑袋领受着,等放了又去偷。那时也并不是没有接受规则和道德的教育，而是我们做这些事的时候，根本没管它道德和制度是个什么东西。

然而这一次我却是如此地在乎，这究竟是为什么呢？现在想来,我最怕的或许还是虹知道此事后那双失望的眼睛。也许我们的廉耻之心,也是从对异性的最初关注而开始的？谁知道呢？

真的是谢天谢地呢,在我懂得廉耻之心后,宽厚的上苍包庇了我所做的第一件错事。如果那事被揭发了,从此我的命运之旅该不知会如何改写呢？最大的两种可能是:一是我会自杀;二是我会自暴自弃,从此默认自己是个可耻的人。青春期的小人儿,脆弱如花,是经不起一场稍大的风雨的。

那时的爱

我说过,初三时我不可救药地爱上了一个女生。

我仍然记得午后的那束阳光,从西窗探头进来,照在她的脸颊上,照在她的双腿上。我记得那年夏天,她穿一双雪白的凉鞋;我记得她小腿上的肌肤比雪还白还细腻,阳光斜下来把她小腿的绒毛上染成嫩黄。她穿着一条淡红色的牛仔短裤,裤角齐着膝盖,裤边都是些须须。

我记得阳光把她的腮帮晒得红扑扑的，她额边被汗水浸透的发丝很动人。阳光下她的目光像含着水雾一般。她拿一块小手绢在脸前不停地掀着风,嘴里半嗔半骂:这鬼太阳,怎么越来越热……

我记得她本来可以不坐我的后面,不坐在阳光下。她的位置在教室东边,是晒不着午后的阳光的。但我后面的女生怕晒,就常央她易位而坐。她俩关系虽好,可她多半会笑吟吟拒绝。那女生就撒娇耍赖,可她还是笑吟吟拒绝。她说她也怕晒。然后我就忍不住扭头看她一眼。那时的男生女生一般不敢说话,所以目光的语言功能就很强……她读出了我目光的含义,就对那女生嗔道:好啦!你这赖皮,我坐过去就是了。那女生噘起的嘴巴就开成了花的模样。

我记得那些个下午，黑板前老师的叽叽喳喳好像与我隔着一道宽广的水域,那声音仿佛遥不可及。我眼睛看着前方,耳朵却在倾听身后的她每一点细微的声响,譬如私语、叹息、轻笑,甚至她笔划纸的声音,手绢掀动的声音都会传入我的心中,并在心中有轻轻颤颤的回应。我记得几次老师把我叫上黑板,我无法把最简单的题解答,那些奚落的笑声就在午后教室的各个角落绽开……

我记得有一次不小心把她课桌上的书碰落地下，弯腰给她捡时,慌乱中却碰了她的脚踝。我记得当时那种触电般的感觉让我有说不出的晕眩。后来，我就常转身看她比雪还白还细腻的双脚,那些长长短短的趾头,那些如贝般的趾甲……就这样一直印在了我心头。我记得我一直想有第二次的接触，我僵了似的手臂软软地垂着,却一直与她的双脚隔着绝对的距离,我无法再缩短一寸。我再没机会将她的书或是笔碰落了，而我自己的东西再怎么不小心,也不可能掉落自己的身后……那些个午后,一丛丛忧伤之火,就这样在我心里暗焚。

我记得经历过那些个如幻如电的下午后，我的科目成绩沙滩退潮一样在一次次下跌。很多次我已经偃旗息鼓,准备写封信告诉她,我准备带她回家耕田。可我恨自己还只有十六,为什么不是十八岁或者二十岁啊。我记得她悄悄借给我的席慕蓉的书中有一句:无缘的我们,不是相见太早,就是相见太迟……这种晕眩的感觉对我来说,真的是太早了,我无法把握……

然后呢，然后是有一天我发现她与别的男生也有了目光亲切的对接。然后我发现别的男生在日记里也怀揣着一颗狂乱的心。我痛苦不堪,就一个人偷偷跑到校外的荒园子里,对着一园子碧草发呆。猛然就提起脚来,在土墙上一顿乱踢,痛得龇牙咧嘴。脱了鞋,里面是血淋淋的一片。尽管土墙没有牙齿,可有些东西咬人是不用牙齿的。

慢慢地,我期待的目光再也迎接不到她的目光了。即使偶尔一碰,也倏地移开。如果目光可以变作细丝的话,那我质疑的目光早就将她缚成了蚕茧,但不是,她漫不经心就把我缠在她身上的目光抖落了。我不知这一切究竟是为什么,也无法去问她。目光无痕,意味着我们并没有开始啊。我只能暗自揣度,把自己成绩的一落千丈当作她不再理我的主要原因,因为另一个男孩恰恰是在那时成绩冒尖的。

我压抑内心空空荡荡的思绪,拼命读书,我心痛的时候就跑到那个荒园里去踢墙,把脚踢出血了,再返回来读书。我在冰与火中煎熬。毕业临近,我终是没能再进入班上成绩的三甲之列。

记得中考后的有一天,下着微雨,我站在教室里的窗边,看着校外马路上她与班上另三个同学提着行李,雀一样蹦跳着,离学校远去。中考成绩已经出来,她与那三名同学考上了中专,再不用参加普高考试了。我目送她俏丽的身子在微雨中变成一帧依稀的剪影,并将这帧剪影定格成永恒……因为从那以后,我再也没见到她。同窗三年,我不记得是否与她曾说过话,但自从我爱上她后,我清楚地记得,我与她没有说过一句话。

我记得站在教室窗后目送她离开校园的还有一个男孩,我估计他俩也没有说一句话。按男孩进步的速度,他本应该可以在那天与他们并肩离开校园的,但不知怎么,中考他大失利。

这么多年过去了,有时我还会想起她,想起她的原因是,我不清楚她是否知晓:她无声的目光曾改变过两个男孩的命运。

丙申年

李万华

一

坐在白马寺的一方石阶上，眼前是湟水河河谷。河谷其实足够开阔，尽管南北山之间的距离，不过半小时车程。湟水河的身影时常被楼层和树木遮住，偶尔闪现出来的一两段，有微白光斑跃于其上，看不出缓慢前行的模样，亦听不到泠泠水声。南山显得遥远，始终看不清山峰的容貌，烟云罩着那里，有时是炫目阳光。山脊上，草木应该没有多少，也肯定没有牛羊。河谷的大部分地方，是密集的灰色楼层，高低参差，一些信号塔矗立其间，还布有一些电网。夏季刚刚过去，树木尚在葱茏，大多是些旱柳，河畔有时会有蒲苇。靠近白马寺，湟水河北岸，余有几亩农田，但已荒芜，杂草葳蕤，几户庄廓伏于树木之中，路旁种植菊芋和高秆蜀葵。资料记载，自史前氏族开始，这里一直有人居住，彩陶、青铜、畜牧、农耕，各种文化曾经繁荣，融汇交流，南北两山，也曾被原始森林覆盖。那时整个河谷被植物充塞，马鹿等大型动物时常出没。

白马寺建在北山的峭壁上，小小几间砖木结构的房子，石窟和大佛塔。彼此之间，由木头楼梯和石阶连接。一座修建在东汉后期的寺院，供有三世佛、观音菩萨和喇勤·贡巴饶赛塑像，香火冷清。有一尊石雕的金刚佛，一个泥砌香炉，一个看守寺院的僧人，一只黑猫，三只由铁链拴住的藏狗，还有一组书架，多是藏文经书。黑猫高冷，时常卧在僧人的土炕上，有牛奶吃。一只藏狗原本养来看守寺院，另两只被人牵来放生，寺院僧人怕狗伤了附近居民，便用铁链拴起。僧人说，一次有人拿钱来买狗，要拿去吃肉，这样的事不能做，没有卖给他们。

我曾多次从远处眺望白马寺。那座建有寺院的雅丹地貌山崖，呈九十度峭立，不生任何植被。一些山崖如同斜逸的树杈，孤峰危立，摇摇欲坠。山顶风马旗，色彩始终鲜艳醒目。山崖某处，似有鹰隼居住，一次，我曾见得二十几只鹰隼在那里盘旋，久久不肯落下。据说因为飞机场扩建，白马寺所在山头需要削平，但后来还是保留下来。

这是初秋的傍晚，太阳已经西移，耸立的山崖将影子投在自己身上，如同披上深褐色大氅，幽暗昏惑，但是山下河谷一片金色迷蒙。寺中空无一人，风从河谷袭来，携带似有似无的酥油味道，藏狗在离经堂稍远的岩壁处，不出一声，猫估计去了山下游荡。应该是寂然的一时片刻，然而寺院依旧被一些声浪挟裹。这是来自河谷的声音，但绝非河水汤汤，我坐在台阶上，听得清楚。

这是来自高速运转的声音。火车、动车、高速路和国道上的汽车，还有飞机，它们都要经过此处。火车和动车并不频繁，飞机来往，一半是因为要降落，能看清航空公司的标志，高速路离山崖最近，每一辆汽车呼啸而过的声音都听得清晰。那些来往的汽车，几乎都显得急不可耐，恨不得弹跳起来，画一条弧线，从这头直接跃到那头。我也曾在那条路上多次走过，人在车内，大多时候盯着窗外树木和山崖，注意力集中在视觉上，并没察觉到速度会有多快。现在，当我从一个静止的居高点上看去，那些嗖嗖而过的汽车，显得那般匆忙、焦躁，甚至带一些慌乱。

在我的住处，每个午后，都能听到邻近某单位播放的流行歌曲，它们总在固定时间响起，杂乱、聒噪，久久不散。我知道很多人会听见，也有很多人听不见。某次，我听着那些歌声想，如若那些歌曲换作其他，譬如一曲《广陵散》，一曲理查·施特劳斯的《最后四首歌》，或者莫扎特的《安魂曲》，如果那样，会怎样。我甚至想，如果当《最后四首歌》像一缕炊烟那样升起，在街道和楼宇间回旋，是否会有人停步，驻足，是否会有某种改变，在最细微的局部。

二

我的改变如同蹦极，但它们只在内部，外在的变化，由时间操控，我并不看重。轻描淡写都不需要，我只记下一些名字，以一种标志的方式：重楼、守宫、威灵仙、白英、龙葵、蛇莓、昆布、二花、木蝴蝶、射干、马勃、天龙、茯神、蝉衣、将军、山慈姑……如果你认为它们会是什么，那就是什么，因为名字，也不过只是一些符号。

在海南东坡祠结识一棵树：榄仁树。树不高，树干散射开来，几乎覆盖半个湖面，红褐色叶子大如人脸，可以仔细描上五官。朋友叫它懒人树，觉得它不朝高空挺直，只向四周延伸的懒散模样，对得起这个称呼。

当年东坡在海南，闲暇之时，会到乡野采药。他的医学笔记曾记载，荨麻可以用来治疗风湿：将荨麻敷在风湿初起的关节上，身体其他关节的疼痛便会停止。荨麻长在青藏高原，更多时候是用来做一种名叫背口袋的小吃：将荨麻晒干，研细，和水，加入青蒜与盐做馅，烙饼，卷来吃，有点像春饼。荨麻的毒并不厉害，细刺蜇了人之后，抹点唾液即可。东坡的医学笔记上还说，苍耳制成白色粉末，内服，皮肤会白嫩如玉。护肤品我并不陌生，但未见有苍耳成分的产品。东坡也提到蔓菁、芦菔、苦荠。这些植物，也都在高原生长。

三

生长一方面是因为遵循规律，一方面，是因为某种坚持。但在人的世界，很多时候，坚持并非因为勇猛和自信，而是，你与某件事狭路相逢，没有转身的余地，只得面对面，硬碰硬。逆流而上，顶风前行，窄胡同碰到劫匪，都是如此。傲雪梅并非高洁到不与桃李混芳尘，而是生来便已冰雪林中着此身。小说《雪国》里，居住山间的艺妓驹子独自练习三弦琴，没有老师，没有听众，只有乐谱和无尽的高山峡谷，驹子并不因为没人欣赏而停止练习，始终坚持，久而久之，弹拨变得豪放，凝结出力量。这样的例子，虚构作品中比比皆是，但在现实中，多数人的坚持，依旧混同着柴米油盐的味道，因为生活要你如此。坚持有时带一定的盲目性，比如在暗夜迎一缕光前行，你不知道那缕光是来自良善之人的茅舍，还是来自蒸人肉包子的黑店。

公寓前有两株沙枣树，栽植时间大约较早，树干弯曲，枝杈遒劲，叶子稀疏，一派老年意象，但它对四季嬗递依旧反应敏锐。春季抽芽，端午时分开出淡黄色花朵，米粒大小，藏在灰绿的叶子之间，风起时，缕缕清香。花谢之后，结出沙枣。沙枣仿佛大号的花生米，橘红色外皮布满银白鳞片，带些白癜风的嫌疑。树长得高大，果子又结在更高处，我从沙枣树下来去，偶尔仰头，试图摘一两枚来尝，但不曾得手。似乎再无他人对那些果子感兴趣，从不曾见人持竿打枣，拿弹弓的孩子也没有。深秋，沙枣熟透，如若衬着晴空，光线又恰到好处，看去，居然也有粒粒玛瑙的效果，但始终不曾有一星半粒掉下。大雪之后，叶子簌簌落尽，沙枣还是坚持留在枝上，被霜打过，渐渐干瘪。

我注意到沙枣时，微博里，一位德国朋友正在晒苹果照片，都是熟透后无人采摘，掉落地面的苹果。那些轻飘飘跳下的苹果，饱满、光洁，堆在树下杂草之中，无人看顾，着地的一面，开始腐烂。苹果沙枣一对照，我觉得自己还是欣赏沙枣的一根筋，尽管我想不出它能坚持什么，或者它什么都坚守不了，不过是它自身的组织比较坚韧，不易掉落罢了。

我以为沙枣会一直吊在那里，便是暴雪将枝子压折，便是大风终日不歇，待到来年，新果盖住旧果，浪涛汹涌。但一段时间之后，我见到沙枣还是日渐稀疏，尽管地面始终不见沙枣掉下。

离沙枣树不远，有一排健身器材，如若天气好，我会在那里活动十几分钟。惯常的情况是，我下楼时，人们已去了单位，院子便显得寥落。无所事事，注意力容易被身边飞过或者停留的鸟雀吸引，其实多是喜鹊，乌鸦不怎么来，斑鸠只是路过，鸽子旋在远处屋顶，泛起一团银光。一次，我见一只喜鹊在地面捡拾树枝，很挑剔的样子，像个处女座。地面树枝本来就少，捡来捡去，还是刚才的一枝。喜鹊衔了树枝，飞到楼顶，翘起尾巴，又开始啄枝子。起先我不明白它所做何为，后来见它再次衔了枝子飞去树上窝里，才明白它是在打磨树枝，大约想将粗糙的树枝磨得光滑一些，将窝铺得舒适些。我看着喜鹊进窝的那一瞬，突然明白那逐渐稀疏的沙枣去了哪里。

我始终不曾忘掉我的一些病友，尽管在一起的时候，我们相谈不过寥寥。

四

我们在一起的那点时光，以及根源，我一直在试图与之和解，而非遗忘，然而多数人却视它为洪水猛兽，这是悲伤生起的缘由。然而这悲伤,也只在我如此认为的时候存在。我不会始终想这件事情,悲伤便也不会始终存在。奥修说,悲伤有它自身的美,你要庆祝。

五

仿佛一株冬天的树,叶子落尽,枝杈布在清冷天空,失去声息。与他人的联系越来越少,并非刻意,而是顺其自然。过去似乎始终悖逆心性行事,尽管过去也始终行走边缘。现在明白,太过驳杂的讯息没必要得到，经验也是，与他人共享的喜悦并不存在多少,面对困难,已经习惯闷声不语。有时候,也会有选择性远离,因为不需要过多东西,赞誉、附和或者认同。接受、倾听和勉励之外,如果不能彼此照耀，使之澄澈清明，那将是一池暗水与另一池暗水叠加，如若那样,便是深渊。一场风暴相遇另一场风暴,不过是更大的风暴,不如自处,彼此平复。心思的简单越来越可贵,生活的细节可以繁复,因为无关紧要。

晚间下楼去买牛奶,经过一株海棠树,抬头探看冬日的海棠枝子时,天上明亮的一团突然晃过,唬人一跳,定睛去看,原来是月亮。想起此前消息，说今晚的月亮将是六十五年来最大的一个,觉得这话哪里不对,但没有深究。有些话被说出来,很多时候由于随机,仿佛上网买几个陶盆,商家说,形状是随机的,这表明,你将拿到的陶盆,到底是何模样,你并没有决定的权利。这样的话,意思明白就行。看上去,月亮果真与往日不同,大,皎洁,仿佛冰块刚刚被擦拭打磨,又用清水濯过。年少时期,冬至日会凿泉水结成的冰带回家,储存起来,当零食吃。今晚的月亮,捧半个嚼起来,应当也有冰柱相击的清脆。走几步,想起一句诗:细嚼清风还有味,饱餐明月更无渣。将月亮摘来吃,这样的想法,原来已经过时。

想象一件事物,过多思索往往趣味顿失,不好玩,不如蓦然撞见之后脱口而出的话有意思。之前一次出去买橙子,见到半圆的月亮,第一反应便是感叹:半碗水终于端平了。亦有一次,在小巷,仰头见到月亮,瞬间开心:月亮像黑猫的眼珠子,好奇地盯着人间的我。

大多数日子,在家一天,晚饭后才出门。并没有要紧的事,无非是去超市购一些零碎, 到水果铺买点水果, 或者只是在街上走一走。路灯总是昏黄,槐树庞大的影子在地面,是灰黑深褐的一团,街头尚未清阔,车子驶过,带些许寂寥,行道旁的人们,却已经散漫,遛狗者正在出没。借夜色掩护,与人碰面,无须打招呼,走路畅意,也感觉安全。月亮始终在天空,拐弯或者从店铺出来,一抬头,就能见到。以前见到的月亮何故总是清冷幽寂,如今,却发现月亮如同亲人,与我们这般不离不弃。

境由心生,一位格西曾郑重告诉我。

格西同时告诉我,最容易失控的,是人心,遇到好事便心花怒放,遇到坏事便沉闷忧伤,要知道变化如影随形,好坏时刻都会颠倒,人心如若跟随,起伏之间,相互对照,便会痛苦。缘何如此,我问。格西说,因为太看重与自己有关的事情。

六

然而,事情之间根本无法决然断去联系,事物之间,亦复如是。

万物群生，连属其乡，禽兽成群，草木遂长，原本如此。有时午后醒来，会发觉世界异乎寻常的安静。屋子里没有任何声响，窗外也没有斑鸠和洒水车的声音传来，连往日不曾间断的，某处高楼上的喇叭也绝了声响。记得某篇小说中，一个名叫罗伯特的业余侦探去侦查一起命案，他根据案发现场的寂静而假定凶手在附近的存在：寂静到了一定程度，便不安全。然而我还是感受到某种安宁，如同湖面的水汽那样，正在浸润开来，我甚至想：那些离世的人，应该都在这样的安宁中来往，白衣飘飘。

某次午睡时间过长，居然没有做梦，连迷糊时偶尔闪过一些黑白片断都不曾有。睡前读的是庄子的一则寓言小品：

> 儒以《诗》《礼》发冢，大儒胪传曰："东方作矣，事之何若？"小儒曰："未解裙襦，口中有珠。《诗》固有之曰：'青青之麦，生于陵陂。生不布施，死何含珠为？'""接其鬓，擪其顪，而以金椎控其颐，徐别其颊，无伤口中珠。"

读这样的小故事，应该做一个精彩的梦予以回响才对，然而没有。以前曾做过一个人口吐珍珠的梦，一个居无定所的人，白天，他在一条尘土飞扬的路上来回行走，不停驻，也不看路旁风景，夜晚到来，当墨色将所有事物覆盖，他所行走的路面会渐渐铺上发光的珍珠，原来是他一边行走一边口吐珍珠，梦中有人旁白，说他白天所有的时间，都用来养育腹中珍珠。那时读庄子不多，如若熟知这则寓言，此梦应该属于抄袭。

这一年重读庄子，是因为在庄子的文章中发现佛陀的见地。依旧无法放下分别心，试图将庄子和佛陀做一比较，不过这种想法很快淡去。渐渐读熟,察觉到庄子文章的好,居然有些着迷。着迷一个故去几千年的人,是件不容易的事,因为除掉文字,再无从知晓他的任何信息。不知相貌,不明喜好,不熟悉逸事行踪,没有可供闲谈的任何边角材料,这大约也是当今一些人轻易便能被众人瞩目的原因,如同一只孔雀,它们依凭华丽羽毛存在,而不是如同云雀那样,不肯栖落树木,只愿在高空鸣叫而亡。

梦不肯造一个庄子形象出来,只得依凭想象,但想象又始终逃不掉记忆的残余,这样,眼前出现的庄子,还是书本中经常出现的那个,一个笼统的古人,没有任何特征。我知道那些画图不足信,便懒得看,试图擦掉它留下的印迹,怕它深入梦境。梦是唯一有希望见到庄子的地方,不应该有预设的庄子存在。有时,一种胡搅蛮缠的想法会突然出现:庄子的身体有某些方面的不足。这样去想,显然不厚道,我明白根据还是出自那个名叫申徒嘉的兀者:“知不可奈何而安之若命,唯有德者能之。”一个曾经行吟,曾经怫然而怒,曾经写得一手磅礴文章的人,却没留下关于自己的字。庄子是一头大象,后来人只能摸到他的局部。

七

自然,会有一些特别时日出现,仿佛另类,但绝不是异端。电影《黄金罗盘》中说,有不计其数的宇宙和世界,它们彼此平行,在有些世界,人们的灵魂存在于躯体之内,而另一些世界,人们的灵魂与躯体并肩同行,化为动物形貌的守护灵。想一想,这些平行世界里的日子,也该是平行的,像此处的一把草和彼处的一把草,风过时,它们同时起伏。我的日子和你的日子也是平行的,但绝没有相似处。

清晨，未及洗漱，先跑去摘樱桃。樱桃红得正是时候，却不见芭蕉。这是燕山深处，自然没有芭蕉展叶的诗词景象，但是北方的植物，依旧一派幽深。亦有几株白樱桃，杂在红樱桃树中。白樱桃看上去要比红樱桃安全，令人放心，红樱桃太过俏皮，容易惹是生非。樱桃结得太密，彼此之间没有缝隙。一簇之中，拣大粒的樱桃摘去，留出空间，希望小樱桃能有继续长大的余地。夜晚的雨，还挂在樱桃上，雨滴大不过樱桃，看上去，仿佛露珠。樱桃树不大，随意沿台阶栽植，因为没有修剪，槿篱似的一道。估计是老旧品种，红樱桃小巧而甜，白樱桃憨大而酸。山中有许多鸟雀，樱桃长得这般安然无恙，让人不得其解，大约是山中还有太多山楂、板栗、杏子的缘故。

山里的雨，脾气暴躁，根本没有隐修者的柔顺与温和。我的记忆中，山雨来得总是安静，如同小兽，轻轻巧巧，踩在朽叶上，踩在花瓣边缘，踩在苔藓和蘑菇的顶端，便是叩打屋檐，也仅仅是一滴水摔碎的声音。但这里的雨，即便是沉寂的夜，也要哗啦一声，仿佛袋子里的蚕豆被倾倒在冰面，仿佛一把手摁住琴键，仿佛无数嘴巴被打开。这样的肆无忌惮，忽而扑来，忽而退去，忽而成排，忽而散开，似乎窗外有一支庞大的古代军队，被将军指挥，正在变化阵形。

惯常的情况是，夜来一场雨，白昼天空放晴，朗日一轮，但是这一场雨反复发作，并且迁延。一阵紧锣密鼓，停歇半个钟头，窗玻璃上的雨水尚未滴尽，又是一阵冲锋陷阵。如此一天，算下来，竟有十几场雨。感觉山坡上的房子快要被大水冲下，几欲破门出去，觅得一角安全处。然而门外的世界，已明晃晃的，如在水底。

带在身边的书很快读完。有时坐在屋檐下的石凳上读几页，风从山上下来，仿佛一伙匪徒。衣领被粗暴地掀起，身边梨树枝子晃得厉害。读到困倦将书搁到石桌上，进屋睡一小觉，出去时，发觉书本还在保持原样：没有任何人过来拿起书翻一页，再原样放下，也没有落叶覆在上面，一只小虫子都懒得走来。有时陷在暗色的沙发里读，没有雨时，窗外便有鸟叫。鸟叫是另一阵雨声。

读到一句，大意说，证悟相当于某种终极幸福。联想到当前日子，不禁一笑。

似乎再无其他事情可做。这一段突然到来的日子，没有任何安排，不需完成任何事情，饭都不需自己动手，只要你将这段日子过完。仿佛是正常时日的衍生物，是额外之物，馈赠者将它们抱来，哐当一声，放在你的脚下，任你随便怎样处理，不问好坏，不分优劣，松弛紧张，都不影响时间进度。甚至可以将它们压缩、打包，填塞到另一段日子中去，只要你能做到。然而这多出来的日子，不能整天去摘樱桃，不能整天读书，不能整天听雨，不能整天都坐在山坡……计划外的任何一件事情，一旦持续时间过长，便会生出惶恐，觉得是在荒废，无法全然放下心来，觉得必须要及早逃离才对得起谷风习习。

面对阔绰，显得如此拘谨，想来大多数人还是无法真正洒脱。

八

过去的许多人，我与他们并不相识，尽管我熟悉他们。这种隔着时空的熟悉，有时显得极为单薄，像附在叶子表面的一层灰尘，跷指一弹便消失不见。对此我并不愧疚，也没有忏悔的必要，一厢情愿的事情，一旦我忘记，便不存在伤害与否。但有时这种熟悉又厚得富有弹性，牢不可破，仿佛我脚底的土壤，仿佛那一缕掀过我衣袂的风，仿佛呼吸，仿佛我手掌深深浅浅的纹路。

想象是怀念他们的一种方式，但绝不是唯一方式。这种想象涵盖所有，形貌是一个部分，言语是一个部分，拊掌大笑和黯然神伤是一个部分，有时候，藉由某件事物想象某种情境是一个部分。然而这某件事物，也是少之又少，并且真伪难以鉴定，一幅字画、一件器物、一篇文章、一本书、一些饰品，甚至是一堆白骨。想象他们，不会有愉悦生起，不会兴奋，不会躁动，当然更不会勃然大怒。只是一些怅然，一些寥落，一些清寂，仿佛我站在芳草长川的路旁，看他们渐行渐远的背影。

这一年的最后一天，12 月 31 日，坐汽车去中川机场，沿途一直看窗外快速闪过的山脉。这些位于黄土高原和青藏高原交汇处的低矮群山，由于干旱，山坡很少见到植物，也没有雪，尽管已是深冬。只有反射耀眼白光的干硬土层，夏季山水在其表面留下痕迹，有时又是雅丹地貌的崖壁，曾经的沉积物色泽分明层层铺排。山坳之中，建有庄廓，道观和小小庙宇蹲踞山头，羊肠小道将它们与山下大路相连。

我对这里素有“东方庞贝”称号的喇家史前遗址，柳湾史前彩陶艺术，以及它们的后来略有了解。天翻地覆的灾难，动荡不安，荣耀，角斗，审美的自觉意识，诬陷……但现在，只有群山。凝视的其间一瞬，我眼前似乎晃过无数身影，他们奔跑，追逐，仿佛涨起或者退去的浪潮。

如果将时间之中所有的身影定格在胶片上，再快速播放，如果确能如此，展现在我们眼前的，何尝不是风中的树木此起彼伏。但是这些山脉，这些见证者和亲历者，不发一言。我于是明白我喜欢群山的原因。然而，然而，何人月下临风处，起一声羌笛。

生于土中的羊

骑桶人

生于土中的羊

拂菻国，又名大秦，就是我们现在所说的东罗马帝国。《旧唐书》卷一百九十八在描述这个国家时，与其说是史家在臆测，倒不如说是一场想象的狂欢。

其中提到拂菻国有一种羊，“生于土中，其国人候其欲萌，乃筑墙以院之，防外兽所食也。然其脐与地连，割之则死，唯人著甲走马及击鼓以骇之，其羔惊鸣而脐绝，便逐水草”。

红柯有一篇小说，题为《美丽奴羊》，奇怪的是，我看了之后，把小说的所有情节都忘了，仅仅记住了这个题目。后来查找字典，知道确实是有一种羊叫作美丽奴羊，这并不是红柯的臆造，但我仍然下意识地把这四个字的词看成是一个虚构的产物，并在每一次遇到美丽女子的时候，不由自主地念叨：“美丽奴羊，美丽奴羊。”

是的，它们是如此之美。那个屠夫在连续杀了十四只新疆细毛羊，剥了十四只新疆细毛羊的皮之后，要杀这只美丽奴羊了。这是一个伟大的屠夫，他热爱自己的工作，甚至曾有一只新疆细毛羊在他脚下跪倒，但屠夫却只是愣了一下，反倒把那只羊杀得更利落，也更精心。红柯说,他杀羊就像在拉小提琴。

就是这样的一个屠夫，要杀一只美丽奴羊了,“美丽奴羊既不哀号也不下跪,连眼泪都没有;它眼睛里只有光,一种很柔和很绵软的带着茸毛的亮光,朝屠夫忽闪几下,转身走开,一直走出林带,走向青草地”。

它去吃草,它前面的十四只羊都死了,都被剥了皮,但这只美丽奴羊现在去吃草。

屠夫抽完两根“红雪莲”,带上刀子,去看那只正在吃草的羊,“他看到美丽奴羊特有的双眼皮，那种带着茸毛的瞳光就从那里流出来,跟泉眼里的水一样流得很远很远”。

屠夫觉得自己在这样的目光里变成了一根草。“他的身体里响了一下,声音很大,麦地那边的人都能听见。他栽倒时手和膝盖着地,刀子扎进沙土,连柄都进去了。他望着比他高的羊”。

一只美丽奴羊,它用它的美,使一个伟大的屠夫跪倒在自己的脚下。

我不太能确定这只美丽奴羊和拂菻国的那些生于土中的羊有什么联系。

在我的想象中,拂菻国虽然充斥着奇珍异宝和巍峨的建筑,但却始终是在昏暗之中。在这样的昏暗里,一群人骑着马,披着甲,敲着锣打着鼓,仿佛正准备进行一场战争;在矮矮的土墙后面,一只小小的、白白的、温柔的、美丽的、脐带与大地相连的绵羊,正在睁大它那双双眼皮的眼睛,看着土墙外的那群人,看着土墙外的那个昏暗的国度,和那个昏暗的国度之外的,那个昏暗的世界。

阿香和阿推

天气终于凉下来了。每天都会下一场雨,甚至两场。不过雨都不大,反倒是雷声响得很,轰隆隆轰隆隆。看到书里说雷神叫丰隆,电神叫列缺，这名字分明是从雷和电的响声来的。《搜神后记》里说,推雷车的女鬼,有叫阿香的,住在“道边一新草小屋”里,“年可十六七,姿容端正,衣服鲜洁”,真是雅致得很。雷神一直以丑恶闻于世,所谓“裸胸袒腹,背插两翅,额具三目,脸赤如猴,下颏长而锐,足如鹰鹯”,忽然有一个美丽的少女雷神,实在是很特殊的。后来《广异记》里又说,推雷车的女鬼中,也有叫阿推的,在山中碰到她的父亲,很关切地问着家里亲人的情况,末了,终究是被别的推雷车的女鬼拉走了。

不过这些推雷车的女鬼毕竟是不能被称为雷神的吧，充其量只是雷神手下的仆役罢了。她们耸着肩,弯着腰,拼命地推着高大而沉重的雷车,跟在凶狠而丑恶的雷神的后面,在她们四周是翻涌的乌云和震人心魄的闪电。如果这些少女还活着，遇到这样的雷雨,必定会尖叫着去找她们的父母,抑或情人吧。

《诗经》里有“殷其雷,在南山之阳”的句子,读起来就好像听到有隐隐的雷声在葱绿的南山下滚过,是一幅明丽的图画。忽然就想到这些阿香啊阿推啊,都颇有点像是从《诗经》里出来的女子,勤快而又美丽,像《芣苢》里所描述的那些村姑,弯下腰,在田野里采摘绿色的车前草,还唱着欢快的歌。不过《诗经》里的女子多了一些快乐和健康,而推雷车的女子,终究是不快乐的吧。而健康呢?想想她们推雷车的样子,肩膀必定也是瘦的。

蜻蜓

蜻蜓的身体里没有骨头，身体外又没有硬甲，而它又不像蝴蝶，美得令人不舍得伤害，也不像毛毛虫，丑得让人远远地见到了，就要躲开，所以它就必定要成为男孩子们摧残的对象：撕开它的胸膛，烧焦它的翅膀，扯下它的头颅，折断它的尾巴……所有这些残酷的事情，许多男孩子都曾经做过吧。

《战国策》里说："王独不见夫蜻蛉乎？六足四翼，飞翔乎天地之间，俯啄蚊虻而食之，仰承甘露而饮之，自以为无患，与人无争也。不知夫五尺童子，方将调饴胶丝，加己乎四仞之上，而下为蝼蚁食也。"这大意是说：蜻蜓与世无争，可还是有小孩子，用涂了糖浆的丝网，把它从天上粘下来，丢在地上被蝼蚁吃掉。可见这样残酷的事，其实是已经持续了千百年，大约成为男孩子们的本能了。

日本有个武将，叫本多忠胜，他用的枪，叫"蜻蛉切"，据说是因为蜻蜓落在枪尖上，没有站稳滑了下去，被切成两半，才得此名。这自然是为了说他的枪的锋利了，但如果蜻蜓的身子里有骨头，抑或身外有硬甲，那么这"蜻蛉切"的名字大约也要改换了吧。

小时候常常做的一件事，是用一根草茎，一头系上一只小蜻蜓，然后摇晃着它，在草地、树林和池塘间转悠，一边嘴里念叨着："老虎蜻蜓快点来！老虎蜻蜓快点来！"老虎蜻蜓是一种凶猛的青色蜻蜓，似乎是专门以捕杀其他蜻蜓为生的，它的飞行是那样的迅疾，反应是那样的灵敏，以至于根本不可能在它休憩的时候偷偷地靠上去捉住它。但是用小蜻蜓做诱饵，就可以很轻易地钓上老虎蜻蜓，有时一只小蜻蜓就可以钓上四五只，至于钓上之后究竟拿它怎么办，我现在已经记不起来了。

曾经有一个小男孩，把他捉到的所有老虎蜻蜓的头扯下来，埋在一棵树下。多少年过去了，小男孩长大了，离开了家乡，结了婚，有了孩子，发了财，又离了婚，没了孩子，破了产。他回到家乡，一次偶然的机会，他想起那些蜻蜓的头，他怀着百无聊赖的心情，试着去把它们挖出来。小铲子发出了“咯吱”的声音，他以为是碰到了石头，可是在那个小小的坑里，满满的全是青绿的珠子，闪着神秘而暗淡的辉光。

《通天塔》《西游补》与归墟

在《科幻世界》读到一篇小说，作者是特德·姜，美国人。

经过几个世纪，巴比伦城的通天塔将要建成，赫拉鲁穆，艾拉买的矿工，被召去挖天。赫拉鲁穆和其他矿工一起，用了四个月才攀上通天塔的顶端，望下去，大地一片迷茫，星星、太阳和月亮在他们脚下旋转。在小说中，天空“看上去是由很好的颗粒状花岗石磨制而成”。矿工们先用火把天烧裂，然后再把石头一大块一大块地撬下来，“用这种方法，每天他们都能深入一个腕尺”。这样的工作持续了几年，甚至有人在他们自己挖掘出来的坑道中生儿育女。为了防止天堂上的水通过坑道流下，引发地上的洪水，他们还在坑道中修筑了许多的滑门。突然有一天，水汹涌而下，赫拉鲁穆被滑门关在了坑道的最顶端，他只好在黑暗中向上游去，最后，他从一个巨大的山洞里爬出来，重新见到了阳光，展现在他面前的，是一片“广阔的沙漠”。他遇到了一个商队，那个商队是到埃瑞琪去的。赫拉鲁穆大吃一惊：“‘可是，埃瑞琪是在幼发拉底平原上！’‘是的，难道这有什么不对吗？’”“赫拉鲁穆一下倒在了干燥的沙砾中”——他发现自己又回到了巴比伦城。

《西游补》中也有挖天的情节——准确地说，应该是凿天：大慈国王铸了个通天青铜壁,把东西两个世界隔开。青青世界的小月王为了让唐僧去西天取经,只好请鲤鱼村的“踏空儿”们去凿天,好凿出一条西行的通道。“踏空儿”们从午时凿到申时,把天空凿出了一条缝,没想到灵霄殿竟从缝中滚了下来,“天上大惊小怪,半日才定”。

最近我开始着迷于归墟。

归墟在渤海之东几亿万里的地方,乃是一个无底的大壑,百川大河的水、海水还有天河之水全都流入归墟中,但归墟的水却始终不增不减。

我在想如果有一艘船,一直向东行驶,到了那个大壑的边缘,那个大海结束的地方,这时船随着水流向归墟里落下去了,这时如果船上有一个人,跑到船尾去,他就能够看到一个巨大的瀑布,这一定是全世界最大的瀑布,我在想它会发出多大的水声,那些水与水相撞,又会激起多高的浪花……

我想我得感谢这一切,如果没有这些,生活将会失去许多的乐趣。

邻家有一个小孩,还读幼儿园小班,常常站在我的烂沙发上,张开双臂,喊:“准备好了,起飞!”然后从沙发上跳下来,嘴里还配音“呜——”。

每次见到,都要会心一笑。

蛙鸣如歌

张读是张鷟的后代,牛僧孺的外孙。之所以要指明这一点,是想说,张读之善编故事乃是得之于遗传——张鷟写过一篇《游仙窟》,据说在日本大受欢迎,而牛僧孺则写了一本传奇集《玄怪录》,

影响更为久远。

张读的小日子过得很幸福，整天在家中喝酒，读书，聊天，收集各种稀奇古怪的故事，所以到他二十岁的时候，就已经弄出了一本十卷的《宣室志》，但似乎没有单行本流传，其中的故事，散见于《太平广记》中。

其中有一篇，写到蛙：太原人石宪，因为做生意要到代北去，天太热，他就倒在路边树下乘凉。恍惚中一个老僧来请他去，石宪便跟他去了。到了一个叫玄阴池的地方，只见池里立着许多和那个老僧长相差不多的僧人。日暮时，僧人们都念起经来，还拉石宪到池里去消暑。石宪一惊，醒来，才知道是南柯一梦。四处一找，果然有一个叫玄阴池的池塘，里面有许多青蛙聒噪。石宪醒悟到原来是青蛙幻化，“于是尽杀之”。

把蛙鸣比作和尚的梵音，颇为有趣，只是结尾那个“于是尽杀之”很碍眼。人家尽管是妖，但毕竟是好心，请你纳凉，你不感恩图报就算了，还要“于是尽杀之”，人类的卑鄙和善于为自己的卑鄙找借口，于此可见。

我有一个朋友，叫阿宁，是捉青蛙的高手。夏天的夜里，腰间别一个小鱼篓，再加一个手电筒，一个小时就能捉几十只青蛙回来，然后就呼朋引伴，用青蛙炒黄豆下酒，真是不亦乐乎。

我只是想不通，我们从小就被教导要爱护青蛙，而且还都读过那个《小蝌蚪找妈妈》的浪漫童话，按理对青蛙应当有些感情才对，可是真一见到青蛙了，第一反应却是——它还有个别名叫“田鸡”。

中国人吃青蛙的历史，不可谓不悠久，《本草纲目》引东方朔的话说：“长安水多蛙鱼，得以家给人足。”李贺亦有诗曰：“食熊则肥，食蛙则瘦。”最近有报纸说，吃青蛙危险，不是因为环保什么的，而是因为青蛙吃害虫，而害虫吃农药，所以人若吃青蛙，就无异于吃农药云云。就有个老兄拿了报纸来给我看，说青蛙不可吃，可是过两天，就见他又从街上提了一串青蛙回来，“一斤七块，便宜便宜”，一副急不可待的样子，也不知他把早两天的话都忘到哪儿去了。

我倒不在乎青蛙是益虫还是害虫，我只是喜欢听青蛙聒噪，觉得天底下只有两种声音，是不会扰人清梦的，一种是雨声，另一种，就是蛙鸣。

“呱呱呱呱”，夏天的夜晚，青蛙们趴在水塘边，鼓着腮帮子卖弄歌喉，寻找配偶，真是一件奇妙的事。

想想看吧，假如有一个人，因为帕瓦罗蒂长得胖而提议把他吃了，你会吃吗？

反正我是不会吃的，不是因为他是我的同类，而是因为他的歌唱得好听——虽然和青蛙比起来，还差那么一点点。

鹤

鹤是高洁的象征。《穆天子传》里说鹤是君子所化。最风雅的莫过于“妻梅子鹤”，最煞风景的莫过于“煮鹤焚琴”。但在地上卓尔不群的鹤，一到了天上，怎么就成了“仙人之骥”？我不能想象一只鹤是如何被仙人坐在下面的，它的脚太长太瘦，羽毛过于洁净，神情过于高贵，不像驴和马那样，天生一副被人骑的样子。

古小说里充斥着许多化鹤的仙人，但都令我厌倦。特别是《搜神后记》里的丁令威，成仙化鹤之后飞到城门外的华表柱上得意扬扬地唱歌：“有鸟有鸟丁令威，去家千年今始归。城郭如故人民非，何不学仙冢累累。”根本就是小人得志。

有好事者知道我喜欢读文言小说，从旧书摊上搜刮来一本《子虚录》给我。书已破旧不堪，作者与成书的年代都已不得而知，其中的故事也多荒诞不经，但有一篇写化鹤，却颇有些不同。

故事的主人公叫白皠，据说是白居易的侄子。他自幼好道，曾服柏叶雄黄，又曾练气绝粒，亦曾烧制仙丹，皆不成。后投入鹤川道人王毛仲门下。像《聊斋志异》里的崂山道士一样，王毛仲也让他的徒弟们天天上山砍柴，也是什么仙术也没教。有所不同的是，每年的某个时候，都有一个仙人下来与王毛仲聚会，这个仙人在天上的官职是抱龙真君、检校内外苑囿兼知监牧使。王毛仲的徒弟们排好队，让这位神情倨傲的仙人检阅。仙人随便看了看，点出一个最瘦最有力的徒弟，便驾龙而去。而后，王毛仲就会赐给这个徒弟一粒仙丹，这个徒弟吃了仙丹以后，就能化鹤升天。每一个徒弟都拼命地砍柴，拼命地少吃，希望天上来的仙人能挑中自己，白皠也一样。有一年，王毛仲终于把仙丹赐给了白皠。白皠变成了一只仙鹤，向天上飞去。他飞到了天宫，但并没有变回人的形状，他仍然是一只鹤，并且还有了一个神仙做他的主人。每当主人外出，他就必须把主人驮在背上。白皠没想到事情会是这个样子。在天宫里还有其他的鹤，有些还是白皠的师兄弟变的。白皠把自己的苦恼告诉他们，但他们反觉得白皠不可思议。有一天白皠偷着飞回人间，他问王毛仲，能不能收回他的仙丹。王毛仲收回了仙丹，然后，把重新变成人的白皠扔进了一个山洞里，洞里堆积着一层又一层的尸骨，他们都是被王毛仲扔进来的，或者因为太胖，或者因为太老。

天台山万年寺前后有许多古杉，有鹤在古杉上筑巢。有一年，徐霞客游天台山来到古杉下，古杉上的鹤以一声清唳来迎接他。徐霞客抬头一望，淡淡地说道：“亦山间一清响也。”

与其在天上做个奴隶，倒不如在人间做一只闲云野鹤。

香蕉弄蝶

香蕉弄蝶是这样一种奇怪的蝴蝶：它长得有点像蛾，翅膀黑褐色，上面有长方形的黄色斑点，靠吸食香蕉花蜜为生；当它还是幼虫的时候，它把香蕉叶卷起来，自己躲藏在里面——它常常把香蕉的叶子吃得支离破碎——直到3月，它变成成虫，从蛹里飞出。

其实我自己从来就没有亲眼看到过真正的香蕉弄蝶。但在我的楼下，就有着一片香蕉园，大约有半亩吧。我常常想象当无数的香蕉弄蝶从蛹里飞出时的样子：它们栖在蕉叶上，晾干自己的翅膀，然后颤悠悠地飞起，去寻找长长的、一层层绽开的香蕉的花。它们总是喜欢在黄昏活动，黑褐色的香蕉弄蝶，会把我楼下的那一片香蕉园遮蔽吧！人们会拿着网去捕捉这些害虫，变着法子把它们杀死，这于男孩子必定是一个节日，因为他们终于有了正当的理由，用最残酷的方式杀死这些美丽的虫豸。

"好了！我们把它们全杀死了！香蕉会获得丰收！"香蕉园主得意地说。到香蕉成熟的时候，果然是丰收了，他把青的香蕉割下来，运到北方去出售。水果商人从批发市场买来这些香蕉，把它们摆在架子上，那时香蕉已变成金黄色，上面有一些细小的黑斑，一个男孩的母亲把它们买回去……

男孩掐去香蕉的头——当然他有时也从尾端剥皮，总之，香蕉的金黄的表皮被男孩撕开了，露出里面的蛹——白色的蛹，像是撒了糖粉，男孩睁大了眼睛，他看见一只蝴蝶从蛹里挣扎着探出头来，然后是翅膀和略显难看的肚子，它把翅膀张开，不紧不慢地等着翅膀变干。男孩嗅到一股玉一样的香气，清甜而浓郁，房间里的一切都变成了蕉叶的绿色。忽然，那只蝴蝶扇动双翼飞了起来，掠过男孩的鼻端，从窗口飞了出去。

那是一只香蕉弄蝶，它在金黄的阳光里飞，弱小而美丽。

永远生活于过去之中

乌龟的慢使它们得以超然于物外。它们因此而获得了某种类似于神仙的气质。它们缓慢地抬起头，缓慢地眨动眼睑，它们墨绿的、仿佛一直在沉睡中的眼睛看着你，可是它们看见的真的是你吗？它们是如此之慢，以至于它们只能看到它们的过去。它们的存在因为慢而落后于时间，它们在时间之内，又在时间之外，它们的现在是它们的过去，正因为此，它们不再拥有未来，它们永远生活于过去之中。

假如一个人获得了乌龟的能力，那么他最终会知道自己无论做什么都已于事无补，因为在他试图去干预之前，事情早已发生。他生存于时间之后，他知道在自己狂饮大嚼时，他的家人已经把碗碟收起，他是在吃着一桌并不存在的食物；他的家人坐在他的对面，用温暖的眼光看着他，但他知道他们已经离去，饭桌上也已空无一物，他必须孤独地面对他曾经并不孤独的过去。

他不能决定他的死，因为他在他死后很久才死去，他只能慢慢地品尝自己的死亡；同样地，他也不能决定他的生，因为他在他出生了很久之后才出生，他只能慢慢地等待他出生的痛苦。他穿越了时空，同时生活在两个点上，他知道这一点。于是，是的，他会像我们所见到的所有乌龟一样长寿而慵懒，它们只适于生活在冬天和床底的阴暗中，它们在光到达之后才看到光，在声音到达之后才听到声音，在饥饿之后才饥饿，在餍足之后才餍足，在离去之后才离去，在抵达之后才抵达。它们很容易就知道世界的虚幻，于是它们总是闭上自己的眼，让自己进入死亡一样的睡眠中（唯有在这死亡一样的睡眠中，它们才能追上时间，但这并无意义，它们所追上的仍然是黑暗，因为无限的一半，仍然是无限）。

或许他并不知道，他像我们一样忙碌而伟大，但他终究要离时间越来越远，他在灰烬中救火，在绿洲里寻水，他在失恋之后才爱上他的情人，他在清晨迎来黄昏，在黄昏迎来清晨，他在话语被风吹散之后才把话语说出，他在儿子夭折之后才欢呼儿子的诞生……

我曾经养过一只乌龟，它死了，但我终究没有看到死后的它在屋里爬行，没有看到它继续吞咽我扔给它的肉块，没有看到它潮湿的、生满青苔的硬壳像石头一样地静止在我的床下。

你这生活在时间之后的仙灵，你这能看到时间之背影的隐士，你这缓慢的爬行者，请你告诉我，我是不是也与你一样，永远生活于过去之中！

一个人的生与死

一个人的生与死并不只是一个人的生与死，而是一个世界的生与死。

那个死去的人看到这个世界沦陷在大火里，裂缝、崩塌、人类的呼号，动物高扬起它们的头颅与前足，植物倾斜、燃烧，高山被淹没，海水倒灌入地之深处……这个世界沦陷到地狱之中。而只有那个死去的人活着，活在一个空无一物的空间里。但他不会永生，他仍将死去，却又不会死去——因为他的世界已空无一物，除了他自己，已没有什么东西可以沦陷到地狱之中，于是他将活着看到自己死去，而死去的他也将看到自己仍然活着。

每一个人的死都把这个世界推入更深一层的地狱之中，而每一个人的生又把这个世界从更深一层的地狱中拯救出来。但我们不知道，我们不知道我们在不停地上升与沦陷，我们只看到一个人出生、一个人死了，我们看到死者被埋葬而生者被爱宠，看到死者进入了地狱而世界停留在原处，我们只看到一个人的生仅仅是一个人的生，或许与他或她的父母有关，却与我们无关。

但我们不知道其实是那些婴儿在拯救着我们，用他们的啼哭、他们的好奇的眼神、他们的皱皱的皮肤、他们的肉肉的手……他们的降生对他们而言就是死，因为我们这个世界本就是或深或浅的地狱。他们不断地提升着我们，直到这个世界被生者完全占据，不留下一丝缝隙，并且同时不再有人死去，那么我们将到达地狱之顶端，或者说我们这个世界将成为最浅的地狱，这时如果有一个新的婴儿诞生，那么我们就将从地狱中被拯救出来。

或者恰恰相反，不再有新的婴儿诞生，人们一个接一个地死去，世界不断地沦陷，直到剩下最后一人，那么我们将到达地狱之底层，或者说我们这个世界将成为最深的地狱，那时那最后一个人将不会死去，亦不会活着，因为活着的他将看到自己已经死去，而死去的他又将看到自己仍然活着，但四周将不会再是空无一物的，他将看到这个只有他一个人存在的世界被大火包围，看到这个世界不断地沦陷、沦陷、沦陷……因为他的死将是永无止境的，而他的生亦是永无止境的。

在那遥远的彼端究竟有没有一个承接我们这个世界使它不再沦陷的硬底呢？而那时那个人又将如何，他还会死去吗？或者永生的他将带着这个只有他一个人存在的世界永恒地上升，直抵天堂？

而天堂又真的存在于我们的头顶之上吗？当那最后一个引领我们上升的婴儿诞生，他的诞生将真的只是诞生而不是死亡吗？而他又将来自何处？如果他是来自天堂，那么他又怎能在同一个世界中既是生的，又是死的呢？如果他是来自另一个地狱，那么我们将知道，在我们这个地狱之外还有地狱，而我们的上升不过是进入了那个地狱的底层，或者说，我们的上升不过是进入了另一个最深的地狱。

“公公，搭船则个！”

《警世通言》里面，最好的要算第三十二卷《杜十娘怒沉百宝箱》，还有第二十四卷《玉堂春落难逢夫》，然后就是第二十八卷《白娘子永镇雷峰塔》了，不过只能算前面几段，后面的就不堪卒读了。

之所以说它好，是因为写得从容。先是说了两则杭州的传说，一则是关于涌金门，一则是关于飞来峰，然后再说到林和靖的隐居、白乐天的筑堤和苏东坡的最后的修补——那就是苏公堤的来历了。

跟着许宣出场了。“许宣离了铺中，入寿安坊，花市街，过井亭桥，往清河街后铁塘门，行石函桥，过放生碑，径到保俶塔寺”，看这一路的地名，杭州街景历历在目，这且罢了，后面看他从寺里出来，“过西宁桥、孤山路、四圣观，来看林和靖坟，到六一泉闲走”，依旧是地名，却已是西湖景致。跟着便落笔写西湖的雨了，“不期云生西北，雾锁东南，落下微微细雨，渐大起来。正是清明时节，少不得天公应时，催花雨下，那阵雨下得绵绵不绝。”许宣上了张阿公的船，要到涌金门上岸，这时，便听到岸上有人喊道：“公公，搭船则个！”

想象当时的许宣，大约会有类似于悚然一惊的感觉吧。那样娇美的声音穿过初春绵绵不绝的细雨，直飘过来，仿佛是一只乳燕掠过了他的额头，又直往天上飞去了，只留下翅膀扑打在脸上的光滑的感觉。

如今的白娘子们站在路边拦的士，大约是只会伸出手去，跷一跷兰花指，而不会出声的了，不过她们上了车之后，总要说出一个目的地来，于是这白娘子会说："投箭桥去！"但许宣那时是不会在车上的吧。车不像船，呼啸着就过去了，谈不上"因风吹火，用力不多"，自然也就搭不上白娘子这么一个素衣的美人。

然而后面的故事又从何而来呢？

"可白娘子是妖啊！"某某人说。是哦！她其实可以坐着一辆奇瑞 QQ 过来，司机当然是小青，嗯，车穿过清明的细雨，缓缓停在正站在公车站里缩着肩膀避雨的许宣跟前，然后车窗摇下，白娘子探出头来，道："蝈蝈，上车吧！"

当然，她不会穿着一领白绢衫，而是穿着吊带。

关于火车的叙事

南子

画火车的人——王忠良

有的人,比我更迷恋火车。

前些年,央视的《小崔说事》节目中,我记得有一位做客的主宾叫王忠良。是一位五十多岁的男人。他一辈子专以画火车为生,有着很深的火车情结。他因为对火车有说不出的喜爱,把工作都给弄丢了。

他说他把中国的火车从1860年最早的“零号机车”直到今天最快的火车“中华之星”全部都画完了。

从电视上看,王忠良先生是比我年长得多的一茬人。是二十世纪五十年代的人。他皮肤粗糙黝黑,话不多,看起来十分沉默、敦厚。但他细小的眼睛里沉淀出我所不了解的东西:边缘者的气质,天然的感伤以及观望。

他让我想起曾经看过一幅摄影,名字叫作:《铁路上的流浪者》。

忘记是谁拍的了,但它肯定比甜腻直观的风情照片更能打动人心:占据画面的是站在铁轨边上的一位少年,那是一张疲惫的面孔，脸上有着黑色油污，火车似乎刚刚离去，又好像即将到来。空气中似乎还留有铁轨与火车摩擦的铁腥味儿。不知哪个方向的大风正吹乱了他蓬乱的头发，眼睛里燃烧着一种迷惘的激情——好像火车狭长巨大的气流正准备将他单薄的身体带走——

他似乎天生就属于铁轨。现在，他正向我们张望。但他的眼睛看不见我们。

“钢铁的客人马上就要来到，它将要踏上天蓝的田间小路——”

现在，大雨将至，天阴沉沉的快要压下来，布满黄褐色锈斑的冰凉的铁轨在他的身后无尽地延伸着，像一把冰冷、锋利的刀子，把什么都搅碎了——

远方，流浪的少年，冰凉的铁轨——摄影者就这样毫不掩饰地把这种日常性的痛苦呈现在我们的面前。

我喜欢那些没有名气的但是一直按自己的生活方式生活的普通人。他们无法实现的梦想、卑微的欲望、痛苦的抉择和勇气——这些，都是我一直渴望了解的。

现在，王忠良先生在谈他的火车。他说他生活的全部激情都在冰凉的铁轨上行走，在城市与乡村之间穿梭。

火车，铁轨——当这两个词注定与生命盲目的激情和游走有关，与时间的流逝有关，当它在一个道口拉响了汽笛，生命的短促，人的命运，都在这片刻的招呼和道别声中了。

一辈子专以画火车为生的王忠良，就这样在纸上复活了一个对距离和时间的破碎的记忆。

而世界，永远只在铁轨的两头延伸，而从不交汇。

在火车上写作的英国男人——托比·利特

托比·利特。

黑色的眼镜,黑色的衬衫,背包以及手表。他的嘴角有一抹嘲讽的笑容,若隐若现,让这个中年男人浑身散发出一种洁净的性感。那是一种专属于他自己的气息,与他人无关。这个男人说:"我经常在火车上写作,在火车上找到灵感。我喜欢坐火车。"

托比·利特曾经来过中国。坐着火车在北京、上海、重庆游历。对于这样的一次火车之行,托比·利特读中国最深的印象是:"在短短的十几天里,我看见了春夏秋冬"。

托比·利特的第一部长篇小说叫作《垮掉的一代:一部公路电影》,于1997年出版,如这部小说题目揭示的那样,托比·利特于1995年沿着凯鲁亚克的小说《在路上》里的线路图在美国游历了一年。在这次旅行中,他在火车上构思完成了他自己的"公路小说"。

我喜欢这个光头,腮下留有整齐胡子的英国男人。还因为他写过有关火车的文字:

> 我们最初搬进来的时候,好长时间都闭口不提那些火车:那些从花园尽头开过的火车。我们的卧室透过几扇巨大的法式窗户,眺望着那个花园。那些火车就在大约十步开外——正是那些火车,靠着声音的强度在早晨唤醒他们,同样,也是那些火车,靠着那冗长的声响,允许我们在夜晚酣然入睡。有一个我们很快就掌握了的诀窍,使我们能够在深夜列车的逐渐驶近、经过和远去,不会把我们从沉沉睡梦中唤醒。
>
> 这个诀窍就是像冲浪者对待冲浪那样对待列车的疾驶声和铿锵声,要么让它把自己抬起来飞越而过,要么自己深潜下

去，置身于波浪之下。

在初来乍到的几夜里，他们辗转反侧，难以成眠，试图穿过那波浪的表面，穿过那声音的表面。但是他们不愿意承认这个事实，他们变得疲惫不堪，争论一些别的事情。但是他们都决心根本保证不提那些火车，也不怪它们。他们都认为自己比对方更容易应付这些火车。

大约过了一周左右，他们开始只注意不知不觉已开过去的火车了。他们睡得好一些了。他们练出来了。一些日子以后，他们相当奇怪地注意到，自己仍旧会不时注意到偶尔经过的火车。

只等他们的第一个客人惊叹火车有多静时，他们就会知道这个家已经真正变成了自己的家了。

记忆中具有画面感的火车场景

在火车上，几乎没有个人的空间。到处都是眼睛，粘在每一个走来走去的背上，黏糊糊的，甩都甩不掉。

我也曾经用这种目光黏过一个女人。

那是酷夏。是在我去西安的卧铺车厢里。我睡中铺。

在我的上铺，睡着一个丰满、白皙的女人。在临河车站，她是与一个穿中山装的男人在凌晨三点多上火车的。那个瘦小的男人看起来目光混浊、游离。令人不快。他也睡在上铺。

那个女人是他的妻子吗？没有人问，他也不说。整整一天两夜，她一直在睡觉。从不见她起来吃东西喝水，甚至也不见她起来上厕所。在铁轨单调的节奏声中，她的丰满的胸脯一起一伏，煞是诱人。洁白细腻的手指上戴着一枚细的银环。

她一直在睡觉。而那个男人,似乎把她给忘记了。

在地面上的瓜子皮果皮，还有几双散发出体味的皮鞋旅游鞋中间，我一眼就看见了一双紫色的缎面绣花拖鞋，半高的鞋跟,鞋面上有繁复的牡丹图案,散发出丝的光泽,具有一种女性的矜持之美。

紫，从来都是颜色中的极品。宫廷的服饰，地平线，云,宝石——深藏不露的紫一直有着专属于她自己的身姿。神秘,有一点忧郁,像一道阴影,具有一种诡秘的美感。

现在，它正轻盈，脱俗地平放在车厢卧铺下层的地面的一角,安静,无言,她散发出的光泽牢牢抓住我的视线,让人禁不住地想看看这个穿着它的女人。但她一直在睡,她的脚趾很好看,一小颗一小颗涂着淡淡粉紫的蔻丹。

——我不能告诉你她的名字。这是我的小说中反复出现的人物。她最后将在小说中死去。

苦役

王族

一、动物哭了

有这样一幅岩画：一群动物奔跑到一座山跟前，因为山太高，加之又几近于直立般陡峭，所以它们无力爬上去，便高扬着头嘶鸣哀叫。有一只鸟儿飞临它们头顶，为它们被困而伤感，无声地调转身子飞走。

那幅岩画之所以吸引人，是因为那些动物的急躁嘶鸣有揪心之感。它们也许已经奔波了很久，已经能够闻到草原的气息了，但一座山却阻挡了它们。内心的渴求幻化成了暗淡的火苗，并很快熄灭。它们恨这可恶的山，也恨自己没有长出鸟儿那样的翅膀，否则一座一动不动的山又算得了什么？

细看，发现画中的动物都高扬着头。它们如此并不是在向上仰望，而是陷入迷惑不能做另外的选择。它们久久望着这座山，也许已经发出了不屈和挣扎的吼叫，但最终一切都是徒劳的，它们仍把头高扬着，似乎只剩下了仇视。但无论如何一座山在高处，一种压迫的力量不可阻挡，并潜入它们内心，它们最终无奈地屈服了。

画中只有一只小动物低着头，似乎连跻身于那悲愤集群的力气也没有了。与那些高扬着头的大动物相比,它显得更为弱小。幼小的心灵也许更无力面对此时的事实,所以它早早地因屈服而低下了头。

有人拍了那幅岩画回去,被一位小姑娘看见,她指着那只低着头的小动物说,它哭了。她问大人,它为什么哭呀?大人们一脸茫然,谁也无法给她一个答案。

另一幅岩画似乎是对这幅岩画的说明。画中有六只动物,有五只已倒地而亡,唯一剩下的一只,嘴边有几株野草,那一定是可以救它命的,但它却并没有把嘴伸过去,而是扭过头望着已横尸荒野的那五个同类。也许它们是一起奔波到这里的,艰难挣扎只为那少有的野草,但那五只动物没能迈出最后的几步,苦难的大网将它们拉入了死亡深渊。

唯一剩下的这只动物扭过头去在看,它内心会有什么感觉?除了猜测,我们无法准确说出一个答案。人心向善,所以看到这幅岩画的人大概都愿意想,本来属于六只动物的救命之草,现在仅属它独有,它理所应当会把那丛野草吃掉,然后活下去……命运的棋盘上,虽然棋子已变得无比沉重,但似乎仍被一只隐隐约约的大手在移动。

二、狼的腿断了

在牧区目睹过那只狼的人一致认为,它当时一定是被饿晕了,否则不会变得那么狼狈。

狼似乎一直被饥饿困扰,总是在不停地解决"吃"的问题。跟踪、隐藏和偷袭,是狼一直坚持的方式。微火映照出内心的一条艰难路途,狼别无选择,只能把孤苦和坚忍推向极致,久而久之,狼的内心亦变得孤苦冷漠……生存，必须通过旷日持久的苦役才能得以维持，狼因此变成动物界最冷漠的杀手，而且仅为吃食出击。如此捕食方式，显而易见并不能让狼轻易达到目的。狼攻击的动物(比如黄羊)，个头和狼差不多高大，奔跑速度虽然不及狼，但逃跑技巧却比它们要高超很多。所以狼能捕获到猎物的次数其实并不多，很多时候都只是用一双发绿的眼睛愤恨地瞪着那些猎物。

有人曾做过统计，狼百分之八十的攻击目标是羊类——牧民养的家羊，山行里的野黄羊、羚羊、盘羊等，都会让狼把贪婪的目光像钉子一样钉在它们身上。牧民养的家羊受到很好的保护，狼轻易不能靠近；黄羊是山野里的跳跃高手，尤其善于攀岩爬山，狼更是无法接近。拥有技巧者，是得到了造物主宠爱的幸运者，狼得不到这份殊荣，便挖掘自身优势，把冷漠杀手的优点——隐匿和突袭推向极致。它们在羊群放松警惕的一瞬突然出击，一招(咬喉)致其毙命。但在更多的时候，它们却不能得逞，由来已久的敌我关系让羊对它们保持了高度警觉心，往往它们尚未接近，羊却已发出叫声，牧民和牧羊犬马上就会扑过来。它们因此不得不转身逃离。

于是狼再次开始等待，并期待能够遇到出击的机会。孤独的命运犹如沉缓漫延的冰河，狼从一开始就被陷入其中，所以它们只能苦苦泅渡，才有希望爬上岸去。

那只狼也是择食苦役大军中的一员，它已经对今年进入这个牧场的牧民和羊群观察了很久，并已忍耐了半个多月的饥饿。它的目标实际上只是羊群中的一只羊，如能偷袭成功，它饱吞一顿后可管一个月。狼的捕食境况千篇一律，往往在饱吞一顿后的一个月内随意游荡，直到饥饿再次袭来，它们才会意识到又该去觅食了。

也许在饥饿中建立的愿望是最难实现的，这只狼等待了很多天，都没有得到出击的机会。它躲在树林里长久地盯着羊群，内心已经上演了无数遍吞噬羊肉的场景。这是狼在隐藏过程中常有的事，幻想产生的错觉，会让它们的胃稍微好受一点。但美妙的享受最终被虚无覆盖，饥饿再次将狼拉回现实，有细微的星星在眼前旋转出一个深渊，它禁不住要一头栽进去。

那天下午，羊群在山坡上吃草，牧民们聚在一起吹牛。他们说到了一个关于女人的话题，发出哈哈的笑声。人在寂寞的场所，加之生活又过于单调，所以内心隐秘的舌头悄悄伸出，舔吸着意念之中的快感。一匹被拴了好几天的马也许受他们的笑声感染，想挣脱那根绳子，结果差一点被绊倒。主人走过去抽了它一鞭子，它却欢快地嘶鸣起来，引得周围的羊都不解地望着它。受虐之后反而变得快乐，马为何会如此？

那只狼就是在牧民们谈兴正浓时悄悄接近羊群的。事实证明，它在当时的情况下那样做是极不明智的。但谁也不知道狼有怎样的思维，所以在人们后来谈论中，始终没有得出狼那样做的原因。那只狼从中午就开始行动了。天上的太阳慢慢从东向西，树木的影子也随之向一侧移动。它让树木的影子遮住自己，然后一点一点往前爬，一点一点从一棵树的影子里移到另一棵树的影子里。它必须忍受饥饿对体腔的撕扯，必须保持冷静，才能把不动声色的偷袭实施成功。好在狼有超过所有动物的坚忍性格，并且越是艰难越能保持冷静。所以，它高度集中精力，让自己瘦弱的身子成功地变成了一枚棋子，在计划中的棋盘上慢慢推向目标。在最后，它将集所有力量完成一次出击。

应该说，这只狼是懂得利用地形的——太阳光照的角度、树，以及树的影子，都被它巧妙利用。它似乎有一双可以从远处回望自己的眼睛，可以看见自己和树的影子浑然一体，不论是谁从远处看都只能看见黑乎乎的一团，不能轻易发现自己的潜伏。为此它认为自己的策略万无一失，只需循序渐进即可。它也许还揣摩出了牧民的心理，人都是大意的，固有的习惯会让他们疏忽细节。比如现在，在他们的眼里，影子是大地上所有的东西都必不可少的，所以没有人会留意树木的影子，更不会去怀疑树木的影子里隐藏着什么。这样的想法多少带有自我安慰的成分，但对于一只长久潜行的狼来说，却可以减轻心理压力，不失为一件好事。整整一个下午，那只狼都在进行着一种隐忍的努力，无比缓慢地实施着一次偷袭。

……砾石虽然微小，但因为质地坚硬，同样可以垒起高大的城堡。终于，它移动到了最佳的偷袭羊的位置。时不我待，它突然蹿出，大张着嘴向一头羊扑了过去。最佳位置使它如离弦之箭，而那些尖利的牙齿无异于是刺向羊的刀子。那头羊没有防备，鲜嫩的草正使它的口腔回荡着盛宴的美好感觉，而牧场上多日来平安无事又让它放松了警惕。狼一口咬住了羊的脖子。这是狼攻击目标的惯用方法，只要一口咬住用力一扯，羊的脖子马上就会被撕开，喉管就会断裂，羊连低鸣声也不会发出便倒地而亡。但正如牧民们在后来的议论中一再强调"那只狼当时一定是饿晕了"一样，它不但没能一下子将羊的脖子扯断，反而被羊用力一甩之后，像皮球一样滚到了一边。很显然，它对自己的力量预估不足，不知道饥饿已经把它的身体几近于掏空，它已丧失原有的进攻力度。它变得颇为惊恐，意欲爬起来逃走，但它似乎被摔得不轻，连爬几次居然都没有爬起来。冲锋陷阵者因为突然没有了进攻的力量，就会变成被打击者。它意识到了麻烦，挣扎着好不容易爬起来，却又一头栽倒。平时，狼身上总挟带着一股邪恶之气，接近人或羊时，会首先给对方一种威慑之感，似乎它们的眼睛和叫声中随时会刺出刀子。但现在它软软的身体让它的形象迅速褪色，迅速萎缩，似乎要变成一个可怜的小动物。

狼的意外遭遇让牧民们高兴得大喊大叫，一向都是狼像阴险的杀手一样让人恐惧，今天终于看到了狼出丑。而且狼居然是如此丑陋，简直就像一个吃不动羊肉、骑不了马的人，一点本事都没有。他们抄起手边的东西扑过去打狼。人正寂寞着呢，加之狼似乎在迅速褪色和萎缩，他们要把打狼干成今天最有意思的事情。

狼受到惊吓，终于挣扎着爬了起来，摇摇晃晃向远处跑去。但它跑得实在太慢了，以至于有好几次都要被人追上，一棍子就可以把它击倒在地。但惊恐或许能激发狼的力量，它嘶哑地叫了几声，四爪的速度明显加快。不一会儿，它爬上了山坡。人们放弃了对它的追赶，嘟囔着，要是有一只狗就好了，狗追上去一口咬住狼，一定会把狼像石头一样摔回山坡下。但今年出来放牧时没有人带狗，所以也就只能望狼兴叹了。

就在牧民们已彻底放弃追赶准备返回时，狼却再次出丑了。它从一块石头向另一块石头跳去，因力气不足，像树叶一样掉进两块石头之间的缝隙。慌乱挣扎中，它的一条后腿被卡在了石缝里面。平时，狼在山野间奔跑时身轻如燕，而且因为极其谨慎，从不会出现这样的危险。现在，仍是因为太过于饥饿，加之又被牧民们大喊大叫着追赶，它才没有把握好重心，被石头卡住了后腿。那真是让这只狼无比痛恨的两块石头，它们中间只有一条窄窄的缝隙，它的那条后腿因为身体坠落的原因，一下子插进去便死死地被卡住，像长在里面似的一动不动。它恐惧极了，用尽全身力气向外挣扎拔腿。好在牧民们都已转身离去，这一幕没有人看见，它因此便赢得了逃生的时间。

但那条后腿却纹丝不动。意外的灾难让它的形象再次迅速褪色和萎缩，它喘着粗气，似乎在向遥远的母亲求助，但刮过的风很快便把一切淹没了。它用力往石头上爬，意欲将那条后腿扯出，因为用力太猛，咔嚓一声那条后腿被折断了。它疼得大声嘶鸣，周围的草叶都在似乎随之战栗。它在一瞬间遭遇厄运，身体的残缺不光使它疼痛难忍，同时还把它推到了生死关头……戏剧性的变化迅速让一只狼沉入命运低谷，而死亡也似乎像幻影一般正向它聚拢过来。

牧民们听到狼的嘶鸣回头一看，好家伙，狼被卡在石缝里了。他们从地上捡起石头和木棍，这些都是在最短时间内可致狼于死地的“武器”。他们本以为狼已经逃跑了，但现在石头却帮了忙，把它死死卡在那里，它还能往哪里跑？这是一只倒霉的狼，是一只来送死的狼，是一只彻底丧失了本事的狼，是一只让所有的狼都颜面扫地的狼，是一只让人在今天终于可以出一口恶气的狼……牧民们再次兴奋起来，再次要把打狼干成今天最有意思的事情。

狼看到人们又扑了上来，惊慌中一用力，那条后腿再次咔嚓一声，被硬生生地扯断。那截断腿插在石缝里，像一根模糊不清的树桩。它趔趔趄趄爬上石头，继而又向远处跑去。疼痛让它龇牙咧嘴，而丧失又是那么猝不及防。但它还得活下去，所以它必须挣扎着逃走。否则，它便会在人的击打中身骨断裂，身体会绽开成一朵红色的血肉之花。牧民们看见它又逃跑了，便用脚踢了几下插在石缝里的那条断腿，嘟囔了几句听不清的话回去了。

它在逃跑过程中跌倒了几次，失去一条腿让它无法保持身体重心，稍不注意就会偏倒向一边。但它很聪明，加之天生就有超于所有动物的身体灵活性，所以它很快便学会了用三条腿掌握身体重心的要领。慢慢地，它摇摇晃晃跑远了。饥饿一定仍在撕扯着它的体腔，但疼痛和恐惧交织在一起的滋味却更令它难受，跑到一个它认为安全的地方，它才停下歇息。那条后腿的断裂处在汩汩流血，它扭过头去用舌头舔干净，眼里弥漫出一股悲哀。冷面杀手丧失了进攻能力，所以只能从高地上撤退下来。等它平静下来后，将如何面对抱残之身？

没有把打狼干成今天最有意思的事情，牧民们有些遗憾。平时，他们实际上很少近距离看到狼，有时候只能看见远处的山冈上有一个黑点，那是狼远远地在观察人和羊的活动，它们从不敢走近人。有时候狼偷袭了羊，等他们赶到，只能看到躺在地上汩汩流血的羊，狼何时而来又何时而去，他们连个影子也没有看到。那天，用他们的话说，是那只丢人的狼自己送上门的，而且浑身软得没有一点力气，说不定一石头砸下去就要了它的命。但它还是跑了，虽然把一条腿都弄断了，但它的命没有丢，以后它还会拖着残缺之身来吃羊，而且还会因为是在这里被弄断腿的，会来报复人。想到这里，牧民们有一点失落，亦对狼产生了恨意。

几个月后，牧民们发现了那只狼。它死在一棵树下，皮肉腐烂，有苍蝇在它身上嘤嘤嗡嗡乱飞成一团。它的另一条后腿也断了。在它的后腰下面，两条裸露出白骨的断腿东摇西摆，看上去似乎是身体多余的部分。也许它的另一条后腿也是被卡在石头中弄断的，那一刻间它的身体一定失去重心，一下子摔倒在地，疼痛的大网顷刻间覆盖了它。但它在疼痛之余又发现，自己丧失了行走的能力，平时还算灵活的身躯在这时候变得笨重无比，得用两条前腿用力爬才能将整个身躯挪动。它悲痛欲绝，但又有什么能够帮助它呢？它失去了生命的方向,亦失去生命的光明。命运让它进入了一个无以突破的死谷,前行无望,且退路已绝,它只能屈服于绝望和无奈。

狼的第一条腿断了会让人感到意外，而第二条腿又断了就不会让人觉得有什么惊讶了，它每少一条腿，人的快乐就多一些,人喜欢看狼出丑。不知它用两条前腿爬了多远,爬了多少时日,最后终于被饥饿的大手死死摁住，在一棵树下死去。从它的姿势上看，它在最后仍想向前爬去，也许前方不远处便有可使它活命的食物，但它已经没有力气了,死亡在它面前竖起一道高坎,它只能被隔滞于永远黑暗的一边。

“我们没把它打死,它自己倒死了！”牧民们发出几声感叹,转身离去。

三、行走的尸骨

一头牦牛和一只狼展开最后的对决……死亡制造者的目的非常明确,对方的死就等于自己的活,所以这一刻间,谁都想把死亡像钉子一样钉入对方的身体里去,而且是一击可致命的地方。双方的眼睛都已经发红，并发出粗喘声，一场血肉之搏被迅速推向高潮。牦牛是食草动物,平时行动迟缓,性格也似乎颇为温顺,但它们是隐形大力士,一旦发怒可一头把石头撞飞。狼是食肉动物,但它们的身体却很瘦,总是皮包骨头饥肠辘辘的样子。但狼的爆发力很厉害,加之攻击技能在动物中首屈一指,所以狼对目标的攻击都是致命的,其尖利的牙齿经常制造出血腥杀戮。

是这只狼挑起了这场血肉之搏。它已饥饿很久,发现这头牦牛后便紧紧尾随。牦牛在夏天会从雪线一带下到河滩中吃东西,有时候甚至头低下好久都不抬起,似乎地上有永远吃不完的东西。牦牛是肥硕的，走动时四蹄踩出“咣咣咣”的声响，其尖利粗壮的双角远远看上去让人骇然。但这只狼觉得牦牛的体格并不能对其自身起到保护作用，反之却因为行动迟缓会让自己轻易得手……狼美好的饕餮在幻想中被迅速绘制完成，它眼中的目标在逐渐缩小，死亡的阴影在逐渐扩大。

牦牛吃饱后去河边喝水，随后又望着远处的雪峰出神。也许，牦牛是最喜欢欣赏风景，也最喜欢冥思的动物，它们往往会望着一个地方看很久，而且一动不动。山不动，树不动，而牦牛长久不动，似乎也变成了固定物体。

狼一直躲在一块石头后面在等待，丰富的进攻经验和高于一般动物的智商让它明白，毫无防范的牦牛一定会给自己提供一个最佳的进攻时机，那时候自己只须突然蹿出，一口咬住它的脖子将喉管扯断，它就会呜呜呜地低叫几声轰然倒地。牦牛的力气大，狼不会和它硬拼，只会选择它的致命处一举歼之。

几只乌鸦飞过时发出几声恬谧的叫声，牦牛抬头向天空望去。这是一个最佳的进攻时机。狼从那块石头后面一跃而出，大张着嘴向牦牛扑了过去。最佳的进攻时机无异于最得力的“武器”，狼适时将其掌握，可使进攻力度大增。它扑向牦牛的速度非常快，以至于几株野草被它的身体碰得东倒西歪。但因为它对牦牛的预估附带有主观判断，加之又轻敌，所以牦牛很快便发现了它的进攻。牦牛迅速将身子一扭，用一对尖利的角对着它，只等着它扑过来便刺进它皮包骨头的身体里去。狼心中的蓝图如火焰迅速熄灭，愿望在顷刻间被改写。但它不服气，嘶叫着又向牦牛逼近。也许狼是最忍受不了耻辱的动物，而且轻易不会改变意图。所以它们一旦出击，都要拼死一搏。

狼数次进攻,牦牛数次将它击退。

二者都想致对方于死地。仇恨让杀戮数倍放大,似乎死或者伤就是屈服于对方的耻辱,而杀死对方所享受到的那种快感,则是荣耀。狼在粗喘,不时发出嘶叫,让寂静的草滩似乎也在颤抖。牦牛身体的每一个部位都似乎在咆哮,地上的沙砾被它踩得乱飞,飘出纷乱的弧线。迟缓稳重的伟岸者,在此刻被激怒,浑身一下子像是注入了兴奋剂似的充满了爆发力,恨不得用四蹄或双角一下子让狼丧命。但狼亦很愤怒,张开的大口如同一个深渊,尖利的牙齿泛出阴森森的光。与牦牛相比,狼更善于短兵相接,一旦被它近身就会有危险。

慢慢地,牦牛占了上风,并且频频向狼发起攻击。狼原先设想的具有四两拨千斤的封喉战术,在这时无法发挥,牦牛的那对尖利的角如同刀山,阻挡了它的任何进攻。最后,牦牛把狼逼到了它刚才藏身的那块石头跟前。曾被它利用过的石头现在被牦牛很好地利用了起来,它已无后路可退。那一刻,狼的内心也许浮上了一丝恐惧,间或还有从未有过的痛苦滋味。——心理崩溃往往证明事实已糟糕到了无法改变的地步。牦牛扬着那两只角,一头便刺向了狼。狼的双眼中布满了惊骇,继而又闪过一丝屈服和耻辱。牦牛的力气太大了,一下子便用双角刺穿了狼的身体,然后头一扬又将狼挑了起来。由于它用力太猛,乱叫的狼被它高高地顶了起来。

狼很快死了。但因为牦牛的双角刺进了狼的骨头中,狼的尸体从此便挂在了牦牛的头上,时间一长,狼的皮肉腐烂脱落,牦牛头上便只剩下了一副狼的骨架。远远地看上去,牦牛似乎戴了一副白色的头冠。这意外的“装饰”并非牦牛本意为之,它只想要一次胜利,要一次对狼的杀戮。所以,它不知道一次意外的决斗在最后留下了一件纪念品，并要永铸于自己的头顶。不知从什么时候起，它因为已经习惯了头部负重，便不再觉得自己头上有东西。有的动物见了牦牛头上的狼尸，会惊异地叫几声跑开；而大多数动物则无动于衷，看它几眼后又去吃草。

有一次，牦牛经过一片树林，一根树枝挡住它的去路。它习惯性地用角去撞树枝。以前遇到这种麻烦，它都是用这种办法解决。但双角上的狼尸却不能让它发挥出作用，猛烈撞上去却如同触及软物。它凭借感觉为双角再次选准方向，然后撞出去。它错过了一次反思自己的机会，如果它对自己的撞击力度产生怀疑，也许就会发现一只狼尸已挂在自己头上数月，并影响到了双角正常发挥作用。但它的性格中有致命的忽略他者的毛病，所以一次机会被它轻而易举错失。那根树枝发出一声脆响后掉落地上，它顺利走出了树林……迟钝遮蔽了真相，而自足的镜子又是如此清晰，映照出极其安然的生活。这种情况下，牦牛又怎能产生疑问？

之后的一天，牦牛到河边去喝水，突然从水面上看到了自己头上的东西。是那只狼，而且因为白骨裸露而显得更加可怕。它记忆深刻，不久前的那场杀戮它至今历历在目，其恐惧和仇恨更是烂熟于心。所以，水面在那一刻如同打开的幕布，让它看见一场恐惧的演出早已开始，更要命的是自己原来已经在剧情中，受可怕的绳索牵制，正在走向毁灭。它被吓坏了，转身便从河边跑开。它内心出现一个巨大的疑问：那只狼的尸骨为何会在自己头顶，它会咬自己吗？它不具备分析那场杀戮的智商，所以不明白那件事的经过和原因……恐惧的刀子悬在头顶，随时都有可能落下。它再次愤怒，想用疾跑的方法把狼的骨架甩下，但任凭它怎样努力，那副狼的尸骨像是长在了它的双角上一般纹丝不动。最后，它跑累了，无可奈何地在一块草地上左右转圈,发出急躁的吼叫。隐形敌人对心理的摧残是势不可当的,它会让你发现浑身甲胄都变得如同软物,没有一点抵抗力。这无形的打击并不亚于有形的伤害,其绝望和中弹的窒息感往往如出一辙。

它再也不敢去河边喝水了。水面似乎是一个深渊,它只要接近就会掉落进去。为此它忍受饥渴，似乎忍受是唯一保护自己的方法。它变得越来越孤独,自卑心理让它不愿走到同类中去,对其他动物也远远躲开。上帝在它的生命棋盘上突然布下了一枚意外的棋子,于是它全盘皆乱,不知该如何突围。它一再忍受饥渴。食草,让它的胃保持了一定的营养,并储备相应的热量。但缺少水分却是一个最可怕的事实，饥渴像一只邪恶的大手一样开始在它体内抚摸,每移动一处便造成让它忍无可忍的撕扯之痛。昔日,它身体的每一个部位都可以咆哮出力量,但现在却在一点一点干裂,似乎有一丁点火星落下就可以燃焚。但它仍不愿去河边喝水，它不惧死亡,但却害怕那水中阴森森的倒影。

它想起山上有一处小瀑布,有水从高处流下,它只需仰起头就可以喝到水。以前它曾如此享受过一次,那里的水清凉甘甜,从高处滴入口腔,继而浸入喉咙的过程无比美妙。它身体的约束使它强烈地意识到，必须寻找到可利用的自然条件，才可解决眼下的困境。而记忆中的那次快乐的畅饮，适时地伸出柔软美丽的触角,让它的思维活跃起来,并迅速用经验复制出去山上喝水的想法。

完美的想法让它精神倍增,马上迈动四蹄向山上爬去。这一过程极具形式感,它内心充斥着新生的滋味,让它既有从困惑中挣扎而出的喜悦，又有即将享受到幸福的冲动。那个小瀑布在山高处，而且还要走很远的路,但这些对它来说都不算什么,多日来的苦闷正在一点一点消失,随之而来的是重新建立的自信。也许,牦牛是心态最平和,对这个世界要求最少的动物,所以它们从来不会有过激行为。它们不为吃而争,不为领地而斗。太阳升起时,它们默默站在草地中吃草;太阳落下时,它们亦保持固有姿态一动不动。黑夜降临,因为它们本身是黑色的原因,所以便似乎和黑夜融为一体,不像有些动物那样负重和焦虑不安。

但它的命不好,在经过一个狭窄的岩缝时,它头上的狼尸被死死卡住,让它无法再往前走动。它用力挣扎,企图将双角连同狼尸从岩缝中扯出,然后低着头通过。但这一用力却坏事了,狼尸被卡得更死了,它无论怎样挣扎都无济于事。意外遭遇让它有了一种不祥的预感,一丝阴影从心头掠过,很快便弥漫出寒冬大雪般的凄冷。它的双角长进了狼尸中,狼尸长进了石头中——命运开出恶之花,一场无端的灾难势不可当。它急得大叫,四蹄把岩石踢出了火星,声音让附近的鸟儿都迅速飞离。慢慢地,它的声音由愤怒变得无奈,由无奈变得伤感,由伤感变得绝望,最后再也没有任何声息。

它渴死了。

周郎顾

阎红

他不是一个突然出现在我生命里的男人，在我见到他之前，他的名字就像风一般不时地从我的日子里掠过，无论是闲暇时女伴们的嘤嘤私语，还是我们在宫廷上演奏时。那些谋臣突如其来的高谈阔论，他的名字都顺理成章地镶嵌在其中，他们说他年少有为，风姿特秀，恢宏大度，不记人恶，因为他只有二十四岁，所有的人都唤他周郎。

可是这一切和我有什么关系？作为一个乱世中的乐者，我唯一能做的只是拨动我的筝，这微小的技艺使我在大的变故中总能保持一个安身之所。我不明白，那些杀人如麻的强者为何都迷恋音乐，在我看来，音乐是让人安宁柔软的东西，然而那些人的立身之本却是在动荡里坚持强硬。

我来到吴宫的那一年是多事之秋，满世界都在打仗，所以我一直没能见到他。女伴们怀着隐秘的激动与不安说起他，好像他是一颗曾经照亮她们心灵的彗星，她们用一生等待他再次来临。

见到他时天气已经转凉，走在吴宫的庭院里，总有落叶猝然在脚前跌落，这细微的动静每每令我心惊。我抱着我的筝，目不斜视，脚步匆匆，在我那群快乐的女伴中，我似乎是因未经世事而显得过于严肃。

我见到了他，那是一个天生隆重的男人，与这盛大的场合相得益彰，即便他漫不经心，只要他一出现，隆重的气息便会弥漫在周围。这个缀满传奇的年轻男人照亮了吴王的宴席，女伴们心照不宣的喜悦如水波般顺着乐曲涌淌，而我却久久地凝视着他那一份温和。我喜欢温和的男人，在雄性特征过于明显的将士中，这个温和的男人就像沙石瓦砾中的一泓湖水，而这个男人的温和则如湖上升起的轻盈的雾气。即便如此，我也没有太多的震动，他的雄姿英发和我有什么关系呢？他的温和如雾和我有什么关系呢？

可是，我还是注意起他来了，那一晚之后，我加入了谈论他的行列，我带着新鲜的活力等待着演奏的通知，愿意听到有关他的消息。当时我还不知道，兴趣是一个经验丰富的媒人，勾引你的好奇心，使你不觉落入彀中。

建安四年，那一年他和吴王得胜归来，同时归来的还有一对著名的美女，乔家姐妹，她们成了吴王与他的妻妾。

那一晚吴王与他在亭子里把酒临风，我是唯一的乐者，我弹的曲子叫《广陵散》，不知为什么，他指定要听这首寂寞的古乐，吴宫里只有我能够演奏。我坐在离他不远的地方，能看到他的头发被晚风拂起，他的面容平易一如往常。我隔着游弋的微光望着他，心里溢满了痛楚的幸福，我一点点地享受着钻心的痛楚，尽管没有人把我当成有灵魂的人，这从他们无所顾忌的谈话中可以看出。此刻这两个年轻的男人不像君臣，更像一对相知甚深的朋友，对战争与人生感慨万千。他们还谈到了爱情。吴王不无调侃地说："乔公两个女儿虽遭沦落，但得你我为婿，亦可展露欢颜了。"吴王这自诩的话语刹那间刺痛了我,我的手指无措地从弦上滑过,不和谐的音符如顽劣的孩子,自顾自地奔涌而出,我的恐慌接踵而来,就在这时,他回过头来,轻轻地看了我一眼。

那是他第一次看我，那是一个飘忽如羽毛般的目光，不是责备,是惊奇,也不是很大的惊奇,好像仅仅是一个下意识的反应,他大概都没看清那个仓皇的操琴者。我的脑中顿时轰然,是多年来的训练帮助了我，乐曲继续机械地从指下淌出来，好像什么都没发生。

是什么让我如此震惊?我自己也不清楚。吴王的骄傲之外更有对两个女人的怜惜,我把他们看成一体,他们不是侵略欲强烈的男人,他们能体会到掠来的女人满心暗淡,他们心疼着她们,又希望自己的优秀能够给予补偿。总之，他们是把她们看成真正的爱人，而我只是一个与筝配合时能变出音乐的乐者。曾几何时,我喜欢这样的定位,我以为我是为音乐而生,所以虽然身处卑贱,仍不能动摇我心中的安稳,但是爱情却轻易地毁灭了我的存身之处。

那个夜晚我回到我的住处,女伴们都已安睡,我望着窗口那一爿刀锋般的月,心里时而热烈时而寒冷地交缠着一份渴望。我的渴望仅仅是他能注意到我,知道世上还有我这样一个人存在,只要他能够看我一眼,我的爱情与生命就能在他的目光中活过来。可是我想不出什么办法，像我这样一个卑微的女子，如何能得他一丝垂顾?我不美,也没有惊人的才华,我热爱音乐,能够演奏难度较高的古乐,可他是一个音乐天才,否则就不会在三爵之后,仍能听出那小小的谬误。哪怕我倾己所有,也不能给他一点点馈赠,这样的一个暗恋者是多么失败。对于他,我原只应该仰望,现在我超出了我的本分,就该徒受煎熬,想要让他降尊纡贵地关照我的爱情,这怎么可能？

再等等，让我想一想，哦，我可以让他再看我一眼，比如这个傍晚，他就曾给我匆匆一瞥，尽管这一瞥并非对我的嘉许，尽管我在慌乱中把它辜负，可是这一刻，我回味着这一瞥，如同干渴的人在沙漠里回味被他怠慢的甘泉，他发誓如果再给他一次机会，他将守着那甘泉终老此生。是的，我也要一种依赖能够让我度过平生，为了得到这依赖，我情愿付出代价。

在那个宴会上，有谁能发现这个女子赴死般的激情？有谁能注意到她苍白的面孔、她冰冷的手、她空洞地燃烧着的目光？如果有个诗人发现了这一切中的诗意，也许能够写一首诗，使得她和宴席上的人一同名垂千古，奈何这只是一场家宴，吴王和大乔一起宴请他们的妹妹和妹婿。无论是主人，无论是来客，个个都神采飞扬，这是他们最好的岁月。在那个时候，有谁会注意到一个弹筝女子异样的神情？

不再是那曲《广陵散》，这是一首悠扬明媚的曲子，是我弹得烂熟的曲子，我已经预先决定在哪里设下埋伏，我小小的阴谋也许会片刻惊扰那愉快的人群，他将回头，将朝我眺望，这一回我会仰起脸，与他对视，他会惊讶吗？会不会猜测这个弹筝的女孩眼神里的意味？

想到这些，我的手指开始痉挛，我真没法再继续下去。我勉力地使自己镇静，使曲子依然能够行云流水。铮的一声，弦断，我心中也有什么顷刻绷断，我不敢抬头，我猜那星辰般的目光正照过来，可是这一刻我不敢看。我的爱情就是这么卑微与怯懦，哪怕我已经决定孤注一掷，我仍然不敢采撷我饮鸩止渴的幸福。

莫名的委屈侵袭过来，我心酸落泪，泪珠落在弦上，并不迅速跌坠，滴溜溜地在细细的弦间打着旋，晶莹而妩媚。勉强进行着的演奏终于混乱起来，连谈兴正浓的吴王也注意到了，他来不及了解这混乱的始末，只是不耐烦地挥挥手。我们在总管铁青的面庞前走过，我知道这是我最后一次离开宴席，离开他，我没有回头去看那个人，隔着那么多人那么长的距离，就算我看到了又怎么样呢？

就像你们知道的那样，我因这次错误被吴宫驱逐，后来，我也曾寄身于其他臣僚的家中，可惜我的命运太不好，在这乱世中，那些巢穴总是率先覆灭，我只能流落民间，做个浆洗的妇人，然后嫁人、生子、老去。

与此同时的，是他的命运。我听说就在我走后，吴王就把整个乐队送给了他，第二年，吴王死去，他继续南征北战，了却君王天下事，赢得生前身后名。最著名的赤壁之战，他的温柔敦厚更与雄才大略一起征服了世人，连曾以年长而轻慢他的将军程普都叹：与周公谨交，如饮醇醪，不觉自醉。他的人生永远光明、辉煌、战无不胜，所向披靡。谁能想到，有个最阴险的敌人在前面等着他？

死亡，在前面等着他。

建安十五年的春天，我走过歪歪斜斜的江南小巷，蒙蒙雨意化成了满眼绿雾，我到巷口去寻卖豆腐的吆喝。那个总是快快乐乐的豆腐郎神情黯然，他和围住他的人们在说着什么。等到我走近了，邻家大伯扯住我说，他婶，周郎没了！

吴中皆恸，包括我愚钝木讷的丈夫。我弯着腰，在门口洗那堆积如山的织锦衣裳，我想他们从我的背影上看不到任何内容，谁也不会想到，这是曾得周郎回顾的女人。

他死了，我依旧活着，并且活了很久，当我成为这样一个老人，我依然时时在心中祭奠我的爱情。我甚至对他有一种感谢，他让我和世人看到了一种完美，连他的死去，也使我们免于在若干年之后看到一个白发昏目的故将军，更省去了下一个吴王在友谊与江山之间的两难选择。这倒不是我的妄加揣测，听说在他活着的时候，新吴王已经与人说：“周公气度宏大，恐非久为人臣耳。”他为我们提供了一个范例，说明有一种人生可以总是处于高潮，无论是事业、友谊还是爱情，他都可以拿到最好的一份，更重要的是，他还擅长戛然而止。我想，这样的人生唯一的缺憾，大概就是没有体会过似我的绝望与挫败吧。

而那个周郎顾的故事仍广为流传，他们说：“曲有误，周郎顾”，他们用这句话来表彰他在音乐上的天分，只是谁也不知道这典故真正的来由。

金缕鞋

韩松落

金缕鞋

金缕鞋。书上的解释说,那是一种用金缕编成的鞋子,也有的说,那是鞋面上的图案是用金缕编就。不论哪一种,都不是平常的富贵人家所能拥有的。它让我经常地联想起“宫廷”或是“侯门”。第一次读到周梦蝶先生的《金缕鞋》,我立刻觉得它所描绘的背景应该在晚明……印象中,晚明是和魏晋两汉一样狂暴的年代,然而魏晋与汉的事迹,该留的都留了,轮廓清晰。唯独晚明却在这严厉与狂暴之外,多了些欲念的气息,因而永远还有些什么待发掘。《金缕鞋》仿佛就是个和政治阴谋、倾轧、家族冲突、毒酒、流血有关的爱情故事。我的联想没什么道理而我深陷其中,真是不可饶恕的偏执。这首诗是简短的,可以完整地抄在这里。

再为我歌一曲吧,
再笑一个凄绝美绝的笑吧。
等待你去踏着,
踏一个软而湿的金缕鞋。

月亮已沉下去了，
露珠们正端凝着小眼睛在等待。

等待你去踏着，
踏一个软而湿的金缕鞋。
走呀走回去，在他们的眼上，
像一片楚楚的蝴蝶。

这首诗的好，就在于它完全没有由来，根本不寻求什么解释，金缕鞋好像就放在床前，等着出窍的魂灵，踏起它来就走出去。阴谋结束了，她做了牺牲品，躺在床上，还没有咽气，吐着黑血，嘤嘤地向他倾诉一生的热爱，他却是个像光绪一样软弱的男人，不敢声张，更不敢延医问药，守着，看着她死。而屋外有月亮，炯炯地照着大荒。后来我读到李贺的《题苏小小墓》，情调约略相似，一样地愁惨幽凄，只是全然没有这诗的自然天成。

因为对“金缕鞋”生发出的兴趣，我找了些相关的书来读。台湾的高阳有一本小说就叫《金缕鞋》，写的是南唐李煜的事，这题材和这题目倒是相配，很得我心，只是高阳的笔致，有他一向的厚道朴实，却不足以写出“金缕鞋”这三个字的诡丽与妖异。

作曲家朱介英给周梦蝶的《金缕鞋》谱了曲，我听到的是孟庭苇唱的版本，在弦乐的背景上，她清寒紧张的声音高悬着，像是弥留之际紧绷如弦的生命。听这歌，读这诗的时候，我还住在文科楼里，那楼是二十世纪五十年代俄罗斯式的建筑，屋顶高而远，窗是狭长的，有半圆的圆顶，水泥的旋梯，配着雕花的木扶手，向上延伸着，直隐没在黑暗里，楼的四周松柏密布。关于那楼有许多传说，说是“文革”时候楼里死了人，开始说是一个、两个，后来说是许多个，开始说是死在资料室里，后来有说死在教室的，过道的，死法各异，这让孤身一人住在楼里的我觉得楼里处处是冤魂，处处是千年不变的、忧患重重的岁月的尘沙。夜里我穿过长长的甬道，楼上楼下查看一遍，把四处的门窗锁好，毕竟也没见过什么异象。那是我沉默和孤独的年代，已经成为“金缕鞋”这词的一部分，所以写下在这里。

回旋曲

因为一个厌友借走了我的《世界死刑大观》一书，而且再也无法索回，因此，我不知道这本书里有没有“沉潭”或“沉江”的条目。我对于这种死刑的一点了解，先前是从些通俗小说或者民间故事中得来的。这是常见于南方的一种死刑，根据施刑的地点的不同，它被称作“沉潭”或者“沉江”，老百姓叫它“浸猪笼”，则多半是因为它所使用的器具，人被缚住双手双脚，塞进竹制的笼子，然后坠上重物沉入水中，除非有人暗中施以援手，否则绝无生还的可能。

大约是种私刑吧，地主家用来惩罚逃婢、家族里用来惩罚犯了族规的男女。如果是理直气壮的，就要召集些族人，进行小范围的示众；如果是居心叵测的，多半就在夜里进行，几条大汉，将受罚的人绑了，塞住嘴，匆匆地押到水边。在无望的挣扎之后，一个人就消失了，谁也不知道，天亮了，挑水的照样挑水，洗衣服的照样洗衣服。

我一直觉得这种死刑是异常野蛮和残酷的，而且因为它的私密性质，又多了些阴惨，读到余光中先生的那首《回旋曲》时，我就直觉地认为，那诗的背景，就应该是沉潭一类的私刑：

琴声疏疏　注不盈　清冷的下午
雨中我是垂死的泳者
曳着长发向你游泳
音乐断时　悲郁不断　如藕丝
立你在雨中　立你在波上
倒影翩翩成一朵白莲
在水中央　在水中央
我是负伤的泳者
只为采一朵莲　一朵莲影
泅一整个夏天
仍漾漾　仍漾漾　仍藻间流浪
仍梦见采莲　最美的一朵
最远的一朵
莫可奈何　你是那莲　仍立在雨里
仍立在雾里
仍是恁近恁远　奇幻的莲
仍展着去年仲夏的白艳　我已溺毙　我已溺毙
我已忘记自己是水鬼
忘记你是一朵水神　这只是秋
莲已凋尽

这大约是余光中在二十世纪七十年代初写作的，那正是台湾民歌运动开始的时候，余光中则是主将之一。杨弦为这诗谱了曲，使之成为一首阴郁的、深邃的歌，几次转调都非常流利，层层叠叠，抑抑扬扬，但那主题却始终藏在背后，是阴郁的、有怨气的，炯炯地期待着听歌的人能有所回应，就像尼克·凯夫的那些“杀人小调”，听着听着，就容易让人陷进去，仿佛哪里悄悄地开了一扇门。

把这样的诗歌和沉潭这样的酷刑联系在一起，也许是不妥当的，然而，我的联想是没有道理的，刚一读到它，“沉潭”就自动找上来为它笺注。我的老家是在南方的，那里早年就曾经发生过这类私刑，我向长辈求证过，他们大约是不愿让我知晓这类阴暗的东西，因此通常是含糊地将我应付过去。然而那里是有很多水潭和深井的，在房前屋后，在山间、野地里，忽然就有那样一处深潭，混浊，碧绿，仿佛深不可测，像是和哪里的大江大海相通的，水边又生着浮萍、乱草、竹林，叫人不敢轻易涉足其间。那时我是年幼的，然而那深潭已经很吸引我了，我常在水边看得出了神，总也不愿走开，满心幻想着自己跃进那碧绿黏稠的水中的情景，我甚而希望自己有一头长长的，毒药似的黑发，可以在堕水之后随着漩涡打转。

在北方也见过那种深潭，多半是在大一点的寺庙里，柏树、槐树在那里遮天蔽日，仿佛连风也透不进来，就有那么一汪油绿的水，侧身其间。我照旧是看得出神，希望跃进去，希望自己有长长的黑发。我不能顿悟自己难解的关怀，只是对自己的来历深深怀疑，我不知道自己为什么总是忧患重重，像个披着人皮的幽灵，尽管我的身体上没有藻类的绿迹。

神话集

熊亮

唐僧

听说释迦牟尼从前住在他的花园,他的宫殿金光闪耀,所以没有阴影,一小片也不存在。

他的花园四季由园丁换栽不同季节的花卉, 所以从看不见凋谢。

无忧的快乐王子啊,同我们一样,脚下的基石却是由沉重的失望之石所铸就,动一砖,就会崩塌。只是,他生在花园中,我们生于人世。

他就像一个注定失望的人,却做着不醒的美梦。

可惜梦不能改变一个人。有一天,他醒了,出宫了,如梦初醒,恍若再生。

他看到自己不再是俊美绝伦的王子, 而是因绝食瘦弱肮脏的乞丐。每一片花瓣下的阴影,迅速加黑,瞬间扩展开来,遮蔽了整个天空……

最后, 他仍回到自己的花园, 虽然不再有金碧辉煌的宫殿,不再有不凋零的花朵。众生的慈悲代替了个人的伤感,灵魂的馨香远胜于一切的花卉，应该说他更幸福了——这是他的第二个花园。

我，玄奘，生活于大唐盛世更大的花园中。这里的一切更浩繁，更缭乱，寺院的钟声只是喧嚣世界的小小点缀，庙堂内虔诚膜拜的是世俗的愿望，在无止无境的颂词中，最高的幸福追求只为了到达释迦牟尼的第一个花园。祈祷的潜台词是恳求梦快醒，梦别醒。

我在想，这两个花园之间的路相隔有多远？或者这条路就是整个人生，直至它消亡那一段过程。又或者这中间是不存在任何可循方向的路。我这世俗的僧人怎能分辨呢？

感谢我们唐太宗，他在某些地方真像我们的佛祖，并非身份相似。他有某种失望是极其宝贵的，不过他既掩饰又吐露，催促我快上路，寻找第二个花园，然后使这花园成为他的国土。

我想，可惜，他最终也许可以寻找到比在生时宫殿更为豪华的皇陵，却永也不可能抵达花园。

作为世俗的僧人，我没有讲出那句话，因为爱惜自己的生命，况且我也不确定，人死了能否继续在生时的寻求。

满街琳琅，歌舞升平，庙堂中众人喃喃齐诵阿弥陀佛……成全了记忆中无心浏览的图片。我之后经历的一切近乎神话，对我来说无关紧要。但是谁料到那些神话却成了众人最宝贵的记忆。

众人哪，别问我最终是否抵达了花园，我仍在等待。

孙悟空

——无疑，我很老老老老老……了。

我甚至见到脚下这座花果山，是如何通过地壳运动耸出地面。

刚开始时，它只是脚下的一个小土包，经过无比漫漫长长的分分秒秒，它变成高山，水涌出泉眼，遍结花果……

可在我的记忆中回想起来，却只像一棵竹笋在雨后节节拔高般短暂。

我目睹由每一根枝条上坠落过的果子，数目大概比大舜时期的雨滴更多。

新出生的小猴子像我的婴儿一样幼嫩，很快便像我父亲一般高大成熟,接着,又像我爷爷一样衰老得令人心痛。

每一个猴子都是我的朋友，它们的名字在我心里需要一万个巨大的石碑才能一一刻下来。

我想,永生的神仙住在天上,永死的朋友埋在土里,活着的只是须臾,而我却是奇怪的例外。

猴子一般都很忧郁，心事重重，有的相信幸福只存在于过去，有的相信幸福只存在于将来,没人相信幸福就是现在。

我呢,过去和将来都属于我,老实说,幸福这一档子事,还真说不上来。

它们于是很失望,连我这样永生的猴子都不知道的事,它们更不敢去想了。

整个山上最容易伤心就是我了，有时看见其他猴子嘻嘻哈哈时，我都忍不住想，它们正步向越来越灰暗的命运并逐渐从中消失。

我也生怕一觉睡去,醒来全是陌生的脸,时光已杳然过去不知有多少。

传说人参果三千年才初长成。

传说蟠桃九千年才结一果。

听说钻石要埋藏几千万年才形成，听说人每一秒生生死死都在发生。

天神啊,你造物比人尊贵。

怪不得我怨恨你。

接着,我向地狱争取他们永恒的幸福,大闹了制定这一切人世规定的天庭,战斗的呼喊犹在耳边未散,我已被压在五指山下的黑夜中。

这时我明白,所有度过的时光都抵不上现在的一个夜晚。

猪八戒

全部猪睡去,他醒来。

我越来越不舍得这窗外的美景,它就像我所拥有的唯一一件东西。

每望一眼月亮就感到自己得到它,每望一眼就感到自己失去了它。

他已不记得天上还有天堂,所以眼中的整个夜空只是一片虚妄的乌有。月亮悬挂于那儿,标志天上并不空虚,标志自己不空虚,标志自己十分孤单……

他感到月亮自古以来就已一直悬挂在他的命运中,使他获得宁静又不得宁静,夜夜躁动着不知有无方向的向往。

身边此起彼伏的是波浪般的呼噜声,他们都沉沉睡了。唯有我醒在梦的浪潮之中,漂泊至迷雾弥绕的不知何处之处。

月亮,告诉我,我们之间有着什么样回忆不起的联系?不然,你不会这样冷漠地拒我于千里之外。你的冷漠代表我永不会幸福。

应该说，幸福憎恶我，乃至无时无刻不躲避我的目光。

我的生活也称不上厄运，那太抬举这里的生活了，那只是笨拙的玩笑，我们唯恐失去宝贝般的拼命餐饮，然后成为世界的餐饮。

我得走了，离开这儿。

月光下，猪跑了……

月亮永远远在天际，指引我，拒绝我。

我偷了饲养主的耙子，那标志着想要开垦另一种生活的希望。

等到我试着用自己的方式去生活，才发现自己几多的荒唐。

比窝在猪圈里任人摆布时更荒唐。

月亮永远远在天际，指引我，拒绝我。

——这时我明白，除了抵达不了的月亮，没有别的幸福。

白龙马

马儿的遮眼罩使它们只看见前面窄窄的驿道。

在不知疲倦的奔跑中，它们以闲聊来打发时光。有一匹白马从不参与，只沉默地感受迎面的风，感受扬起的鬃毛正划曳过夕照中日益逼仄的天际。对它来说，疲惫不只是流汗、喘气与抱怨——而是尊贵，就如同被放逐于荒原的王子一样尊贵。

“得了吧！你说说看，你从哪儿看出自己原本是条白龙？”同伴声音明显是嘲弄。

我知道，就如我知道自己是拉货的马儿，知道我的鞍具如何紧扣于身躯，我日日夜夜审视那绷紧着的绳索，听着自己机械般准时的马蹄嘀嗒，然后明明白白知道自己是一匹马。比你们更强烈地知道自己不过是马。明白我在人生中奔跑,却并不是为了到达世间的某处,这使我知道自己是隐身于马体中的白龙。知道被奴役就是我的自由,忍受平凡就是我的尊贵。

仙瓶

在神话中,一只瓶也并不是沉寂无声的。

空口的瓶颈,不倦地吐纳自然的空气。

它活在孤独中,是因为生而为瓶。

它是一个封闭而固定的梦境,它——制造而成的瓦罐,居然在无人知晓的情形下暗自呼吸,在它小小的瓶腹中创造乾坤。

这并非神话,也不是奇迹。它想,“不然我就不会感到自己僵持于生活中的痛苦,这痛苦便是现实,一定是现实”。

被人轻抚把玩的形状,被人细细品赏的纹样,那些都不属于我。属于我的是,被人折指轻弹发出的颤动。这颤动在腹中复制着回声,一声又一声……

那一日,它终于纵身物外,构想它所要去做的一切,而它真那么做了。

又一日(那时它觉得很多事都还未完成),神已发觉了它的走失,施展神术又收伏了它,使它重新化身为瓶。它并不承认收伏它的是神迹,那是现实。现实令它无法挣脱,瓶终究是瓶,受到不属于自己的诸多制约——形状、质地、纹样都一如从前使它厌倦,并强令它安于厌倦。

那些超脱的时光,成为腹中回旋的梦,它外表现在看起来与从前一模一样。

略有些不同的是,这段时光在它背上留了一道裂隙,那是曾与永生的猴战斗时留下的伤痕，现在看上去只像梅花图案中一道细细的枝条。

这使它懂得如何开始计算时间了，裂隙的延伸便是它的分和秒……直到裂纹攀爬着布满它的身躯。

它碎了，碎得悄然无声，如风中散沙。

在旅途中

他们突然发现——

与他们战斗的妖魔是同一个，死去复生，相似的战局。

所经受的苦难也是同一种，周而复始，无穷无尽，没有一丝改变，仿佛他们之前为之抗争的努力皆为徒劳。

他们不禁怀疑——

自己所走的路也是同一条，前进后退，重回起点，胜利引发的激情只是虚妄的须臾转回。四人顿感落寞，面面相觑。

师父突然悟到，佛祖所说的，七七四十九劫是个循环数，无休无止地没有尽头。

“同时，我也害怕这个尽头，无法想见那里将会是什么！——我所恐惧的还有路途中难以忍受的孤寂。”

师父继续行走，他发现胯下并没有骑着非人世的白龙马，接触这实实在在的地面的是自己实实在在的脚。

前面也没有跳跃着永远保持瞭望姿势的悟空。

身边也没有对世界心怀埋怨的猪。

甚至不起眼的，长久背负重担的沙僧也不存在。

存在的只有自己——无伴、无物、无际——苍穹，再就是我。

通天河不曾冰封成为路。

它是一如既往滔滔涌向永恒、虚无的流水。

火焰山从未曾片刻熄灭。

它的炎热长久不消,终能习惯。

所有经过的奇异的国,皆同大唐一般,仿佛自己未曾远行。

据说西天的经卷之多,浩如烟海,数目能否超越天上的星辰?能否多过尘世的灰烟?

什么无垠,胜过世界的无垠?

永生的花园哪,能比梦更美吗?

现在,他醒了,醒来孑然一人,奔波于两个花园之间清醒又茫然的路上……

露天电影

徐则臣

楼下在放露天电影,《天下无贼》。在背面看了一会儿,想起小时候看电影,在背面看到电影里的人都用左手拿笔拿枪,很惊讶,不知道为什么人一上了电影就改成左撇子了。在乡村,露天电影这些年已经绝迹了,城市里又兴盛起来。尤其是汽车旅馆的露天电影,据说很多年前国外一直流行,现在中国的一些地方也开始了。大家开着车到露天电影下,很少看电影,而是在车里恋爱,亲热,或者干别的。汽车在这种地方相当于电影院里的包厢,一个公共空间里的隐秘的私人空间。公开的地方最安全,在这里是真理。我希望楼下每天都能放露天电影。这东西让我有种家乡的感觉,觉得身边的世界都开阔了。很多人围聚在一起,从四面八方来,参差不齐的人头安静或者攒动。世界一下子就热闹了,人与人之间就有了一种温暖而又隐秘的关联,即使相互还是陌路,也让我感动。都坐在小板凳上、椅子上,或者席地而坐、爬到树顶,零散各处的人在这里形成了一种和谐的秩序。我喜欢这种日常的、过日子的场景。

小时候一听来电影,晚饭都吃不踏实,心悬着,到处打听今晚放的是什么片子。最好是枪战的、武打的,侦探的也行,一到城市里的谈情说爱就不喜欢。那种生活离我们太远，远得看不到，觉得它们简直不可能存在。整天撅着屁股放牛插秧拾麦子，哪有时间去找别人拉拉扯扯的。再说，男女的手和胳膊都缠在一起，像什么样子。他们一点都不自觉，不知道一个村里的人都在看着，手弄在一起还不过瘾，嘴也往一块儿靠，太不像话了，老头老太太就骂了，把脸扭过去，说他们把爹娘的脸都丢尽了。他们一点点往一块儿靠，身上的衣服越来越少，老头老太太气呼呼地搬着小板凳走了。剩下的年轻人跟着叫，我们这些小屁孩也不懂，也煽风点火地起哄。那些我们后来知道的过来人，不老也不年轻的，男人嘿嘿地乐，后来怎么想都知道挠到了他们痒处，闷不吭声地会心；女人捂着嘴和眼，从指缝里继续看，笑得像个羞涩的姑娘，她们努力让别人以为她们还是姑娘。外国的片子所有人都不喜欢。长得怪模怪样不说，张嘴就是“亲爱的”，受不了。没见过哪家的男人对老婆这样说过，也没见哪家的女人这样对丈夫说过。

听说有一个同志看完了洋鬼子的片子，受了腐化，回家也拿腔拿调地在床上这样叫自己老婆，把她吓坏了，第二天逢人就说，他说亲爱的呢，瘆死了，鸡皮疙瘩都滚到床底下了。半个村的人都笑，见了他就叫亲爱的，叫得他也扛不住了，听了就两个肩膀不一样高，怕人家挠他痒痒似的。周围人的好恶严重影响了我，大学念了一半，我才逐渐接受国外的电影。接着就物极必反，不太愿意看国内的片子了，觉得月亮怎么就是人家的圆呢。

在搬到这个楼下有公园的地方之前，我差不多十年没看过露天电影。不记得确切的时间了，大概十年前，从外面的城市回到家里，一个假期下来，总觉得少干点事。某一天走过中心路，停下来，想起现在两层楼的地方过去埋着两根杆子，每个月都有那么一两次，杆子上拴着绷紧的银幕。一块四四方方的白帆布，四个角吊起来。一台机器发出人跑步的声音，很多人就着五彩的光柱子跳上了银幕。他们在我们斜上四十五度的高处生活，过着与我们不一样的日子。我们像做梦一样看他们，看他们怎么在另外一个个陌生美好的世界里生老病死。那些世界我们曾经是多么地羡慕，一群屁大的孩子跟着放映机，一个一个地跑遍周围的村庄，来来回回看同一场电影。谁都相信，那世界里不止这些幸福的人，这些好玩的事。可是，还有些什么，不知道，所以要一遍遍接着看。

不知道我们那一帮整天跟着放映机跑的孩子里，有谁发现了另外的人事。我是没有，若干年以后，经见了更多的世事，我常会在某一时刻发一下子呆，觉得此情此景恍惚是经历过了的，又找不出证据，就自恋地夸奖一下自己，说不定这就是电影之外的人事，在多年前还是个孩童和少年的时候，就用想象力提前发现了。我乐于这样褒奖自己，顺便重温一下当年的露天电影。我几乎没有错过一场有机会观看的电影，我说的是在中心路上放映的露天电影。它距我家不远，有人在银幕上咳嗽一声，在家里都能准确地判断出他是男还是女。

但是露天电影不再有了。那天我站在埋杆子的地方深切怀念，远游归来这世界变了样，变就变在露天电影没了。不跟我说一声就没了。多少年里，我从跟在父母后头，到自己搬小板凳坐到电影背面，到搬椅子跻身正面，看他们改变左撇子的生活方式，再到更大了，凳子椅子都不屑搬了，站着看，先是挤在人群里站着，然后是一个人站到一边，有点冷清，内心里却颇感到悲壮的孤独，就是现在小孩都在意的，酷。年龄又大了一些，在外地念书了，真觉得自己在露天电影前得有点酷。我跟电影的距离远。而他们，我的父老乡亲，多少年如一日地,还跟电影上的人像一家子。我就在心里说,都是瞎编的,我知道。好像他们就不知道。

现在,我能看见当年脸上的倨傲是多么可笑,那种刻意的躲避和疏离是现在我所鄙视的。我果真不需要和他们在一起吗?恰恰相反,在内心里,我是多么希望能像没有离开家乡时那样,端着饭碗凑到他们堆里,肆无忌惮地把筷子伸到别人的碗里夹点想吃的菜。可是疏离是不可避免的,疏远也是无能为力的。现在每年短暂的还乡,我成了他们的客人。他们用对远道而来的客人一样的目光看我,说,回来了?难道我不该回来吗。不仅他们,就连那些一起追着放映机跑遍村庄的伙伴,也变得客气了。他们说,回来了?我说回来了。他们急于躲开,我急于逃避。怎么会这样。我们见了面突然不知道把手和眼神往哪里放了。我们都像发现了电影里的那个世界之外的人事,它们突如其来地出现,让我们在各自的眼里看到了陌生。这陌生把一起追逐露天电影时心照不宣的热情紧紧地包裹起来。好了,在故乡,我终于成了一个异乡人。

露天电影就这么悄无声息地没了。我问母亲,她也说不清什么时候放了最后一场。那时候露天电影是多么兴盛,婚丧嫁娶,都要包一两场电影以谢乡邻。一周多了能看八场,遇事的两家同时放映。我还能想起当年哪边武打、枪战激烈就往哪边跑的景象,很多人和我一样,椅子凳子举在头顶像一群阿拉伯人。整个晚上凳子几乎都坐在我们头上,两边的电影比赛着精彩,根本没有时间把凳子安稳地放下来坐一会儿。如果没有月亮,路就是黑的,天上有星星,中心路上忙得像赶夜集。这样的夜晚,快乐也马不停蹄。

现在,乡村的夜晚安静了,空无一人似的安静,只看见灯光这里亮,那里亮。都关着门看电视,看影碟。多年以前的愿望终于实现了，我们成功地把电影搬到了自己家里。没有人在大街上溜达，闲也闲在家里，不拿出来给人看。都躲在家里，电影放给谁看。不知道放映员是不是这么想的。夜晚一下子倒退了多少年。跟祖母说的鬼子扫荡的时候一样，安静得狗都不敢叫，到处都是空的，端着饭碗出来找不到人的空。

我不知道露天电影消失的时代好不好。想着让我难受。时间久了，忘了疼，只在想起“露天电影”这个美好的短语时，心里抖一下，再抖一下，就去干别的事了。搬到芙蓉里的第三天晚上，晚饭后经过楼下，看见公园广场上挂起来的银幕，身心都抖起来。

我对晓说：“露天电影。”

晓说：“哪来的露天电影？”

“一定是。”

天黑了，我趴在窗台上盯着那块银幕，直到人群聚拢过来，直到声音响起来，直到文字和人在银幕上走起来，回过头对晓说：“露天电影。嘿嘿。”

她在东莞:樟木头笔记

丁燕

女房主

我房子的前主人，若不是在中介公司，我会疑心她是翘课女生:直黑长发,无妆的脸,大而白(简直太白了,耳后的皮肤透明),湖蓝夹克晃动银链,瘦腿牛仔裤扎入深粉高帮运动鞋内,双肩包晃悠。她肯定不是富二代。公主的霸气是敞亮的,而她的眼神迅疾地从我头顶擦过后,摆明了一个讯息:除了买房,请别说多余的话,哪怕一丁点交流,都是负担。她自动维护着一种神秘。

从小镇到广州、香港只需一小时,到深圳才二十分钟,滞留于此的女人,像一场投石事件后的涟漪,一圈圈扩散,每个不难看的女人,都有复杂的前故事。阳光从街面反射进小屋,她坐在玻璃圆桌旁的小椅上,半边身子陷入幽暗,侧脸和中介女聊天。看得出,她们很熟络。她说的是普通话,听起来,音与形完全切合,但我听得出,她并非完全掌控了普通话,词与词间,总有种微妙的生涩,即便她不断遮掩、矫正、修补,我依旧能捕捉到她的来路:她来自北方,来自乡村。我恶作剧地朝她的胸滑眼一看:灰T恤下,弧线微弱、幼小,简直无力承担一只大手的掌控。

我说，能再便宜点吗？她拿出手机，背转身，头发掩没整个手掌，唤出英文名字：Andy。Andy……Andy……Andy……这名字像块带筋的骨头，咬在嘴里，怎么都不对劲。看不见的Andy发出魔法咒语，通过天线，遥控着她。一切都变得古怪起来：女孩浑身上下的松垮散淡，突然被打翻，变得脊背僵硬，像演员摆脱了自身，而进入另一个角色中。时间持续得很长，以致让我感觉，那Andy简直是在训斥她。她终于回过头，脸像A4纸，无任何表情：可以再便宜两千。我得寸进尺：五千？她摇头：不。我计较钱财的模样，在她看来，肯定俗透了。她的眼神突然从一贯的迷蒙，变得犀利起来，但那种锋芒，又总是回避着和我正面交锋。她的浑身上下都写着古怪、暧昧和纠结。她不再说话，沉默起来，不屑将讨价还价进行下去。她的沉默里还携带着歧视。这歧视并非仅仅来自富裕，还有年龄。她才二十六七，比我年轻；她知道我是文人，靠文章为生，没名气，从新疆来……这一切讯息组合成团，让她投向我的目光，比刀刃还残酷。两千和五千，有那么大差别？

我浑身颤抖起来。此前，我已从中介获悉，其实，她不过是普工出身；其实，她根本不是这套房子的主人，也不是女主人；其实，她是在这三四年里，才把自己活得像个人。如果她穿着工装，端着盒饭，走在去工业园的路上，没人会注意她。挽救了她的，是她的那种白……在南方众多黧黑的面容里，那种白，有着别样的诱人之光。除了白，她的眉毛很淡，眼梢上挑，嘴唇厚实，根本算不得标致，因匮乏文化修养，她还显得笨拙、无灵光。然而，白……当她亮出了那张底牌后，飞升而出，变成凤凰。

僵局令我分外别扭，想夺路而逃，豪气地丢下句：不买了！但我喜欢那房子。装修是半年前搞好的：棕黑木门，细纱蚊帐，厨房柜门果绿,沙发靠垫上紫花纷飞,背景墙橘黄。这个按少女情态布置的屋子,一切都是九成新。我猜想这屋子能治愈我的失眠症,而我已持续一年半,无法好好睡觉,我的焦虑让内脏的某些器官隐隐作痛。我无法继续与那张白脸抗衡,最终妥协:我要了。

于是,中介女带着我和她,一起去房子查水电,结算物业费。一路上,女房主和中介女相谈甚欢,她说自己刚来小镇时好傻,看到第一套房,就买下来,以为要住一辈子,倾力打扫,买花养鱼,没想到,几个月就搬走了。她为何搬家,此后,又住过几套房,最终变成现在这样,我不得而知,现在,她们的话题转移到香港,新款 LV 包、安全母子奶、防潮肉松、双层巴士……聊得热烈时,她的舌尖弹跳出一个字:中。 从“LV”转换到北方乡村的“中”,这之间,似乎只花了一秒钟。她那年轻的身体仍旧保持着一团稚气,和她幼小的乳、灵敏的臀混在一起;但同时,她的身体里又散发着一种怪诞的粗俗,她的花蕊里有腐烂之气。结算费用时,煤气几乎没用,水电费少得可怜,显然,屋子装修好后,基本没人住。她卖它的理由是:打理起来太麻烦。她走后,中介女告诉我,她住在小镇最贵的小区,一套两百多平方米的房子中,光装修,就花了五十万。

我们最后一次见面,是个房产交易中心。她的世故令我瞠目:在最后一刻,她不愿接受转账,要求付现金。我是外地卡,要第二天才能到账。但是,不,她精明到苛刻,她不能等,哪怕一夜都不行!她不相信允诺,她的要求是:现在、立刻、马上……付现金!当她在表达此意时,那个说“中”的稚气女孩不见了,在她那貌似少女的体态内,闪烁出一个充满戒备、防御和决绝的女人。她空有少女的壳,而其内里的鲜明艳丽,早已干涸,她不仅是个熟女,还是个冷女。僵持中,中介女提出,由中介提现金付给她,而我转账到中介。于是,她点点头。她那黑直长发，紧绷、狭小而隆起的臀部，几乎不存在的乳，女学生式的脸……在我看来，都像隔夜菜，样子完好，却已变味。我看不透她：这个住二百多平方米房间的女孩……她早已不是女孩！她比我更紧张、焦虑、没有安全感；甚至，比我更老。她的衰老根植于她的体内，像根钢弦，使她在某些关键时刻，豁然释放出狰狞。当她不顾一切，绝望，乃至诅咒般的说出——现在——时，其实，已说出了她的人生哲学。

三个月后，我从中介女处得知，她已和 Andy 分手，得了六十万分手费，买下两套装修高档的两居室，每月可收租金三千元。她会有男朋友吗？我好奇。中介女大笑：穷小子多得很。

看大海

在见到大海之前，我见过大海的尸体——当海水蒸发完液体后，留下的固体黄沙。当我第一次将脚伸向塔克拉玛干沙漠南缘的腹地时，整个人被烫得跳起来。当那条新修的沙漠公路，从库尔勒至轮台，将这片浩瀚黄蛋糕从中间切开时，我们乘车，一直深入沙漠的肚腩。这条崭新的黝黑之路与四周极不相称，它威严而笔直，平坦而僵硬，而四周，是游动的，不驯服的黄沙，它们堆砌起一个又一个沙包。在这个空间里，除了天和沙，没有一辆车，更不可能有一个行人……我们的车是这路上唯一的车，当我们下了车后，我们是天地间唯一的人。我试图在沙粒上走一走。于是，沙漠将烧烫的锅底端给了我。

我尖叫起来，声音尖锐、急促，可在沙漠里，只需一秒钟，便被风声吞噬殆尽，什么都听不见。沙漠里只有一种声音，风沙的撕扯声：刺啦……刺啦……刺啦……无止境的刺啦……听久了这种声音，对它会生出依赖感，如果没有刺啦相伴，这个浩大空间里的死寂，将更骇人。刺啦……刺啦……显示着一种呼吸，一种运动，一种改变。我将手掌抚在那些沙粒上。沙漠深处的沙粒，和边缘不同，边缘处会混合泥土、秸秆、牛羊的粪便、撕烂的塑料袋；而在深处，一粒沙就是一粒沙，没有混合物，干干净净的，一粒沙，当它从我的指尖滑下，像黄色的米粒。一转身，一回头，整个塔克拉玛干，如金色麦田，已收获了无数麦穗，堆放在那里，喜气洋洋。

但它是尸体……是大海的尸体，是大海上辈子的祖先。当海上丝绸之路还未开通之前，贯穿亚洲和欧洲的文明之路，是借沙漠打通的。陆路丝绸之路自长安出发至罗马，最惊险的地带，莫过于穿越沙漠。当唐僧骑着老马，走到新疆东部我的家乡哈密时，已焦渴难忍，放弃打马，任由它自己择路而走。老马凭借脑际地图，寻到一口泉，为唐僧解了困，他也因此在哈密停留讲法。他讲法的地方被当地人称为“台藏”，现为白杨河。我祖母从甘肃甘谷逃荒至新疆，就住在这个地方。我到达那里时，土堡里只剩下高大的残垣断壁，有些洞窟被牧羊人用烟熏过，珍贵的壁画，已被盗走。我父亲曾在深夜时走过白杨河的沟底，听到呼呼大风如厉鬼呻吟，吓得头发根倒立。那时河水已断流，但到了春天融雪时节，他说，河水能将一只小羊冲走。整个亚洲人和欧洲人的生活，以及，整个我的童年和少年时期的生活，都和沙漠的气息紧密相连；在我心里，我早已自诩为：沙漠的女儿。

但我并不了解大海。从深圳出发到惠州，路过大亚湾时，他们说：快看，大海……那里有一条弯曲的灰白线条。那就是海岸线？液体并不像我想得那么蓝，而是灰白色，呈烟雾状；但我从电视画面中获得的大海，是一块水晶面包，翻腾着葡萄酒般的汁液。而现在，在那片小小的烟雾上,点缀着几艘帆船。旁边是个大工厂,硕大的烟囱里冒着浓烟,那烟刚冒出来时是浓重的褐色,到了半空,慢慢散开,颜色便轻多了,再上升,整个天空都弥漫着从那烟囱里释放出的颗粒。工厂旁是农田,田里有绿色,农人正在种植庄稼。朋友告诉我:这里的一切,很快将不复存在,海,就要被填掉,一个精细化工基地,将在这里诞生。当我再次注目那海岸线时,感觉绿色植物中的农人身量,那么细小,他们的移动那么缓慢,那周围的大工厂,以及正在冒烟的大烟囱,离他们的身躯那么近,而这片农田,看起来,像一块围裙上的碎布。

我们决定去大梅沙看海,在接近大海的地方,迷了路,车钻进黄贝岭村,里面楼挨楼,人挤人,左弯右拐后,最终驶上黄贝路。我记住这条路,是因为它那么窄,两边的榕树树冠勾连在一起,树下道路两边密密麻麻停着车,将原本就逼仄的街道挤得只剩下一条小通道,两辆车勉强能相向而行。路过深圳动漫城时,一个蓝衣男子出现在视野中,右肩扛着个长木棍,插花般簇拥着糖葫芦,火红发亮的山楂果,耸立在他的肩头,他像是走在山区的小路上,像那些传说中的卖货郎。而现在,他出现在黄贝路。一个游走的卖货郎,是比从动物园逃窜出的老虎或狮子更可怕的动物:他的不可控性,破坏了现代化滚滚向前的速度。

玻璃楼

南方是一片绝妙的地方。奢华而颓废。但这是一种什么样的颓废啊!楼房高大于人几千倍,每个人都生活在玻璃楼的重压之下。最惊险的一幕,是通过天桥,从一幢高楼走向另一幢,我两股战栗,瞳孔放大,头发根竖起,每一秒,都变得像块坚硬的大石头,得费好大力气才能搬开，我不敢朝桥下张望，担心天桥会突然发酥、变软、坍塌。这楼实在太高了……它几乎是在诱惑我：跳下去，跳下去。那个瞬间……跳，还是不跳，是个问题。这恐怖的瞬间，哽咽于南方之喉。那是种极柔媚的声调，是在南方这种潮热之地，才能诞生的声调；而在北方，干燥而决绝的北方，这种诡秘的蛊惑，似乎并不奏效。

在北方时，我从未将如此之多的目光投向那些玻璃楼房。北方也有高楼，高楼也同样镶嵌着玻璃，然而，北方的玻璃楼，从未让我生出鬼魅眩晕之感，我是到了南方才发现，那些穿着金色、银色、蓝色、粉红色……衣服的玻璃楼，是彩色巨兽，它们有个性，有性别，有气味，有能量，我对它们又迷恋，又恐惧，又厌恶。白天，各色玻璃楼阴沉着脸，一旦到了夜晚，它们变得熠熠闪光……它们有脚，能走动；有喘息，能呼吸；有心跳，能释放巨大的轰响。它们并非这个地域的客人，而是主人。当它们一旦落成，通电，开始营业，便像获得了一个俯瞰众生的执照，每一个从它脚下走过的人，似乎都要依赖它……离不开它……恨它。人们不会恨一座山、一条河、一棵草、一朵花，但却会无缘无故地恨一幢楼房，不论那楼房他从未进去过，或者，他每天必须进去打卡。在南方，人们无法像看一座山那般，坦然地看一幢楼房拔地而起。每一幢楼房的背后都是一部传奇；同时，也是一部……血泪史。而对另一些人来说，就是失败史。

傍晚的夏雨后，一幢幢玻璃楼，像刚刚沐浴而出的婴儿，新鲜极了，浑身散发着浓烈的生殖味。在我眼前，挺立起一幢高楼，黝黑的身上穿着V形亮闪条纹装，它旁边的另一幢，则穿着菱形亮闪装。那些簇拥着它们躯体的灯泡，一个个密密排列，一闪一闪。每一个人都渴望自己成为高楼，终于某一天，在南方的夜晚，人们发现，自己的一生,充其量,不过是楼房用以装饰的那只小灯泡。那些巨型金刚,并非仅仅挺立,它们用双肩举起那些英文字母:G、O、P、X……这些楼房已患上工作依赖症,它们寄生于工作,腐烂于工作,毁灭于工作,它们粗暴地将人生与工作画上等号——它们的等号。即便是到了深夜,它们依旧闪烁着主子的招牌。

每次路过镇中心,我都会朝那尊还未建成的高楼看过去,它像个襁褓中的巨婴,被绿罩子裹着,看不出内里的模样,但其硕大,不可一世,已可见一斑;在它的旁边,一片昏暗的色调中,一幢大厦赫然挺立,长方体,周身披挂着闪光串珠,几分钟之内,它穿着红衣,几分钟后,它换上绿衣……周而复始:红、绿、红、绿……它如此奢华,如此挥霍,如此高高在上……它像只巨狼,本身是黑魆魆的,但又借着闪光,制造出一种炫目效果。它已足够强大,却总要强调些什么。它将自己的高度建造得需要人们仰视才能看到……它让人的脑袋向后、再向后……它为什么不能倾斜一下呢?古代雕塑家在建造佛像时,总要让大佛的身子向前倾斜一点,好让众人都能看到佛的脸。

经过莞樟路,在那尊镶嵌着巨型大玻璃的大润发超市前,挂着红地白字的打折横幅,门前空地被辟为临时市场,人们将铁架子拖出,挂上长长短短的衬衫、裤子、毛衣,又在纸箱上铺上报纸,摆出折叠成条的棉被,一个挨一个,乳白、粉红、淡黄,像里面睡了个隐形人,还有叠成一摞的毛毯、被单、枕巾……超市旁的马路丢满纸屑饭盒,拖拽着大车厢的货车,鲨鱼般蛮横驶过,聒噪的扩音器里,音乐如梭子枪,灰尘粘着尾气,织成一片雨雾,黏附在衣物上。这玻璃楼前的临时卖场,慌张,匆忙,闹哄哄,像话剧即将上演前的舞台,而那些镶嵌在楼房上的玻璃,冰凉极了,安静极了,骄傲极了。我从没像那个瞬间,讨厌那些玻璃。玻璃庇护着那楼房,让它像进入某个特权地带,而玻璃之外的世界,无论多么混乱、肮脏、无序,都在所难免。我不想看那些挂在铁架子上的衣服,它们太恓惶,浑身携带着噪音和灰尘,一想到它们要穿在我的身上,我心底里的某处柔软,便被触动,生生地疼起来。

午饭后,我从工业园的一幢绿色玻璃楼内穿过,路过放满货物的库房后,来到车间。此刻,拉线已停止运作,只见一个女工趴在台子上睡觉,短裤,T 恤衫,脑袋旁放着粉红手机,头顶旋转着吊扇。这个空间内充满了阳光的重量,闷热无比,和那少女鲜嫩的肉体并存的,是那条拉线,它被塑胶壳、LED 灯、液晶显示屏、测试架、控制板、电子元器件、烙铁、洗板水、焊锡丝、防水胶、防静电包装袋、包装箱……簇拥;那女孩阖着眼皮,瘦骨脸上浮现出安详,正飘然入梦。她的身体里有种芳香,虽已被湮没,可依旧流泻出一缕。这个空间里的全部物件,本已粗俗之极,但因着柔软的女孩,又变得有了暖意。

从工业园出来的那晚,我惊讶地发现,夜色下的小镇根本不沉寂,反而越发喧嚣,白天裸露的那些残败之相皆被夜幕遮盖,灯光闪烁,各种茶室、咖啡厅、酒吧亮了起来,行人脚步缓慢,像在涉水。好像那正在酣睡的女工的鲜血,流淌了出来,正滋润着那些璀璨的灯光。每一幢华彩的玻璃楼,都涂抹着红、黄、蓝、紫;每一幢玻璃楼的光与影,都藏着南方的暧昧和私密。